생명력인가,
이성인가

일본어가 매개하는
김우진의 텍스트

생명력인가, 이성인가

일본어가 매개하는 김우진의 텍스트

초판인쇄 2020년 7월 25일 **초판발행** 2020년 8월 5일
지은이 권정희 **펴낸이** 박성모 **펴낸곳** 소명출판 **출판등록** 제13-522호
주소 서울시 서초구 서초중앙로6길 15, 1층
전화 02-585-7840 **팩스** 02-585-7848 **전자우편** somyungbooks@daum.net

값 25,000원
ISBN 979-11-5905-519-5 93810

이 저서는 2016년 정부(교육부)의 재원으로 한국연구재단의 지원을 받아 수행된 연구임(NRF-2016S1A6A4A01017634)

식민지 조선에서 보낸 생애의 절반

목포문학관 2층 김우진관의 흉상

2017년에 목포시가 조성한 김우진 거리인 '옥단이길'. 김우진의 저택 '성취원'의 자리에는 북교동 성당이 들어섰다.

김우진 거리의 반딧불 작은 도서관 앞 전시

김우진 거리의 작품을 소재로 한 벽화

김우진이 유학한 구마모토(熊本)농업학교. 현재 구마모토현립(縣立熊本) 구마모토농업학교로 개칭되었다.

일본 유학 시절 연극에 심취한 김우진이 재학한 와세다대학의 연극박물관

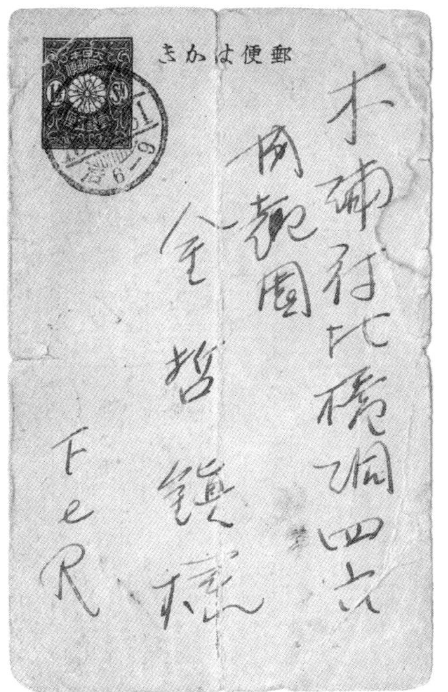

I expect to stay at Matsuyama
for about 3 days. Do you think
better stay here for more than
3 days? But I am not acqu-
ainted with her family so I think
3 days most adoptable.
Here I want to say your skill
on typewriting is wonderful.
Bon courage et bon santé!
Je suis, cher ami, votre toute
dévouée, Mouratah

김우진이 김철진에게 보낸 영문 엽서(1916). 목포문학관 소장.

1926년 8월 3일 김우진과 윤심덕이 승선한 시모노세키(下關)의 관부연락선 쇼케이마루(昌慶丸). 당시 신문에서는 도쿠주마루(德壽丸)로 기재되었다.

생명력인가, 이성인가

life force

reason

일본어가 매개하는 김우진의 텍스트

"Is it Life force or Reason!"

Kim Woo-jin's Texts Mediated by Japanese

권정희 지음

일러두기

- 일본어 고유명사 표기는 외래어 표기법에 따라 일본어 발음대로 한글로 표기하며 초출에는 한자 표기를 병기했다. 인용문과 각주는 한자 표기를 원칙으로 하되, 필요에 따라서 한글 표기를 병기했다.
- 서기 표기를 원칙으로 하고 필요에 따라 연호를 괄호 안에 병기했다.
- 일본어 원문의 반복 기호는 표시하지 않는다. 일본어 2자 이상의 반복의 경우 원문에 표기되는 반복기호는 표기하지 않고 그 말을 반복하여 표기했다.
- 인용문 중 판독 불가능한 글자는 '○○'로 표기했다.

저자가 김우진의 존재를 알게 된 것은 박사논문 집필 무렵인 도쿄 유학 시절이었다. 메이지기의 문인 도쿠토미 로카德冨蘆花의 『호토토기스不如歸』라는 소설의 일본과 한국의 수용 양상을 텍스트의 '번역'의 관점에서 분석하는 박사논문에 매진하던 무렵, 『호토토기스』의 번안소설 『류화우留花雨』를 펴낸 김우진이라는 고유명사와 대면하였다. 동시대 신소설로 알려진 『류화우』의 저작자 김우진金宇鎭에 관한 조사를 진척시킬 수 없는 어려움 속에서 「애락곡哀樂曲」, 「춘강화월야春江花月夜」 등의 시를 지은 극작가 김우진金祐鎭과 동일인물일 가능성을 둘러싼 역사적 상상력은 미궁에 빠져 버렸다. 이에 관해서는 일단 보류하였다. 그로부터 수년 후, 박사논문을 제출하고 귀국한 2006년, 문학 강의 현장에서 희곡 작품으로 김우진과 재회하였다.

고백하건대, 희곡 작품보다 더 흥미롭게 읽은 것은, '유학생'으로서의 김우진을 새롭게 발견하게 한 『마음의 자취心の跡』라는 일기이다. 저자의 건조한 유학 생활을 오버랩시키는 『마음의 자취』는 80여 년의 역사를 가로질러 공감과 역설을 왕복하면서, 그의 멜로드라마와 같은 '정사'의 죽음을 둘러싼 착잡한 감정을 밀쳐 내고 있었다.

10여 년에 달하는 일본 유학을 마치고 귀국한 지 2년 만에 서른 살로 요절한 김우진의 미완의 생애는, 연극사를 넘어 식민지 조선의 '인텔리겐치아'의 또 하나의 삶으로서 우리에게 질문을 던진다. 감각과 이성적 사유의 명징한 이항대립적 분할로 구성되는 세계란 그 어디에도 없는 것을 김우진은 불가해한 삶과 우주의 비의를 "생명력life force인가, 이성

reason인가!"라는 쾌도난마와 같은 질의로 돌진하려 했을지도 모른다. 그것이 제어 불가능한 지점, 가부장제의 가족 제도의 질곡에 질식하는 자아의 절규로 자기다운 삶의 위협에 본능적인 과잉 반응으로 대항하는 매개적 사유의 불가능의 지점에서, 1920년대 식민지 조선과 일본 다이쇼기 '진정한 나'를 향한 탐색의 역정은 '개인주의자individualist'의 파국으로 치달은 광포한 시대적 배경과 문화의 산물로서 현상하게 된다.

일기라는 기록 문화의 전통이 뿌리 깊은 일본에서 특히 다이쇼기의 교양주의를 상징하는 아베 지로阿部次郎의 『산타로의 일기三太郎の日記』 혹은 나쓰메 소세키夏目漱石나 아리시마 다케오有島武郎 등 문호의 철학적, 사변적, 예술적 향기 높은 일기에서부터 무명의 쇼쿠닌職人이라는 장인에 이르기까지 일상을 기록하는 사실 존중의 가치에서 입각한 일기는, 개인의 내면 파악만이 아니라 동시대의 문화와 생활의 역사적 사료로서 풍부한 문화적 의의가 있다. 평소 저자는 이러한 일본의 기록 문화를 둘러싼 현해탄 콤플렉스를 의식하면서, 이에 상응하는 유학생의 일기에 내심 반가웠던 원초적 반응은 '애국심'일 뿐이라며 쿨하게 무관심의 무반응으로 수년을 보내고 나서야 김우진의 삶은 한국의 역사에서 전무후무한 희소성이 있음을 새삼 깨닫는다.

서른 살의 짧은 생애의 흔적들이 두 차례의 전집으로 엮어진 김우진의 사색적인 사유와 조예 깊은 학식과 교양 풍부한 '인텔리겐치아'의 실천적인 문화적 행위는, '비평'의 탄생과 근대 학술의 연원을 보여준다. 1919년 도쿄 와세다대학 고등예과의 유학생 김우진은 조국의 만세운동 소식에 일희일비하는 사건 일지와 같은 일기를 남겨, 해방 이후 조작의 가능성을 포함하여 기술의 진위를 검증하였다. 그것이 2017년 발표한 일기 『마음의 자취』에 관한 분석이다. 이러한 행위의 알리바이는 입증되었을지라도, 윤심덕과의 연애에 관한 언급은 은폐된 채 기호와 부재로 표상되는 『마음의 자취』에서는 내면의 반쪽만이 헤아려질 뿐이었다.

당초 세간의 '오해'를 두려워하여 공표를 결심했다는 『마음의 자취』의 저항하는 식민지의 주체는, 영어와 일본어의 언어가 매개하는 번역 주체이면서 정사를 감행하는 연애 주체이기도 하다. 그러나 연애하는 '마음'은 파편과 같은 징후로 표백될 뿐이다. 식민지 조선의 여명에 선 지식 청년의 "생명력"과 "이성"이라는 이지적 사유의 이항대립적 세계를 회의하던 젊은 예술가의 진정한 '나'의 탐색의 궤적에서 연애는 의식에서 부정되었다. 죽음마저도 고뇌하는 영혼의 사색 끝에 도달한 지적 사유의 결단의 이면에, 우연성과 필연성의 우연한 조합의 일회적 행위인 정사에 이르게 한 경위도 학문적 분석의 대상으로 해명하고자, 연애 분석을 본격화하려 했던 당초의 의도를 마감에 쫓겨 충분히 시도하지 못한 것이 아쉽다. 의식의 밑바닥까지 '내적 검열'과 알리바이의 강박에서 자유롭지 않은 자기변명을 위한 『마음의 자취』의 일기에서, 의심과 부인否認, 결별과 죄책감, 윤리와 가족애 등의 무게를 떨쳐내려는 지식인의 복잡한 속내의 타산일지라도 단 하나의 생명을 걸었기에 사랑이었음을 추인하듯이, 지금・여기를 초월하여 마치 연애가 마지막 보루인 양, 지친 영혼은 죽음을 향해 투신한다. 그의 모든 것은 바로 이러한 죽음을 원했던 것처럼 곳곳에 이러한 죽음의 원형적 이미지가 무의식적으로 반복되는 서사적 필연성을 해체할 것을 의도했으나, 연대기적 시간이 아닌 각기 개별 독립적인 텍스트에 의거한 구성으로 마치 죽음을 향한 대장정인 양 부각된 연애의 서사에 적이 당혹스럽다.

김우진에 관한 첫 논고를 발표하던 2011년, 식민지 조선의 '감각・기분・정열'을 살아가는 현대의 개성 청년을 조형한 희곡 「산돼지」의 분석에서 출발한 일곱 장의 논의를 연역적으로 일본어의 매개라는 문제의식에서 새롭게 가다듬었다. 이른바 서구 유학을 경유한 '양행'의 지식인이 아닌, 일본 유학이되, 일본 너머를 향해 서구의 제국과 식민지의 글로벌한 세계의 보편성을 추구하려는 김우진의 생애와 문학은, 일본어의 매개라는 문제성에서 식민지 조선의 위치에 자각적인 '인텔리겐치아'로서의 문화적 영위의 의의를 발한다. '서구에의 탐닉'이 표상하는 김우진의 세계 지식을 향한 동시성의 욕망과 서구문학 수용에서 기대하는 독자층의 원본에의 욕망의 아우라는 김우진 문학 수용의 특질을 설명해 준다.

이 책에서는 '서구에의 탐닉'에 가려진 일본의 표상을 현출시킴으로써, 일본 유학생이라는 식민지 지식인의 생애와 문학을, 일본어의 매개의 문제성에서 탐색한다. '조선 말 없는 조선 문단'에 일침을 가했던 김우진의 문학 비평의 혜안은, 스스로 '언어라는 매개'에 자각적인 언어 인식에서 서구문학과 한국문학의 영역에 동시적으로 발화하는 독보적인 행보를 취한 셈이다. 이러한 의미에서 '모방'과 '복사', '표절'이 아닌, 외국문학의 영향을 자양분으로 예술의 창조성을 구가한 김우진의 문학은 비교문학의 성과로서도 값진 것이다. 김우진의 삶과 문학을 압축하는 "생명력인가, 이성인가!"라는 의제를 이 책의 표제로 삼은 것도, 대립적 세계의 표상이 함축하는 매개적 사유를 조명하기 위한 것이다.

그때그때 그 시기에 의미 있었던 소논문은 어언 9년여의 세월이 흐른 시간의 지층 위에서 텍스트는 또 다른 층위를 드러내며 저자를 유혹한다. 몇 편의 논고가 쌓이는 우둔한, 정직한 시간들의 적층에서 비로소 부조되는 일본어라는 매개의 문제성에서 시간이 허락하는 대로 대폭 가필 · 수정하였다. 영문학도 김우진을 분석 대상으로 하는 아이러니와 무모함은, 이 한 권의 서적으로 완결 짓겠다는 당돌한 발상이 없었기에 가능한 것일지도 모르겠다. 그만큼의 깊이와 다면적인 현대성의 가치를 내장한 김우진은 다양한 시각에서 논할 필요가 있으며 저자의 연구도 이러한 의미에서 논제 하나를 제기했노라 위안해 본다.

식민지 조선으로의 귀환 이후, 김우진은 가정이라는 '감옥'의 위압에 놓이면서 "인류의 영혼과 해방과 구제"라는 당위는 개인의 영혼의 해방으로 축소되어 '속박을 벗어난 생물처럼' 초월의 발돋움으로 허공을 향해 생명을 던진다. "환상과 현실의 극적 시튜에손"으로서의 무대, "극장은 인생의 이메지'라는 김우진의 '자기 비극적 과장의 무대'의 퍼포먼스로 죽음마저 '자유의지'로 연출하는, 환각의 공모자로서 윤심덕은, 충분히 지친 영혼, 고단한 삶의 여정이었기에 마지막 무대를 향한 열정으로 기꺼이 죽음의 향연을 위한 닻을 올린다. 무대를 향한 열정, 이것이 김우진의 독자층이 공유하는 멘탈리티mentality일 것이다. 이러한 면에서 연극사의 중심을 비껴난 저자의 끼 없는 학문적 열정으로, 오직 종이 위의 문자를 좇으며, 김우진의 마지막 무대를 상상해 본다.

지난 몇 개월은, 당초의 주도면밀한 저술 계획에서는 일본 구마모토 지역의 학술 여행의 시기였다. 2020년, 전 지구적 규모의 코로나 바이러스로 인한 입국 금지라는 초유의 사태로, 치밀한 연구 계획의 무의미함과 무모함에 망연자실하였으나, 향후의 후속 연구로 남겨둔다.

현재의 소속인 성균관대학교 비교문화연구소의 전 · 현직 소장님인 황호덕 · 정우택 · 박진영 교수님을 비롯하여, 김재석 · 양승국 교수님 등 한국극예술학회에서 김우진 연구자님들과의 학술적 교류를 감사히 여긴다. 또한 가천대학교 아시아문화연구소의 박진수 교수님 등 일본 유학 이래의 일본 근대문학과 일본·한국 비교문학 관련 교수님과 지인들, 특히 연극학과 영문학 기반 비교문학 전공의 가와시마 다케시川島健 교수의 조언 덕분에 자료 발굴의 행운을 누리게 되었다. 와세다대학의 쓰치야 레이코土屋礼子 교수님께서는 3월에 시간을 내주시겠다고 약속해주셨는데도 출판 일정으로 도일을 미루다 코로나 사태를 맞이하게 되어 아쉽고 감사드린다. 김우진 연구는 이러한 이질적 영역과 분야를 아우르는 문화 횡단의 교차 연구로서 새로운 인접 영역을 창출한다. 이 또한 김우진 연구의 매력이 아닐 수 없다.

한국연구재단의 저술지원사업의 최종결과물 제출 시한에 쫓겨 필사적으로 단행본 출판의 무리한 진행의 악전고투를 함께해 주신 소명출판의 박성모 사장님을 필두로 공홍 편집장님, 이정빈 편집자님께 감사드린다. 무엇보다, 귀국 이후의 연구를 중간 결산하는 이 한 권의 저서가 유학 내내 응원해주셨던 부모님과 가족들의 짐을 덜어주는 데 크나큰 힘을 보탤 수 있기를 바란다. 무사히 코로나19 바이러스를 이겨내기를 바라며.

2020년 여름에

권정희

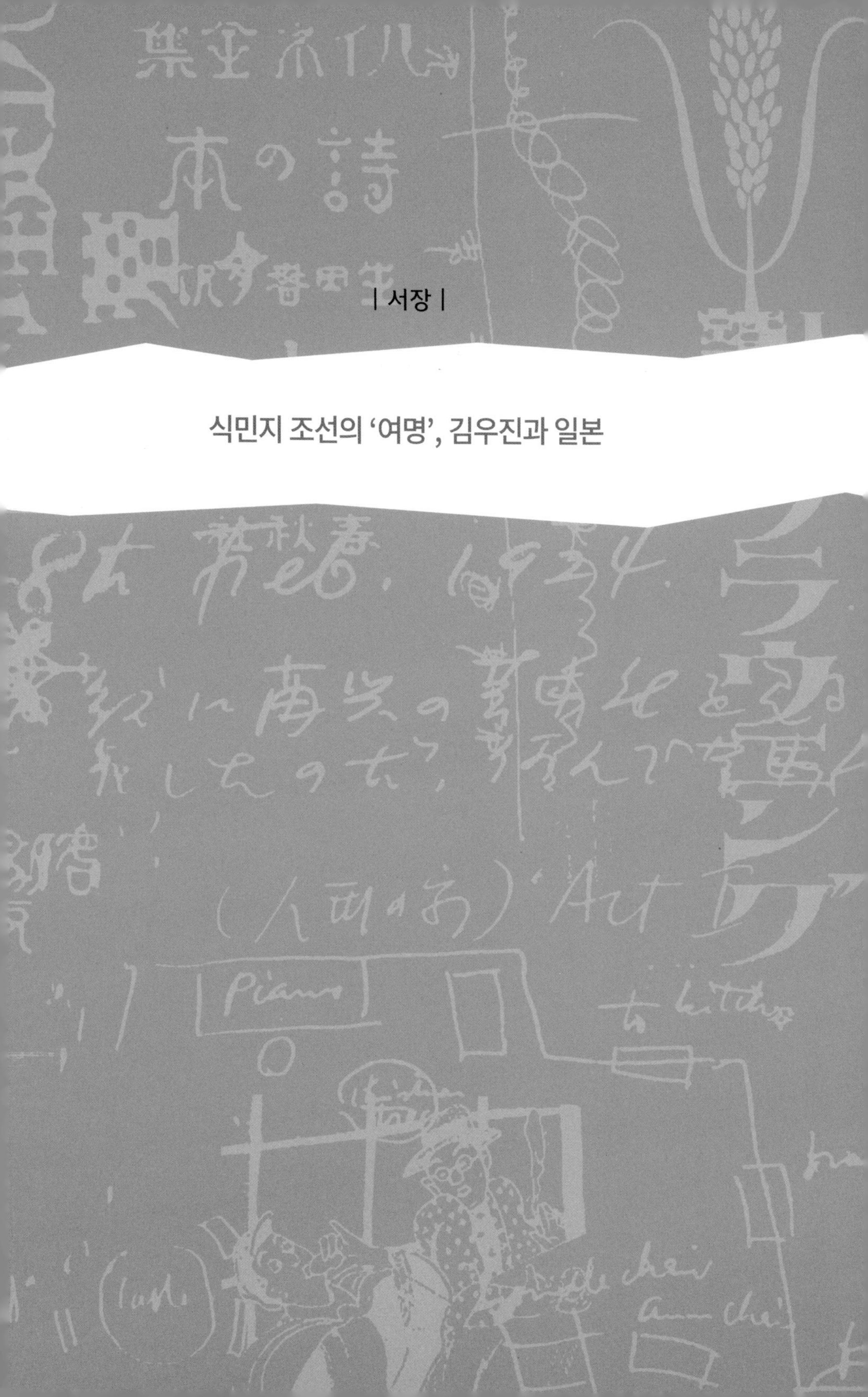

| 서장 |

식민지 조선의 ‘여명’, 김우진과 일본

여명(黎明)에 서 있는 젊은이. 낡은 전통은 아직 완전히 사라지지 않고 새로운 생활의 새벽이 마악 밝아올 때, 숨막히고 게다가 무엇인가를 구하려하는, 잿빛과 옅은 붉은 빛 가운데 서 있는 조선의 젊은이. (…중략…) 혹 그들이 이 현대의 조선을 짊어질 고민에 대해 아주 깊이 파고들 정도의 용기를 가졌는가? 또 거기서 빠져나와 새로운 광명의 세계로 들어갈 만한 지혜가 있는가? 이 지혜와 용기의 힘 두 가지 중 하나라도 그들이 가졌다면 그들은 행복한 것이다. 하지만 나는 의심한다. 통절하게 말이다! life force인가, reason인가!

—1922.11.20[1]

이 책은 극작가 수산 김우진金祐鎭(1897~1926)의 생애와 문학을, 일본과의 관련성에서 새롭게 조망하려는 시도이다. 주지하는 바와 같이 김우진은, 일본 와세다早稲田대학 유학 시절 극예술협회와 동우회 순회 연극단의 주도자[2]로서 활동 및 희곡 작품 창작과 비평 등으로 '근대극 운동의 효시'[3]로서 연극사의 선구자로서 자리매김되었다. 서구 현대 희곡 평론과 번역 및 '조선의 문단'을 향한 평론과 희곡 등 창작의 '문학 실험'으로 '서구에의 탐닉'[4]과 '조선문화의 기획자'[5]로서의 복안複眼의 다면적인 활약으로 오늘날에도 퇴색하지 않은 현대성의 모던의 가치

1 「마음의 자취(心の跡)」, 서연호・홍창수 편, 『김우진 전집』, 연극과인간, 2000, 494면. 이하 본서에서 『김우진 전집』을 인용 시 책명, 해당 권수와 면수만을 표기했다
2 이두현, 『한국신극사연구』, 서울대 출판부, 1990, 108면.
3 서연호, 「김우진의 생애와 문학세계」, 한국극예술학회 편, 『김우진』, 태학사, 1996, 14면.
4 유민영, 「서구에의 탐닉과 자기 파열－김우진론」, 위의 책, 23면.
5 이승희, 「조선문학의 내셔널리티와 아일랜드」, 민족문학사연구소 기초학문연구단 편, 『탈식민의 역학』, 소명출판, 2006, 82~85면; 김진규, 「아일랜드문학 수용을 통한 조선 근대문학의 기획 양상 연구」, 서울대 석사논문, 2010 참조.

를 체현한 바 "20세기 초엽에 마치 혜성처럼 빛나다 사라져 간 뛰어난 예술가이며 비평가"[6]이다.

근대 한국의 대다수의 문인과 같이 일본 유학을 경험했던 김우진에 관한 선행 연구는 물론 주로 일본의 영향 관계에 관한 고찰이 이루어져 왔다. 두 차례에 걸친 일본 유학에서, 구마모토熊本 시절[7]과 도쿄에서의 도쿄 유학생과 노동자들이 중심이 된 동우회와 1920년 봄 도쿄 유학생들이 조직한 극예술연구회의 활동을 중심으로 근대극운동에 공헌한 생애의 자전적 · 전기적 · 실증적 연구[8]를 포함하여 다양한 연구 성과가 축적되었다. 두 차례의 전집 발간의 성과가 나타내듯이, 무명의 김우진을 근대극의 기초를 다진 선구적인 연극인, 다양한 '연극 실험' 과 장르와 언어를 넘나든 문학 활동 등으로 연극사와 문학사의 첫머리에 등재한 선행 연구의 공로는 가히 경외할 만한 것이다. 이러한 뛰어난 연구 성과 위에서 이 책에서는 김우진의 생애와 문화에서의 일본 체험의 의미를 다시 질문한다.

1897년 9월 전남 장성군 관아에서 당시 군수였던 김성규金星圭와 신천 박씨 사이에 장남으로 태어난 엄격한 유교식 가정 교육을 받은 김우진은 1915년 일본 규슈九州에 있는 현립縣立 구마모토농업학교에 유학하여, 1918년 3월 졸업 후 도쿄東京의 와세다대학 예과를 거쳐 1920년 4월 영문과에 입학한 뒤 1924년 3월 졸업[9] 후 귀국 2년 만에 도일하여 현해탄에서 성악가 윤심덕과 '정사'하기까지 짧은 생애가 온몸으로 던지

6 한상철, 「김우진의 비평」, 『한국연극의 쟁점과 반성』, 현대미학사, 1994, 41면.

7 나루사와 마사루(成澤勝), 「김우진의 웅본 시절」, 『김우진 전집』 2, 전예원, 1982.

8 양승국, 『김우진, 그의 삶과 문학』, 태학사, 1998; 서연호, 『한국 최초의 실험적 예술가 김우진』, 건국대 출판부, 2000.

9 양승국, 위의 책; 정대성, 「새로운 자료로 살펴 본 와세다대학 시절의 김우진」, 『한국극예술연구』 25, 한국극예술학회, 2007, 436~442면.

는 메시지의 울림은 적지 않다. 어둠과 신새벽의 빛이 교차하는 "여명에 서 있는" 식민지 조선 청년의 "생명력Life Force인가, 이성Reason인가!"라는 젊은 날의 고뇌를 사의 충동에 투항하듯 비극으로 마감한 생의 역설은, 당대 최고의 소프라노 가수 윤심덕의 마지막 레코드 취입곡 〈사의 찬미〉와 기묘한 일치를 연출한다. '명문 귀족'의 장손으로 태어나 부르주와지에서 프롤레타리아로 자기 계급을 지양한 참 삶과 문학을 향해 첫발을 내딛은 기로에서, "다분히 돌발적"[10]이거나 혹은 "돌발적으로 일어난 정사는 아님은 분명"[11]한 동반자살을 감행하였다. 다이쇼 시대의 연애를 예술로 간주하였던 문화적 배경에서의 예술을 '완미'하려는 고난의 여정의 미망에서 출구를 찾지 못한 채 죽음으로 닻을 내린 '정사'는 식민지 조선 초유의 연애 스캔들로 소비됨으로써 당대의 현실 너머를 꿈꾸었던 문학과 예술 세계는 미완성인 채 종식되었다. 식민지 조선의 '새로운 문학'의 열망과 '로맨티스트'의 열정이 조화로운 화해로 결실을 맺지 못한 채 스스로 봉인한 일대 사건으로서 극작가 김우진을 넘어 그의 삶과 문학은 죽음마저도 한국 사회에 파장을 일으키며 심층적 의미를 던진다. 김우진의 삶과 문학을 연극사의 범주를 넘어 확장된 지평에서 새롭게 조명해야 할 이유가 여기에 있다. 대가족제도의 가부장적 억압이 뿌리 깊은 식민지 조선의 실존적 조건의 구속을 '아비 초극超克의 길'[12]로 탈주하려는 김우진의 삶과 문학을 논구할 새로운 논의 지평이 요청된다.

'자신의 내면 문제를 희곡'에 담아낸 최초의 극작가[13]와 김우진이 생

---

10 이두현, 『한국 신극사 연구』, 서울대 출판부, 1966, 113면.
11 유민영, 『한국 근대극 연극사 신론』, 태학사, 2011, 238면.
12 양승국, 앞의 책, 43면.
13 유민영, 「선각자 김우진의 연구 실험」, 한국극예술학회 편, 앞의 책, 87면.

애 완성한 5편의 희곡은 논자에 따라 '생명력 문학 사상',[14] '생명력의 사유와 역사의식의 충돌',[15] '대립적 세계관이 혼재하는 비합리의 세계성',[16] '내용의 리얼리티와 형식적 실험성 사이의 방황'[17] 등을 특징으로 지적하였으며, 공통적으로 희곡작품과 평론 · 수상 등 김우진의 문학세계의 특질을 '생명력'의 사유로 꼽았다. 종래, 버나드 쇼G. B. Shaw나 쇼펜하우어A. Schopenhauer, 니체F. Nietzsche 등 서구 철학의 영향 관계에서 김우진의 '생명력'의 사유를 고찰해 온 연구가 주류를 이루었다. 손필영은 김우진 문학세계의 '생명력'에 대한 철학적 계보[18]를 추적하여 베르그송H. Bergsong 철학과 버나드 쇼나 쇼펜하우어 등의 영향력을 규명했다.

양승국은 김우진의 다양한 독서 편력에서 특정인의 사상에 과도하게 의존한 해석을 경계하면서, 실제 작품 세계와의 연관성이 뚜렷하지 않다는 의미에서 버나드 쇼의 Life Force로부터 차용한 생명력의 용어가 그의 삶과 문학에 어떻게 관계되어 있는가라는 문제를 환기하였다.[19] 완결된 고유한 독자적 사유 체계를 구축한 사상가나 철학자가 아

---

14 서연호, 「김우진의 동경유학기 체험과 문학사상」, 『한림일본학연구』 2, 한림대 일본학연구소, 1997; 한국극예술학회 편, 『김우진』, 연극과인간, 2010, 7면.

15 홍창수, 「김우진 작가 의식과 죽음에 관한 연구」, 『한국 근대문학 연구』, 한국근대문학회, 2000; 한국극예술학회 편, 위의 책, 97면.

16 김성희, 「김우진 희곡의 현대성과 그 방법적 특성－그의 현대의식의 리얼리즘 희곡을 중심으로」, 『공연예술연구소 논문집』 2, 단국대 공연예술연구소, 1996; 한국극예술학회 편, 위의 책, 154면.

17 윤진현, 『조선시민극의 구상과 탈계몽의 미학』, 창비, 2010, 17면.

18 손필영, 「김우진 연구」, 국민대 박사논문, 1998; 유민영, 앞의 책, 247면; 사진실, 「김우진의 근대극 이론 연구－연극사 서술 방법론의 모색을 위하여」, 『한국 극예술 연구』 8, 한국극예술학회, 1998; 이은경, 『수산 김우진 연구』, 월인, 2004, 38~39면; 김성희, 앞의 글, 159면.

19 양승국, 앞의 책, 81면.

닌, '생명력'의 예술 표현과 방법론의 탐구에 주력한 극작가이자 무대에 올린 연출가인 예술가로서의 "열망"을 실현하려는 젊은 예술가의 성장의 도정에서 중단된 미완성의 생이기에, 그가 유학했던 일본의 다이쇼시기의 시대적 배경에서 '생명력'의 사유의 맥락이 파악될 필요가 있다. 희곡 작품을 포함하여 문학과 연극 평론 및 에세이 등에 걸쳐 예술의 창조와 '생명력'을 결부하여 문학관과 예술관을 피력하는 김우진은, 예컨대 예술가는 혁명가이며 '창작은 혁명가의 폭탄과 같은 것'인 작품의 감동이야말로 인간과 세계를 움직이는 폭발적인 힘, 근원적인 생명력[20]으로 간주하였는데, 이러한 '생명력'의 사유를 특정한 철학자, 사상가의 개념으로 환원하기 어렵다.

김우진의 생명력의 사유를 다이쇼기의 생명 담론과의 연관성에서 고찰한 연구로서, 정대성은 김우진이 수용한 일본의 '생명주의'는 베르그송 류의 사상과 엘렌 케이 류의 사상이라고 지적하면서 베르그송의 희극론을 김우진의 희극 〈정오〉의 작품 분석에 도입하여 분석했다.[21] 이후 권정희는 희곡 「산돼지」(1926)의 3막 전편의 리듬을 스케치로 구상한 '내부 생명의 리듬'을 단서로 극의 구성에 끼친 베르그송의 생의 철학의 영향을 고찰했다.[22] 윤진현은 김우진의 생명력의 사유는 현실 변혁의 주체로서의 "개개인의 각성과 생명력의 발견을 근간으로" 하는 사회적 방향에서 다이쇼기를 주도하던 일본의 '생명주의'와 구별된다고 분석하였다.[23] 기존의 김우진의 '생명력'의 사유 분석에서 지적되어

---

20 홍해성 · 김수산, 「우리 신극운동의 첫 길」, 『김우진 전집』 II, 97면.

21 정대성,「김우진 희곡 연구–생명주의와 표현주의의 수용을 중심으로」, 서울대 석사논문, 2008, 36~42면.

22 권정희, 「'생명력의 리듬'의 형식–김우진의 「산돼지」」, 『반교어문연구』 30, 반교어문학회, 2011.

23 윤진현, 앞의 책, 178면.

온 '비역사적인 생명력으로 초월'[24]하는 현실인식과의 모순을 홍창수는 "생명력의 사유와 역사의식의 충돌"[25]로 집약했다.

이러한 선행연구에서 제기된 과제를 해결하기 위하여, '생명'을 키워드로 하는 다이쇼의 문화주의[26] 맥락의 다양한 생명담론의 흐름에서 베르그송의 생의 철학이 오스기 사카에大杉栄의 생의 철학의 매개를 통해 수용되는 양상을 고찰함으로써 진보적인 역사 인식이 생명력의 사유와 공존하는 모순적 특질이 다이쇼기의 생명주의와의 연관성에서 형성된 특질임을 분석하였다.[27] 이와 같이 일본의 생명 담론의 영향을 지속적으로 논의하는 추세에서, 근년 이돈화의 생명 개념 등 식민지 조선의 생명 담론과의 관계에서 고찰하는[28] 등 식민지 조선의 '생명' 담론의 흐름에서 김우진의 생명력의 사유를 자리매김하려는 시도가 제출되는 성과와 함께 '목포라는 한 작은 지방도시에서 문예계와 동떨어진 삶을 살았기 때문에 중앙의 문단과 멀어질 수밖에 없었'던 귀국 이후의 2년간 사업가로서 거의 '은폐된 삶'[29]이라는 실상과 거리가 있는 무리함을 노정하는 공과功過가 있다. 이광수, 염상섭 등 일본 유학 후 귀국하여 경성문단에서 활약하던 문인들[30]과 대비되는 김우진이라는 특이

---

24 김종철, 「「산돼지」연구」, 한국극예술학회 편, 『김우진』, 태학사, 1996, 164면,

25 홍창수, 「김우진 연구－수상을 포함한 문학 평론과 희곡의 관련성을 중심으로」, 고려대 석사논문, 1992.

26 柄谷行人 編, 『近代日本の批評』 III(明治・大正篇), 講談社, 1998

27 권정희, 「'생명력'과 역사의식의 간극－김우진의 '생명력'의 사유와 일본의 생명담론」, 『한국민족문화』 40, 부산대 한국민족문화연구소, 2011.

28 이광욱, 「'생명력(生命力)' 사상(思想)의 비판적 수용과 동학혁명의 의미－김우진(金祐鎭)의 「산돼지」연구」, 『어문연구』 42-2, 한국어문교육연구회, 2014; 안지영, 「1920년대 내적개조의 계보와 생명주의－이돈화의 논설과 김우진의 「산돼지」를 중심으로」, 『한국현대문학연구』 44, 한국현대문학회, 2014.

29 유민영, 앞의 책, 220면.

30 와다 도모미, 「이광수 소설의 '생명'의식 연구」, 서울대 박사논문, 2007.

한 존재의 의의는 요절로 인한 창작자로서의 작품성과의 질적인 차이가 결정적이지만, 영문학도로서의 김우진의 외국문학과 사상에 정통한 깊이 있는 지식과 교양 등에서 두각을 나타내며 시대가 요청한다는 "소개자, 비평가, 번역자"의 자각적인 활동에 주력했다는 점이다. 『개벽』을 중심으로 한 카프문학과 『조선문단』과 『창조』 등을 거점으로 한 이광수, 김동인의 이상주의적, 유미주의적 경향의 당파적인 문단의 상호 역학 속에서 분명 김우진은 안착하지 못했다. 문단의 주류라 할 이들 경성문단의 이상주의와 낭만주의, 사실주의 경향과 계급문학으로 대별되는 동시대 '소위 문학청년'이라는 1920년대 '미적 청년'들과도 기계론적 유물론자들과도 스스로를 구별했던 김우진의 독자적인 행보는 기실 영문학도로서 비교문학 분야에서 탁월한 성과와 폭넓은 시야를 보여준다.

귀국 후 「이광수류의 문학을 매장하라」[31]라는 문학 평론에서 평범과 상식 위주의 계몽기적 인생관과 안이한 인도주의를 배격하여,[32] 이광수가 논거로 제시하는 동서양 고전의 의의와 맥락을 밝혀 천박한 이해 수준의 '평범의 문학'이라 주창하는 안일함과 '중용'이라는 대안 개념에 대한 비판이 이루어졌다.[33] 이광수의 「중용과 철저」(『동아일보』, 1926.1.2~3)에 대한 반론을 편 이 글에서는, 이광수가 사용한 개념의 모순을 지적하고 테니슨Alfred Tennyson, 아놀드Matthew Arnold, 바이런George Gordon Byron, 워즈워드William Wordsworth 등의 주장을 잘못 이해하고 있다고 야유하였다.[34] 이광수가 예시한 바이런, 워즈워드 등의 영국 문인에 관해

---

31 「이광수류의 문학을 매장하라」(『조선지광』, 1926), 『김우진 전집』 II.
32 이미원, 『한국 근대극 연구』, 현대미학사, 1994, 118면.
33 윤진현, 「김수산은 왜 이광수류의 문학을 매장하고자 했는가」, 김우진연구회 편, 『김우진 연구』, 푸른사상, 2017, 268면.

전문적인 식견을 갖춘 김우진의 영문학의 학문적 배경에서 한층 광범위한 독서를 통한 교양과 해박한 세계문학의 소양과 전문 지식으로, 이광수 글의 인용과 출전을 둘러싼 피상적 이해를 비난한 것이다.

일본 유학 시기 일본어로 집필하던 일기를 '사릉스러운 국문'으로 자신의 표기어를 발견하고 정립해가는 과정과 이것의 선언적 표현이라 할 '조선말 없는 조선문단'을 향한 비판[35]을 통해 식민지 조선의 문화 건설을 향한 폭넓은 시야에서 내셔널리즘과 자국어 중심주의의 언어 인식 및 국민문학을 둘러싼 보편성의 자각에 견인된 것이다. 문예 부흥의 역사를 중심으로 한 아일랜드문학을 식민지의 언어내셔널리즘의 '문화주의'의 맥락에서 파악해온 일련의 성과[36]를 바탕으로, 본서에서는 김우진 문학의 기조가 형성되는 유학 시절의 학문적 배경의 탐사에 주력한다. 연극사를 넘어 다양한 시각에서 접근함으로써 김우진 연구의 폭을 확장할 필요가 있다. 다기한 분야와 영역에 걸쳐진 김우진의 생애와 문학예술은 일본 유학이라는 시공간의 경험에서 특질 지워진, 일본이라는 타자의 매개mediation의 문제성을 부각시킨다.

근대의 독자 연구에 따르면, 1910년대 이전 학교를 다닌 지식인이 한문학 수업을 필수과정으로 거친 뒤 근대적 의미의 '고급 독자'가 되고 1900년대 태어나 1910년대 학교를 다닌 지식인들은 그 이전 세대와 달리 한학과는 거리를 두고 서구나 일본을 통해 들어온 동화나 문학 작품이 그 자리를 대체했다는 근대의 '고급독자'의 성장 경로에서[37] 분류하

34 양승국, 앞의 책, 123~124면.

35 윤진현, 「김우진의 문자의식과 문학어의 성립 과정」, 『한국극예술연구』 23, 한국극예술학회, 2006; 한국극예술학회 편, 앞의 책, 148면.

36 이승희, 앞의 글; 김진규, 앞의 글.

37 천정환, 『근대의 책 읽기』, 푸른역사, 2003, 372면.

자면, 김우진은 한학의 소양을 갖춘 근대의 '고급 독자'의 유형에 속한다. 즉, 1890년대 후반 출생으로 1910년대 학교를 다닌 김우진은 부친 김성규가 설립한 '호남선우의숙'이라는 사학에서 수학한 뒤 목포공립보통학교를 졸업하고, 목포공립심상고등소학교 고등과 1년 수료[38] 후 일본 구마모토농업학교에 유학한 교육 환경에서 고전을 능히 독서하고 시를 짓는 한문 실력[39]을 바탕으로 일본에 조기 유학한 영문학도로서 한문, 일본어, 영어의 다언어 사용자로서 최고급 독자의 범주에 해당한다. 당대 최상의 교육을 받은 김우진의 박학다식한 독서는 일본을 넘나들면서 근대의 독서 문화를 풍부하게 확장하는 의의가 있다. 한학에서 니체와 마르크스에 이르는 다양한 편폭의 광범위한 독서 목록의 의의는, 이미 선행 연구에서 강조해왔던 바, 본서에서는 일본 유학을 중심으로, 당시의 식민지 조선의 출판문화를 넘어, 일본어로 재현된 서구의 사상과 문학을 포함하여 이른바 '양행' 지식인과는 상이한 일본 경유의 지식인의 교양 형성을 고찰한다.

식민지기 한국과 일본을 왕복하면서 다기한 경계를 살아간 김우진의 삶과 문학은, 유학생의 일기에서부터 희곡 · 시 · 소설 등의 창작과 연극 · 문학 평론 및 일본어 소설에 이르기까지 변화의 진폭이 큰 다양한 '실험적' 글쓰기로 언어와 장르와 국경을 넘나들며 경계를 사유한다. 한국과 일본, 제국과 식민지, 자기와 타자, '생명력'과 '이성', 생과 사, 외국극과 창작극 등 다기한 대립의 임계점에 이르는 사유의 치열함으로, 순혈적 언어 · 장르 · 미디어의 내부를 탈각하는 불안과 위태로

38 양승국, 앞의 책, 60면; 서연호, 「김우진의 문예비평론」, 한국극예술학회 편, 『김우진』, 태학사, 1996, 91면.
39 서연호, 앞의 책, 15면.

운 경계를 부상시킨다.

김우진은 언어를 재현 불가능한 것으로 인식하여 언어의 상징성을 강조한 바 있다. "원래 개성의 표현인 사상이 언어라는 매개를 취하며, 언어가 문자의 형식을 취할 때, 그 문자가 일정한 심리적 계합으로 당자의 사상을 구체화하여야 할 것이외다"[40]라는 조선말 없는 조선문단을 개탄한 언어 의식을 표명하는 글에서 언어의 매개의 자각을 표출한다.

서구의 현대 희곡을 소개, 번역, 비평하면서 식민지 조선과 일본을 향하여 "소개자, 비평가, 번역자"가 요청되는 시대인식에서 언어라는 '매개'에 자각적인 번역 주체의 의식을 드러낸다. 식민지 조선을 향한 서구의 현대희곡과 문단동향 등을 해설, 소개, 번역하거나 아일랜드의 문예부흥운동의 시사를 소개하는 일본어 번역 등 "소개자, 비평가, 번역자"로서의 활동에서도 일본은 각별한 의미가 있다.

종래, 김우진의 삶과 문학에서 일본은 '서양에의 탐닉'에 가려져 왔다. 다수의 지식인이 일본 유학에 편중되었던 식민지 조선에서 김우진은 '뛰어난 영어 실력'을 갖춘 영문학도이기에 무의식적으로 전제하는 영어로 조우한 '서구 탐닉'의 가능성을 기대하는 독자층의 원본의 욕망을 부추긴다. 일찍이 "보통학교 때부터 빅톨 유고, 셰익스피어를 읽고 다눈치오 등에 심취"[41]했다거나 구마모토농업학교 시절 "영어를 잘 해서 영어교사 마쓰자키松崎 선생의 평이 매우 좋았"[42]다는 증언과 회고 등에 근거하여 일찍부터 영어 원서로 세계명작을 독서했다는 환상이 암암리에 유포되었다. 이러한 증언과 회고의 진술은, 식민지 조선의

40 김초성, 「조선말 업는 조선문단에 일언」, 『김우진 전집』 II, 229면.
41 유민영, 『비운의 선구자 윤심덕과 김우진』, 새문사, 2009, 96면.
42 나루사와 마사루(成澤勝), 「김우진의 웅본 시절」, 『김우진 전집』 2, 전예원, 1982, 308면.

양서 수입과 출판의 유통과 서점 등 당대의 출판문화의 제약을 넘어 '영어 원전'의 입수 경로를 추적하는 기초적인 실증적인 연구가 뒷받침 되어야 할 것이다. 식민지 조선과 일본의 문화 교류의 실상을 파헤치는 역사적 연구를 통해 김우진이 "일찍부터 영어 원전에 접"했을 가능성을 당시의 양서 입수 경로가 제시되는 서적 출판문화 연구로 보완할 필요성이 있다.

김우진의 부친 김성규는 경상북도 문경군 출신으로 충북 연풍현감의 서자 출생이다. 25세에 광무국 주사로 관직에 진출한 이래, 전권공사관의 1등 서기관이 되어 영국・독일・러시아・벨기에・프랑스를 순회하기도 하였으나 홍콩에서 부친상을 당하여 귀국한다. 그 뒤 30세에 상의원 주부가 되었고, 김우진 출생 당시 강원도 관찰사에 임명된 후 장성군수로 재직하였다.[43] 부친이 젊은 시절 이러한 외국과의 국제교류의 일익을 담당했던 집안 분위기에서 김우진은 일찍부터 영어에 익숙한 환경에 놓일 수 있었다. 김우진 출생 이전에 외교 업무에 종사했던 부친은 실학의 신학문을 선택하여 사회 개혁에 힘쓴 바 있고, 세상에 실익이 되지 못한 것으로 생각했던 문학 외의 학문을 전공하도록 권유했다는[44] 가계의 전기적 연구를 통해 외국문학 작품을 "영어 원전"으로 구입하여 독서하게 했다는 추정은 와세다대학 재학 시절인 "20대"에 한정되는 것이 타당해 보인다. "1920년대 초까지만 해도 외국의 유명출판사(영국 맥

43 유민영, 「초성 김우진 연구 (상)」, 『한양대 논문집』 5, 한양대, 1971; 이은경, 앞의 책, 17면; 서연호, 앞의 책, 15면.

44 김성규는 일찍이 그의 부친으로부터 경사(經史)를 배운 뒤 "국정이 이미 문란하고 민심이 소란하여 개연히 관갈(管葛 : 관중과 제갈량)의 사업에 뜻을 두고 문필가들의 이론은 헛된 생각이므로 시국이 도움이 되지 않는다고 생각하여 속된 사람들의 시문은 짓기를 좋아하지 않았다"고 한다. 『草亭集』 卷之十二・四 「草心亭實紀」; 양승국, 앞의 책, 62~63면.

밀란사)에서 원서가 직접 배달되었다[45]는 진술과 같이, 외국의 출판사에 영어 원서를 직접 주문하는 형태로 원서를 입수하는 것도 1910년대 초인 와세다대학 영문과 입학 이후의 시기가 타당해 보인다.

영어에 친숙했던 환경임에는 틀림없지만, 목포는 1897년 개항 당시 한국인 2,600명과 206명의 일본인이 거주하였으며 이들은 일본인들의 거류지와 조선인 마을이 분리되어 개항 이후 1913년까지 10,752명(382.2%)으로 증가하는[46] 등 재조 일본인들이 비교적 많이 거주하였다. 김우진도 1914년 봄 일본인들이 다니던 목포공립심상고등소학교를 1년 수료하고[47] 구마모토에서 큰 목재상을 경영하는 숙부의 소개로 구마모토농업학교에 유학했다는[48] 전기적 사실에서 일본어 번역서의 입수 가능성도 적지 않다. 이것은 물론 구체적인 영어 원서와 일본어 번역서 입수 경로 등 당대의 독서 상황에 관한 조사가 뒷받침되어야 한다. 일본에서도 영어 원서는, 도쿄 신바시新橋의 마루젠丸善 서점 등과 같은 양서 취급 서점을 통해 주문・판매하는[49] 양서 수입 경로로 입수한다. 동시대 식민지 조선에서 영어 원전의 수입과 일본어 서적 수입 경위 등에 관한 서적 출판문화의 수입과 유통・판매[50] 등의 경로 및 선교사 등 외국인과의 접촉 경위 등 다양한 가능성이 다각적으로 검토되

45 유민영, 앞의 글, 56면; 김성진, 「김우진의 연극관 연구」, 『드라마논총』 21, 한국드라마학회, 2003, 237면.

46 이종화 외, 『목포・목포사람들』, 경인문화사, 2004, 44~55면; 김성진, 「김우진과 목포」, 김우진연구회 편, 앞의 책, 407~408면.

47 서연호, 앞의 책, 16면.

48 유민영, 앞의 책, 95면.

49 磯田光一, 「湯島天神と丸善－硯友社における江戸と西洋」, 坪内祐三 編, 『明治文学遊学案内』, 筑摩書房, 2000, 120~125면.

50 김봉희, 『한국 개화기 서적 문화 연구』, 이화여대 출판부, 1999; 신승모, 「조선의 일본인 경영 서점에 관한 시론－일한서방(日韓書房)의 사례를 중심으로」, 『일어일문학연구』 79, 한국일어일문학회, 2011.

어야 한다. 또한 일본어 번역이 다수 발간되었던 개별 작품의 수용 연구를 통해 1910~1920년대 일본의 번역서 출판 현황에 기초한 역사적 지층에서 독서 형태를 재구성할 필요가 있다.

최근 현립구마모토농업학교 재학 시절 "'영어(99), 수신(100), 논문(95), 독서(90)' 등 인문 관련 과목에서 우수한 성적을 받았으며 이 기간에 빅톨 위고, 셰익스피어, 다눈치오 등을 사숙하였다"[51]는 정보가 공개되면서, 영어 원작이 아니라 구마모토농업학교의 정규과목인 '독서' 시간에 이루어진 일본어 번역서의 독서 방식임이 밝혀지게 되었다. 이로써 서양문학의 수용 방식을 둘러싼 매개성의 도입은 서양의 관계에서는 획득할 수 없는 일본 체험의 또 다른 맥락적 지식과 시야를 열게 한다. 일본이라는 매개의 문제성은, 서양문학과의 양자 관계로 구조화하려는 식민지 억압의 반전으로서의 해방 이후의 내셔널리즘에 기반한 독자 공동체의 의식/무의식의 작용을 가시화하는 것이다.

일본어의 언어로 경험되는 서구문학과 한국문학의 향수를 사후의 연구사에서 일본을 사상함으로써 역사적 경험은 축소된 지형에서 김우진 문학 연구의 폭은 제약되어 왔다. 이것은 비단 일본어 번역으로 읽었던 외국문학 작품에 국한되는 것은 아니다. 일본어로 쓰인 문학 작품을 비롯하여 셰익스피어William Shakespeare의 〈햄릿Hamlet〉도 입센Henrik Ibsen의 〈인형의 집A Doll's House〉도 일본인에 의한 번역과 연출로 일본어로 공연된 연극으로 관람했던 일본 유학의 장소의 역사와 결부된 공간 체험을 바탕으로 다양한 미디어를 통해 외국문학과 예술을 수용하였다. 여기에 김우진의 생애와 문학에 나타난 일본 체험의 의의가 있다. 서구 체험의 '양

51 2020년 목포문학관 김우진관에 전시된 「농업학교 시절」의 기술을 참고로 한 것이다.

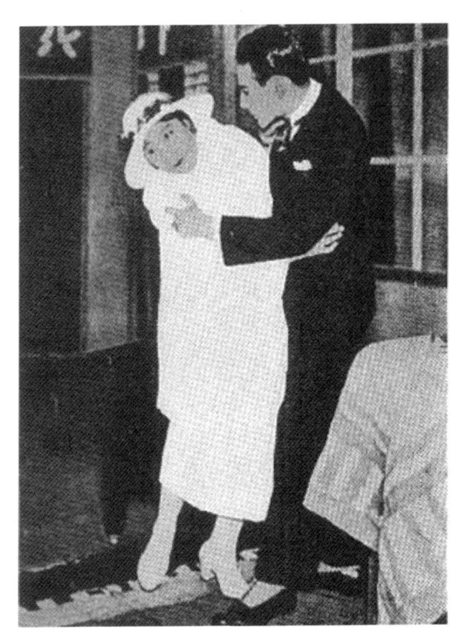

〈사진 1〉 쓰키지(築地) 소극장 제5회 공연 〈인조인간(人造人間)〉 4막, 1924.7.

행' 지식인과는 달리 일본 유학 경유의 서구문학의 지식 수용에서 더듬어 온 거친 역사의 형적, 이것을 개인의 영어 실력으로 뛰어넘을 수 있는 것은 아니다. 이러한 의미에서 여러 층위에서 김우진의 일본 체험을 매개의 문제성에서 고찰한다. 일본어가 매개하는 '서양에의 탐닉'의 제 양상은 비단 중역의 문제에 국한된 것은 아니다.

도쿄의 쓰키지築地 소극장에서 관람한 카렐 차펙Karel Ćapek의 〈인조인간R. U. R, Rossum's Universal Robots〉(〈사진 1〉)에 김우진과 함께 극예술협회를 결성했던 홍해성이 출연했던[52] 관극평[53]의 풍부한 지식과 작품 해설에 담긴 '문명 비판적'인 비평적 혜안은, 식민지 조선의 세계를 향한, 동시성을 욕망하는 김우진의 당대의 서구의 지식과 문화에 정통한 첨단의 수준을 보여준다.

동시대는 다이쇼기(1912~1926)로서 요시미 슌야吉見俊哉에 따르면, 1920년대 일본은 도시소비 문화와 미디어의 범람과 새로운 예술적 실천 및 모던 걸과 모던 보이 등이 '모던'의 표상으로 떠오르면서, 1923년 '간토關東대지진'을 계기로 '부흥'한 도쿄는 당시 일본 모더니즘의 최대 상

---

52 권순종, 「1920년대 학생극 운동과 김우진 · 홍해성」, 김우진연구회 편, 앞의 책, 37면. 홍해성은 쓰키치 소극장 제44회 공연(1926.3.5~14) 버나드 쇼 원작, 北村喜八 역, 〈聖ジョウン〉에 출연했다. 田中榮三, 『明治大正新劇史資料』, 演劇出版社, 1964, 220면.

53 S. K, 「築地小劇場에서 「人造人間」을 보고」, 『개벽』, 1926.8.

징이었다. 제1차 세계대전 후의 유럽, 특히 패전국 독일에서는 19세기적 근대적 합리주의와 과학주의에 대한 비판과 극복의 모티프가 선명히 부조되기 시작했다.[54] 일본의 잡지 『思想』에서 편성된 1920년대 특집 좌담회를 주도한 이키마쓰 케이조生松敬三가 요약한 바와 같이, 바이마르 시기 독일의 문화에서 현대성이 재발견되고 그에 대한 관심이 확대되는 과정에서 모더니즘 예술, 특히 표현주의의 관심이 고조되어 도쿄, 파리, 런던, 뉴욕으로 확대되는 세계의 동시성을 출현시켰다. 사상・문화・의식의 세계적 동시성이 1920년대 성립한다는 것이다. "인류 사상 처음으로 세계적 보편성이 일상에서 체험되기 시작"한 이 자본주의적 세계적 동시성은 글로벌한 동질화를 초래한 것은 아니었다. 분열과 굴절・항쟁의 발생으로 "전체성의 와해와 분단이 혁명의 이미지와 불가분의 관계였던" 1920년대, 세계적 동시성에 주목하였다.[55]

리얼리즘 중심의 한국 희곡문학 분야에서도, 일찍이 내면의 진실을 찾는 표현주의에 입각한 희곡 창작에 매진해왔던 그의 외국 사조에 대한 이해의 깊이와 동시대성에서 괄목할 만한 족적을 남겼다. 이미원에 따르면, 서구 유럽에서는 사실주의와 자연주의가 융성했던 19세기 말, 이에 대한 회의가 싹트면서 20세기 초에는 다양한 반사실주의 운동이 발생하여 표현주의를 위시한 다양한 사조의 온상이 되었다. 이러한 서구와 거의 동시대에 작품화한[56] 표현주의 계열의 희곡 「난파」나 「산돼지」 등 자아분열의 문제나 소외의 문제를 주관주의적 기법으로 접근하

54 요시미 슌야(吉見俊哉), 허보윤 역, 「제국 수도 도쿄와 모더니티의 문화정치 1920~30년대에 대한 시각」, 요시미 슌야 외, 연구공간 수유+너머 일본 근대와 젠더 세미나팀 역, 『확장하는 모더니티－1920~30년대 근대 일본의 문화사』, 소명출판, 2007, 17~27면.

55 위의 글, 68~69면.

56 座談會, 「1920年代を教る」, 『思想』(特集1920年代現代思想の源流(1)), 岩波書店, 1981.10; 이미원, 앞의 책, 192~193면.

여 모더니즘 계열의 특징인 불안과 소외의 주제의 기법과 동일한 궤도에서 '현대성'의 면모와 방법적 특성이 탐구된,[57] 희곡의 표현주의의 특질은 세계문학을 향한 동시성의 욕망을 추동하는 김우진 문학 연구의 특질을 단적으로 드러낸다.

근년, 김우진 문학의 특질을 '식민지의 모더니티'의 범주에서 '마르크스'의 유령과 '햄릿'의 유령 사이에서 배회하는, 우울한 지식인의 내면 풍경으로서의 희곡 「난파」는, "대문자 주체Subject"를 뛰어넘고자 고투했던 '부재하는 현존'으로서의 '유령성'을 현출시킨, 1920년대 한국의 식민지적 모더니티에 대한 작가의 고민으로 접근하려는 시도는,[58] 영어의 글쓰기가 일본을 상대화하는, 주체를 뛰어넘고자 하는 초월의 언어 의식의 산물일 가능성을 시사한다. 제국 일본과의 관계성에서 출현한 식민지의 모더니티라는 접근 방식은, '김우진이 처한 역사적 위치'에서 포스트콜로니얼Postcolonial의 연구와도 접맥된다. 일본을 통해 이입된 '일본식' 문화에 대한 김우진의 단호한 비판적 태도는 식민 담론이 유포하는 '식민이데올로기에 순종하는 착한 주체'와 변별되는 저항하는 주체 설정을 서구와의 관계에서 부각시켜,[59] '현실 변혁의 '저항'의 메시지로의 '전유appropriation'라는 다양한 탈식민의 가능성에서 김우진 문학은 새롭게 재조명되었다.[60]

현대인의 욕망은 중개자에 의해 암시된 욕망을 소유함으로써 대상

---

57 김성희, 앞의 글, 152면.
58 박명진 · 조현준, 「김우진과 식민지 모더니티」, 『어문론총』 53, 중앙대 어문학회, 2013.
59 김재석, 「근대극 전환기 한일 신파극의 근대성에 대한 비교연극학적 연구」, 『한국극예술연구』 17, 한국극예술학회, 2003; 이덕기, 「김우진 희곡의 형상화 연구」, 위의 책.
60 이승현, 「김우진 희곡 「정오」에 나타난 탈식민적 양상 고찰」, 『한국극예술연구』 33, 한국극예술학회, 2011; 배지연, 「김우진 「이영녀」의 탈식민성 연구」, 『현대문학이론연구』 44, 현대문학이론학회, 2011, 300면.

을 욕망한다는 르네 지라르René Girard의 욕망하는 주체와 대상과 중개자의 삼각형의 욕망 구조의 이론[61]을 원용한다면, 일본의 시선을 통해서만 수용한 식민지 조선의 '모방'과 이식에 의한 문화 이입과는 달리 김우진은 세계의 동시성을 욕망하는 "소개자, 비평자, 번역자"로서의 독보적 행보를 취해온 셈이다. 그러나 이것은 서구와의 관계성만을 주시하는 형태로 일본을 배제해 왔다는 의미는 아니다. 당시로서는 드물게도 일기, 평론 등에서 출전과 번역자를 명시해 온 김우진의 글쓰기는, 오히려 당대 일본과의 관계 속에서 능동적 자기 주체적 인식의 획득과 세계사적 보편적인 지식을 바탕으로 객관 세계와 자기를 응시하는 번역 주체의 위치에 자각적인 김우진의 문학 행위로서 해방 이후의 내셔널리즘에 기반한 문학사에서 일본은 축소되거나 소거되었다. 일본에 동일시한 모방이나 일본 지우기 등의 단일한 사고로 회수하는 패러다임은 상호 대항적이라기보다 매개와 매개되는 자의 상호 침투하는 인식 주체의 능동적 작용이 간과되는 무매개적인 시각에서 뿌리를 같이 한다. 김우진의 삶과 문학 예술적 지층은 공동체 내부의 안과 밖으로 빗금 쳐 온 역사의 다양한 경계를 통과하는 매개의 관점을 환기시키는 현재적 문제를 내장한다. 매개하는 것과 매개되는 것의 상호 교호적 부정과 지양의 변증법적 상호 침투 속에서 제각기 자기동일적인 본질 즉 중심이면서 또 매사媒辭이기도 하는 상호 총합되는 실천의 주체로 전화 발전한다는 헤겔G. Wilhelm Friedrich Hegel의 매개Vermittlung의 개념은 일본어 번역과 서적의 매개mediation에 의한 김우진의 주체 인식을 설명하는 근거를 제공한다.

---

61 르네 지라르(René Girard), 김치수 · 송의경 역, 「'삼각형'의 욕망」, 『낭만적 거짓과 소설적 진실』, 한길사, 2001.

자아와 타자, 주관과 객관 사이의 변증법적 상호 침투로 타자와의 매개가 동시에 자기와의 매개라는 매개 개념[62]은 서구와 제국 일본과 식민지 조선이라는 삼자 관계의 내적 연관의 구조와 동시에 김우진의 사유와 문학 형성 과정을 설명해준다. 헤겔의 매개를 다양성과 이질성들의 창출을 가능하게 하는 조건들에 대한 사유로서 동일성을 획일성으로 환원하지 않고 이질성 내에서 자신의 가능성을 발견하는 노력, 즉 타자 속에서 자신으로 머무르는 것을 정신과 주체의 진정한 힘으로 보는 헤겔의 변증법적 사유는 타자를 개별성과 구별되면서도 단순히 개별성에 대립되어 있는 존재가 아니라 타자는 개별성의 존립에서의 필수적인 구성적 계기라는 점에서 존재하는 타자와 개별성의 이중적 연관을 매개로 이해한다.[63] 이러한 헤겔의 매개의 개념의 밑바탕에서 일본과의 관계에서 형성된 김우진의 비동일적 정체성을 '타자에서 자기 자신으로의 운동'으로 비유한 헤겔의 매개적 사유의 방식[64]에서 해명될 가능성을 얻게 된다.

이에 본서에서는 "생명력인가, 이성인가"라는 생애 집요하게 추구하던 질의 그 자체, 감각·감정·에너지·열정의 세계와 이지·이성의 대립적 세계의 표상을 구성하기 위한 노력을 경주하는, 김우진의 생애와 문학 세계를 관통하는 사유 방식으로 간주한다. 김우진 비평의 생명력 개념에 내재하는 분열성을 슬라보예 지젝Slavoj Žižzek의 시차적[65]

---

62 임석진, 「변증법과 실천을 매개하는 헤겔 철학의 원환적 이중운동－한국적 조명의 실마리」, 『헤겔연구』 1, 한국헤겔학회, 1984, 143~147면.

63 나종석, 「매개적 사유와 사회인문학의 철학적 기초」, 『사회와 철학』 21, 사회와철학연구회, 2011, 166~167면.

64 위의 글, 167면.

65 시차(視差, parallax)란 두 층위 사이에 어떠한 공통 언어나 공유된 기반도 존재하지 않는 이율배반(antinomy)의 양립 불가능한 현상으로, 어떠한 종합이나 매개가 불가능한

관점에서 분석한 논고에 따르면, 김우진의 생명력의 기표가 함축하는 인간의 창조력과 현실 변혁의 힘의 두 차원의 능력을 사고하는 데 유효하여, 이 두 가지 능력을 중개하는 매개를 예술적 활동으로 파악하였다.[66] 생명력 개념의 분열성은, 김우진이 의식한 '생명의 모순'에 포괄되는 것이다. 또한 동일한 공간 속에 양립 불가능한 대극들의 공존을 인식한다는 지젝의 시차 개념은 양자의 매개의 가능성을 전제한다는 맥락에서 "생명력"과 "이성"이라는 대립항의 선택의 질의가 함축하는 매개적 사유의 가능성 탐색에는 제한적인 것이다. "생명력이냐, 이성이냐"의 의제는, 그 어떠한 '생'의 철학에서도 문제시한 바 없는, 그의 생명력의 사유의 특질과 연관된 것으로서, 단지 햄릿을 표상하는 기표에 한정되지 않는다.

일본에서 식민지 조선을 발견하는 김우진의 생애와 문학은, 타자와 자기가 맺는 '이중적' 관계의 매개적 사유의 가능성을 함축한다. 따라서 본서에서는 서구와의 관계에서 간과된 일본이라는 타자를 매개의 시각에서 가시화한다. '사상을 매개하는 언어'라는 그의 언어의식에 기초하여 일본어가 매개하는 문화 수용 양상을 분석한다.

일본어가 매개하는 김우진의 텍스트 분석의 제 양상은, 영어 원전의 일본어 번역을 포함하여 창작 언어로서의 일본어 글쓰기 및 일본어에서 한국어로 전환한 『마음의 자취』의 표기 문제와 일기에 나타난 일본어 연극의 수용 및 일본어 서적과 일본어로 강의하는 수업을 통한 교양의 신체화에 이르기까지 유학생의 일상의 문화적 영위에 걸쳐진 텍스

지점사이에서 끊임없이 동요하는, 일종의 시차적 관점으로 파악될 수 있다는 것이다. 슬라보예 지젝(Slavoj Žižzek), 김서영 역, 『시차적 관점』, 열린책들, 2009, 14면.

66 심우일, 「김우진 비평에 나타난 생명력 개념 고찰」, 김우진연구회 편, 『김우진 연구』, 푸른사상, 2017, 313~316면.

트의 범위는 광범위하고 다양하다.

김우진 스스로 "여명黎明에 서 있는 젊은이"로 자기를 표상하여 자신이 처한 이원적 분열의 상태에서 빠져나와 새로운 광명의 세계로 나아갈 만한 지혜와 용기를 자문했던 "생명력인가, 이성인가"라는 화두는, "전통과 현대성의 경계선",[67] 생명력과 이성, 주관과 객관, 자기와 타자, 생과 사 등 다양한 대립물의 변증법적 통일을 추구했던 그의 치열한 사색을 집약하는 매개적 사유의 문제성을 보여준다. 주관과 객관 사이의 변증법적 상호 침투로 타자와의 매개가 동시에 자기와의 매개라는 매개 개념은, 서양과 제국 일본, 그리고 식민지 조선의 위치에 자각적인 김우진의 일본 체험의 문제성의 핵심이라 할 것이다. 이것은 비단 일본어 번역이 매개한 '서양에의 탐닉'의 양상만을 의미하는 것은 아니다.

대가족제도 아래 '근대적 자아를 표출'하는 한시[68]가 개인의 내면을 드러내는 자유시로 대체되고 일본어 시와 소설로 다시 '국문'으로 회귀하며 희곡에 이르는 과정은 그 시기의 언어적 상황 속에서 언어・장르의 매개를 거쳐 표현 방식의 변화를 내포하는 의의가 있다. 한국어 창작에서도 일본어 문학의 관습과 장르가 매개하는 상상력의 작용에서 내면의 표현 방식과 장르의 변화를 수반해 왔다. 이러한 김우진의 문학은 개별 장르 형성의 시발점이 되는 결과를 야기함으로써 근대 초 지식인의 멀티미디어적인 문학 행위 전반을 조감할 필요가 있다. 유년의 한학 교육에서 고등교육에 이르기까지 조선과 일본을 넘나들며 당대

---

67 김성희, 앞의 글, 156면.

68 정대성, 「한국 근대시의 먼동－수산 김우진의 한시-전통의 변용과 창출, 전통과 근대의 변증법」, 『민족문화논총』 31, 영남대 민족문화연구소, 2005, 551면; 장선희, 「근대 전환기 신(新), 구(舊) 문화의 충돌과 수용에 관한 연구－목포지역 김성규와 김우진의 경우」, 『고시가연구』 16, 한국고시가문학회, 2005.

최상의 교육에서 습득한 리터러시 능력과 다방면에 걸친 독서에서 획득한 풍부한 교양과 문학적 소양으로 다양한 장르와 언어로 자기 표현을 경주해왔다. 식민지 조선의 근대소설의 상상에서 참조된 문학과 연극 장르의 매개에서 수업과 강연, 독서 등으로 획득한 일본 다이쇼기의 교양과 지식, 문화 관습, 또는 베르그송의 생의 철학이 매개된 동시대 일본의 생명 담론의 영향, 혹은 무샤노고지 사네아쓰武者小路実篤의 〈그 여동생その妹〉의 연극 관람 등 다양한 미디어가 매개된 시라카바파白樺派의 문학 수용에 이르기까지 매개성은 김우진의 일본 유학 체험에 근간한 제반의 문화 수용을 아우르는 핵심 개념이다. 번역과 장르, 서적과 극예술, 교양과 문화 콘텍스트 등 일본어라는 언어가 매개한 영향을 포괄하는 매개성의 시각은 김우진의 생애와 문학을 새롭게 조망하는, 발본적인 새로운 정보와 지식을 창출할 것이다.

이로써 오늘날에도 지속적인 문화의 접경지대contact zone의 지점에서 발생하는 문화횡단transculturation의 현상으로서 파악하는 새로운 시야를 열 것이다. 그러므로 작가 연구와 다양한 방법론의 작품론이 축적된 현 시점에서 새롭게 논의할 담론 구성을, 일본어라는 매개의 기축에서 김우진의 삶과 문학을 논의하는 지형을 창출한다는 점에 본서의 독창성이 있다. 이러한 문제 영역에서 분석 대상을 취사선택함으로써, 그간의 연구사에서 상대적으로 경시해 온 습작으로 간주된 소설 「공상문학」과 일기 『마음의 자취』, 일본어 소설과 옛이야기의 다시 쓰기 등의 일본어 글쓰기, 아일랜드의 시사詩史 평론의 일본어 번역 및 일본 다이쇼기의 '생명' 담론의 맥락을 조명하고 희곡 「산돼지」를 이러한 '생명력' 철학의 관계에서 분석했다. 근대극 연구의 선구자, "최초의 극작가"로서 연극사에서 자리매김되어 왔던 종래의 김우진 연구의 성과를 바탕으로, 일본어의 매개의 문제 영역에서 의미 있는 대상을 선별하였다.

일본 유학 시절을 중심으로 일본의 영향 관계를 고찰했던 기존의 자전적 실증적인 연구와 외국문학의 영향을 밝힌 비교문학 등 기존의 선행 연구에서는 주로 영어 텍스트의 번역과 비교했다.[69] 본서에서는 김우진의 생애와 문학예술에 나타난 일본의 매개라는 문제성에서 동시대 참조된 일본어 번역을 포함하여 문화 전반으로 대상을 확장한다. 일본 유학을 경유한 한국 근대 문인의 전반적인 특질을 공유하면서도 김우진의 생애와 문학의 '일본'이라는 매개는 각별한 문화사적 의의를 내포한다. 일본어라는 언어의 문제를 근간으로 하는 매개의 문제성에 착목한 본서의 특징은 다음과 같다.

첫째, 일본 유학의 이문화 체험을 매개의 문제의식에서 고찰한다. 모방과 이식을 넘어 "부단한 새 생명의 창조"로서의 자기 발견과 자기언급성self referentiality의 문학 특질의 형성에서의 외국 문화의 영향을 일본의 이문화 수용의 시각에서 조망한다. 일기 『마음의 자취心の跡』(1919~1925)를 분석 대상으로 포함하여 영문학과의 문학 수업을 수강하고 연극을 관람한 당시의 일본 대학생들의 청년 문화를 향유하면서 식민지 조선의 모국어를 재발견하는 이국 체험의 실상에 육박함으로써, 김우진의 생애와 문학을 일본과의 관계성에서 재조명한다. 이러한 의미에서 『마음의 자취』의 다언어의 표기의 언어와 스케치 등의 회화 표현, 시의 인용 및 자작시의 삽입 등 다양한 표현 매체로 풍부한 감성과 섬세한 내면을 소묘한 젊은 예술가의 내면의 기록으로서의 자화상을 소묘한다.

---

69 유인순, 「「공상문학」에 대한 비교문학적 연구-『사의 승리』 및 〈환상을 쫓는 여인〉을 중심으로」, 『이화어문논집』 9, 이화여대, 1987; 손필영, 앞의 글.

둘째, 김우진의 외국문학과 사상의 수용을 그것이 전달되는 미디어의 문제로 파악함으로써 일본어 번역을 포함한 원작original과 저본의 발굴 등을 통해, 영향의 실체에 대한 객관적·심층적인 분석을 시도한다. 또한 외국 문화의 영향을 문학 작품과 극예술 등의 장르와 언어, 전달 매체 등으로 분절하여 일본어의 매개를 둘러싼 심화된 정보와 지식을 창출한다. 모든 미디어는 경험을 새로운 형태로 바꾸는 적극적인 힘을 갖는 은유[70]라는 M. 매클루언Marshall Mcluhan식의 미디어와 내용의 관계로 보자면 소통의 형식은 특정한 종류의 메시지에 적합하고 내용은 어떠한 형식으로 존재하여 그 형식의 역학에 의하여 지배된다. 김우진의 언어와 장르도 내용의 관계에서 외화되는 형식의 일 유형인 것이다. 이러한 미디어 그 자체의 메시지성에 주목한다면 일본어의 매개는 지식 체계와의 '간격'이 아니라 굴절과 변용의 지식 체계로 '연결'되는 미디어로 김우진 문학 세계를 보다 분절적으로 이해하는 지식 기반을 제공한다.

셋째, 일본어 소설과 번역 등 다양한 일본어 글쓰기를 분석 대상으로 포함하여 텍스트의 범위를 확장한다. 종래 미발표 습작으로 간주되거나 자전적 생애를 고찰하기 위한 사료적 가치에서 다루어 왔던 일본어 소설과 일본어 시, 평론 번역 등의 일본어 글쓰기로 외연을 넓혀 분석했다. 특히, 모어의 발견과 일본어 글쓰기가 양립하는 김우진의 이중 언어의 인식은, 일본어가 국어로 강제되던 식민지 조선의 언어적 상황으로 포획할 수 없는 일본 유학생의 환경과 개인의 실존적 조건과 상황에 기초한 언어 의식의 특질을 고찰한다.

---

70 마샬 맥루한, 박정규 역, 『미디어의 이해』, 커뮤니케이션북스, 2007, 67면.

넷째, '저항'과 '전유'에 의한 대항 내셔널리즘의 논리에서 '정사'로 마감한 비극적인 생애의 궤적에 이르기까지 작가의 내면 형성의 내밀한 계기들을 추적함으로써 '생명력'의 사유와 삶, 문학예술의 통합적인 연구를 모색한다. 특히, 서구 철학과의 관련성에서만 논의되어 왔던 기존 연구와 달리, 서구의 사상을 수용한 일본의 '생'의 철학의 매개에서 형성된 '생명력의 사유와 역사의식의 충돌'이라는 선행 연구에서 제기된 모순을 다이쇼 데모크라시 시대의 생명 담론의 확장된 시야에서 고찰한다. 생명 사상의 원류라 할 베르그송의 생의 철학을 오스기 사카에大杉栄를 매개로 수용한 다이쇼 시대의 생명담론과의 관계로 확장하여 검토함으로써 이러한 모순이 다이쇼 데모크라시대 특유의 계급의식과 민주적 권리 의식이 고조되는 시대와 연관된 특질임을 고찰한다. 쇼펜하우어・베르그송・니체 등 서구 철학의 영향으로 간주된 기존 연구의 김우진의 생명력의 사유를 그것의 형성 과정과 문학과 맺는 연관성에서 서구 철학을 수용한 일본의 생의 철학을 한국의 그것으로 무매개적인 것으로 치환해 왔던 수용의 과정[71]에서 일본과 구별되는 김우진의 특질과 고유성을 분석하는 본서를 통해 매개의 문제성이 다양한 층위에서 관철되는 양상을 드러낸다. 이러한 문제의식에 입각한 연구의 특질에서 본서의 구성은 다음과 같다.

1장 「식민지 조선의 근대소설의 상상－소설 「공상문학空想文學」」에서는 미발표의 습작으로 알려진 한국어 소설 「공상문학」의 문학사적 의의를 해명하려는 것이다. 그간 토마드 하디Thomas Hardy의 소설과의 비교 연구가 이루어져 왔던 기존 연구를 바탕으로 일본문화를 시야에 넣

71 권정희, 「〈인형의 집〉의 수용과 1920년대 '생명' 담론」, 『한국학연구』 42, 고려대 한국학연구소, 2011, 73면.

어 작품의 구성 원리와 의미를 고찰한다. 이를 위하여 장르표지와 같은 표제에 착안하여, 문학의 상상력과 '공상'의 함의의 분석을 통해 식민지 조선에서 근대소설을 상상하는 방식을 탐색한다. 1910년대인 근대 초기의 조선의 소설과 서양소설을 애독하는 문학 지망의 여주인공이 등장하는 서사적 의미와 인물의 조형 방식의 의의 및 활동사진・가정극 등 연극성의 특질이 매개된 소설 성립 과정을 조명한다.

2장 「일본 유학생의 자기 표상과 연극 수용—일기 『마음의 자취心の跡』」에서는 식민지 조선과 일본을 왕복한 김우진의 유학과 귀국 직후의 시기의 일기를 분석한다. '기록의 단편'으로서의 일기의 수업과 강연회 및 연극・공연 관람 기술 등을 단서로 유학생의 일상과 극예술을 중심으로 일본 다이쇼 문화의 영향을 살펴본다. 신파극에서 일본의 창작극과 서구의 번역・번안극에 이르기까지 '생명'을 주제로 한 다양한 극 미디어의 체험을 통해 일본가 매개한 연극의 수용 양상을 고찰한다. 또한 일본 다이쇼 시대를 배경으로 식민지 조선인으로서의 자각과 개성적인 '참 자기'를 형성해가는 '개인주의자individualist'로서의 자기 표상의 궤적을 소묘한다. 이를 통해 일기를 텍스트로 하여 "속박을 벗어난 생물처럼" 생의 '완미完美'를 위한 가출이 죽음으로 귀결하는 역설적 생애의 생과 사와 예술과 미의식, 자기 소멸의 의식 등의 편린에서 윤심덕과의 '정사情死'에 이르는 심정과 논리를 탐구한다. 이때 『마음의 자취』의 텍스트를 활자 미디어에 의한 전집 판본(〈사진 2〉)과 친필 수기手記의 영인본(〈사진 3〉)을 비교함으로써 낙서, 지워진 문자, 스케치 등 활자 미디어로 재현되지 못한 날짜의 일기도 작가의 심정과 복잡한 정황을 표현하는 물질성의 흔적으로 간주하여 미디어의 차이를 의식한 일기 분석을 단행한다.

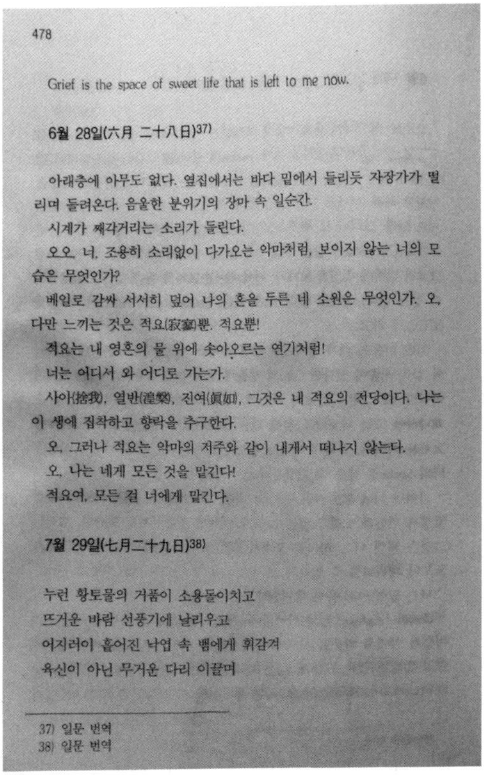

478

Grief is the space of sweet life that is left to me now.

6월 28일(六月 二十八日)[37)]

아래층에 아무도 없다. 옆집에서는 바다 밑에서 들리듯 자장가가 떨리며 들려온다. 음울한 분위기의 장마 속 일순간.

시계가 째각거리는 소리가 들린다.

오오, 너, 조용히 소리없이 다가오는 악마처럼, 보이지 않는 너의 모습은 무엇인가?

베일로 감싸 서서히 덮어 나의 혼을 두른 네 소원은 무엇인가. 오, 다만 느끼는 것은 적요(寂寥)뿐. 적요뿐!

적요는 내 영혼의 물 위에 솟아오르는 연기처럼!

너는 어디서 와 어디로 가는가.

사아(捨我), 열반(涅槃), 진여(眞如), 그것은 내 적요의 전당이다. 나는 이 생에 집착하고 향락을 추구한다.

오, 그러나 적요는 악마의 저주와 같이 내게서 떠나지 않는다.

오, 나는 네게 모든 것을 맡긴다!

적요여, 모든 걸 너에게 맡긴다.

7월 29일(七月二十九日)[38)]

누런 황토물의 거품이 소용돌이치고
뜨거운 바람 선풍기에 날리우고
어지러이 흩어진 낙엽 속 뱀에게 휘감겨
육신이 아닌 무거운 다리 이끌며

37) 일문 번역
38) 일문 번역

〈사진 2〉 6월 28일에 이어 7월 29일의 일기가 한국어로 쓰여 있다. 『김우진 전집』 II.

3장에서는 「번역과 강의로 읽는 문학의 수용—일본어가 매개된 '서구탐닉'과 교양의 형성」에서는 일기를 중심으로 연극, 문학, 평론 등의 다양한 글쓰기에 나타난 독서 형태와 일본어 서적의 미디어의 문제를 다룬다. 이를 통해 일본어 번역이 매개된 '서구에의 탐닉'의 양상으로서 일본어의 언어와 문화적 컨텍스트를 교차시키는 외국문화의 영향과 내면의 심상 풍경을 조명한다. 서구문학만이 아니라 일본문학과 사상에 심취된 폭넓고 방대한 독서 방식과 수업의 단상을 통해 김우진의 문학 취향과 교양 및 영문학도로서의 전문 지식을 형성해가는 다이쇼 교양주의의 시대적 배경과 일본 유학의 의미를 살핀다. 특히 일기의 메모를 단서로 '완미'의 미의식, '생활의 예술화' 등에서 비견되는 다카야마 조규의 '미적 생활론'의 고찰을 통해 일본문학의 영향을 살펴본다.

4장 「일본어 글쓰기로 읽는 이중 언어의 시학—근대문학의 공백과 일본어 소설」에서는 두 편의 일본어 소설의 의의를 이중 언어 인식과 관련하여 분석한다. 선행 연구가 전무한 두 편의 일본어 글쓰기는 근대소설이 성립되는 시기의 사적·공적 영역의 재편과 언어 편제와 맞물

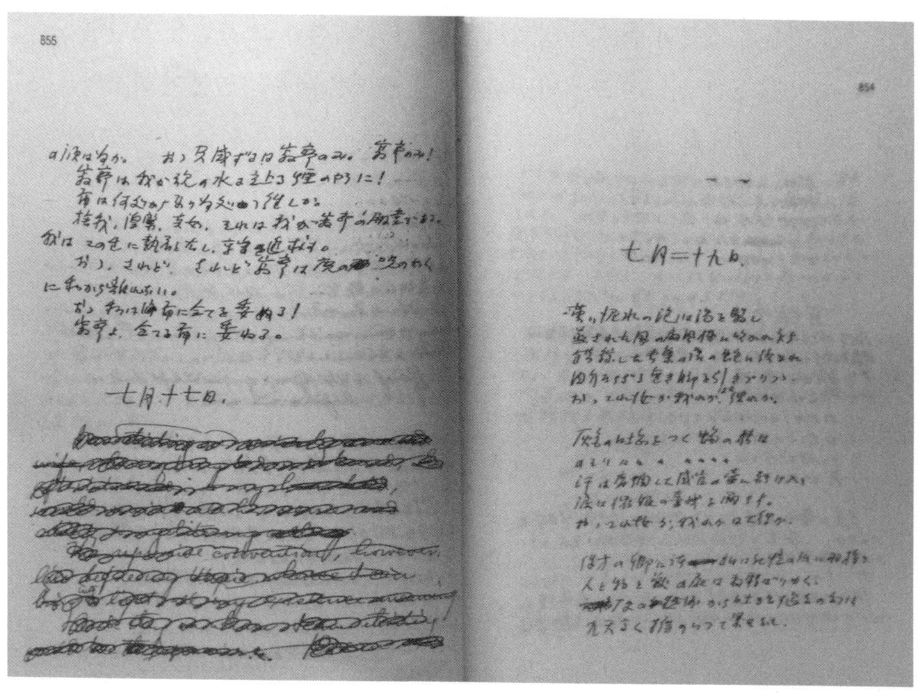
855

七月十七日.

854

七月二十九日.

〈사진 3〉 7월 29일 일본어로 쓴 일기 사이에 17일의 일기가 지워져 있다. 『김우진 전집』 III.

린 소설의 언어를 일본어로 집필한 창작의 분석을 통해 각기 연애와 부부애를 제재로 한 소설과 '모노가타리物語'라는 이야기 형식의 일본어 글쓰기의 의의를 모색한다. 일종의 실험적 글쓰기라 할 「동굴 위에 선 사람洞窟の上に立てる人」(1921)의, 식민지 조선의 유학생의 사상적 고뇌와 열애의 열정에 휩싸인 남성과 히로인의 인물 조형의 분석을 통해 성악가 윤심덕을 형상화한 자전적 소설로서의 독해를 시도한다. 또한 옛이야기의 다시쓰기 방식으로 「옛 조선의 아름다운 이야기昔の朝鮮の美しい物語」라는 부제를 달아 '이야기(모노가타리)'라는 장르를 표방한 「방련은 어찌하여 나병의 남편을 완쾌시켰는가芳蓮はいかにして癩病の夫を全快させたか」(연대미상)의 의리에 기반한 부부애 표상의 분석을 통해 사적 체험

과 결부된 소설과 이야기 장르의 서사 성립 배경과 그 특질을 조망한다. 이를 통해 식민지 조선의 근대문학의 공백을 메우는 일본어 창작의 자기 '표현의 욕망과 은폐의 착종된 일본어 글쓰기의 함의를 고찰한다.

5장 「일본어 번역과 아일랜드의 발견―문예잡지 『마사고眞砂』 수록 「애란의 시사愛蘭の詩史」의 성립」에서는 패드라익 콜럼Padraic Colum의 평론의 원본을 발굴, 특정하여 일본어 번역의 성립을 해명하고 그 의의를 분석한다. 또한 선행 연구에서 '미확인'의 형태였던 『마사고』라는 잡지의 특질을 개관함으로써 김우진의 아일랜드 발견에 이르는 배경을 새롭게 드러내고, 매체가 김우진의 삶과 문학에 끼친 영향을 고찰한다. 이를 통해 식민지 조선 출신의 영문학도로서의 번역 주체의 아일랜드 발견의 도정에서 와세다대학 영문과 출신의 주요 기고자들이 일본의 아일랜드 수용에 공헌한 학문적 배경과 아일랜드문학에서 식민지의 '새로운 조선문학' 탐색의 계기로서의 일본어 번역의 의의를 드러낸다. 김우진의 '조선의 발견'이 일본 유학을 경유하면서, 영국과 아일랜드라는 동시대 서구 제국과 식민지의 국민국가와 문학을 둘러싼 보편적인 역사 인식에 촉발된 아일랜드의 발견의 경위를 가시화한다. 이로써 「애란의 시사」의 일본어 번역을 일본과 한국의 아일랜드문학 수용에서 위상을 부여하고 서구문학 수용에서의 일본의 매개성의 문제가 구현되는 일 양상을 살펴본다.

6장 「'생명력'의 사유와 일본의 '생명' 담론―다이쇼기 베르그송의 '생'의 철학의 수용을 중심으로」에서는 김우진의 '생명력'의 사유를 일본 다이쇼 시대의 '생명' 담론을 시좌로 하여 고찰한다. 선행 연구에서 '생명력과 역사의식의 충돌'로 요약한 바와 같이 현실 인식과 '생명력'의 사유는 간극이 존재하는 것처럼 보인다. 이 차이의 분석에 일본 다이쇼 시대를 특징짓는 생명의 키워드가 단서가 된다. 다이쇼기의 '생명' 담론의 중심인 베르그송의 생의 철학을 오스기 사카에의 생의 철학이라는 매개를 포함하여 시라카바파白樺派의 '내부생명inner life'에 이르기까지 다이쇼기의 생명담론의 진폭에서 '생명력'의 사유와 역사의식과의 간극의 특질을 해명한다. 김우진의 '생명력'의 사유와 베르그송과 동시대의 생명력의 철학이 맺는 관계에 대한 심층적인 이해를 통해, 그의 평론·수상·일기 등에 나타난 현실 인식과 생명력의 사유가 어떻게 접속되는지 규명한다.

7장에서는 「"생명력의 리듬"의 형식—희곡 「산돼지」의 자화상」에서는 김우진 문학의 특질을 '생명력'의 사유로 집약한 선행 연구의 성과를 바탕으로 희곡 구성의 창작 원리와의 관련성에서 '생명' 담론의 특질과 의의를 살펴보려는 시도이다. 이를 위하여 이 글에서는 희곡 「산돼지」가 베르그송의 '생'의 철학과 공명하는 사유 안에서 구상되었다는 가설을 제기한다. '생명력'의 사유가 희곡에 끼친 영향을 작가가 구상한 "생명력의 리듬"의 스케치에 주목하여 베르그송의 '생'의 철학을 바탕으로 극의 내용의 형식의 구성을 밝힌 것이다. 전3막으로 된 희곡 작품의 구성은 '내부 생명의 리듬'을 극으로 구상하여 식민지 조선 청년의 내면의 세계가 희곡 장르에 등장하는 것이다. 이로써 김우진의 '생명력'의 철학을 개념적으로 설명하는 방식에서는 해명하기 어려운 '내부 생명의 리듬'의 구성이라는 특질에 접근하였다. 생명력이 극적으로 발현되는 형식으로서의 생명력의 이론과 희곡 실천의 상호 역동적인 관련의 양상을 드러낸다.

이상의 구성을 통하여 종장에서는 7장에 걸친 본론의 다양한 문화크로스로서의 김우진의 다양한 글쓰기의 논의를 총괄하면서 일본어가 매개하는 텍스트의 의의를 종합적으로 정리한다. 이를 통해, 그의 텍스트를 일관하는 "생명력인가, 이성인가!"라는 질문 그 자체, 감각과 이성의 대립적 세계의 질서를 의심하면서 매개적 사유를 추구하려는 김우진의 '생명력'의 사유의 특질과 관련한 것임을 기술한다. 또한 시와 에세이, 평론 등을 통해 특유의 생과 사의 논리를 도출하여, 동시대 '정사'를 향하는 육체를 정신성의 우위에서 도달하게 되는 김우진의 '연애'와 죽음의 의식을 '생명력'의 사유와 동시대 일본의 '정사'라는 '신주心中'의 문화적 배경에서 조명하는 의의를 서술한다. 생과 '생명력'의 이항대립적 세계의 길항 속에 분출하는 '자유의지'가 구가하는, 억압된 영혼의 해방을 위한 참 생명을 향한 투신에 이르는 생애는, 개인주의자individualist의 탄생이 '정사'라는 파국이 개인을 억압하는 광포한 시대의 산물임을 드러낸다. '생명력'의 사유를 바탕으로 개인의 시선에서 공동체의 가치를 되묻는 새로운 시각은 이러한 진통 속에서 출현하였다. '서양에의 탐닉'으로 표상되어 온 김우진의 생애와 문학을 일본을 매개로 한 문제성에서 조망한 본서는, 김우진에게 일본이란 무엇인가에 대한 나름의 응답이 될 것이다.

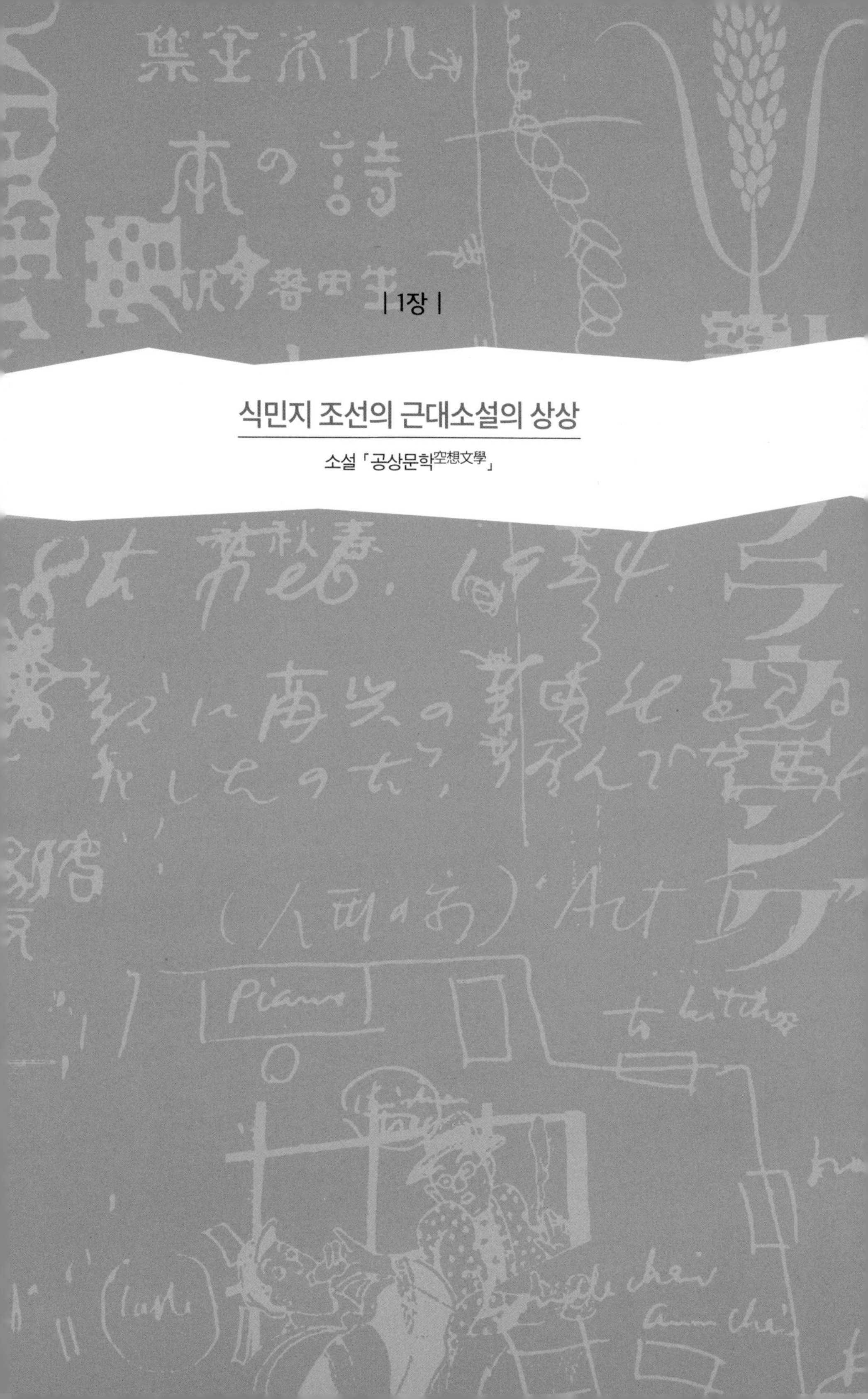

| 1장 |

식민지 조선의 근대소설의 상상

소설 「공상문학空想文學」

Not till the sun excludes you,
do I exclude you!
Not till the waters refuse to glisten
for you and the leaves
to rustle for you, do my
words refuse to glisten and
rustle for you!

— Walt Whitman[1]

1. 「공상문학」의 문제성

—표제의 함의와 연극성이 매개된 근대소설의 장르 크로스

1장에서는 소설 「공상문학」(1913)을 분석한다. 조동일에 의하면 "1913년에 지은 「공상문학」은 창작 당시에 발표했더라면 소설사에서 획기적인 위치를 차지했을 문제작"[2]이라는 평과 같이 그간 「공상문학」은 미발표 소설의 습작으로 간주되어 단편적으로 언급되었을 뿐 본격적인 작품분석이 거의 이루어지지 못했다. 희곡 창작과 평론 작품이 평가의 중심을 이루었던 근대연극사에서 '신극 운동의 선구자'로 자리매김된 이래 김우진 연구는 시와 번역 및 일기, 리포트 등 장르와 언어를 넘나드는 '문학 실험'의 다양한 글쓰기로 연구 대상이 확장되고 있는 근년의 연구 동향을 주시하면서 소설가를 지망하는 여성 주인공의 비극을 그린 「공상

1 정로생, 「공상문학」, 『김우진 전집』 I, 188면.
2 조동일, 『한국문학통사』 5, 지식문화사, 2005, 219면

문학」의 서사의 특이성에 착목한다. '여작가'를 꿈꾸는 여주인공이 "문학으로 인ᄒᆞ야 녀자 일ᄉᆡᆼ의 비참ᄒᆞᆫ 운명"을 겪게 되는 이채로운 서사의 「공상문학」은 1910년대의 근대 초기 한국을 배경으로 『로미오와 줄리엣』 등 서양소설을 비롯한 작품의 독서가 서사의 계기가 되는 히로인의 가정과 문학을 둘러싼 이야기가 전개되는 특이성에서 주목된다.

그간의 「공상문학」을 둘러싼 선행연구로서는 여성의 근대적 자의식의 자각과 자유의지의 태동을[3] 또한 문어체 문장과 우연성의 남발 등 신소설로서의 특징과 문학에 대한 열정을 구현해가는 과정의 묘사로[4] 김우진의 자전적 환경과 그 이후의 생과 일치하는 점에 주목하여 '이룰 수 없는 사랑'의 비극적 이야기로[5] '낭만적인 죽음'과 '사랑'의 호응관계로 김우진의 내면을 살펴보는 자료로서[6] 평자에 따라 강조점은 다르지만 김우진 작가 연구에서 간단히 언급하는데 머물렀다. 「공상문학」을 분석 대상으로 한 개별 연구로서 유인순은 비극적인 죽음이 다눈치오Gabriele D'Anunzio의 『죽음의 승리*The triumph of Death*』(1894)와 유사하다는 유민영의 지적[7]에 의거하여 서양소설과 비교하여 예술관의 유사성을, 토마스 하디T. Hardy의 『환상을 쫓는 여인*An Imaginative Women*』(1893)과의 비교에서는 내용 전개의 유사성과 주인공이 겪는 심리 구조의 대비를 통해 이들 작가들의 시대사조의 영향, 외국문학작품 독서의 완전한 이해와 습득을 통한 확장 단계로 규정짓고 동시대 신소설과 비교하여 신소설과 현대소설 사이의 연결역할을 문학사적 위치로 지적했다.[8] 손필영은 토

3 서연호, 『한국 최초의 실험적 예술가 김우진』, 건국대 출판부, 2000, 66면.
4 이은경, 『수산 김우진 연구』, 월인, 2004, 18~19면.
5 유민영, 『비운의 선구자 윤심덕과 김우진』, 새문사, 2009, 97면.
6 윤진현, 『조선 시민극의 구상과 탈계몽의 미학』, 창비, 2010, 56면.
7 유민영, 「서구에의 탐닉과 자기 파열-김우진론」, 한국극예술학회 편, 『김우진』, 태학사, 1996, 54면.

마스 하디의 『환상을 쫓는 여인』과 비교하여 쇼펜하우어의 영향을 받은 하디와의 연관성을 시사했다. 유사한 모티프를 비교 분석하여 패러디의 가능성을 지니면서도 수산 자신의 삶을 투영한 소설로 평했다.[9]

서양문학과의 비교 연구가 제출된 시점에서 이 글에서는 1910년대 초 급격히 증가한 신소설과 번안소설 및 번역소설의 장르를 벗어난 창작 소설 「공상문학」의 이채로운 작품 세계를 조명한다. 1910년대 신소설・번역소설・번안소설・신파극 등 근대소설과 연극 등 근대 문화의 전체 지형에서 문학의 존재방식과 서적 출판의 독서 상황 및 소설사의 변화와 관련지어 「공상문학」의 성립을 조명한다. 이것은 '문학'을 둘러싼 상상력에서 갖는 '공상'의 함의를 표제와 작중에 명시된 '가정의 비극' 등 장르적 기반과 서사의 연관성을 해명하는 작업을 통해 접근될 수 있다. 다시 말하면, 서양소설을 읽는 여주인공의 등장이라는 서사적 의미는 '문사'라는 작가와 독자, 서적 출판 등 근대소설 구성에 필수불가결한 요소들에 의한 사건 전개에서 초기 근대소설이 어떻게 출판이라는 미디어의 관념과 결부되어 상상되었는가라는 문제를 내재한다. 또한 소설의 성립에 개입된 '공상'과 장르, 표지와 같은 소설 표제의 함의 등 1910년대 초 식민지 조선에서 근대소설을 상상하는 다양한 문제성을 함축하는 의의를 고찰한다.

특히 '가정의 비극'으로 '연출'한다는 기술과 같이, 변사와 같은 서술자를 작중 세계에 노출하는 서술의 자각성을 드러내는 서술 방식에서도 근대 초기의 소설 성립에 연극 장르가 어떻게 개입되는가라는 문제

---

8 유인순, 「「공상문학」에 대한 비교문학적 연구—『사의 승리』 및 「환상을 쫓는 여인」을 중심으로」, 『이화어문논집』 9, 이화여대 한국어문학연구소, 1987 참조.

9 손필영, 「김우진 연구」, 국민대 박사논문, 1998.

성에서도 흥미로운 「공상문학」은 일본 유학 이전의 문학 인식과 1920년대 집필된 김우진의 희곡 창작 사이의 공백을 메우는 단서가 된다.

멜로드라마Melodrama의 개념을 제시하여, 소설이 현실의 재현이 아니라 연극성의 매개를 통해 연극적 관습에 기초하여 등장인물의 행위를 묘사함으로써 연극성을 발판으로 발자크와 제임스 소설의 기초를 구축했다는 피터 브룩스Peter Brooks의 분석은[10] 소설 「공상문학」의 '가정의 비극'의 '연출'의 함의를 해명하는 데 시사점을 제공한다. 「공상문학」의 소설과 연극의 장르 교섭Genre cross에 의한 구성의 특질, 즉 '연극성'의 도입이 근대소설 성립에 기여하는 과정을 고찰하는 데 유효한 것이다. 1910년대 연극성의 매개에서 형성된 소설 장르의 역사성을 드러내는 「공상문학」의 장르 교섭 양상을 '가정비극'의 장르가 다양한 명명으로 통칭되었던 1910년대 '멜로드라마'는 신파극・대중극 등 연극계 용어의 통합이나 소설과 연극을 연계하여 이해하는 시각을 제공한다. 이러한 '가정비극Domestic tragedy'의 '연출'의 의식이 소설세계에 관여되는 방식에서 극적Dramatic인 장르에 기반한 근대소설의 상상을 살필 수 있다.

이러한 문제의식에서 제1장에서는 신소설과 번안소설 등 동시대의 서사 문학과 '가정의 비극'이라는 극적 특질과의 연관성을 모색하여 소설과 희곡 장르의 연속적 기반을 탐색한다. 1910년대 식민지 조선의 미디어 체험과 문학 인식 등 구체적 공간의 맥락의 차이를 의식하면서 '멜로드라마'의 개념을 바탕으로 소설에 나타난 연극성을 고구하여 근대소설 성립기의 문제와 결부한 이론적인 고찰을 시도한다. 1910년대

---

10 피터 브룩스, 이승희・이혜령・최승연 역, 『멜로드라마적 상상력 – 발자크, 헨리 제임스, 멜로드라마, 그리고 과잉의 양식』, 소명출판, 2013.

연극 · 영화 · 활동사진 · 유성기 음반 등 다양한 미디어가 등장하는 문화적 맥락을 재구성하면서 텍스트 내부의 '사진' 변사 및 활동사진 등 시청각적 미디어의 개입을 드러내려는 것이다. 이러한 「공상문학」의 장르표지와 같은 표제와 '가정의 비극'을 관련짓는 장르 기반과 '공상'의 함의를 고찰하는 분석은, 전술한 바와 같은 문학사의 기술에서 제시한, 창작 당시의 발표를 전제하는 조건 속에서 획득되는 「공상문학」의 소설사의 '획기적인 위치'와 어떠한 의미에서 '문제작'인가를 해명하는 데 공헌할 것이다. 나아가 이 글에서는 서양소설과 비교해 온 「공상문학」의 선행 연구를 바탕으로 일본문화를 시야에 넣어, 작품의 구성 원리와 의미를 조명함으로써 1910년대 서양소설과 조선의 소설을 애독하는 문학 지망의 여성 주인공이 조형되었던 배경과 서사적 함의를 고찰한다. 여기에는 '진정한 애정' 과 소설 장르 인식의 문제가 동시에 작용한다. 즉 동시대 조선의 현실을 담아내려는 실재에 대한 의식과 현실에 부재한 근대소설의 상상을 '공상' 개념에 의거하여 전개함으로써 장르표지와 같은 표제로 표출된다는 가설이 제기된다. 이러한 의미에서 「공상문학」의 다양한 가능성을 내장한 소설의 의의를 드러낼 것이다.

2. 「공상문학」의 성립—독자 · 작가 · 출판 미디어

「공상문학」은 '1913년 6월 20일에서 8월 3일'로 추정되는 시기[11]에 '正路生記'라는 필명으로 집필된 "원고지 150매 분량의 단편소설"[12]이

11 서연호, 앞의 책, 66면.
12 유민영, 『한국 근대극 연극사 신론』, 태학사, 2011, 224면.

다. 1장의 서두에 배치한 휘트먼의 영시를 인용한 바와 같이 「공상문학」 작품의 집필 원고에는 '제목의 앞 장에 월트 휘트먼의 시구가 영어로 적혀 있'다.[13] 일종의 속표지扉에 배치된 영시 인용은, 작품 집필과 같은 시기에 이루어진 것인지 알 수 없다.[14] 이 페이지를 넘기면 「공상문학」의 작중세계가 펼쳐진다. 순자純子와 백하청白河清이라는 1910년대 조선의 부부가 하련당이라는 '문사'의 소설가를 사모하는 아내와 그녀를 '사룽하'는 남편 사이의 갈등을 그린 '가정의 비극'이 전개된다. 즉, 문학에 뜻을 둔 여성의 자아의 실현과 부부의 '익정'이 대립하는 서사로서, 다양한 형태의 '소설칙'이 서사적 계기가 되는 백하청과 순자의 부부애의 대척점에 문학에의 열망을 대치시킨 구조에서 하련당은 문학 상징의 중심에 있다. 이러한 「공상문학」의 서사 구조에서 "법국 문호 '유-고' 선싱"의 사진을 향하여 "나는 녀작가女作家가 되야서" 문명을 떨치리라 결심하는 주부인 여주인공의 "문학으로 인ᄒ야 여자 일싱의 비참한 운명"을 겪게 되는 '가정의 비극'이 '연출'된다.

순자와 백하청 부부의 소설을 둘러싼 갈등이 벌어지는 「공상문학」에서 프랑스의 위고Victor Marie Hugo를 숭배하는 여성 독자인 가정주부와 셰익스피어William Shakespeare의 『로미오와 줄리엣*Romio and Juliet*』을 읽는 소설가가 독자로서 등장하는 것이다. 이들 서양소설이 동시대 번역・번안되지 않았던 식민지 조선에서 서양소설을 애독하는 여성독자와 남성소설가의 등장인물은 어떻게 출현할 수 있었을까. 이러한 서양소설을 읽

13 「공상문학」, 『김우진 전집』 I, 188면.

14 일기 『마음의 자취(心の跡)』는 속표지에 "이 기록의 단편(斷片)들"을 타인에게 전하는 취지를 밝히는 짤막한 글을 남겼다. 이것은 일기가 끝난 뒤 가필한 것이므로 일기가 쓰인 시점과는 다르다. 휘트먼의 시는 이러한 '속표지'에 해당하는 위치에 배치되었다는 의미에서 반드시 작품의 집필 시기와 동일하다고 단정할 수는 없을 것이다.

는 독자의 조형 방식에 「공상문학」이라는 장르표지의 표제의 함의가 연관되었다는 추정이 가능할 것이다. 작가 지망의 가정주부 순자와 그녀를 사랑하는 남편 백하청과 그녀가 흠모하는 소설가 하련당의 '진정한 익정'의 부부애와 '문학의 진의'를 둘러싼 일련의 사건이 전개되면서 다양한 "소설칙"의 출판 미디어가 서사의 전기가 되는 '가정의 비극'으로서의 「공상문학」의 서사는, 1910년대 초 문학을 둘러싼 상상력의 지평을 식민지 조선의 제약을 넘어 서양과 일본으로 확장하고 있다.

〈사진 1〉 쓰보우치 쇼요(坪内逍遥)가 번역한 『로미오와 줄리엣(ロミオとジュリエット)』

휘트먼의 시가 번역된 것은 잡지 『서울』에 「嗚呼 死를 보내는 行進曲이여」를 필두로 한 세 편의 시가 발표된 1920년으로서,[15] 빅토르 위고의 작품은 『레미제라블Les Miserable』의 일부가 정치소설 「ABC계」라는 제목으로 1910년 발췌·번역된 이후 『매일신보』(1918.7.28~1919.2.8)에 우보 민태원의 『哀史』라는 제목으로 연재되었다. 이때 저본으로 삼은 것은 구로이와 루이코黒岩涙香에 의한 일본어 번안이다.[16] 1913년 프랑스 원작의 독서 가능성은 전혀 없다. '錄洋生'이라는 필명으로 『신천지』에 희곡 「로메오와 쭐리엣」(제5막)이 번역된 것은 1924년이다.[17] 일본에서는

15 김병철, 『서양문학이입사연구』 3(서양문학번역논저연표), 을유문화사, 1978, 16면.
16 박진영, 『번역과 번안의 시대』, 소명출판, 2012, 389면.
17 김병철, 앞의 책, 27면.

〈사진 2〉 쓰보우치 쇼요가 번역한 『사옹걸작집(沙翁傑作集)』의 신문광고.

1910년 쓰보우치 쇼요坪内逍遙를 위시하여 수차례 번역되었다.[18] 당시 서양소설은 일본어 번역소설의 독서였으며 일본어 서적 수입은 1920년대부터 폭발적으로 증가하였다.[19] 1915년 당시 식민지 조선에서 번역·번안되기 시작한 위고의 일부의 작품을 제외하고는 식민지 조선에서 1910년대 초 수용되지 않았던 이들 서양문학의 '취미와 진의'는 영어나 일본어 번역의 언어가 매개된 것이다. 표면적으로는 서양의 영향을 받은 조선의 문학에 관한 상상이지만, 프랑스를 뜻하는 '법국法國'과 셰익스피어를 지시하는 '사옹沙翁'(〈사진 2〉) 등과 같이 일본어의 외국어 표기를 차용하는 등 외국인의 고유 명사의 표기를 포함하여 일본어가 매개된 '서양에의 탐닉'의 양상의 흔적이 곳곳에 산포해 있다. 여주인공 순자가 빅토르 위고의 사진 앞에서 여성 작가의 꿈을 향해 각오를 다지는 장면은 1910년대 조선의 가정주부인 여성 독자의 발칙하고 돌출적인 조형 방식을 핵심적으로 보여준다.

18 坪内逍遥, 『ロミオとジュリエット』, 早稲田大学出版部, 1910.
19 천정환, 『근대의 책 읽기』, 푸른역사, 2003.

"아모리 ᄒᆞ야도 ᄂᆞᄂᆞᆫ 녀작가(女作家)가 되야서 ᄂᆡ의 지은 글을 신문이ᄂᆞ 잡지상에 게ᄌᆡᄒᆞ야 ᄂᆡ 성명 석자를 활자로 ᄉᆡᆷ여ᄃᆡ이게 ᄒᆞᆯ이라. ᄯᅩᄂᆞᆫ 놉흔 문단 우에 놉히 올나 자유 세상 가온ᄃᆡ에셔 자유의 붓을 들어 자유의 소ᄅᆡ를 놉히며 자유의 힝동을 자유의 붓ᄃᆡ로 ᄂᆞᆺᄒᆞ나게 ᄒᆞ며 외국 문장을 도적ᄒᆞᄂᆞᆫ 져 여러 남작가(男作家) 무리들과 서로 분투ᄒᆞ야 보리라. 이와 ᄀᆞᆺ치 ᄒᆞ야 자긔 ᄂᆞ라의 문단(文壇)에 ᄭᅩᆺ도 픠게 ᄒᆞ리라. 이와 ᄀᆞᆺ치 문학에 ᄯᅳᆺ흔 ᄂᆡ의 굿세인 결심은 여하흔 ᄌᆡ물로도 ᄑᆞ궤키 어렵고 여하흔 련ᄋᆡ(戀愛)로라도 밧구지 못ᄒᆞ겟고 여하흔 권력으로도 굽히지 못ᄒᆞ겟고 여ᄒᆞ흔 명예라도 도라보지 아니ᄒᆞᆯ 이 ᄂᆡ의 결심을!"[20]

히로인 순자가 자신의 글을 활자화하여 "자유의 붓"으로 "외국 문장을 도적ᄒᆞᄂᆞᆫ" 남성 작가들과 당당히 겨루어 "문단에 ᄭᅩᆺ도 픠게 ᄒᆞ리라"는 포부를 펼치는 대목이다. "녀작가"가 되겠다는 결심을 밝히는 내면의 표현이 간접 인용문이 아니라 직접 인용문의 기호로 재현된 것은 음성 언어로 결의하는 효과를 산출한다. 'ᄌᆡ물'과도 '련ᄋᆡ'와도 그 어떠한 '권력'도 '명예'도 돌아보지 않고 오로지 "문학"에 심혈을 기울이겠다고 맹세하는 것이다. "자유"의 기치를 내세운 필봉을 휘두르며 외국문학에 해박한 지식으로 남성 작가의 무단 표절을 식별할 수 있는 전문지식과 소양, 리터러시 능력을 갖춘 가정주부라는 여성 독자의 조형은, 1910년대 초라는 동시대의 식민지 조선과는 거리가 있다. 제국 일본을 중심으로 하는 새로운 가치 질서가 재편되는 식민지 조선에서 모방과 표절이 횡행했던 1910년대, "외국 문장"과 "자긔 ᄂᆞ라의 문단"이라는 자국과

20 「공상문학」, 『김우진 전집』 I, 191면.

외국의 문단과 문장 수준의 변별이 가능한 리터러시와 인식 능력을 갖춘 신여성의 등장 등은 소위 문학청년을 선취하는 형태의 1920년대의 현상에 보다 가까운 것이다.

"자유의 붓을 들어 자유의 소릐ᄅᆞᆯ 놉히"겠다며 '자유'를 위해 문학에 매진하겠다는 순자는 이후 원고지 이백매 가량의 소설을 탈고하고는 "ᄂᆞ도 ᄌᆞ유ᄉᆞᆼ이 되어 아모 괴로옴이 업기"를 염원한다는 모친과의 대화에서도 '속박'을 벗어나려는 "ᄌᆞ유ᄉᆞᆼ"의 획득에서 관건이 되는 것은 문학인 것이다. 선행 연구에서 지적한 '자유의지'의 발아이며 '여성의 자아의 각성'[21]을 추구하는 여주인공의 근대적 자아의 의식은 "ᄌᆞ유ᄉᆞᆼ"으로까지 나아가 동시대 초월의 과잉 양상으로 주조된다. 이러한 「공상문학」의 "자유"의 개념은 작품의 속표지에 기입된 월트 휘트먼과 관련짓는 것처럼 보인다. 19세기 지배적 이데올로기의 구속에서 자유로운 인간의 자아 찬양과 자유에의 의지, 만민평등의 이상을 노래한 자유시로 미국 사회의 방향을 제시하여 낭만주의의 이상 추구와 흐름을 같이했던[22] 휘트먼의 시를 일종의 프롤로그로 삼는 동시대의 조선을 넘는 여성 인물 조형은, 휘트먼 시의 맥락 아래 「공상문학」을 두는 연원을 설명해준다.

뿐만 아니라, '자유'를 문학의 목적으로 삼는 순자의 염원은, '자유에서 살고 자유에서 죽'은 프랑스 혁명의 어머니라고 불리우는 영웅 롤랑羅蘭, Roland 부인의 '자유' 표상을 연상시킨다. "법국 뎨일 녀즁 영웅 라란부인이 림죵시에" "오호라! ᄌᆞ유여 ᄌᆞ유여! 텬하고금에 네 일흠을 빌

---

21 서연호, 앞의 책, 66면.

22 허현숙, 「작가해설」, 월트 휘트먼(Walt Whitman), 허현숙 역, 『풀잎』, 열린책들, 2011, 243~254면.

어 힝한 죄악이 얼마나 만흐뇨"라는 말을 남긴 롤랑 부인의 위인 전기가 출판되기 시작한 1900년대 후반 발간된 『라란부인전』의 서문에서 "라란부인은 어떤 사람인고, 저가 나파륜拿破倫, Napoleon에게도 어미요, 매특날梅特涅, Metternich에게도 어미요" 하면서 그녀를 프랑스 대혁명의 어머니로 추앙하도록 설파하는[23] 대목에서 언급된 프랑스 영웅 나폴레옹은, 순자의 "자유의 붓"의 갈망과 연관된 서사적 의미로 기능한다. 부연하자면, 「공상문학」에서 순자의 죽음 이후 백하청이 아들에게 '나파륜이라는 영웅'[24]의 "위인화보偉人畵報"가 삽입된 "그림칙"을 사주는 결말의 서적 출판이 매개하는 접점에서 '자유에서 살고 자유에서 죽'은 '영웅' 라라부인의 '자유'의 표상과 연결된다. 프랑스를 뜻하는 '법국'의 '나파륜이라는 영웅'의 표기를 공유하는 롤랑부인의 위인전이라는 서적을 매개로 한 '자유'의 표상의 함의는 텍스트의 세부에도 관철된다.

서사 속에 서사를 읽는 인물의 등장은 서사의 의의를 밝히는 방법으로서 소설 속 독서 행위가 원작으로는 환원될 수 없는 또 하나의 컨텍스트를 만들어낸다.[25] 근대소설 속 등장인물의 독서 행위가 갖는 서사적 의미를 「공상문학」에서 탐색한다면, '자유의 붓'의 기치를 표방하는 문학 지망의 순자와 그녀의 죽음 이후 백하청이 아들에게 '나폴레옹'의 위인전을 건네는 독서는, 여주인공의 '자유'를 근간으로 한 문학의 이상이 아들로 이어지는, 『라란부인전』의 '자유'와 '나파륜'이라는 영웅의

---

23 역자 미상, 『라란부인전』, 대한매일신보사, 1907; 민족문학사연구소 편역, 『근대계몽기의 학술・문예사상』, 소명출판, 2000, 88~89면.

24 프랑스문학은 1900년대 후반부터 프랑스혁명이나 나폴레옹에 관한 역사물과 구국 위인전을 중심으로 번역・번안되었다. 「나파륜전」, 『한성신보』, 1895.11.7~1896.1.26; 『나파륜사』, 박문서관, 1908; 유문상, 『나파륜 전사』, 의진사, 1908; 박진영, 앞의 책, 389면.

25 亀井秀雄, 『明治文学史』, 岩波書店, 2000; 마에다 아이(前田愛), 신지숙 역, 『문학 텍스트입문』, 제이앤씨, 2010.

위인전을 읽는 독자 공동체의 상상에서 연결되는 것이다. 반드시 영어 원전 혹은 일본어 번역서에 의한 서양소설의 독서만이 아니라 "경향 여러 서포에"서 "신간의 소설칙"을 구입하는 등장인물의 독서 방식이 시사하듯이, 1910년을 전후로 한 한국의 근대 초기의 서적 출판의 보급과 유통을 망라한 미디어가 매개하는 독서 체험과 결부된 문학의 상상력을 보여준다.

"남편의 사룅을 입"은 주부의 히로인이 하련당의 저작 『비운飛雲』을 읽고 저자를 사모하게 된 이후 하련당 "선싱의 제일 걸작인 소설", "『맑은 웃음』이라는 칙"을 "경향 여러 서포에" 문의하였지만 "발매금지發賣禁止를 당한 칙"이라 좀처럼 입수할 수 없었던 차에 우연히 친정집 이웃으로 이사 온 저자로부터 직접 책을 동생을 통해 건네받고 '애독'하면서 "맑은 눈물"을 흘리며 감동한다. 쇠약해진 몸의 회복을 위하여 매일 친정으로 산보를 나간 순자는 "서칙의 랑독하는 소릐이며 시를 읍는 소릐"에 이끌려 매일 친정의 "서지에서 쓰다가 놉앗든 원고原稿"를 이어 쓰면서 원고지 "이빅여민"의 소설을 마침내 완성한다. 그 사이 영문을 알 수 없는 채 하련당은 속리산으로 여행가서 '육혈포'로 자살을 하고 순자는 시름시름 앓다가 죽었다. 그로부터 수년 후, 백하청은 아들 태근이에게 '영웅 나파륜'의 "그림칙을 사" 주자 아들은 "흔 권의 위인화보偉人畵報" 보기에 여념이 없다. 백하청은 순자가 남겨둔 '문고文庫'에서 "인찰지로 믹어 둔 흔 권의 소설책"인 "怨恨(원한) 純子作(순자작)"과 『맑은 웃음』의 두 권을 꺼낸다. 백하청은 『맑은 웃음』의 화보에 실린 하련당의 사진 밑에 '사모흐는 선싱이여!'라는 아내의 필체를 보고는 아들을 밀쳐 내어 책이 방바닥에 떨어지는 장면에서 종결한다.

아내가 숭배하는 소설가를 질투하는 은행원인 남편과 갈등하는 「공상문학』의 서사는, '발매금지'가 표상하는 시국과 관련한 문사의 고난이 원인일 수도 있는 속리산에서의 육혈포 자살을 신문으로 읽는 순자의 문자와 글 읽는 '소리'로 연결된 독자의 소설가를 향한 흠모와 남편과의 '사랑' 사이의 미묘한 갈등을 담아낸 것이다. 이러한 의미에서 '이룰 수 없는 사랑의 비극적'인 죽음이 다눈치오의 『사의 승리』(1894)와 유사하기[26]보다 가정주부의 문학의 열망이 추동하는 소설가를 향한 경외감을 질투하는 남편의 "ᄉᆞ랑"이 대립하는 '가정 비극'인 것이다. 물론 여기에는 'ᄉᆞ랑'과 '사모'하는 마음이 엄밀하게 변별되기 어려운 진정한 '애정'이란 무엇인가라는 근대의 '연애'와 부부애를 둘러싼 문제가 놓여 있다. 이러한 배경에서, "소설가를 ᄃᆡ적으로 생각ᄒᆞ"는 백하청과 결혼한 부인 순자의 "문학으로 인ᄒᆞ야 녀ᄌᆞ 일ᄉᆡᆼ의 비참ᄒᆞᆫ 운명"이 1910년대를 전후로 한 식민지 조선의 독서 문화를 배경으로 전개된다. 당대 최대의 "서포"인 "경향"에서 서적을 구입하거나 "발매금지發賣禁止" 처분을 받는 등 1910~1914년 사이에 금서는 근 100종에 달할 정도로 출판 검열의 규제가 엄격했던 이 시기 식민지 조선의 서적 출판[27]의 상황에 입각한 다양한 문학과 출판 미디어를 둘러싼 서사가 펼쳐진다. 이것은 여성의 문학의 열정과 동시대의 출판문화를 표상하는 서사적 의미를 함축한다.

"보통학교 시절부터 빅토르 위고, 셰익스피어, 다눈치오 등을 사숙"[28]했다는 종래의 '증언'에 기초한 자전적 실증적 연구에서는 영어 원서 혹은 일본어 번역서에 의한 독서 경로에 관한 정보를 파악할 수 없

---

26 유민영, 앞의 글, 54면.

27 김봉희, 『한국 개화기 서적 문화 연구』, 이화여대 출판부, 1982; 이중연, 『'책'의 운명 ―조선~일제 강점기 금서의 사회 · 사상사』, 혜안, 2001, 426면.

28 유민영, 앞의 책, 96면.

다. 이들의 세계 명작은 모두 1920년대 번역・번안되었던 바, 양서와 일본어 번역서의 유입 경위에 관한 사회학적, 역사학적 연구에 의해 학문적으로 수용 경로가 뒷받침되어야 할 것이다. 그간의 독서 이력의 증언에 기초한 자전적 연구에 따르면 유학 이전 이미 세계 명작이나 사상서 등을 섭렵했다는 것인데 1913년 도일 전의 「공상문학」을 전후로 한 독서는 와세다대학 시절의 사상・철학・사회 과학 등 독서의 다변화와 문학의 폭을 넓혀 상당한 변화를 보이는 차이에 유의할 필요가 있다. 「공상문학」과 다눈치오의 「사의 승리」와의 비교 연구를 통해 '쇼펜하우어의 미학적 의식의 순간으로서의 죽음의 공통항과 차이'를 추출하는 견해[29]는 와세다대학 이후 본격화된 버나드 쇼・니체・쇼펜하우어・마르크스[30] 등 "영역된 『공산당 선언*Communist Manifesto*』"에 이르기까지 철학・사상의 이론서와 영문학 관련 전문서의 심층적인 독서 문화의 다변화 경향을 「공상문학」으로 소급한 결과로 비교의 타당성이 결여된 것으로 간주된다. 세계 명작의 번역과 번안 상황 등 서적의 출판문화와 독서 문화 전반에 대한 구체성이 확보되지 않은 현 단계에서는 생애와 독서를 대응시키는 것에 제약이 있지만, 원근법적인 역사적 시각에서 1910년대 초반 10대 중반의 독서와 유학 이후 특히 대학 시절 등으로 나누어 보다 분절적으로 추론할 필요가 있다.

"이제 ㄴ는 수년 전의 Tolstoy의 설교는 ㄴ의 귀에 동풍마이東風馬耳다"[31]라는 1919년의 일기는 인식 변화를 상징하는 기점으로 와세다대학 입학 이전 시기에 영향을 미친 톨스토이Lev Nikolaevich Tolstoy로 대변

29 유인순, 앞의 글, 40면.
30 유민영, 앞의 글, 57면.
31 『김우진 전집』 II, 465면.

되는 문학을 부정하는 변화를 고백하는 것이다. 김우진 스스로 시 창작을 '낭만주의 시대의 시' 등으로 명명[32]하는 등 개별 시 작품과 작가의 시대 인식의 추이를 대응시켜 분류한 바 있다. 영문학도로서 서양문학에 본격적으로 입문하던 20대와 10대의 독서 경향의 차이는 능히 짐작되는 바이다. 작가 스스로 과거 자신이 동경했던 문학을 부정하는 인식 전환의 지점에서 「공상문학」이 20대의 독서와는 다른 영향 하에 성립되는 정황을 엿볼 수 있다.

한국에서 톨스토이의 수용은 『소년』(1909.7)에서 '톨스토이 강령'을 번역 소개[33]한 것이 최초로 단행본 번역서로서는 『부활』을 『해당화』로 출판한 1918년 이후이다.[34] 토마스 하디의 작품은 한국에서는 1923년 '태봉산인台峰山人'이라는 필명으로 「동경하는 여인」이 번역되었다.[35] 이러한 한국의 세계문학 번역·번안의 수용사의 축에서 연역적으로 「공상문학」의 성립을 도출하는 것은 불가능한 것이다. 일본 유학 중인 김우진이 톨스토이의 독서에서 멀어진 1919년 전후 식민지 조선에서 톨스토이가 활발히 수용되는 시차 속에 영어와 일본어가 매개하는 독서를 통해 시공간의 제약을 넘어 개인에게 영향을 끼쳤을 다양한 가능성을 잠재한다. 일본어 서적의 독서를 의식하는 것은 「공상문학」을 서양 원작을 내포한 일본문화의 관계에서 파악하는 새로운 맥락을 창출한다. 일본어서적에 관해서는 함구되었던 그간의 독서목록은 김우진 문학의 이해를 제한하여 작가의 독서 체험에 접근한 일본어번역서는

32 위의 책, 306면.

33 권보드래, 「『소년』과 톨스토이 번역」, 『한국근대문학연구』 6-2, 한국근대문학회, 2005, 63면.

34 박진영, 앞의 책, 86면.

35 『共栄』 2-7, 1923.2; 김병철, 앞의 책, 23면.

서양의 원작에서는 파생될 수 없는 김우진 문학의 심층적 이해를 위한 지식과 정보를 제공할 것이다. 1910년대 서양소설에 탐닉하는 새로운 독자가 어떻게 출현했는가에 관한 문화적 배경은 일본어서적의 매개와 동시대 조선의 문화적 맥락을 다층적으로 조명하게 할 것이다.

톨스토이 독서가 어떠한 일본어 번역서를 매개로 한 것인지 현재로서 특정하기 어렵지만 톨스토이 작품의 번역과 번안, 평전 등을 집필하는 등 일본의 톨스토이 수용에 기여한 도쿠토미 로카德冨蘆花[36]는 김우진의 일본 유학지인 구마모토 출신이며 메이지 최대의 베스트셀러인 가정소설 『호토토기스不如帰』의 저자라는 사실에서 눈길을 끈다. 「공상문학」의 '가정비극'으로 '연출'한다는 장르 인식에서 이미 도쿠토미 로카의 『호토토기스』라는 가정소설이 의식된 영향 관계의 단서를 살필 수 있다. 이에 관해서는 3장에서 표제 '공상문학'과 '가정의 비극'의 연관의 모색을 통해 장르인식과 '공상'의 함의를 후술할 것이다. 여기에서는 「공상문학」에 기술된 서적과 김우진의 독서 이력을 단서로 1910년대 서양소설을 탐독하는 새로운 독자가 어떻게 등장했는가라는 텍스트의 문화사적 의의를 분석한다.

먼저 선행연구에서 비교된 다눈치오의 『사의 승리』는 「공상소설」 집필로부터 6년 후 와세다대학 예과에 입학한 1919년의 일기에서 언급된 "모파상Maupassant과 다눈치오D'Anunzio와 다니자키 준이치로谷崎潤一郎 등"[37]과 같은 해 다눈치오를 다룬 수상 「타씨찬장陀氏讃章」[38]이 집필된 데서 연유한다. 이와 같이 「공상문학」에 기술된 서양문학을 일본어

---

36 阿部軍治, 『徳冨蘆花とトルストイ』, 彩流社, 1989; 吉田正信, 「徳冨蘆花はトルストイに何を見たか」, 『異文化への視線－新しい比較文學のために』, 名古屋大学出版会, 1996, 95면.

37 『김우진 전집』 II, 465면.

38 위의 책, 353~357면.

번역서와의 관계에서 매개의 가능성을 가시화함으로써 새로운 연관관계가 발생한다. 물론 일본에서 톨스토이의 수용이 도쿠토미 로카의 번역의 경로에 의한 것만은 아니다. 그러나 원작을 수용하는 다양한 채널의 가능성 속에서 부상한 도쿠토미 로카의 존재는 '가정의 비극'의 장르인식에, 1912년 발간된 『호토토기스』의 번역소설 『불여귀』가 영향을 미쳤다는 제3장의 논의를 뒷받침하는 인식 토대를 제공한다. 일본어가 매개하는 새로운 맥락에서 1913년 「공상문학」과 김우진의 독서와 인식을 연관 짓는 관계를 추론할 수 있다.

전술한 바와 같이 수산 김우진은 1915년인 18세에 구마모토현립熊本縣立농업학교에 유학하였으므로 「공상문학」을 집필한 1913년은 도일 이전 시기이다. 당시 보통학교 및 고등보통학교 시절 교과과정은 보통학교에서 국어와 일어가 각각 주 6시간 고등보통학교에서는 국어와 한문이 주 6시간, 일어는 6시간으로 일어 교육의 강세를 보인다.[39] 1914년 봄 일본인들이 다니던 목포공립심상고등소학교 1년을 수료하고[40] 1915년 봄 구마모토농업학교에 유학한 이후로는 일본어로도 시를 창작하여, 도일한 그해 일본어로 「아아 무엇을 얻어야 하나あゝ何を選むべき」라는 시를 썼다. 김우진의 일본어 실력은 도일 이전 이미 상당 수준이었고 영어 실력도 우수했다.[41] 부친의 엄명에 따른 1915년의 도일은 구마모토에서 큰 목재상을 하는 숙부가 그곳의 명문학교였던 구마모토 현립 구마모토농업학교를 소개하여 이루어졌다.[42] 이러한 가계에

39 최창렬, 『개정 증보판 국어교수법』, 개문사, 1985, 53면.

40 서연호, 「김우진의 동경유학기 체험과 문학사상」, 『한림일본학연구』 2, 한림대 일본학연구소, 1997; 한국극예술학회 편, 『김우진』, 연극과인간, 2010, 8면.

41 나루사와 마사루(成澤勝), 앞의 글, 306면.

42 유민영, 앞의 책, 95면.

서 실학과 양무를 겸비한 부친 김성규의 교육열에서 이른 시기부터 조선 서적계의 유통망에만 의존하지 않고 영어 원서와 일본어 서적을 입수했을 공산도 적지 않다. 그러나 부친의 뜻을 거스르며 와세다대학 문학부로 진로를 정했다는[43] 기존의 연구를 참조한다면, 『로미오와 줄리엣』의 영문학 작품의 원서나 위고의 프랑스 문학 작품을 영어 번역으로 1913년 이전 목포공립보통학교 재학 시절부터 부친을 통해 입수했을 가능성은 희박하고 일본어 번역서의 독서일 가능성이 보다 타당성이 있다.

와세다대학 영문과 2학년 때 요코야마 유사크横山有作라는 담당 교수에 의한 '휘트먼론'의 강의를 수강한 바 있으며,[44] 일본에서 서양문학의 원작은 "영문학총서英文學叢書"나 "영문학명저선英文学名著選" 등 "실용영역 연구實用英譯研究"를 위한 영문학자의 '주석서'의 형태,[45] 원문과 번역이 대조할 수 있도록 병치된 대역서 등 영문법 해설이 곁들여진 다양한 형태의 출판물이 발간되었다.[46] 휘트먼의 영시를 미국의 원서 판매점에 직접 주문하는 형태라기보다 당시 일본에서 발행된 영어 학습을 위한 영문학 번역 전문 출판사에 의한 실용적인 교재 형태의 출판물 혹은 축약 형태의 일본어 번역본의 가능성 등 다양한 가능성을 잠재한다. 이 또한 어떠한 통로로 일본어 서적을 구입했는지에 관해서는 알 수 없

43 양승국, 앞의 책, 75면.

44 서연호, 『한국 최초의 실험적 예술가 김우진』, 건국대 출판부, 2000, 10면.

45 예를 들면 幡谷正雄 譯, 『海へ乗り行く者』(健文社,1926)는 '英文学名著選' 시리즈로 발간되어 원문이 수록되었다. 권정희, 「싱의 희곡의 '힌트'로 읽는 「어촌」—이익상의 단편소설과 "Riders to the Sea"의 일본어・한국어 번역의 비교문학 연구」, 『어문론총』 67, 한국문학언어학회, 2016, 97면.

46 토마스 하디의 작품 번역의 경우 平田喜一의 『最近英文学研究』(研究社, 1913)에 "Knoll-sea", "The Hand of Ethelberta"의 일부 대역・역주가 수록되었다. 山本文之助, 『日本におけるトマス・ハーディ書誌』, 篠崎書林, 1958, 10면.

는 것이 현 실정이다. 분명한 것은 일본어가 매개하는 독서의 가능성이 연구에서는 의식되지 않은 채 그간 서양문학의 원작만이 중시되었다는 점이다.

1910년대 초라는 동시대의 식민지 조선의 출판과 문단 상황의 제약을 뛰어넘어 서양소설에 이르는 광범위한 독서 형태의 여성 독자인 히로인의 'ᄌᆞ유ᄉᆞᆼ'의 실현을 위한 문학에의 열정을 분출하는 여성 인물의 등장은, 허구적인 '공상'의 기제에서 여성과 남성의 비대칭성의 성차가 무화된 채 남성적 욕망이 투영된 김우진의 자전적 생애와의 연관성 속에서 조형된다. 서연호에 따르면, 청년 소설가의 자살, 여주인공 순자의 병사, 그리고 순자가 낳은 아이가 여덟 살이 되어 돌아가신 어머니를 그리워하는 결말 등 김우진의 자전적 환경과 그 이후의 생애와 공교롭게 일치[47]하는 것은 이러한 연유이다.

3. '가정의 비극'의 장르의 교착

—『불여귀不如歸』의 새로운 독자층의 접점

김우진이 부친의 엄명에 따라 중매 결혼한 1916년 이전 1913년으로 축소된 독서 경험에서 형성된 「공상문학」의 장르 인식에서 도쿠토미 로카의 소설 『호토토기스不如歸』(『國民新聞』, 1898.11~1899.5)가 '가정의 비극'의 '연출'에서 의식된 선행 텍스트로 부상된다. 일본에서 『호토토기스』는 신문연재 후 이듬 해 단행본으로 출간되어 오자키 고요尾崎紅

47 서연호, 앞의 책, 66~67면.

葉의 『곤지키야샤金色夜叉』(『読売新聞』, 1897~1902)와 함께 일본의 가정소설의 쌍벽을 이루며 가정소설의 출발점에 자리매김된다. 특히 『호토토기스』는 청일 전쟁에서 러일 전쟁에 이르는 1905년 무렵 가정소설의 대유행 속에서, 연극·영화·시·활동사진·노래 등 다양한 장르와 미디어로 변용된 시너지 효과 속에서 일본 최대의 베스트셀러로 등극했다.[48] 이러한 일본의 대중적인 수용과 연동하는 형태로 식민지 조선에서는 내지의 일본인을 위한 일본 극단의 신파극이 일본어로 상연되어 〈불여귀〉는 250회의 최다 공연 기록을 남겼다.[49] 1910년 일한병합 이후 1912년 조중환에 의해 『불여귀』로 번역되고 잇달아 번안소설 『두견성』과 『류화우』의 간행과 신파극의 상연 등 식민지 조선으로 확산된 『호토토기스』의 수용은 문화사의 획기적인 전환점이 되었다.[50] 이러한 식민지 조선에서 『호토토기스』가 수용되기 시작한 1912년 이후 새롭게 재편되는 문화 변동 속에서 「공상문학」은 집필되었다.

종래, 「공상문학」은 '문어체 문장, 우연성의 남발 등 신소설의 특징을 나타내면서도 주인공의 문학에 대한 열정을 구현해가는 과정을 섬세하게 묘사했다'고[51] 평가되었다. 이러한 선행 연구의 신소설의 특징과 문학의 열정을 실현해가는 특질은, 동시대의 신소설과 단절하는 순문학의 서사의 특질이 병존하는 「공상문학」의 이질성을 환기한다. 동

48 권정희, 『호토토기스의 변용－일본과 한국에서의 텍스트의 '번역'』, 소명출판, 2011, 12면.
49 양승국, 「1910년대 한국 신파극의 레퍼토리 연구」, 『한국극예술연구』 8, 한국극예술학회, 1998; 洪善英, 「1910年前後のソウルにおける日本人街の演劇活動－日本語新聞『京城新報』の演芸欄を中心に」, 『明治期雑誌メディアにみる〈文學〉』 18, 筑波大學近代文學研究會, 2000.
50 권정희, 앞의 책, 215~216면.
51 이은경, 앞의 책, 18~19면.

시대 '신소설'로 발표된 『두견성』과 『류화우』는 도쿠토미 로카의 가정소설을 번안한 식민지 조선의 『호토토기스』의 수용의 양상으로 파악하는[52] 사례를 통해 신소설 장르의 역사성이 규명된 현시점에서 「공상문학」은 '신소설'의 장르로 환원되기보다 번역·번안소설의 특징을 내재하면서도 이러한 장르의 범주를 일탈한 본격 문학으로서의 면모를 갖춘 이질성의 특질에 표제의 함의가 관련된다는 것이 이 글의 논지이다. 아울러 연극과 근대소설의 장르 교섭의 양상이라 할 「공상문학」의 '가정의 비극'의 '연출'의 의식이 소설 세계에 구현되는 방식에 『호토토기스』의 수용이 개입되었다는 가설을 제기한다. 단적으로 말하면, 「공상문학」의 문학의 열정의 추구라는 문학을 둘러싼 '공상'의 서사화에 가정의 비극'의 '연출'의 의식이 개입되면서 참조된 선행 텍스트가 『호토토기스』라는 것이다.

「공상문학」은 여주인공 생존 시의 2년과 그녀의 사후 8년 뒤에 이르는 시기에 걸친 이야기를 전18장으로 구성한다. 백하청의 집, 순자의 친정, 거리 및 상점 등의 공간을 배경으로 하는,[53] 시공간의 설정은 가정소설로서의 의식을 보여주는데 하련당의 존재는 가정 내에 머물던 공간을 당대의 시대 인식을 개입시킴으로써 가정의 사적 영역에서 공공 영역으로 확장시킨다.

서사의 서두는 결혼한 지 2년의 세월이 흐른 지점에서 "이년 전 십칠팔세 시ᄃᆡ의 공상空想이 지금에 일으러ᄂᆞᆫ 쓴구름과 ᄀᆞᆺ치 흣터지며 사라짐에" 이르러 결혼을 "이년 전의 세상 경험의 부족ᄒᆞ얏든 일"로 후회하

---

52 권정희, 「해협을 넘은 '국민문학'」, 사에구사 도시카츠(三枝壽勝) 외편, 『한국 근대문학과 일본』, 소명출판, 2003, 40면.
53 유인순, 앞의 글, 41면.

는 순자의 내면 심리에 밀착한 서술자의 회고 시점에서 출발한다. 결혼 전 '공상'이 "뜬구름과 ᄀᆞᆺ치" 사라졌다는 결혼 뒤 2년이 경과한 시점에서 "슯흐다, 이 뒤를 ᄶᅡ라서 연출演出ᄒᆞᄂᆞᆫ 가정의 비극悲劇"이 "동정의 눈물을 소스게 ᄒᆞᄂᆞᆫ도다"라는 변사와 같은 목소리로 순자의 이야기라는 '가정의 비극'에 독자는 눈물 흘리며 '동정'을 유도하는 수용의 방식이 이루어졌다. 순자에게 '공상'이란 결혼 후의 멀어져가는 문학 지망을 열망하는 것이며, 결혼은 "세상 경험의 부족"한 탓에 발생한 잘못된 결정으로 후회하는 "그녀에게 소설이란 공상문학이며 또한 자유 사상을 표현하는 일"[54]이다. 『호토토기스』의 여주인공 나미코가 해저물 무렵 창밖의 하늘을 보면서 두 조각의 구름이 점차 색과 모양을 바꾸면서 저물어가는 모양을 바라보는 양상에 조응하듯이, 순자는 문학을 "뜬구름과 ᄀᆞᆺ"다는 '공상'에 비유하여 결혼을 후회하는 심리적 변모를 드러낸다. 집안의 중매로 결혼한 부부를 남매와 같은 육친애적 사랑으로 봉건적 도덕률과 절충하여 '부부애 찬미'로 자연화하는 『호토토기스』와 번역소설 『불여귀』와는 달리 순자와 백하청은 중매 결혼이지만 "진정한 ᄋᆡ정이 없는 혼인으로 일운 부부"라는 「공상문학」의 서술자는 봉건적 도덕률의 구속을 '속박'으로 인식하는 순자를 동정하고 격려한다. 전술한 바와 같이 남성의 전유물인 문학을 욕망하는 히로인의 열정을 억압과 금기가 아니라 '참 삶'을 위한 당위라는 서술자의 인식에서 '가정의 비극'을 공유하면서도 상이한 서사의 대립 구조를 2절에서 확인하였다.

여기에서 「공상문학」을 "가정의 비극"의 "연출"로 제시하는 의미를 검토해 볼 필요가 있다. 전대의 전기소설이나 '공상과학소설(SF)'과 같

54 서연호, 앞의 책, 66면.

이 '공상'이라는 사실성과는 대립적인 허구적 상상력이 특정한 양태의 문학으로 나타나는 데는 문학 장르의 역사적 맥락이 작용할 것이다. 전술한 바와 같이, 가정주부를 주인공으로 한 부부 갈등의 중심에는 "문학의 취미와 진의"라는 여성의 문학을 향한 열망이 놓여 있다는 점에서 갈등 요인의 차이는 있지만 「공상문학」에서는 "가정의 비극"으로서의 '가정소설domestic novel'[55]의 장르와 이를 일탈하는 양면성을 내재한다.

"가정의 단란함을 도모하기 적합한 읽을거리"[56]로서의 가정소설은 가부장제의 가정을 존속시키는 '건전한 도덕'에 가치를 두었다. 반면, 「공상문학」의 여주인공 순자는 "자유의 붓"의 기치를 높이 들고 "문단文壇에 꼿도 픠게" 하겠다는 '문학'을 향한 욕망이 추동하는 서사는 가정소설의 장르를 벗어나 있다. '재물'과도 '연애'와도 '권력'과도 '명예'와도 바꿀 수 없는 주부의 문학을 향한 일념은 가정소설에서 다루어지던 상류층 여성의 연애와 결혼을 통해 부와 권력을 획득하는 '흥미위주의 통속극'과도 사뭇 다르다. "1920년까지 여학교 졸업생들에게 가능했던 사회진출은 보통학교 교원뿐이었으며, 1920년 일본에 유학하여 와세다대학을 비롯하여 도쿄의 대학에 입학한 황신덕, 이선행, 임아영 등이 귀국하여 기자가 되어 여성기자의 대부분은 유학생 출신이었다.[57] 1910년대 초 식민지 조선에서는 부재한 '여기자'[58]의 진로를 희망하거

55 '가정소설' 범주의 역사성에 관해서는 권정희, 앞의 책, 15~26면.

56 瀨沼茂樹, 「家庭小說の展開」, 『明治家庭小說集』 41, 筑摩書房, 1969, 421면.

57 박정애, 「'초기'신여성'의 사회진출과 여성교육－1910~1920년대 초반 여자 일본유학생을 중심으로」, 『여성과 사회』 11, 한국여성연구소, 2000, 53~57면.

58 1918년 일본 여자 유학생 잡지 『여자계』에서 나혜석이 주간 및 기자로 활약하였으며, 1919년 잡지 『신여자』의 발행과 기사를 작성한 김일엽 등이 있지만, 본격적인 '민간 신문에서 일한 최초의 여기자 최은희'의 조선일보 입사는 1924년이다. 박석분・박은봉, 『인물여성사』, 새날, 1994; 김수진, 『신여성, 근대의 과잉－식민지 조선의 신여성 담론과 젠더정치, 1920~1934』, 소명출판, 2009, 82면.

나 "당시 유명훈 소설칙과 문학칙"이 가득한 "서지"를 자기 방으로 소유한 가정주부 순자는 소설을 금기하는 남편의 엄명에도 서적을 구입하는 열혈 독자이다. 그녀가 겪는 일련의 문학을 둘러싼 사건은, 문사 하련당이라는 인물을 통해 가정을 넘어 '문학계'의 장으로 확장하여 가정소설의 범주를 이탈한다. 여기에 '공상' 개념이 구성된다. 즉, '공상문학'이라는 상위의 문학 장르를 둘러싼 상상이 하위의 서브 장르로서의 '가정의 비극'의 조건이 되는 상보적인 장르의식을 표출한다. 이러한 일종의 장르 표지와 같은 표제와 "가정의 비극"이 연관되는 장르기반을 고찰하기 위하여 먼저 가정소설 및 신파극과 결부되어 사용되어온 '가정비극'의 용어를 살펴봄으로써 「공상문학」의 표제와 관련지어 장르 인식을 탐색한다.

신파극은 초기 '가정비극'이 주종을 이루면서 '가정비극'은 신파극과의 관계 속에서 규정되어왔다. 18세기 서구에서 발생했던 멜로드라마적인 소설과 연극 형식의 하나를 지칭하는 개념으로 '가정비극'을 정의하여 '가정비극 신파극'과 같이 신파극 장르의 하위 범주로서 설정하거나[59] '가정비극'을 가정소설을 원작으로 하여[60] 가정소설을 각색화한 것이라는 개념하에 가정비극류 신파극[61]으로 논자에 따라 신파극과의 관계 양상의 차이를 보이면서도 '멜로드라마로 이해하는 시각'을 공유한다. 1910년대 신파극을 멜로드라마로 명명하려는 제안[62]에 이르기

---

59 우수진, 「초기 가정비극 신파극의 여주인공과 센티멘털리티의 근대성」, 『한국근대문학연구』 13, 한국근대문학회, 2006.

60 오화순, 「한・일 신파극 연구-가정비극을 중심으로」 ,경희대 석사논문, 2002, 10면.

61 윤민주, 「가정비극류 신파극에 나타난 멜로드라마적 과잉(melodramatic excess)에 대한 연구」, 『어문론총』 55, 한국문학언어학회, 2011.

62 이승희, 「멜로드라마의 근대적 상상력-1910년대 신파극을 중심으로」, 『한국극예술연구』 15, 한국극예술학회, 2002, 101면.

까지 '멜로드라마'는 1910년대에서 1930년대에 이르는 신파극·대중극 등 용어의 혼란과 차이를 망라하는 포괄적 장르 규정으로서의 시민권을 획득한 것으로 보인다. 이러한 '가정의 비극'을 표방하면서도 신파극의 장르를 일탈하는 「공상문학」의 특질에, 표제의 함의가 관련된다.

유복한 대가정의 단란함을 깨는 것은 1910년대 번안소설과 신소설에 반복되는 폐결핵의 병마가 아니라 여성의 '문학을 향한' 욕망이다. 번안소설 각색 신파극의 '욕망을 가진 여주인공'이면서도 '도덕적 과오'에 충동되는 것[63]이 아니라 '아내의 의무와 도리를 다'하려 애쓰면서도 "문학의 진의를 깨다른 그 마음"으로 살아가겠다는 '참 삶'의 자각으로 '허물이 업'는 순자의 섬세한 심리 묘사가 돋보인다. 문학의 열망을 "위험한 공상"으로 경계하면서 남편의 "따스한 사랑"에도 "진정한 익정"이 없다고 여기는 순자는 부부애에 대한 회의와 가부장제의 허구성을 직시하는 것이다. 이혼 문제로 모자간의 충돌이 아니라 "남편과 소설 일관으로 충돌衝突"하여 "문학의 진가眞價"를 둘러싼 문학관, 소설관을 둘러싼 부부의 견해 차이가 부부애의 장벽이 되는 새로운 부부의 갈등을 보여준다. 1910년대의 가정에 입각하면서도 여성의 '문학의 진의' 추구의 욕망과 남편의 애정을 대립시킨 '가정의 비극'을 '연출'하는 「공상문학」은 작가의 내적 욕구에 충실한 '공상'으로' 가정비극이 범람하는 1913년 이후 "권선징악과 개과천선이라는 신파극의 궁극적 지향"[64]의 '퇴행'과는 상반된 지향성이 표출된다. "신파극이 현실에 '부재'하는 절대 이념 혹은 모랄을 과거에서 찾았으며 도덕적 정의가 준수된다는 위장된 낭만적 상상력"[65]이 작동했다면 「공상문학」에서는 현실에 부재

63 윤민주, 앞의 글, 524면.
64 이승희, 앞의 글, 124면.

하는 부부애와 '참삶'의 구현을 "인간 ᄉᆞ물의 실제에셔 버서난 공상空想"에 구하여 미래를 선취한 조선 너머의 '공상'이 서사에 개입되는 방식에서 '가정비극 신파극'과는 상이한 지향성이 정초된다. 「공상문학」의 '가정의 비극'이라는 장르의 의미가 고구되어야 하는 연유가 여기에 있다. 「공상문학」의 표제의 함의와 '가정의 비극'이라는 상이한 맥락과 개념의 충돌과 불일치의 불협화음으로 단일한 고정적인 장르의 균열을 발생시킨다. 신파극과 일정한 관련을 맺으면서도 일탈하는 '가정의 비극'의 '연출'에서 가정소설의 장르가 참조되면서 부정되는 「공상문학」의 새롭게 조합된 '가정'과 '문학'은 1910년대 초 '가정'과 '문학의 진의'와의 결합이 생경하지 않았음을 웅변한다. 이러한 결합이 낯선 조합으로 지각되는 것은 '가정비극 신파극'의 정착[66] 과정에서 만들어진 역사적 산물인 것이다. 1912년 〈불여귀〉의 상연 당시 관객들에게 '가정비극'의 장르 관습은 그다지 친숙한 것이 아니었다.

1912년 10월 2일 자 『매일신보』에 실린 번역소설 『불여귀』의 광고에서는 "一大家庭悲劇이라"는 이 소설은, "原作의 風趣을 傳ᄒᆞ얏스며 內地一般風俗"의 가치에 강조점을 둠으로써, 번안소설 『두견성』의 '조선의 풍속'과의 대조적인 차이를 드러냈다. 1913년 10월 『매일신보』에 게재된 『불여귀』의 광고에서는 "진々한 문학 취미"의 "필법"을 강구하는 "소설가"를 지망하는 독자층을 향해 "고부친자간사정을 천연묘사"했다는 판매 전략을 내세웠다.[67] 『불여귀』라는 번역소설의 '가정비극'은 "진々한 문학 취미"와 병치될 수 있었다. 『불여귀』의 광고에서 공략하

65 위의 글, 111면.
66 김재석, 앞의 글, 41면.
67 권정희, 앞의 책, 224~236면.

려던 "진々한 문학 취미"를 고양시키려는 "소설가" 지망의 독자는, 「공상문학」의 "문학 지망"의 포부로 "서양소설"을 읽는 여성 독자의 주인공과 소설가 하련당의 인물이 조형되었다. 이러한 『불여귀』의 고상한 문학 취미의 교양 있는 새로운 독자층에 기반을 둔 「공상문학」은 1910년대 초 '가정비극'의 장르 인식을 단적으로 표출한다. '가정비극'이라는 새로운 기표에 기의를 충전充塡 해가는 시기 '가정'과 '문학의 진의'는 연관된 조합이었다. "문학文學의 자미잇는 취미와 진의를 씨다른" 여성 주인공의 비극적 운명이 문학 지망의 야망과 관련한다는 지극히 남성성의 편향된 젠더의 시각을 표출하는 「공상문학」의 '가정의 비극'은 이러한 1913년이라는 역사적 추이에서 "진々한 문학 취미"와 결합된 양상으로 '연출'되었다.

1910년대 '가정비극'인 희곡 「규한」(1917), 「운명」(1918)에 잇달아 「황혼」, 「연과 죄」, 「이상적 결혼」 등이 출현했던 1919년, 조혼의 인습적 권위에 반항하여 사랑을 선택함으로써 삼각관계라는 당시 가정비극류 희곡의 공통된 특성으로 자리 잡는 것은 1910년대 후반이다.[68] 아내의 문학에의 열망을 억압하는 은행원 백하청은 가정비극류 신파극과 같은 도덕적 화해에 따른 '개과천선'의 구제가 아니라 선악의 구도를 비껴나 조형되었다. 「공상문학」은 『호토토기스』의 가정소설과는 판이하게 다르면서도 '가정의 비극'으로서의 서사 구조에서 일정한 유형의 접점이 있다.

여주인공 순자가 이백매에 달하는 한 권의 소설을 탈고한 뒤 모녀가 나누는 대화는 의미심장한 것이다. '속박'에서 벗어나 자신의 의지로

68 윤일수, 「1910년대 가정비극 연구」, 『한민족어문학』 42, 한민족어문학회, 2003, 22면.

〈사진 3〉『불여귀』의 이혼을 둘러싼 모자간의 언쟁 장면의 삽화.

"ᄌᆞ유ᄉᆞᆼ"으로 살아가겠다는 순자의 말을 '이별'을 고하는 것으로 여겨 근심하는 모친에게 "이별이라니요 누가 이별 말을 ᄒᆞ얏소"하며 "ᄂᆞᆫ 어머니의게ᄭᆞ지ᄂᆞᆫ 버린 자식이 되기 실습니다"라고 흐느끼는 모녀간의 대화는, 『호토토기스』에 연원을 둔 『불여귀』 및 신소설에 공통적인 '이혼' 모티프의 모자간 언쟁[69] 장면(〈사진 3〉)에 상응하는 모녀의 '언쟁' 장면이라 할 것이다.

"자유의 붓"을 실현하려는 자아 각성의 의지가 어머니의 벽에서 좌초하는 김우진 희곡의 특성[70]은 소설에서도 관철된다. 김우진 희곡을 심리분석적 관점에서 분석한 연구에 따르면, 모성애 결핍이 전이된 회귀 본능에서 비롯된 보상심리가 대리로서 여성 인물들을 등장시켜 양

69 『호토토기스』의 '이혼모티프'에 대해서는 권정희, 앞의 책, 제1장 제3절 참조.
70 서연호, 앞의 책.

〈사진 4〉 신파극 〈호토토기스(不如歸)〉 1910년대 가부키좌(歌舞伎座) 상연.

가 심리를 드러낸다.[71] 「공상문학」의 순자의 히로인은 이러한 김우진의 모성애 결핍과 회귀 본능의 복잡한 내면 심리에 의한 대리로서 작가의 '문학'에의 열망을 투사한 여성 인물이 창출된 것이다. '이별'을 둘러싼 모친과의 대화는 이러한 심리분석적 관점에서 모성애 회귀의 퇴행이며 아들 태식이 '영웅 나팔륜'의 화보에 열중하는 것으로 순자의 '자유'를 구가하는 문학에의 열망을 계승하면서도 '질투'로 아들을 밀쳐내는 아버지 백하청의 거부에의 증오와 애정의 양가적 심리를 표출한다는 분석도 가능할 것이다.

일본 메이지 시대의 가정소설의 유행과 가정소설극을 주요 상연물로 하는 신파(〈사진 4〉) 붐이 본격화되면서 '미디어 복합'[72]에 의한 수용

71 윤금선, 「김우진 희곡 연구－작가와 작중인물의 심리적 전이관계를 중심으로」, 한국극예술학회 편, 『김우진』, 연극과인간, 2010, 182~192면.

〈사진 5〉『곤지키야샤(金色夜叉)』 중편의 권두화(1904). 오미야(宮)가 사진기 앞에 선 이 장면은, 마치 순자를 바라보면서 연설하는 변사의 포즈를 방불케 한다.

방식은 조선에서도 확산되기 시작하여 1910년대 초 신파연극 및 전통 연희가 주도하던 연예계에 영화가 상영되고 활동사진과 조선인 변사가 출현하는 변화가 일기 시작했다.[73]

「공상문학」에서 '가정의 비극'을 '연출'한다는 의식은 문자 매체를 넘어 '사진' '변사' '활동사진' 등 다양한 시청각적 미디어를 환기하면서 소설 수용의 극적인 시청각 효과를 산출한다. "손을 들어 연설ᄒᆞᄂᆞᆫ 변ᄉᆞ의 ᄐᆡ도로"라는 지시적 서술로 순자를 향해 독자의 '눈물'을 자아내려

---

72 가네코 아키오(金子明雄), 권정희 역, 「'가정소설'을 둘러싼 미디어 복합-1900년대를 중심으로」, 『대동문화연구』 64, 성균관대 대동문화연구원, 2007, 82~83면.

73 유선영, 「초기 영화의 문화적 수용과 관객성-근대적 시각문화의 변조와 재배치」, 윤해동・천정환・허수・황병주・이용기・윤대석 편, 『근대를 다시 읽는다』 2, 역사비평사, 2006, 140면.

는 '동정' 어린 변사의 목소리와 포즈를 드러낸다(〈사진 5〉). 하련당이 떠난 빈 집의 마당을 스쳐 가는 바람이 나뭇잎을 흔들며 "그림ᄌᆞ도 ᄯᅩᄒᆞᆫ 이리저리 활동사진 움지기듯" 한 폭의 그림의 연속적인 동화와 같이 "눈물 밋친 두 눈에"비친 순자의 시선으로 공간을 포착하는 입체적 시청각적인 서술 전략으로 "가정의 비극"을 "연출"한다.

신파극이 남녀 관객들의 공감을 얻은 것은 정숙한 아내와 헌신적 어머니로 구성되는 여주인공들의 도덕성과 분열 없이 선善 그 자체로 통합된 감정 과잉의 멜로드라마적인 센티멘털리티에 의한 것이다.[74] 가정소설이 지향하는 "오로지 정숙을 미덕으로 살아가려고 애쓰는 여성들의"[75] 도덕과 윤리가 아니라, 「공상문학」에서는 "ᄌᆞ유ᄉᆞ상"으로 '참 삶'을 자각하는 여성의 인물 조형에서 선악으로 이분되지 않는 현실세계를 추구한다. 은행 지배인 백하청과 소설가 하련당, 서양소설을 읽는 고상한 '문학의 취미'의 여성 인물 등 지식인들이 등장하는 「공상문학」은 『불여귀』를 읽는 교양 있는 새로운 독자층과 겹쳐진다. 1912년의 『불여귀』가 "진々한 문학 취미"와 "부부간의 사랑"과 "사회의 진샹"을 토론하는 '가정비극'으로 제시[76]된 광고 문안은, 「공상문학」의 표제 아래 '연출'하는 '가정의 비극'에 의식된 『불여귀』의 영향 관계를 엿보게 한다.

'가정의 비극'의 '연출' 등 『불여귀』를 의식한 소설 구성의 다양한 접점에도 불구하고 신파극과 같은 동정을 자아내며 눈물 흘리는 독자층의 공감을 획득할 수 없었던 것은 여성 독자층이 결합되지 못한 연유일

---

74 우수진, 앞의 글, 9면.

75 前田愛, 「大正後期通俗小説の展開」, 『近代読者の成立』, 岩波現代文庫, 2001, 261면.

76 권정희, 앞의 책, 227~228면.

것이다. 물론 미발표의 「공상문학」을 읽는 독자층 자체는 현실적으로 부재하지만, 동시대 상연되지 않았던 김우진 희곡의 여성 형상화가 당대 여성이 처한 '모순'과 혼란의 근대적 경험을 '모순'으로서 드러내는 것에 저항적 가능성을 잠재하는[77] 것과 달리 「공상문학」의 여성 인물 조형은 1910년대 초 동시대의 여성 현실과는 거리가 있다.

은행원인 남편은 상학사 외에 법학사를 겸비한 "지원 청년"으로서 매사 "리치 경우로셔 의론"하여 "ᄒᆞᆫ 집안의 큰 칙임을 진 몸으로셔 소설로서 늘을 보니면 그 집안이 엇더ᄒᆞ겟소" 하며 아내를 질책하는데 순자도 "씨다랏습니다. 이후부터는 중ᄒᆞᆫ 칙임에 전력을" 다하겠노라고 "리치에 합당ᄒᆞ"여 '칙임'을 각성하게 된다. "남편의 사ᄅᆞᆼ을 입으며 중한 칙임 잇는 몸으로서 그 가정의 슈리에 로심"하면서 "십칠팔세 시ᄃᆡ의 문학 공상은" 멀어져 가는데 친정의 셋집으로 이사 온 하련당에 관한 모친의 이야기에 "소리 업시 묵독ᄒᆞ"던 하련당에 관한 잡지 기사를 떠올리면서 복잡한 감회에 휩싸인다. "네의 운수 길ᄒᆞ고 복한" 여주인공 순자의 "남편의 자덕으로" 친정의 가난까지 해결한 결혼을 통한 계층 상승으로 남부럽지 않은 행복을 단숨에 거머쥔 일약 "큰 살림의 주부"가 된 순자의 "문학 취미"에 기인한 불행에 '변사'와 같은 서술자가 기대하는 "독자의 동정과 비평"이 쇄도하지는 않을 것이다. 다시 찾은 친정에서 동생과의 대화를 통해 하련당의 걸작 『맑은 웃음』이 "당국에서 발ᄆᆡ금지發賣禁止를 당"하여 직접 동생이 저자로부터 빌린 책을 읽은 순자는 착잡한 마음으로 "부귀영화를 누린 몸으로서" 돌아보면서 그것이 "헛된 일"이며 "륙지우의 ᄇᆡ"로 무용지물이라는 회의에서 "비창ᄒᆞᆷ을 견

77 이덕기, 앞의 글, 4면.

드ᄂᆞᆫ 운명을 ᄒᆞᆫ탄"한다. 다 읽은 하련당의 저작을 "서양 수롱手籠"과 함께 동생에게 전하고는 "사모ᄒᆞᄂᆞᆫ 선ᄉᆡᆼ을 ᄉᆡᆼ각ᄒᆞ"면서 "공상空想"에 잠긴다. 이미 결혼을 후회하는 지점에서 과거의 그 "지각업든 ᄉᆡᆼ각"이 남아있는 딸을 향한 모친의 분노의 시선과 "문학에 ᄯᅳᆺ"을 둔 누님의 "참사람"에 "ᄉᆞᄅᆞᆷ이라ᄂᆞᆫ 것은 자긔 ᄯᅳᆺ과 기ᄅᆞᆼ技能 적합ᄒᆞᆫ 것으로 립신ᄒᆞᄂᆞᆫ 것이 제일"이라면서 "동정을 표"하는 동생과의 대화 등 순자를 향한 다양한 독자의 반응을 등장인물을 통해 드러낸다.

'번민'하는 순자는 병이 들었지만 "ᄋᆞᆫᄒᆡ를 사랑ᄒᆞ며" 변함없는 "ᄋᆡ정"을 보내는 백하청의 간호에 회복된 후 매일 친정으로 산보가서 소설을 집필한 끝에 한권의 소설을 완성하게 된다. 백하청도 하련당이 친정 이웃에 산다는 것을 알게 되고 미묘한 전운이 감도는 가운데 어느 날 하련당은 돌연 이사한 뒤 신문에 부고를 알기는 기사를 읽은 순자는 기절하여 병상에서 아이를 낳고 죽었다. '핍박에도 굴하지 않은 굳센 결심'을 다진 가정주부의 여주인공을 향한 "동정"은, 동시대의 여성 독자가 아니라 "자긔 ᄯᅳᆺ과 기ᄅᆞᆼ 적합"하게 살아야 한다며 "문학에 ᄯᅳᆺ"을 둔 누님의 "참사람"에 공감하는 동생 철식과 같은 '사상'에 공감하는 지식인의 남성 독자인 것이다. 그의 희곡을 관통하는 모성성의 결핍과 회귀 본능의 심리 추이에서 김우진 자신을 투영한 여성 인물의 조형과 순자의 하련당에 관한 "사모"와 "ᄉᆡᆼ각"의 '공상'은 남편에 대한 "사ᄅᆞᆼ"과는 변별하려는 의식성이 관철된다. 이러한 의미에서 「공상문학」의 '가정의 비극'은 '자유'를 향한 '문학'을 욕망하는 "참사람"에의 희구이며, '자유사상'을 구가하는 것으로 여성 독자의 '동정'을 유발하기보다 사상과 자아의 각성에 동조하는 남성 지식인의 공감을 유도한다.

문학을 열망하는 히로인의 비극으로서의 문학을 둘러싼 '공상'이 '가정의 비극'이라는 장르를 조건으로 하는 상이한 맥락의 충돌과 긴장의 역학 속에서 순문학과 통속문학이 중첩되는 효과를 산출한다. "가정소설에서 연극과 소설의 결합이 가정소설과 여성과 '통속'을 연결하는 근거"[78]라는 이다 유코飯田裕子의 주장에 따르면, '가정소설'과 '통속소설'이 영구불변하게 고정되는 결합이 아니라 여성 독자층의 매개를 통해 결합되었다는 것이다. '문학 추구의 진의'라는 여성 인물의 욕망에 대한 "지각없는' 철없는 생각이라며 노기를 띤 어조의 모친의 반응에 당대의 여성 독자의 반응을 추론할 수 있다. 「공상문학」의 '가정의 비극'의 '연출'은 1910년대 초의 여성 현실의 지배적인 일상의 심리를 드러내는 대목이다.

엇지ᄒᆞ야 져ᄂᆞᆫ 이러ᄒᆞᆫ 집에 들어오게 되얏든고. 엇지ᄒᆞ야 져러ᄒᆞᆫ 남편의 안ᄒᆡ가 되얏든고. 엇지ᄒᆞ야 이러ᄒᆞᆫ 큰 가정의 쥬부가 되얏스며 엇지ᄒᆞ야 남의 ᄌᆡ취 안ᄒᆡ로라도 되지 아니ᄒᆞ고 이와 ᄀᆞᆺᄒᆞᆫ 즁ᄒᆞᆫ ᄎᆡᆨ임을 질 몸이 되게 되얏든지[79]

엇지ᄒᆞ면, 이셰샹은, 이와갓치 무정한고, 이몸은낭군을 그리워, 목숨이 조셕에달니엿고, 낭군, 이몸을, ᄯᅩᄒᆞᆫ 그와 갓치 ᄉᆡᆼ각ᄒᆞ거ᄂᆞᆯ, 엇진연고로, 이부쳐두ᄉᆞ람의 인연을 ᄭᅳᆫ엇난고, 낭군의 지극히 사랑하난 마음이, 이편지가온ᄃᆡ 낫타낫도다[80]

78 飯田裕子, 『彼らの物語－日本近代文學とジェンダー』, 名古屋大学出版会, 1998, 59면.
79 「공상문학」, 『김우진 전집』 I, 210～211면.
80 조중환, 『불여귀』 하, 경성사서점, 1912, 76면.

「공상문학」에서는 '소설가'를 대적하는 남편의 책망에 결혼을 후회하는 순자의 심정의 서술이고 『불여귀』에서는 폐결핵으로 요양 간 즈시 바닷가에서 남편의 편지를 읽으면서 여주인공 '나미코'가 그리워하는 대목이다. 배경과 상황은 다르지만 양자의 여주인공의 울분과 회한을 토로하는 서술 방식에서 유사한 특질은 1910년대라는 당대의 여성 현실의 공통성에 연유한 것만은 아니다. 정념이 분출되는 방식에서 의식되는 장르에 가정소설 『불여귀』가 선행하는 텍스트로 놓여져 「공상문학」의 유형적 표현으로 영향을 미친다는 것이다. 1912년 발간 즈음 『불여귀』의 『매일신보』 광고에서도 '가정비극'에 주안점을 둔 것[81]은 이들이 공유하는 장르 기반의 친연성을 방증한다. 번역 『불여귀』에서 발견되는 원작 『호토토기스』의 오역이 「공상문학」에도 반복되는 것은 이러한 주장을 뒷받침한다. 어휘와 표현의 층위에서 일본어의 영향을 살필 수 있는 「공상문학」에도 답습되는 오역의 표현[82]은 선우일의 『두견성』의 언어의식과 변별되는 것으로 '가정의 비극'의 장르적 기반에 대한 의식성을 설명해 준다.

'공상문학'이라는 표제의 함의는, 『불여귀』와의 관계에서 도출되는 '가정의 비극'의 '연출'의 의식의 관계에서, 가정소설과 가정비극 신파극의 장르 틀을 넘어 가정과 문학을 순문학적인 양상으로 결합하는 효

81 권정희, 앞의 책, 233면.

82 『불여귀』와 마찬가지로 「공상문학」에서는 '친가'와 함께 '실가'라는 일본식 한자어 표현을 병용했다. 또한 일본어의 '외아들'이라는 의미로 쓰인 '독자(獨子)'를 '독신'으로 번역한 『불여귀』의 용법과 같이 「공상문학」에서는 "이 백씨가의 중한 책임은 독신인 이 ᄂᆡ의 억ᄀᆡ에 올리게 되얏는ᄃᆡ"로 외아들을 뜻하는 의미로 '독신'을 구사하여 『호토토기스』의 번안소설 『두견성』의 "독자된 몸"과 대비된다. 「공상문학」에서는 이러한 '독신'을 둘러싸고 '독자'와 '홀로' 사는 라이프스타일의 의미 등으로 다층적으로 사용되었다.

과를 산출함으로써 1920년대 부각된 소설가의 길을 추구하는 문학청년이 가정과 사회의 불화를 야기하며 내적 세계를 발견해가는 근대소설의 자아의 각성의 주제와 궤를 같이한다. 이러한 당대의 제약을 넘는 비약은 「공상문학」의 장르표지가 함축하는 '공상'과 '가정의 비극'의 장르의 상호 작용에서 가능한 것이다.

'가정의 비극'이라는 의장에서도 「공상문학」에서는 '진정한 익정'이 없는 결혼을 회의하고 각각 고유한 자아에 의해 인격적으로 결합된 부부애의 추구와 참삶에 대한 갈망 등을 표명한다는 점에서 가정소설 『불여귀』보다 진일보한 것이다. 「공상문학」에서는 대가정의 주부와 양립할 수 없었던 문학의 꿈이 남편과의 불화를 야기하면서 '처녀 시절 독신'에의 꿈을 그리워하거나 하련당이라는 문사의 '독신 생활'에 대한 선망과 호기심 어린 시선을 통해 또는 순자의 병사 이후에도 "다시는 저 직취 안히를 엇지 안키로 결심을 정한 바"와 같이 아내와의 사별 후에도 '독신'을 고수한 남편 백하청은 하디의 소설에서 사별한 지 이년 후 재혼한 것[83]과 대비된다.

아내의 죽음으로 종결하는 『호토토기스』에서 촉발되어 일부일처의 부부애라는 주제가 연애, 재혼 등을 중심으로 하는 통속소설로 파급되었던[84] 일본과 유사한 형태로 번안소설 『두견성』에서도 재혼을 암시하는 방향의 변형이 이루어지거나 신소설 『류화우』의 '이처를 암시'[85] 하는 방향과 대조적으로 「공상문학」에서는 '독신'의 생활 속에서 장르적 상상력에 구속되지 않는 서사를 전개한다. 연이은 사별로 인한 일

---

83 손필영, 앞의 글, 19면.

84 권정희, 앞의 책, 39면.

85 권보드래, 「열정의 공공성과 개인성-신소설에 나타난 '일부일처'와 '이처'의 문제」, 『한국학보』 99, 일지사, 2000, 125면; 권보드래, 『신소설, 언어와 정치』, 소명출판, 2014.

부다처라는 작가의 가족사의 콤플렉스가 작용하는 '독신'은 조선의 "인간 사회의 현실에 버서나게 하는" '공상'의 개입 방식을 보여준다. 「공상문학」은 "'인간 사물의 실제에서 벗어난 공상"의 기제와 '가정의 비극'의 상호 작용 속에서 가정소설의 틀을 벗어나 '단편쇼셜'로 이행하는 연속적인 토대가 되었다. 여기에 서양소설의 번역소설 및 번안소설과 구별되는 창작소설로서의 장르 인식을 엿볼 수 있다.

또한 "소설가를 티적으로 싱각하는" 남편, 문학 지망생 아내라는 대립 구도는 가정소설의 장르 유형을 탈각하여 김우진 희곡에 나타나는 아버지와 아들의 대립과 반목의 반복이며 성적 주체와 가정 내 위치의 차이로 변주된 김우진 문학을 관통하는 내면의 목소리의 여성 버전이다. 또한 은행 지배인 남편 백하청은 근대식 교육을 받은 현실적 가치를 존중하는 부유층의 자제이며 강직한 성격의 소유자로서 광주농공은행의 창립에 참여하고 목포 금융조합장을 역임한 김우진의 부친과 닮아있다.[86] 또한 순자에게서 김우진 자신의 어머니를 상상하거나[87] 순자의 동생 철식에서 철진을 순자의 죽음 이후 남겨진 '후일담'[88]의 아기 태근에 이르기까지 자신의 삶을 투사하는 자서전적 일면을 내포하는 김우진 문학에서 설명된다. 자신의 '분신'으로서의 어머니는 희곡 「난파難破」(1926.5)[89]에서도 반복되어 김우진 문학의 원형으로서 「공상문학」의 특질을 내포한다. 이러한 현실성과 동시에 당대의 조건에 제약되지 않는 비현실성의 요소도 다분하다는 점에서 장르표지와 같은

86 윤진현, 앞의 책, 72면.
87 손필영, 앞의 글, 20면; 위의 책, 48면.
88 윤진현, 위의 책, 60면.
89 주현식, 「폭발의 드라마, 폭발하는 무대」, 『한국극예술연구』 29, 한국극예술학회, 2009, 13면.

표제를 주목하게 한다.

한편, 과거 「공상문학」과 비교 연구된 바 있는 하디[90]의 『환상을 쫓는 여인*An Imaginative Woman*』을 근거로 하여 표제의 '환상Imaginative'이 '공상'으로 해석되었을 가능성이 제기되었다.[91] 하디의 소설은 1919년 『환상을 좋아하는 여인空想を好む女』[92]이라는 제목으로 일본어로 번역[93]되었다는 사실에서도 '문학'이라는 환상을 쫓는 여인의 일생을 당대의 식민지 조선의 "녀ᄌᆞ 일ᄉᆡᆼ"의 '문학 취미'의 '공상'으로, 사실주의 계열 하디 소설의 조선적 번안의 가능성을 부정할 수는 없지만, 1913년 이전 토마스 하디의 작품의 원작 입수 경위가 뒷받침되어야 한다. 그것은 제목이나 작품 개괄, 해설 등 작품에 관한 정보에 기초한 영감과 힌트, 착상의 계기 등 영향의 가능성으로 제한되는 것이 타당해 보인다.

「공상문학」의 문학을 둘러싼 '공상'의 함의와 '가정의 비극'이 교착하는 관계성의 장르 인식 속에서 번역어로서의 '공상' 개념에 회수될 수 없는 '공상'이 관여하는 방식의 차이를 드러내는 것으로 간주한다. 즉 현실과 비현실세계가 착종하는 서사적 현실은 한국의 초기의 근대소설

---

90 일본에서는 1890년 「西洋小説百種・其二」(『国民之友』 92, 1890.8)에 하디의 작품이 소개된 이래 1903년『英語青年』 9-1에서 「Thomas Hardyの紹介」라는 특집이 편성되는 등 1913년까지 총 60여 편에 달하는 토마스 하디의 작가, 작품 해설에 관한 기사, 논문 등이 발표되었다. 1906년 『테스Tess』(『帝国文学』 Vol.12, No.11～Vol.15, No.2)가 번역되었으며, 1908년 田山録彌(花袋)의 『近代三十六文豪』 三～六(博文館臨時増刊14, 博文館, 1908)에 토마스 하디의 전 작품이 개관되어 있다(山本文之助, 앞의 책, 1～4면). 특히 김우진의 「애란의 시사」가 수록된 『마사고(真砂)』에는 森登 譯의 「町の人々(The Woodlanders)」(1924.9)가 번역된 이래 6회에 걸쳐 연재되고 高橋徳 譯의 「衰へ行く腕(The Withered Arms)」(『마사고』, 1925.3) 등 토마스 하디의 작품이 번역되었다.

91 윤진현, 앞의 책, 58면.

92 トマス・ハーディ, 矢口達 譯, 『空想を好む女』, 敬文堂書店, 1919; 山本文之助, 앞의 책, 8면.

93 일본에서는 1912년 矢口達에 의하여 *An Imaginative Woman*의 "Wessex Tales"가 「꿈잘꾸는 여인(夢見がちの女)」(『峡彎』 8月号)으로 번역되었다(山本文之助, 위의 책, 8면).

성립의 맥락에서 장르적 기반에 대한 의식과 관련한 차이를 발생시킨다. 「공상문학」의 '공상'은 '가정의 비극'으로 『호토토기스』의 번역 『불여귀』와 같은 가정소설의 장르를 넘는 지반을 창출시켰다. 전기소설傳奇小說을 "일반적으로 공상적인 소설"[94]로 규정했던 황당무계하고 괴이한 소설에서 '가정'의 실재성에 기초하여 비실재적 상상을 구동시키는 '공상'은 장르와 결부되어 근대소설에 대한 상상의 방식을 보여준다.

따라서 「공상문학」의 '공상'은 서사의 변형 방식에 관여하는 상위의 장르적 기반과 관련한 장르 표지와 같은 의미를 함축한다. 창작 행위에 포함되는 정신의 작용을 설명해주는 '공상'개념은 『환상을 쫓는 여인』의 'imagination'이 '공상'으로 번역되었다는 가정에서도 유효하다. 17~18세기 공상과 상상을 거의 같은 것으로 이해하던 경험주의 시대의 의미의 자장에서도 배치되지 않는다. 경험론자 흄에 따르면 상상력이 경험을 벗어나 작용하는 경우가 공상fancy이다. 상상력은 시공간적인 제약으로 경험적으로 불가능한 관념을 산출하지 못하여 상상력이 경험 질서에 부합되게 관념을 결합할 때 "정신은 그 관념들을 실재들realities이라는 칭호를 부여하는 새로운 하나의 체계를 형성"하는데 반해 상상력이 경험질서를 벗어나 비실재적인 관념들을 형성하는 경우가 공상이다.[95]

또한 경험론자 홉즈의 공상 개념을 바탕으로 드라이든은 시인의 상상력을 '창안創案', 혹은 생각의 발견을 주제에 적절하게 제시할 때 이끌어낸 틀에서 떠낸 생각을 변형시키는 '공상'으로 설명하여 창조 행위에

94 최록동 편, 『現代新語釋義』, 문창사, 1922; 한림과학원 편, 『한국근대신어사전』, 선인, 2010, 31면.
95 강동수, 「흄의 철학에서 상상력의 성격과 의미」, 『철학논총』 70-4, 새한철학회, 2012, 157면.

이들을 포괄한다.[96] 드라이든의 '공상' 개념에 입각한다면 「공상문학」의 '공상'은 『환상을 좇는 여인』에서 '창안' 된 발상이 '공상'을 통해 변형되는 방식에 대한 의식성의 표출로 간주될 수 있다. 이는 김우진이 드라이든의 '공상' 개념을 인지했다는 의미가 아니라 원천에서 받은 영감의 착상을 서사로 구체화하는 구성 방식에서 신, 요괴 등의 전기소설의 공상과는 다른 가정을 중심으로 하는 '공상'의 작동 방식에 대한 자각이 표제로 표출되었다는 것이다.

토마스 하디의 초기 단편소설 가운데 여주인공의 이름이 '팬시fancy'인 「푸른 숲 나무 그늘Under the Greenwood Tree」(1872)[97]의 우연성도 특기해 둘 만하다. 이 작품은 「공상문학」과 현저하게 차이가 있어 원천의 관계가 성립할 수는 없다. 번역・번안소설과 같은 단일한 원천의 동일성에 회수되기보다, 영감이 주는 착상과 '창안'을 변형시켜 나가는 동력을 '공상'의 기제를 통하여 구성하는 「공상문학」은 창작소설로 나아가는 도정에서 다양한 관계의 방식을 노정하는 의미를 함축한다고 하겠다.

식민지 조선의 '가정의 비극'을 창작하려는 주체의 인식 속에서 의식된 '공상'의 작동 방식은 '가정'의 실재성에 입각하면서도 "인간 수물의 실제에셔 버서난 공상"으로 전기소설과도 서양소설과도 거리를 둔 서

96 R. L. Brett, 심명호 역, 『공상과 상상력』, 서울대 출판부, 1979, 17면.

97 「푸른 숲 나무 그늘(Under the Greenwood Tree)」은 남녀의 결혼에 이르는 과정을 그렸는데 심각한 갈등이나 극적인 전개 없이 옛것과 새것의 갈등, 사회계층이 다른 남녀 간의 사랑, 결혼의 문제들을 그린 스케치와 같은 작품이다. 하디의 초기 소설인 이 작품에서 '결혼으로 족쇄 채워진 사랑은 풀 수 없는 속박에 갇혀 죽어버리게 마련이라는' 하디의 이후의 작품들에서 보이는 불행한 남녀의 단초를 엿볼 수 있다고 한다(김태언, 「토마스 하디의 초기소설연구」, 『인제논총』 9-1, 인제대, 1993.6). 이는 작가의 세계와 인간을 바라보는 관점이 김우진에게 영향을 미쳤을 가능성을 잠재하는데 결혼을 '속박'으로 인식하는 두 작가의 공통점은 서사의 유사성과는 다른 측면에서 독서를 매개로 하는 작가 인식의 형성 프로세스에서 논구되어야 할 것이다.

사를 전개시켰다. 이것은 「공상문학」의 현실성을 기반으로 하면서도 시공간적 제약을 넘는 상상력이 '공상'개념을 요청하는 창작의 프로세스를 이해하게 한다. 가정소설의 틀을 벗어나 식민지 조선에서는 현실감이 희박한 여주인공을 '공상'의 기제로 동시대의 경험 세계를 넘는 상상력을 작동시키는 방식이 표제인 것이다. 「공상문학」의 '공상'은 광의의 의미에서는 상상력에 포괄되며 협의의 의미에서는 비실재적 낭만적 상상력인 것이다. '공상'의 철학적 이론에 자각적이지 않다하더라도 「공상문학」에서는 실재와 비실재, 경험과 상상력의 서술 방식에 대한 일정한 체계에서 구성 원리가 관철된다는 점에서 근대소설 성립 프로세스에서 갖는 의미는 작지 않다.

'가정의 비극'이라는 장르와 결부되어 '공상'은 전대의 전기소설과는 다른 형태로 작동했다. 「공상문학」의 '공상'은 '로맨틱'이 '낭만주의적'으로 "공상적이요 전기적인 것을 형용하"고 '로맨쓰'가 "본래는 공상, 모험, 연애의 이야기가 많은 소설을 말한 것이엿섯는데 지금은 주로 연애소설을 「로맨쓰」라 한다"[98]는 '공상'을 둘러싼 장르와 의미 변용의 흐름을 바탕으로 전기소설을 뜻하는 '공상적'인 의미에서 '로맨틱'을 뜻하는 '공상적'의 의미로 변용되는 추이에서 파악된다.

말하자면 전기소설의 '공상적'이 괴이함, 기이한 황당무계한 서사라는 장르에서 비실재적 상상력의 방향이 규정된다면 로맨틱의 술어로서의 상상하는 공상적인 현실 탈피의 이상적 낭만성의 비실재적 상상력의 의미에서 서사의 방향이 다르다. 「공상문학」의 근대소설을 둘러싼 '공상'의 문제는 기제한 동시대 문화 관습을 이탈한다.

98 청년조선사 편, 「신어사전」(1934), 한림과학원 편, 앞의 책, 260면.

「공상문학」의 집필 시기 연재된 이상협의 『눈물』이 『매일신보』(1913.7.16~1914.1.12)에 연재되는 도중 상연되어 '독자와 관객의 눈물로 현실화'[99]했던 것은 1913년 10월의 일이다. 「공상문학」은 '가정비극'을 성공적으로 안착시킨 『장한몽』(1913.5.13~10.1)의 연재시기에 집필되었다. '가정비극'의 장르관습이 채 뿌리내리지 못한 초기 '문학의 진의'를 추구하는 순문학적 주제는 '가정의 비극'과 모순되지 않았다. 이러한 근대 초기의 지형에서 『불여귀』의 광고 전략과 「공상문학」은 동일한 방향이 제시될 수 있었다. 이는 '신춘문예' 현상모집의 효시가 되는 1914년 『매일신보』의 '단편쇼셜 「新年의 家庭小景」'[100]이라는 공고에서 제시된 '가정'과 '문학'의 조합에서 '단편쇼셜' 형성의 토대를 구하려는 방향과 일맥상통한다.

200자 원고지로 300매에 가까운 중편소설[101]분량의 「공상문학」의 '가정의 비극'은 '가정'과 '문학'이 결합된 '단편쇼셜'에 가까운 형태로 장편소설 중심의 '가정소설'을 벗어나는 파격이 이루어졌다. 1920년대 "家庭에서 일어나는 事件을 主로 한 通俗小說이니 波瀾曲折이 많은 家庭事實을 쓴 것"[102]으로 풀이되었던 '가정소설'의 정의는 실재성의 맥락에서 전대와 다른 '신어新語'로서의 역사적 의미를 표출한다. '가정'이 통속성의 전유물이 아니라 '단편쇼셜'의 장르 기반에서도 실재성에서 부각된 가정의 일상을 공유함으로써 '가정'과 '문학'의 다양한 결합 방식을 생성하는 과정에 「공상문학」이 놓여있는 것이다.

99 최태원, 「1910년대 신소설의 독자・대중・미디어」, 사에구사 도시카츠(三枝壽勝) 외편, 『한국 근대문학과 일본』, 소명출판, 2003, 36면.
100 『매일신보』, 1914,12,18; 김영민, 『문학제도 및 민족어의 형성과 한국 근대문학(1890~1945)-제도, 언어, 양식의 지형도 연구』, 소명출판, 2012, 129면.
101 유인순, 앞의 글, 31면.
102 청년조선사 편, 앞의 책, 294면.

4. '문ᄉᆞ 자살' 모티프
—'두 ᄒᆡ'의 비유와 식민지의 시대적 고뇌로의 확산

4절에서는 서양소설을 읽는 독자의 등장의 서사적 의미를 '가정의 비극'과 관련하여 탐색할 것이다. 「공상문학」의 전지적 서술자는 하련당에 대해서는 함구한 채 등장인물을 통해 외부세계만을 서술한다. 하련당의 자살의 내막은 밝혀지지 않은 채 미궁에 빠져 의혹에 찬 신문 기사는 스캔들로 소비되면서 순자와의 관계가 원인이라는 의혹을 증폭시키는 연애 서사로 수용된 것이다. 이에 그간 간과된 하련당의 인물 조형과 '문ᄉᆞ 자살'을 보도하는 신문의 부고 기사의 미디어의 매개적 의미를 탐색할 필요가 있다. 순자는 동생을 통해 하련당의 소설 『밝은 웃음』을 문사에게 빌려보게 된다. 소설에 심취하여 사모하는 마음 깊어지던 차에 순자는 잡지에서 하련당의 글을 보게 된다. 순자가 '묵독'하는 잡지의 글은 다음과 같이 전재된다.

○

가석다! 져의 굿세인 결심이 이 ᄒᆞᆫ 마듸에 츄풍락엽이 되얏스니 엇지 쎠 일개의 장부라 자랑ᄒᆞ랴. (…중략…)

져자(著者) ㅣ 호올로 ᄎᆡᆨ상에 의지ᄒᆞ야 심사묵고ᄒᆞᆷ에 사홍(沙翁)[103]의 비극 『로메오』와 『쥬리엣트』가 눈 압헤 현연히 ᄌᆞᆺ하ᄂᆞᆫ도다. (…중략…)

이에 져의 결심이 사라저 업슴에 일으러ᄂᆞᆫ ᄃᆞ문 져의 운명은 ᄒᆞᄂᆞᆯ의게 달닌바 되얏스니 슯흐다 ᄒᆞᄂᆞᆯ에ᄂᆞᆫ 두 ᄒᆡ가 업고 나라에ᄂᆞᆫ 두 님금이 업다 일

103 "사옹"의 오기. "사옹"은 극작가 셰익스피어를 말함.

을지ᄂᆞ 그러ᄂᆞ 이후로붓터 다시 너의 상서로운 운명을 회복케 ᄒᆞᆯ 도리ᄂᆞᆫ 당당ᄒᆞ게 ᄂᆞᆷ아 잇도다.

○[104]

순자가 펼쳐든 잡지 기사 「져의 결심!」은 앞뒤에 '○'의 표시로 본문과는 구별하여 순자의 눈에 비친 잡지 기사를 재현한다. 이러한 서술 형식에서 왕복 서한 및 여주인공이 남긴 유서를 '낭독'하는[105] 매체의 변화를 드러내는 서술 방식과 유사한 형태의 「공상문학」은 동일한 장章에서 급격한 장면 전환을 '*'의 기호로 나타냈던 『호토토기스』와 『불여귀』의 형식을 따른다. 하련당의 내면을 드러내는 이 기사는 셰익스피어를 뜻하는 "사홍沙翁"의 "『로메오』와 『쥬리엣트』"를 호명함으로써 로미오의 "용감한 결심이 적음으로" 거행된 '비극'으로 각기 어긋나는 남녀의 운명에 애석함을 표하면서 "ᄒᆞᄂᆞᆯ에ᄂᆞᆫ 두 ᄒᆡ가 업고 나라에ᄂᆞᆫ 두 님금이 업다 일으을지ᄂᆞ 그러ᄂᆞ 이후로붓터 다시 너의 상서로운 운명을 회복케 ᄒᆞᆯ 도리ᄂᆞᆫ 당당ᄒᆞ게 ᄂᆞᆷ아 잇도다"라는 비유로 단호한 의지를 역력히 표출한다. 하련당의 '굿세인 결심'은 '로미오'와 '줄리에트'의 '비극'을 환기함으로써 연애를 암시하면서도 "ᄒᆞᄂᆞᆯ에ᄂᆞᆫ 두 ᄒᆡ가 업고 나라에ᄂᆞᆫ 두 님금이 업다"는 비유로 식민지화된 조선의 불운한 시대를 상징하여 이를 "회복케 ᄒᆞᆯ 도리"를 다하려는 뜻을 함축하는, 중의적으로도 읽혀진다. '로미오와 줄리엣'을 읽는 저자 하련당과 위고를 숭배하는 순자를 연결하는 서양소설을 읽는 독자와 이들을 매개하는 '서양 수룡'의

---

104 『김우진 전집』I, 206~207면.

105 『호토토기스』에서는 인용부를 사용하지 않고 본문과 연속적인 형태로 유서를 펼쳐 든 순간을 정지시키면서 유서를 읽는 이의 눈에 비친 편지를 재현하는 서술 방식을 취한다. 권정희, 앞의 책, 208~209면.

선물 등은, 문학을 둘러싼 공상을 "실제를 벗어난" 서양적, 이질적, 모험적, 신비적인 경향으로 견인하는 서사적 함의가 있다. 저작의 발매 금지 처분과 뒤이은 '문ᄉᆞ 자살' 모티프는 기사의 '결심'을 시대의 울분을 토로하는 조선의 현실성의 맥락을 창출한다. 출사표를 던지듯이 단호한 하련당의 '굿세인 결심'을 읽는 순자는 자신의 '굿세인 결심'을 중첩시키면서 '흠모'의 마음은 한층 깊어지던 나날을 보내면서 문사의 급작스런 이사로 실의에 빠져 있던 중에 신문 기사의 비보를 접하게 된다.

●문ᄉᆞ ᄌᆞ살

文士의 自殺

…속니산중에서 ᄌᆞ살ᄒᆞᆫ 문ᄉᆞ…

…그 원인은 아즉도 미상ᄒᆞ여…

당시 문학계(文學界)에 성명을 ᄯᅥᆯ치는 ᄃᆡ문호 하련당(河連堂) 씨ᄂᆞᆫ 지나간 스므ᄒᆞ로ᄂᆞᆯ 충청도 □□군 속니산(俗離山) 중에서 륙혈포로 ᄌᆞ살을 ᄒᆞ얏ᄂᆞᆫᄃᆡ 이 급보ᄅᆞᆯ 들은 동군 경찰서 관헌들은 즉시 곡촌 경의(警醫) 와 삼촌 검ᄉᆞ(檢事)와 동반ᄒᆞ야 출장ᄒᆞᆫ 후 검ᄉᆞ한 결과 이ᄂᆞᆫ 타살(他殺)이 아님은 확지ᄒᆞ얏고 (…중략…) 그 자ᄉᆞᆯᄒᆞᆫ 원인은 아즉도 탐지치 못ᄒᆞᆯ ᄲᅮᆫ 아니라 그 유족(遺族) ᄯᅩᄂᆞᆫ 친속도 ᄯᅩᄒᆞᆫ 업슴을 알앗슴으로 즉시 공동 ᄆᆡ장으로 붓첫ᄃᆞ 전ᄒᆞᄂᆞᆫ 바 본 긔ᄌᆞ가 이 긔ᄉᆞᄅᆞᆯ 초흠에 당ᄒᆞ야 우리 문학계에 동정의 눈물을 금치 못ᄒᆞ얏노라[106]

106 「공상문학」, 『김우진 전집』 I, 243면.

신문을 든 채 기절한 순자는 병석에 눕게 되고 출산을 하지만 비운은 가시지 않는다. '륙혈포'라는 신종 무기로 자살한 현장에는 경찰서 관헌과 경의, 검사들이 동반 출장하는 과학적, 근대적 의학적 수사 체계에서 '속니산'이라는 깊은 산중은 탐정소설을 방불케 하는 범죄 현장의 기이한 비현실적 분위기를 연출한다. "그 원인은 아즉도 미상ᄒᆞ"다는 기사의 발문이 나타내는 바와 같이, 유서를 남기지 않아 자살 원인은 규명되지 못한 채 미궁에 빠져 불가해한 의혹의 시선을 거두지 못하게 한다. 원인은 밝혀지지 않은 채 유가족이 없어 "공동 ᄆᆡ장"한 바, "긔ᄌᆞ"는 "우리 문학계"에 "동정의 눈물을 금치 못ᄒᆞ얏노라"며 사건 현장의 기사를 수용하는 독자의 태도를 견인하고 있다. 원인 불명의 자살・문학계의 공감・미디어에 의한 파급을 구성하는 '문ᄉᆞ의 자살' 보도 기사는, 발매 금지나 검열 등 식민지 조선의 금기와 억압의 시대적 고뇌로의 확산 효과를 낸다. '문ᄉᆞ 자살' 모티프는 하련당의 「져의 결심」의 연속선상에서 "다시 너의 상서로운 운명을 회복케 ᄒᆞᆯ 도리ᄂᆞᆫ 당당ᄒᆞ게 ᄂᆞᆷ아 잇도다."라는 희망에 찬 맹세가 절망으로 바뀌는 과정이 서사의 공백으로 남겨진 채 "ᄒᆞᄂᆞᆯ에ᄂᆞᆫ 두 ᄒᆡ가 업고 나라에ᄂᆞᆫ 두 님금이 업다"던 식민지의 시대적 고뇌와도 관련한 작가의 상징적인 죽음의 구성인 것이다. 여기에 식민지 조선의 '청년의 고뇌'로 육화된 낭만성을 엿볼 수 있다.

종래, '문ᄉᆞ 자살' 모티프를 '이루어질 수 없는 사랑'에 기인한다는 전제에서 다눈치오의 『사의 승리』의 주인공 죠르지오와 하련당을 관련지어 "두사람 모두 유부녀에 대한 사랑으로 자학"하거나 "하련당은 순자와의 접근 가능성마저도 스스로 포기하고 떠"[107]나는 해석은 서사의

107 유인순, 앞의 글, 42면.

공백을 메우는 상상력이 연애 서사의 맥락에서 작동함을 보여준다. 미디어를 통해 드러나는 하련당의 사상과 좌절 등을 '문ᄉ 자살'의 의혹과 맞물려 스캔들화하는 수용의 욕망이 김우진의 '정사'라는 비극의 징후로서의 텍스트 읽기를 한층 조장한 것으로 간주된다.

이는 1910년대 연애표상과 '문학의 진의'라는 문제를 동시적으로 제기하는 중층성의 지점을 연애의 서사로 귀결시키는 것이다. 아울러 "인간 ᄉ물의 실제에서 벗어난 공상"에 의하여 "인간 ᄉ회의 현실에 버서 ᄂ게 ᄒᆞᄂᆞᆫ" 문사 하련당의 인물 조형 방식은 「공상문학」의 '공상'의 기제가 작동하는 구성 방식을 여실히 보여준다. 즉 '문ᄉ 자살' 모티프는 질병・실연・가난・실직 등 인간 생존을 억압하는 가시적인 원인을 밝히지 못한 채, 비련의 실의 혹은 '당국의 발매 처분'이라는 작가의 창작의 자유를 억압하는 권력에의 저항과 식민지 현실의 중압에 연유한 삶의 불확실성과 존재에 대한 회의로 추상화된 실존의 문제로 번민하는 '문ᄉ 자살'의 배후의 다양한 가능성을 함축하는 것이다. '문ᄉ의 자살'이라는 종결은, '두 ᄒᆡ'로 상징되는 식민지 조선 현실에서 발로한 존재적 차이와 근대 과학적 수사 등이 동원되는 조선을 탈각한 상상의 구성에 '공상'의 특정한 방식이 개입되는 양상을 드러낸다. '속리산'을 배경으로 하는 실재성에 "륙혈포"라는 첨단의 신식무기에 의한 자살로 현실을 탈각한 이질성의 효과를 더함으로써 "그 원인은 아즉도 미상"한 현대의 추리소설을 방불케 하는 의혹과 불가해성의 심연을 주조한다.

이러한 문학을 둘러싼 '공상'의 작동 방식에서, 하련당이라는 '문사의 ᄌ살'이 '두 ᄒᆡ'로 상징되는 식민지 조선의 현실과 결부된 '로미오'와 '줄리엣'의 '비극'으로, '자유ᄉᆼ'과 '문학의 진의'를 추구하는 순자라는 독자의 동일시가 가능한 소설가의 공명의 구조로 '가정 비극'의 '연출'

을 넘어, 기자와 '문학계의 동정의 눈물'로 시대의 '비극'으로 확장한다. '자유의 붓'을 구가하기 위한 '문학의 진의'를 추구하려는 서양소설을 읽는 여성 독자의 '저의 단호한 결심'이 하련당의 그것으로 전이된 신체성으로 실현하는 죽음으로, '자유'와 '문학'을 접점으로 하는 두 사람의 공명의 구조로 '가정비극'을 넘는 '비극'의 '연출'은, 문학을 둘러싼 '공상'의 개입과 관련된 것이다. 순자와 하련당이라는 서양소설을 읽는 독자가 등장하는 서사적 의미는, 이러한 당시로서는 생경한 '자유ᄉᆞ상'의 관념과 '문학의 진의' 추구라는 본연의 문학을 둘러싼 상상에 개입된 당대의 식민지 조선의 "인간 ᄉᆞ물의 실제에셔 벗어난 공상"의 방식을 보여주는 데 있다. '가정'과 '속리산'의 구체적 공간에서 '발매 금지'로 검열되는 식민지 조선의 출판 미디어의 실재성의 상상을 바탕으로 '문사의 ᄌᆞ살'에서 환기되는 '로미오와 줄리엣'의 서양소설과 "륙혈포"라는 신식무기인 권총, 동반 출장된 '경찰'과 '검의' '검사'의 근대 과학적 수사 체계 등 동시대의 식민지 조선 현실과 불일치한 일탈의 상상이 결합된 문학의 특질은, '공상'의 작동 방식에 연유한다는 것이다. '가정'의 '비극'의 '연출'이 문학을 둘러싼 '공상'의 조건이 되는 표제와 장르의 상호 규정성의 반정합의 관계성에서 '서양소설'을 읽는 독자의 등장은 당대의 식민지 조선의 현실을 탈각하는, '공상'의 방식과 관련한 서사적 의미를 함축한다.

제1장에서는 김우진의 소설 「공상문학」을 1910년대 식민지 초기의 문화적 맥락에서 작가의 독서 이력과 인식 추이에 초점을 두어 소설 성립 과정을 분석했다. 일본어 번역을 매개로 한 서양소설의 독서라는 문제 설정으로 16세 집필 시기의 김우진 작가의 생에 기초하여 초기의 시작詩作을 '내 로만티시즘' 시대로 명명했던 인식의 변모와 이에 상응

하는 독서의 관계를 제시하는 성과를 제출했다. 이를 통해 서양소설을 탐독하는 여주인공이라는 새로운 유형의 인물 조형과 소설가가 등장하는 '문학계'를 담아낸 「공상문학」의 출현의 문화사적 함의를 고찰했다. 서양소설만이 아니라 당대 식민지 조선의 신문・잡지 소설을 애독하는 폭넓은 독서를 통해 획득한 근대적 자아의 각성과 '가정'의 실재성과 동시에 현실 너머를 상상하는 낭만성을 '공상' 개념이 의식된 근대소설을 구성하였다. 이로써 '가정'과 '문학'의 새로운 결합이 '공상'을 전대의 전기소설과는 다른 방식으로 '문학'에 대한 상상을 작동시킴으로써 당대의 신소설・번역소설・가정소설・가정비극・신파극 등의 관계에서 '가정의 비극'의 장르적 기반이 모색되는 성립 과정에 접근했다. 이때 '가정의 비극'의 전범으로 의식된 1912년의 번역소설 『불여귀』의 영향 하에서도 가정소설을 벗어난 근대적 자아의 각성으로 보다 근대소설에 근접한 면모를 드러내는데, 이는 '문학'의 장르와 결부하여 상상된 '공상'의 작동 방식과 관련한 것이다.

또한 「공상문학」의 "가정의 비극"의 "연출"의 의식은 극적 장르를 매개로 문학을 상상하는 텍스트의 독자적인 가치를 표출한다. 문학의 상상에 '연출'이라는 극적 양식에 대한 의식이 '활동사진''변사' 등으로 무대의 극예술을 환기하는 서술자의 어조와 보여주기showing의 서술 방식으로 장면의 묘사를 구현함으로써 피터 브룩스의 지적과 같이 연극적 요소의 도입이 근대소설의 성립을 앞당기는 전기를 보여준다. 이러한 소설과 극예술이 조우하는 식민지 조선의 근대소설 성립의 문제성은 동시에 김우진의 소설이 극장르와의 연관 속에서 출발했다는 의의가 있다.

1913년 「공상문학」의 '문학의 취미와 진의'는 '가정의 비극'의 '연출'

의 장르 의식과 교착하는 관계성에서 순문학과 '가정소설'의 요소가 양립하여 단편소설의 본격문학과도 통속소설과도 접맥되는 과도기적 위상이 부여된다. 또한 선행연구에서 제기된 토마스 하디의 『환상을 쫓는 여인』의 영향을 이 글에서는 영감과 착상의 형태로 「공상문학」을 성립시킨 일 요인의 가능성을 전제하면서도, 식민지 조선의 "문학의 취미와 진의"를 추구하려는 가정주부인 '여자의 일생'을 통해 '가정의 비극'을 그린 창작소설로 자리매김하여 외국문화의 영향에서 자국의 소설을 구축해가는 의의를 가늠했다. 문학을 둘러싼 상상을 구성하는 '공상'의 낭만적 이상성이 가미되는 형태로 전대의 전기소설과는 다른 '공상'의 작동 방식과 '가정의 비극'이라는 장르 기반의 상호 작용 속에서 가정소설 및 가정비극의 장르적 유형성을 탈피하여 보다 근대소설의 형성에 근접한 진전이 이루어지는 과정을 해명했다.

또한 이 글에서는 그간 전혀 알려지지 않은 1913년 김우진의 독서 목록에 『불여귀』를 추가했다. 이로써 일본어 서적이 매개하는 서양소설과 조선의 신소설과 번안소설 등 폭넓은 독서로 당대의 제약을 넘는 김우진의 문학 인식이 획득되는 지점에서 1910년대 문학이 연관되는 체계와 근대 독자를 위한 근대소설사의 첫 머리에 놓여야 할 「공상문학」의 문학적 의의를 고찰하였다. 근대소설 성립 초기단계에서 실재성이 동시에 비실재적 상상에 대한 의식으로 '공상' 개념이 '가정의 비극'의 장르와 결부되어 호명되었다는 역사성은 근대소설사에서 주목해야 할 것이다. 여기에 「공상문학」의 다양한 가능성이 잠재하며 김우진 문학의 특이성을 1910년대 문학사에서 다각적으로 풍부하고 깊이 있게 이해하는 계기인 것이다.

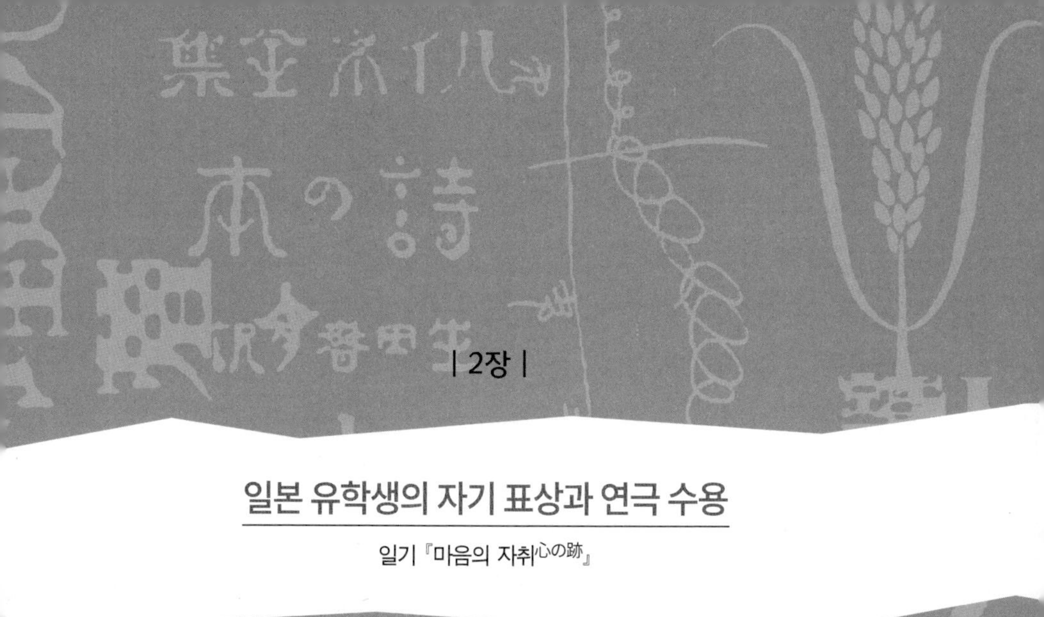

| 2장 |

일본 유학생의 자기 표상과 연극 수용

일기 『마음의 자취心の跡』

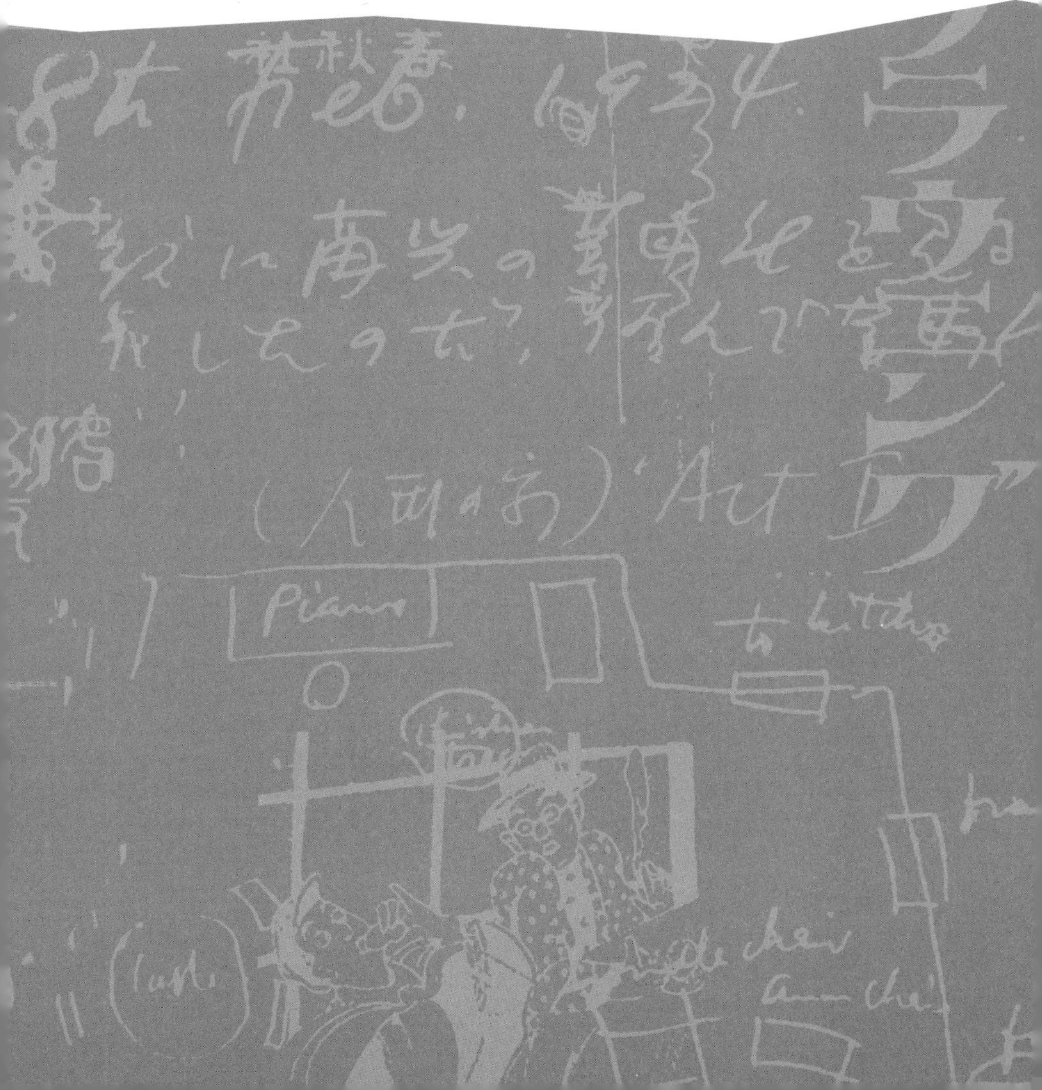

나는 내 이외 사람들의 욕이나 춥이나 매를 무서워 하지 안는다. 다만 염(念)한 것은 만일의 '오해'뿐이다.

이 기록의 단편(斷片)들이 이것만을 피해쥬게 하는대 參考가 되면!

1926.7.3(一九二六.七.三)

수산(水山)[1]

1. 에피그라프epigraph의 메타언어

—『마음의 자취心の跡』의 텍스트의 성립

김우진의 일기 표지에는 『마음의 자취心の跡』(1919~1925)라는 제목과 "도쿄 재학시東京在學時"라는 시기가 명시되었다. 이러한 표지를 넘기면 일기를 공표하는 취지와 함께 김우진의 사촌인 김익진과 친구인 조명희와 홍해성의 이름이 기재되어 있다. 이들 지인들을 향해 당부하는 말이 이 글 첫머리의 발문인 것이다. 그로부터 한 달여 후 성악가 윤심덕과 동반 투신자살한 경위에서 일기의 권두에 덧붙여진, '기록의 단편들'이 "만일의 '오해'"를 피하기 위한 '참고'로 삼아 달라는 메시지는, 일종의 '에피그라프epigraph'로서 『마음의 자취』의 텍스트를 전제하는 의미가 부여된다. 사적인 기록인 일기가 타자에게 읽혀질 것을 공표한 『마음의 자취』는 "만일의 '오해'"를 피하기 위한 김우진의 의도를 실현한 것처럼 보인다.

"현대의 조선을 짊어질 용기(생활력)와 지혜(이성)를 갈망한 '여명에

1 「마음의 자취(心の跡)」, 『김우진 전집』 II, 436면.

서 있는 사람'",[2] "'생명력life force인가, 이성reason인가!" 번뇌하는 격동의 시대를 끌어안은 식민지 조선의 지식인'[3]이라는 『마음의 자취』의 김우진의 자기 표상은, '정사' 직후 동시대 신문 저널리즘에 유포된, '로맨쓰'에서 부각된 '시대를 망각한 유한 청년'의 이미지와는 대조적이다. "자유의지와 생명력의 갈망",[4] "조선 현실 응시하는 시대정신과 내면의 고투",[5] "참자기"의 "참 앎을 추구하는 탐색자",[6] "최초의 표현주의 희곡작가로서의 현대성의 작품의 성취에서 구축된 작가적 위상"[7] 등 김우진 문학의 특질은 일기에 발단한 특질에 힘입은 바 적지 않다. 이러한 죽음 직후의 '시대의 망각'과 사후의 '시대정신'이라는 대극적인 차이는 "만일의 '오해'"를 불식하기 위한 '기록의 단편들'의 수행성performativity의 효과를 보여준다.

'민족적 각성'과 '조선어'의 발견 등 김우진의 삶과 문학을 재조명하는 근거의 중심이 "이 사랑스러운 国文"으로 기록하는 자신을 발견한 기쁨에서 비롯한 일기였다면[8] "만일의 '오해'"를 피하기 위한 "참고"로서의 '기록의 단편들'을 공표한다는 에피그라프는, 망각되어야 할 것이

2 양승국, 「극작가 김우진 재론」, 한국극예술학회 편, 『김우진』, 연극과인간, 2010, 63면.
3 권정희, 「'생명력의 리듬'의 형식－김우진의 「산돼지」」, 『반교어문연구』 30, 반교어문학회, 2011, 150면.
4 서연호, 「김우진의 동경유학기 체험과 문학사상」, 한국극예술학회 편, 『김우진』, 연극과인간, 2010, 31면.
5 유민영, 「서구에의 탐닉과 자기 파열－김우진론」, 한국극예술학회 편, 『김우진』, 태학사, 1996.
6 김재석, 「김우진의 표현주의극 창작 동인과 그 의미」, 『어문론총』 49, 한국문학언어학회, 2008, 325면.
7 김성희, 「김우진 희곡의 현대성과 그 방법적 특성－그의 현대의식과 리얼리즘 희곡을 중심으로」, 『공연예술 논문집』 2, 단국대 공연예술연구소, 1996.
8 윤진현, 「김우진의 문자의식과 문학어의 성립과정」, 『한국극예술연구』 23, 한국극예술학회, 2006; 한국극예술학회 편, 『김우진』, 연극과인간, 2010, 134면.

아니라 『마음의 자취』의 텍스트를 성립시키는 출발점으로 재음미할 필요가 있다. 다시 말하자면 에피그라프는, "갈등의 토로와 감상적인 카타르시스를 목적으로 일기를 집필했"[9]다는 일반적인 일기 장르의 '집필 의도'만이 아니라 『마음의 자취』의 텍스트를 공표할 의도를 구성하는 일종의 서사적 의미를 부여한다는 것이다. 이것은 일기를 둘러싼 초월적 심급의 메타언어meta language로서 『마음의 자취』의 텍스트 분석의 근거가 되는 명제인 셈이다. 따라서 일기 텍스트의 분석은 "이 기록의 단편들!"을 통해 "만일의 '오해'"를 불식하려는 에필로그의 함의를 해명하는 데 기여할 것이다.

『마음의 자취』의 일기 텍스트는 일기체의 문학 형식을 취한 '일기 문학' 장르의 허구적인 창작과 구별된다. 이문화異文化의 체험 기록이라는 맥락에서 『마음의 자취』의 일기는, 문화적 사상事象을 포함하는 광의의 의미로서의 '비교문학텍스트Comparative Literature Text'라고도 할 수 있다. 일본 유학의 이문화 체험을 주로 한 '단편의 기록'으로서의 『마음의 자취』는 개인의 삶 전체와 관련된 특성에서 '자살이야말로 인생의 하나의 아이러니였던'[10] 죽음의 문제와 결부시킨다. "피비疲憊와 울우鬱優는 당분간 이 일기 기입을 허치 안"았던 감정의 즉자적 분출을 절제한 『마음의 자취』의 치열한 이지적 사유의 명징한 시대 인식과 자기 표상과는 대조적으로, '시대를 망각한 유한 청년'이라는 저널리즘에 유포된 이미지 산출이야말로, 김우진의 죽음에 즈음하여 염려했던 "만일의 '오해'가 현실화되었던 양상을 단적으로 보여준다.

일반적으로 자의식은 자기 자신에 의한 자기 자신에 대해서의 의식

---

9 위의 글, 139면.
10 서연호, 앞의 글, 11면.

성과 다른 누군가의 관찰의 대상으로서의 의식성의 의미가 있다. 자기 자신의 눈에 비친 대상으로서의 자기와 타자의 눈에 비친 대상으로서의 자기에 대해서의 의식성의 두 가지는 상호 밀접히 연관되어 있다.[11] 주로 전자의 자의식을 대상화하는 일기 『마음의 자취』의 자기 표상의 분석 또한 타자의 눈에 비친 자기와는 차이가 있다. 2장에서는 김우진의 생과 사 그 자체가 식민지기 한국에서 의미 있는 문화사적 함의가 있다는 의미에서 일기의 주관성에 기초한 『마음의 자취』의 텍스트를 분석한다.

'서양에의 탐닉'이라는 종래의 영문학도로서의 김우진의 문학과 예술을 향한 시선에서 일본의 영향은 간과되었다. 그러나 일본 유학이야말로 일기가 쓰인 시기의 삶을 규정하는, 김우진의 삶과 문학을 풀어내는 핵심이 있다는 문제의식에서 식민지 조선과 일본을 왕복하던 이문화 체험을 고찰한다. 그가 체재한 다이쇼 시대의 문화와 교양을 배경으로 폭넓은 비교문화적 시각에서 『마음의 자취』의 일기를 조명할 때 '개인주의자individualist'로서의 자화상이 소묘된다. 종래, "여명黎明에 서 있는 젊은이"라는 김우진의 자기 표상에서부터 자연 풍경을 묘사하는 "속박을 벗어난 생물처럼"이라는 비유 표현의 무의식에 이르기까지 기저에 흐르는 '개인주의자'로서의 자기 표상의 궤적을 드러낼 것이다. 이 때 기존의 '개인'이라는 용어 개념을 계보학적으로 추적하는 개념사의 연구 방법이 아니라, 세계와 맺는 관계에서 자각적으로 '나'를 발견해가는 일기 텍스트에 나타난 '개인주의자'의 역정을 탐사할 것이다. "생활의 예술화가 나의 근본"이라는 김우진 스스로 선언한 모토의 실

11 R. D. レイン, 阪本健二・志貴春彦・笠原嘉共譯, 『引き裂かれた自己』, みすず書房, 1999, 141면.

현으로서의 『마음의 자취』에 기술된 강연회와 연극 관람 등 "나의 이상과 생활의 실현"을 위한 김우진의 행적을 일기의 진술을 토대로 진위를 검증하면서 동시대의 자료를 섭렵한 면밀한 조사를 통해 재구성하는 작업을 시도할 것이다. 아울러 세 편의 연극 관람 기록을 단서로, 연극을 매개로 한 외국 문화의 영향과 다이쇼 시대의 연극을 특질 짓는 '생명력'의 수용에서 고찰한다. 이러한 일기의 강연회와 연극 관람 등의 일상을 "생활의 예술화"가 "나의 근본"이라는 "unique의 생활"의 제 양상으로 배치함으로써 다이쇼 문화를 배경으로 한 교양의 새로운 양상과 '개인주의자'의 형성 과정을 드러낼 것이다. 이로써 김우진의 생애와 문학의 재조명을 포함하여, 일본의 이문화 체험 기록으로서 비교문학적 의의에서도 한국 문학사에서 빈곤한 일기 텍스트의 다양하고 풍부한 의의를 개진할 것이다.

2. '우리'에서 '나'로 – '생활의 예술화'의 양상

『마음의 자취』는 총 84일분의 일기에서 47일분이 1919년에 씌어졌고 그 가운데 44일분이 한국어로 집필된 이 시기의 일기들은 3·1운동의 여파로 당시 상황에 대한 사실적 기록과 민족적 열정의 내용이 주류를 이룬다.[12] 3·1운동을 '신생명의 기원'으로 삼아 특유의 '자유의지'의 관념으로 부친 김성규와의 대결 속에서 자기의 사상과 삶을 완성하려는 김우진의 길은, 3·1운동 전후 사회 변동과 세대 갈등이라는 환경

12 윤진현, 앞의 글, 133면.

과 연관된 변화 속에서 파악되었다.[13] 윌슨의 '민족자결주의'의 물결이 파급되는 세계사적 문명사적 전환에서 3·1운동의 기념비적 보편적인 의의를 인식하는 김우진은 분명, 식민지 조선의 "새로운 생명"만이 아니라 자기 삶도 거듭나는 혁명적인 변화의 계기가 된 세대일 것이다. 이러한 세대론적 분류를 넘어, 『마음의 자취』라는 개인의 일기의 주관적인 내면세계는, 역사적 문화적 사상의 굴곡을 넘나드는 이지적 사유와 생명력의 정열, 기분, 감각이 각인되는 신체성에서 개성적인 '개인주의자'로서의 자기 표상이 부조된다.

1919년의 일기에서도 첫 장에 「영혼의 여정Itinerary of a Soul」이라는 제목을 단 『마음의 자취』의 3월 전후의 일기에 나타난 김우진의 개성적 면모는, 1920년대 초반 3·1운동의 실패로 허무주의나 자학적으로 애상미의 나르시시즘에 심취된 '내향적'인 지식인이 출현했던[14] 3·1운동의 좌절과 징후의 여파로만 설명되지 않는다. 분명, 4월 1일의 일기에는 『시사신보』의 "징역" 판결 기사를 인용하면서 조선인의 고유명사가 수명 나열된 이후 "이제는 실진實眞한 고독과 상상을 애호"하는 이러한 "심적心的 경과의 과정에 감사"를 표하면서 "피비疲憊와 울우鬱憂는 당분간의 일기 기입을 허치 안"는다는 절필을 암시했다. 이십 여일의 침묵 끝에 재개된 4월 20일의 일기는 "불만족, 증오한 현실을 도피하여 나의 갈 바는 이 환각의 세계뿐"이라는 "나의 길"은 "시인이 될 것"이라는 각오를 새롭게 하는 것이다. 낭만적 환상과 동경으로 끝없는 사색에 잠기면서 현실의 불만이 뒤섞이는 "일일의 기재가 너의 육과 영을

13 권보드래, 「김성규와 김우진, 3·1운동 전후 세대 갈등의 한 단면」, 『한국학연구』 31, 인하대 한국학연구소, 2013, 262면.
14 박명진·조현준, 「김우진과 식민지 모더니티」, 『어문론총』 53, 중앙대 어문학회, 2013, 314면.

갈앙하면서 나의 heart는 약동"하는 "나의 영혼의 ecstacy"라는 그의 일기 "記入"의 의미를 집약적으로 보여준다. 3·1운동의 좌절과 징후의 증상 "피비와 울우"가 일기 쓰기를 허락지 않았던 연유는 이러한 의미인 까닭인 것이다. 그 사이에 와세다대학 고등예과2년생의 신학기를 맞이한 4월은, 새로운 포부나 책임감, 미지의 세계에 대한 호기심에 들뜬 각오를 다지는 신학기를 맞이한 출발점인 것이다.

1918년 3월 구마모토농업학교 졸업 후 그해 4월 와세다대학 고등예과에 입학하였으니 1919년 3월은 김우진이 도쿄에서 1년이 경과한 시기이다. 1920년 3월 고등예과를 수료하여 4월에는 문학부 문학과 영문학 전공으로 진학했다.[15] 1919년 2월과 3월은 유례없이 연일 기숙사와 청년회관 등에서 유학생 회합과 '독립운동 결의문'을 협의하거나 경찰에 의한 유학생의 구인과 수색이 빈번하고 형사의 "기괴한 행동"을 목격하던 날 대강당에서 "헌법 발포 삼십년 기념 강연"을 경청한다. "미래의 희망을 조시條示훈 헌법"의 역사적 의의를 예찬하는 가네코金子 자작의 강연과 "정치는 국민의 반향의 성"이라는 오구마大隈 후작의 언사에 감탄했다는 기술에서, '헌법'과 국민의 민주적인 제 권리 의식을 고취하는 국민국가 건설의 보편적인 지식에 접촉하려는 식민지 조선의 유학생의 왕성한 인식욕을 엿볼 수 있다. 또한 이러한 자의식의 뿌리에는 자신을 향한 의혹의 시선을 의식하는, 복잡한 내면의 음영을 엿볼 수 있다. 구마모토에서는 경험할 수 없었던 도회지 도쿄에서의 '신문'으로 보도되는 유학생 집합에 의한 일련의 사건을 목도하는 두려움, 긴장과 흥분이 지속되는 날들 속에서 고등예과 1년생 김우진은 "나의 경

15 정대성, 「새로운 자료로 살펴본 와세다대학 시절의 김우진」, 『한국극예술연구』 25, 한국극예술학회, 2007, 436~437면.

험의 빈약함이여!"라고 자신의 협소한 경험과 얕은 지식을 성찰하면서 "닉의 시흥과 영감"을 갈망한다. 법정과 캠퍼스를 오가면서, 1919년 4월은 신학기가 시작된 캠퍼스의 새로운 자극과 기대감으로 충일된 이 문화의 일상에서 시의 세계를 발견하면서 직관적 내성적 의식성을 벼리어나가는 일면을 엿볼 수 있다.

> 오전 동경 감옥에 최팔용씨 방왕(訪往).
>
> Maupassant과 D'Anunzio와 다니자키 준이치로(谷崎潤一郎)의 평전, 작물(作物)등은 태양의 은광(恩光)에 발아ᄒᆞᄂᆞᆫ 유식물(幼植物)과 ᄀᆞᆺ치 ᄂᆞ를 인거(引去)ᄒᆞᆫ다. ᄂᆞᄂᆞᆫ 이러ᄒᆞᆫ 경향을 위험시ᄒᆞᄂᆞᆫ 인습도덕적(因習道德的)의 질타와 책고(責苦)와 위기가 도라올 지 안이올 지ᄂᆞᆫ 무관계다. ᄂᆞᄂᆞᆫ 독특ᄒᆞᆫ unique의 생활이 닉의 목적이며 "예술의 생활화"보다 "생활의 예술화"가 닉의 근본이라. (…중략…) 이 닉의 이상과 생활의 실현이 닉의 일생의 분투일 것이다.[16]

1919년 3월 18일의 일기에는 도쿄의 감옥에 수감된 유학생 최팔용을 면회했다는 단 한 줄의 언급에 이어 모파상Guy de Maupassant과 다눈치오Gabriele D'Annunzio, 다니자키 준이치로谷崎潤一郎[17]의 평전과 작품에 이끌리는 자신을 향해 외부의 '질타'를 의식하지 않고 "unique의 생활이 닉

---

16 「마음의 자취」(1919.3.18); 『김우진 전집』 II, 165면.

17 다니자키 준치이로(谷崎潤一郎, 1886~1965), 소설가. 도쿄 출생. 도쿄제대국문과 중퇴 후 탐미주의 작가로서 활약을 했다. 괴기한 환상, 관념적인 악마주의의 작풍으로 도착심리, 철저한 여성 숭배, 데카당스에의 탐닉 등을 특색으로 하였으며 오스카 와일드 등 세기말 문학의 영향을 받았다. 1923년 관동대지진에 의한 간사이(関西) 이주를 계기로 음영의 미묘함을 즐기는 고전적인 세계로 이행해갔다. 대표작으로 『문신(刺青)』, 『痴人の愛』 등이 있다. 日本近代文学館 編, 『日本近代文学事典』 2, 講談社, 1977, 359~363면.

의 목적이며 “예술의 생활화”보다 “생활의 예술화”가 ᄂᆡ의 근본이라”고 면회한 날의 일기에 힘주어 그것과는 무관한 듯이 보이는 소회가 기술되었다. “2・8사건에 관련되어 재판을 받거나 구속 수감된 유학생 대표들을 위해 법정 혹은 감옥으로 수차 면회”[18]를 가던 1919년 3월의 어느 날 면회와 독서를 대비하는 방식으로, 경계를 넘나드는 일상을 담담한 서술로 이질적인 세계를 병치시켰다.

“ᄂᆞ를 인거”하는 모파상과 다눈치오와 다니자키 준이치로의 평전과 작품의 독서를 “위험시ᄒᆞᄂᆞᆫ” 경향을 “인습도덕적의 질타”로 의식하면서 당당함을 숨기지 않는다. 모파상은 그가 “Romanticism이든지 Naturalism이든지 모다 ᄂᆞ의 요구ᄒᆞᄂᆞᆫ 바가 아”(1919.5.2)니라는 자연주의 작가이며, “Wilde의 탐락耽樂은 나에게 없다. 왜냐하면 그는 나보다도 훨씬 나은 종교가였기 때문이다. 아, 나는 종교가는 아니다. 천재가 아니고 종교가가 아닌 나!”(1920.6.14)라는 진술과 같이 오스카 와일드Oscar Wilde의 영향을 받은 탐미주의의 작가가 다니자키 준이치로이다. ‘예술을 위한 예술’을 주창한 예술지상주의로 사교계의 인기를 모은 오스카 와일드는 ‘미’의 절대성의 맹목성과 향락적 낙천성에서 회의, 의심하는 김우진 자신과 변별하여 ‘종교가’에 가까운 것으로 간주함으로써 ‘종교가’도 ‘천재’도 아닌 ‘ᄂᆞ’를 발견한다. 즉 모파상과 다눈치오, 다니자키 준이치로의 ‘평전’과 작품의 독서를 “위험시ᄒᆞᄂᆞᆫ 인습도덕적의 질타와 책고”를 비난하는 것은 자연주의와 탐미주의의 요구 때문도 아닌, “unique의 생활이 ᄂᆡ의 목적이며 “예술의 생활화”보다 “생활의 예술화”가 ᄂᆡ의 근본이”라는 개성적 자아 추구의 보편성의 확신에 연유한 것이다.

18 서연호, 「김우진의 동경 유학기 체험과 문학사상」, 『한림일본학』 2, 한림대 일본학연구소, 1997; 한국극예술학회 편, 『김우진』, 연극과인간, 2010, 19면.

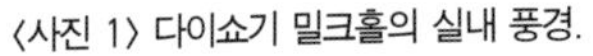

〈사진 1〉 다이쇼기 밀크홀의 실내 풍경.

〈사진 2〉 여급사가 손님으로부터 주문을 받은 도쿄의 밀크홀.

"ᄂᆡ의 이상과 생활의 실현이 ᄂᆡ의 일생의 분투"라면서 명확히 자신의 "분투"의 대상을 '우리의 목표'와 대비하는 방식으로 "우리"와의 관계에서 합일과 긴장 속에 'ᄂᆞ'를 자각해가는 『마음의 자취』의 일기 텍스트의 '나의 생의 목적'으로 지시한 "독특ᄒᆞᆫ unique의 생활"을 추구하려는 "생활의 예술화"의 의지를 표명한 기술은 종래 간과되었다. 식민지 조선의 내셔널리즘에 동일시된 "우리"의 집합적 인칭 대명사로 지시된 진술만을 읽어왔던 공동체의 수용 방식에서 김우진의 개성적 개인의 특질은 제약되어 파악되어온 것이다. 『마음의 자취』의 '개인'을 초점화한 일기 텍스트에는 'ᄂᆞ'의 일인칭 대명사가 전면적으로 등장한다. 한문의 일인칭 대명사 '여余'[19]가 아니라 한글 일인칭 대명사 '나'를

1910년대 후반이라는 이른 시기에 구사한『마음의 자취』는 'ᄂᆞ'의 개성적 자아 추구의 탐색이 언어사적・문화사적으로 다각도로 의의 있는 기념비적인 사건임을 표출한다.

20세기 초 세계의 지각 변동의 파장 속에서 3・1운동 전후의 역동적인 격변의 현장을 김우진은 "밤에 '미루구야'[20]"(〈사진 1~2〉)에서 "각 신문을 열람"하면서 1면 기사에서 보도되지 않았던 식민지의 신문에 이르기까지 각종 신문 보도의 편차를 의식하면서 기사를 읽는 일상을 엿볼 수 있다.

다이쇼 데모크라시 시대인 1919년 전후의『학지광』세대 최팔용의 독립투쟁 노선[21]을 상징하는 "편립編笠 쓴 제 동포, 제 동창생의 형자形姿"는 "동굴 속 ᄀᆞᆺ흔 법정 안 공기보다 더욱 감동"적이라는 면회 사실 한 줄의 기록과 ""생활의 예술화"가 ᄂᆡ의 근본"이라는 일주일 후의 일기에서 김우진의 미묘한 심경의 추이를 엿볼 수 있다. 면회의 감상을 절제

19 정재원,「김동인 문학에서 '여(余)'의 의미」,『상허학보』7, 상허학회, 2001, 212면. 사에구사 도시카쓰(三枝寿勝)는 김동인 작품의 특질을 '낭만적 아이러니'의 개념으로 파악하는 논고에서「배따라기」(1921)를 그 예로 들면서 "화자인「余(나)」"로 표기했다(사에구사 도시카쓰,「김동인과 근대문학-아이러니의 좌절」,『사에구사 교수의 한국문학 연구』, 베틀북, 2000).『창조』9(1921.5)에 발표된「배ᄯᅡ라기」는 '나'로 표기되었다.

20 '미루구야'는 우유(ミルク, milk)를 파는 '가게'를 뜻하는 '屋'의 일본어 음 '야(ヤ)'가 조합된 'ミルク屋'로서, 이것은 동시대의 일본식 영어(和製英語)인 미르크 홀(ミルクホール, milk hall)의 의미로 추정된다. 일본의『大衆文化事典』을 비롯한 관련 사전에 의하면, '미르크 홀'은 도쿄 와세다대학 주변을 비롯하여 혼고(本郷), 간다(神田) 등 학생가에 입지하여, 우유와 케이크, 토스트 등을 제공하는 우유판매점을 '밀크 홀'로 불렀던 데서 기인한다. 각종 잡지와 신문, 관보 등을 구비하여 신문 종람소와 같은 역할로 기능했다. 메이지 시대인 1907년경 설립된 이후 다이쇼 시대인 1921년 무렵부터 다방으로 변하여, 쇼와 초기인 1930년경 무렵까지 운영되었다. 石川弘義他 編,『大衆文化事典』, 弘文堂, 1991, 771면; 宮地正人他 編,『明治時代史辞典第三巻』, 吉川弘文館, 2013, 576~577면.

21 이철호,「1920년대 초기 동인지 문학에 나타난 생명의식」,『한국문학연구』31, 동국대 한국문학연구소, 2006, 200면.

한 채 "ᄂᆡ의 근본"과 "ᄂᆡ의 이상과 생활의 실현이 ᄂᆡ의 일생의 분투"라는 자신의 "분투"의 대상을 명확히 하는 서술 대상의 변화는 실행만이 아니라 생각과 의지의 표현이 혼재된 일기 텍스트 『마음의 자취』의 'ᄂᆡ'의 내면 심리와 관련한 것이다. 연일 보도된 신문기사의 발췌와 인용으로 세계와 식민지 조선의 동시대의 시대 인식과 "동맹 휴교"와 강연회 및 동창회 등으로 소요하는 일상을 통해 "'생활의 예술화'가 ᄂᆡ의 근본"이라는 자각으로 "인습도덕적의 질타"를 '위기'로 감지하는 예민한 자의식을 표출한다. 3월 8일의 일기에 씌어진 "Self-determination은 우리의 유일ᄒᆞᆫ 금일의 목표"인 세계의 역사적 추세와 개인의 자립적인 "unique의 생활이 ᄂᆡ의 목적이며" ""생활의 예술화"가 ᄂᆡ의 근본"이라는 선언은 다이쇼 시대의 역사적 당위에서 병치되는 것이다.

'생활의 예술화art of life'의 개념은 영국의 사상가이자 사회운동가인 윌리엄 모리스William Morris(1834~1896)의 주장으로서 미의 표준을 생활 속에 구하여 생활 그 자체를 미로 하여, 예술로 하려는 것이다. 노동의 쾌락화, 생활의 미화로 집약되는 '생활의 예술화'는 인간의 창조적 충동의 충족 또는 실현을 근본 조건으로 하여 각기 그 사람의 독자적 본연의 특질 개성을 발휘하게 하려는 것이 곧 생활의 예술화라는 것이다.[22] 모리스가 궁극적으로 추구한 것은 노동에서의 즐거움의 표현인 예술의 향유를 통한 인간의 행복한 삶을 추구하는 것이고 '진정한 예술이란 인간의 노동에서의 행복함의 표현'이며 생활예술을 모든 예술의 근본으로 삼았다.[23] 1917년 5월 『신쇼세쓰新小說』에 발표한 「생활의 예술화, 예술의 생활화生活の芸術化, 芸術の生活化」에서 모리스의 생활 속에

22 本間久雄 著, 『生活の芸術化』, 三徳社, 1920, 23~35면.
23 이예성, 「윌리엄 모리스의 노동과 예술사상」, 『국제언어문학』 12, 국제언어문학회, 2005.

예술을 살려, 노동의 예술화를 시도하는 주장을 번역 소개한 혼마 히사오本間久雄[24]는 노동을 쾌락화하고 생활을 예술화, 사회를 미화하려는 모리스의 사상에는 일본인도 공감을 가질 터라고 여겼다.[25] 이러한 인간의 창조적 충동의 실현의 주장을 바탕으로 생활 속에 예술을 살리고 노동의 예술화를 시도하는 윌리엄 모리스의 "생활의 예술화"는 노동과 예술의 의의를 부여하는 방식으로 일본에 수용되었다.

이러한 '생활의 예술화'의 개념을 차용하여 "닉의 근본"으로 삼지만 "결연한 반개인적 입장a resolutely anti-individualist"의 모리스의 사회주의자적 유토피아적 지향의 이념[26]은 김우진의 '개인주의자individualist'와는 모순되는 것으로 모리스의 사상을 전적으로 수용했다고는 보기 어렵다. 인용 부호로 차용된 개념임을 밝힌 ""생활의 예술화"가 닉의 근본"의 선언의 함의가 『마음의 자취』의 일상에 어떻게 나타나는가가 분석 대상인 것이다. "예술의 생활화"와 "생활의 예술화"를 분절하여 예술 창조의 생활화가 아니라 "생활의 예술화"로 생활을 미화시키는 "닉의 이상과 생활의 실현"이라는 '개인주의자'로서의 '닉'의 길을 추구한다는 것이다. '내 근본'이라는 "생활의 예술화"의 선언은 자신의 생활에 "목표"와 의미를 부여한다. 교양과 지식 형성을 위한 각종 강의와 강연회

---

24 혼마 히사오(本間久雄, 1886~1981) : 평론가, 영문학자. 와세다대학 영문학과 졸업 후 『早稲田文学』의 동인으로 자연주의계의 평론가로 활약했다. 와세다대학 문학부 교수 역임, 『영국 근세 유미주의의 연구』로 문학 박사 학위를 취득했다. 저작으로는 외국문학과의 비교의 관점에서 일본 근대문학사의 역사적인 의의를 부여한『明治文学史』全 5 巻(1935~1937)등이 있다. 엘렌 케이와 윌리엄 모리스 및 오스카 와일드 등의 문학을 번역하였다. 日本近代文学館 編, 앞의 책(3), 213~214면.

25 平田輝子, 「ウィリアム・モリスと本間久雄」, 『人文研紀要』 66, 中央大学人文科学研究所, 2009, 134면.

26 Anne Janowitz, *Lyric and Labour in the Romantic Tradition*, Cambridge UP, 1998, p.196; 이예성, 앞의 글.

의 참석도 독서도 일상의 그 모든 행위도 이러한 맥락에서 "님의 이상과 생활의 실현"을 위한 '생활의 예술화'의 양상은 배치에서 파악된다.

예컨대 "黎明会에서 吉野, 福田両博士의 朝鮮留学生代表会의 陳述을 듯고자-控訴院에 갓드니 또 十九日로 延期. 疑心되는 바"[27]라는 1919년 3월 17일의 일기의 강연회 참석도 '생활의 예술화'의 일 양상인 것이다. 이 진술은 여명회의 요시노, 후쿠다 박사가 조선유학생 대표회의 진술을 듣고자 공소원에 온 것을 김우진이 목격했다는 것인지, 김우진이 여명회의 회원으로서 요시노, 후쿠다 박사와 함께 조선유학생대표회의 진술을 들으러 공소원에 온 것인지 의미가 모호하다. 선행 연구에 따르면 김우진은 도쿄東京대학 중심의 신진카이新人会[28] 축사가 있었던 민인동맹회民人同盟会, 여명회黎明会 등에 참가했다.[29] 그런데 『여명회강연집黎明會講演集』(〈사진 3~4〉)의 자료에 근거한다면 3월 17일 강연회는 없었다.[30] 여명회 강연에는 도쿄제국 대학 교수인 요시노 사쿠조吉野作造, 경제학자 후쿠다 도쿠조福田徳三, 우치가사키 사쿠사부로内ヶ崎作三郎 교수 등이 연사로 참가했으며 '조선문제의 연구'를 주제로 강연회를 주최하기도 하였다.[31] 여기에 참가한 이들이 일기에 기술된 요시노 사쿠

---

27 「心の跡」, 『김우진 전집』 III, 878면.

28 도쿄 제국대학(東京帝国大学)학생에 의한 사회운동단체이다. 법과대학 학생들이 발기인이 되어 다이쇼 데모크라시의 입안자이며 민본주의(데모크라시의 번역어)의 주창자인 도쿄제국대학 교수 요시노 사쿠조(吉野作造)의 지도하에 있던 학생 그룹과 사회문제연구를 행하던 졸업생 그룹 등이 모체가 되어 1918년 12월 7일 결성했다. 그 뒤 사상적 분화를 거듭하면서 1928년 해산되었다. 「新人會」, 国史大辞典編集委員会 編, 『国史大辞典』 7, 吉川弘文館, 1986, 856면.

29 서연호, 앞의 글; 이에나가 사부로(家永三郞), 연구공간 '수유+너머' 일본근대사상팀 역, 『근대일본사상사』, 소명출판, 2006, 138면.

30 강연회는 1919년 2월 21일 오후 4시, 제3회는 3월 22일 개최되었다. 黎明會 編, 『黎明會講演集』, 大鐙閣, 1919.3.

31 여명회에서 조선에 관한 연구회를 개최한 것은 3.1 사건 후에 이루어진 제4회 월례회

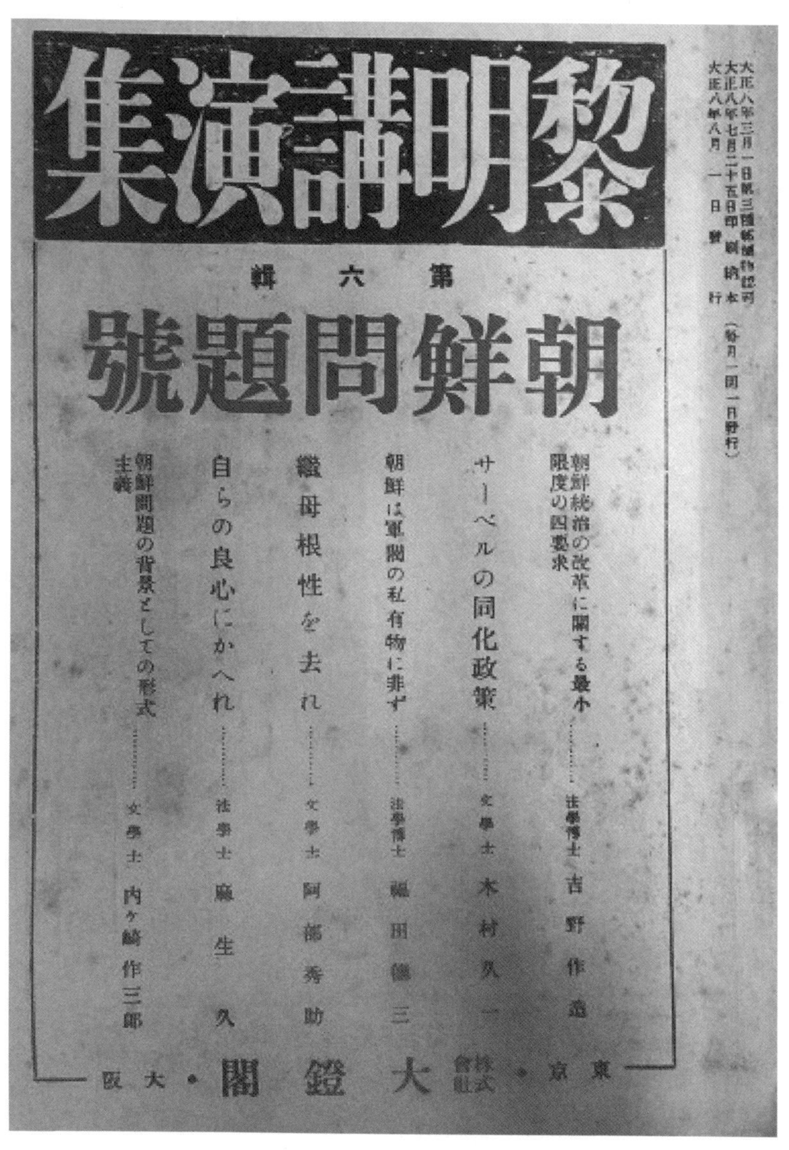

大正八年三月一日第三種郵便物認可
大正八年七月二十五日印刷納本
大正八年八月一日發行
（毎月一回一日發行）

黎明講演集

第六輯

朝鮮問題號

朝鮮統治の改革に關する最小限度の四要求……法學博士 吉野作造

サーベルの同化政策……文學士 木村久一

朝鮮は軍閥の私有物に非ず……法學博士 福田德三

繼母根性を去れ……文學士 阿部秀助

自らの良心にかへれ……法學士 麻生久

朝鮮問題の背景としての形式主義……文學士 内ヶ崎作三郎

東京・株式會社 大鐙閣・大阪

〈사진 3〉 '조선문제호' 특집에 실린 『黎明會講演集』(1919.3)의 표지.

(1919.3.19)에서 조선인 유학생(김우영,강종섭,최승만,서상국 등)등의 초청 담화를 듣

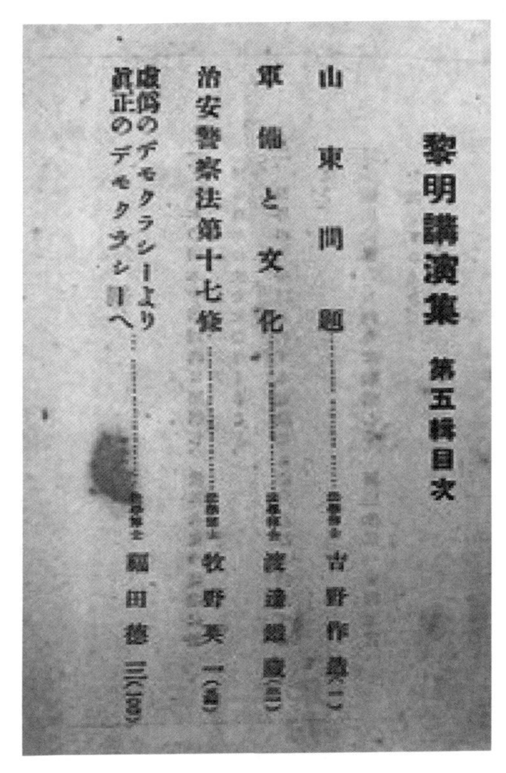

黎明講演集　第五輯目次

山東問題…………吉野作造

軍備と文化…………渡邊鐵藏

治安警察法第十七條…………牧野英一

虚僞のデモクラシーより眞正のデモクラシーへ…………福田德三

〈사진 4〉『黎明會講演集』(1919.3)의 목차.

조, 후쿠다 도쿠조와 나란히 1919년의 일기에 병기된 우치가사키 사쿠사부로는 와세다대학의 '국민과' 수업을 담당하여 '일부일부론'과 '인격론'을 강의했다.[32] 이러한 동시대의 문헌에 기초하여 본서에서 3월 17일의 김우진의 행적을 추적하자면 여명회의 요시노 사쿠조와 후쿠다 도쿠조도 참석했던 조선 유학생의 공소원에 갔으나 공판이 연기되었다는 의미로 보인다. 조선인 유학생 3명을 초청한 '담화'가 있었던 제4회 월례회(1919.3.19)가 열리기 이틀 전인 17일에 요시노 사쿠조와 후쿠다 도쿠조 박사가 '조선 유학생 대표회'의 진술을 방청하기 위한 공소원에 참석한 것이다. 3월 19일 공소원에 판결을 들으러 갔지만 '방청 금지'여서 기숙사로 돌아왔다는 일기에서도 17일 김우진이 공소원에 갔다는 행적이 입증된다.

이보다 앞서 와세다대학 학생이 결성한 사상 단체[33]인 '민인동맹회民

기도 하였다. 여명회 제6회 강연회(1919.6.25)에서는 조선 문제를 다루었는데 참석자가 1700명으로 기록되었다. 中村勝範, 「三・一事件と黎明會」, 『法学研究』 61-12, 慶應義塾大学法学研究会, 1988, 12~14면.

32 『心の跡』, 1919.1.30; 『김우진 전집』 III, 904~905면.

33 1919년 2월 21일 와세다대학의 학생 高津正道・和田嚴 등이 정치학 교수 다카하시 세이고(高橋淸吳) 등을 고문으로 하는 민인동맹회를 결성한 이래 정치적인 입장의 차이

〈사진 5〉 아이슈타인(A. Einstein) 박사의 일본 도후쿠(東北)대학 방문 기념 사진(1922.12).

人同盟會'의 개회식에 참석하여 도쿄제국대학의 '신인회新人会'의 대표자에 의한 축사와 오야마 이쿠오大山郁夫 등의 민주주의와 문화의 주장 등의 강연을 듣고 "取得흔 바가 만핫다"[34]라는 기록을 남겼다. 다이쇼 데모크라시의 시대를 배경으로 캠퍼스의 안팎에서 수업과 연구회 및 강연회 등의 형태로 '인격주의'로서의 학력 엘리트 문화이자 동시에 근대 일본 지식인의 중핵적 문화인 교양주의[35]의 인문학적 지식을 함양해가는 구체적 양상을 살필 수 있다.

그뿐만 아니라 1922년 12월 아이슈타인A. Einstein 박사의 일본 방문시 개최된 "상대성 원리 강연회相対性原理 講演会"의 물리학 대중 강연에

등으로 분열하여 연말 학내단체로서의 민인동맹회는 해산했다. 「民人同盟會」, 国史大辞典編集委員会 編, 『国史大辞典』 13, 吉川弘文館, 1992, 566면.

34 「心の跡」, 1919,2,21, 『김우진 전집』III, 888면.

35 竹内洋, 「教養知識人のハビトォスと身体」, 青木保 外編, 『近代日本文化論4 知識人』, 岩波書店, 1999, 103면; 신인섭, 「교양개념의 변용을 통해 본 일본 근대문학의 전개 양상 연구－다이쇼 교양주의와 일본 근대문학」, 『일본어문학』 23, 한국일본어문학회, 2004.

참석하여[36] '상대相對'의 개념을 인생과 관련지은 운문의 단상을[37] 남긴 바와 같이 김우진의 교양과 관심영역은 매우 폭넓은 것이다. 모던 도시 도쿄에서 김우진은 "과학의 세계적 연대와 제휴에 의하여 국제 관계를 한층 친선으로 이끄는 것"이 방일 목적인 노벨 물리학상 수상자 아이슈타인 박사의 강연[38]을 찾아 우주의 진리 탐구와 삶의 의문을 해갈하려는 왕성한 지적 호기심 넘치는 이국 생활의 다양한 면모를 드러낸다. 다이쇼 데모크라시의 시대 3・1운동의 적확한 역사 인식과 개인 의식을 선취하면서도 사상 조직의 구성원으로서의 단일한 정체성으로 회수되지 않는 김우진의 "나의 개성과 자아"를 추구하려는 그 모든 일상의 문화적 행위도 식민지기 조선과는 다른 양태로 "나의 이상과 생활의 실현"을 위한 "생활의 예술화"의 면면인 것이다.

1920년 10월 이후 더 긴 침묵 끝에 1년여 후인 1921년 11월 "병고와 태만의 긴 경과에서 또 다시 나의 일기로 돌아간다"고 하여 일기의 공백의 이유를 설명하고 있다. 다시 일기를 펼친 것도 "병 따위의 인생에 피할 수 없는 분기점에 서" 있기 때문이라는 것이다. 인생의 전기는, 3・1운동의 충격만이 아니라 "나를 위협 핍박한 악마의 포위 속에서"

---

36 "Dr, Einstein 내동(來東). 상대성 원리의 강연, 영화, 시민대학(市民大學) 주최의 상대성 원리 강연회에. 청년회관(美土代所)에서 박사의 Lectures of non-Scientists, 석원순(石原純) 박사 번역. 東京에서 영화 제이회(第二回)." 「마음의 자취」(1919.2.21), 『김우진 전집』 II, 495면,

37 "지상의 상대(相對), / 만약 신(神)—시공을 파악한 신이면 / 우리는 다시 이 같은 의논(議論)이 업술 터이나, / 지상의 상대인 우리 인생, / 그 인생의 파악한 모든 것, / 다만 상대요, 그럼으로 / 이 생의 유일한 가정(假定)이 잇다 (…중략…) 그러나 비약 생장하는 인생. 영원히 상대의 길 것는 인생." 「마음의 자취」(1922.12.2), 『김우진 전집』 II, 495면.

38 아이슈타인은 1922년11월 17일부터 12월 29일까지 일본을 방문하였으며 12월2일 청년회관에서 강연하였다. 「青年会館講演」, A. Einstein, 石原純 譯, 『アインスタイン教授講演録』, 改造社, 1923.

'마음의 안일을 준 것은 그녀'라는 고백을 한다. "5, 6호 활자되는 폭동의" 신문의 기사에 "혁명! 혁명!" 하며 "우리의 육혈을 자극"하는 벽찬 감동의 진취적 내셔널리즘의 혁명적 기운도 잦아든 이후 그해 신학기에 맞이한 새로운 '시의 세계'와 함께 "한 장의 사진으로 점점 희미해져 가난 그드의 기억"이 한편에 자리했던 것이다. "병고와 태만"의 섬약하고 무기력한 신체 증상은 이러한 브라우닝의 영시와 하이네와 보들레르의 번역시 등 새로운 "시의 세계"에 심취하면서 개인의 은밀한 기억이 수면 위로 떠오르고 있었다.

3. 다이쇼기의 '생명life'의 연극 관람 기록—신파극에서 번역극까지

6년 동안의 일기인 『마음의 자취』에는 총5회의 연극 공연 관람 기록을 남겼다. 김우진의 공간된 다수의 공연평을 상기한다면 실제 관람한 연극 영화 공연은 기록된 것보다 많을 것은 자명하다. 그의 외국문학 수용은, 폭넓은 독서를 포함하여 연극 · 영화 등 극예술 체험에 입각한 다양한 방식으로 이루어졌다. 특히 입센의 번역극에 관한 김우진의 논문 · 평론 등이 관극 경험에 기초한 것이라는 사실은, 일본을 경유한 서구 문화 수용의 일단을 보여준다. 유학생으로서는 드물게 비교적 풍부하고 다양한 레퍼토리의 관람이 이루어진 김우진의 일본 유학 시대의 기록은 이문화異文化 체험의 보고寶庫로서도 값진 것이다.

영화 관람에 관해서는 "東京에서 영화 제2회" 등과 같이 관극 사실만을 기록할 뿐 일기에서 작품 제목이 명시되지 않았다. 유럽 현대 극작가를 소개하는 글에서 "나는 연전에 동경서 〈동도東道〉를 보든 쎄의 인상을

〈사진 6〉 예술좌 제1회 공연 당시인 1910년대의 유락좌(有楽座).

회억回憶"[39]한다고 술회한 바 있다. 훗날 1926년 2월 6일부터 13일까지 토월회의 공연으로 상연된 〈동도〉는 윤심덕이 출현하였다.[40] 그런데 『마음의 자취』에는 〈동도〉 관람에 관한 언급은 없거니와, 1922년 5월에는 단 한 편의 일기도 기술되어 있지 않다. "유락좌有楽座(〈사진 6〉)에서 조선 ◯◯회(◯◯會)의 관기官妓 무용을 보고 왔다"는 1922년 4월 22일의 조선 문화의 공연평[41]에 이어 한 달간의 공백 끝에 6월의 일기로 이어진다.

1915년 구마모토농업학교에 유학했던 시절의 동기동창생 마스무라 신지增村信治 옹은 김우진과 함께 있던 동생 김철진이 활동사진(영화)을

39 「구미현대극작가(소개)」, 『시대일보』,1926.6.6; 『김우진 전집』 II, 176면.

40 金宰奭, 「土月会の〈東道〉の上演に関する研究」, 『朝鮮学報』 241, 朝鮮学会, 2017.

41 "유락좌(有楽座)에서 조선 ◯◯회(◯◯會)의 관기(官妓) 무용을 보고 왔다.(1922.4.22) (…중략…) 내가 항상 지금까지 조선 예술에 대해 품고 있던 사상 — 즉 비애와 단조와 무기력한 예술 — 의 기분은 오늘밤 이 구경에 의해 얼마간 확실해진 듯하다. 나는 〈춘향전〉에 대하여 큰 야망을 가지고 있다." 「마음의 자취」(1922.4.22), 『김우진 전집』 II, 487면.

좋아하여 시내 유명한 영화관을 자주 다니고 변사 흉내를 잘 냈다고[42] 회고한 바 있다. 또한 미국의 극작가 유진 오닐Eugene O'Nill의 작품을 평하면서 "소위 '문예영화' 하는 활동사진에서 보는 리알이슴"등의 언급에서도 김우진이 영화 상영 극장에 출입한 것은 명백하지만 『마음의 자취』에서는 의식적으로 관극 기록만을 남겼다. 연극 관련 기술을 중심으로 동시대 관련 자료를 통해 상연 작품과 공연 정황 등을 조사하여 실증적인 방법으로 김우진의 관극 기록을 보완하고 그 의의를 고찰한다.

> 午後에 金商圭君과 同伴ᄒᆞ야 小石川区時友堂의 小林豊君을 訪問ᄒᆞ얏다(…중략…) 夜에ᄂᆞᆫ 金君과 同伴ᄒᆞ야 浅草常磐座「女の生命」을 観覧ᄒᆞ얏다. 이늘 ᄒᆞᆫ 늘은 잘 놀앗다. 旧正月이다. 初흘 오늘이 아닌가.[43]

첫 번째 연극 관람 기록은 1919년 2월 1일 이국에서 맞는 설날, 유학생 김상규 군과 일본인 친구 고바야시小林 집을 방문하여 인근 식당에서 회식을 한 뒤 김군과 아사쿠사浅草 공원 안의 도키와자常磐座 극장에서 〈여의 생명女の生命〉을 관람한 것이다. 1919년 정월 초하루 유학생과 함께 설날의 유희로서 극장에 간 것이다.

〈여의 생명〉은 『오사카마이니치신문大阪毎日新聞』(1918)과 『도쿄히비신문東京日日新聞』(1918.6. 21~1919.2.21)에 발표한 기쿠치 유호菊地幽芳[44]

42 나루사와 마사루(成澤勝), 앞의 글, 307면.

43 「心の跡」(1919.2.1), 『김우진 전집』 III, 900면.

44 기쿠치 유호(菊地幽芳, 1870~1947) : 소설가, 신문기자. 초등학교 교사를 거쳐 오사카마이니치신문사(大阪毎日新聞社)에 입사, 기자로서 번안소설 등을 연재했다. 오사카 문예회 조직, 1897년 문예부 주임으로서 장편 『己が罪』를 『大阪毎日新聞』에 연재하여 대성공을 거둔 이래 가정소설의 제일인자로서의 지위를 굳혔다. 동신문사의 학예부장과 부주간 및 대표 등을 역임했다. 日本近代文学館 編, 『日本近代文学事典』 1, 講談社,

〈사진 7〉 기쿠치 유호(菊地幽芳)의 『女の生命』(前編)의 권두화.

(〈사진 7〉)의 신문연재소설을 마야마 세이카真山青果가 각색하여 1919년 1월 극단 신토미자新富座에 의해 초연되었다. 그 뒤 신토미자에 이이伊井, 가와이河合, 기타무라喜多村 등이 공연한 바 있는 〈여의 생명〉을 데이테이세이亭々生 각색으로 상연했다.[45]

김우진이 관람한 아사쿠사도키와자浅草常磐座의 〈여의 생명〉은 아사쿠사浅草 공원 안에 있는 극장 도키와자常磐座에서 공연된 것이다. 도키와자는 극장으로서 1886년(메이지 19) 10월 1일 개장한 이래 일시적으로 영화관으로 상연한 바도 있지만 오늘날 '실연극장實演劇場'[46]으로서 변모를 거듭해 온 유구한 역사를 지녔다.[47] 청일전쟁 이후의 미디어 상황과 연루된 '가정소설'의 등장은 러일전쟁 후 본격화된 신파극 붐을 야기하면서 문학・신문・연극 등 복수의 미디어 복합에 의한 상업적인 효과와 각 영역이 재배치되는 문화적 의미를 수행했다.[48] 이러한 '가정소설' 장르의 성공을 도래

1977, 472면.

45 오자사 요시오(大笹吉雄), 명진숙・이혜정・박태규 역, 『일본현대연극사』(明治・大正篇), 연극과인간, 2012, 142면; 大笹吉雄, 『日本現代演劇史』(明治・大正編), 白水社, 1995, 453면.

46 '실연극장'은 원래는 배우가 실제로 무대에 서서 연기한다는 의미이지만 통상적으로는 무대에 서는 것을 본래의 직능으로 하지 않는 영화배우, 방송의 성우, 가수 등이 극 또는 attraction(아트랙션극장 등에서 관객 동원을 위하여 행하는 다양한 행사, 강연회, 연예회, 전시회 등)에 출연하는 것을 말한다. 早稲田大学演劇博物館, 『演劇百科大事典』 2, 平凡社, 1960, 97면.

47 위의 책, 97면.

시킨 '소설 기자' 기쿠치 유호의 〈여의 생명〉은 신문연재소설의 종료와 거의 동시에 출판되고[49] 연재 종료를 앞둔 1919년 1월 신파극으로 상연된 것이다.

두 번째, 1924년 1월 28일의 일기는 영어와 일본어로 기록되었다.

〈사진 8〉 무샤노코지 사네아쓰(武者小路実篤)의 〈그 여동생(その妹)〉의 극단민예(劇團民藝)의 공연(1951).

There are two contrary sort of life view. The one is that of Shizuko's(무샤노코지 사네아쓰(武者小路実篤)의 〈여동생(その妹)〉 — 신주쿠(新宿) 우시고메(牛込) 회관에서 봄) and the other is that of show's. The former is that man can get the possible use of life by letting him serviceable to the life, i. e, the destiny of the realities.[50]

『마음의 자취』에는 '생명의 시각life view'에서 대조적인 두 작품 무샤노코지 사네아쓰武者小路実篤[51]의 〈그 여동생その妹〉과 버나드 쇼G. Ber-

48 가네코 아키오(金子明雄), 권정희 역, 앞의 글.

49 菊地幽芳, 『女の生命』(前編), 玄文社, 1919.1.10; 菊地幽芳, 『女の生命』(後編), 玄文社, 1919.2.28.

50 「心の跡」(1924.1.28), 『김우진 전집』 II,504면.

51 무샤노코지 사네아쓰(武者小路実篤, 1885~1976) : 소설가, 극작가, 수필가, 시인, 화가. 도쿄 출생으로 학습원(学習院) 고등과를 거쳐 도쿄제국대학 사회학과를 중퇴했다. 1910년 창간된 문예잡지 『시라카바(白樺)』의 동인으로 시가 나오야(志賀直哉), 아리시마 다케오(有島武郎) 등과 함께 활약했다. 인도주의와 이상향 건설 및 톨스토이 사상에 대한 공감에 바탕을 둔 '개인주의'를 주창한 바 있다. 『友情』, 『愛と死』 등 전18권의 전집이 출판되었다. 日本近代文学館 編, 앞의 책(3), 333~337면.

nard Show(1856~1950)의 제3막극 〈인간과 초인Man and Superman〉(1903)을 비교한 감상이 기술되었다. 무샤노코지 사네아쓰의 희곡 〈그 여동생〉은 1915년『시라카바白樺』3월 호에 발표된 후 1917년 3월, 문예협회일좌文藝協会一座에 의하여 아카사카미쓰케로열관赤坂見附ローヤル館에서 야마모토 유조山本有三의 무대감독으로 초연되었다.[52] 문예협회 해산 후 게이주쓰자芸術座에 이어 창단한 무대협회舞臺協會의 멤버가 신파극과 절연한 야마모토 유조와 시연하였으며[53] 상연회수가 가장 많은 14회를 기록할 만큼 인기를 얻었다.[54] '리얼리티'의 의미는 신파극과의 단절을 의도한 초연의 배경에서 보다 뚜렷해진다.

한편, 버나드 쇼의 제3막극 〈인간과 초인〉은 일본에서 상연되지 않은 작품이다.[55] 1924년 신주쿠 우시고메회관新宿牛込会館에서 김우진이 관람한 작품은 〈그 여동생〉만인 것이다. 1월 28일의 일기는 무샤노코지 사네아쓰의 〈그 여동생〉의 공연 관람 기록으로서, '생명의 시각life view'에서 버나드 쇼의『인간과 초인』의 희곡과 비교하는 방식의 감상이 기술된 것이다. 〈인간과 초인〉의 공연 관람 상황[56]이 명시되지 않은 것은 그 때문인 것이다. 당일 이루어진 〈그 여동생〉의 극 미디어에 의한 관극의 수용을, 버나드 쇼의 문자 미디어가 매개한 희곡과 '생명의

52 武者小路実篤,『その妹』, 岩波書店, 1969, 126면.

53 大笹吉雄,『日本現代演劇史』(明治・大正編), 白水社, 1995, 542면.

54 「解題」,『武者小路実篤全集』第六巻; 寺澤浩樹,「武者小路実篤「その妹」という戯曲とその上演」,『文学部紀要』11-2, 文教大学文学部, 1998.1.

55 「本書収録作品の日本における上演記録」, George Bernard Show, 鳴海四郎(他)翻 譯,『バーナード・ショー名作集』, 白水社, 1969.

56 버나드 쇼의 희곡은 쓰보우치 쇼요가 설립한 연극 연구소의 연구생들에 의한「運命の人」(楠山正雄 譯)(河竹繁俊,『概説日本演劇史』, 岩波書店, 1974, 393면)라는 작품과 1912년 11월 유라쿠자에서 문예협회 제4회 공연「20세기」(마쓰이 쇼오 번역・감독) 등이 일본에서 공연되었다. 大笹吉雄, 앞의 책, 89면.

시각'의 공통 지반에서 비교한 것이다.

이러한 『마음의 자취』의 관극평에 따르면 무샤노코지 사네아쓰의 〈그 여동생〉이 생명의 유용한 사용을 가능하게 하는 리얼리티의 운명을, 버나드 쇼의 '생명의 시각'은 자신의 생각과 힘에 의하여 정열적으로 생명을 살아가는 것으로 간주됨으로써, 전자가 인도주의자라면 후자는 자아의 낙관을 숭배한다는 태도를 취한다. 존 테너John Tanner는 버나드 쇼의 『인간과 초인』(1903)에 등장하는 『혁명가의 필수』의 저자로서 호색한 돈 주앙의 등장인물과는 대조적인 캐릭터로서 '생명력'의 찬양자이다. 신과 존 테너를 대비함으로써 자신의 이상을 실현하기 위하여 운명에 저항할 충분한 힘을 〈그 여동생〉은 회피하고 『인간과 초인』은 풍부하다는 것이다. 〈그 여동생〉은 인도주의의 정열적인 추구자이고 『인간과 초인』은 정열을 이지理知적 사유력으로 연계한다는 것이다. 이와 같이 양자의 핵심적 차이를 '생명의 시각'에서 파악하여 '생명력'으로 집약했다.

〈사진 9〉 런던 보드빌(vaudeville) 극장(1964)에서 상연된 버나드 쇼의 〈인간과 초인(Man and Superman)〉.

무샤노코지 사네아쓰의 창작 희곡 「그 여동생」은, 전쟁에서 실명한 천재적인 청년화가가 여동생의 헌신적인 도움으로 소설가로 재기하려는 예술가의 고뇌를 통해 주인공의 반전사상이 다이쇼기 인도주의의 풍조에서 수용되어, 극작가로서의 무샤노코지의 지위를 굳히게 한 작품이다. 무력한 남성들에게는 보이지 않은 '운명'에 순응하는 여동생 시즈코의 자기 희생극을 일상의 사실의 세계를 넘어 현대의 '비극'으로 승화시켰다.[57] 절망을 딛고 구술필기로 돕는 여동생의 헌신과 사랑으로 소설가로 변신하여 자신들 남매의 운명을 자신들의 힘으로 짊어지려는 남매가 부딪치는 역경 속에서 도락자에게 구혼을 받은 여동생의 결혼을 승인하는 결말을 통해 운명에 저항할 능력이 없는 자신에의 허무감과 새로운 의욕으로 힘을 열망한다는 서사이다.[58] 힘을 갈망하면서도 운명에 저항하지 못하는 〈그 여동생〉은, 『인간과 초인』의 '생명력' 예찬과 대비적으로 수용된 것이다. 운명으로 받아들이는 순응과 저항하는 생명력에서 대조적으로 인식되었다.

1924년 3월 제출된 졸업논문 버나드 쇼의 「인간과 초인－철학적 비평 논고Man and Superman : a Critical Study of its Philosophy」의 논문의 기조가 거의 완성된 시점인 1924년 1월 무샤노코지 사네아쓰의 〈그 여동생〉의 관극 감상을 '생명의 시각life view'를 둘러싼 두 가지 연극의 유형으로 버나드 쇼의 『인간과 초인』을 비교함으로써 "생명력"에서 변별되는 감상이 영어로 기술된 것이다. '대부분 국한문 혼용체이고 간혹 일문, 영문으로 표기'[59]된 『마음의 자취』에서 연극 감상이 영어로 쓰인 것은, 언어적 재현의 불완전성에서 언어와 문자를 상징과 암시력으로 이해하는[60] 김우진의 '언어의 상징성'[61]에 입각한 언어 선택으로 간주된다.[62] '계몽적 자아'와 '내면을 고백하는 자아'의 '이중적 자아의 존재'가 김우진 일

---

57 永平和雄, 「武者小路実篤「その妹」の静子」, 『国文学 解釈と教材の研究』 25-4, 学燈社, 1980, 68～69면.
58 沼沢和子, 「『その妹』」, 武者小路実篤, 『国文学 解釈 特集 武者小路実篤』, 志文堂, 66～70면.
59 서연호, 앞의 책, 73면.
60 김도경, 「김우진 문학론 연구－재현의 문제를 중심으로」, 『우리말글』 47, 우리말학회, 2010, 396면.
61 金焦星, 「'朝鮮 말 업는 朝鮮文壇'에 一言」, 1922,4, 『김우진 전집』 II, 230면.
62 권정희, 「김우진의 일본어 글쓰기－근대문학의 공백과 이중 언어 인식」, 『비교문학』 66, 한국비교문학회, 2015, 55면.

기의 일본어의 언어 선택에 작용한다는 기존 연구[63]와 달리, '생명력'의 개념적 사유를 중핵으로 하는 언어의 '상징성'에 바탕을 둔 '생명의 시각'의 논의 지형에서 동시대 일본에서 상연된 〈그 여동생〉의 일본어가 매개하는 수용과 일본에서 상연되지 않은 〈인간과 초인〉의 영어에 의한 수용의 차이가 개입된 상대화의 언어 선택으로 추론한다. 버나드 쇼의 『인간과 초인』의 수용과 "생명력"의 개념적 인식 형성과 연관된 '언어의 상징성'에 입각한 '효율성' 및 동시대 일본의 『人と超人』을 둘러싼 담론[64]을 상대화하는 차이화가 영어로 기술한 일 요인이라는 것이다.

김우진은 졸업논문에서 쇼에게 이성적 인간이란 자기 자신을 세계에 적합하도록 맞추는 인간이고 가치 있는 삶을 규정하는 문제는 의지에 있어 내부의 생명력의 명령에 귀 기울이는 사람이 초인이라고 분석했다.[65] 버나드 쇼의 'life view'는 자신에 적합한 형태로 생각과 힘에 의하여 정열적으로 생명을 살아가는 것과 접맥되는 의식의 연속선상에 놓여있다. 김우진은 버나드 쇼의 희곡 『워렌 부인의 직업*Mrs. Warren's Profession*』의 번역을 시도한 바 있으며 1920년 대학교 1학년 때 제출된 리포트인 평론 「애란인으로서의 버나드 쇼우愛蘭人としてのバァナード, ショウ」를 일본어로 작성하면서 애란인의 입장에서 버나드 쇼를 '해부'한 어니스트 보이드Ernest A. Body의 『평가와 폄하*Appreciations and Depreciations*』에 수록된 1장 "아일랜드 프로테스탄트An Irish Protestant"를 번역했음을 명시했다. 많은 버나드 쇼의 평론이 '영국의 독자들 앞에 섰던 버나드 쇼'에

63 윤진현, 앞의 글, 135면.

64 예를 들면 坪内逍遥, 「ショー其人及び其作」, 『逍遥選集』 8, 春陽堂, 1927; 大杉栄, 「超人の恋－ショウ劇『人と超人』評論」, 『近代思想』, 1913.4, 『大杉栄全集』 1, 1925 등이 있다. 松居松葉, 「私が倫敦て見た『人と超人』」(ショー, 堺利彦 譯, 『人と超人』, 丙午出版社, 1913, 19～37면)의 평론은 런던에서 상연된 공연평이다.

65 이은경, 앞의 책, 38면.

의거하였기에 '영・애英・愛, Anglo-Irish 국민문학의 구성에 노력한 사람으로서의 버나드 쇼'에 주안점을 두어 '애란인 자신의 입장에서 그를 연구하고 비평한' 평론을 번역함을 밝혔다. 이러한 전제는 김우진이 버나드 쇼에 주목하는 이유가 '영국인이 아니면서 영국 국가'인 존재와 깊이 결부된 것임을 나타내는 것이다.

이러한 졸업논문에 이르는 경위와 관련하여 일기의 관극 평이 영어로 씌어진 것에 대한 이해에 이르게 된다. 즉 김우진의 '생명의 시각'의 형성과 연관된 것이며 동시대 무샤노코지 사네아쓰의 '출세작'인 〈그 여동생〉을 둘러싼 새로운 논의 지형과 연계된 언어 선택으로 추론된다.[66] '생명의 시각life view'를 공통으로 하는 개념적 논의의 지반에서 〈그 여동생〉과 『인간과 초인』의 '비교의 근거'를 확보함으로써 '생명'의 시각성을 추상화 객관화한 당대 극평의 논의 지형에서 무샤노코지 사네아쓰의 '출세작'으로 호평된 근거 '휴머니즘'의 키워드를 공유하면서 '생명'을 둘러싼 두 작품의 변별점이 선명히 대비되었다. 〈그 여동생〉에 대하여 '생명의 유용한 사용'과 관련한 '리얼리티의 운명'으로 요약한 김우진의 관극 평은, 창작극의 형태로 일본의 사회 현실을 배경으로 한 '생명'의 구현방식의 극적 특질을 버나드 쇼의 번역극과 비교하는 형태로 감상한 것이다. 동시대 연극에 확산된 '생명' 의식의 편차를 자각하는 관극의 감상이 영어로 표기된 김우진의 언어 선택의 함의는 이 점에 연유한 바 크다.

1924년 2월 8일의 일기는 자필 무대 스케치를 곁들여 우시고메 회관에서 '게이주쓰자藝術座'의 연극 관람 사실을 일본어로 기술했다.(〈사진 10〉)

---

66 권정희, 앞의 글, 55면.

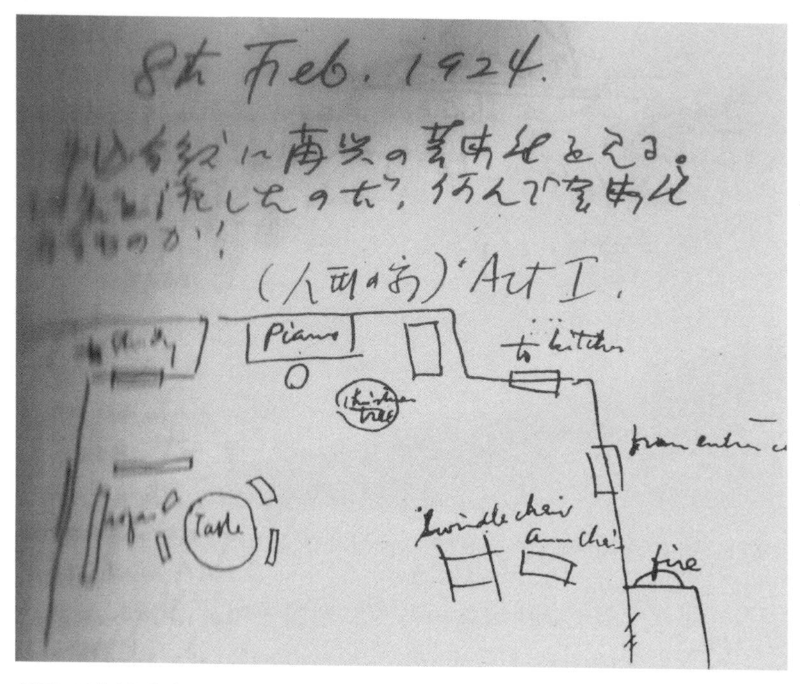

〈사진 10〉『마음의 자취』에 김우진이 소묘한 〈인형의 가(人形の家)〉 연극 무대의 스케치

우시고메 회관에서 재◯(再)의 예술좌를 보다. 그 이름이 어째서 예술좌인가![67]

무대 스케치 한가운데 기입된 "인형의 가人形の家"라는 괄호 안 자필 필적에서 관람한 작품명을 알 수 있다. 무대 스케치는 1910년대 〈문예협회文芸協会〉에 의해 공연된 〈인형의 가〉의 무대 사진(〈사진 11〉) 제2막, 와세다대학 쓰보우치坪内 박사 기념 연극박물관소장과 비교해보면 세밀한 관찰력으로 조감한 무대가 한 눈에 들어온다. 공연된 무대는 오

67 「마음의 자취」(1924.2.8), 『김우진 전집』 II, 505면.

〈사진 11〉 데이코쿠(帝国) 극장에서의 〈인형의 가(人形の家)〉 공연(1911(메이지44)).

른쪽 창가에 놓여진 피아노를 치는 랑그 옆에 헬머가 서 있고, 방문을 열고 들어온 린네 부인이 놀란 표정으로 크리스마스트리 앞에서 춤추는 노라를 바라보는 무대는 노라로 분장한 마쓰이 스마코松井須磨子의 열연에 포커스를 둔 것이다. 무대 왼쪽에 배치된 테이블과 의자와 양초 및 화병과 크리스마스 트리 등 무대의 소도구의 배치와 장치는 유럽풍의 분위기를 물씬 풍긴다.[68]

한편 무대 스케치는 가운데에 피아노가 왼쪽에는 서재와 오른쪽에는 부엌을 향한 방문이,객석을 향한 무대 정면의 왼쪽에 소파와 테이블이, 오른쪽에 벽난로와 의자 등 무대 장치와 소도구의 배치를 나타내는 공연 무대를 생생하게 현장감 있게 그려낸 것이다.

김우진 전집에 수록된 일기에서 ○로 표기된 판독 불가능한 글자는 '興'의 약자로서 '사이코게이주쓰자再興芸術座'를 뜻하는 것으로 사료된

68 中村都史子, 『日本のイプセン現象』, 九州大学出版会, 1997, 158～160면.

다. 도쿄도東京都 신주쿠구新宿区 가구라자카神楽坂 우시고메牛込회관에서 1924년 2월 7일부터 8일 동안 오후 5시 개연된 '再興芸術座'의 제1회 공연으로 상연된 세 편의 연극 작품 가운데 하나가 〈인형의 가〉이다. 일기에 기록된 1924년 2월 8일에는 〈마마노 테코나真間の手古奈〉[69](1幕), 〈도모마타의 죽음ドモ又の死〉[70](1幕), 〈인형의 가〉(3幕)의 세 편이 공연되어 한 장의 공연 포스터에 세 편의 연극이 선전되었다.(〈사진 12〉) 이 날 공연된 〈인형의 가〉는 시마무라 호게쓰島村抱月의 번역, 연기감독 아오야마 스

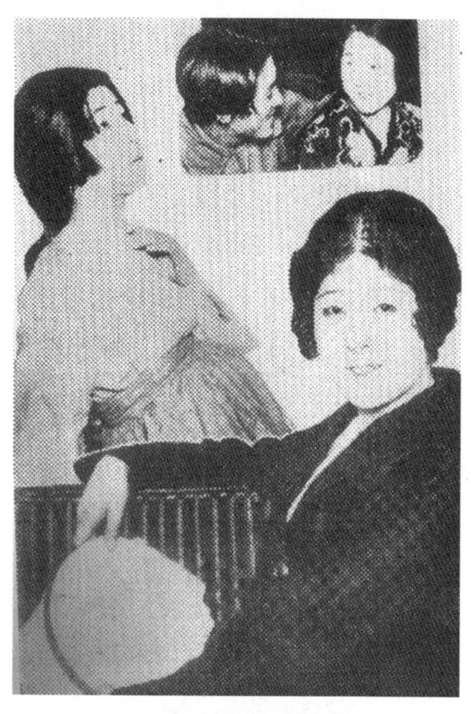

〈사진 12〉 再興芸術座 제1회 공연. 위에서부터 〈真間の手古奈〉, 〈ドモ又の死〉, 〈人形の家〉의 공연 포스터.

69 구니에다 시로(国枝史郎, 1887～1943)의 단편소설(『伝奇短篇小説集成』 2, 1928～1929)을 극화한 것이다. '마마노테코나(真間の手古奈)'는 나라(奈良)시대(710～784) 현재의 치바 켄(千葉県)인 '마마(真間)'의 지역에 살았던 여성 '데코나(手古奈)'를 뜻하는데 뭇 남성들이 연정을 품어 고민 끝에 강에 투신했다. 『日本国語大辞典』 18, 小学館, 2000, 426면.

70 아리시마 다케오(有島武郎, 1878～1923)의 1막 희곡(『泉』 1-1, 1922(大正 11).10)이다. 마크 트웨인의 단편소설 "Is he living or is he dead?"(1893)에서 '암시'를 받아 집필했다고 작가 스스로 밝힌 '희극'으로서 특히 아마추어극(素人劇)・학생극에 인기 있는 레퍼토리이다. 再興芸術座 제3회의 공연은 미즈타니 야에코(水谷八重子)가 도모코(とも子) 역을 맡았다(「解題」, 『有島武郎全集』 五, 1970, 筑摩書房, 606～611면). 이 공연에서는 도모다 교스케(友田恭助)가 도모마타(ども又) 역을 맡았다(田中榮三, 『明治大正新劇史資料』, 演劇出版社, 1964, 205면). 김우진의 지인인 도모다 교스케는 오사나이 가오루(小山内薫)와 함께 쓰키지(築地)소극장 창립동인으로 참가하여 차펙의 희곡 〈人造人間〉에도 출연한 바 있으며(「築地小劇場에서 〈人造人間〉을 보고」, 『개벽』, 1926.8, 204면) 1921년 극예술협회의 국내 순회 공연을 위한 연출을 돕고(서연호, 앞의 글, 128면) 홍해성이 쓰키지 소극장에 입소하도록 소개했다. 이두현, 앞의 책, 115면.

기青山杉 작, 무대의장 시게오카 칸이치繁岡鑒一에 의한 것이다.[71] 우시고메 회관에서 공연된 〈인형의 가〉는 극단 '사이코게이주쓰자再興芸術座'에 의해 상연된 것이다. 이 극단은, 시마무라 호게쓰의 미망인으로부터 물려받은 미즈타니 치쿠시水谷竹紫 등을 중심으로 한 제2차 게이주쓰자芸術座[72]를 가리킨다.

시마무라 호게쓰의 번역 「인형의 가」는 『와세다문학早稲田文学』(1906. 12)에 잇달아 두 차례에 걸쳐 게재된 후 이듬 해 단행본으로 전역全譯이 출판되었다.[73] 『마음의 자취』의 곳곳에 '노라'의 여주인공에 촉발된 재혼 불가의 논의 등 유학생들의 논쟁적 화제의 중심에 있던 〈인형의 가〉에 대해 "그 이름이 어째서 예술좌인가!"라는 단평 외에 침묵했다. 질타조의 혹평 혹은 '게이주쓰자'에 걸맞는 극적 요인에 대한 탐구의 태도로도 읽혀지는 의미 모호한 단 한 줄과 무대 스케치로 연극 공연 관람을 기록했다. 이미 1921년 7, 8월 '동우회 순회 연극단'이 주도하는 순회 공연에서 무대 감독으로 참가한 연출 활동과 신극 운동을 위한 '무대예술가'의 양성[74]을 제창한 바 있는 김우진의 주관적 감상을 절제하면서도 '극작가'를 꿈꾸는 무대를 향한 열정과 '진지한' 탐구의 정진하는 태도를 여실히 드러내는 문자와 회화의 미디어 크로스cross media에 의한 관극 감상인 것이다. 무대 장치와 배치를 세밀하고 신속하게 압축적으로 기록하기에 유용한 무대 스케치의 회화 미디어는 문자 미디어에 의한 표현을 보완하면서 시청각 미디어에 입각한 관극 고유 체험에 바탕을 둔 표현 세계를 확장하는 의의가 있다.

---

71 田中榮三, 『明治大正新劇史資料』, 演劇出版社, 1964, 205면.
72 大笹吉雄, 앞의 책, 177면.
73 中村都史子, 앞의 책, 113면.
74 洪海星・金水山, 「우리 新劇運動의 첫길」, 『조선일보』, 1926.5, 99면.

일기에 쓰인 세 편의 관극 기록은 신파극에서부터 번역극에 이르는 다양한 편폭의 레퍼토리로서 모두 원작이 있는 문학 작품의 극화이며 '생명life'을 주제로 한 연극이라는 공통점이 있다. 극히 간명한 기록에는 아사쿠사도키와자浅草常磐座 극장에서 극단 신토미자에 의해 공연된 〈여의 생명〉의 신파극에서 무샤노코지 사네아쓰의 〈그 여동생〉의 근대극으로, 또한 번역극 〈인형의 가〉의 무대 스케치가 곁들여진 세 편의 다양하고 풍부한 관극의 정황이 담겨져 있다. 이러한 일기의 연극 관람 기록은 일본에서의 관극 체험의 실상을 파악하는 기록으로서의 가치와 '생명'의식과 관련한 연극 수용 및 『마음의 자취』의 일기 텍스트에서 가능했던 회화 미디어에 입각한 다양한 표현 세계의 의의에서 유의미한 것이다.

4. '개인주의자individualist'의 행방 – "속박에서 벗어난 생물처럼"

1) 생과 사의 논리 – '생명의 모순'의 역설

주지하는 바와 같이 김우진은 대학 졸업과 함께 10여 년의 일본 유학 생활을 마치고 1924년 6월 목포로 귀향했다. 이 시기 "집 감옥에서 In the Prison of home"(1924.11.29)라는 일기의 부제의 상징과 같이, 귀국 후의 일기는 "명문 후족名門後族"의 가부장제의 압박에 대한 "새로운 공기를 호흡하려는 아들"의 "친자 간親子間의 애정, 일종의 센티멘트의 굴레를 벗어날 힘"을 갈망하는 '생명력'의 절규로 요약될 것이다. 외조모의 죽음에 "센티멘털리즘sentimentalism의 눈물"을 훔치면서 "'팔십년간의 유기체의 기능의 휴지休止' 이것뿐이다"(1925.11.29)라고 친족의 죽음에 대한 애도를 애써 생물학적인 신체적 기능의 정지일 뿐이라며 담담한 반응을 가장한다. 전후의 실존주의는 아직 요원한, 1926년 쇼와昭和의 암흑시대로 접어들기 이전 세계는 명확히 이해될 수 있다는 리얼리즘의 낙관성이 팽배한 다이쇼 시대의 문화적 배경에서 발아된 개성적 자아의 실현은 식민지 조선에서 이방인과 같은 타자로서의 자기 표상을 드러낸다.

다이쇼 시대의 문학자, 예술가들은 만인이 시민권을 갖는 자유를 향수하는 유럽에 비하여 아버지로 상징되는 가부장제의 압도적인 영향 아래 가족의 현실과 위태로운 싸움을 벌여왔다. 다이쇼 문화의 영역을 확장한 대중문화의 특징이 미국의 대중문화와 집・국가에의 순응을 기조로 하는 전통적 사회의 모럴과의 접목에 있다면, 다이쇼 문화의 정점이라 할 인텔리 대상의 시라카바파白樺派, 다이쇼 교양주의의 특징은 유럽 문화와 집으로 상징되는 가부장제에의 반역과 결부되어 있다는 데 있다.[75] 이러한 일본 다이쇼 시대의 문화적 배경에서 '신라 성족의 후예'의 가부장제의 중압을 탈각하려는 자아의 추구 그 자체가 '다이쇼 교양주의'의 체현인 것이다. 메이지 30년대 자연주의의 배경에서 싹튼 근대적 자아 형성의 수맥이라 할 다이쇼 시대의 교양주의의 영향 아래, 생물학적인 '물질'의 생명주의에 기초한 베르그송에 원류를 둔 다이쇼 생명주의의 '생명력'의 사상[76]과 '영혼'의 정신에 우위를 둔 가치체계를 내면화한 김우진의 "생명력의 사유와 역사의식의 충돌"은 생사의 일원론에 포괄되는 '사의 역리逆理'로 선회했다.[77]

---

75 竹村民郎, 『大正文化 帝国のユートピア—世界史の転換期と大衆消費社会の形成』, 三元社, 2004, 126면.
76 권정희, 앞의 글.
77 홍창수, 「김우진 작가 의식과 죽음에 관한 연구」, 『한국 근대문학 연구』 2, 한국근대문학회, 2000; 한국극예술학회 편, 앞의 책, 111～112면.

생과 사는 '生의 兩面에 不過'하며 '生의 核心을 잡으려' "死를 바래고 잇소. 참으로 살녀고"라는 '생'의 근원에 닿으려는 죽음의 충동이 욕동하는 1926년의 「死와 生의 理論」[78]의 시적 논리를 추급한다면 육체와 단절한 "兩靈의 結合"으로서의 '애'에 강박된 생과 사의 역설逆說을 내포한 시적 가능성을 추론할 여지가 있다. "眞實훈 愛"는 "兩靈의 結合"에 있다는 육체에 대한 정신의 우위의 가치 체계에서 영육의 이분법에 입각한 '연애론'을 역설力說한 바 있는 김우진의 "참으로 살"려는 '愛'에 '生ᄒᆞᄂᆞᆫ' 것은 "死"에 의한 '육체'의 '죽음'의 전복에서 '영혼'과 결합한 '애'가 실현되는 것이다. '상호 간의 합의에 의한 자살'이나 "이루지 못한 사랑 끝에" 비관한[79] '낭만적 정사'혹은 '유도된 사고사'[80] 등 우연성이 개입되었을지라도 "육체와 영혼 두 가지가 개인을 성립시"(1922.3.15)킨다는 'ᄂᆡ 개성'을 추구한 삶의 '의지'가 관여된 죽음임을 부정할 수 없다.

1926년 그해 "내 자신 이외의 왼 세계를 죄다 버리고 나선 길이다. 나는 살 뿐"인 질식할 것 같은 '내 자신 이외의 세계'의 억압을 벗어나 "내의 생명"[81]의 길을 찾아 가출한 뒤 희곡 창작과 평론 등에 매진한 이 시기의 집필에는 죽음에 이르는 심정의 편린이 각인된다. "가정에서 지위에서 재산에서 신분에서 떠나" '내 자신의 세계'를 추구하는 '내의 생명'의 길은 "이원적二元的의 생각, 제이의적第二義的의 철리哲理"가 "참 생명"임을 부정하면서 "생활 생명의 사러나가는 첫 힘을 발견한" "참 생명"의 길은, 그토록 "생명력인가, 이성인가"의 이항 대립적 갈등의 임

78 「死와 生의 理論」(1926), 『김우진 전집』 I, 373면.

79 이두현, 「김수산—사랑과 연극으로 바꾼 인생」, 『음악・연예의 명인 8인』, 신구문화사, 1975.

80 양승국, 앞의 책, 242면.

81 「출가」, 『조선지광』 58, 1926.6.21; 『김우진 전집』 II, 429면.

계점까지 치열했던 오랜 고뇌를 종식하려는 새로운 출발인 것이다. '빛도 어둠도 진리'를 찾아 헤메 온 자기 부정을 통해 "내 자신"의 '세계'만을 살기 위해 "살 뿐이"라는 결연한 의지를 표명한다. "시끄러운 도시의 잡답雜沓, 시가의 군중"에서 '빛'의 구원을 구하거나 종교적 '진리'의 '상징의 세계'를 "생명의 모순을 늦겨보지 못한 이성이 도피소"인 "거짓 환영"으로 "참 내의 존재"의 것이 아님을 선언한다.[82] '내 자신 이외의 세계'를 버린 '내 자신의 세계'는 한젠클레버W.Hasenclever의 〈아들에게 Der Sohn〉의 인용으로 종결한 「출가」의 글과 같이 아들을 '속박'하는 아버지의 '고통'을 주는 '사랑'과 결별하려는 것이다. 이것이 "아버지의 돈으로만 사러왓"다는 자괴감을 갖는 〈아들에게〉의 작품 인용으로 김우진 자신의 가출의 이유를 대신한 연유인 것이다. '속박'을 주는 부친의 사랑은 "개성의 훼멸毁滅"로 인식하면서 "엇던 까닭인지도 몰으고 무엇이 식히는 것인지도" 모를지라도 "살어가는 그것만이 참 내의 존재"로 "살 뿐"인 생존의 절대적인 생명의 힘의 갈망만이 충동한다. 사물의 근원까지 존재 이유와 의미를 추구하던 이성적 이지적 사유에서 "엇던 까닭인지도" 묻지 않겠다는 새로운 생명의 길로, 그러나 "아버지의게 쥬는 고통 · 환멸을 생각하면 가슴이 터질 것 갈"은 "이것만이 아즉도 풀어지지 안는" 생생한 고통으로 감각되는 것이다.

"나의 개성과 자아를" 위한 '내 자신 이외의 세계'를 버리는 가출은 "네의 집 재산, 네의 가족과도 일후에 끊"는 가족도 "제이의적"이고 '문학'만이 제일인[83] "졔 특징과 가치만에 의하야" '내 자신의 세계'를 사는 내적인 '속생활의 완미'를 위하여 창작에 전념하여 문필 원고료로 살아

82 위의 글, 427～428면.
83 「A Protesto」(1926.6.9), 『김우진 전집』 II, 421면.

가는 '정신적 노동자'의 삶을 희구한다. "나는 일개의 부르주아ブルジョア 출신의 프롤레타리아プロレタリア가 되"겠다(1926.6.10)는 각오를 피력하거나 죽음 한 달 전인 7월 벗 조명희에게 희곡 창작 「산돼지」의 원고를 보내면서 동봉한 편지에 "내속생활의 결정結晶이란 뜻으로 보수를 바란"것은 창작은 "생명의 보수"이기 때문이다. 가족과 절연한다는 것은 '집 재산'과 결별한 '내 자신의 세계'를 찾아 '정신적 노동자'의 삶을 추구하는 '새로운 생명'의 삶을 의미하는 것이다. 가족에게 반역해도 '귀국하면 극장 설립'의 꿈을 실현할, 대부호의 아들의 존재는 포기되는 '프롤레타리아'인 것이다. 가족과 단절한 '새로운 생명'의 출발에도 존재의 장소는 '독일 유학' 등 저 머나먼 피안의 세계일 뿐 굳건히 현실에 뿌리내리지 못한 김우진은, 언젠가는 바닥이 날 '이 생활 생명의 사러나가는 힘'이 소진될 미래를 가늠할 것이다.

가출 이후 희곡과 평론 등을 잇달아 발표한 왕성한 '창작욕'에도 불구하고 "오직 자기 힘으로 지내"[84]던 위태로운 생존 기반에서 "생명의 보수"가 주어지지 않는 한 '내 자신의 세계'를 향한 발돋움을 지속시킬 수 없다. "내 자신 이외의" 세계인 "가정에서 지위에서 재산에서 신분에서 떠나" '문학'만이 '제일'인 '내 자신의 세계'를 열어가던 그가 스스로 서둘러 죽음으로 생을 마감한 배경에는, 집필의 대가로 생존하려는 "제 특징과 가치만에 의"한 '내 자신의 세계'를 추구하는 삶의 전망 부재

84 "여비도 그다지 넉넉하게 갖고 떠나지 못했"다(이두현, 『한국 신극사 연구』, 서울대 출판부, 1966, 112면). 동시대 신문의 동반 투신자살 관련 기사에서는 현해탄에서의 '유류품'으로 "김우진의 것으로는 현금 이십원과 금시계가 들어있었다"라고 보도되었다(『동아일보』, 1926.8.5). "김군은 7월 9일에 동경으로 건너 가 있으면서 자기 네 집 돈은 한 푼도 가져다 쓰지 아니하고 오직 자기 힘으로 지내가던 터"라는 친구 '이모(李某)'의 증언에서 가출 이후의 김우진의 경제적 형편을 짐작할 수 있다. 유민영, 『비운의 선구자 윤심덕과 김우진』, 새문사, 2009, 292～293면.

한, "물질"에 "제약당"한 "피육皮肉, ひにく의 생"이라는 '조롱'을 뜻하는 '히니쿠ひにく'의 일본어 표현에 함축된 '생명의 모순'인 "빈정거림ひにく' 의 미학'[85]이라 할 것이다.

"제 특징과 가치"를 구현하는 '생명'의 길은 "자유의지自由意志의 악마에 의해서 생겨나는 생에 대한 열망이라는 저주"(1921.11.26)와 같이 죽음을 향하는 여정인 것이다. "만일의 '오해'"를 불식하려는 '의도'의 메시지를 남긴 김우진이 한 달 후 일본에서 "자살하겠다는 전보"[86]를 받고 윤심덕과 재회하여 '정사'한 '자가당착'적 행위는 『마음의 자취』의 죽음에 이르는 '심적 경과'의 해명을 요청한다.

2) '동상이몽'의 '정사情死' –"공리 이상의 세계"의 지향'

『마음의 자취』의 첫 페이지인 1919년 1월 24일의 일기는 훗날 죽음에 이르는 '심적 경과의 과정'의 일단을 시사하는 다음과 같은 대목으로 출발한다.

> 사람이 이기적 동물이라는 것은 진(眞)인가? 나는 이를 아니 믿을 수 없다. (…중략…) 파란 물결 망망한 대양(大洋)에 표류한 인간은 과연 어떤 자인가. 나는 믿는다. 그들의 허위를. 그들의 inevitable한 과정을. 그렇다. 시들은 꿈일 뿐. 인간만사는 일체의 과감(果敢)없는 꿈일 뿐임. 옆방에 학생들의 재미난 이야기가 풍부하게 들리고, 먼 데 전차 울려오는 소리 캄캄한 공기 속에 전해 온다. 아아, 꿈일 뿐.[87]

---

85 양근애, 「김우진의 「난파」에 나타난 예술 활용과 그 의미」, 『국제어문』 43, 국제어문학회, 2008.

86 이두현, 『음악・연예의 명인 8인』, 신구문화사, 1975, 145면.

87 『마음의 자취』, 1919.1.24; 『김우진 전집』 II, 439면.

삶이라는 '망망한 대양大洋에 표류한 인간'을 상상하는 것으로부터 인간의 욕망의 허위와 '필연적인inevitable' 현란했던 희망의 '꿈'이 퇴색한 허망함으로 '인간 만사'는 "아아, 꿈일 뿐"이라는 탄식으로 이어지는 『마음의 자취』의 첫날의 사변적 사색은 상징적이다. 일기가 씌어진 1919년 1월은 와세다대학 고등예과 입학 후 본과 진학을 앞둔 시기, 고립감 속에서 한껏 기대에 부푼 도쿄의 유학 생활의 고적함이 옆방 학생들 잡담의 소음도 "풍부하게 들리"는 깊은 밤 아득한 전차 소리에 아련한 그리움과 무상감을 더한 감회는, 현해탄에 표박한 관부연락선 도쿠주마루德壽丸의 갑판에 선 김우진의 죽음에 임박한 심경을 반추하게 한다. 1926년 8월 3일 몇 해 전 상상했던 바로 그 '망망한 대양大洋에 표류한 인간'을 연기하듯 현해탄의 바다에 뛰어든 것이다. "洋装의 朝鮮男女 갑판에서 投身"[88]이라는 신문의 보도 기사가 "조선인 첫 동반자살"로 꼽는 이들의 '신주心中'를 예고하듯 1919년 1월 '망망한 대양에 표류한 인간'의 상상에 새로운 생활의 희망을 의탁한다. 1924년 11월 22일의 일기에서 '수선水仙' 윤심덕을 '그이'로 호명하면서 "자기를 기만하는 자!"라며 "황파荒波와 노도怒濤로 천지를 진동식히는 널븐 바다를 가고져"한다는 진술을 실행하듯이 그들은 검푸른 격랑 일렁이는 밤바다의 여객선에 나란히 탄 것이다. 서로의 욕망하는 '그들의 피할 수 없었던' '운명적 견인牽引'과 인생의 바다에서 부유하는 미망迷妄의 "시들은 꿈일 뿐"이라는 덧없는 인생의 체념의 심정이 뒤섞여있을지라도 이들의 정사를 염세주의에 기인한 죽음으로 단언할 수 없다.

기존의 김우진의 죽음의 심리에 관한 정신 분석학적 연구에 따르면

---

88 『東京朝日新聞』, 1926.8.5.

'김우진의 자살은 충동적인 '정사'라기보다는, 그의 내면에 깊이 자리한 잠재의식에서 비롯된' '모성 본능 회귀'의 죽음의 충동이라는 것이다.[89] 에로스Eros적 사랑이 타나토스Thanatos를 향하는 '정사'는 현실에서 금지된 사랑의 절대적 가치를 위한 것이며 오직 유일한 영원한 사랑이었노라 목숨을 건 사랑의 완성을 뜻하는 것이다.[90] 가와세 키누川瀨絹는 김우진과 윤심덕의 동반 자살을, 다이쇼기 빈번했던 일련의 '신주心中'[91]사건과 많은 공통점이 있는 '정사'의 영향에서 파악하였다.[92] 메이지 말에서 다이쇼기의 자살 동반자살은 죽음의 미화에서 그 이전의 죽음과는 다르며, 소설가 아리시마 다케오와 여기자 하타노 아키코의 동반자살 직전부터 "사의 찬미"가 일반적으로 신문잡지의 미디어에 언급되었던 시대 풍조였으며 이는 "로맨티시즘"으로 포착되었다. 여기에는 당시 문단을 주도하는 시라카바파의 영향과 죽음에 의해서 "자기완성"에 이른다는 의미를 함축했다.[93] 이러한 동시대 일본의 자살을 둘러싼 시대 풍조의 흐름에서 특히 다이쇼 10년인 1921년 11월 평론가 노무라 와이한野村隈畔과 오카무라 우메코岡村梅子의 동반 자살은 아리시마 다케오有島武郎와 하타노 아키코波多野秋子의 정사에 영향을 미침으로써, 윤심덕과 김우진의 동반 자살에 영향을 끼쳤다고 주장한다. 윤심덕과

89 윤금선, 「김우진 희곡 연구－작가와 작중인물의 심리적 전이관계를 중심으로」, 『한국극예술연구』 13, 한국극예술학회, 2001; 한국극예술학회 편, 『김우진』, 연극과인간, 2010, 205～206면.

90 佐伯順子, 「心中の近代」, 『愛と苦難』, 岩波書店, 1999, 26～29면.

91 '신주(心中)'란 이성이든 동성이든, 호의를 품고 있는 두 인간이 현실에서 이룰 수 없는 고난에 조우하여 죽음을 선택하는 행위를 의미한다. 원래 상대에의 '진실한 마음' '진심(まごころ)'을 나타내는 '신주'는 '정사(情死)' 와 동의어로 사용되기도 한다. 佐伯順子, 앞의 글, 26면.

92 가와세 키누(川瀨絹), 「尹心悳 '情死'巧」, 『한국 연극학』 11, 한국연극학회, 1998, 383～395면.

93 渡邊凱一, 『晩年の有島武郎』, 關西書院, 1978, 459～460면.

같은 도쿄 우에노음악학교의 철학 강사 노무라 와이한과 청강생인 오카무라 우메코의 신주는 "영겁의 세계"를 동경하는 로맨티시즘에 의한 "사의 찬미"를 공통으로 다이쇼 지식인들의 자살 유형이라는 것이다.

김우진과 윤심덕의 자살을, 연애지상주의적인 동반자살의 형식과 지식인으로서의 좌절에 의한 자살로 간주하여, 김우진이 윤심덕의 유혹에 의한 우발적인 동반자살로서, 내면에 죽음에 요동치면서도 김우진은 "여성에게 유혹 당해 실행되었다"는[94] '정사'를 둘러싼 선행 연구는 매혹과 죽음의 유혹자로서의 공포라는 팜므파탈femme fatale(〈사진 13〉)로서의 윤심덕의 이미지를 무의식적으로 조형한다. 19세기말 유럽 예술계를 풍미한 팜므파탈로서의 다눈치오의 '숙명의 여인'의 인물상은,[95] 가십과 스캔들이 끊이지 않았던 신여성 '성악가 윤심덕'을 매혹의 대상이면서 원초적 공포의 '파선'으로 이끄는 죽음의 유혹자로서의 표상을 부조시킨다.

다눈치오의 세기말 퇴폐주의의 대표작 『사의 승리*The triumph of Death*』(1894)는 일본에서 이쿠다 초코生田長江의 번역 『사의 승리死の勝利』(1913(大正 2))로 널리 읽혀졌다. 남성을 번롱翻弄하는, 파멸로 이끄는 '숙명의 여인'의 히로인이 등장하여 1910년 전후에서 1920년대의 일본의 작가에게 많은 영향을 끼쳤다. 실제로 작가 모리타 소헤이森田草平가 여성과 '신주心中미수'에 그쳐 세상을 떠들썩하게 한 스캔들은 다눈치오의 작품에 감화되었다는 것에서 '『사의 승리』사건'[96]으로 명명되었으며 이것을 고백

94 가와세 키누(川瀬絹), 앞의 글, 386~395면.
95 平石典子, 『煩悶青年と女学生の文学誌－「西洋」を読み替えて』, 新曜社, 2012.
96 '정사미수사건'을 둘러싼 일본 문단의 평에는 다눈치오의 작품의 영향을 받은 사건임을 나타내는 다음과 같은 기술이 있다. "듣건대, 이 학생은 다눈치오의 「사의 승리」를 애독해서 이것을 실연(實演)할 작정이라고 하지만, 만약 그대로라면 황당한 희극이다." 内田魯庵, 「精神界の異現象」, 『女学世界』 5月号, 1908; 平石典子, 앞의 책, 176면.

〈사진 13〉 오스카 와일드가 팜므파탈(운명의 여인)을 그린 관능적 희곡 〈살로메〉의 일본 아사쿠사마쓰다케좌(浅草松竹座)의 공연(1925.2)

한 단편소설 「매연煤煙」(1909, 明治42)은 다눈치오의 작품의 히로인을 참고로 새로운 여성상을 창출한 작품으로 수용되었다.[97]

윤심덕의 〈사의 찬미〉를 위시한 죽음 예찬의 배경에는 이러한 '『사의 승리』 사건'이 상징하는 다이쇼 시대의 맥락이 작용한다. 1928년 10월 1일 우미관에서 상연된 토월회의 제57회 공연의 레퍼토리인 박승희 작 〈사의 승리〉는 "윤심덕의 정사를 테마로 한 것"[98]이라는 남녀의 '정사'의 제재는 다눈치오의 일본어 번역 『사의 승리』의 이미지가 중첩된 것이다. 1921년 김우진의 일본어 소설 「동굴 위에 선 사람洞窟の上に立てる人」은 '공동의 동굴'에서 남녀의 '정사情死'에 이르는 다눈치오의 『사의 승리』의 영향을 받은 작품인 것이다.[99]

김우진의 일기에 윤심덕에 관한 언급은 극히 미미했던 침묵의 은폐

97 위의 책, 175~185면.

98 이두현, 『한국 신극사 연구』, 서울대 출판부, 1990, 142면.

99 권정희, 「김우진의 일본어 글쓰기-근대문학의 공백과 이중 언어 인식」, 『비교문학』 66, 한국비교문학회, 2015, 55면.

속에서도 미세하게나마 기술된 '수선' 윤심덕을 향한 심리 추이를 따라 가자면 '유혹에 따른 수동적인 태도'로 회수되지 않는 죽음에 대한 의지를 엿볼 수 있다. '정사'에 이르기까지 『마음의 자취』에는 끊임없이 "그듸의 이야기"의 진정성을 의심한 '심적 거리'를 견지한 내면 심리는 다눈치오의 『사의 승리』를 경유함으로써 "무의미한 유혹"이라며 이별을 고했던 '그녀'를 부정하는 의식의 한 켠에 도사린 남성을 농락하는 '악녀'에 의한 파멸의 두려움을 현출시킨다.

"그녀에게 등을 돌렸다. 과연 그것이 참일까"(1921.11.26)라고 "도덕적 양심이 나를 구속하기보다 나의 마음을 번민케 한 것은 자기의 힘이 약한 때문이다. 자기의 운명적 견인牽引"이라면서 아버지의 세계를 뛰어넘을 만한 '힘'의 나약함의 자각이 그녀를 외면하게 하면서도 "운명적 견인"이라는 '그대'를 향한 양가적 태도는 다눈치오의 '숙명의 여인'을 방불케 하는 강박 관념을 표출한다. 그러나 김우진은 다눈치오의 『사의 승리』에 등장하는 죠르지오의 '관능과 감관'으로 자연을 향유하는 "쾌락아"와는 달리 "'사死의 승리'는 '생生의 도熖'로, 또 연애적 열정은 애국적 열정으로 이변移變"하려는, 시인의 의지와 열정을 고취하는 계기로 수용한다.[100] "Wilde의 탐락耽樂은 나에게 없다"는 '개인주의자' 김우진의 자의식은 퇴폐적 향락을 추구하는 데카당스의 "쾌락아"와는 달리, "마음의 안일을 준 것은 그녀"이지만 "자기 위안, 자기 충만을 위"해 이별한 자신의 "힘"의 결핍을 자책하면서 "그의 피로된 마음과 육체를 쉬어야"한다는 치유와 책임의 적극적인 태도를 취한다.

"자기를 기만하는 자!"라는 "석죽화石竹花"로 호명된 '수선' 윤심덕의

100 焦星, 「陀氏讚章」(1919.12), 『김우진 전집』 II, 357면.

위선적 허위를 들추어내면서 "황파荒波와 노도怒濤로 천지를 진동식히는 널븐 바다"를 향하려는 "중환자의 치명적 운명"이라는 1924년 11월 22일의 일기가 '공리功利'의 문제로 이어져 "공리 이상의 세계가 우리의게 근본적으로 잇는 것을 잇지 마라!"는 경구로 종결한 말미는 "우리"로 지시된 윤심덕과 김우진의 '공리 이상의 세계'의 지향을 보여준다. 오랫동안 '그녀'와 심적인 거리를 견지해 왔던 김우진이 단번에 생의 용광로와 같이 의심을 녹이고 동반 투신자살을 단행한 것은, 그것이 목숨을 건 생명의 대상代償인 "공리 이상의 세계"의 추구라는 점에 있다. '우리'는 타산적 실리적 이해관계를 벗어난 "공리 이상의 세계"의 지향이야말로 윤심덕이 가야 할 "의지 잇는 진리의 광산鑛山"이며 이러한 행로에서 "공리公利[101]를 버서난 혼魂의 기적"인 '우주'로의 현실 탈각이 가능하다는 것이다.

일찍이 이광수의 재혼론에 관해 유학생들과 토론하면서 "이해적 공리적으로 이 남자, 저남자에게 부속ᄒᆞ야 생활ᄒᆞᄂᆞᆫ" 방식은 "생명을 지속ᄒᆞᄂᆞᆫ 기생여자충寄生女子虫"(1919.2.3)에 다름 아니며, "남녀자ᄂᆞᆫ 실상결합의 영靈"을 위하여 "이해적 공리적으로" 벗어날 것을 역설한 연애론으로 집요하게 "공리 이상의 세계"를 요구했던 연원을 이해하게 된다. "공리 이상의 세계"야말로 육체가 매개하는 물질적 실리적 탐욕적 '현실'을 탈각한 '우주'로의 초월을 감행하는 '영의 결합'으로 전복한다. 이로써 가족과 단절한 '자신의 세계'를 실현하는 삶의 유한성과 '생명의 모순'을 자각하는 고독한 순례자와 같은 "방랑자의 무대"의 생의 마지막, "진실한 영원의 요구"에 목숨을 건 간절한 "양령兩靈의 결합'으로 '진

101 원문의 "공리(公利)"는 '공리(功利)'의 오기로 사료된다.

실한 애愛에 생生ᄒᆞ"기 위한 "'사死'난 생의 향락의 최고조"인 "비극적 자기 과장의 환상적 무대"의 연출에 의기투합하게 되는 '심적 경과'의 추이를 살폈다. "생에 대한 열망이라는 저주"를 경계했던 "이 개성과 이 생의 애착"을 끊고 "육체의 '유령'과 주위의 회색으로 시들어가는 위협"에 "굴복"하듯 스스로 경원했던 "비극적 자기 과장의 환상적 무대"의 역할을 기꺼이 수행하는 죽음을 욕망하는 신체에 도달하게 되는 것이다.

김우진 일기의 곳곳에서 죽음의 예고와도 같은 사死의 무의식적 충동이 투신의 이미지로 반복되는 것은 다눈치오의 『사의 승리』의 영향에 기인한 것만은 아니다. 끊임없이 명석한 이성적 분석적인 사유를 전개하면서도 「사상의 수의랄 조상하난 수난자의 탄식」[102]의 시에 나타난 인생에 대한 망양 위에 뜬 고선孤船의 비유[103] 혹은 이쿠다 슌게쓰生田春月 번역의 하이네 시집 「파선자破船者」의 인용[104] 등 좌초한 배가 상징하는 황폐한 삶의 파국의 시적 이미지로 죽음의 충동은 투신의 이미지를 조형한다.

예를 들면 『마음의 자취』에서 김우진의 생모인 '순천박씨'의 기일인 1922년 9월 24일 "무극한 애모의 정"에 흐르는 눈물을 감추는 김우진이 밤길 '죽은 유령의 그림자처럼 누워 있는' 마을을 걸으면서 "부모가 무엇이냐! 효가 무엇이냐!"라는 울분의 토로에 이어진 밤의 정경의 시적 정취의 묘사에서도 반복적으로 투신의 이미지가 투영된다. 바람 불어 흔들리는 벼 수북한 논길 이랑에 흐르는 달빛을 받아 빛나는 물 위에 던져진 벼 이파리가 "속박에서 벗어난 생물처럼 좌우로 부딪히면서 즐거

102 「思想의 壽衣랄 弔喪하난 修難者의 歎息」(1922.2.1), 『김우진 전집』 I, 338~340면.
103 손화숙, 「김우진의 시연구」, 『어문논집』 33, 안암어문학회, 1994, 439면.
104 『마음의 자취』(1919.3.14), 『김우진 전집』 II, 463면.

운 듯이 흘러갔다"[105]라는 시적 비유에서 환기되는 투신의 이미지가 바로 그러한 것이다. 물론 이것은 '준비된 죽음'을 의미하는 것은 아니다. 그러나 이랑에 부유하는 벼 잎조차 "속박에서 벗어난 생물처럼"이라는 자기 투사의 비유는 식민지 조선의 '개인주의자individualist'의 소멸의 순간의 투신 이미지를 중첩시킨다. '개념적 행동'은 '무의미한 유희에 불과'하다는[106] 김우진의 문학 평론과 희곡 작품, 수상 등에 나타난 '개인주의자'의[107] 개념과는 편차가 있는 『마음의 자취』의 주관성을 특질로 하는 일기 텍스트의 '개인주의자'의 궤적은 가부장제의 식민지 현실의 압박을 자연의 품으로 탈각하려는 "속박에서 벗어난 생물처럼"이라는 비유와 같이 투신의 죽음으로 소멸되었다.

5. '서양에의 탐닉'에서 일본 다이쇼 시대의 맥락으로

김우진의 일기 『마음의 자취』의 텍스트를 일본 다이쇼 시대의 문화적 맥락에서 그것의 비교문학적 의의를 중심으로 고찰했다. 『마음의 자취』의 텍스트에서 '개인주의자'의 '자기 언급self reference'은, 기존의 식민지 조선의 '여명에 선 청년'이라는 자기 표상을 포함하여 '자유의

105 "서늘한 바람이 불어와서 저쪽 이랑 사이에 서 있는 벼의 잎새는 삭삭 소리를 낸다. 샛길 옆으로 흐르는 물에는 달빛이 부서지며 희롱거린다. 바람에 나부껴 스치는 볏닢을 손으로 뜯어 물 속에 던졌다. 속박에서 벗어난 생물처럼 좌우로 부딪히면서 즐거운 듯이 흘러갔다." 『마음의 자취』(1922.9.24), 『김우진 전집』 II, 494면.
106 김초성, 「생명력의 고갈」(1926.3), 『김우진 전집』 II, 416면.
107 민병욱, 「김우진의 부르조와 개인주의적 세계관연구 (1)」, 『어문교육논집』 10, 부산대, 1988; 이덕기, 「김우진 희곡에 나타난 근대적 개인의 추구 양상과 의미」, 경북대 석사논문, 2002.

지'를 강조하는 "속박에서 벗어난 생물처럼"이라는 비유에 집약된다. 요절로 인해 한국 연극사의 '근대극의 기획'은 미완인 채 '타격'이 되었지만 『마음의 자취』의 일기는 현대의 개성적 자아의 형성을 드러내는 텍스트로서 연극사를 넘어 비교문학 비교문화의 다양한 영역에 걸친 폭넓은 의의가 있다. 이점에 착안하여 『마음의 자취』에서 '우리'와 '나'의 동일시의 무의식적인 전제에서 '우리'로 호명된 지시만을 의미 있는 것으로 독해해왔던 공동체적 수용에서 희석된 '나'가 지시하는 술어에 주안점을 둠으로써 '생활의 예술화'를 근본으로 하는 '나의 욕망'과 '나' 개인에 초점을 둔 분석의 전환을 통해 개성적 개인 탄생의 "정신적 편로精神的 遍路"의 역정을 드러냈다.

김우진이 유학했던 일본 다이쇼 시대의 교양과 문화적 배경은 강의와 강습회, 공연 관람 등 일상의 이문화를 통해서 지대한 영향을 끼친다. 이러한 의미에서 '서구에의 탐닉'으로 특질 지어진 김우진의 생애와 문화를 일본어가 매개하는 다이쇼기의 비교문화의 시각에서 접근했다. 『마음의 자취』에 나타난 일본 다이쇼 시대의 맥락은, 다양한 작가의 개별 작품의 영향만이 아니라 개성적 자아와 개인의식의 형성에서 '교양주의'와 '인격주의' 등 폭넓은 인문학적 지식과 문화 습득 과정으로서의 강의, 강연회와 공연 관람 및 독서 등으로 자아실현을 위한 "생활의 예술화"의 양상으로 구현된다. 강연회·연극·공연 등의 관람 기록도 "생활의 예술화"의 면면으로서 일본 유학의 이문화 체험을 바탕으로 한 비교문화사적 시각에서도 주목할 만한 것이다. 그간 김우진의 다양한 독서 편력에 의거한 외국문화의 수용은, 출판 미디어만이 아니라 도쿄의 공연을 관람한 극 미디어의 매개를 통한 다양한 방식으로 이루어졌던 특이성을 주시할 필요가 있다.

기쿠치 유호의 원작 〈여의 생명〉이라는 신파극에서부터 이를 탈주하려는 일본 근대극의 변모를 나타내는 무샤노코지 사네아쓰의 각본 「그 여동생」의 창작극과 입센의 〈인형의 가〉 등의 번역극에 이르는 다양한 연극 관람은 '생명'의 주제가 범람하는 다이쇼 시대의 유행과 동시대 연극계의 특질을 드러낸다. 〈여의 생명〉의 신파극에서 버나드 쇼의 희곡 「인간과 초인」과 '생명의 시각life view'에서 비교한 창작극 〈그 여동생〉의 관극 평과 번역극 입센의 〈인형의 가〉의 무대 스케치에 이르는 다양한 레퍼토리의 관람 기록은 공간된 공연 평과는 또 다른 김우진의 연극 수용의 특질과 '생명력'의 주제에 대한 관심을 말해준다. 동시에 "생활의 예술화"의 양상으로서 『마음의 자취』의 다양한 일상 세계의 체험과 다채로운 표현 세계를 보여주는 의의가 있다. 개인의 사적인 세계인 내면의 고백과 시대를 살아가는 일상의 '단편의 기록'으로서의 김우진의 일기 텍스트는, 기존의 희곡 작품과 평론 등을 중심으로 한 문학 표상과 개념적 인식을 벗어난 새로운 주관적 자기 표상을 추가했다.

아울러 그간 문학 작품의 작가 의식과 '정사'의 죽음에 대한 단절적 인식을 메우고 죽음에 이르는 심리 정황의 해명 및 윤심덕과의 '우리'의 관계에서 왜 '공리 이상의 추구'가 중요했는지를 김우진의 연애론과 죽음 의식 등과 관련하여 설명했다. 이로써 '정사'에 이르는 '심적 경과'의 과정의 추론을 통해 김우진의 삶과 문학을 이해하는 데 보다 풍부하고 심층적인 분석을 위한 일기 『마음의 자취』의 텍스트의 의의를 확장시켰다.

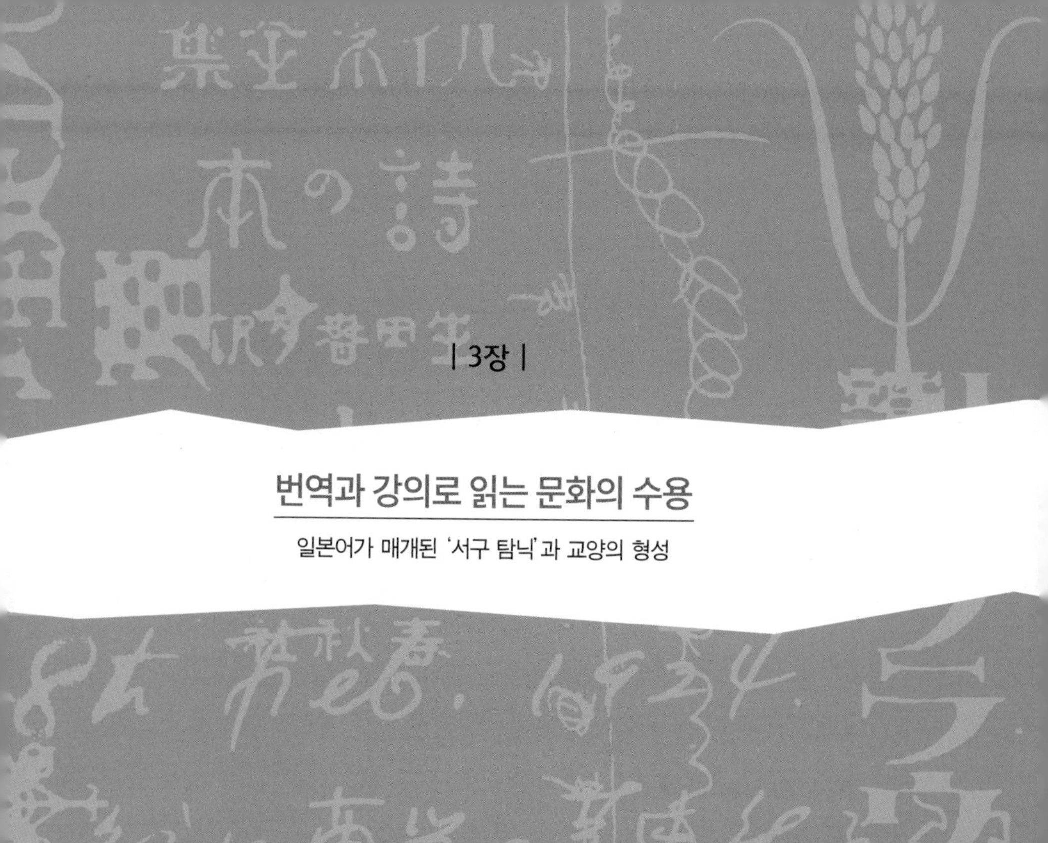

| 3장 |

번역과 강의로 읽는 문화의 수용

일본어가 매개된 '서구 탐닉'과 교양의 형성

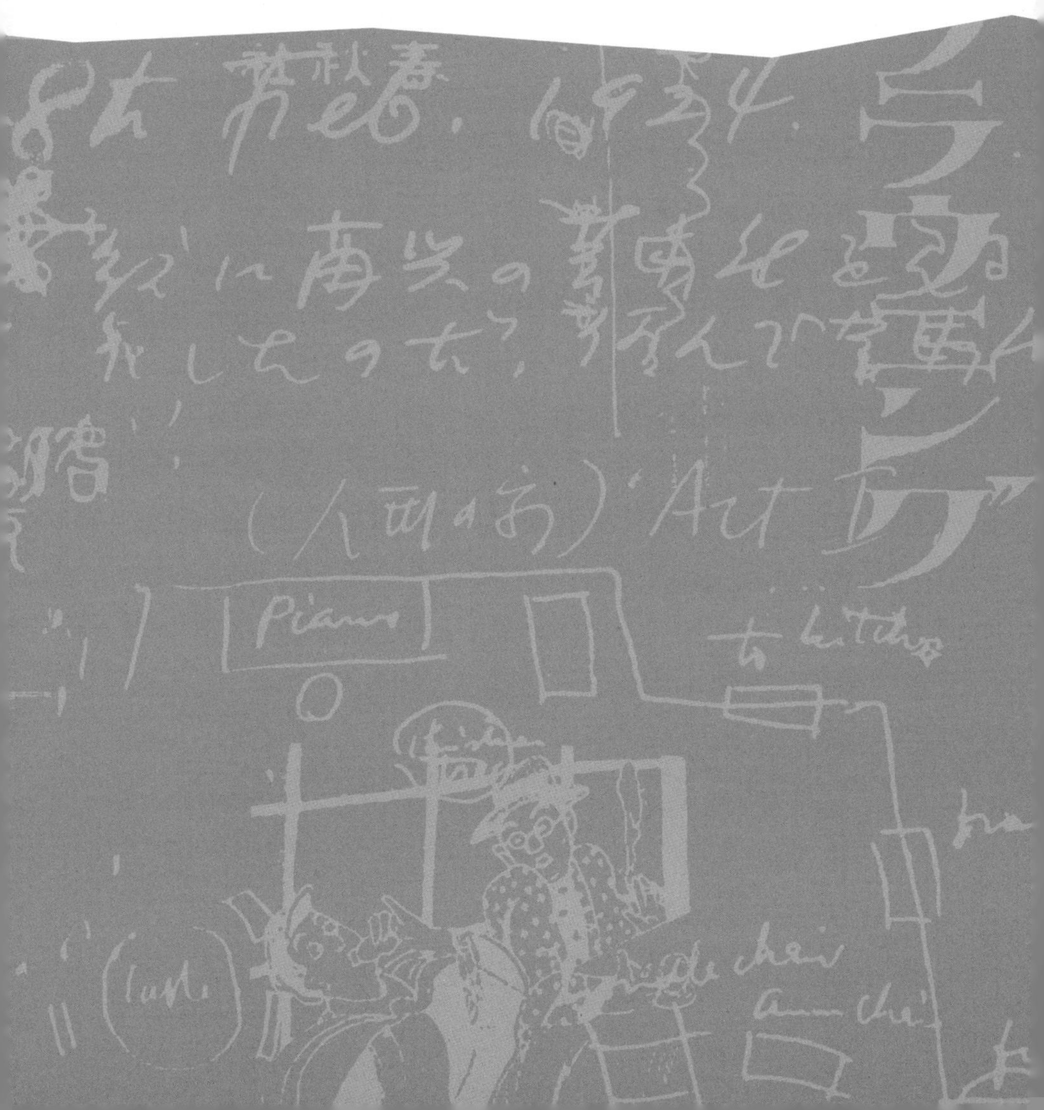

우리가 읽은 후 가장 감동을 얻은 일본어나 구어(歐語)로 쓴 시가를 우리 말로 번역하고저 할 때, 과연 독시(讀時)의 감동을 완전히 번역문(飜譯文)으로써 어들 수가 잇슬까. 시(詩)의 번역이 불가능이라는 낙담은 누구나 다 경험할듯 하외다. (…중략…) 이것을 우리의 말노 옴기고저 공허한 노심(勞心)을 몃 번이나 썼는지 몰으겟습니다. 도기등촌(島崎藤村)의 시도 일본어로 읽을 때 비로소 시의 어엽븐 로맨틱한 음률에 감동을 엇지마는, 만약 그것을 우리말로 번역하여 노흔 적에는, 살 업는 뼈와 가튼 어구의 배열 밧게는 아모 것도 얻지 못합니다 (…중략…) 시가는 예술권(藝術圈)에서 제일 음악에 갓가운 것이요. 그럼으로 시가는 긴장한 상상력과 함께 음악적 요소 즉 자국어에 독특한 음률이 반드시 잇서야 할 것입니다.[1]

1. '서구 탐닉'에 가려진 일본의 표상
— 일본어의 언어와 문화적 컨텍스트의 교차

주지하는 바와 같이, 20세기 초반의 일본 유학생인 홍명희, 최남선, 이광수 등은 주로 일본어번역으로 한정된 범위의 서양소설을 읽었다. 그보다 앞서 윤치호는, 서양 노블을 접한 최초의 기록인 일기를 통해, 그의 영국소설 읽기가 영어 학습을 위한 독서의 성격이 짙은 것으로 간주되었다.[2] 이들 일본 유학생들과 마찬가지로, 김우진도 주로 일본문학은 물론 일본어로 번역된 서양소설을 읽었다. 학위논문을 영어로 집필할 만큼 영어 실력을 향상시킨 김우진의 독서는 이들 일본 유학 문인

1 김초성, 「'조선 말 업는 조선문단'에 일언」, 『김우진 전집』 II, 231~232면.
2 황종연, 「노블, 청년, 제국」, 『상허학보』 14, 상허학회, 2005, 278면.

들의 독서 문화를 공유하면서도 영문학도로서 교수, 강사 등의 번역서 발간이 활발했던 학문적 풍토에서 번역 행위에 대한 자각적인 독서 방식을 역자를 명시한 일기의 기술로 드러낸다.

일찍이 1922년 '조선말 없는 조선문단'을 질타하는 평론에서 "외국문학의 번역의 중요성"을 역설하면서 이 시대는 "소개자, 비평가, 번역가"가 요청된다는 번역 행위에 대한 자각적인 인식에서도 번역서에 의한 독서의 의의가 표출된다. 선행연구에서도 지적한 바와 같이 "창작과 함께 번역이 일국의 문단에 주는 효과는, 모든 고색固塞하여 가던 정신을 분연시키며, 언어의 사용법을 넓히고, 어풍과 문맥의 청신한 국면을 암시"하는 새로운 정신과 '청신한' 언어 표현으로 확장하는 계기로서의 문화 수용의 번역의 의의를 개진했다. 일본 유학을 경유한 '대문호'도 공감하는 '번역'의 공통 관심 영역을 더욱 폭넓게 '서양에의 탐닉'으로 세계문학에 심취했던 영문학 전공의 학문적 배경에서 그의 '조선문단'의 구상이 남다른 보폭과 행보로 전개되는 과정을 3장에서의 독서 문화를 통해 살펴본다.

이 글에서는 당대의 제약을 넘어 현대 문학에 연결되는 미래 지향적인 김우진의 교양의 형성과 학문적 배경을 독서 문화를 통해 살펴본다. 종래, '서양에의 탐닉'이라는 평가가 무의식적으로 유포한, 일본을 사상한 채 서구와의 관계로 변형되는 효과에서, 김우진의 생애와 문학은 설명되지 않는다. 이광수, 김동인, 염상섭의 문학 형성에 결정적인 영향을 끼쳤던 '대문호'의 일본 유학을 공유하면서도, 당대의 제약을 넘는 시야와 독보적인 개성의 창출도 '신라 성족의 후예'로서의 명문 귀족의 신분과 계급 등 유전적 생물학적 환경만이 아니라, 일본 유학의 경험에 연유한 바 크다. 확실히 뛰어난 어학의 리터러시에서 김우진은 서양 유학을 방불케 하는 직접 체험의 환상을 무의식적으로 조장하면서 일본은 괄호 쳐진 진공의 상태에서 서구와의 관계만을 문제 삼았다. 개개인의 언어 능력이 일본 유학이라는 환경을 무화시킬 수 있다는 환상으로 서구를 향한 세계의 동시성의 욕망을 대리한다는 불온한 공모로 김우진의 생애를 관통하는 일본이라는 화두를 축소시켰다. 이른바 양행洋行 지식인의 경로와는 다른 일본 유학을 통한 '서구 탐닉'의 양상은, 일본어가 매개된 서구의 수용이며, 십여 년에 걸친 일본 체제의 경험이 '서구 탐닉'으로 환원되는 것만은 아니다. 그는 한국어로 문학 활동을 하되, 영어가 아닌 일본어로 쓴, 시와 소설의 창작을 포함하여 평론과 번역 등 다양한 일본어 글쓰기와 "일문맥의 혼화"라는 혼종적인 글쓰기로 '양행' 지식인과는 다른 이력을 신체에 각인시켰다. 스스로 조선 문학의 구상에서도 "사상뿐 안이라 표현방식도 구문맥歐文脈이나 일문맥日文脈의 혼화混和를 피할 수 업는 처지나, 지금까지 한문맥漢文脈의 다분히 석긴 조선어와 외래어가 유기적으로 세련된 혼화를 엇"[3]어야 한다는 김우진의 "문화대동文化大同의 오늘날"이라는 시대 인식에서 조선어와 섞여야 할 '외래어'의 대부분은 기실 근대 만들어진 일본식 영어和製英語의 한자 표현에 의한 개념어 등 '일본어의 차용'에 의한 "일문맥의 혼화"가 결정적으로 당면의 과제인 "세련된 혼화"의 융합의 신체성에서 일본은 간과될 수 없는 문제성을 담지한다.

이러한 맥락에서 이 글에서는 서구 세계를 어떻게 재현했는가를 문제시하기보다 그간 '서구 탐닉'에 가려진 일본의 표상에 초점을 둔다. 물론, 일본 유학시절의 활동과 연극사를 중심으로 일본의 영향의 실상

3 김초성, 앞의 글, 231면.

을 파악하는 연구가 지속적으로 전개되어 온 바, 일본 유학의 일상을 분석 대상으로 하여 김우진의 생과 문학에 끼친 일본의 영향을 다변화하여 고찰한다. 일상의 기록으로서의 일기와 각종 문헌의 독서 편력 등을 단서로 접근할 때, 일본어로 재현된 서구문학을 포함한 독서와 수업, 기숙사와 캠퍼스를 이동하는 교양과 지식 형성의 일상의 실천은 일본어와 고투하는 유학생의 이문화를 체험하는 신체성으로 구현되는 것이다. 따라서 3장에서는 일본어의 언어와 문화적 컨텍스트의 영향 아래 형성된 김우진의 교양과 지식 형성의 과정을 독서를 통해서 살펴본다.

일기 『마음의 자취』에는, 블레이크William Blake, 하이네Heinrich Heine, 브라우닝Robert Browning, 보들레르Charles-Pierre Baudelaire 등 서구의 시인들의 작품을 영시나 프랑스어의 원어로 낭송한 것만이 아니라 일본어 번역으로 애독했던 독서의 정황을 드러낸다. 1919년 2월 17일의 일기 『마음의 자취』에서 호아시 리이치로帆足理一郎[4]의 "『인생시인 브라우닝人生詩人ブラウニッグ』 사진을 독讀ᄒᆞ얏다"[5]면서 독서 감상을 "그의 사상에 대ᄒᆞ야 눈아嫩芽가 춘풍을 맛ᄂᆞᆷ과" 같이 "아아 ᄂᆡ의 전도에 신광명과 희망이 ᄉᆡᆼ겼"노라고, 벅찬 감명의 소회를 기술하였다. 브라우닝의 "사상과 시풍詩風, 그의 약전略傳"에 이끌려 완독했다면서 "시에 대ᄒᆞᆫ 열애와 열애의 결합"으로 그의 생애를 인상적으로 포착한다. 장애와 질병으로 고통을 겪었던 브라우닝이 "양시계兩詩界의 명성明星의 결합"으로

4 호아시 리이치로(帆足理一郎, 1881~1963) : 다이쇼~쇼와(昭和) 시대의 철학자, 평론가. 후쿠오카 켄(福岡県) 출신. 도쿄호우가쿠잉(東京法學院) 졸업. 남캘리포리아대학, 시카고대학 신학과 수학. 와세다대학 교수. 존 듀이 등 영미 철학의 소개에 힘썼다. 저서 『宗教哲学概論』 등이 있다. 日本近代文学館 編, 『日本近代文学事典』 3, 講談社, 1977.

5 Browing Robert, 帆足理一郎 譯, 『人生詩人ブラウニッグ』, 洛陽堂, 1918.

정열적으로 연애한 전기적 생애에 찬탄하면서 자신의 미래에 '광명과 희망'을 품게 되는 필연적인 "당연ᄒᆞᆫ 심적 경과의 과정"을 의식한다. "이 일권一卷의 역책譯冊"에 "감복ᄒᆞ엿"던 감흥에서 "모든 주위의 분위기에서 ᄂᆞᆫ 탈각ᄒᆞ랴ᄂᆞᆫ다. 브라운잉의 시와 ᄀᆞᆺ치" 주변 세계로부터의 '탈각'으로, 심경 변화를 야기하여 "이제부터 브아운잉 연구에 착수"할 것을 다짐한다. 1919년 3·1운동이 임박한 2월 중순, 전술한 바와 같이 전날에도 조선 유학생의 법정 판결을 일기에 기록했던 다음 날 , 한 권의 번역시집이 불러일으킨 희망과 시인을 향한 탐구의 열망으로 "애愛의 국國으로!"라는 결의에 차서 이 날의 일기를 종결한다.

이후, 2월21일 일기에는 '민인동맹회民人同盟會'의 개회식에 참석한 강연의 감상이 서술되었다.[6] 와세다대학 학생들이 결성한 사상 단체인 '민인동맹회'의 개회식에서 "帆足 理一郎, 大山郁夫, 제씨의 민주주의 의의意義 주장, 문화 등의 강연, 취득取得ᄒᆞᆫ 바가 만핫다"라는 짤막한 단상에서도 번역가 호아시 리이치로帆足理一郎가 강연자로서 정치학자 오야마 이쿠오大山郁夫[7]와 나란히 당대의 논객으로 활약했던 다이쇼 데모크라시 시대의 분위기를 엿볼 수 있다. 오야마 이쿠오는, 요사노 사쿠조와 함께 다이쇼데모크라시를 창도하는 '여명회黎明會'에 참가한 지

6 권정희, 「비교문학 텍스트로서의 『마음의 자취(心の跡)』－김우진 일기의 자기 표상과 일본 다이쇼(大正) 시대의 연극 수용」, 『한국극예술연구』 56, 한국극예술학회, 2017,106면.

7 오야마 이쿠오(大山郁夫, 1880～1955) : 일본의 정치가, 정치학자. 와세다정치경제학부 수석 졸업. 1914년 와세다대학 교수(정치학), 1917년 아사히신문사 입사. 1919년 잡지 『我等』 창간. 다이쇼데모크라시 창도하는 黎明會 참가. 1921년 와세다대학 교수 복귀. 그 후 노동농민당 위원장. 1932년 미국 망명. 노스웨스턴대학 정치학부연구 촉탁. 1947년 귀국, 1950년 참의원 당선, 1951년 스탈린 국제 평화상 수상. 『大山郁夫著作集-大正デモクラシー期の政治文化社会』 7(, 岩波書店, 1988) 등의 저술이 있다. 日本近代文学館 編, 앞의 책(1), 282면

식인이다. 실제의 일본은 '탈아'를 표방함으로써 같은 아시아로부터 경계되고 혐오의 대상이 되고 있다는 사실 인식에서 일본의 식민 정책을 비판한 정치학자이다. 1914년 와세다대학 교수(정치학)로서 부임하였으나 1917년 아사히신문사 입사를 거쳐 1921년 와세다대학 교수에 복귀하였다.

와세다대학 문학부 고등예과 1년생인 김우진은 기숙사, 청년회관 등을 드나들며 유학생들의 커뮤니티에 영향을 받으면서 '민인동맹회'의 강연회를 경청하여 참가한 연사의 저서를 읽는 등 진보적 이념적 사상에 경도된 시기였다. "昨年 昨夜 처음으로 東京新宿에 하차"했다는 1919년 3월 23일의 일기에 따르면 김우진은 1년 전인 1918년 3월 23일 도쿄 신주쿠에 도착했다. 4월 4일 고등예과 제3부(문과)의 입학[8]을 위한 것이다. 이날을 기념비적으로 기억하는 일기의 기술에서 지난 1년여를 감회에 젖어 회고하면서, 구마모토농업학교 재학 시절의 외로운 이향의 유학생활과도 현저히 다른 양상의 도쿄의 유학생으로 급변한 감격과 함께 일말의 불안과 피로감으로 신주쿠에 도착한 날의 초심을 떠올렸을 정경을 연상할 수 있다. 과거에는 접할 수 없었던 풍부한 역사 현장의 정보와 지식들의 홍수 속에서 조국의 독립 운동을 지원하고 정치 동향을 견인하는 일본의 식민지 조선의 유학생들의 집단 시위와 경찰의 검문, 검속 등이 대치하는 위태로움과 긴장 속에서 유학생들이 선 법정을 방청하는 감동과 친밀한 정서적 교류의 유학생들과 동창회 및 강연 등으로 변화무쌍하고 분주한 유학 생활을 보냈던 것이다.

1920년 3월 6일의 일기에서 "오날이야 지루하든 시험이 끗낫다. 나

8 정대성, 「새로운 자료로 살펴본 와세다대학 시절의 김우진」, 『한국극예술연구』 25, 한국극예술학회, 2007, 442면.

난 인생의 행복을 싱각한다. 아아 행복은 인생의 전체요 실패난 그의 일부분이다"라면서 시험의 결과를 전전긍긍하기보다 시험이 끝나던 날의 자유를 만끽하려는 김우진의 일상의 유학생의 심정을 드러낸다. 영문과 진학을 위한 수험생으로서 "모든 주위의 분위기에서 느는 탈각ᄒᆞ랴는다. 브라운잉의 시와 ᄀᆞᆺ치" 하며 시인의 세계로의 탈출을 꿈꾸거나, 시국과는 거리가 먼 모파상과 다눈치오와 다니자키 준이치로의 작품에 이끌리는 "이러한 경향을 위험시ᄒᆞ는 인습 도덕적의 질타와 책고와 위기"로부터 '생활의 예술화가 ᄂᆡ의 근본'이라는 나의 내면의 요구에 충실하겠다는 선언으로 가득한 일기는, 식민지 조선의 유학생으로서의 역사 인식의 자각과 동시에 '시인'을 열망하는 포부로 문학 전공을 실현하여 자아의 개성을 추구하려는 의욕과 열정적으로 사유하는 청년의 내면세계를 읽어낼 수 있다. 1919년을 전후로 한 시기 신문잡지의 조선의 시국 관련 기사를 인용한 듯이 공적 기록과 같은 일기는 점차 '나'의 내면의 심리의 서술로 변모한다.

1920년 4월 드디어 문학부 문학과 영문학 전공에 진학한 이후 더욱 사색적이며 다변화된 폭넓은 독서의 경향을 보인다. 1922년 6월 일본어로 쓰인 일기에서도 "나는 Gandhi를 읽는다"라고 독서의 감상임을 전제하면서 "지금 내 마음은 Gandhi의 인격과 열정에 설렌다"면서 간디의 평전을 읽은 감동을 표출한다. "인도의 부러운 이 위대한 혼은 내가 찾던 바로 그것이었는지도 모른다. 톨스토이는 그 고민이 절박해짐에 따라 위대해져 전 세계인의 혼에 깃들며 그는 그가 그토록 구했던 신과는 점점 멀어져서 인간의 순인간적인 모습에 가까워졌다"면서 간디를 동서양의 세계 문명사적 차원에서 톨스토이와 비교하여 간디의 "위대한 혼"에 매료되었다는 것이다. 간디와는 대조적으로, 신을 구하

였던 그의 고뇌와 인간의 존재론적 성찰에서 오히려 종교성에서 멀어지고 휴머니즘으로 부각되는 톨스토이와의 차이 속에서 간디의 "내 생의 새로운 고난과 수련"으로 점철되었던 종교성에서 두드러진 '위대한 혼'에 경의를 표하는 일기에서, 호아시 리이치로가 펴낸 『톨스토이와 간디의 종교사상トルストイとガンディーの宗教思想』(警醒社書店, 1922)이라는 저술을 관련지을 수 있겠다. 당시 호아시 리이치로는 와세다대학 강사로서 종교 철학을 강의하는 철학자이자 평론가로 다방면으로 활동했다. 간디와 톨스토이를 비교하는 간디에 관한 저술의 감상에서 이 해 간행된 호아시 리이치로의 저술의 토대가 되었던 강의에 영향을 받은 독서로 추정된다. 『파우스트』에서 '간디'에 이르기까지 종교와 철학, 문학 등에 이르기까지 관심의 폭을 넓혀 다변화된 독서 경향을 보인다.

다양한 작품과 저작의 감동과 지식의 편린들, 비판적 감상을 시나 산문, 단상 등 다양한 방식으로 엮어냄으로써 심경의 변화와 가치관, 예술관 등의 변모를 독서의 계기를 통해 지식과 문학예술 수용의 과정을 드러냄으로써 개인의 삶에 크나큰 영향을 끼친 독서의 정황을 파악할 수 있다. 이쿠다 슌게쓰生田春月가 번역한 『하이네 시집ハイネ詩集』[9]에 수록된 「파선자破船者」라는 시 전편을 일기에 한국어로 번역한 것이 바로 그 대표적인 예이다.

하이네의 시 작품을 전역하고 연구하여 대중에게 널리 전파함으로써 일본의 하이네 수용의 '최대의 공헌자'로 자리매김되는 이쿠다 슌게쓰에 의해 '구어'로 번역된 서정시는, 일본인의 근대적인 개인주의 의식의 각성과 관능적인 정념의 해방을 고무하여 기성의 도덕과 습속에

---

9 Heinrich. H. Heine, 生田春月 譯, 『ハイネ全集』, 新潮社, 1919; ハインリッヒ・ハイネ, 生田春月 譯, 『ハイネ全集』 1(詩の本), 春秋社, 1925, 441~445면.

대한 반항심을 싹트게 하고, 가족제도의 비판을 촉구하였다.[10] 하이네의 서정시 「파선자」의 일본어 번역을 한국어로 번역한 김우진의 일기에서 독일어의 원시를 일본어 번역으로 애송했던 하이네 시의 영향의 흔적을 간취할 수 있다. 김우진은 하이네의 시를, 일본의 전통적인 음수율에 얽매이지 않고 구어 자유시의 시형을 주조한 이쿠다 슌게쓰의 일본어 번역시[11]로 수용한 것이다. 김우진의 문학 세계의 전편을 관통하는 '파선'의 이미지, 즉 황폐한 바닷가에 버려진 난파선의 잔해와 같은 파멸의 이미지는 이러한 번역시의 감상에서도 공유하는 것이다. 사막과 같은 불모지의 메마른 생의 의지, 희망과 사랑을 상실한 파선자의 비애와 고통, 절망의 심연을 "사해死骸"와 같은 파선의 잔해로 포착하는 하이네의 시는, 유학생 회관을 방문하여 조선의 독립운동의 소식과 세계 동향 등 유학생들이 나누는 시사 담론으로 한껏 고조되어 "진進! 진!" 하고 동시대 조국의 독립운동 소식에 환호하던 시절에 음송된 것이다. 하이네의 일본어 번역시 「파선자」는, 이러한 억압과 긴장의 외부세계와 내면의 동요와 적요로 침

〈사진 1〉 이쿠다 슌게쓰(生田春月)의 번역 『하이네 전집(ハイネ全集)』

---

10 佐野晴夫, 「ハインリッヒ・ハイネと生田春月」, 『山口大学独仏文学』 2, 山口大学独仏文学研究会, 1980, 1~6면.

11 위의 글, 6~7면.

잠하는 평정심의 대조적인 세계가 병치되는 심상 풍경을 연출한다. 일련의 시 작품에 두드러진 조난당한 파선에 비유된 좌절한 생의 이미지의 반복은, 파편화된 불모성의 도회적인 낭만적 모더니즘의 영향으로서, 희곡「난파」가 표상하는 좌초한 파선의 이미지 조형의 원형에 하이네의 시의 영향을 살필 수 있다.

한편 한국의 하이네 수용 연구에 따르면, 1920년대와 30년대 한국인에게 가장 인기 있는 독일 작가는 하이네로서, 낭만성과 서정성의 시적 경향과 신랄한 사회 비평 및 정치적 관심에서 식민지의 암울한 시대 향유되었다.[12] 이러한 낭만성과 사회 비평성을 내재한 하이네 시의 수용은, 고국과 국제 정세를 둘러싼 시사 담론의 흥분과 긴장, 내면의 억압과 관련한, 파멸의 비애를 예감하는 애잔한 정서에서 더욱「파선자」의 시가 애송되었던 유학생으로서의 김우진의 문학 취향을 상징적으로 보여준다. 일본어 번역시를 인용하거나 한국어로 번역하는 다양한 방식으로, 일본어 번역으로 암송되어진 수용 방식을 드러낸다. 김우진이 외국어로 시를 읽는다는 것은, 원어나 중역인 영시 탐독을 무의식적으로 전제하면서 일본어역시의 독서 형태는 간과하여 왔다.

김우진의 일기에서 하이네의 시로서「파선자」라는 일본어 번역 작품을 번역한 것은, 독일어나 영시로 암송하는 방식과는 달리 이쿠다 슌게쓰生田春月 역의 일본어가 매개하는 수용임을 드러낸다. 하이네의 시를 일본어 번역으로 노래한다는 것은, 전술한 바와 같이 일본어의 언어로 지각하는 구어 자유시의 운율로, 일본 전통의 리듬을 일탈하는 새로운 음악성의 감각을 각인하는 신체성에서 원어인 독일어시나 영시의

---

12 조창현,「Heinrich Heine 문학의 수용에 관한 연구－1920년부터 1945년까지 한국에서의 Heine 수용」,『독일어문학』 18, 독일어문학회, 2002, 167면.

번역시를 읽는 것과 동일한 체험으로 향유되는 것은 아닐 것이다. 원시의 언어 체계를 일탈한 일본어 번역으로 읊는다는 것은, 어조와 뉘앙스, 운율, 시적 리듬, 언어의 상징성, 비유 언어 등 원시와 다양한 차이를 내포하는 새로운 일본어의 체계에서, 언어가 뿌리내린 전통과 문화적 컨텍스트를 교차시키는 독서 체험에 입각한 수용 방식의 차이를 노정한다. 독일어 시 혹은 영시와 일본어의 시적 전통이 얽히며 길항하는 새로운 언어 질서로 재편성되는, 외국어로 된 "한 편의 시를 읽는다는 것은 어떤 독자가 이제까지 축적해 온 독서 체험, 시적 체험을 총동원하면서, 눈을 모으고 귀를 기울여 시행을 쫓아 그 행위를 통해서 뇌리의 이미지를 연결하는 것이다".[13] 원천언어에서 도착 언어로 언어를 둘러싼 문화적 기층의 틈의 간격에서 한자어의 일본어로 표현된 번역시의 조난당한 난파선의 상징성은, '모어'의 독자 개개인의 과거 독서의 경험의 지층과 연결되는 중층성에서 원시의 상징성과 그 이미지의 틀의 제약을 탈각하는 수용의 차이를 야기할 것이다.

영문학도 김우진이 하이네의 시의 일본어번역을 일기에 옮겨적는 행위, 작품마다 다를 것이지만, 영시를 암송하거나 영시를 즐기는 독서 습관의 형태만이 아니라 일기의 은밀한 사적 영역에서 역자를 밝히면서 일본어 번역시를 옮겨 적은 일상적인 행위는, 그간의 '서구에의 탐닉'을 둘러싼 선행 연구의 성과에서 일본어 번역시를 추가하여 일본어로 경험하는 외국문학의 수용의 의미를 질문하게 한다. 뛰어난 영어 실력으로 서구를 원본으로 읽었던 희소성만이 아니라, 일본어 번역시 낭송을 즐기며, 일본어의 언어로 경험되는 서구의 문학 작품을 읽는 행위,

13 沓掛良彦,「外国語の詩を読むということ一川本皓嗣『アメリカの詩を読む』について」,『文学』4, 岩波書店, 1999, 206면.

그간의 '서구탐닉'에서 간과된 일본의 매개성을 질문한다는 것이다. 일본어 번역으로 재현된 서구문학을 읽는다는 것은, 일본어의 한자에 의한 언어의 상징성의 지층에서 서구문학의 세계를 경험하는 것이다.

"개성의 표현인 사상이 언어라는 매개를 취하며, 언어가 문자의 형식을 취할 때, 그 문자가 일정한 심리적 계합契合으로 당자의 사상을 구체화하여야 할 것이"라는 김우진은 사상이라는 내용은 언어의 형식을 통해, 한자에 기반한 상징성의 연쇄적 관계에 부합한 언어로 구현된다면, 일본어 번역으로 읽는 시는 영시를 읽는 것과는 다른 체험일 것이라는 암시를 읽어낼 수 있다. "우리가 읽은 가장 감동을 얻은 일본어나 구어歐語로 쓴 시가를 우리말로 번역하고저 할 때, 과연 독시讀時의 감동을 완전히 번역문으로써 얻을 수가 있을까"라고 시의 '등가번역'의 불가능성으로 회의하면서 "시詩의 번역이 불가능"한 것은 "누구나 경험"하는 보편적인 것으로 인식했다. 외국어 시의 '애음哀音의 음률의 정조'를 혹은 시마자키 도송島崎藤村의 시도 "일본어로 읽을 때 비로소 시의 어엽븐 로맨틱한 음률에 감동"하지만, "우리말로 번역"하면 "일본어 독특한 음률"의 효과가 없다는 것이다. "피아 국어상의 비유"에 의한 수사 표현이나, "원어를 읽을 쯰"의 "동적動的 음율을 결코 옴기지 못"함으로써 "전통언어상의 운율"에 실려진 언어의 유쾌함의 감각이 상실되는 번역 불가능성은, 무대의 현실을 은유하는 시적 대사에 연유한 것만은 아니라는 것이다. 일본어가 매개된 "문자와 언어의 암시력, 상징력"의 효과에서 외국어 시와 한국어 번역은 각각 언어에 입각한 상징성의 차이를 수반하는 번역 불가능성에 자각적인 김우진은, 일본어 번역시 전문을 한국어로 번역하면서 '역자'를 명시함으로써 일본어 번역서에 의한 독서 관습을 드러낸다.

원서만이 아니라 번역서로 읽는 세계문학의 독서라 해도 분명 '서양 탐닉'임에 틀림없다. 일본어의 언어가 매개하는 서구문학을 수용한 일본 유학생의 장소성이 거세된 진공적인 가상공간의 추상화된 서구와의 무매개적 관계에서 일본어는 사상되는 형태로 '서양 탐닉'의 함의가 제한되는 상황을 환기할 필요가 있다. 번역서에 의한 독서의 단상은, 일본 유학이라는 이문화의 경험에서 일상화된 독서 방식인, 일본어가 매개하는 중층적인 서구문학의 수용 양상을 보여준다.

선행 연구에 따르면 대학 시절에 윌리엄 블레이크의 시 3편을 일본어로 번역하였다. '정성들인 일본어로 정확하게 번역했다'는 문학적인 향기가 풍기는 번역문은, 은사인 히나츠 고노스케日夏耿之助[14]의 영향을 상상해볼 수 있다는 것이다.[15] *The Pickering Manuscript*(1803)에 수록된 "마음의 나그네The Mental Traveller"를 일본어로 번역한 김우진의 「혼의 여행자魂の旅人」는, 한국에서는 이 작품의 최초의 번역일 가능성이 제시되었다.[16] 'mental'을 '정신'으로 번역하지 않고 '혼'으로 번역한 것은 그가 인생을 '영혼의 나그네'로 이해하고 있다는 것이다.[17] 히나쓰 고

14 히나츠 고노스케(日夏耿之助, 1890~1971) : 시인・영문학자. 나가노켄(長野県) 출생. 와세다 고등예과를 거쳐 1914년 와세다대학 영문과를 졸업했다. 1922년 와세다대학 문학부 강사에 취임한 이래 『영국신비시초(英国神秘詩鈔)』 등의 역시집, '신비사상을 노래한 시인의 시론 번역서를 발간한 바 있다. 생애 번역과 시 창작과 시사 「明治大正詩史」 등의 시평론 활동에 주력하면서 만년에 와세다대학 문학부 교수로 부임했다. 신비적, 고답적인 시풍을 확립했다는 평가를 받았다. 日本近代文学館 編, 앞의 책(3), 116~117면.

15 정대성, 「다이쇼 시대의 윌리엄 블레이크 붐과 조선」, 일본어문학회, 『일본어문학』 32, 일본어문학회, 2006.

16 정대성, 「김우진에 의한 블레이크 시의 일본어 번역 (1)－「魂の旅人」("The Mental Traveller")」, 『인문논총』 14, 서울여대 인문과학연구소, 2005, 163~174면.

17 손필영, 「김우진의 낭만주의 시 연구-희곡작품과 긴밀성」, 『드라마 연구』 52, 한국드라마학회, 2017, 169면.

노스케는 다카야마 조규의 시 비평을 평한 바 있으며, 1898년 휘트먼을 소개하였으며, 1923년 휘트먼론을 강의하였다.[18]

「예술의 종교－블레이크에 대한 고찰」이라는 리포트에서 블레이크에 대하여 '통일혼융統一渾融한 본성nature'로 '영적 상상'을 전개한 '직관의 시인'으로 설명하였다. 그의 시 "천국과 지옥의 결혼은 즉 이성reason과 정력energy의 통일"[19]이라면서 모순되는 당착에 종교의 선악이 연유한다는 것이다. 블레이크를 '직관'으로 창작하는 시인으로 파악한 것은 윌리엄 로제트William Michael Rossetti이다.[20]

다이쇼 초기인 1910년대 와세다대학 영문과에 재학중인 사이조 야소西條八十[21]와 히나쓰 고노스케 등이 결성한 '애란토문학연구회愛蘭土文学研究会'는 훗날 소설가・시인・연구자들이 참가하여 일본의 아일랜드문학 수용사에 크나큰 역할을 했다. 일본의 아일랜드문학은, 정치적・문화적 아이덴티티를 획득하기 위한 독립 자치운동이나 문예부흥운동의 고조가 세계적으로 보도되면서 유행하였다. 당시 도쿄대학 국문과에 재학했던 소설가 아쿠타가와 류노스케芥川龍之介와 와세다대학 문학부 교수인 요시에 다카마쓰吉江喬松[22] 등도 활동하였는데, 요시에 다카마쓰는

---

18 日本近代文学館 編, 앞의 책(3), 117면.

19 金祐鎮,「芸術の宗教—ブレークに対する考察」,『김우진 전집』III, 468면.

20 William Michael Rossetti, "Prefatory Memoir in The Poetical Works of William Blake", ed. by W. M. Rossetti; 佐藤光,『柳宗悦とウィリアム・ブレイク－還流する「肯定の思想」』, 東京大学出版会, 2015, 192～196면.

21 사이조 야소(西條八十, 1982～1970) : 시인. 1909년 와세다대학 영문학과 입학 이후 시 〈석탑〉(『와세다문학』)을 발표한 이래, 졸업 후 잡지『아카이도리(赤い鳥)』를 창간하여 다수의 동요를 발표했다. 1919년 시집『사금(砂金)』을 출판하여 서구 상징시의 영향을 받은 시세계를 전개하였으며, 1924년 프랑스 소르본느대학에서 수학한 뒤 불문학과 교수로 재직했다. 서정시인이자 동요시인으로서 확고한 지위를 획득하였으며, 다수의 시집과 역시집 등을 발간했다. 日本近代文学館 編, 앞의 책(2), 68～70면.

22 요시에 다카마쓰(吉江喬松, 1880～1940) : 시인・ 불문학자. 와세다대학 고등예과 입

1910년부터 아일랜드문학을 강의하였다. 특히 다카마쓰의 예이쓰 강의 등의 영향을 받은 사이조 야소의 예이쓰 연구가 활발히 이루어졌다.[23] 시인이며 번역자와 연구자인 사이조 야소는 아르튀르 랭보Jean-Nicolas Arthur Rimbaud(1854~1891)의 프랑스문학 번역자로도 알려져 있다.

김우진은 이러한 와세다대학 문학부의 학풍에서 영시만이 아니라 프랑스 문학 등의 외국문학에도 친숙한 학제적 배경을 살필 수 있다. 1919년 2월 6일 『마음의 자취』에는 아르튀르 랭보의 시 「부류구셀 감옥」 가운데 자신이 가장 좋아한다는 「지혜」 중의 한 편을 한국어로 옮겨 놓았다. "과연 ᄂᆞᄂᆞᆫ 저 미소년 아르튀르 랭보의 정인情人, 모친을 차고 ᄂᆡ의 '태양'(저는 랭보를 이것치 불엇다)의 팔을 쏘는 부류구쎌의―수인囚人" "저 현인―아니 현인보다 더 이상의 '지혜'의 작자가 되엇슬가?" 하며, "경험 풍부ᄒᆞᆫ 시인" 랭보와 대조적으로 "ᄂᆡ 경험의 빈약함이여!" 하며 자신의 협소한 시야를 자성한다. 연일 동창회며 유학생 하숙방에서 '이광수의 재혼론'을 토론하던 날들에 이어진 프랑스의 상징파의 시인 랭보의 '질박ᄒᆞᆫ 인생'과 "시가로부터 들"려오는 "평화"를 사랑한다는, 소박한 일상으로의 회귀의 심정의 노래와 "경험 풍부한 시인"에의 찬사는 대조를 이룬다. 랭보의 『대홍수의 이후』라는 시 분석[24]에 따르

학 후 영문학과 졸업한 뒤 연구과생으로서 '영문학에 나타난 자연미의 연구'라는 주제로 시마무라 호게쓰의 지도를 받았다. 와세다대학 영문과 강사가 되어 영시를 담당하였다. 1916년 4년간 파리 소르본느 대학에 유학한 뒤 동교 불문과의 주임교수로서 부임하였다. 불란서고전극연구로 문학박사 학위를 수여받았다. 비교문학의 방법을 도입하여 세계문예대사전 등과 러시아문학과 영문학에 흥미를 나타내는 저술을 간행하였다. 농민문학회를 조직, 해양문예를 제창하기도 하였다. 위의 책(3), 468면.

23 鈴木暁世, 『越境する想像力－日本近代文学とアイルランド』, 大阪大学出版会, 2014, 237~240면.

24 川本皓嗣, 「ランボーの『大洪水のあと』－詩を生む二つの鋳型」, 『比較文学研究』 48, 東大比較文学會, 1998, 27면.

면, 랭보는 보들레르의 닫혀진 세계를 구성하는 대립적인 두 요소 "'우울과 이상'이 갖는 이자택일적인 성격, 시각과 기분에 따라서 바뀌어가는 배타적인 성격의 '부정'과 양자를 일거에 '동조'시키는 것으로 숨 막히는 현실로부터의 탈출을 도모"한다. 김우진의 "경험 풍부한 시인" 랭보 예찬은, 이러한 일상과 금기를 깨는 현실 초월의 낭만적인 상상으로 뮤즈의 영감과 시적 흥취를 돋우며, 신비롭고 호기심 가득한 세계의 탐닉에의 경이로움과 만년의 일상의 평화에 감사하는 대조적인 양면에 내재하는 '이국의 방랑담'으로서의 탕자의 귀환을 둘러싼 마음의 반향을 드러내는 것이다.

김우진이 영문학과 전공으로 진학한 이후 수강한 과목은 '영어'를 히다카 타다이치日高只一,[25] 요시다 겐지로吉田源二郎[26] 등의 와세다대학 본과의 영문학 교수들이 담당하였다.[27] 김우진의 외국문학의 영향은, 도일 전 '보통학교 시절부터의 독서'만으로 설명될 수 없다. 『마음의 자취』에 나타난 그의 삶과 문학은 와세다대학 고등 예과 문학부와 영문학과의 학제적 환경에서 자유롭고 신비한 낭만적 시의 세계에 심취한 개인의 문학 취향의 형성 과정을 보여준다.

---

25 히다카 타다이치(日高只一, 1879～1955) : 영문학자. 와세다대학에서 영문학 강의하는 한편, 오스카 와일드, 골즈워디, 토마스 하디 등 영문학의 번역, 소개에 주력하였다. 셰익스피어, 당시 영미 희곡 및 연극, 사회 문화와 민중예술, 일본 고전 연극 등에 관한 논문도 썼다. 日本近代文学館 編, 앞의 책(3), 講談社, 1977, 115면.

26 요시다 겐지로(吉田源二郎, 1886～1956) : 와세다대학 졸업. 시마무라 호게쓰의 추천으로 1914년 소설가로 데뷔. 와세다대학에서 영문학을 강의하면서, 소설, 희곡, 평론 등을 발표하였다. 인생의 비애를 영탄적 서정으로 그려낸 도취적 미문으로 유명하여 역사극 〈오사카성〉 등을 집필하였다. 위의 책, 132면.

27 정대성, 「새로운 자료로 살펴본 와세다대학 시절의 김우진」, 한국극예술학회 편, 앞의 책, 443～444면.

2. 예술의 '완미'의 궤적 – 다카야마 조규高山樗牛의 '미적 생활론'과의 비교

〈사진 2〉 다카야마 조규(高山樗牛).

1920년 3월 5일의 『마음의 자취』라는 일기의 말미 공백에 기술된 「조규樗牛를 그리며 그대의 시를」이라는 제목으로 "들녁의 어린 풀 베어진대도 흙이 그리움의 뿌리를 남긴다"라는 짤막한 시적인 서술을 남긴 바 있다. 그리움의 대상이 메이지 시대의 사상가이자 평론가인 문호 다카야마 조규高山樗牛[28]로 단정할 수 없는 모호한 1행을 단서로 이 글에서는 조심스럽게 다카야마 조규와의 관련성을 살펴볼 것이다. '그대'로 지칭되는 다카야마 조규를 향한 경외감의 암시로도 읽히는 표제와 짤막한 시적 언급은, 비교 대상으로서 주목을 요하게 한다.

다카야마 조규는, 31세 결핵으로 요절한 생애 십여 년에 걸친 문명개화기의 광활하고 변화 풍부한 문학과 사상으로 일본 '근대'를 응축한, 실로 '근대'의 체현자라 할 것이다.[29] 고상한 이상에의 동경을 추구하

---

28 다카야마 조규(高山樗牛, 1871~1902) : 메이지 시대의 사상가, 평론가. 제국대학 철학과 입학, 1897년 잡지 『태양』의 주필을 역임하는 등 짧은 생애를 통해 낭만주의, 일본주의와 개인주의 사상을 변모시켰다. 초기의 국가지상주의에서 「미적 생활을 논함(美的生活を論ず」(1901) 등을 통해 개인의 가치를 우위로 하는 주장을 폈다. 니체의 철학을 찬미하고, 강렬한 '초인'적인 개성에 경도하여 후대에 지대한 영향을 끼쳤다. 괴테의 『젊은 베르테르의 슬픔』의 번역을 포함하여 『樗牛全集』 등의 저술이 있다. 日本近代文学館 編, 앞의 책(2), 299~301면.

29 花澤哲文, 「"近代"の体現者たる高山樗牛－研究史から浮かび上がる姿」, 『日本近代文学』 94, 日本近代文学会, 2016, 181면.

는 세계에서 문명사와 윤리학, 미학 연구에 몰두함으로써 일본주의와 미적 생활론의 주장을 전개한 다카야마의 일본주의는 편협한 국수주의가 아니라, 국가의 독립을 강고히 하여 국민의 행복을 보전할 것을 목적으로 한다는 것이다. 또한 휘트먼론으로 민주주의 시인의 개인주의와 특유의 조롱의 방식을 설명하였으며, 니체를 초인을 대망한다는 시각에서 소개하였으며, 하이네의 시를 번역한 바 있다.[30] 메이지 30년대인 1900년 이래 로맨티시즘 운동의 가장 유력한 대표자의 한 사람으로 문학사에 자리매김된 그의 로맨티시즘의 제창은 「미적 생활을 논함美的生活を論ず」(1901)이라는 논고에서 정점을 이룬다.[31] 이러한 논고를 통해 감정적 본능이 절대적 가치를 갖는 '인성본연의 요구'인 '본능'으로 살아가는 것이 '미적생활'이라는 논지를 폈다. 휘트먼의 시 번역과 시론 및 「국민문학론」 등을 주창한 문호 다카야마 조규는 히나쓰 고노스케와 시마무라 호게쓰에 의해 고평을 받은 바 있다.

다카야마는 쓰보우치 쇼요의 사실주의와 그 이후의 사실주의 문학에 대해 쇼요가 추구한 '문학 독립론'으로 말미암아 문학이 정치, 사회와 격리되어 독자들의 관심으로부터 멀어지면서 문학의 쇠퇴와 국민문학의 확립 부진 등을 초래했다고 혹평했다.[32] 또한 시마무라 호게쓰의 자연주의론 비판 등 와세다대학 중심의 자연주의자들과의 배리적

30 伊東勉, 「高山樗牛とハインリヒ・ハイネ」, 『ドイツ文学研究』 14, 日本独文学会, 1982, 45~47면.

31 笹淵友一, 「高山樗牛とロマンティシズム」; 花澤哲文 編, 『高山樗牛研究資料集成』 九(研究・論文集), クレス出版, 2014, 51면.

32 표세만, 「다카야마 조규(高山樗牛) 『미적생활론(美的生活論)』의 형성－쓰보우치 쇼요(坪内逍遙)와의 "역사"논쟁을 중심으로」, 『일본어문학』 77, 한국일본어문학회, 2018; 다카야마 조규, 표세만 역, 「해설 다카야마 조규(高山樗牛)의 '개인주의'」, 『다카야마 조규 비평선집』, 지만지, 2018, 163면.

입장의 예각화된 지형에서 논쟁적인 비평 활동을 전개했다. 이러한 문학 논쟁사의 맥락에서, 다카야마와 자연주의 문학자들과의 격렬한 논쟁은 와세다대학 유학생에게 적지 않은 심리적 부담감을 주었을 것이다. 김우진은 「무제」라는 글에서, "십팔 세기 이후의 교육 사상의 실상을 생각하면 단순한 감정이나 이지의 문제가 아니라 통틀어서 개성주의와 국가주의의 두 방면의 생각이 어려지"라는 문장으로 끝낸 미완성의 글을 남긴 바 있다. '개성주의와 국가주의'가 병치되는 사유는 감정과 이지, 혹은 생명력과 이성의 대립이라는 김우진의 삶을 관통하는 매개적 사유 방식과 관련되지만, 다카야마의 '개인주의적 국가주의'[33]를 연상시키는 대목일 것이다.

다카야마 조규는 특히 후술하는 김우진의 생의 '완미'를 추구하려는 '미적 생활'의 표출에서 생명과 미의식에 영향을 미친 정황을 엿볼 수 있다. 특히, 「『이마도신주今戸心中』[34]と情死」라는 글을 통해 정의 가치를 피력하고 인정의 전능과 사랑의 최고의 발현으로서의 정사를 예찬하는[35] 등 다각도에서 다카아먀 초규는 김우진의 삶과 문학과 일정한 연관이 있다.

"블에-크나 괴-테나 니-체나 와일드를 칭찬하는 속중이 될 게지"(518

---

33 林正子, 「〈共同研究報告〉ー『太陽』文芸欄主筆期の高山樗牛 : 個人主義的国家主義から絶対主義的個人主義への必然性」, 『日本研究』 17, 国際日本文化研究センター, 1998.

34 메이지기 소설가 히로쓰 류로(広津柳浪, 1861~1928)의 단편소설. 1896(메이지29)년 7월 『文芸倶楽部』에 발표. 기녀와 그 애인이 이마도(今戸海岸)에 투신자살하는 신주에 이르기까지의 유녀의 인정과 유곽인 요시와라(吉原)의 풍속 묘사의 탁월함으로 메이지 중기의 명작으로 알려져 있다(日本近代文学館編, 앞의 책(3), 146면).

35 1896(메이지29)년 8월 잡지 『太陽』에 발표한 글이다. 히로쓰 류로의 『今戸心中』의 정사를 주제로 한 작품의 평을 통해 신주를 상찬한다. 또한 유녀의 애정 외에는 정사의 동기를 구할 수 없다는 데 유감의 평을 덧붙이면서 시인다운 견지에서 비평가의 역할을 촉구한다(高山樗牛, 「『今戸心中』と情死」, 『樗牛全集』 2, 博文館, 1905, 380~385면).

면)라는 1926년 귀국 이후의 편지의 문면에 드러나는 '속중'과 괴리된 자의식의 변모를 살필 수 있다. 즉 각각의 고유명사가 함축하는 고전이라는 정전, 낭만성과 회의 및 유미주의 등 시대의 유행이라 할 철학과 문학 서적에 심취한 낭만적인 청년의 어설픈 감상과 감각 세계의 과거를 부정하고 과학적 객관적 세계 인식으로 새롭게 변화했다는 '인텔리겐치아'의 자의식에서 다카야마 조규를 동경했던 과거의 한 때를 회고하는 변모를 살필 수 있다.

분명 니체, 괴테라는 천재의 노력과 위업에 대한 찬사를 아끼지 않았던 이들의 '인류의 영혼의 해방과 구제'의 지향에서 범인, 비속한 속중과 변별되는 것이다. 김우진은 '속중'이란 '기성적 개념'과 관습화된 '티락한 정열과 충동'에서 자유로운 인간 영혼과 생명의 원시적 충동에 기인한 도덕적, 심미적 생활의 활동에 무력한 이들로 규정한다. 입센의 근대사회 비평 정신이 이상의 인류의 영혼의 해방과 구제에 있는 것과 같이 예술가의 존재 의미는 이것에 있다는 것이다. 생명 · 죽음 · 이상 등 모든 이념적 테마는 절대적이 아니라, 상대적 생활 위에서 관념 속에 나타나는 것이라는 김우진의 창작을 권하는 평론에서 현실 변혁의 사상적 진보적 지식인 '인텔리겐치아'의 모습을 드러낸다. 오후에는 청년회에서 유학생의 독립운동 결의문에 관한 협의로 경시청 형사들에 의하여 구인당하는 현장을 목도하고 그것이 기사화된 신문을 읽던 날의 애써 담담하려는 평정을 가장한 건조한 일지와 같은 기록에서 역사의 중압감에 전율하는 섬약한 청년의 번뇌하는 내면의 긴장을 살필 수 있다. 그간의 김우진의 삶과 문학에 관한 선행 연구의 '미적 청년'과 '마르크스 보이'의 표상은, 제국 일본과 식민지 조선의 시공간의 역사적 경험에 제약된 간극을 현출시킨다.

식민지 조선의 '미적 청년'은, '사랑'과 '아름다움'의 영역을 향한 자신의 '내적intrinsic'생활 발견의 욕망이 기성의 제도와 윤리에 대한 반발로 분출하는, 허위의 현실에 대한 부정 의식은 개인의 내적 생활의 핵심으로 간주되었다. 이러한 '미적 청년'을 둘러싼 논의는 청년 담론이 체현하는 근대의 갈등과 모순의 결절점으로서 다카야마 조규의 「미적 생활을 논함」 등의 영향의 산물이라는 것이다.[36]

메이지 중반인 1901년 잡지 『태양太陽』에 발표된 '문명비평가로서의 문학자' 다카야마의 「미적 생활을 논함美的生活を論ず」은 도의만능의 시류 속에서 본능지상주의의 절규로 주목을 모아 폄하하는 논의를 야기했지만 이것은 에고이즘의 논리화에 지나지 않았다. "인성 본연의 요구를 만족시키는 것"을 "미적 생활"로 하는 '미적생활론'은 자아예찬을 원천으로 하는 독자적인 사상 편력의 정점으로서 스스로 "로맨티시즘의 색채를 띤 '일종의 개인주의'"를 표방한다. 이러한 다카야마의 '미적 생활론'의 근거는, 전근대적 봉건적 도덕감의 선상에서 니체와는 대조적으로 진보적 윤리세계에 대한 감정적 반동을 나타내는 것이다. 개인적 의지・감정의 해방에 대한 욕구라는 것이다.[37]

이러한 다카야마의 '미적생활'론은, 이광수의 문학론의 형성에 영향을 끼쳤다.[38] 이광수, 김동인 등 식민지 조선의 '미적 청년' 표상과 김우진의 생활의 '완미의식'에 일정한 영향을 끼쳤다. 이러한 전제에서

---

36 소영현, 『문학청년의 탄생』, 푸른역사, 2008, 183, 239~241면.

37 重松泰雄, 「樗牛の個人主義－「美的生活」論をめぐって」, 京都大学文学部国文学研究室 編, 『国語国文』 22-5, 1953, 37~40면; 花澤哲文 編. 앞의 책, 27~30면.

38 하타노 세츠코(波多野節子), 최주한 역, 『『무정』을 읽는다－『무정』의 빛과 그림자』, 소명출판, 2008; 하타노 세츠코(波多野節子), 최주한 역, 『이광수, 일본을 만나다』, 푸른역사, 2016; 송민호・표세만, 「한국과 일본의 근대적 '문학'관념의 한 단면－다카야마 조규와 이광수를 중심으로」, 『비교문학』 77, 한국비교문학회, 2019.

1901년 다카야마의 '미적 생활'과 1920년대 식민지 조선의 '미적 청년'과 김우진의 그것은 시대의 격차만큼이나 상이한 근대의 체험에 연유한 표상의 미묘한 차이를 부조시킨다.

다카야마의 '미적생활'론은 근대인으로서의 근원적인 자기 비판과 현실비판의 결여에 기인한 일종의 신경쇠약증에 기초한 것으로 간주되었다. 본래 준엄한 내면적 성찰과 사회적 단련을 거친 후에 자아의 자율성을 문제시해야 할 에고이즘이 반사회적 맹목적으로 자기에 대한 기질적 반역의 형태로 마침내 자아확장론, 소박한 자아예배주의 경향으로 나타난 그의 개인주의는 근대적인 합리주의와는 상반된 관계인 것이다.[39] 이에 반해 식민지 조선의 '미적 청년'은 전술한 바와 같이 기성의 제도와 윤리의 반발과 현실 부정 의식으로 외화되어 개인의 내적 생활의 핵심은 상이한 양상으로 전개되었다. 구도덕적 관념에 대한 비판의 불철저함으로 인하여 그의 자아는 최후까지 그 제어로부터 실로 자유롭지 않았다. 미적 생활론의 윤리적 자유의 욕구가 내면적으로 심화하지 않고 외부를 향해서만 발신된 것에 머물렀다는 것이다.[40] 이러한 다카야마의 '미적생활'론의 특질은, 식민지 조선의 '미적 청년' 표상과도 일본 유학생 김우진의 그것과도 차이가 있다.

1900년대 후반 및 1910년대 한국 신문명의 선구자인 일본유학생들의 담론에서 청년이라는 단어는 젊은 세대(특히 젊은 남자) 이상의 의미를 내재한다. 청년은 문명의 진보를 향한 현재의 움직임과 일치된 삶을 살고 있는 존재라고 스스로를 인식하는 현재 의식, 과거와의 결별과

39 후쿠다 쓰네아리(福田恒存)에 따르면 근대 자아의 고뇌라고 생각할 수 없다. 久松潜一 監修, 「概說現代日本文学史」 第3章 第1節; 重松泰雄, 앞의 글, 47면; 花澤哲文 編, 앞의 책, 37면.

40 위의 책, 44면.

미래에의 투신을 수반하는 그 독특한 역사 경험 방식에서 모더니즘modernism의 현현인 것이다. 20세기 초반의 일본 유학생들의 학보를 중심으로 한 이러한 청년론의 중심에선 이광수는, 청년 각자에게 잠재된 창조적인, 자유로운 주체성의 각성을 촉구했다.[41]

이러한 일본 유학생들의 일련의 청년론의 흐름에 놓인 김우진의 '미적 생활' 담론은, 식민지 조선의 '미적 청년'과도 다카야마 조규의 '미적 생활'론과도 차이가 있다. 다이쇼 데모크라시 시대의 문화적 배경에서 형성된 김우진의 '미적 생활론'과 일정한 접점을 갖는 식민지 조선의 '미적 청년' 표상은, 메이지 중반 도덕의 억압에서 발견된 본능의 욕망에 의미 부여하는 다카야마의 '미적 생활'론의 원류로 소급할지라도 환원 불가능한 것이다. 생물학과 진화론, 의학 등 근대의 과학적 세계관으로 자본주의 사회와 인간, 역사를 파악하는 사회 구조적 인식에 기반한 김우진의 현실 변혁 의지는, 다카야마의 '미적 생활론'과 변별된다. 내면적 성찰과 통찰을 통한 개인으로서의 자기 의식의 형성에서 개체와 현실과 공동체와 맺는 관계의 차이를 내포한 개인주의는 미세한 차이가 있다.

근년, 이광수의 논설 「人造人－보헤미아 작가의 극-역술」(『동명』 31, 1923.4)을 필두로 1920년대 기계와 노동자를 다룬 일련의 극과 이를 해석하는 문학인들의 시선에서 기계사회로의 도입과 디스토피아적 미래를 대비해야 한다는 입장이 분석되었다. 김기진의 「카-렐 차페크의 인조노동자－문명의 몰락과 인류의 재생」(『동아일보』, 1925.2.9~3.9)의 평론 및 박영희의 번안 희곡 〈인조노동자〉(『개벽』, 1925)의 '통치의 테크놀로

41 "우리는 선조도 없는 사람, 부모도 없는 사람(어떤 의미로는)으로 今日今時에 天上으로부터 吾土에 강림한 新種族으로 살아야 한다"는 이광수의 발언이 그 일례이다. 황종연, 앞의 글, 280~285면.

〈사진 3〉 카렐 차펙의 R.U.R(Rossum's Universal Robots)의 〈人造人間〉 공연 포스터(1939)

지'라는 새로운 차원의 권력 쟁취의 형상화 등에 이르기까지 이들 KAPF를 위시한 당대의 조선의 계급문학론과는 또 다른 층위에서 카렐 차펙의 〈인조인간〉(〈사진 3〉)의 관극평을 통해 김우진은 인간과 기계의 역할 및 과학을 전유한 극의 표상적 의미를 개진하였다. 이들 계급문학자들이 포착한 식민지 조선은 당대 기술혁명과 기계 만능의 시대이자 자본주의와 사회주의가 공존하는 이념의 시대라는 것이다.[42] 프로문학자의 이분법적 비판과 이광수의 이상주의적 대응 즉, 기계와 인간의 대립으로 파악한 '기계문명의 지배'는 인간의 욕망에 의한 현대 물질문명사회에 대한 풍자로서 인간의 탐욕을 경계하는 '개인의 내적 수양'으로 극복하자는 이광수의 주장에 대해 '기만이자 이상주의에 불과'하다는 김우진은 평론을 통해 '근대 연극의 사회적 사명'이라는 맥락에서 차펙의 자본주의 풍자를 읽어내며 군국주의와 자본주의가 결합된 제국주의 열강에 대한 현실 비판으로 기술문명의 양면성과 당대 사회 체제와의 관련성을 파악하는 근대기술문명에 대한 비판적 인식과 전망에서 다르다는 것이다. 차펙과 그의 작품 관련 논의를 근대극 및 표현주의 연극과 관련지어[43] "과학문

42 김우진, 「도래할 기계사회와 사회변혁의 매개–기계 · 괴물 · 권력」, 공연과미디어연구회 편, 『극예술, 과학을 꿈꾸다』, 지식과교양, 2019, 53~57면.

명에서 나온 기계에 대한 도전과 이것을 새로이 정복하려는 노력과의 두 가지가 사상가, 혁명가를 나누게 되었다"면서 독일 표현주의자이며 혁명가인 에른스트 톨렐의 〈기계파괴자〉를 후자로 소개했다. 현대의 과학과 물질 만능의 병폐와 저주를 작자의 '멜로드라마식 풍자'로 언급하여[44] 해박한 지식과 정보로 풀어낸 탁월한 분석을 통해 새로운 과학기술 문명 비판의 경지를 열었다. 미래를 선취한 '예언'이 현재로 도착된 시공간에서 과잉의 이념이 확장된 제국과 식민지의 동일시의 균일화의 가공적인 상상력과, 일본 쓰키치 소극장에서 관람한 〈인조인간〉의 '과학적 사고에 기반한 사실주의'의 기조가 추가된 김우진의 평론은, 로봇이라는 기계 그 자체를 사유하는 과학적 인식과 문명 비판의 극적 상상력의 작용에서 다르다. 김우진의 삶과 문학을 관통하는 "억압된 영혼의 자유와 해방"의 의제는 극작가 차펙을 소개, 번역, 비평하는 글쓰기에서도 식민지 조선의 계급문학론자들의 시선에 머무르지 않았다.

자연주의의 도입과 근대적 자아 확립의 과제가 대두되었던 메이지 말 이후 다이쇼 데모크라시 시대의 사회의 지식 체계와 교양 아래 싹튼 계급의식에 기반한 일종의 모더니즘의 발현으로서, 김우진은 "자아의 절규"를 핵심으로 파악하는 독일 표현주의를 향해 있다. "인간의 본래 이성은 정열, 본능과 결탁하"는 역동성이 생명력이며 "물질의 힘이 미치지 못하는 영혼"을 구하여 "억압으로부터 영혼의 자유"를 갈망하는 김우진의 도일에 이르는 '내적 생활의 완미'의 추구는 그의 '생명력'과 '이성'의 이항 대립을 둘러싼 매개적 사유의 추동과 연관된다.

---

43 황정현, 「1920년대 『로숨의 유니버설 로봇』의 수용 연구」, 『현대문학이론연구』 61, 현대문학이론학회, 2015, 525~533면.

44 김초성, 「구미 현대극작가(소개)」, 『시대일보』, 1926.1~6.28; 『김우진 전집』 II, 152~154면.

이러한 맥락에서 "계급을 초월한 예술"을 추구하려는 "이광수류의 문학청년"과 김동인의 탐미주의의 '미적 청년'의 탄생의 궤적과 접맥되면서도 결을 달리한다. 분명 김우진의 '완미의식'의 추구 및 국가주의와 개인주의의 동거에서 다카야마의 '미적 생활'론의 영향을 살필 수 있으며 이것은 과학 기술에 의한 자본주의와 사회주의라는 메이지와는 상이한 시대적 특질에 연유한 이동과 관련한 것으로 간주된다. 1925년, 귀국 후 표현주의를 주장하는 김우진의 문학 평론에서 "헛된 향락주의, 피상적인 인도주의, 이상주의"에 매몰된 식민지 조선의 소위 문학청년 취향의 모방과 일본 추수적인 태도를 비판하면서 주위의 사물을 '생명 다하여 통찰'할 것, 내면의 깊은 사색으로 인생의 감각과 통찰하여, '인생의 전면을 직관하는 창작생활'을 요청했다.[45] 예컨대 현실도피적, 신비주의적인 세계에 거리를 둔 시각에서 창작과 사색적 성찰을 강조한다.

이것이 국수주의가 아닌 것이 김우진은 동시대를 "세계문화가 국제화"해 가는 시대로 간주하여 "외국어의 차용이나 번역을 주저呪詛"해서는 안 된다면서 "세계문화의 발달상 피할 수 없는 당연한 경로"라는 것이다. 독일인의 Kulture의 어구가 Civilization으로 영역되어 '문화'로 일역된 것이 "피할 수 없는 자국어의 속박을 밧는 것"으로 인식하였다.[46] 도처에 번역의 중요성을 역설하면서 시대는 "소개자, 번역자, 비평가"를 요청한다면서 '진실한 번역시대의 도래'를 염원했다. 번역은 언어의 확장과 관계하며 일국의 문단에 자극과 새로움의 긴장과 언어의 사용법을 확대하고 어조와 문맥의 청신함이 틈입하는 효과를 산출한다는

45 김초성, 「창작을 권함내다」, 『김우진 전집』 II, 66면.
46 김초성, 「조선말 업는 조선문단에 일언」, 위의 책, 228~229면.

것이다. 이러한 김우진의 자각적인 번역의 의미의 추구는 시마무라 호게쓰를 위시한 와세다대학 출신 문학자들의 강의와 번역 등의 저술로부터 받은 영향이라고 할 것이다. 이러한 맥락에서 김우진의 미의식과 개인주의를 근간으로 하는 개성적 자기 의식을 조형한 동시대의 지식과 교양의 형성 과정을 드러낸다.

3. '국민과' 수업 풍경 – 신체에 각인하는 일본의 교양

『마음의 흔적』의 일기에는 와세다대학 고등예과 수업의 감상이 기술되었다. 우치가사키 사쿠사부로内ヶ崎作三郎[47] 교수가 국민과 시간에 「일부일부론一夫一婦論」을 주제로 한 수업 광경을 다음과 같이 서술하였다.

> 国民科時間에 内崎教授의 「一夫一婦論」이 잇섯다. 一.男女同數 二.經濟上, 三.愛의 本質 四. 人格論을 敷衍ᄒᆞ야 論이 잇섯다. 勿論 ᄂᆞᄂᆞᆫ 이 一夫一婦論에 肯定ᄒᆞᄂᆞᆫ 一人이다. 그러ᄂᆞ 教授가 他 只 以空理空言으로 論ᄒᆞᄂᆞᆫ 論가 잇섯다. 時間의 終暇間에 高津君의 此에 対ᄒᆞ야 所論을 吐ᄒᆞ얏다. 果然然矣. ᄂᆞᄂᆞᆫ 이에 対ᄒᆞ야 첫ᄌᆡ로 愛의 本質上으로 主張ᄒᆞᆫ다. 高津君言中에 内崎教授의 論—卽 二人以上의 妻妾이 잇스면 其 全量의 愛ᄅᆞᆯ 均等히 布衍치 못ᄒᆞᆫ다ᄂᆞᆫ 데 対ᄒᆞ야 曰 數人의 子의게 其 親이 果然 愛ᄅᆞᆯ 全然히 一人에게ᄆᆞᆫ 注ᄒᆞᆯ가? 不然ᄒᆞ다. 皆數人의 子의게 平等히 注ᄒᆞᆯ 수 잇다,라고 主張ᄒᆞ

47 우치가사키 사쿠사부로(内ヶ崎作三郎, 1877~1947) : 도쿄제국대학 영문과 졸업 후 옥스퍼드 대학에 유학, 귀국 후 와세다대학 교수로서 문명사, 문화사를 강의하면서 『리쿠고(六合)잡지』의 주필도 겸했다. 1924년 헌정회로부터 출마하여 당선한 이래, 문부정무차관, 중의원부의장 등을 역임했다. 日本近代文学館 編, 앞의 책(1), 203면.

얏다. 그러는 이 高津君의 論에는 不贊成이다.[48]

위의 인용문은, 우치가사키 교수가 강의한 「일부일부론」의 논지를 요약적으로 제시하면서 수업 후 다카쓰高津 군의 강의에 대한 반론과 이를 반박하는 김우진 자신의 입장을 표명하는 일기이다. 문명사·문화사를 전문으로 한 우치가사키 교수에 의한 문명 국가의 국민으로서의 기본 지식과 교양을 함양하기 위한 '국민과' 수업의 정황을 생생하게 드러낸다. 1900년 『아사히신문』의 사설 「일부일부론一夫一婦論」[49]이 단적으로 제시하는 바와 같이, 메이지 30년대 민법의 친족·상속편의 공포로 결혼과 이혼을 둘러싼 법제가 쟁점이 되고 일부일처제의 근대적인 가족제도의 확립을 위한 운동이 지속적으로 전개된 다이쇼 데모크라시 시대 고조된 여성의 인권과 권리 의식의 신장을 배경으로 '국민과'의 수업 시간에 '일부일부론'의 강의가 이루어졌다. '남녀 동수'와 '경제상'이라는 물질적인 사회 경제적인 요인만이 아니라 '애의 본질'과 '인격론'이라는 정신성을 포함한 다각도에서 '일부일부론'의 근거와 정당성을 학습하는 수업인 것이다.

우치가사키 교수가 '일부일부론' 수업 중에 거론한 예시, 즉 '처첩'은 "전량의 애愛를 균등히 포연치 못한다는"는 일례에 대하여 다카쓰 군은 여러 명의 자식에게 애를 '일인에게만' 향하는 반론을 폄으로써 양자는

48 『心の跡』, 1919.1.30; 『김우진 전집』 III, 905면.

49 "정신적으로 신성한 진정한 애정은 일생 두 사람의 여자를 취하지 않고 일생 두 남편을 보지 않으며 불행히 일찍 그 배우자를 잃은 육체는 현세에서 사별의 우고에 처하더라도 애정은 의연히 生時와 같이 맹세하여 死者를 등 돌리는 것 없어야 한다는 관념이 존재해야 비로소 이루어질 수 있는 것"(杉浦重剛(筆名; 磯川), 「一夫一婦論」, 『朝日新聞』, 1900(明治33).5.20). 인용은 朝日新聞社 編, 『朝日新聞100年の記事にみる1恋愛と結婚』, 朝日新聞社, 1979, 66면.

불평등에 기초한 부당성을 공통성으로 하는 주장을 개진한 것이다. 이에 대해 '불찬성'의 입장이라는 김우진은 "진실한 애에 생ᄒᆞᄂᆞᆫ 자ᄂᆞᆫ 결코 유기적 결합"이며 "청정무구한 양령의 결합"이라는 이상적인 사랑과 결혼에 대한 견해를 표명하고 있다. 김우진이 다카쓰와 토론을 벌인 것인지 자신의 생각을 일기에 털어놓은 것인지 구체적인 정황은 알 수 없지만, '남녀동수'나 '경제상의 논'을 반박하면서 '애의 본질상'의 연유에서 '일부일부론'에 동조하는 입장을 피력한다. '일부일부론'을 '인격론'의 근거에서도 주장하는 우치가사키 교수에는 "긍정ᄒᆞᆫ다"는 김우진은 '남녀동수'나 '경제상의 논'은 "근저 업ᄂᆞᆫ 논리"라면서 다수의 빈민이 아닌 빈곤을 벗어난 이들일지라도 '일부일부론'은 "ᄯᅳᆺ믄 애의 본질"에서 성립된다는 것이다. 이러한 당대의 첨예한 사회적 쟁점인 '일부일부론'의 수업을 통해 가족과 결혼의 문제를 학생들의 토론을 통해 자신의 문제로 현실을 인식하는 교육 현장과 김우진의 여성 인식의 양상을 파악할 수 있다.

한편, 우치가사키 교수가 든 처첩의 예에 대하여 수업 종료 후 자식을 '평등'하게 사랑해야 한다는 당위에서 처첩의 예의 부적절한 오류를 반복하는 주장을 편 다카쓰군은, 일본의 사회운동가이며 정치가인 다카쓰 세이도高津正道[50]로 추정된다. 그는 1918년 와세다대학문학부 철학과에 입학한 뒤, 웅변회에 소속했다. 수업은 1919년 1월 30일이었으므로 1918년도 4월 입학한 학생들의 2학기 수업인 셈이다.

---

50 다카쓰 세이도(高津正道, 1893~1974) : 일본의 사회운동가이며 정치가이다. 세이소크(正則)학원을 거쳐 1918년 와세다대학 철학과에 입학한 뒤 웅변회에 참가했다. 재학중에 사회주의 운동에 뛰어들어 효민회를 조직, 1920년 일본사회주의 동맹 준비회의 발기인이 되어 제명되었다. 이듬해 효민공산당 사건으로 투옥 후, 1922년 일본 공산당 창립에 참가하였다. 이후 노동농민당, 일본사회당 등에 참가하여 중의원의원, 중의원부의장 등을 역임하였다. 青木和夫他 編, 『日本史大事典』 4, 平凡社, 1993, 640면.

정대성에 따르면, 김우진은 당시 고등 예과 제3부(문과)1학년으로, 1920년 4월에 문학부 문학과 영문학 전공에 진학하기 이전, 현재 대학 교양과정 수준인 예과에서 같은 수업을 수강했다는 추정이 가능하다. 당시 '문학부' 아래 '문학과' '철학과' 등의 하위 단위가 있었고, '문학과' 아래 '국문학 전공' '영문학 전공' '독일문학 전공' '노서아 문학 전공'"각 전공 필수 과목' 등이 있었다. 『와세다대학 백년사』제2권의 당시 고등 예과의 커리큘럼에 '국민과'의 담당강사명은 우치가사키 교수로 되어 있다. 또한 고등예과의 제1부(정치경제학과)에서 제5부(이공과)에 이르기까지 모두 공통적으로 다 '국민과' 과목을 우치가사키 교수가 담당했다.[51] 이러한 당시의 와세다대학 학제에 근거한다면, 고등예과 시절의 '국민과' 수업은 우치가사키 교수가 담당한 것이므로 철학과 진학한 고등예과 학생도 모두 우치가사키 교수의 수업을 수강했던 것이다.

다카쓰는 와세다대학 재학 중 '효민회曉民會'를 조직하여 활발한 사회주의운동을 전개하였으며 제적 당한 후 일본사회주의동맹을 설립하여 사회운동가, 정치가로 투신했다.[52] 그가 '효민회'를 조직하여 활동할 무렵, 김우진은 1920년 봄 도쿄의 유학생들과 극예술협회를 결성하여 연극운동에 매진하였으니 엇갈린 제 각기의 길을 간 이들이 한 순간 마주하여 상반된 입장을 견지했던 수업 풍경이 포착된다. 이러한 일본 유학이라는 도쿄의 장소성의 언어와 감각, 지각되는 신체성의 풍부한 역사적 사상事象을 지운 채 '서구에의 탐닉'으로만 표상되어 온 김우진의 삶과 문학적 영위는 일본이라는 매개의 문제의식에서 새롭게 조망된다.

51 早稲田大学大学史編輯所 編, 『早稲田大学百年史』 2, 早稲田大学出版部, 1981, 756~757면; 위의 책, 437~443면.

52 青木和夫他 編, 앞의 책, 640면.

4. 강의실에서 하숙방으로 – '여자 재혼 불가론'의 주장

'일부일부론'의 당위성을 '진정한 애'의 관계에서 천명하는 김우진은 이후 한국인 유학생들과 '이광수의 재혼론'을 둘러싼 토론이 '여자 재혼 불가론'으로 이어졌던 여성 인식의 면모를, 유학생들과 하숙방에서 담화를 나누던 2월 3일의 일기에서 살필 수 있다. 수업 후 강의 내용에 자극된 유학생들은 하숙방에서 '이광수의 재혼론'의 시비 등 '연애' 와 '결혼'을 둘러싼 토론이 벌어진 정황을 기록하면서 "眞實ᄒᆞᆫ 愛에 生ᄒᆞᄂᆞᆫ이ᄂᆞᆫ드문 純粹無限ᄒᆞ고 淸淨無垢한 兩靈의 結合"이라는 견해를 피력했다. "진실ᄒᆞᆫ 상호 간 이해로" 결합된 부부는 드문 "현금 아국我國"이라는 조건에서 "금일 아我 여자계의 비참ᄒᆞᆫ 부부간 문제"로 고통받는 재혼은 "일시의 구책救策"일 뿐이라는 김우진의 불가론의 입장에서 부부는 "진실ᄒᆞᆫ 영靈의 결합"이라는 정신성의 영원한 낭만적 사랑을 추구한다는 이상주의의 일면을 엿볼 수 있다.

2월 3일의 일기 말미에 연극인 시마무라 호게쓰의 죽음을 좇아 자살한 마쓰이 스마코松井須摩子를 둘러싼 동시대 저널리즘의 찬반 논란의 쟁점을 포착한 「夢の世界」(『警世』 2月号) 스캔들 기사를 발췌하여 인용하면서 자신의 견해를 다음과 같이 밝히고 있다.

> 과연 이해적 공리적으로 이 남자, 저 남자의게 부속ᄒᆞ야 생활ᄒᆞᄂᆞᆫ-생명을 지속ᄒᆞᄂᆞᆫ 기생여자충(奇生女子虫)이 아닌가 (…중략…) 피(彼) 수마자(須摩子)의 일사(溢死)에 대ᄒᆞ야ᄂᆞᆫ 전일 인습적 도덕상으로 비난무제(非難無際)ᄒᆞ든 이도 개(皆)일제(一齋)ᄒᆞᆫ 찬사로 기녀(其女)의 결단을 칭찬ᄒᆞ며 그의 시적(詩的) 연애를 축복ᄒᆞ지 안ᄂᆞᆫ가. 그러고 그의 반대로 일향혼자(日

向欣子)의 재혼은 잡지마다 평론자마다 개(皆) 질책 비난치 안는가. 남녀자는 실상 결합의 영(靈)이다. 피등의 불철저한 첨언(諂言)은 가소(可笑)이다. (…중략…)

이 찬미와 빈정거림! 나는 진실로 여자의 재혼을 불가라 사고한다. '노라(ノラ)'의 부인— 이것이 근대 부인문제의 유일한 목표가 될 지 모른다. 그러나 이는 구제수단이다. 아니 나는 과연 구제가 될지 몰은다. 그러나 이는 구제수단이다. 아니 나는 과연 구제가 될지 몰으나 그것은 폐일언하고 진실한 영(靈)의 결합에는 어떠한 사유가 잇든지 형식상으로ᄭᅡ지도 여자의 양혼은 대불선이다.[53]

〈사진 4〉 예술좌의 만주 순회공연 시의 시마무라 호게쓰(島林抱月)와 마쓰이 스마코(松井須美子).

시마무라 호게쓰의 죽음을 뒤쫓은, 연인 마쓰이 스마코의 '일사'에 찬사를 보낸 여론과 살아남은, 여섯 명의 자녀를 둔 여성 히나타 긴코日向欣子의 14세 연하의 청년과의 재혼은 질책과 비난을 퍼부었던[54] 일본 저널리즘의 상찬과 조롱의 스캔들 기사를 근거로 김우진은 '여자재혼론 불가'의 입장을 표명한다. 여자의 재혼을 "이해적 공리적으로" "남자에게 부속"되어 "생명을 지속하는 기생여자충"인 '매춘부Whore'로 단정하는 김우진의 여성과 성, 결혼 인식을 '여자 재혼 불가론'으로 수렴하는 인용문에서 윤심덕과의 정사에 이르는 심정을 추론할 수 있다.

---

53 「마음의 자취」(1919.2.3), 『김우진 전집』 II, 447~448면.
54 檎古金, 『狂恋の人々』, 文洋社, 1919, 5~17면.

이것에 관해서는 그의 에세이 「Jus Primae Noctis(初夜權)」와 연관된 인식을 살필 수 있다. 미개시대의 '처녀 숭배의 악습'인 '초야권'이라는 기이한 습속이 문명시대에도 존속되었던 것은 남성 우월, 약자에 대한 강자의 소유욕에 불과하여 육체상, 심리상으로도 낡은 정조 관념을 벗어나 여성들이 이 '초야권'의 주재자가 되어야 한다는 주장을 개진했다.[55] 그는 이 글을 통해 남녀문제를 각자의 자유의사로서, 각자의 주체성에 입각해서, 각자의 인생관에 기초하여 새롭게 정립하여야 한다는 지론을 실천에 옮긴 시대의 첨단자로서의 면모를 살필 수 있다.[56] '순결' 이데올로기에 지탱되는 가부장제의 결혼과 연애는, 그것이 정신상의 '영의 결합'이라는 조건에서 비로소 "男女子는 實狀 結合의 靈"인 "시적 연애"로서 마쓰이 스마코의 죽음을 일본 저널리즘의 평단은 "축복"하는 "찬사"를 보냈다는 것이다. 반면, 히나타 긴코의 재혼을 둘러싸고 '육체적 사랑'이라는,[57] 일본어 '히니쿠ひにく'의 한자어 "피육皮肉!"이 뜻하는 '야유'의 반응에서 견고한 가부장제에 입각한 남성우월주의의 여성 인식을 표출한다.

문예협회를 연극단체로서 설립한 시마무라 호게쓰가 1909년(메이지 42) 조직한 연극연구소의 제1회 연구생으로 출발한 마쓰이 스마코는 〈인형의 가〉, 〈카츄샤의 노래〉 등 문예협회공연의 히로인 역을 열연하였다. 시마무라 호게쓰 일파의 예술좌운동은, 호게쓰와 스마코의 연애사건이라는 기묘한 사건을 계기로 하였다. 1918년 11월 시마무라 호게쓰의 급서에 이어, 이듬해 1월 5일 예술구락부의 무대 뒤에서 '익사'하

55 「Jus Primae Noctis(初夜權)」, 『김우진 전집』 II, 406~410면.
56 서연호, 『한국 최초의 실험적 예술가 김우진』, 건국대 출판부, 2000, 37면.
57 檎古金, 앞의 책, 70~73면.

여 그의 뒤를 좇은 것이다.[58] 마쓰이 스마코에 대한 동정을 표했던 1923년 일기에 기록된 '정사' 문화의 영향은 이후 아리시마 다케오와 기자 하타노 아키코波多野秋子의 동반 자살 등 일련의 '정사'가 끊이지 않았던 다이쇼의 '연애' 시대의 영향도 간과할 수 없다.[59]

5. 다이쇼 교양주의 시대의 독서 – 내면의 심상 풍경

김우진이 유학한 다이쇼 시대의 문학은 일반적으로 메이지 시대의 공리주의적 인생관과 대조적으로 "정치적 현실로부터 고절孤絶한 고個의 문학, 개체성을 원리로 하는 문학"[60]으로 규정된다. 그의 생애와 문학을 일본문학사의 다이쇼 시대의 특질로만 파악할 수 없지만 그의 문학 사상 예술 등의 지식 형성에 영향을 끼친 환경임에는 틀림없다. 『마음의 흔적』의 일기가 쓰인 다이쇼 시대는, 인격주의와 교양주의를 시대적 특질로 한 이른바 다이쇼 교양주의가 만연한 시기이다. 이러한 다이쇼교양주의의 배경은 김우진이 일본에 유학했던 시대의 특질을 고찰하는 의미가 있다. 다이쇼 교양주의는, 러일전쟁 후인 메이지 말에서 다이쇼기에 걸쳐 확산된 이상주의, 인격주의, 교양주의, (시라카바파적)인도주의를 아울러, 개개인의 자아, 자기, 내면 즉 '인격의 성장과 발전에 지상의 가치를 두는' 것이다. 즉, 인격주의와 교양주의가 불가분의 상태로 혼재된 것이 일본적 특징으로서, 근대 일본의 교양주의적

58 浅見淵, 「史伝 早稲田文学XII島村抱月と松井須磨子その三」, 『早稲田文学』[第7次] 2-3, 早稲田文学会, 1970.3, 84~86면.
59 川瀬絹, 앞의 글.
60 紅野敏郎, 『大正文学』, 學生社, 1967, 35면.

인 예술 수용의 뿌리에는 인격주의적 인생관(인격적 완성을 구하는 정신)이 이상주의를 토양으로 하여 자리한다는 것이다. 고등교육의 대중화, 엘리트층의 확대를 배경으로 확산된 다이쇼 교양주의는, 봉건적 보수적인 사회에 대항하여 자아의 주장, 자아 예찬, 자아 존중의[61] 비판과 내성을 '인격주의와 교양주의'의 본령으로 한 것이다.[62]

김우진의 유학 시절의 수업과 고독한 나만의 방에서 이루어진 독서의 대부분은 이러한 다이쇼 교양주의 시대의 필독서로 꼽히는 것이다. 독서 목록에는 마르크스의 자본론도 포함되어 있지만, 이 시기는 마르크스주의가 많은 지식인들을 매료시킨 시대로서 일본의 마르크스주의의 근저에는 교양주의·인격주의가 자리한다.[63] 쓰쓰이 기요타다筒井清忠에 따르면, 메이지 시대의 수양주의와 다이쇼 교양주의에 기반을 둔 일본의 교양주의는 구제고교旧制高校(현 도쿄대 교양학부) 학생들을 중심으로 한 "학력 엘리트 문화임과 동시에 근대 일본 지식인의 중핵적 문화"이다. "대중문화의 중핵"으로써의 메이지 시대 후기의 정신적 인격 형성인 '수양주의'와 변별하여 지식인의 신체를 기반으로 일고一高를 정점에 둔 고등학교(제국대학 예과)와 제국대학으로 이어지는 지식인들의 지적 기반이 '교양주의'라는 것이다. 이것은 철학이나 역사 등 인문서 독서를 통한 인격주의를 말하는 것으로,[64] '인격형성과 사회 개량을 위한 독서'를 기반으로 하는 다이쇼 교양주의는 인적 네트워크를 통

---

61 高田里恵子, 「人格主義と教養主義」, 『日本思想史講座4近代』, ペリカン社, 2013, 191~202면.

62 위의 글, 214면.

63 竹内洋, 『教養主義の没落』, 中公新書, 2003; 竹内洋・佐藤卓己 編, 『日本主義的教養の時代』, 拍書房, 2006.

64 竹内洋, 「教養知識人のハビトゥスと身体」, 青木保 外編, 『近代日本文化論4知識人』, 岩波書店, 1999, 103면.

한 직 간접적인 교류와 공통의 독자층을 기반으로 한 '교양'적 독서로 연결됨으로써 독서를 통한 지식인들의 커뮤니케이션 문화라 할 것이다.[65] 메이지의 '수양'에 대해서 다이쇼의 '교양'이라는 개념이 정착되어 간 이른바 다이쇼 교양파,[66] 교양주의라는 일본 근대 문화사의 시대적 배경에서 사상, 문학, 철학 등의 지식과 교양을 섭렵해 갔다. 이러한 1920년대 내셔널 의식이 고조된 글로벌한 세계사적 지각 변동 속에서, 조선 독립의 당위성을 확보한 식민지 조선의 유학생의 네트워크는 이념적 사상적인 진보적 경향으로 가파르게 경도되었다.

김우진의 폭넓고 풍부한 독서로 왕성하게 지식을 섭취하는 사변적이고 예리한 감수성의 섬약한 지식인의 내향적 특질과 강건한 비타협적인 이지적인 이론가로서의 면모는, '마르크스 보이' 표상[67]의 균열을 드러낸다. 식민지 조선에서 '마르크스 보이'는, 모던 걸과 병치된 1920~1930년대 유행한 사회 현상을 일컫는 조어이다. 3·1운동 이후 형성된 정치적 이데올로기적 공간으로 확장된 '개조'의 시대적 추세 속에서 사회주의 이념 청년 조직의 결성과 대중적 실천이 대세로 자리잡는 과

---

65 신인섭, 「교양개념의 변용을 통해 본 일본 근대문학의 전개 양상 연구 - 다이쇼 교양주의와 일본 근대문학」, 『일본어문학』 23, 일본어문학회, 2004, 335~360면.

66 다이쇼 교양파란, 나쓰메 소세키 문하의 지적 집단이 그 주요한 구성원일 뿐만 아니라, 그 구성원이 협의의 문학자를 중심으로, 철학, 사상, 인문과학, 자연과학 등의 영역에서 활동했던 데서 교양파 연구는 일본 근대문화사에 두드러진 특징을 지닌 소세키 문화 연구를 사명으로 하는 것으로 간주된다. 교양파는 「아사히 문예란」과 일고(一高)의 교우회 잡지를 성립 기반으로 하여 아베지로(阿部次郎)의 『三太郎の日記』, 와쓰지 데쓰로(和辻鉄郎)의 『古寺巡礼』 등을 지표로 하는 철학적 미학적 에세이를 대표적 소산으로 한다. 이른바 다이쇼 교양파의 속성으로서 個의 중시와 내관주의, 반속, 엘리트의식, 동서고금의 서적에의 침잠 등의 제 경향의 통일점으로 본질을 결정하는 것은 근대 일본문화사를 종을 축으로 하는 전망을 설정하는 것과 관계된다고 한다. 자기의 내부를 무매개적으로 깊이 관하는 내관에 의하여 진정한 자기를 파악할 수 있다고 간주되었다(助川徳是, 「大正期の評論」, 紅野敏郎 編, 앞의 책, 161~163면).

67 박명진·조현준, 「김우진과 식민지 모더니티」, 『어문론총』 53, 중앙대 어문학회, 2013.

정에서 '마르크스 보이'가 등장하였다. 일본 유학을 통해 서구의 여성 해방론을 수용한 신여성으로서의 모던 걸과 함께, 당시 유행한 사회주의를 알지 못하면서도 사회주의자연하는 청년들을 조소하여 일본 경찰은 '마르크스 보이'라거나 '빨간 무' '사과'라고 하였다는 것이다.[68] 이러한 식민지 조선의 '마르크스 보이' 표상의 배경을 참조한다면, '햄릿'과 '마르크스 보이' 사이에서 동요한다는 근년의 김우진 연구의 '마르크스 보이' 표상은, 제국 일본과 식민지 조선 사이의 표상 불가능성에 입각한 수행성의 차이를 보여준다.

예컨대 일본에서 전향한 소설가 다자이 오사무太宰治를 지시하는 "마르크스 보이"는, 마르크스시즘 관련 '비합법 활동 실태'라는[69] 가시성에서 원본에 강박된 표상이라면, 식민지 조선 청년을 향한 일본 경찰의 '조소'의 시선이 투영된 '마르크스 보이' 표상은, 정통적인 사회주의 이념을 포함하여 청년을 둘러싼 사회 풍속도의 풍자적 변용에 의한 불일치의 간격을 노정한다. 사회주의는 '처세상식'이라는 서적 광고도 출현했던 일제 시기, 가장 많이 실렸던 책 광고는 『와세다대학 강의록』으로서 와세다대학의 통신 강의록이 독학 교재로서 식민지 독자에게도 널리 유포되었다. 그 중 『중학강의』는 1920년대 신문지면에서 가장 빈번한 서적 광고로 꼽힌다. 이러한 수험 학습교재들을 통해 식민지 청년들의 안정된 직장과 사회적 인정을 향한 욕망을 읽어낼 수 있다.[70] 식민지 조선의 지식인의 사회주의의 이념은 세계의 선진 기술과 문화를 욕망하는 첨단의 세계 지식인 것이다. 위선과 허위의 시대의 유행을 좇는

---

68 배성준, 「1920・30년대 모던 걸 마르크스 보이」, 『역사비평』 36, 역사문제연구소, 1996.

69 島村輝, 「マルクスボーィの夢と幻滅－太宰治の「共産主義」と転向」, 安藤宏編著, 『展望太宰治』, ぎょうせい, 2009.

70 천정환, 『근대의 책 읽기』, 푸른역사, 2003, 188～189면.

경박한 소위 '문학청년'에 대한 경계와 혐오를 드러낸 김우진의 개인주의자의 자기 표상과 조소의 시선이 더해진 '마르크스 보이' 표상은 김우진의 삶과 문학의 일면일 뿐이다. 그의 논문 「신청권」에서 인용되거나 "木枕 위에 촛불을 놓고 자본론資本論을 공부했다"[71]는 회고적 진술과 같이, 마르크스의 영향을 무시할 수는 없지만 볼셰비키의 급진적인 사상가가 아니고 오히려 버나드 쇼의 사회 개혁적인 연극관과 표현주의의 혁명적 문학관에 가깝다는 것이다.[72]

신인회, 만인회 등 당시 제국대학, 와세다대학의 이념 청년 조직원으로서의 사회주의의 정치, 사상, 철학의 이념적 정체성으로 회수되지 않는 김우진의 문학적 · 사상적 행보는 일본의 다이쇼 교양주의의 맥락에서 파악되어야 할 것이다. 대강당에서 "헌법발포 삼십년 기념 강연"을 경청하면서 오구마大隈重信[73] 후작의 "정치는 국민의 반향의 성聲이라는 것도 감심感心하엿"노라는 1919년 전후의 일기 곳곳의 서술의 기저에 흐르는 "진실한 자기"의 탐색은 일본 다이쇼 시대의 배경에서 촉발된 것이다.

한편, 1920년대 식민지 조선의 경성에서는 '모던'과 '마르크스'라는 수식어의 문화적 의미망은 다르지 않다. '마르크스 보이'는 '모던 보이'

---

71 이두현, 『한국 신극사 연구』, 서울대 출판부, 1990, 111면; 유민영, 『한국 근대극 연극사 신론』, 태학사, 2011, 227면.

72 유민영, 위의 책, 249면.

73 오구마 시게노부(大隈重信, 1838～1922) : 메이지 다이쇼 시대의 정치가. 사가켄(佐賀県) 출생나가사키(長崎)에서 영학(英學)을 배우고 영어학교를 설립하였다. 메이지 정부 수립에 즈음하여 등용된 이래 외국관부지사로 승진하였으며, 오쿠보 도시미쓰(大久保利通) 아래 재정을 담당하고, 식산흥업정책을 전개하였다. 1881년의 정변으로 입헌개진당 결성한 바 있으며 1882년 와세다대학의 전신인 도쿄전문학교를 창립하였다. 정당 활동과 내각에 참여하였으나 정계로부터 은퇴한 1907년 4월 와세다대학 총장에 취임한 뒤, 당과 학교를 통한 근대화를 추진했다. 와세다대학사료자료센터 편, 『大隈重信関係文書』(전10권 · 별권1) 등이 있다. 石上英一他 編, 『岩波日本史辞典』, 岩波書店, 1999, 152면.

의 한 종류로서 서구 문화를 동경하여 포즈로서의 근대적 지식인을 흉내 내는 자들에 대한 냉소적인 명칭인 것이다. 김우진은 소위 '정통 마르크스주의자'는 아니지만, 진지한 '마르크스 보이'면서 회의하는 인간, '햄릿'이기도 하다.[74] 우울한 지식인의 내면 풍경의 '유령성'은 '마르크스'의 유령과 '햄릿'의 유령 사이에서 배회한다.[75] 일기 『마음의 자취』의 자기표상이 '마르크스' 표상과는 거리가 있는 것과 마찬가지로 '마르크스' 표상으로 단일하게 수렴되지 않는다. '리얼리즘도 아니요, 내추럴리즘도 아니요'라며 끊임없이 대안적 사상과 예술을 구했던 김우진에게 일찍이 표현주의의 개안은 모더니즘의 일 형태로서 이미 선행 연구에서 지적한 바와 같이 그의 문학의 특질을 주조하는 것이다.

1923년 김우진은 부친이 위독하다는 소식에 귀국하였다. 5월 19일부터 22일 사이에 기록된 그의 일기에는 아버지를 문병 온 자식의 "효성스러운 마음"[76]이 잘 드러나 있다. 그해 8월 25일 '무등산 증심사證心寺에서'라는 제목의 일기가 나타내는 바와 같이 고향에 일시 귀국했다. 간토關東대지진이 발생한 9월 1일은 영어로 짤막한 일기를 썼다. 9월 1일은 일본의 대학에서는 아직 여름방학[77]이므로 도일 전이었다. 영어 표현은 억압된 현실 세계를 초월하려는 '재능'에의 욕망을 드러낸다.[78]

---

74 박명진, 「김우진 희곡에 나타난 시대 의식과 유령성」, 김우진연구회 편, 『김우진 연구』, 푸른사상, 2017, 137~141면.

75 박명진 · 조현준, 앞의 글, 314면.

76 김방한, 「김우진의 로맨틱한 최후」, 『세대』 87, 세대사, 1970, 352면; 양승국, 「극작가 김우진 재론」, 한국극예술학회 편, 『김우진』, 연극과인간, 2010, 39면.

77 早稲田大学大学史編輯所 編, 『早稲田大学百年史』 2, 早稲田大学出版部, 1981.7; https://-chronicle100.waseda.jp/index.php?%E.

78 "네가 모든 세상의, 제이의적인 쇠사슬로부터 자유로운 한, 크거나 약하거나, 그것이 중요한 것이 아니라 너는 네 재능에 불을 지필 수 있다. 그래서 너는 사회 제도와 관습 및 편견으로부터 종교적 도덕 또는 정치적인 것으로부터 자신과 네 동료를 해방해야 한다." "You can enkindle your genius, great or weak it does not matter, as long as you are

가부장제와 같은 억압에서 벗어나, 자신의 제일의 적인 생명의 내면의 요구에 충실하기 위한 '재능'을 갈망하는 심정을 표현한다. 9월 2일은 일본어로 "위인, 천재의 도전 정신"[79]에 관한 감상을 서술하여, 간토대지진과는 관련이 없는 것처럼 보인다.

1923년 9월 1일 오전 11시 58분 발생한 대지진으로 사상자 9만 1,344명에 달하여, 이 중 83%에 달하는 인명 피해는 화재로 인한 것이었다. 지진 직후 발생한 화재는 9월 3일까지 계속 불타 도쿄의 시가지의 44%가 소실되는 막대한 피해 속에서 도쿄에서는 신문사가 괴멸하여 신문 발행이 불가능하였다. 다른 지역의 석간이나 호외로 전해졌다. 진재 직후에는 특히 "사회주의자 및 조선인의 방화 많"다는 유언비어가 확산되고 군대, 경찰은 조선인이나 사회주의자를 보호의 명목으로 검속하였다. 도쿄의 주민들이 자경단을 결성하여 학살된 조선인은 6,000명을 넘을 것으로 추정되었다.[80] 9월 1일과 2일 이후 11월 18일 도쿄에서의 일기로 이어지기까지 두 달간 일기는 쓰이지 않았다. 관동대지진에 관해서 일체 언급되지 않았던 일기의 공백은, 관동대지진과 조선인 학살의 기억을 침묵으로 드러내게 한 억압된 무의식의 징후일지도 모른다.

---

free from all the worldly, secondary chains. So you are bound to emancipate yourself, and your fellowmen from the convention, prejudices and institutions social, religious moral or political." 「마음의 자취」(1923.9.1), 『김우진 전집』 II, 502~503면.

79 윤진현, 「김우진의 문자의식과 문학어의 성립과정－일기 및 「조선말 업는 조선문단에 일언」 중심으로」, 『한국극예술연구』 23, 한국극예술학회, 2006, 138면.

80 成田龍一, 『大正デモクラシー』, 岩波書店, 2012, 164~167면.

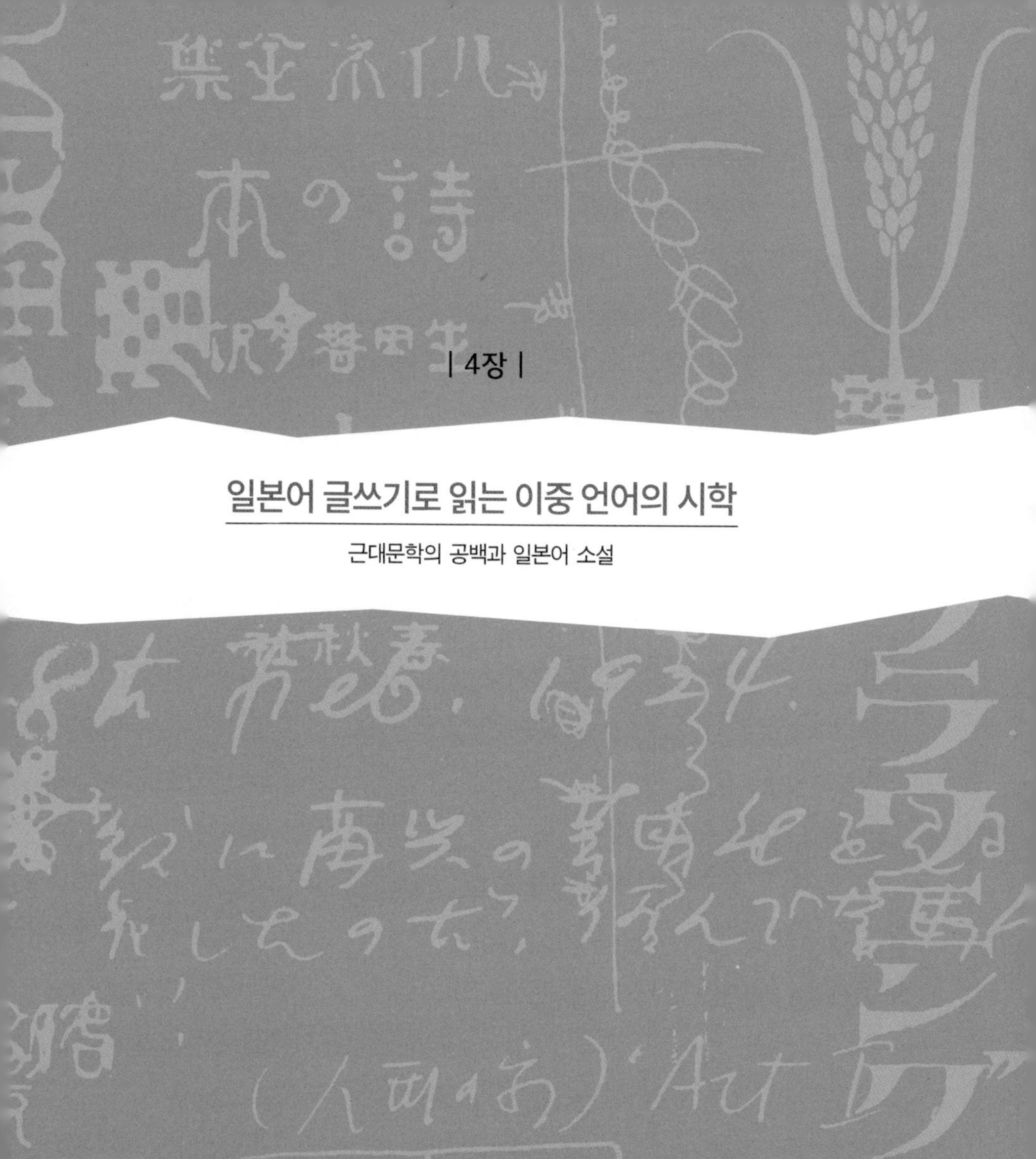

| 4장 |

일본어 글쓰기로 읽는 이중 언어의 시학

근대문학의 공백과 일본어 소설

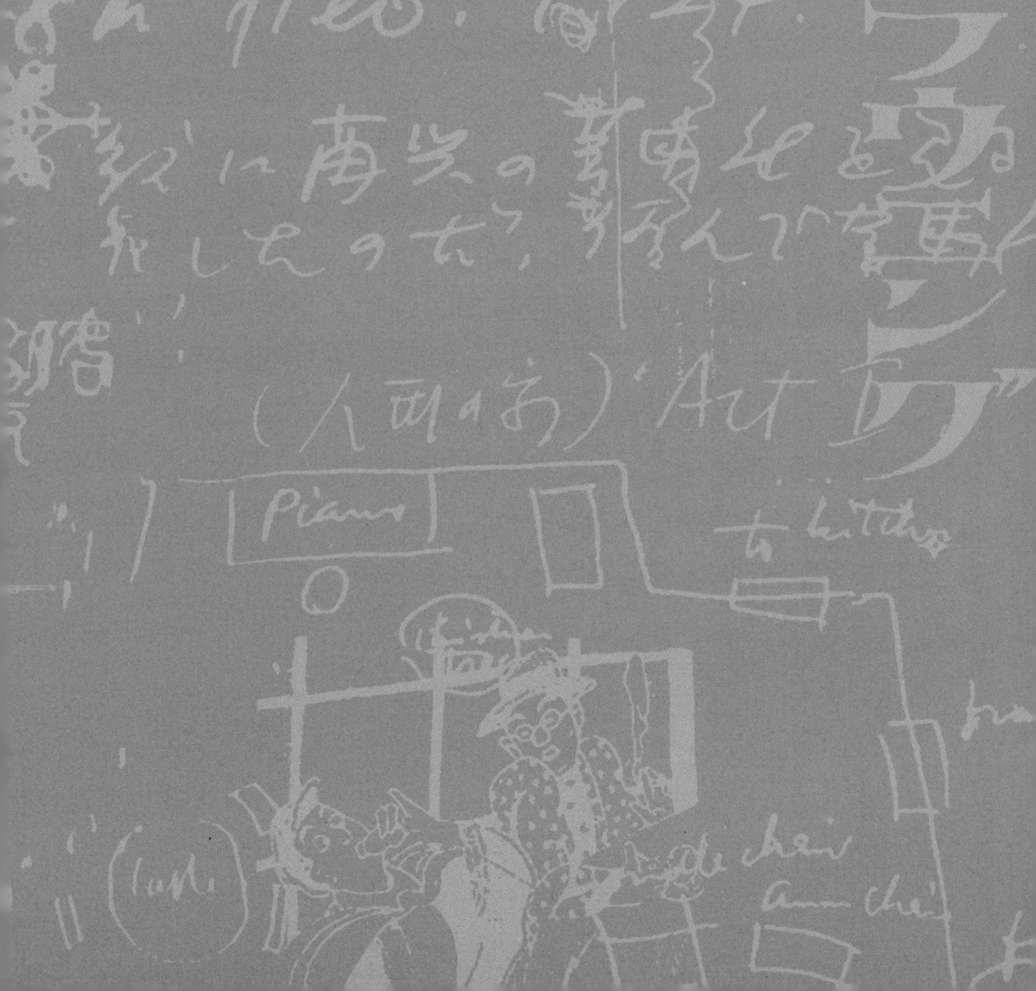

영혼을 파고드는 동굴! 포효하는 울음으로 먹이를 기다리는 맹수의 입처럼 뚫린 동굴 속을 소리없이 살짝 미끄러져 들어온 물결은, 갑작스런 죽음의 마지막 몸부림처럼 한꺼번에 분출되는 노도(怒濤)의 불꽃을 지옥의 아수라 같은 무시무시한 반향과 함께 동굴을 채운다. 그러나 암벽은 조금도 놀라거나 겁먹지 않고 (…중략…) 조소하듯 오열하는 소리로 바꾼다. 그러나 뒤이어 들리는 순간적 평온의 웃음소리와 애무의 속삭임은![1]

1. 사적 영역에 기반한 일본어 글쓰기 – 이중 언어와 장르의 크로스

4장에서는 김우진의 일본어 글쓰기의 의의를 고찰하기 위한 것이다. 희곡과 평론, 한시와 자유시, 소설 등 다기한 장르에 걸친 김우진의 '문학 실험'에는 시 9편과 소설 2편 등의 일본어 글쓰기가 포함되어 있다. 이것은 '조선 말 업는 조선문단'을 질타하던 김우진 문학 평론의 첨예한 현실 인식과 모순적으로 보이는 일본어 글쓰기를 어떻게 이해할 것인가라는 문제를 제기하는 것이다.

근대 자유시의 확립 이전 근대적 자아를 드러내는 '최초의 진정한 근대적 한시'와 48편의 자유시에서 "한국 근대시의 창시자"[2]로 '진정한 애

---

1 「동굴 위에 선 사람(洞窟の上に立てる人)」, 『김우진 전집』 I, 253면. 원문은 다음과 같다. "魂にまで徹する陰惨の洞! 噴々たる吼声で餌物を待つ猛獣の口のやうに開く洞窟の中を, 声もなくするすると滑り込んだ浪群は, 突然な死の最後の悶絶のやうに, どうと憤激する怒濤の火花を,地獄の阿修羅のやうな物凄い反響と共に洞窟の中を満す.しかし岩壁はすこしも驚き怯することもなく, (…中略…) 嘲笑的嗚咽の声に返へる.しかしそれに続く瞬間的静寂の笑ひ,愛撫の呵きは!" 『김우진 전집』 III, 17~18면

2 정대성, 「김우진에 의한 블레이크 시의 일본어 번역 (1)−「魂の旅人」("The Mental Traveller")」, 『인문논총』 14, 서울여대 인문과학연구소, 2005, 551면.

정'의 문제와 연극과 소설 장르 인식이 작용하는 「공상문학」의 문제성[3] 등 김우진 문학을 둘러싼 근년의 연구 동향의 변화는, 당대 주목받지 못했던 김우진의 습작이 그 자체로 장르 혼성적 특질과 복수의 언어에서 형성된 식민지 근대 문학의 혼종적 기원을 내포한다는 근거에서 재조명된 것이다. 이러한 맥락에서 시와 소설 및 번역과 일기 등 다양한 김우진의 일본어 글쓰기를 어떻게 이해할 것인가라는 과제는 오늘날의 연구 추세에 조응하는 현재적인 문제를 내장한다.

유학 시절 일본어로 표기하던 일기를 1919년 이후 "일본문 기록의 종결" 후 "사룽스러운 국문"으로 바꾸고 '조선어의 부흥과 개량을 역설'[4]했던 김우진의 문학에서 병행되었던 일본어 글쓰기를 이중 언어 상황과 문학이 맺는 연관성이라는 확장된 시야에서 논구하는 패러다임의 전환이 요청된다. 당대 최상의 고등 교육을 받은 김우진의 다기한 장르와 언어를 넘나드는 글쓰기를 체계적으로 조망하는 연구의 필요성이 요청된다. 이에 이 글에서는 생애 다언어적multilingual 체험에서 획득한 김우진의 언어 의식과의 관계에서 두 편의 일본어 소설 텍스트를 대상으로 이중 언어 상황과 일본어 글쓰기의 의미를 분석하려는 것이다.

그간 김우진 문학의 연구 대상에서 배제되어 온 일본어 글쓰기는 일본 문단 진출을 고려하거나 한 때 일본어 습작을 거쳐 한글 글쓰기에 정착한 1910~1920년대 작가 유형의 일례로 파악하였다.[5] 이러한 분류 방식은 일본 유학을 경유한 문인들의 공통 경험과 문화적 배경의 이해

3 권정희, 「문학의 상상력과 '공상'의 함의 – 김우진의 「공상문학」 연구」, 『한국극예술학회』 39, 한국극예술학회, 2013.

4 김초성, 「'조선 말 업는 조선문단'에 일언」(『중외일보』, 1922.4.14), 『김우진 전집』 II, 241면.

5 권보드래, 「1910년대의 이중어 상황과 문학 언어」, 『한국어문학연구』 54, 한국어문학회, 2010, 9면.

방식을 보여준다. 교지와 유학생 잡지 등을 중심으로 한 한글과 일본어 표기의 이중 언어 글쓰기는 근대 문인들의 문학 형성 및 습작의 과정을 유추할 수 있는 귀중한 역사적 보고인 것이다.

1910~1920년대 일본에 체제한 근대 초기의 지식인 김우진의 일본어 글쓰기는, 일본 문단의 진출이나 한글 창작의 최종 목표를 향한 단계적 실천의 습작이라는 단정적인 판단을 유보해야 할 필요를 제기한다. 이러한 한국 근대 작가 탄생의 역사라는 국민 공동체로 귀속하는 단일한 프로세스에서 유형적으로 분류하는 방식은, 네이션 창출을 지상 과제로 했던 근대 국민의 역사에서 유효한, 국민문학을 단위로 하는 한시적인 문학사 서술임을 자각할 때, 일시적인 일기의 일본어 표기나 '일문시는 습작기가 아니라 전 기간 동안 꾸준히 창작되었'[6]던 김우진의 일본어 글쓰기는 '조선문단'이나 일본문학의 내부로 귀속시키는 내셔널리티의 공적세계public sphere로만 포괄할 수 없는 복잡다단한 이중 언어의 상황과 연관된 글쓰기 본연의 의미를 논구할 필요성이 대두된다. 김우진의 일본어 글쓰기는 바로 이 지점, 일기의 일본어 표기의 연속선상에서 가정・연애 등 '사'적 세계private sphere를 바탕으로 한 글쓰기가 시와 소설의 장르로 표상되는 것이며 이중 언어의 상황과 근대 문학 형성의 과제가 연관되는 문제와 관련한 것임을 이 글에서는 주장하려는 것이다.

한학을 수학한 '신라 성족의 후예' 김우진의 '사'적 세계로서의 일본어 글쓰기는, '한문맥이 주조하는 정치와 문학의 공公과 사私'라는 이항 대립적 틀에[7] 뿌리내린 언어 내셔널리즘에 기반한 한국 근대 문학의

6 손화숙, 「김우진의 시 연구」, 『어문논집』 33, 안암어문학회, 1994, 427면.
7 사이토 마레시, 황호덕・임상석・류충희 역, 『근대어의 탄생과 한문－한문맥과 근

형성과 개인의 창출에서 '공'적 세계로 기입되지 못한 예외로 존재해 왔다. 이러한 맥락에서 이 글에서는 근대 문학 형성 초기 연애의 내밀한 체험에 바탕한 글쓰기를 근대소설과 자유시의 장르로 표상하는 것의 난항이 일본어의 언어 선택과 관련한다는 것으로, 여기에 이중 언어의 상황과 일본어 글쓰기의 함의를 조명할 필요가 있다. 식민지 조선 청년의 자의식과 모어의 언어적 정체성의 자각으로 국문의 문학 언어의 선택과 창작과 공존했던 일본어 글쓰기를 김우진의 이중 언어 상황과 문학이 맺는 다양한 관계에서 자리매김해야 할 필요가 있다.

일찍이 한시에서 자유시로 이행해갔던 김우진의 일본 유학 시기의 일본어 글쓰기는 한국 근대의 이중 언어적 상황 하에 놓여 있는 개인의 리터러시literacy를 바탕으로 한 언어 인식과 문학적 영위의 관계성을 내포하는 것이다. 이러한 의미에서 1940년 전후 식민지 조선의 '고쿠고國語'로서의 일본어 창작과는 연속적이면서도 이질적인 문제성을 내장한다. 국민 공동체로 귀속하는 내셔널리티와 언어의 인식 틀을 탈각하는 이중 언어 상황과 문학의 관계를 내포하는 김우진의 일본어 글쓰기는 현대의 다언어사용자multilingual writer의 의식과 결부될 수 있는 새로운 이중 언어 인식의 문제를 내포하는 계기로서의 의의가 있다.

식민지기 이광수와 김사량의 일본어 창작을 분석 대상으로 하여 한국어와 일본어의 언어 시스템이 대립·길항하는 언어적 상황을 모어 중심의 언어내셔널리즘을 기반으로 하는 이중 언어 이데올로기bilingualism의 문제로 제출한 논고[8] 이래, 식민지 말기의 한국 작가를 망라하여 일본어 글쓰기의 유형을 분류하는 체계적 조망의 시도를[9] 언어와 식민지

대 일본』, 현실문화, 2010, 174~178면.

8 정백수, 『한국 근대의 식민지 체험과 이중 언어 문학』, 아세아문화사, 2000.

주의의 관점에서[10] 국가와 자본을 축으로 전개되는 식민지의 이중 언어 체계와 자본주의적 근대문학제도라는 문제 틀 속에서 일본어 글쓰기의 위상과 의미의 분석이 이루어졌다.[11] 종래의 연구는 후자의 문제 "담론적 문화적 주류로 부상한" 1930년대 이후에 집중되어 식민지 문학 제도적 차원의 일본어 글쓰기의 체계가 분석되었다.

전술한 바와 같이 일본어로 기록한 일기가 현존하여 시와 소설의 문학 텍스트와 함께 일본 유학의 체험의 이중 언어적 상황과 일본어 글쓰기의 다양하고 풍부한 진폭을 내재한다. 1926년 윤심덕과 정사情死하여 식민지기 최대의 연애 스캔들로 수용됨으로써 폄하되었던 김우진 문학이 근년 '생명력'의 사유와 표현주의 등 예술 추구의 현대적 의의에서 부각되면서도 '조선문단의 건설'의 토대를 '조선말'에 구했던 언어 의식을 주축으로 하는 기존 논의에서 일본어 글쓰기는 분석 대상에서 제외되어 왔다. 이에 이 글에서는 당시의 김우진의 삶과 언어 의식을 살필 수 있는 일기와 「'조선 말 업는 조선문단'에 일언」과 「언어의 특성－그 상징성言語の特性－その象徴性」 등의 논고를 참고하여 일본어 소설 「동굴 위에 선 사람洞窟の上に立てる人」(1921.6.30)과 「방련은 어찌하여 나병의 남편을 완쾌시켰는가蒡蓮はいかにして癩病の夫を全快させたか」(연대미상)의 두 편의 텍스트를 중심으로 이중 언어 인식과 일본어 글쓰기의 함의를 분석할 것이다.

일본 유학 시기에 집중되었던 일본어 글쓰기를 당대 유학생이 처해 있는 이중 언어적 상황 및 일본어 글쓰기의 조건을 규명함으로써 1920년대 일본어 글쓰기 분석 범주에 시사점을 마련하면서 김우진 개인의

---

9 김윤식, 『일제 말기 한국 작가의 일본어 글쓰기론』, 서울대 출판부, 2003.
10 윤대석, 『식민지국민문학론』, 역락, 2006, 78면.
11 차혜영, 「1930～1940년대 '식민지 이중 언어문학 장」, 『상허학보』 39, 상허학회, 2013, 124면.

이중 언어 의식과 문학의 연관성을 논구할 것이다. 1930년대 이후의 일본어 글쓰기를 주된 분석 대상으로 한 식민지의 이중 언어 문학 연구를 조선의 '문학 장'과 거리가 있는 1910~1920년대 김우진의 일본어 글쓰기에 적용하는 분석은 무리가 있다. 이에 이 글에서는 각각 연애와 부부애를 주제로 한 일본어 소설을 김우진의 사생활체험을 바탕으로 한 '사'적 세계의 소설화에 개입된 언어 선택의 문제로서 파악하여 국민 공동체로 귀속하는 내셔널리티의 언어 인식 틀을 넘는 새로운 분석 범주를 탐색할 것이다. 김우진의 일본어 글쓰기의 이중 언어 의식과 문학과의 상관성의 탐색에서 가정과 개인의 사생활이라는 사적 영역에 기초한 글쓰기를 공적 영역으로 포획하는 것으로 탄생한 근대소설의[12] 역사를 환기할 필요가 있다. 연애와 부부애라는 '사'적 세계를 기반으로 한 두 편의 창작 일본어 글쓰기는 근대문학의 형성과 이중 언어의 관련성에서 이루어졌다는 이 글의 문제의식에서 김우진의 일본어 글쓰기를 전기적 생애와 관련지어 개인의 은밀한 사생활의 체험과 언어의 사적·공적 세계라는 언어 선택의 메커니즘을 해명할 것이다.

1920년대 김우진의 희곡과 문학 평론 등에서 표출되는 언어 내셔널리즘 인식과 현해탄에서의 윤심덕과의 정사는 일관된 논의 지평에서 연계되지 못한 채 센세이셔널한 형태로 수용되었다. 이에 이 글에서는 윤심덕과 조우했던 연애 초기 무렵의 김우진의 생애를 일본어 소설 텍스트와 관련지어 '자전적 문학'을 특질로 하는 김우진 개인의 사적·공적 세계와 문학과 이중 언어 인식의 관계에서 일본어 글쓰기의 함의를 분석한다.

---

12 이언 와트, 전철민 역, 『소설의 탄생』, 열린책들, 1988.

2. 연애의 '애가哀歌'—「동굴 위에 선 사람洞窟の上に立てる人」

일본어 소설 「동굴 위에 선 사람」(1921.6.30)이 '사랑'이라는 낭만적 주제"[13]라면 「방련은 어찌하여 나병의 남편을 완쾌시켰는가芳蓮はいかにして癩病の夫を全快させたか」는 '옛조선의 아름다운 이야기昔の朝鮮の美しい物語'라는 부제가 시사하는 바와 같이 조선의 설화를 재구성한 것이다. 전자가 격정적인 사랑의 욕망과 본능, 내면의 동요와 갈등을 그린 연애소설이라면 후자는 대가족 제도의 은혜와 보답이라는 인간의 도리와 의리・인정・희생 등 '대의명분'의 유교적 가치를 구현한 '옛이야기의 다시 쓰기'로서 '낭만적 사랑'과 부부애를 주제로 한 남녀 관계 중심의 서사라는 점에서 연관된다. '서구의 부부 중심 가족 제도의 필수적인 상관물로서의 근대의 낭만적 사랑'[14]인 연애의 문제와 가부장적 대가족 제도 아래 맺어진 조혼에 의한 가정의 부부애라는 상호 대립적 주제를 각기 다른 형식으로 구현한 것이다.

「동굴 위에 선 사람」은 일본어로 쓰인 미발표 단편소설로서 그의 '자의식적 문학'의 특질을 드러낸다.[15] 자필 원고에는 표지에 '1921.6.30'의 날짜와 2면에 '1920.1.1. 미사키三崎에서'라는 두 가지 시간의 지표가 기술되었다. 동일한 지역을 배경으로 한 일본어 시 「파도는 춤춘다」(1920)와 「병고病苦」(1920.12) 등이 1920년 무렵의 시기에 창작되었다는 점에서도 1920년 1월에 일본의 해안가 미사키 여행을 다녀와서 1921년 6월 집필 완료했다는 추정이 가능하다. 작중 인물 남신자의 유학이 '5년 동안'

---

13 윤진현, 『조선 시민극의 구상과 탈계몽의 미학』, 창비, 2010, 82면.

14 이언 와트, 전철민 역, 앞의 책, 181면.

15 서연호, 「김우진의 동경유학기 체험과 문학사상」, 한국극예술학회 편, 『김우진』, 연극과인간, 2010, 22면.

이라는 소설 속 시간은 1915년 도일했던 김우진과 윤심덕의 유학 시점과 일치하는 등 여주인공의 인물 조형 방식에서도 자전적 소설일 가능성을 시사한 종래 '기행문'[16] 으로도 간주되어 온 「동굴 위에 선 사람」을 대상으로 텍스트의 허구 세계에서 상상적 동일시가 가능한, 김우진과 윤심덕의 연애를 형상화한 자전적 소설이라는 새로운 해석을 시도한다.

「동굴 위에 선 사람」에서는 주인공 융길隆吉과 여학생 남신자南信子와 그녀의 오빠인 남南은 각기 한자 표기의 고유 명사에 한글 음의 후리가나를 달아 한국인임을 암시한다. 이들 세 명의 유학생이 미사키 해안으로 여행을 떠난 뒤 남이 전보를 받고 도쿄로 급거 귀가함으로써 '공동의 동굴'의 폭풍우에 갇힌 두 남녀 사이의 열정적 사랑과 불안이 교차하는 미묘한 연애 심리를 다룬다. 이들 남매와의 동행에 '유혹에 대한 본능적이라 할 반감'과 사상적 차이로 끊임없이 불안과 의심으로 동요하던 융길의 "가슴 속 섬세한 불길"이 번지듯 남신자와 그녀의 오빠인 청년 사상가 남과의 사이에서 이들 셋의 "조화로운 길을 발견"하려는 고군분투는 어둠 속 자신을 훔쳐보는 남의 시선과 가족의 '아비규환'의 환영과 같은 무의식의 강박은 표출된다.

"그림엽서에 나오는 아카바네赤羽根(〈사진 1〉)인가 하는 동굴이죠?"라며 경쾌한 대화를 나누며 미사키 해안가를 산책하던 융길과 신자는 동굴 속에서 장렬한 파도 소리 속에서 에로스적 사랑을 펼치면서, '공동空洞의 동굴'(〈사진 2〉)이 함락되는 환영에 빠져 있는 융길을 깨우는 남신자의 목소리에 눈을 뜨는 것이 마지막 장면이다. 내면의 혼돈을 상징하는 '공동의 동굴'이 무너지는 환각의 스펙터클한 시청각적 효과 속에,

---

16 유민영, 『비운의 선구자 윤심덕과 김우진』, 새문사, 2009.

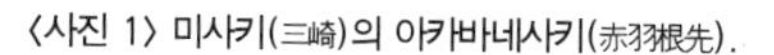
〈사진 1〉 미사키(三崎)의 아카바네사키(赤羽根先).

〈사진 2〉 공동의 동굴.

환영과 실재, 육체와 정신, 이성과 감정 등 다양한 경계의 혼돈 속에서 열정적 사랑과 불안으로 흔들리는 내면의 갈등을 동굴 함락의 환영으로 '폐허의 징조'를 상징하는 결말인 것이다.

서연호는 이러한 종결에 대해 "그들이 다시 이성을 회복했을 때는 이지의 패배를 느끼게 된다. 그 순간 그들은 동굴이 무너져내림을 깨닫게 되고, 그 동굴과 운명이 같은 것임을 절감하게 된다"[17]라고 설명한다. '육체적 희열'에 몸을 맡긴 둘의 열정적 사랑이 '이지의 패배'이며 동굴의 함락이 이들의 운명임을 암시한다는 것이다. 이러한 의미에서 "한 지식청년이 겪는 심리적 갈등과 그로 인한 파멸의 과정을 그"린 "자의식적 문학"의 성향을 드러내는 「동굴 위에 선 사람」의 히로인 남신자의 윤심덕의 이미지에 가까운 인물 조형 방식은 우연이 아닌 것이다. 경쾌한 "웃음소리와 애무의 속삭임"으로 풍부한 감수성과 빛나는 예지의 소유자 남신자의 "애가哀歌"는 성악가 윤심덕의 생의 마지막 노래 〈사의 찬미〉의 "애상적 음조"를 겹치게 한다. "지금도 난 웃고 있지만 마음속으

---

17 서연호, 『한국 최초의 실험적 예술가 김우진』, 건국대 출판부, 2000, 68면.

로는 울고 있을지도 몰라요."하고 유쾌한 어조로 "작은 새처럼 수다스러"운 여주인공의 발화는 성악가 윤심덕을 연상하게 하는 것이다.

"패러독스를 아는 여자!"로 집약하는 융길의 내적 독백은, 훗날 1924년의 일기에서 윤심덕을 "수선水仙"과 "석죽화石竹花"에 비유하면서 "상극相剋의 양兩 요소를 가즌 그이의 성격"[18]으로 간파한 언급과 유사한 이미지를 조형한다.

> 갑자기 그녀의 웃음소리는 명랑하고 아름다운 소프라노로 바뀌었다. 여왕의 머리장식처럼 악기를 손에서 놓지 않는 그녀. 그러나 하필 지금 휴대하지 못한 그녀는 가슴 밑바닥에서 넘쳐 나오는 정조에 못이겨 자신의 육성으로 음악을 연주하고 있는 것이다. 드넓은 바다의 음악에 합해진 육성의 교향악은 참으로 무한대의 창공 속으로 행복의 전당을 쌓아올리는도다. 가슴 속에 둥지를 튼 인간의 욕망을 포옹하는 이 풍경! 그녀의 선율은 듣는 이의 영혼을 가벼이 실어 넘실대는 바다 물결 위를 포복하며 나뒹군다.[19]

해안가에서 벌어진 남신자의 소프라노의 음악회와 같이, 여왕처럼 압도하는 그녀의 아름다운 '육성'은 '교향악'의 선율처럼 융길의 영혼을 울리며 '포복하'듯이 파도 넘실대는 바닷가 전체를 감돌고 있다. "정조에 못 이겨" 육성으로 연주하는 그녀의 돌연한 소프라노의 독창을, 마치 대자연에서 펼쳐지는 두 남녀의 욕망이 얽히는 한 편의 러브신과 같이 "인간의 욕망을 포옹하는 이 풍경!"으로 포착한다. "타락한 천사와 순수의 얼굴"을 한 양면을 지닌 히로인은 "여왕의 머리 장식처럼 악기

---

18 「마음의 자취」(1924.11.22), 『김우진 전집』 II, 509면.
19 「동굴 위에 선 사람」, 『김우진 전집』 I, 252면.

를 손에서 놓지 않는 그녀" "가슴 밑바닥에서 넘쳐 나오는 정조에 못이겨 자신의 육성으로 음악을 연주하"는 "명랑하고 아름다운 소프라노"의 목소리로 "드라마라도 한 번 써보시면 어때요?"라며 융길에게 각본을 쓸 것을 권한다. 이에 "너는 내 드라마의 히로인이다. 빼놓을 수 없는 생명의 백합이다. 필수적 예술"이라는 융길의 독백에 의한 화답은, 사랑이 예술을 구현하는 존재 방식이었던 동시대 일본 다이쇼 시대의 연애를 둘러싼 새로운 문화의 유행을 배경으로 전개되는 윤심덕과 김우진의 실제 대화를 방불하게 하는 것이다. 이러한 소설의 여주인공의 인물 조형 방식은 김우진의 첫사랑인 일본인 간호사 고토 후미코後藤文子[20]라는 견해도 제출되었지만 윤심덕의 이미지와도 부합한다. 이것은 소설 속 시간이 윤심덕의 생애와 일치하는 것에서도 방증된다.

윤심덕은 1915년 봄에 도일하여 도쿄 아오야마青山 학원을 거쳐 1918년 도쿄 음악학교 성악과에 입학하여 1922년 졸업했다. 1921년 초여름 재일 한국인 노동자와 고학생 단체인 동우회에서 와세다대학 영문과에 재학 중인 김우진을 비롯한 조명희·홍해성·고한승 등 10여 명의 극예술협회 회원 등의 유학생들과 회동했다.[21] 극예술협회는 이들 도쿄유학생들이 중심이 되어 1920년 봄에 조직되었다.[22] 자필 원고에 표기된 '1920.1.1. 미사키三崎에서', '1921.6.30'이라는 두 가지 시간 지표에서 소설 속 서술되는 사건의 시간과 집필 완료 시점임을 유추할 수 있다. 즉 동우회 모임이 있던 1921년 초여름 「동굴 위에 선 사람」이 집필된 것이다. 1921년 초여름 동우회 회원이 관부연락선을 타고 부산에

20 유민영, 앞의 책, 108면.
21 위의 책 참조.
22 양승국, 『김우진, 그의 삶과 문학』, 태학사, 1998, 91면.

내린 것이 1921년 7월 5일이므로 도쿄에서 조선 순회공연을 위한 연극 연습은 늦어도 6월, 「동굴 위에 선 사람」의 집필 시기와 겹쳐진다. 이 시기의 정황을 알 수 있는 김우진의 일기는 1921년에는 단 하루 11월 26일만이 남겨져 있다.

> 과거 1년의 event들 중 나는 열렬히 자신의 운명에 대한 저주를 들었다. 그것은 끊임없이 나를 위협 핍박한 악마이다. 이 악마의 포위 속에서 단 한 번이라도 마음의 안일을 준 것은 그녀였다. 아아, 나는 자기 위안, 자기 충만을 위해서만 사랑을 할 수 있는가? 그리고 위로와 자기만족의 ◯◯[23]를 충족시킨 후엔 또 여자에게 무리해서 옷을 입혀야 하나? 그녀가 가령 나의 의◯(義◯)를 가진다 하여도 한번 나의 마음에 capricious한 변화가 왔을 때, 나는 그녀에게 등을 돌렸다. 과연 그것이 참일까.[24]

이 일기에 언급된 여성을 윤심덕으로 지적한 유민영은 김우진의 "내면의 끄트럭에서 그녀에 대한 관심이 조금씩 일고 있"는 것이며 「동굴 위에 선 사람」은 고토 후미코와의 사랑을 담아낸 것으로 기술했다.[25] 이러한 일기의 "그녀에게 등을 돌렸다"는 표현에서 이별을 고했던 정황을 간취할 수 있다.

1921년의 '과거 1년의 event'가 여름 동우회 전국 순회공연이 있었던 해임을 상기할 때 지난 일 년의 시간을 '운명에 대한 저주'로'운명을 저주하는 악마'로 기억하며 "마음의 안일을 준 것은 그녀였다"는 고백은

23 일기는 초서체에 가까운 흘림체로 기술되어 판독 불가능한 글자를 ◯◯로 표기했다. 『김우진 전집』 III, 2000, 847면.
24 「마음의 자취」, 『김우진 전집』 II, 484면.
25 위의 책, 107~110면.

남녀 교제의 이별을 뜻하는 것이다. '마음의 안일을 준' '그녀'와의 이별을 언급한 11월 26일 단 하루만이 씌어진 1921년 일기의 공백은 그녀와의 연애 관련 기술을 삭제하려는 의도로도 읽혀진다.

이러한 11월의 일기의 '그녀'를 '관심'을 갖는 정도의 사이로 언급한 것은, 1920년의 일기에 1917년에 창작된 시 「異性의 새 친구를 얻고」가 삽입되어 있으며 간호사였던 고토 후미코가 근무하는 안과의원을 다닌 것이 1920년 10월 5일로서 고토 후미코와의 이별 이후에 윤심덕과의 연애가 이어졌다는 인과 관계에서 1921년 11월의 일기의 '그녀'를 윤심덕과의 교제 출발로 의미를 축소하려는 데서 연유한 것으로 보인다. 이러한 판단의 근거로 김우진이 안과에 다니기 열흘 전인 1920년 9월 26일 일기에 기술된 '그녀'와의 관련 대목을 제시할 수 있다.

> 닉가 믓난 그딕의 대답이 얼마쯤음이나 정말인지, 또 그딕의 전신(前身) 이약이의 얼마가 정(正)이며 얼마가 꿈이댁이인지,[26] 그러나 그난 모다 닉의 마암 밋헤 그어준 할[27] 줄의 금선(金線)을 희미케 하기에 난 너무 무의미한 유혹에 지나지 못하엿섯다. 닉 마암은 그떡 땃듯하엿노라. 처음으로 고국 사람의 달고 단 위로랄 그딕가 주엇노라"[28]

첫사랑 고토 후미코의 죽음 이전인 1920년 9월의 일기에는 "처음으로 고국 사람의 달고 단 위로"를 준 "그딕"에 관해 언급했다. 전술한 1921년 11월의 일기에서 "마음의 안일을 준" "그녀"가 일년 전인 1920년

26 '꾸며댄 것인지'의 오기로 보인다.
27 '한'의 오기로 기술되었다. 「마음의 자취」, 『김우진 전집』 II, 481면.
28 위의 책, 481면.

9월의 "처음으로 고국 사람의 달고 단 위로"를 준 "그ᄃᆡ"와 동일 인물이라는 가정이 성립된다면 1920년 9월의 일기가 "윤심덕과의 사랑에 빠진 김우진의 심경"이라는 서연호의 지적은[29] 매우 유력한 것이다. 그녀와의 대화에서 진정성을 의심하며 "무의미한 유혹"으로 의혹의 시선과 동시에 위안을 얻는 양가적 심리가 "처음으로 고국 사람의 달고 단 위로랄 그ᄃᆡ가 주엇노라"는 일기의 기술에 단적으로 표출된다. 이것은 1921년 「동굴 위에 선 사람」에서 세 명이 동행한 여행지로부터 친구인 남이 전보를 받고 돌연 귀가하고 둘만이 남게 되면서 융길의 환심을 사려하는 "타락한 천사와 순수의 얼굴"의 남신자의 열정에 "불확실한 신뢰"로 불안에 휩싸이면서도 매혹당하는 연애 심리를 중첩시키는 것이다. 1921년 11월의 일기에 기술된 별리의 심정적 정황은 그해 10월에 창작된 「사랑의 가을」의 이별을 노래한 시에서도 엿볼 수 있다.

> 손잡고 웃고 엽눈질하든
> 江邊 우 잔디밧 우에
> 선선한 바람이 불어옵니다.
> 쓸쓸하게도 變해진
> 가을 벌판 우에
> 닙이 떨어지고 비가 옵니다.
> (…중략…)
> "가시오 어,서 가시오.
> 가서 棺 무들 무덤이나 파라"드시

29 서연호, 앞의 글, 19면.

마른 닙 갓흔 맷초리가 비웃고 나라갑니다.

그래서 나도-

"오냐, 오냐, 그러나

가기 前에 한 마듸 말하겟다.

네게는 가을이 아니 올 쥴 아느냐.

그때의 너를 爲해

내 棺 엽헤 자리를 남겨두마" 하고

나는 다름질해 도라왓습니다.[30]

황량한 가을 풍경을 소묘한 「사랑의 가을」에서는 낙엽을 의인화하여 이별을 암시한다. 김우진의 시는 1인칭 화자가 일기를 쓰듯이 쓴 고백적 자전적 인물로 허구적 시적 화자가 창조된 것이 아니라 직서적으로 감정을 표출하는 김우진=시적 화자의 등식 관계가 성립된다.[31] 이러한 시적 특질에서 비바람 치는 가을 강변 자연에 의탁하여 남녀의 이별을 노래하는 「사랑의 가을」은 같은 해 11월 일기에서 "그녀에게 등을 돌렸다"는 이별을 구체화하는 시적 상상력이라 할 것이다.

생에서는 허용될 수 없는 사랑을 목숨을 걸고 사랑하는 자만이 점유하는 "내 관 엽헤 자리"를 허락하는 사랑의 고백이자 '정사'를 약속하는 이별의 선언인 것이다. 이러한 패러독스는 생명력 약동하는 인생의 봄, 여름에는 유예되는 사랑이며 '쇠락과 죽음'[32]을 상징하는 가을 무렵 죽

---

30 「사랑의 가을」, 『김우진 전집』 I, 334~335면.

31 조두섭, 「김우진 시의 위상」, 『대구어문론총』 21, 대구어문학회, 1986, 140면.

32 김우진의 시에서 가을은 쇠락과 죽음을 상징한다. 손화숙, 앞의 글, 434면.

음을 기약하는 이별에서 성립할 것이다.

동년 1921년 8월, 'A Fantasy'라는 부제를 단 「이단의 처녀와 방랑자」의 시에서는 "그대의 쉬지 안코 呼吸하는 精氣 / 그대의 보내는 / 黃金의 花環은 / 내의 石棺 우에/燦爛히 빗최이며, / 그 밋헤 그대와 나 / 함끠 白骨로 끠여 잇스리라"라는 시에서는 "시적 주체자인 '방랑자'와 '이단의 처녀'가 '석관' 아래 '백골'로 암시되는 죽음을 통해 감각으로 '생의 향연'을 누리겠다는 의지를 드러낸다. 이것을 천지혼돈 이전의 '명과 암', '우슴과 울음'의 상반되는 이미지로 정신과 육체적 감각을 집약하여, 대립적 정서와 가치를 병치하려는 블레이크 시의 영향과 김우진 개인의 경험과 연관된 것으로 추정되었다.[33] 「사랑의 가을」과 동일한 '관'이라는 객관적 상관물로 "내 관 엽헤 자리"를 부여받는 동반 자살과 같이 「이단의 처녀와 방랑자」에서는 "석관"의 "그 밋헤 그대와 나/함끠 白骨로 끠여 잇스리라"[34]는 정사를 예고하는 죽음의 이미지는 반복된다. 한편, 전술한 마쓰이 스마코가 병사한 시마무라 호게쓰의 뒤를 이어 자살했을 당시 "호게쓰와 같은 무덤에 넣어 달라"는 유언을 남겼다. "스마코의 사랑은 진짜였다"면서 동정적인 논조가 지배적이던 여론도 이 유언에 대하서는 냉소적인 반응이었던 것은 법률상의 처가 존재했기 때문이라는 것이다.[35] 이러한 동시대의 마쓰이 스마코의 유언은 정사

---

33 블레이크의 시에 대해 해롤드 블룸은 "상실된 인간성 회복, 이상세계 건설, 예술적 추구, 인간정신 인간 세계를 지배할 두 자질, 에너지와 이성, 선과 악의 대립을 인정하고 발전하는 것은 화해가 아니라 대립의 결혼이다"라고 해석한 바 있다. Harold Bloom, *The Visionary A Reading of Romantic Poetry, revised & enlarged*, Ithaca : Comel University press, 1971, p.66; 손필영, 「김우진의 낭만주의 시 연구-희곡작품과 긴밀성」, 『드라마연구』 52, 한국드라마학회, 2017, 170~172면.

34 「異端の處女와 放浪者－A Fantasy」, 『김우진 전집』 I, 332면.

35 菅野聡美, 『消費される恋愛論 大正知識人と性』, 青弓社, 2001, 74면.

를 욕망하는 목숨 건 연애를 "관 엽헤 자리"로 표상한다. 남녀의 사랑을 동반 자살을 공통으로 하는 사랑을 노래하는 시의 세계는 에로스Eros적 사랑이 타나토스Thanatos의 죽음의 충동으로 욕동하는 '정사'[36]에 이르는 사랑의 심리 추이를 설명해준다.

훗날 1926년 7월 윤심덕이 도쿄에서 〈사의 찬미〉 레코드를 취입한 후 8월 3일 김우진과 재회했던[37] 연유를 이러한 시적 정조에서 짚어볼 수 있다. '낭만적인 정사'에서 '윤심덕에 의해 유도된 사고사'거나 '정신적 억압에서 충동적인 사고사' '준비된 동반자살론' 등 다양한 견해가 제출되었던 김우진의 죽음을 둘러싼 문제는 "여러가지 면에서 공감대가 형성되어 준비된 '동반자살'에 이르는 결론을 내린다".[38] 생전 정사를 약속한 이별 등 사전 "공감대가 형성되"었기에 윤심덕이 김우진에게 "자살하겠다는 전보"를 쳤던 정황을 유추해 볼 수 있다. 김우진이 '본래의 인간성에 기인한 참생활'을 꿈꾸며 문학에 투신하려 출사표를 던지듯이 가출하여 새로운 생의 의욕을 표명했던 그가 돌연한 정사로 생을 마감했던 합리적 추론 불가능한 모순적 행위들은, 1926년 8월이라는 시기가 예기치 않았던 것일 뿐 이들이 정사에 관해 공유하는 심리 정황을 시 작품을 단서로 죽음의 전말을 상상하게 하는 것이다. "죽음과 대립되는 생명의식과 적극적인 행동의 상반된 모순"에 의한 죽음은 생사의 일원론과 사의 역리라는 죽음 의식과[39] 김우진의 '생명력의 사유' 등 삶과 생사의 의식 전반에 걸친 고찰을 요하지만, 이 무렵 「사랑의 가을」에

36 佐伯順子, 「心中の近代」, 『愛と苦難』, 岩波書店, 1999, 26~29면.
37 유민영, 앞의 책, 283면.
38 홍창수, 「김우진 작가 의식과 죽음에 관한 연구」, 『한국근대문학연구』 2, 한국근대문학회, 2000; 한국극예술학회 편, 한국극예술학회 편, 『김우진』, 연극과인간, 2010, 95면.
39 위의 글, 111면.

서 표상하는 죽음과 관련한 암시가 있었기에 '낭만적인 정사'에 의기투합했던 정황을 유추할 수 있게 된다.

1921년 11월에 헤어졌다는 "마음의 안일을 준" "그녀"는 일 년 전 "처음으로 고국 사람의 달고 단 위로"를 준 "그딕"와 동일인물로 그 사이에 있었던 1921년 여름 동우회 전국 순회공연 사건의 '그녀'를 윤심덕으로 특정할 수 있다. 그의 생애 기념비적인 해일 동우회의 순회공연 전후로 한 1921년의 일기가 단 하루 '그녀'와의 이별의 고백만이 남겨진 것은 일기의 공백이 '그녀'와 관련한 정황에 연유한 것일 수 있다.

1921년 초여름 전국 순회공연 직전 6월 30일 탈고한 「동굴 위에 선 사람」에서는 '올봄의 조국의 독립운동'으로 1919년 3·1운동을 암시하거나 '이국異國' 일본에 온 유학생의 자의식을 지닌 인물을 조형했다. 이러한 '조국의 부활의 열망'을 공유하는 남녀의 연애 심리를 표출하는 유학생의 인물 조형에서 「동굴 위에 선 사람」은 1920년 9월 일기의 "고국 사람의 달고 단 위로"를 준 "그딕"와 관련한 소설이라는 이해를 얻게 된다. 극예술협회가 결성된 1920년과 동년 9월 26일 "고국 사람"의 "그딕"에 관한 일기의 고백과 그해 창작된 일본어 소설 「동굴 위에 선 사람」의 '남신자'라는 히로인이 동일 인물로 연관되는 추이를 그해의 작가의 생애에서 추체험함으로써 일본인 고토 후미코가 아닌 "고국"의 윤심덕으로 특정할 수 있는 유력한 단서를 확보하게 된다.

이상의 논거에서 1921년 동우회의 전국 순회공연 이전 1920년 9월에 이미 윤심덕은 "처음으로 고국 사람의 달고 단 위로"를 준 "그딕"로 김우진의 마음속에 각인되었다는 추론이 가능하다. 이로써 1926년 동반자살에 이르기까지 많은 이별과 재회를 반복한 김우진과 윤심덕은 1920년으로 거슬러 올라가는 이른 시기에 조우했다고 보는 견해가 타당해 보인다. 이러한 전제에서 이 글에서는 1921년 「동굴 위에 선 사람」은 윤심덕과의 연애 체험에 기반한 소설적 형상화라는 주장을 전개했다.

3. 부부애의 의리 –「방련은 어찌하여 나병의 남편을 완쾌시켰는가 芳蓮はいかにして癩病の夫を全快させたか」

일본어로 씌어진 「방련은 어찌하여 나병의 남편을 완쾌시켰는가」는 "옛날 조선의 아름다운 이야기"라는 부제를 단 '남편의 나병을 고친 열녀'[40]의 원형 설화를 재해석한 것이다. 주인공 방련芳蓮이 남편과 혼인에 이르는 개연성 있는 상황을 부여하여 리얼리티를 확보하고 방련과 남편 사이의 애틋한 정서 교류를 덧붙여 로맨스로 재구성했다.[41] 자신의 살을 베어 먹인 남편이 허물을 벗고 완전한 사람으로 거듭나 백년해로하는 원형 설화를 부부애와 집안의 의리가 교착하는 시련 속에서 '숭고한 희생적 열정'에 의한 기적으로 소망을 성취하는, '의리'를 핵심 동인으로 맺어진 부부애의 서사를 창출했다. 이것은 「'조선 말 업는 조선문단'에 일언」의 제언과 같이 '구비 전설과 민요 · 동요의 수집'을 통해 "자기 안에 포장된 보옥寶玉을 들여다"[42] 보는 새로운 창조의 원천으로서의 '조선문화 건설'의 구상이며 선조들의 삶과 고전에서 예술적 가치를 발견하려는 '야망'인 것이다.

---

40 경남 삼랑진읍 설화이다. 정신문화연구원, 『한국구비문학대계』 8-8, 고려원, 1983, 190~191면.

41 윤진현, 앞의 책, 155면.

42 김초성, 「'조선 말 업는 조선문단'에 一言」(1922,4), 『김우진 전집』 II, 241면.

그런데 이러한 '옛이야기'의 다시쓰기에서도 남녀의 사랑과 부부애를 둘러싼 의리와 생과 사로 추상화한 주제에서 김우진의 삶과 공통분모를 발견하게 된다. 부부애의 숙명을 통감하는 주인공 '원수'[43]는 조혼한 아내와 윤심덕과의 사랑 사이에서 동요하는 김우진 작가의 삶을 예고하듯 추상화된 이념의 층위에서는 연관된다. 즉 공동체의 의리와 부부애가 대립하는 갈등 상황에서 상반된 행동으로 대응한 두 가지 방식의 대조적인 부부애의 유형을 제시함으로써 김우진 자신의 부부애와 연애의 관계를 투사한다. 대가족의 의리와 부부애가 반목하는 대립 속에서 부부애를 선택하여 공동체로부터 은둔한 '원수'라는 인물의 부부애는 윤심덕과 정사한 김우진의 연애로 인하여 가족과 분리되었던 귀결과 상통하는 맥락이 있다. 사랑의 전유물이었던 '열정'을 부부애의 '열정'과 결부함으로써 대가족의 의리로 연결된 공동체로부터 단절하며, 다음 세대인 방련은 스스로 '의리'를 위한 희생으로 '숭고한 희생적 열정'의 의리가 시련을 극복하는 해피엔딩의 결말을 통해 '열정'을 '의리'와 조합한 부부애를 표상한다.

"문화대동文化大同의 오늘날에 안저서는, 사상뿐 안이라 표현방식도 구문맥歐文脈이나 일문맥日文脈의 혼화混和를 피할 수 업는 처지나, 지금까지 한문맥漢文脈의 다분히 석긴 조선어와 외래어가 유기적으로 세련된 혼화를 엇지 안으면 안되겟다는"[44] 김우진의 창작과 함께 번역의 필요성을 강조했던 "세련된 혼화"의 방식은 '열정'과 '의리'로 맺어진 부부

---

43 '원수'라는 고유명사는 김우진의 자(字)가 원강(元剛)이었던 자신을 지시하는 의미가 있다. 「두데기 시인의 환멸」의 이원영, 「이영녀」의 원숙, 「산돼지」의 최원봉 등 작가의 분신이라 할 등장인물의 이름에 '원' 자가 쓰인 것은 그 때문이다. 「김우진의 자(字)를 원강(元剛)으로 한 말(金祐鎭字元剛字辭字辭)」(『草亭集』 六), 『김우진 전집』 II, 543면.

44 김초성, 앞의 글, 231면.

애라는, 조선문화의 '순정'한 가치 '의리'를 낭만적 사랑과 융합한 설화와는 차이가 있는 '로맨스'를 탄생시키는 것이다. 이러한 조선문화의 번역으로서의 일본어 글쓰기는 「동굴 위에 선 사람」의 그것과는 다른 점이다.

이것은 「동굴 위에 선 사람」의 등장인물의 고유명사를 한국어의 음으로 후리가나를 단 것과 달리 「방련은 어찌하여 나병의 남편을 완쾌시켰는가」에서는 고유명사의 한자를 일본어로 읽는 방식을 선택한다. 즉 전자는 한국어의 음성언어를 일본어에 기입하는 방식으로 개인의 기억에 의존한 '자신 한 사람의 이야기idiolect'라면 후자는 조선 공동의 기억에 입각한 설화를 다시 쓰는 '공'적 영역화의 시도라는 것이다. 생동감 있는 대화와 내면의 서술이 기조를 이루는 「동굴 위에 선 사람」과 달리 원형설화의 다시쓰기는 관념어와 개념어에 의한 서술이 기조를 이루어 각각 상이한 글쓰기의 특질을 보여준다.

조선어로 호명되는 개개의 고유명사의 인물이 개인의 기억과 결부되는 「동굴 위에 선 사람」에서는 실재세계의 재현의 원리가 작동하는데 반해 「방련은 어찌하여 나병의 남편을 완쾌시켰는가」에서는 조선의 설화라는 공동성의 기억에서 조선의 집합성에 의미가 있을 뿐 개체성이 호명 방식에 담지되는 것은 아니다. 「동굴 위에 선 사람」에서는 개인의 기억을 경유하는 실재세계와 대면시키는 일본어라면 「방련은 어찌하여 나병의 남편을 완쾌시켰는가」에서는 관념 세계의 추상적 요약적 서술의 일본어의 경계가 의식된다.

「동굴 위에 선 사람」은 한국어에 의한 '경험적인 세계'를 재현하는 일본어 글쓰기라면 「방련은 어찌하여 나병의 남편을 완쾌시켰는가」는 조선의 설화를 '의식이라는 내면적으로 구축'하는 것과 관계하는 언어적 차이에서 이문화에 통용 가능한 보편적인 관념과 개념어가 많이 구사되었다. 이러한 번역으로서의 일본어 글쓰기를 통해 '의리'를 기반으로 부부애와 공동체적 이념과의 조화를 모색함으로써 '숭고한 의리의 희생'의 미학으로 인간을 구원하는 숭고함의 차원으로 승화하여 현대에도 존속시켜야 하는 긍정적 가치로 변환시킨다. 이것은 김우진의 부부애의 의리와 연관된 상상의 방식을 보여준다. 즉 일기와 소설에서 반복되었던 죽음에 의해서만 완수되는 운명적 사랑의 연애와는 상이한 방향으로 생으로 전환하려는 김우진의 삶의 의지를 보여주는 의미심장한 것이다. '생명의 의식'이라는 희망에서 운명을 전환하려는 1925년 「곡선의 생활」의 사유와 유사한 형태로 김우진의 일본어 글쓰기는 생의 전환의 가능성을 부부애에서 탐색하려는 시도인 것이다. '숭고한 의리를 위한 희생'이 야기한 "공리를 버서난 혼魂의 기적"[45]의 설화 재구성은 의리를 초월성의 정신적 가치로 부부애와 가족과 공동체의 윤리의 중심에 자리매김하는 다시쓰기라 할 것이다.

근대의 낭만적 사랑이라는 '로맨티스트' 김우진이 병든 남편을 구한 숭고한 인정이 엮어내는 '옛이야기'를 「동굴 위에 선 사람」과 양립시킨 것은 부부애에 대한 희망의 끈을 놓지 않았던 작가의 또 다른 면모를 보여준다. 물론 조선의 "민요・속요나 동화 전설을 수집 부활"하여 서구의 근대적 가치와 접목하려 했던 '조선문화 부흥'의 기획임은 분명하지만 동시에 연애와 대척점에 있는 부부애의 주제는, 김우진의 가족과 연애의 고뇌가 투영된 개인 삶의 절실한 문제들에 의한 문학적 영위가 일본어 글쓰기로 구현된 것이다.

---

45 「마음의 자취」(1924.11.22), 『김우진 전집』 II, 509면.

작품의 창작 연대를 원고용지에서 대학시절로 추정한[46] 견해에 따른다면 「방련은 어찌하여 나병의 남편을 완쾌시켰는가」는 와세다대학 예과 수료 후 영문학과에 입학한 1920년에서 1924년 3월 졸업을 앞두고 1923년 귀국[47] 이전의 시기에 집필된 것이다. 그런데 김우진의 두 가지의 일본어 창작에 각기 다른 자호自號를 달아서 「동굴 위에 선 사람」에는 '金焦星 作'으로 「방련은 어찌하여 나병의 남편을 완쾌시켰는가」는 '金水山'으로 대조를 이룬다.[48] 각기 소설과 이야기인 모노가타리物語라는 상이한 장르의 일본어 글쓰기 형식을 취한 것이 마치 '초성'과 '수산'이라는 호의 변별과 관련 있는 것처럼 보인다. 두 작품이 모두 허구적인 창작일진대, 각기 다른 호를 구사했다는 점에서 집필 시기의 차이가 연관되어 있을 가능성도 포함하여, '이지의 패배'를 가상하는 허구적 서사와 '이지의 승리'라는 대조적인 결말의 다른 형식으로서의 「동굴 위에 선 사람」과 「방련은 어찌하여 나병의 남편을 완쾌시켰는가」는 각기 다른 자호를 사용했을 가능성이 있다.

와세다대학 1학년 여름 방학 때인 1920년 7월 29일의 일기에서 김우진은 "인생은 예술을 모방한다. 다만 실재와 자연을 자료로 할 뿐이다. 진길辰吉에 대한 집사람의 태도를 보라. 그 심리를 성찰해보라"하며 딸 진길을 대하는 아내의 태도와 심리에서 실재를 파악하려는 예술의 의

46 서연호, 「김우진의 생애와 문학세계」, 한국극예술학회 편, 『김우진』, 태학사, 1996, 13면.
47 정대성, 「새로운 자료로 살펴본 와세다대학 시절의 김우진」, 앞의 책, 441면.
48 1921년 「소위 근대극에 대하여」, 「愛蘭의 詩史-버드 레이크의 칼럼」, 「'조선 말 업는 조선문단'에 일언」등의 평론과 희곡 번역 「버나드 · 쇼 워렌 부인의 직업」,소설 번역 다눈치오의 「영웅」, "Romanticism의 시대"로 명명했던 〈아버지께〉 외 7편의 시 등에 焦星을 사용한 것을 제외한다면 수산의 호가 더 많이 쓰였다. 이로 보아 시기적으로 김수산보다 앞서 사용된 것이 초성이지만 시기의 문제만이 아닌, 활동 영역 및 장르 등의 다양한 요인이 호를 구별하여 사용하게 했을 것으로 보인다.

지를 피력한다. 예술과의 관계에서 삶을 관찰하고 재정립하려는 예술가로서의 자의식에서 아내의 심정을 살피려는 것으로 추측된다. 그런데 이 메모는 "말하는 사람 나로부터 멀어져도/변함없이 보내옴은 그대의 마음"이라는 시구 뒤에 배치되었다. 예술가로서의 자기 정립이 아내의 존재를 의식하게 하는 시선에는 아련한 그리움이 한 켠에 자리하면서 아내의 "심리를 성찰"하려는 태도로 이어지는 미세한 변화를 읽어낼 수 있다. 1920년 7월 일기의 아내의 "심리를 성찰"하려는 태도는 「방련은 어찌하여 나병의 남편을 완쾌시켰는가」라는 서사를 생성시킨 배경의 하나로 이해된다. 즉 방련의 '숭고한 희생적인 의리'의 부부애에서 치유와 구원의 희망을 놓지 않으려는 시도로 보인다.

1916년 결혼 당시 김우진이 창작한 시 「첫날밤」에서 "아 지낸 날에 / 나는 / '犧牲'의 로 / 너를 몃번이나 / 그려보앗든고 / 그러나 / 이날 밤 / 갓흔 자리에 / 갓히 누어서 (…중략…) 너와 나의 안즌 자리 / 만리 억리 / 떠러져 잇서라 // 너와 나의 / 압길 (…중략…) / 동으로 서으로 / 끗업시 헛갈녀 잇서라"[49]라는 시에서 표출하는 아내에 대한 가부장적 가족제도의 '희생'이라는 연민의 시선에서도 "화자가 아내에게 느끼는 심정적 거리감"[50]을 좁히지는 못했다. 부친의 엄명에 따른 결혼을 앞둔 김우진이, 신부에 대한 "'犧牲'의"[51]라는 비유로 '신라성족의 후예'로서의

49 「첫날밤」, 『김우진 전집』 I, 312~313면.

50 이경자, 「1920년대 상징의 두 양상-김우진 문학의 '상징'언어에 나타난 '전일성' 사상을 중심으로」, 『한국문학이론과 비평』 49, 한국문학이론과 비평학회, 2010, 102면.

51 '줄이아나'에 대해서 임진왜란 때 일본에 끌려갔다 돌아오지 못하고 천주교도가 되어 순교한 오타 줄리아라는 조선의 여인이라는 견해(박현옥, 「모리 레이코의 「삼채 여자론」-조선여인 오타 줄리아를 중심으로」, 『일본문화학보』 54, 2015, 161~176면; 손필영, 「김우진의 시 연구 (1)」, 『어문연구』 43-3, 한국어문교육연구회, 2015, 195면)와 가브리엘레 다눈치오의 소설 「죄없는 사람」에서 남편의 외도로 고통에 시달리는 여인 줄리아나라는 뜻이라는 견해가 있다. 김경애, 「새로운 건설의 예술가-김우진

대가족을 위한 결혼을 인간으로서의 여성의 삶의 희생으로 여기는 동정과 연민의 심정을 엿볼 수 있다. 가족의 희생양을 서양의 상징으로 조선의 시공간을 일탈하는 상상력을 작동시킨 것이다. "20년대 시에서 볼 수 없는 사적 감정의 솔직한 면을 찾을 수 있는"[52] 김우진 시는 "犧牲'의 줄이아나'라는 이국적 상상력에 그 의의가 있다. 이러한 맥락에서 '전통적인 가부장 사회의 남성이 조강지처에게 갖는 마음을 이해할 수 있는 시어'임은 분명하지만 '조혼한 아내'는 당대 조선의 상황을 암시하며, 조선의 현실을 상징'하는 것이[53] 중요한 것이 아니라 강조되어야 할 것은 이러한 조선 현실을 서구의 표상과 결합하는 방식에 "犧牲'의 줄이아나'의 시어의 특질이 있다는 점이다.

이 지점에서 '조선의 옛이야기'를 다시 쓰는 일본어 글쓰기가 '숭고한 희생적 열정'에 의한 기적의 서사라는 보편성 추구의 문학적 영위로 간주될 수 있는 과정을 엿볼 수 있다. 국경과 언어와 장르의 경계를 넘나드는 탈경계적 상상력의 특질이 언어의 변환과 관련된다. 동시에 '명문 후족'의 가족으로서의 여성의 삶을 희생으로 보는 김우진의 동정의 시선이 이후 "너와 나의 안즌 자리"의 거리로, 합일할 수 없는 무한대의 간격으로 괴리를 의식하는 심리 추이에서 '조선의 문화 부흥'의 기획으로만 환원할 수 없는, 개인의 삶과 연루된 내밀한 욕망을 읽어낼 수 있을 것이다.

의 1910년대 시를 중심으로」, 김우진연구회 편, 『김우진 연구』, 푸른사상, 2017, 449~450면.

52 조두섭, 앞의 글, 146면.

53 이경자, 앞의 글, 102면.

4. 한국 근대문학의 공백과 이중 언어 의식

1911년 8월 제1차 조선교육령에 의하여 일본어가 국어의 지위를 획득하고 한글이 국어의 보조적 위치로 규정된 이래 1922년 제2차 조선교육령의 발포로 일본어의 국어상용자와 한글=국어비상용자의 언어의 위계가[54] 공고해져 가는 시기 일본 유학생 김우진은 "우리말에 대한 존경과 사랑"으로 한글의 모어를 재발견해갔다. 일본 문단의 진출을 위한 근대 문인의 일본어 글쓰기가 시도되던 1920년대 '조선어 없는 조선문단'에 일침을 가한 평론을 발표한 김우진은 식민지 조선의 국어상용자/국어비상용자의 언어의 위계를 역전시킨 한글의 모어 중심 언어 내셔널리즘의 대항적인 인식을 표출했다.

한국어 · 일본어 · 영어로 쓰인 김우진의 일기를 중심으로 문자를 선택하고 정립해가는 경과를 조망한 선행 연구에 따르면 1919년 한국어의 일기는 3 · 1운동을 전후로 '국한문혼용체'의 글쓰기를 통해 민족적 열정, 계몽적 차원의 언술이 이루어지고 점차 계몽적 자아가 약화되고 김우진 자신의 갈등, 고민에 직면하면서 다시 일본어 일기쓰기가 강화된다는 것이다. 1922년에서 1923년까지 내적인 갈등과 예술적 성찰과 회의, 부자간의 갈등의 사색이 주로 일본어에 의해 이루어짐으로써 내적 고백과 감정 표현의 효율성에서 일본어가 선택되었다고 정리한 바 있다. 김우진의 문학적 출발 안에 각기 다른 언어로 발언하는 이중적 자아가 존재하여 계몽적 자아의 약화와 내면을 고백하는 자아의 부상이 조선어에서 일본어 일기 쓰기로 변화하게 했다는 것이다.[55]

---

54 이연숙, 고영진 · 임경화 역, 『국어라는 사상 — 근대 일본의 언어 인식』, 소명출판, 2006, 296면.

이러한 기존 논의는 한국어와 일본어 글쓰기를 양립시켰던 김우진의 언어 의식과 문학 인식을 이중적 자아로 실체화함으로써 이중 언어 의식을 자아 본연의 기능으로 자연화하여 언어의 효율성의 문제로 협애화한다. 물론 「'조선 말 업는 조선문단'에 일언」에서 한글의 부흥과 개량을 국한문 혼용의 문제로 설파하던 김우진의 조기 유학으로 인한 언어의 구속을 자각하면서 이상과 현실의 괴리를 토로한 바와 같이 새로운 언어 환경에서의 효율성의 문제를 무시할 수는 없다. 그러나 자신의 개성과 사유를 한글로 자유자재로 표현하지 못했던 이중 언어 사용자의 모어와 외국어가 각축하는 일본어 글쓰기를 '계몽적 자아'와 내면 고백의 자아로 이원화하여 단일한 언어적 조건에서도 발생하는 근대적 자아의 문제로 퇴행했다. 1913년 '진정한 애정'과 '문학의 취미와 진의'를 추구하는 문학 지망 여주인공의 인물을 형상화한 김우진의 「공상문학」은 300매에 달한다. 이러한 중편소설의 분량에 육박하는 한글 소설을 집필한 바 있는 김우진의 일본어 글쓰기의 동인을 한글 언어 구사 능력 결핍의 문제로만 파악할 수는 없는 것이다. "사룽스러운 국문"의 발견이 일본어 글쓰기와 병존할 수 있었던 언어 인식은, 의식을 언어화하는 문제와 문학과 언어의 관계에 대한 근본적인 고찰을 요한다.

김우진의 「애란의 시사」는 일본의 잡지 『마사고』에 수록된 것이라는[56] 점에서 그의 일본어 글쓰기를 일본문단 진출의 시도를 원천적으로 배제했다는 가정은 무리가 있다. 9편의 일본어 시를 포함한 49편의 자유시를 생애 발표하지 않았으며 시가 일기에 삽입되어 운문과 산문

55 윤진현, 「김우진의 문자의식과 문학어의 성립과정 – 일기 및 「조선말 업는 조선문단에 일언」 중심으로」, 『한국극예술연구』 23, 한국극예술학회, 2006.
56 초성역, 「愛蘭의 詩史 – 버드 레이크의 칼럼」, 『김우진 전집』 II, 246면.

의 조화를 이루는, 그것 자체로 개인 심리를 드러내는 음향으로 울리는 김우진의 일본어 글쓰기를 일본 문단을 염두에 둔 문학 행위로만 제한하는 논의는 이중 언어 글쓰기의 가능성을 축소시킬 우려가 있다.

「동굴 위에 선 사람」에서는 일본 아카바네赤羽 동굴이 있는 미사키 해안가를 배경으로 하면서도 일본인 등장인물에 의한 서사적 갈등은 전개되지 않는다. 일본인은 "남국정취의 시골 어촌"의 풍경 속에서 관망의 대상으로 그려질 뿐이다. 그런데 이러한 어부의 평화롭고도 분주한 일상의 풍경을 조망하는 낭만적인 '남국의 시인'의 여행자의 시선에서 "제 힘으로 일하고 제 힘으로 끼니를 마련하"는 모래벌판 위 유유히 그물 말리는 어부들은 관광지라는 "무대 위에 실제 생활을 영위해나가는 원시적 주인공"으로 '선망과 모방의 의미'로 대상화한다. 이향 섬 마을 어촌의 어부들을 "원시적 주인공"의 "자연의 모습"으로 포착하는 조선인 여행자의 시선에는 제국 일본을 향한 조선 식민지인의 '선망과 모방'의 시선을 역투사하여 일본인을 향한 "원시"의 수사로, 문명과 야만의 제국의 질서를 전복한다. 자연native을 이상화한 이문화의 시선에서 일본 해안가의 어부들은 "원시적"이며 바로 이 점에서 '선망과 모방'으로 대상화한다.

조국의 독립을 갈망하는 식민지 청년의 불안한 내면에는 "자신과 청년 사상의 비교 때면 늘 열등감에 사로잡"히는 자괴감에 사로잡히면서도 시골 벽지의 무심한 어촌 풍경을 "남국정취"로 채색하여, 자연의 동경과 초현실의 낭만성을 구가하는 이국 여행자의 시선이다. 화산 연기를 뿜어대는 섬을 감싸 안는 바닷가의 장엄한 경관을 '자연의 선율'로 감지하는 자연 예찬은 예술의 동경이며 "국경과 교리와 모든 인간의 사고를 초월"한 바다 저편의 진리와 이상을 꿈꾸는 낭만주의적 신비로움과 숭고함이 깃들어 있다.'조국의 부활에 대한 열망'과 "숭배하는 조상의 혈통, 무덤 속 아비규환의 불쌍한 무리들"의 환영을 보는 조선 청년의 고뇌는 동경과 모방의 대상이 문명이 아닌 자연을 향하여 이국 풍물의 대상 그 자체를 주시하는 것이다. 1915~1921년의 시를 "로맨티시즘의 시대"로 명명했던 김우진의 낭만적 시인의 자화상이라 할 「동굴 위에 선 사람」에서는 감옥에 간 전력이 있는 사상가 남군에게 "올봄의 독립운동 때조차 남군은 집요한 반대로 나를 배반"했다는 당대의 사상적 분열을 향한 융길의 의혹의 시선을 통해 식민지 조선의 저항적 이념을 선善으로 하는 도식적인 대립 구도의 유형적인 인물형을 탈각한, 이질적 세계의 균열적인 불확실성을 함축한다.

인간의 언어의 기본적인 기능은 외부에 전달하는 기능보다 자기 자신에 말하는 것에 있다는 조지 스타이너George Steiner는 귀의 청각적 물리적 기관을 통해 타자에게 전달하는 '음성언어'보다 마음속에만 울리는 '내적 언어'를 제일차적인 언어의 활동으로 인식했다.[57] 이러한 인간의 언어활동에서 보자면 김우진의 일본어 글쓰기는 창작 행위라는 공적 영역에서 독자와의 소통 회로를 갖는 '음성 언어'가 아닌 '내적 언어'에 가까운 것이다. 자기 자신에게 말하는 내적인 대화로서 일기가 일본어로 쓰이는 언어 선택은 시와 소설의 일본어 글쓰기를 사유하는 시사점을 제공한다. 일기에 삽입된 시가 운문과 산문의 조화를 이루는 그것 자체 개인의 표현 욕망으로 점철되는 김우진의 일기는, '주관/객관・현실/허구・시간/공간・산문/운문을 넘나드는 필자의 연속/불연속적인 사유의 경계가 드러나는 혼종적인 서사 형식으로서의[58] 일기

57 George Steiner, 亀山健吉 譯, 『バベルの後に－言葉と翻譯の諸相』 上, 法政大学出版局, 1999, 221면.

와 창작과의 연속선상에서 파악되어야 하는 것이다.

확고한 경계로 구별되는 것의 무의미한 지평, 달리 말하자면 문학 언어라는 타자와의 대화와 일기와 같은 내적 대화의 경계가 무화되는 지점에서 일본어가 선택되는 가능성을 환기한다. 생애 미발표된 김우진의 일본어 글쓰기에 전제하는 문학 언어로서의 접근 방식은, 그것이 갖는 일본어 글쓰기의 욕망을 일기와 창작의 불연속적인 지점으로 1920년대 '일본 문단 진출의 시도'로 귀착시킴으로써 김우진의 일본어 일기와 일본어 글쓰기의 동력을 우회하게 할 우려가 있다. 은밀한 사생활의 은폐와 자기표현의 착종하는 일본어 글쓰기 욕망은 근대국가-국어-근대문학의 연쇄 고리를 내파하는 개체의 글쓰기 욕망으로 '인간의 언어 전달 활동의 원점인 개인적 및 사적으로 말하고 싶다는 충동'[59]의 뿌리에서 타자와 소통하는 '음성 언어'보다 자신에게 말하는 개인의 '내적 언어'이며 일기를 일본어로 기록하는 언어의 선택과 유사한 것이다. 김우진의 창작의 일본어 글쓰기는 학술적 글쓰기 외에는 미발표로 일관함으로써 문학 언어가 내포하는 독자 지향성의 전제를 스스로 차단하여 국가의 귀속 욕망으로 단일하게 회수되지 않는 개인의 글쓰기 욕망을 두드러지게 한다. 이러한 의미에서 김우진의 일본어 시와 소설은, 글쓰기 본연의 의미라 할 개인의 "개성의 표현을 욕망"하는 글쓰기 욕망의 보편성에서 "이보 퇴각 일보 전진하면서도" 붓을 멈추지 않았던 김사량이 대표하는 '원초적 글쓰기 행위를 되묻는 장'[60]으로서의 1940년대 이중어글쓰기와의 연속성을 내재한다.

---

58 김현주, 『한국 근대 산문의 계보학』, 소명출판, 2004, 33면.
59 George Steiner, 亀山健吉 譯, 앞의 책, 300면.
60 김윤식, 앞의 책.

'식민지기 국가 권력에 의한 이념적인 실체성에 의해 지배되는 일본어의 국어화와 한국어의 모어화라는 상상체의 관념으로 대립하는'[61] 식민지 조선의 언어적 상황과 '외국 유학생에서 한일합방 이후 '내지' 유학'으로[62] 변화한 일본 유학생의 이중 언어 상황은 조선 국내의 그것과 변별된다. 1911년 제1차 조선교육령의 발포 이래 '국어의 보급'을 식민지 교육의 근간으로 하여 '국어를 상용하는 자'와 '국어를 상용하지 않는 자'로 내지인과의 차별을 명문화한 제2차 교육령이 공포된 것이 1922년의 일이다.[63] 이러한 식민지 조선 국내의 언어적 상황을 해외의 유학생에게 투사함으로써 '이중 언어적 장소topos'[64]로서의 일본 도쿄 유학생의 이중 언어 상황이 간과되었다. 1915년 조기 유학한 김우진의 일본어 글쓰기는 '고쿠고國語'를 매개하기보다 '이국異國'을 살아가는 외국인으로서 자발적으로 학습하는 외국어로서의 일본어와 모어인 한국어 사이에서 길항하는 복잡다단한 이중 언어적 상황은 식민지 조선의 언어 상황과는 거리가 있다. 유학생의 이문화 체험에 기반한 타자Other로서의 자기의식에 의한 일본어 글쓰기는 '자민족중심주의ethnocentric'를 상대화하는 '외부'의 발신으로서의 가능성을 내장하는 것이다.

1910~1920년대 일본에 체재한 조선의 지식인 김우진을 '유학생'의 범주에 초점화하는 것은, 그간 식민지 조선 국내의 언어적 상황을 해외의 지식인의 언어 환경으로 획일적으로 적용하는 방식에서 제한되었던 이문화 체험의 보편성과 결부되는 논의로 전환하기 위한 것이다.

---

61 정백수, 앞의 책, 25면.
62 하타노 세츠코, 최주한 역, 『일본 유학생 작가 연구』, 소명출판, 2011, 80면.
63 이연숙, 앞의 책, 296면.
64 황호덕, 「경성 지리지, 이중 언어의 장소론」, 『대동문화연구』 51, 성균관대 대동문화연구원, 2005.

1940년대 황민화 정책이 강제하는 '일본인되기'의 강박관념이 희박했던 시기 1920년대 초 "국문일기"로 쓰인 유학생의 내면의 기록에는 도쿄 유학에서 체험한 일본과의 조우에서 '아국我國'의 내셔널 아이덴티티와 개인의 아이덴티티의 중첩 길항하는 개체의 혼효적인 아이덴티티의 자각의 과정이 소묘된다. 유학생이라는 집합에 속하면서도 개성을 지닌 개체로서의 '사랑스러운 국문'과 '참자기'를 발견해갔던 김우진의 일본어 글쓰기는, 1900~1920년대 이중 언어 상황 하에 놓인 개별 단독자Singularity의 자기와 타자 인식의 상호 교섭적 사유의 특질을 내재하는 것이며 이것은 도쿄의 유학생이라는 이문화 체험에 연유한 보편적 사유의 창출 계기로서의 의미를 함축한다.

「동굴 위에 선 사람」의 "육체에서 발산하는 관능의 내음과도 같"은 에로스적 사랑을 국문의 근대소설로 표상하는 것의 곤란함을 상상하기란 어렵지 않다. 일기에서도 글자의 부분적 삭제와 공백으로 남겨진 바와 같이 실제 체험에 기초한 소설적 형상화에서 관능적 사랑의 은폐 심리는 언어 선택에 관여할 것이다. 실재 세계의 언어와 불일치한 일본어는 서사의 허구적 장치이자 에로스적 연애 심리를 은폐하는 기제로서 선택된 언어라는 것이다. '김우진=시적 화자'의 관계를 이루는 시와 마찬가지로 '자전적'문학의 특질은 허구적 장치의 기제로 독자지향성의 언어를 바꾸는 일본어의 언어 선택에 개입했을 가능성을 잠재한다.

19세기 후반 근대 문명 세계를 번역한 지식인 윤치호의 한문 일기에 간간이 등장하는 영어 표기가 은폐하고 싶은 사적인 부문이나, 한문으로는 표현할 수 없는 기독교적 가치관을 영어로 표현한[65] 바와 같이 근

---

65 이선경, 「윤치호의 문화 횡단적(transcultural) 글쓰기」, 『비교문학』 56, 한국비교문학회, 2012, 83면.

대소설의 첫발을 내딛은 1920년대 초 에로스적 사랑을 한글로 표상하는 난제에 직면하여 일본어의 언어 선택을 촉구했다는 추정이 가능하다. 여기에는 김우진의 일본어 소설의 독서 체험에 기반한 언어의 상징성이 보다 유용하게 작용하는 일본어가 선택된다는 것이다.

김우진은 「'朝鮮 말 업는 朝鮮文壇'에 一言」에서 "사상은 역사에 선재先在하엿다"라는 칼라일Caryle에 기초하여 선재되었던 사상의 재현을 불가능한 것으로 인식함으로써 문자와 언어의 암시력, 즉 상징력에 의존한 언어나 문자는 사상의 재현의 불가능성을 함축한다는 것이다.[66] 언어 자체 사상의 재현의 불완전성의 가능성에서 문자와 언어의 상징력을 극대화함으로써 개성의 감정과 사상을 방불케 할 뿐인 것으로 인식했다. 물론 언어의 상징력의 효과는 일본어에 의해서만 가능한 것은 아니다.

그런데 언어를 매개로 교양과 근대 지식 및 사유 방식을 습득해갔던 김우진의 풍부한 독서 체험의 상당수가 일본어 서적에 의한 것임을 감안하다면 다눈치오Gabriele D'Annunzio의 『죽음의 승리*The triumph of Death*』(1894)의 영향을 받은[67] 「동굴 위에 선 사람」의 '공동의 동굴空洞の洞窟'과 '폐허'의 상징은 일본어라는 언어를 매개로 하는 '개인의 연상작용에 의한 상징'임을 이해하게 된다. 즉 '공동의 죽음 속으로' 남녀의 '정사情死'에 이르는 『죽음의 승리』의 기억의 지층에서 연계되는 상징이다. "보통학교 때 이미 빅톨 유고, 셰익스피어, 다눈치오에 심취"[68]했으며 다

---

66 김초성, 「'朝鮮 말 업는 朝鮮文壇'에 一言」(1922,4), 『김우진 전집』 II, 229~230면.

67 유민영, 「서구에의 탐닉과 자기 파열-김우진론」, 한국극예술학회 편, 『김우진』, 태학사, 1996, 54쪽; 유인순, 「「공상문학」에 대한 비교문학적 연구-『사의 승리』 및 「환상을 쫓는 여인」을 중심으로」, 『이화어문논집』 9, 이화여대, 1987.

68 유민영, 앞의 책, 96면.

눈치오의 『죽음의 승리』의 일본어 번역을 매개로 한 서양소설의 독서에서[69] 각인된 '동굴의 상징성'을 동원하는 「동굴 위에 선 사람」의 낭만적 사랑 표상은 작자의 언어 체험에 기반한 언어의 상징성의 방식을 보여준다. 이러한 언어의 상징성에서 인간의 창조적 상상을 발휘하게[70] 되는 소설적 상상력의 작용인 것이다. 일기가 아닌 소설의 형식에서 창조적 상상을 동원하는 언어의 상징력의 효과를 극대화하는 언어가 선택되는 것이다. 「동굴 위에 선 사람」의 미사키 해안가의 공간이 바닷가의 장엄한 풍광 속 바위와 바다에 가려진 피난처와 은둔처에서 펼쳐지는 『죽음의 승리』[71]의 기억을 포개는 '일정한 심리적 계합契合'[72]에서 '공동의 동굴'과 '동굴의 함락'의 상징을 동원함으로써 연애로 인한 '자기 파멸'의 명징한 형상을 획득한다. 이로써 「동굴 위에 선 사람」의 낭만적 사랑이 '공동의 동굴'의 상징성에서 다눈치오의 『죽음의 승리』의 소설 장르에 기반한 상상력이라면 「방련은 어찌하여 나병의 남편을 완쾌시켰는가」의 부부애는 '의리'와 '희생'의 상징성에서 '남편의 나병을 고친 열녀'라는 '조선의 옛이야기'의 장르에 기반한 상상력이 작동하는 장르와 언어의 상징성의 관계가 도출된다.

한문맥漢文脈의 이항 대립적 인식틀은 김우진의 언어 의식의 뿌리에 자리한 '정치=공公, 연애=사私'라는 연애의 내밀한 사적 영역의 글쓰기를 '조선문학의 내셔널리티'의 견고한 경계의 외부로 분리하는 일본어의 언어가 선택되는 것이다. 즉 가정, 연애의 사적 세계에 입각한 리터러처가 공적 세계로 편제되는 공적・사적 세계의 이중성을 내포하는

---

69 권정희, 앞의 글, 54면.
70 「言語の特性－その象徵性」, 『김우진 전집』 II, 364면.
71 生田長江 譯, 『死の勝利』, 新潮社, 1913.
72 「言語の特性－その象徵性」, 앞의 책, 364면.

근대의 재편 방식에서 개인의 연애 심리의 내밀한 표현 욕망은 '조선어가 아닌' 부정성의 비틀린 형태로 일본어의 언어가 선택된다는 것이다. '한문맥漢文脈의 공公과 사私 혹은 사회와 자기라는 이중 초점의 틀'[73]에 입각한 김우진의 일본어 글쓰기는 근대 문학 성립 초기 내밀한 '사'의 세계와 관련하여 이루어졌다. 공과 사의 엄밀한 경계가 교착하는 근대 소설의 성립 지점에서 연애의 사적 세계의 글쓰기에 대한 사회 문화적 심리적인 저항이 경계를 견고하게 더욱 일그러진 형태의 "하나의 존재 Being의 부호"[74]로 '조선어'가 아닌 일본어가 선택된다는 것이다. '언어는 실재의 복사이고 부호이며 상징'이라는 김우진의 언어 의식에서 일본어는 내셔널리티 아이덴티티의 강박에 놓여진 외부의 존재의 '부호이며 상징'인 것이다.

내면의 서술 방식으로 일기와 편지 형식이 차용되고 연애의 은밀한 체험의 고백적 글쓰기에서 추동한 근대소설 형성의 과제를 안고 있던 1910~1920년대, 한국어로 소통하는 실재세계를 재현하려는 표현 욕망에 대한 심리적 억압이 언어의 선택에 작용함으로써 '정치=공의 세계와 변별되는 연애=사의 세계'로서의 일본어 글쓰기는 사생활의 은폐 심리와 자기표현의 착종하는 모순과 연관된 것임을 살필 수 있다.

1914~1915년부터 일본어로 기록하던 일기를 "사릉스러운 국문"으로 바꾼 것은 1919년 1월, 9편의 일본어 시는 1915년에서 1920년대 초반 사이에 집중적으로 창작되었으나 1926년에도 한 편의 시를 창작했으며 두 편의 일본어 소설이 1921년 이후로 추정되는 등 김우진의 일본

---

73 사이토 마레시, 황호덕 · 임상석 · 류충희 역, 『근대어의 탄생과 한문－한문맥과 근대 일본』, 현실문화, 2010, 174~178면.

74 「言語の特性－その象徴性」, 앞의 책, 360면.

어 글쓰기는 서른 살로 마감한 짧은 생애에서 지속적으로 이루어졌다.

김우진이 일본에 유학한 첫해인 1915년부터 일기와 한 편의 시 창작이 이루어진 이래 '국문일기'로 변모했던 1919년 이후에도 지속적인 일본어 글쓰기는 이러한 식민지 조선의 언어적 상황에서 도일한 유학생의 신분에서 이루어졌다. 일본어의 고쿠고國語화가 세 차례에 걸친 조선 교육령에 의해 확산되어 그 기점이 된 1911년 이후 1922년 제2차 조선 교육령이 발포되기 이전, 고쿠고화가 본격화되기 이전의 시기 일본어 글쓰기가 이루어졌다.

일본의 유학생 김우진의 공교육 현장에서 사용한 공용어는 물론 일본어이다. 이러한 공교육과 일본어 독서에 의한 근대적 지식과 교양을 형성하면서 각성된 식민지 조선의 지식인 김우진은 독서회와 극예술협회 등 유학생 동료와의 교류와 지적 활동 공간을 한국의 공동체를 향해 열려 있는 공공 공간public space of disclosure으로 인식하면서 한국어를 공적 언어로 연애의 사적 체험의 문학의 언어를 공적인 활동 공간의 언어와 분리하여 '사적'인 언어로 구획하는 것이다. 이것은 한국에서의 한문과 한글의 관계와 유사한 것으로 한문과 한글은 성/속, 공/사, 글/말이라는 이분법 아래 기능이 구분되었던 일종의 다중언어diglossia[75] 상태와 유사한 형태로 한학을 수학한 김우진의 이중 언어적 관습에서도 한문과 한글의 관계는 한글과 일본어의 관계로 대체 가능한 것이다. 이러한 의미에서 일본인으로의 자기의식을 강제하는 식민지 말기 일

75 다중 언어(diglossia)는 사회학자 퍼거슨이 제창한 개념으로 하나의 언어에 두 개의 변종이, 상위의 것과 하위의 것으로 뚜렷이 나누어져 언어의 계층제를 만들고 있는 상태를 말한다. 이러한 다중언어(diglossia)의 상황은 '다언어(multilingual) 상태'라고 말할 수 있다. 이연숙, 이재봉・사이키 카쓰히로 역, 『말이라는 환영－근대 일본의 언어 이데올로기』, 심산출판사, 2012, 261～263면.

본어 글쓰기의 강제적인 '굴종'과는 달리 김우진의 경우 한글이 매개하는 타자와의 소통을 단절하고 다언어적 상황의 내부 의식과 관련한 언어활동으로 일본어가 선택된다는 것이다. 1920년대 식민지 조선의 일본어와 한글의 위계는 김우진의 언어 의식 속에서 공적 언어 한글, 사적 언어 일본어라는 당대의 식민지 조선의 언어적 조건으로 환원할 수 없는 이중 언어 의식을 표출한다. 한글로 문필 활동을 하며 희곡 창작에 전념했던 1920년대 중반 이후 극작가의 공적 세계의 활동 시기로 포괄될 수 없는 김우진의 사적 세계의 언어활동을 조명할 필요가 여기에 있다.

식민지 조선에서 1910년대 후반에도 한글 글쓰기의 규범이 완성되지 않음으로써 '문학'=고급=일본어, '간이 실용'=조선어로 간주되면서 '조선어 문학'은 미지의 가능성으로만 존재했다.[76] 이러한 근대소설의 전범이 부재한 결핍된 상황의 조선인－조선어－조선한국어－한국문학의 구상에서도 언어와 문학을 불일치시킨 김우진의 일본어 글쓰기의 기저에는 연애의 사적 세계에 기반한 글쓰기를 공적 세계의 글쓰기와 분리하려는 의식이 작용한다는 것이다.

연애와 부부애를 테마로 한 일본어 소설은 일본문단의 진출이나 제국의 승인에의 욕망 속에서 가정과 연애의 사적 세계에 기반한 글쓰기를 한국문학과 공동체적 자아의 글쓰기와 분리시키는 방향으로 언어를 구획시킨 일본어 선택이 이루어졌다는 것이다. 개인의 자기정체성은 내셔널리티라는 공적 세계만이 아니라 '따스함'과 '위로'의 내밀한 '심리적 해방'이 가능했던 연애의 사적 세계의 상호 작용에서 형성된

76 권보드래, 앞의 글, 33면.

다. 김우진의 글쓰기욕망은 이러한 갈등과 긴장의 분열을 통합하는 자기 분석과 치유의 행위인 것이다. 이러한 자기 언급의 소설이 일본어 글쓰기로 구현되는 의식은, 식민지 조선의 내이션의 상상적 동일시에 포섭되지 않는 인간 심층의 내적 자아의 억압된 무의식의 표출이라 하겠다. 이러한 의미에서 공동체적 자아와 분리하려는 사적 세계의 언어로 일본어가 선택되고 이러한 내적 자아에 의한 대화로서의 글쓰기가 일기나 편지가 아니라 소설의 형식을 취하는 것은 근대소설의 역사에서 이해의 단초를 얻을 수 있다.

자신을 대상화하는 객관적 · 내성적 글쓰기 욕망이 자기 동일시 가능한 허구 세계를 창조하는 근대소설을 탄생시킨 동력이라는 것은 「동굴 위에 선 사람」의 미사키 해안 여행의 체험에 바탕을 둔 관능적인 연애의 형상화가 소설의 형식을 취한 이유를 설명해준다. 연애의 은밀한 사생활 은폐 심리의 욕망이 허구적인 소설의 형식과 일본어의 언어를 요청하게 하는 것이다. '조선어에 의한 근대문학'의 전범이 부재한 1910~1920년대 '조선어'로 에로스적 사랑을 표상하는 근대소설 상상의 어려움이 얽힌 언어 선택으로 김우진 자신의 은밀한 사생활과 내면의 은폐 욕망이 허구적 기제를 요청하게 되는 프로세스로 이해된다.

이에 대하여 「방련은 어찌하여 나병의 남편을 완쾌시켰는가」의 서사는 근대의 낭만적 사랑이 의식된 '숭고한 희생적 열정'의 의리로 맺어진 부부애의 다시쓰기로서 '구비 전설과 민요 동요의 수집'이라는 '조선문화 부흥'의 기획임과 동시에 세계의 보편 규범 속에서 '조선문화'를 자리매김하는 상대화의 시선에서 외부 세계를 향해 발신하는, 조선문화의 번역으로서의 일본어 글쓰기인 것이다. 이것은 「동굴 위에 선 사람」의 은폐의 욕망이 추동하는 일본어 글쓰기의 내적 동인과는 다소 차이가 있는 것으로 「방련은 어찌하여 나병의 남편을 완쾌시켰는가」라는 관념적·추상적·개념적인 일본어 글쓰기의 특질을 띤다. 대화 장면이 거의 없으며 인물의 구체적 형상화가 결여된 '옛이야기'의 다시쓰기로서 조선의 특수성의 문화를 '번역'하는 일본어 글쓰기라 할 것이다.

김우진의 일본어 글쓰기는 이중 언어의 상황이 개인에게 다양한 방식으로 체험되는 양상을 드러내는 의의가 있다. 유년기 한학을 수학한 한글 교양의 지식인 김우진의 일본 유학생의 언어적 상황과 일본어 글쓰기의 의의는 조기 유학한 김동인과 염상섭의 그것과도 다르다. 한문·영어의 다양한 언어를 섭렵한 폭넓은 교양의 엘리트 김우진의 일본어 글쓰기는, 다양한 배경을 지닌 개별 개인의 내면 심리와 유학 체험 및 일본의 동시대성을 언어적 상황과 결부하여 일본어 글쓰기의 구체적인 계기의 다양성을 보여준다. 이 글에서 논구한 김우진의 일본어 글쓰기의 논의는 다음과 같은 의의가 있다.

첫째, 김우진의 일본어 글쓰기는 근대소설이 정착되기 이전 낭만적 사랑의 형상화라는 문학적 과제가 일본어의 언어 선택과 결부한 것임을 보여준다. '조선어에 의한 근대문학'의 모범이 희박한 1910~1920년대 '조선어'로 에로스적 사랑을 표상하는 근대소설 형성의 난제가 일본어 글쓰기의 생성 요인이라는 것이다.

둘째, 「동굴 위에 선 사람」에서는 윤심덕과 동일시되는 여주인공의 인물 조형 방식을 통해 연애의 은폐 심리의 욕망이 한국어가 아닌 일본어의 언어 선택을 추동하는 요인임을 드러낸다. 이로써 김우진과 윤심덕의 '정사'에 이르는 내면의 심리 추이를 보다 세밀하게 추적하는 단서로서의 일본어 글쓰기의 의의를 조명했다.

셋째, 언어는 실재를 재현하는 것이 불가능하다는 김우진의 언어 의식에서 일본어 글쓰기를 조망함으로써 언어의 상징성에 입각한 김우진의 일본어 글쓰기 특질의 의의를 제시했다. 소설 「동굴 위에 선 사람」은 다눈치오의 소설 『죽음의 승리』라는 일본어 번역소설이 매개하는 언어의 상징성을 구조화하는 글쓰기 방식과 연관된 특질인 것이다.

넷째, 개별 개인의 내밀한 내면의 심층적 갈등을 조선의 내셔널리티의 영역과 분리한 개인의 사적 세계의 의미 기제로서의 언어가 선택됨으로써 가정・연애 등 사적 세계에 기반한 내면 의식과 결부한 김우진의 일본어 글쓰기의 특질을 살필 수 있다. 물론 김우진의 전 생애에서 공적・사적 세계와 이에 대응하는 언어를 엄밀하게 분할할 수는 없지만, '정치=공적 세계', '연애=사적세계'라는 한문맥의 이항 대립적 틀에 기반한 사유는 근대 문학 형성과 연관된 개인의 '사적' 세계가 언어를 선택하는 요인으로써 일본어 글쓰기를 한시에서 자유시로 언어와 장르 변형의 이행과 동일한 층위에서 논의할 수 있는 보편성을 잠재한 일본어 글쓰기의 특질이 있다. 연애의 내밀한 체험의 문학적 영위를 '공'적 세계와 분리하려는 언어의 기제에서 사적인 세계의 분할이 정치의 '공'적 세계와 문학의 '사'적 세계의 이항 대립을 내포한 '혼화'의 융합적 글쓰기로서의 일본어 글쓰기로의 의의가 있다.

이와 같이 이 글에서는 김우진의 일본어 글쓰기를 분석 대상으로 하여 사생활 체험에 기반한 사적 세계의 문학으로 자리매김하여 언어 의식 및 내셔널리티의 관계 속에서 일본어 선택 요인을 고찰했다. 이러한 논의를 통해 일본어 글쓰기의 이중 언어의 상황과 근대 문학의 형성을 관련짓는 논의 지형을 창출하였다.

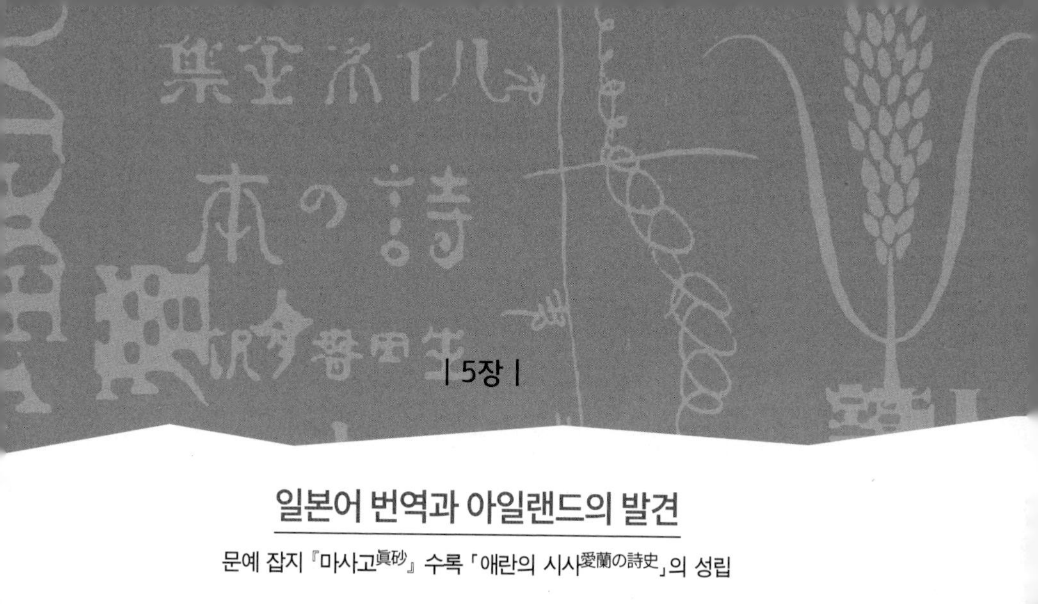

| 5장 |

일본어 번역과 아일랜드의 발견

문예 잡지 『마사고真砂』 수록 「애란의 시사愛蘭の詩史」의 성립

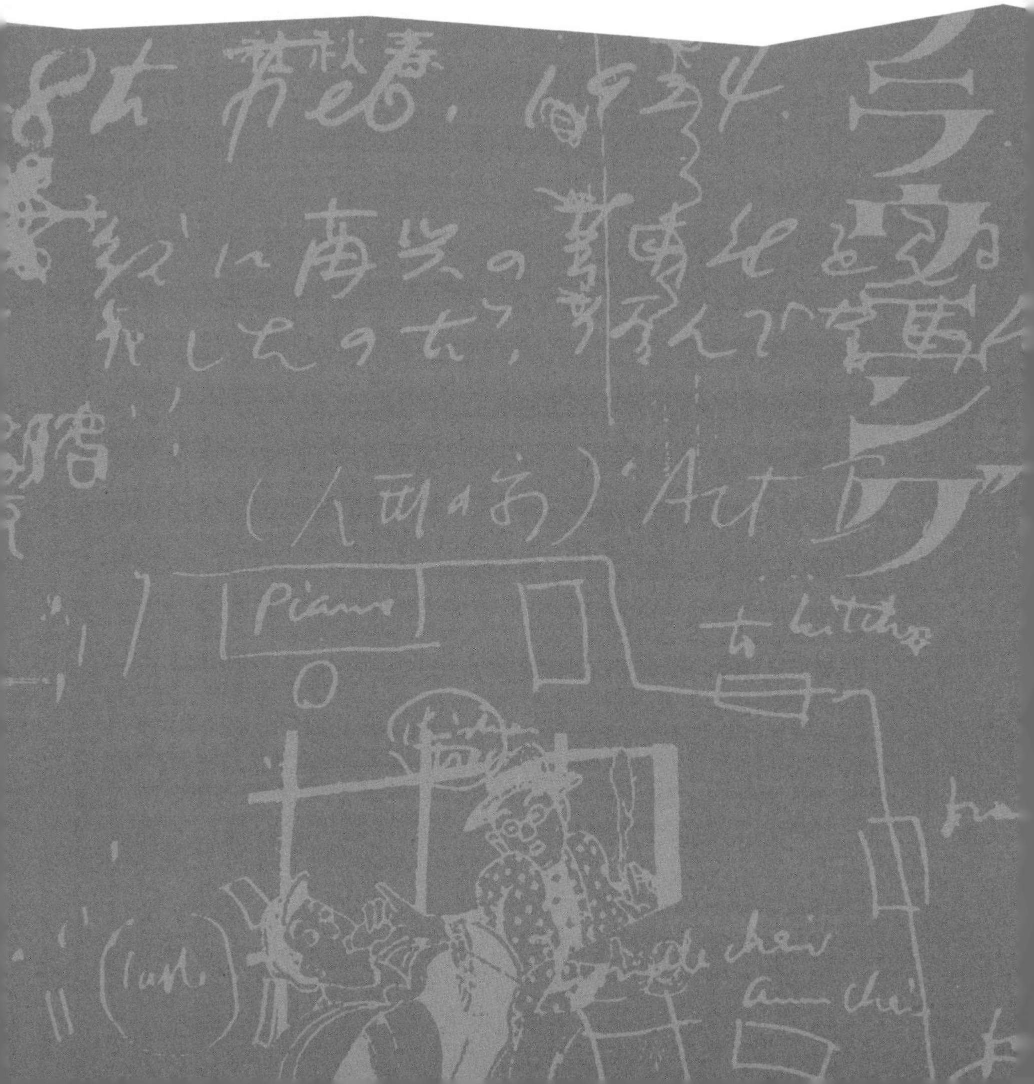

인생이란 결국은 한 번 구더진 사상과 관념이 부단한 약진과 창조를 요구하는 생명을 질박해 놋는 것이다. 이곳에서 신고(新古)의 충돌, 계급의 쟁투, 혁명과 보수의 피다툼이 생긴다. 그러나 그 힘이 극(極)할 째에도 일반은 늙은이의 구더진 머리 속 모양으로 자기 생명의 본류(本流)를 보지 못한다. 그러나 새 생명 새 사상은 이것에 대해 대항한다. 이 곳에서 비평이 생긴다. 비평은 싸움이고 전투다. 역사상의 모든 새 조류(潮流)와 새 사변(事變)의 압헤 반드시 이 비평의 시대가 잇섯던 것을 발견할 수가 잇다.[1]

1. 김우진의 일본 유학과 아일랜드 발견의 도정

극작가 김우진의 「애란의 시사愛蘭の詩史(バドレイク, コラム)」는, 패드라익 콜럼Padraic Colum(1881~1972, 〈사진 1〉)의 평론을 일본어로 번역한 것이다. 일본의 잡지 『마사고真砂』(1924.8)에 발표된 이 글은, 첫 번째 전집 발간 시 "버트레이크 코람이 쓴" 평론의 번역으로 설명되었다.[2] 두 번째 전집 발간 즈음에는 「애란의 시사-버트레이크의 칼럼」이라는 표제로 한국어로 번역되었다. 이때 육필 원고 말미에 "잡지雜誌 『마사고真砂』에서 쏍아낸 것"이라는

〈사진 1〉 패드라익 콜럼(1881~1972)

1 홍해성 · 김수산, 「우리 신극운동의 첫 길」, 『김우진 전집』 II, 97면.

2 서연호, 「유고해설(II)-연극비평 · 문학비평 · 수상 · 서간문 · 일기」, 『김우진 전집』 2, 전예원, 1983, 311면.

자필 메모가 명기되었다.[3] 「애란의 시사」가 수록된 일본의 잡지 『마사고』에 대하여, "현시점에서는 권호 불명"[4]이며 "이 잡지가 확인된다면 수산의 일본 문단 활동이 좀 더 드러날 수도 있다"[5]며 잡지에 주의를 환기했다. 또한 김우진 스스로 시 창작을 시기 구분한 제3기의 시세계의 계기를 "『마사고』 그룹에의 참가"[6] 등으로 추정하는 등 지속적으로 잡지 『마사고』에 대한 연구의 필요성이 제기되어 왔다.

이러한 선행 연구를 바탕으로 이 글에서는 패드라익 콜럼의 「애란의 시사」의 원전을 특정하여 번역의 경위를 해명하고 일본과 식민지 조선의 아일랜드문학 수용 맥락에서의 의의를 고찰한다. 아울러 「애란의 시사」가 발표된 일본의 문예잡지 『마사고』의 해당 호를 중심으로 잡지 전반의 기초 조사를 통하여, 김우진 문학에 끼친 미디어의 영향을 탐색한다.

전술한 바와 같이, 김우진은 1915년에 일본 구마모토농업학교에 유학한 이후 1918년 3월 졸업 후 동년 4월에 도쿄의 와세다대학 고등예과에 입학하여 수료한 뒤 1920년 4월 문학부 영문과 전공으로 진학하여 1924년 3월 졸업하였다.[7] 십여 년에 걸친 일본 유학에서 형성된 김우진의 문학, 특히 아일랜드문학 번역을 '영문학의 수용'[8]에서 평가한 논고

3 『김우진 전집』 II, 245~246면.

4 金牧蘭, 「「我々」のアイルランド劇-一九二〇・三〇年代朝鮮と日本におけるアイルランド劇の〈移動〉」, 筑波大学文化批評研究会 編, 『〈翻譯〉の圏域－文化・植民地・アイデンティティー」』, イセブ, 2004, 348면; 이승희, 「조선문학의 내셔널리티와 아일랜드」, 민족문학사연구소 기초학문연구단 편, 『탈식민의 역학』, 소명출판, 2006, 81면.

5 윤진현, 『조선 시민극의 구상과 탈계몽의 미학』, 창비, 2010, 141~142면.

6 鄭大成, 「知られざるもう一人の最初の自由詩人金祐鎮－ブレイク,ホイットマン,大正期日本,朝鮮ロマン主義のアマルガム,その錬金術」, 筑波大学文化批評研究会 編, 앞의 책, 382면.

7 양승국, 『김우진, 그의 삶과 문학』, 태학사, 1998; 정대성, 「새로운 자료로 살펴본 와세다대학 시절의 김우진」, 『한국극예술연구』 25, 한국극예술학회, 2007, 436~442면.

8 사토 기요시(佐藤清), 「京城帝大文科伝統と学風」, 『英語青年』, 英語青年社, 1959; 사노

에 따르면, 1924년 경성제국대학 예과가 개교한 이래 1926년 경성제대 본과의 설립으로 인해 1920년대 후반 경에야 경성제국대학의 영문과에서 아일랜드문학이 연구되기 시작했다. 식민지 조선에서 영문과가 설치되지 않았던 1924년, 와세다대학 영문과를 졸업한 해에 일본의 문예 잡지에 발표된 김우진의 평론 번역은, 일본 제국과 식민지 조선, 국문과와 영문과의 학제 등의 다기한 경계와 부재의 틈에서 위상이 부여되지 못한 채 학문의 귀속과 관련한 문제를 노정한다. 폭넓은 독서와 교양을 갖춘 '현대사상가'로서 "다이쇼 시대의 영향권을 넘을 정도의 서양 사상을 흡입"[9]했던 일본의 다이쇼 시대 그 자체 서양 사상의 영향에 침윤된, 문화 교섭의 월경 행위의 산물로서 식민지기의 역사적인 교류의 제약을 뛰어넘으려는 김우진의 문학적 영위는, 일본 유학을 경유한 세계의 보편적 인식과 자기 재정립의 동시성에서도 주목할 만한 것이다. 번역과 독서뿐만 아니라 강연 및 공연의 극예술 등 다양한 방식으로 수용한 유학생의 이문화 체험에 연유한 일본의 매개성[10]의 문제는, 뛰어난 외국어 실력을 갖춘 '서구에의 탐닉'[11]이라는 영문학도 김우진의 패드라익 콜럼이라는 원천을 명시한 「애란의 시사(バドレイク, コラム)」라는 평론의 일본어 번역에도 일관된다. 따라서 「애란의 시사」의 문학사적 의의와 잡지 『마사고』라는 매체를 둘러싼 문화 주변의 탐사

마사토(佐野正人), 「경성제대 영문과 네트워크에 대하여－식민지 시기 한국문학에 있어서 '영문학'과 이중 언어 창작」, 『한국현대문학연구』 26, 한국현대문학회, 2008.

9 유민영, 「선구자 수산 김우진을 어떻게 보아야 할 것인가」, 김우진연구회 편, 『김우진 연구』, 푸른사상, 2017, 17면.

10 권정희, 「비교문학 텍스트로서의 『마음의 자취(心の跡)』－김우진 일기의 자기 표상과 일본 다이쇼(大正) 시대의 연극 수용」, 『한국극예술연구』 56, 한국극예술학회, 2017.

11 유민영, 「서구에의 탐닉과 자기 파열－김우진론」, 한국극예술학회 편, 『김우진』, 태학사, 1996.

는, 김우진이 동시대 요청한 "소개자, 비평가, 번역가"의 "열망"을 드러내고, 일본의 매개성의 문제를 사유하는 단서를 제공할 것이다.

2. 「애란의 시사愛蘭の詩史」의 원본, 『아일랜드 시의 앤솔로지*Anthology of Irish verse*』의 「서문Introduction」
—패드라익 콜럼의 아일랜드 시론의 '국민 표상'

〈사진 2〉『아일랜드 시의 앤솔로지(*Anthology of Irish verse*)』(1922)의 속표지.

「애란의 시사(パドレイク, コラム)」는 패드라익 콜럼이 편집한『아일랜드 시의 앤솔로지*Anthology of Irish verse*』(New York : Boni and Liveright, 1922)(〈사진 2〉)의 「서문」(〈사진 3〉)을 번역한 것이다.

패드라익 콜럼은 아일랜드의 시인 · 소설가 · 극작가 · 전기작가 · 아동물 작가 · 민화 수집가로서 아일랜드 문예 부흥의 주요 인물로 꼽힌다. 20세기의 주요한 아일랜드 시인의 한 사람으로서 아일랜드 국민연극 발전의 초기에 공헌한 것으로 널리 알려져 있다. 그는, 초기의 근대 아일랜드의 시인을 일찍이 농민의 음유시인이자 구전 전통의 보유자로서 훈련된 극적인 스토리텔러로서, 관습의 체계화와 문화적 가치의 전수자로서 개념화하였다.[12] 이러한 초기의 국민시인의 시를 포함한『아일랜드 시의 앤솔로지』에는, 콜럼 스스로 개인 시인들을 대표하기보다 국민 표상으로서의 선별 요인을 명시함으로써 아일랜드 시선집으로서의 특징을 '집, 길, 들판, 바자와 화로', '풍자시와 애가哀歌', '우리의 유산' 등으로 세분된 7장에 걸쳐 총 180편의 시가 수록되었다.(부록–원문자료③)

"아일랜드 국민의 파노라마로서의 최초" "아일랜드 국민의 종족적인 기록과 가장 섬세한 표현으로 발굴된 문학을 안내하는 풍부하고 탁월한 서정성의 양면을 개성적으로 재현"했다는 동시대의 평판을 표지에 기재한 『아일랜드 시의 앤솔로지』는 1948년에 재간행되었다.[13] 「애란의 시사」의 저본은 1922년에 간행된 것이다. "패드라익 콜럼에 의한 서문과 함께 편집된" 앤솔로지의 5개의 장으로 이루어진 서문을, 김우진은 4장으로 발췌, 축약하여 「애란의 시사」라는 표제를 단 것이다.

세 장에 달하는 원문 서문을 I장과 IV장을 삭제한 채 발췌하여, 부분적으로 최소한의 역자주를 더하여 일본어로 번역하였다.[14] 원문의 서문에서 I장과 IV장은, 각각 아일랜드 시선집의 작품 선별 기준이 '국민적 테마' 등으로 제시되어 편집자로서 독자를 배려한 일러두기와 같이, 많은 익명의 시가 수록된 앤솔로지의 게일어Gaelic(스코틀랜드 아일랜드 등

12 Sanford Sternlicht, "Padraic Colum(1881~1972)", Alexander G. Gonzales, *Modern Irish writers : a bio-critical sourcebook*, Connecticut · London : Greenwood Press Westport, 1997, p.55.

13 Padraic Colum, *An Anthology of Irish verse*, New York : Liveright, 1948.

14 구성대조표.

Anthology of Irish verse (1922)	「愛蘭の詩史」(1924)
I	삭제
II	2
III	3
IV	삭제
V	1/4

INTRODUCTION

I

I should like to call this an Anthology of the Poetry of Ireland rather than an Anthology of Irish Verse. It is a distinction that has some little difference. It implies, I think, that my effort has been to take the poetry of the people in the mass, and then to make a selection that would be representative of the people rather than representative of individual poets. The usual, and perhaps the better, way to make an anthology is to select poems and group them according to chronological order, or according to an order that has a correspondence in the emotional life of the reader. The first is the method of the Oxford Book of English Verse, and the second is the method of the Golden Treasury of Songs and Lyrics. In this collection,—the last section,—there is an anthology of personal poems that is in chronological order; and there is an anthology of anonymous poems—the second section—that is arranged according to an order that is in the editor's own mind. But the other sections of the anthology are not chronological and are not according to any mental order—they represent a grouping according to dominant national themes.

This method of presentation has been forced upon me by the necessity of arranging the material in the least prosaic way. It would not do, I considered, to arrange the poetry of Ireland according to chronological order. Irish poetry in English is too recent to permit of a number of initial excellencies. Then the racial distinction of Irish poetry in Eng-

3

〈사진 3〉「서문(Introduction)」.

에서 사용)의 영향이 영어로 옮겨진 매체로서의 국민적 소유의 특징을 지닌 아일랜드의 시 작품의 특질과 규칙 등의 예시가 제시된 해설에 해당하는 것이다. 전편에 수록된 개별 시 작품을 제외한 서론만이 번역된, 아일랜드 시의 역사를 개관한 「애란의 시사」의 1장은 원문의 서장 V의

V

One of the characteristics of Irish poetry according to Thomas MacDonagh is a certain naiveté. "An Irish poet," he says, "if he be individual, if he be original, if he be national, speaks, almost stammers, in one of the two fresh languages of this country; in Irish (modern Irish, newly schooled by Europe), or in Anglo-Irish, English as we speak it in Ireland. . . . Such an Irish poet can still express himself in the simplest terms of life and of the common furniture of life." *

Thomas MacDonagh is speaking here of the poetry that is being written to-day, of the poetry that comes out of a community that is still mainly agricultural, that is still close to the soil, that has but few possessions. And yet, with this naiveté there must go a great deal of subtility. "Like the Japanese," says Kuno Meyer, "the Celts were always quick to take an artistic hint; they avoid the obvious and the commonplace; the half-said thing to them is dearest." † This is said of the poetry written in Ireland many centuries ago, but the subtility that the critic credits the Celts with is still a racial heritage.

Irish poetry begins with a dedication—a dedication of the race to the land. The myth of the invasion tells that the first act of the invaders was the invoking of the land of Ireland—its hills, its rivers, its forests, its cataracts. Amergin, the

* Literature in Ireland.
† Ancient Irish Poetry.

18

〈사진 4〉『아일랜드 시의 엔솔로지(*Anthology of Irish verse*)』의 서문의 V장.

전반부(pp.18~19・25)를 번역한 것이다.(〈사진 4〉) 이것은 토마스 맥도나흐Thomas MacDonagh가 정리한 순박함native이라는 아일랜드 시의 특질과 아이리쉬Irish(근대 아일랜드어)나 앵글로아이리쉬Anglo Irish(아일랜드에서 사용하는 영어)의 아일랜드문학을 규정하는 언어의 체계적 지형을 단적으로 제시한 V장의 기술이, 국민문학으로서의 아일랜드문학에 관한 포괄적인 설명으로 간주한 역자에 의해 재배치된 것으로 사료된다.

원문의 V장의 후반(pp.19~20)은, 「애란의 시사」의 4장에 번역되었다. 아일랜드 시의 국민적인 변모 양상을 토마스 데비스Tomas Davis의 '세련된, 또한 보석과 같은 시사'에 입각하여 국민적인 것의 함의를 기술함으로써 「애란의 시사」의 논의를 마무리하는 4장에 배치한 것이다.

원문의 II장은 첫 문단을 삭제한 채 「애란의 시사」의 2장으로 번역하였다. '영 · 애英 · 愛, Anglo-Irish문학'의 초기 이래 "영국적 사상 속에 영국적으로 생장한 애란인의 국민적 특질"을 의식하여 리듬, 음악적 구조 등이 시에 혼효되고, 애란어 연구와 민요의 번역, 애란의 연가의 영어 번역에 게일적인 감정과 정신을 표현한 다양한 형태의 '영 · 애 문학 재현'의 역사를 개괄하였다. 시인이기도 한 패드라익 콜럼이 W.B. 예이쓰W. B. Yeats세대에 영감을 준, 근대 국민 시인의 창시자로서의 토마스 무어Thomas Moore, 사뮤엘 퍼거슨Samuel Ferguson, 제임스 클라렌스 모건James Clarence Mangan 등 초기의 국민시인들의 시[15] 논의를 아우른 것이다.

「애란의 시사」의 3장은, 원문의 III장을 번역한 것이다. 아일랜드의 국민적 소생이 불러일으킨 문예부흥 운동에 귀족적인 문화의 관념으로 공헌한 예이쓰의 예술적인 시형과 게일리쉬한 시의 창조로써 개성이야말로 시의 근본이라는 주장에서 러셀George W. Russell의 신비적 시 세계와 더글라스 하이드Douglas Hyde 박사의 민요집 수집과 운율 살린 민요의 영어 번역 등에 이르기까지 애란의 게일화는 애란의 시인들에게 영향을 미쳤던 '새로운 언어' 획득의 과정을 소묘한 원문을 발췌하

15 Sanford Sternlicht, *Padraic Colum*, Boston : Twayne Publishers, 1985, p.45.

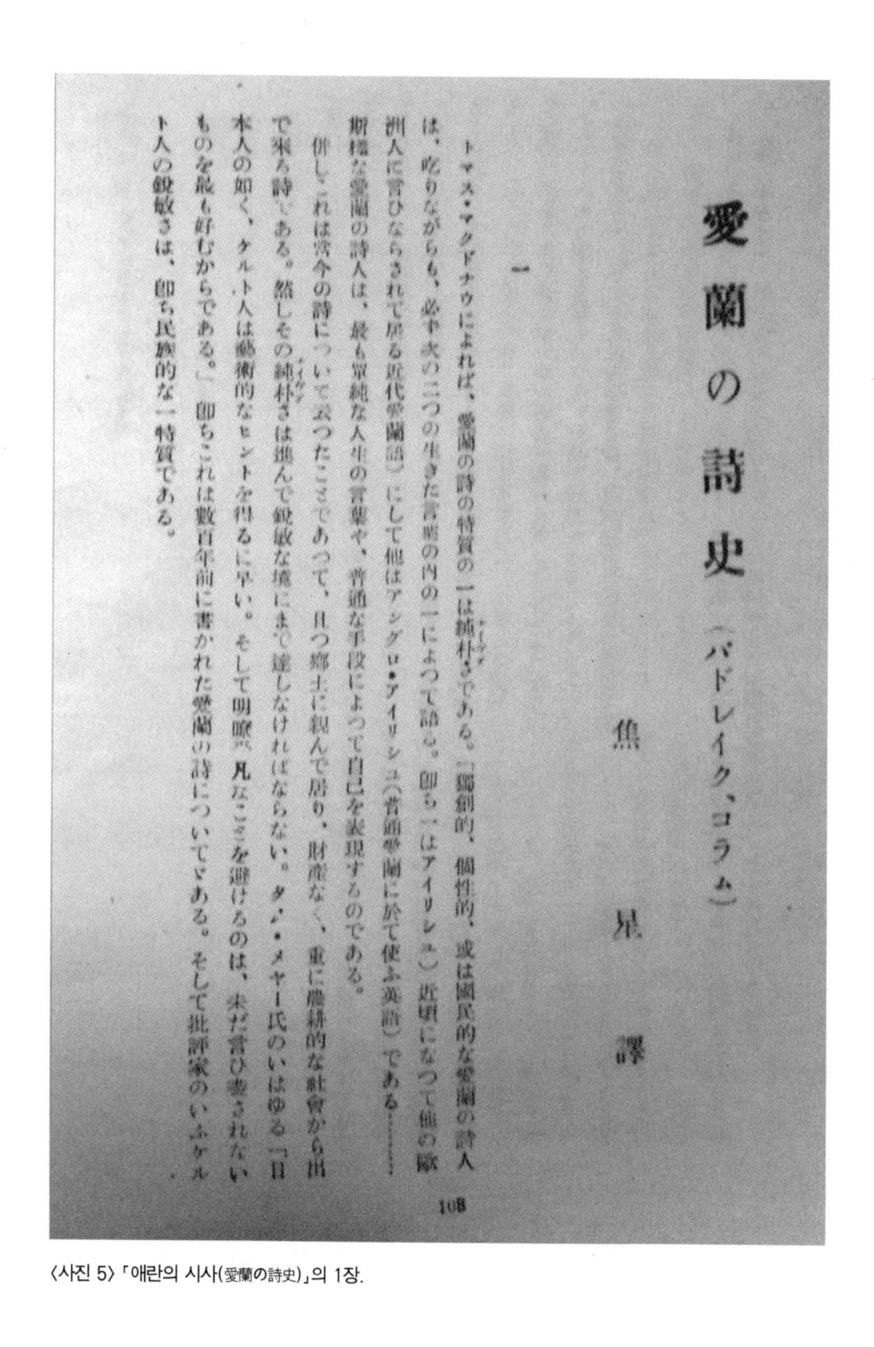

愛蘭の詩史（パドレイク、コラム）

焦星 譯

一

トマス・マクドナウによれば、愛蘭の詩の特質の一は純朴さ(ナイーヴ)である。「獨創的、個性的、或は國民的な愛蘭の詩人は、吃りながらも、必ず次の二つの生きた言語の内の一によつて語る。即ち一はアイリシュ）近頃になつて他の歐洲人に言ひならされて居る近代愛蘭語）にして他はアングロ・アイリシュ（普通愛蘭に於て使ふ英語）である……斯樣な愛蘭の詩人は、最も單純な人生の言葉や、普通な手段によつて自己を表現するのである。

併しこれは當今の詩について云つたことであつて、且つ鄕土に親んで居り、財產なく、重に農耕的な社會から出で來る詩である。然しその純朴さ(ナイーヴ)は進んで鋭敏な境にまで達しなければならない。タム・メヤー氏のいはゆる「日本人の如く、ケルト人は藝術的なヒントを得るに早い。そして明瞭、凡なことを避けるのは、未だ言ひ盡されないものを最も好むからである。」即ちこれは數百年前に書かれた愛蘭の詩についてゞある。そして批評家のいふケルト人の鋭敏さは、即ち民族的な一特質である。

108

〈사진 5〉「애란의 시사(愛蘭の詩史)」의 1장.

여 소략하는 형태로 일본어로 번역하였다.

아일랜드 문예 부흥의 역사를 중심으로 아일랜드의 국민 시인과 국민적인 것의 함의를 질문하면서 '영국과 아일랜드의 문학'의 역사에서 형성된 아일랜드문학의 특질 등을 개관한 「애란의 시사」의 평론 번역은, 일본과 식민지 조선의 경계에 선 김우진의 국가와 언어, 문학 인식을 제국과 식민지의 문학과 세계 구조의 보편성의 관념을 개입시켜 시야를 확장하는 형태의 영향을 끼친 번역인 것이다. 1922년, 김우진은 '조선 말 업는 조선문단'을 비판적으로 성찰하는 논고에서, 아일랜드 시인으로서 문예 부흥의 동력이 되었던 더글러스 하이드 박사의 영향을 기술하면서, 그의 두 권의 가집은 애란의 젊은 시인들이 시적 운율과 시형을 발견하게 한, "애란 시인의 일송세日誦書(브리비아리)"[16]라는 패드라익 콜럼의 지적을 인용한 바 있다.[17] "아일랜드의 국민시인으로서의 꿈의 성취를 위해서, 초기의 국민시인들의 시의 일부분이 그의 운문의 모델이 되었"던 근대 아일랜드의 시인의 가치를 집약한 패드라익 콜럼을 언급하는 논고에서 「愛蘭の詩史」의 3장과의 연속적인 논의가 도출된다.

「애란의 시사」의 발표 무렵은 일본에서는 패드라익 콜럼의 시나 각본 등의 작품이 번역되기 시작한 수용 초기이다.[18] 1922년, 『아일랜드

16 원문은 breviary로서, 로마 가톨릭 교회에서 사용하는 책을 가리키며, 일반적으로 기도서의 뜻이 있으며 요약, 초록의 의미도 있다.

17 "1922년4월14일에 썼던 원고"라는 메모가 원고에 기재되어 있다. 김초성, 「'朝鮮'말 업는 朝鮮文壇에 一言」(『Societe Mai』 1, 1925,6), 『김우진 전집』 II, 240면.

18 일본에서 「愛蘭の詩史」가 번역되기 전까지 패드라익 콜럼의 작품은 다음과 같이 번역되었다. コラム(Padraic Colum), 松村みね子 譯, 「「長靴の猫」の悲しき後日譚」, 『三田文学』 13-5, 1922,5; 松村みね子 譯, 「麦の奇跡」, 『心の花』 28-1, 1924,1; 鈴木暁世, 「日本近代文学におけるアイルランド文学受容年表―翻譯・紹介記事を中心として」, 『越境する想像力―日本近代文学とアイルランド』, 大阪大学出版会, 2014, 392면.

시의 앤솔로지』에 수록된 작품이 일본에서도 번역되기 시작하고 아일랜드 시의 역사를 개관하는 데 참조[19]되기 시작하는 등 김우진의 「애란의 시사」의 번역은, 일본의 아일랜드 수용의 역사에서도 자리매김되어야 할 것이다. 그의 콜럼의 평론 번역을 기점으로 아일랜드 발견의 시각은, 식민지 조선에서는 물론이거니와 후술하는 일본의 아일랜드 문학 수용의 역사에서도 콜럼의 문학 수용의 선두에 위치하는, 이른 시기의 것이다.

일본의 아일랜드문학 수용 연구에 따르면, 영국을 중심으로 서구 열강의 문화 정치 산업 등을 수입했던 메이지明治기에 거스르듯, 대영 제국의 억압에서 벗어나 아일랜드의 문예부흥 운동에 주목한 1910년대 초의 다이쇼大正기 작가와 연구자들이 참조하면서 '아일랜드문학열'이라 할 유행의 사회 현상이 발생했다. 1917년 시마무라 호게쓰島村抱月는 "아일랜드인이 영어를 사용하여 아일랜드의 국민성을 발휘할 수 있"었던 바와 같이 "지금의 조선인이 일본어를 써서 조선의 국민성을 발휘"하는 '조선문예부흥운동'을 주창하였다. 아일랜드 문예부흥 운동을 담당한 예이쓰, 그레고리 부인Isabella Augusta Gregory, 싱J. M. Synge 등의 시,

19 富田砕花의 「愛蘭詩史槪觀」의 말미에 콜럼의 『아일랜드 시의 앤솔로지(*Anthology of Irish verse*)』에서 시편을 인용했음을 명시했다(佐藤義亮, 『英吉利文学篇』 上,新潮社,1930). 아일랜드 시의 앤솔로지는 같은 해 다른 시선집이 간행되었지만, 콜럼이 편집한 시선집이 참고되었다. 여기에는 히나쓰 고노스케(日夏耿之助)의 「英吉利文学槪観(1)」, 히다카 타다이치(日高只一)의 「小説の誕生及び初期の小説」, 오지마 쇼타로(尾島庄太郎)의 '애란'의 「劇及び散文学槪観」, 혼마 히사오(本間久雄)의 「오스카 와일드(オスかア・ワイルド)」 등 와세다대학 영문과 교수의 집필진이 참여하였다. 한편, 경성제대 영문과 교수 사토 기요시(佐藤清)의 『愛蘭文学研究』(英文学研究別冊,研究社, 1922)와 1925년 재간행된 동저서에서도 콜럼이 언급되지는 않았던 사실에 근거하여 김우진의 번역 「愛蘭の詩史」는 일본의 아일랜드문학 수용 초기의 위상이 부여되어야 할 것이다. '초성'의 필명으로 발표되었던 연유에서 김우진의 번역이 조명되지 못했을 것으로 추정한다.

연극, 소설이 영어로 씌어져, 게일어의 방언과 구비문예나 민화 채집 등이 혼재되는, 아일랜드 문예부흥운동은 아일랜드 고유의 언어인 게일어를 다시 문학으로 회복하려는 운동이라는 것이다.[20] 과거 '오사카를 영국의 더블린으로', '교토를 더블린에'를 표방했던 기쿠치 칸菊池寛이, 조선과 일본의 관계를 애란과 영국의 그것과 "유사"한 형태로 "애란인이 영어로써 새로운 애란문학을 일으켜 영문학을 압도했듯이, 조선 청년이 일본어로 새로운 조선문학을 수립하길" 요원하는 「조선문학의 희망朝鮮文学の希望」을 공표한 1924년 9월,[21] 김우진의 일본어 번역 「애란의 시사」가 게재된 것이다. 아일랜드와 일본의 '식민지'가 겹쳐지는 형태로 변모한 기쿠키 칸의 아일랜드 담론[22]과 궤를 같이하는 것처럼 동시 다발적으로 일본어 독자를 향한 「애란의 시사」의 번역은, 식민지 조선의 유학생이 발신하는 콜럼의 시론 수용의 첫 주자인 것이다.

「애란의 시사」에 표상된 아일랜드 문예부흥운동을 중심으로 한 아일랜드 민족의 문화적 각성은, '조선 말 없는 조선문단'의 일 제언에서 "극적 천재 쫀 밀잉톤 씽"의 극작에서의 하녀들의 대화를 구사하기 위해 기울인 각고의 노력들에 나타난 언어의 문제로, 우리말이 없다는 문단의 자각의 촉구로 이어졌다. 새로운 애란 문학, 특히 극과 소설에도 새 국면의 계기가 된 더글라드 하이드 박사의 게일인의 민요・속요의 영역인 두 권의 가집이 현대 애란 문인에게 끼친 영향을 "패트릭 콜엄이라는 현존 애란 시인"의 기록을 인용하면서 소개하였다. 이것은 바로 「애란의 시사」에 의거한 것이다. 이러한 민요의 번역, 애란의 연가

20 島村抱月, 「朝鮮だより」, 『早稲田文学』 10月号, 1917; 鈴木暁世, 앞의 책, 36~37면.
21 菊池寛, 「朝鮮文学の希望」, 『菊池寛全集』 24, 文藝春秋, 1995, 113~114면.
22 鈴木暁世, 앞의 책, 5~49면.

의 영어 번역에 게일적인 감정과 정신을 표현한 다양한 형태의 '영·애 문학 재현'의 역사를 개괄한 패드라익 콜럼의 시론 번역은, 김우진의 문학과 연극 평론의 언어 문제를 중심으로 구비 전설과 민요 동요의 수집 및 이것을 우리의 신시가에 채용하여 민족의 운율과 시형의 새 예술 건설의 구상을 낳게 하였다.[23]

종래, 「애란의 시사」는 대학 시절 문학 수업의 리포트[24]에 기초한 것으로 추정되었다. 원본의 서문을 번역하는 방식은, 1920년 「애란인愛蘭人으로서의 버나드 쇼우」라는 김우진의 평론번역에서도 시도된 바 있다. 서두에 아일랜드 문예부흥작가의 비평가로 저명한 어니스트 A. 보이드Ernest A. Boyd의 『평가와 폄하*Appreciation and Depreciation*』의 1장 "아일랜드 프로테스탄트An Irish Protestant"를 일본어로 번역하면서 그 출전을 명시하였다. "애란인의 입장에서 해부한 버나드 쇼George Bernard Shaw에 적절한 이 1장을 번역"하는 취지를 기술하면서 "주로 영국의 독자들 앞에 섰던 버나드 쇼보다는 오히려 영·애 국민문학의 구성에 노력한 사람으로서의" 버나드 쇼를 바라보는 입장을 피력했다.

어니스트 A. 보이드가 쇼로부터 아일랜드를 발견하고, 패드라익 콜럼이 게일적 시적 전통을 추적했듯이 김우진은 "독서와 번역을 통해서 '아일랜드적' 혹은 '조선적'인 문학의 민족성 정체성을 스스로에게 질문했"던 '조선 근대문학의 내셔널리티의 기획'으로서 「애란의 시사」가 번역되었다.[25] 김우진의 일본어 번역 「애란의 시사」는 이러한 아일랜드 발견의 경로에서 식민지 조선의 동일한 번역 주체의 궤적을 살필 수 있

23 金焦星, 「'朝鮮 말 업는 朝鮮文壇'에 一言」, 1922.4, 『김우진 전집』II, 234-241면.
24 서연호, 『한국 최초의 실험적 예술가 김우진』, 건국대 출판부, 2000, 72·142면.
25 이승희, 앞의 글, 82~85면; 김진규, 「아일랜드문학 수용을 통한 조선 근대문학의 기획 양상 연구」, 서울대 석사논문, 2010.

愛蘭의文藝復興運動

〈사진 6〉『동명』에 게재된 작자 미상의 「애란의 문예부흥운동」(1923).

다. 당시 일본의 문예잡지 『마사고』의 투고 규정에 따라서 호·필명 등으로 발표한 일부의 투고자들과 마찬가지로 '초성焦星'이라는 필명으로 게재된 「애란의 시사」의 평론의 번역은, 1921년 「소위 근대극에 대하여」(『학지광』 22)라는 문학평론 발표 당시의 필명 '초성'의 "비평가"와 연속적인 번역주체로서, 외국문학의 영향과 자국 문화의 창조성의 상호 작용의 역동성을 표출한다. 근대극 건설을 주창한 이 논고에서, 근대극의 연극개량은 위대한 예술상의 천재가 갈망한 인류의 영혼 해방과 구제에 있다면서 "정치적 자유보다 영혼의 자유를 구"한 "애란의 문예부흥의 시인들"의 의의를 「애란의 시사」와 관련지어 논의를 전개하였다.

일본과 식민지 조선에서 '아일랜드문학'을 선도한 '아일랜드극'은, 1921년 동우회의 조선 순회공연의 일환으로, 김우진이 번역한 던세니경Edward Lord Dunsany의 〈찬란한 문The Glittering Gate〉이 '최초의 애란극 상연'이다.[26] 식민지 조선에서 아일랜드극 수용의 기폭제가 된 이러한 〈찬란한 문〉의 공연[27]과 함께 1920년대 초 콜럼의 「애란의 시사」의 번

26 신정옥, 『한국 신극과 서양연극』, 새문사, 1994, 208면; 金牧蘭, 앞의 글, 338면; 〈찬란한 문〉으로 표기되었다. 김병철, 『서양문학논저연표』, 을유문화사, 1978, 18면; 서연호, 『김우진』, 건국대 출판부, 2000, 26면.

27 김재석, 「1920년대 식민지조선의 아일랜드극 수용과 근대극의 형성」, 『국어국문학』

역은 식민지 조선에서 이른 시기에 소개된 아일랜드 문화 수용의 의의가 있다. 김병철에 따르면, 최초의 아일랜드문학 평론은 필자 미상에 의한 「애란의 문예부흥운동」이다.[28] 1923년에 발행된 『동명』에 게재된 "煙沒하야가는 土語를 보전코자 애란문예운동"이라는 표제의 이 글에서는 "厨川白村氏의 論文에 據ᄒᆞ얏"다고 부기되었다.[29] "文壇의 驍将 '이에쓰'로부터 天放의 新星 '쩐세니'卿까지"라는 부제를 단 이 글은 구리야가와 하쿠손厨川白村의 출전이 명시되었다.[30] 이

〈사진 7〉『동명』(1923)의 표지.

를 기점으로 일년 후에 발표된 「애란의 시사」는, 현 시점에서는 일본과 식민지 조선에서 패드라익 콜럼의 평론의 최초의 번역이다. 아일랜드 문예 부흥운동의 시사의 평론 번역은, 연극과 시의 복수의 장르에서 식민지 조선의 근대극과 '조선문단' 구축의 계기로서의 비평적인 문학적 실천의 상호 작용의 역동성을 보여준다. 중세부터 "시인과 극작가의

171, 국어국문학회, 2015, 422면; 김지혜, 「1920년대 초기 아일랜드 희곡 수용의 의미」, 『국제어문』 59, 국제어문학회, 2013.

28 필자 미상의 「애란의 문예부흥운동」(『동명』 2-16, 1922.4.15)은 1922년 발표된 것으로 기술되었다. 김병철, 『세계문학론저서지목록총람(1895~1985)』, 국학자료원, 2002, 1036면.

29 이승희, 앞의 글, 83면.

30 김재석, 앞의 글, 426~427면.

섬"이라 일컬어졌던 아일랜드는, 김우진의 근대극론만이 아니라 「애란의 시사」라는 시론의 번역에 의해서도 발견의 계기를 찾을 수 있다.

김우진은 식민지 조선의 "생명의 창조를 엇기 위한 출발점"을 '외국극의 근대극의 수입'에 두면서 "소개자, 비평가, 번역가"를 "열망"하는 시대를 예감했다. 고갈된 사상과 관념이 부단한 창조를 충동하는 '생명을 질박'함으로써 "신고新古의 충돌, 계급의 쟁투, 혁명과 보수의 피다툼"이 발생하여 이에 "대항"하는 "새생명 새사상"이 움트는 "이곳에서 비평"이 탄생한다는 것이다. "역사상의 모든 새 조류와 새 사변의 압헤 반드시 이 비평의 시대"[31]가 선행하여 "창작"과 "신생명의 창조"를 열기 위한 번역을 요청했다. '조선말 없는 조선문단'을 경계하고 근대극 건설을 주창한 '비평의 시대'를 거쳐 '창작'에 이르는, "자기 주위의 현실에 대한 통찰력"과 "인생의 전면全面을 직관"하는 김우진 문학의 자기 언급성self referentiality의 특질은 "단순한 모방, 복사, 수입에 그치지 아니할" "소개자, 비평가, 번역가"의 "열망"을 실현하는 문학적 영위에서 형성되었다. 일본어 독자를 향해서도 "소개자, 비평가, 번역자"로서 발화한 서구문학 수용의 배경으로서 수록 매체인 『마사고』를 살펴본다.

31 홍해성 · 김수산, 「우리 신극운동의 첫 길」, 『조선일보』, 1926.5.

3. 일본의 문예잡지 『마사고真砂』와 와세다대학 영문과 출신의 주요 기고자 – 아일랜드문학 연구의 족적과 김우진의 학문적 배경의 단면

일본의 잡지 『마사고』는 다이쇼 시대인 1920년대 발간된 문예투고잡지이다.[32] "창간호를 보지 못했다"[33]는 종래의 일본의 연구사와 한국의 김우진 문학 연구사에서 '불명'으로 알려진 『마사고』의 창간호는, 1923년 8월 1일 발행되었다

사륙판四六判의 판형으로, 정가는 30전銭 총 110면이다. 창간 당시 회비 1개월 25전, 3개월 분 이상 납부자를 회원으로 하여 배포되었다. 한어 '真砂'의 일본어 발음인 '마사고まさご'라는 제호의 표지를 넘기면 권두에는 「마사고」라는 제목의 서문을 통해 인간의 나약한 숙명적인 고뇌를 함께 극복하기 위한 잡지 탄생을 제언하면서 "우리들의 생활을 향상하고, 서로 인생을 보다 유의미하기 위해 각 회원의 생명으로부터 유로하는 정화를 융합시킨 하나의 표상"인 표제의 의미가 제시되었다. 정진과 수련을 통해 참자기의 진리를 추구하는 근대적 자아의식의 각성과 생명, 인격의 완성 등과 관련한 표상이라 하겠다. 개개인의 자아・자기・내면이라는 '인격의 성장과 발전에 지상의 가치를 두는' 인격주의적 인생관(인격적 완성을 구하는 정신)이 토양이 된 다이쇼 교양주의의

---

32 "문예잡지. 1923(大正12)・?～1926(大正15)・11. 東京市本郷区春木町三丁目六番地, 真砂社 발행. 와세다대학 영문과 출신의 오노다 도쿠조(小野田益三)(南茗)가 주재한 회원제의 문예투고잡지. 동학인 오지마 쇼타로(尾嶋庄太郎)의 예이쓰 번역, 나카야마 기슈(中山議秀)의 수필, 소설, 호아시 도나지(帆足図南次)의 연구 평론 등이 게재되었다. 또한 민중시파인 시라토리 쇼고(白鳥省吾), 햐쿠다 소지(百田宗治), 후쿠다 마사오(福田正夫) 등도 기고. 동지는 종간 후 『文藝 真砂』로 계간되었으며, 자매지로서 『속삭임(ささやき)』가 있다." 栗坪良樹, 「真砂」, 日本近代文学館, 『日本近代文学大事典』 五, 講談社, 1997, 412면.

33 竹長吉正, 「霜田史光研究落穂拾い(その2)」, 『白鴎大学論集』 30-1, 白鴎大学, 2015, 60면.

〈사진 8〉『마사고(まさご)』 창간호(1923.8)의 표지.

시대, 즉 이상주의・인격주의・교양주의・인도주의를 아우른, 인격주의와 교양주의를 특질로 하는 다이쇼 시대를[34] 배경으로 한 것이다.

편집 겸 발행자인 오노다 도쿠조小野田益三는 와세다대학 영문과 출신으로서 오노다의 "동창 20여 명 정도의 문학사 제군의 역작을 등재"한 창간호 이래 주요 기고자의 면면은, 아일랜드문학의 평론과 번역자로 활약한 연구자, 대중 소설의 작가 나카야마 기슈中山義秀와 민중시파의 대표 주자인 시라토리 세고白鳥省吾의 시인 등 다양한 분야에서 활약한 문인의 문학적 출발을 드러내는 의의가 있다. 와세다대학 영문과 출신의 주요 기고자인 오지마 쇼타로尾嶋庄太郎,[35] 호아시 도나지帆足図南次[36]는 아일랜

34 高田里恵子, 「人格主義と教養主義」, 『日本思想史講座4近代』, ぺりかん社, 2013, 191~202면.

35 尾嶋庄太郎(1899~1980) : 영문학자로서 예이쯔 연구의 권위자이다. 와세다대학 영문학과 졸업, 동대학 교수로서 옥스퍼드 대학에서 수학한 바 있다. 일본 예이쯔 협회 회장을 역임하였으며, 시인으로도 활약하여 창작시, 영시집과 아일랜드문학 관계의 저서를 다수 펴냈다(日本近代文学館 編, 앞의 책(1), 340면). 저서에 『ウィルヤム・バトラス・イエイツ研究』, 泰文社, 1927; 『ブレイクとセルト文学思想』, 東水橋町 : 冨山県(出版社表記なし), 1933; 『英米文文学評伝叢書81 イェイツ』, 研究社, 1934; 『アイルランド文学史』(世界文芸大辞典第七巻), 中央公論社, 1936 등이 있다.

36 帆足図南次(1898~1983) : 영문학자로서 와세다대학 영문학과 졸업, 동대학 교수로 재직했다. 『농민리프렛(農民リーフレット)』을 창간하였으며, 아일랜드 농민시 등을 번역했다. 「愛蘭農民小説 〈土の文学〉」(『早稲田文学』 247, 1926.8) 등 이래 『アイルラン

드문학 연구를 전문으로 한 영문학자로서 아일랜드문학 수용의 기틀을 다진 공헌을 하였다. 이들과 대학 시절을 같이 한 김우진의 콜럼의 번역 평론은 이러한 일련의 아일랜드 수용의 흐름에서 출현했다.

『마사고』의 문예투고잡지는, 김우진의 아일랜드 시론의 번역을 이러한 와세다대학 영문과의 학풍과 학적 네트워크의 학문적 배경에서 파악하는 새로운 시야와 정보를 제공한다.

한편, 전술한 바와 같이 선행 연구의 '미확인'이라는 발행일자를 「애란의 시사」가 실린 해당호를 입수하여 확인한 바, 5면에 걸친 목차(부록－원문자료②)에 '초성역'의 글이 기재된 『마사고』 제9호는, 1924년 8월 20일 인쇄한 뒤 납본하여 1924년 9월1일 발행된 것이다.(〈사진 10〉).

창간호 『마사고まさご』에서 『마사고真砂』로 잡지 표제의 표기와 월간지로의 변형 등 지속적으로 내용과 편집 방향과 체재의 변모를 거듭하였다. 창간 당시 회원을 대상으로 배포되었으나 "일반 서점에도" 시판하여, 점차 전국 각지의 "일반인의 투고를 주로 한 문예잡지"[37]로 변모했다. 「애란의 시사」가 수록된 1924년 『마사고』 제2년 제9호는 '真砂'의 제호 아래 보리 이삭을 표지화(〈사진 11〉)로 하였는데, 다음 호에도 같은 의장의 표지이다. 보리이삭의 표지화는 같은 해 일본어로 번역된 패드라익 콜럼의 작품인 「보리의 기적麦の奇跡, The Miracle of the Corn」을 연상하게 하는 일러스트레이션이다. 편집 후기에 "본호부터 여러 가지 내용 및 편집을 일대 새롭게 바꾸었"다는 내용과 편집을 쇄신한 제9호는, 장章을 구별하는 속표지扉에 이어 미국의 여류시인 사라 티즈데일Sara Teasdale

ド文学の闘争過程』(東京：思想教育研究所, 1928) 등의 저서가 있다. 日本近代文学館 編, 『日本近代文学大事典』 三, 講談社, 1997,193면.

37 이러한 평가는 '창간호를 보지 못했다'(竹長吉正, 앞의 글, 60면)는 데서 연유한 것으로 보인다.

會員募集

○どうぞ御入會下さい。

○どうぞあなたの四周の皆さんを御誘ひ合せて下さい。

○會費一ケ月二十五錢、三ケ月分以上前納の方を會員といたします。

○五名以上御勸誘下すつた方へは六ケ月分十名以上御勸誘下すつた方へは一ケ年分失禮ながら御禮の印として會費不要の會員となつて戴きます。

まさご（毎月一日發行）

定價參拾錢（送料貳錢）

【廣告】壹等八拾圓　貳等六拾圓　參等參拾圓

大正十二年七月三十日納本

大正十二年八月　一日發行

東京市本郷區春木町三丁目六番地

編輯兼發行者　小野田南茗

東京市外下戸塚二四〇番地

印刷者　内田廣藏

東京市外下戸塚二四〇番地

印刷所　内田活版所

東京市本郷區春木町三丁目六番地

眞砂社

電話小石川四一五八番

〈사진 9〉『마사고(まさご)』 창간호의 판권(1923.8).

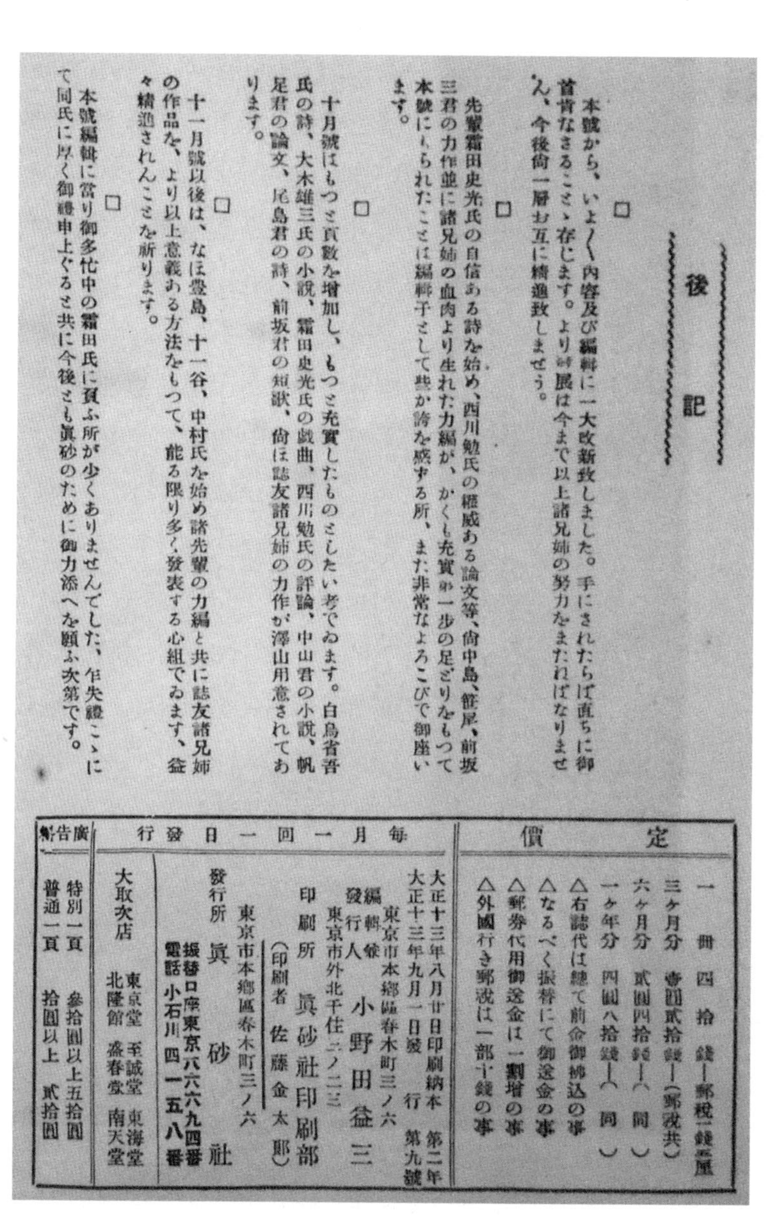

後記

□

本號から、いよ〳〵内容及び編輯に一大改新致しました。手にされたらば直ちに御首肯なさること、存じます。より發展は今まで以上諸兄姉の努力をまたねばなりません、今後尚一層お互に精進致しませう。

□

先輩霜田史光氏の自信ある詩を始め、西川勉氏の權威ある論文等、尚中島、笹尾、前坂三君の力作並に諸兄姉の血肉より生れた力編が、かくも充實の一歩の足どりをもつて本號にもられたことは編輯子として些か誇を感ずる所、また非常なよろこびで御座います。

□

十月號はもつと頁數を增加し、もつと充實したものとしたい考でゐます。白鳥省吾氏の詩、大木雄三氏の小說、霜田史光氏の戲曲、西川勉氏の評論、中山君の小說、帆足君の論文、尾島君の詩、前坂君の短歌、尚ほ誌友諸兄姉の力作が澤山用意されてあります。

□

十一月號以後は、なほ豊島、十一谷、中村氏を始め諸先輩の力編と共に誌友諸兄姉の作品を、より以上意義ある方法をもつて、能る限り多く發表する心組でゐます、益々精進されんことを祈ります。

□

本號編輯に當り御多忙中の霜田氏に負ふ所が少くありませんでした、乍失禮こゝにて同氏に厚く御禮申上ぐると共に今後とも眞砂のために御力添へを願ふ次第です。

定價

一冊 四拾錢—郵稅一錢五厘
三ヶ月分 壹圓貳拾錢—（郵稅共）
六ヶ月分 貳圓四拾錢—（同）
一ヶ年分 四圓八拾錢—（同）
△右誌代は總て前金御拂込の事
△なるべく振替にて御送金の事
△郵券代用御送金は一割增の事
△外國行き郵稅は一部十錢の事

毎月一回一日發行

大正十三年八月廿日印刷納本 第二年
大正十三年九月一日發行 第九號
編輯 兼 發行人 東京市本鄕區春木町三ノ六 小野田益三
印刷所 東京市外北千住三ノ二三 眞砂社印刷部（印刷者 佐藤金太郎）
發行所 東京市本鄕區春木町三ノ六 眞砂社 振替口座東京六六六九四番 電話小石川四一五八番
大取次店 東京堂 至誠堂 東海堂 北隆館 盛春堂 南天堂

廣告料
特別一頁 參拾圓以上五拾圓
普通一頁 拾圓以上貳拾圓

〈사진 10〉『真砂』 제2년 제9호(1924.9)의 판권.

〈사진 11〉『眞砂』 제2년 제9호(1924.9)의 표지.

를 소개하는 평론과 김우진에 의한 콜럼의 평론 번역, 토마스 하디Thomas Hardy의 작품 번역[38]이 배치되었다. 해외에 전거를 둔 세계의 문인과 문단의 동향, 외국 작가의 작품 소개로 구성된 글 세 편을 별도의 항목으로 배열한 새로운 체재로 편집되었다.

이 시기 이미 월간지로 변모한 『마사고』 제2년 제9호의 편집후기에는, "선배 모리다 시코 씨先輩霜田史光氏"의 시를 비롯한 "여러 형제자매諸兄姉"의 "역작力篇"을 실은 것에 대한 편집자로서의 긍지를 표명하고 10월호에는 "시라토리 쇼고 씨의 시白鳥省吾氏の詩"와 "나카야마 군의 소설中山君の小説"과 "호아시군의 논문帆足君の論文" 등의 기고를 예고하고 있다. 교우회校友會 잡지나 학우회지, 문단 등단을 목표로 한 문예동인지 및 개인잡지 등이 활발하게 발행되었던 다이쇼기 잡지저널리즘을 배경으로 왕성한 창작열로 투고에 매진하는 문학청년들과 나란히 선 김우진의 유학 시절을 엿볼 수 있다.

다이쇼 초기인 1910년대 와세다대학 영문과에 재학 중인 사이조 야소와 기무라 기木村毅[39]와 당시 도쿄대학 국문과에 재학했던 소설가 아

38 김우진의 「애란의 시사」에 이어 森登 譯, 「町の人々」(1924.9)이 나란히 게재되었다.

39 木村毅(1894~1979) : 소설가, 평론가. 『소년세계』, 『문장세계』 등의 투서를 시작으로 1911년 와세다대학 예과 입학 이후, 평론·번역·잡지 창간·편집 등을 거치면서 다방면으로 출판문화에의 공적이 크다. 『소설연구십육강』은 일본 최초의 체계적 포괄

쿠타가와 류노스케芥川龍之介를 중심으로 소설가・시인・연구자들이 '애란토문학연구회愛蘭土文学研究会'를 조직하였다. 당시 와세다대학 문학부 교수인 요시에 다카마쓰吉江喬松 등도 활동하였는데, 그는 1910년부터 예이쓰를 중심으로 아일랜드문학을 강의하였으며, 이러한 영향을 받은 사이조 야소에 의한 예이쓰 연구가 활발히 이루어졌다.[40] 이들은 김우진의 유학 시절 영문과 강의를 하였으며, 쓰보우치 쇼요坪内逍遙의 학통을 잇는 와세다대학 영문과[41]는 다이쇼기의 '희곡열기'와 시마무라 호게쓰를 위시한 연극 전통의 기반에서 한층 아일랜드에 대한 관심을 심화시킨 학문적 배경에서 영문학도 김우진의 아일랜드에 관한 전문 지식과 문학 인식의 형성의 일단을 살필 수 있다.

잡지『마사고』는, 일정한 시간이 경과하면서 문인들의 사상성과 세계관 등을 공유하는 동인지나 기관지 등을 중심으로 활동을 본격화하기 이전 초기의 활약과 관련 있으며, 투고자 개개인이 상호 강력한 연대감으로 공통의 가치와 이념 등으로 결속된 단일한 독자 공동체로 파악할 수는 없다. 와세다대학 영문과 출신을 중심으로 한 기고자들의 활동 초기와 아일랜드 연극 수용에서도 일정한 기여를 한 이들의 활동을 엿볼 수 있는 잡지『마사고』는, 김우진 문학의 학문적 배경과 아일랜드문학 발견의 행적을 소묘하는 의미가 있다.

적인 근대소설의 이론적 연구서로서의 정평을 얻었으며,『日米文化交流史の研究』로 신제와세다대학 문학박사 제1호를 취득하였다.『明治文化研究』(전6권)편집 간행 등 다산한 저작가이자 대중작가로서도 활약하였다. 1934년, 버나드 쇼 도일 시 개조사 특파원으로서 일본 안내역을 수행한 바 있다. 日本近代文学館, 앞의 책(2), 510~512면.

40 鈴木暁世, 앞의 책, 237~240면.

41 정대성, 앞의 글, 445면.

4. 외국 문화 수용의 매개로서의 미디어와 일본어 번역
—세계의 동시성의 욕망

1) 제국 일본과 식민지 조선의 '국민문학'의 구상

전술한 바와 같이, 잡지 『마사고』는 일본인 독자를 대상으로 한 일본어 잡지 매체로서 국한문 혼용의 국문 작품이 실린 유학생 잡지[42]와는 확연하게 다르다. "조선 청년으로서 일본에 가 공부하든 이가 동경에 『학지광』, 『창조』, 『현대』 등의 잡지 혹은 내지內地의 수종數種 신간 잡지에 투고하야 글쓰기 시작한" 십년 전부터 "새로운 조선 문학"[43]이라고 김우진 스스로 규정한 바와 같이, 유학생 잡지에 발표된 국문을 포함하여, 일본의 다양한 매체에 기고하는 일본어 글쓰기도 "새로운 조선 문학"의 탄생의 밑거름이라는, 적극적인 미디어 및 언어와 문학 인식을 표출한다. 유학생 잡지만이 아니라 일본의 신문 잡지에도 투고를 독려하는 김우진에게 『마사고』라는 문예투고잡지는, "영・애 국민문학의 구성에 노력한 사람으로서의 버나드 쇼우"와 같이 제국 일본과 식민지의 '국민문학의 구성'을 위한 "새로운 조선문학"의 형성에 기여할 수 있는 미디어인 것이다. 와세다대학 영문과 출신을 중심으로 한 초기의 문예투고잡지 『마사고』에서는, 이들 일본인 독자들이 공유하는 전문 지식과 교양을 바탕으로, 김우진은 아일랜드문학을 소개하는 영문학도로서 발화되었다.

"원고의 취사선택은 편집자에 일임"한 문예 잡지의 일본어 독자를 향해, 해외의 영문학을 아일랜드에 초점을 맞추어 소개, 번역하는 일

---

42 김영민, 『1910년대 일본 유학생 잡지 연구』, 소명출판, 2019, 21면.

43 「이광수류의 문학을 매장하라」(『조선지광』, 1926), 『김우진 전집』 II, 294면.

본어에 의한 학술적 글쓰기로 발표되었다.

2장에서 기술한 바와 같이, 김우진은 대학시절의 리포트에서 버나드 쇼는, "의심할 바 없이 영국인이 나를 보다 많이 만들었"다는 자각에서, "영국인은 결코 동국인同國人이 될 수는 없"는 거리를 두지 못한 '비극'의 인물로 간주하였다. 즉 "스스로 외국인이라는 관념"으로 "표면적으로는 엄숙한 로얄리스트Royalist"로 연출하는 "애란인에게 뿌리박혀 있는 양국민의 동일관념"에 균열을 가하지 못한 한계로 파악한 것이다. 이러한 '애란인으로서의 버나드 쇼'를 의식하는 김우진에게 일본의 문예투고잡지 『마사고』는, "영국의 독자들 앞에 섰던 버나드 쇼"[44]가 아니라, "영·애의 국민문학의 구성에 노력한 사람으로서의 버나드 쇼"와 같이 복안複眼의 시선을 실현하기 위한 미디어인 것이다. 식민지 출신의 영문학도 김우진의 일본의 독자를 향한, 아일랜드의 국민 문학 구성을 위한 콜럼의 평론의 일본어 번역은, 일본은 물론 "새로운 조선문학"의 건설을 향한 기본 인식을 공유하는 시도인 것이다.

일본의 유학생 잡지 『학지광』(1921)에 게재된 연극평론 「소위 근대극에 대하야」[45]에서 김우진은 "애란愛蘭의 문예적 부흥의 시인들이 정치적 자유보다 영혼의 자유를 구함에 다시 경청할" 근거가 있다면서 무릇 예술 창조의 궁극적 지향은 "국민적 전통의 통합으로부터 출발된 사람의 영혼 해방과 구제"라는 근원적인 귀결에 있으며 여기에서 '신연극의 이상'이 배태된다는 주장을 역설했다. 입센의 근대 사회 비평 정신에 깃든 "인류의 영혼의 해방과 구제"의 공통성을 설파한 김우진은, 아일랜드의 문예부흥의 시인을 중심으로 서구의 예술과 문화의 "소개

44 「애란인(愛蘭人)으로서의 버나드 쇼우」, 위의 책, 16~19면.
45 김초성, 「소위 근대극에 대하야」(『학지광』 22, 1921.6), 위의 책, 32면.

자"와 "번역자"와 동시에 식민지 조선의 근대극 운동을 주창한 "비평가"로서의 혜안을 발휘한다. 귀국 이후 『개벽』『시대일보』 등의 신문잡지에 「자유극장이야기」와 「구미 현대작가(소개)」 등 서구 근대극과 현대문학의 지식과 정보를 소개하는 번역과 비평을 활발하게 전개한 김우진의 졸업 무렵, 조선인 유학생으로서의 영문학 전공 지식에 기반하여, 패드라익 콜럼의 평론을 번역함으로써 '아일랜드의 문예부흥의 시인'에게서 새로운 문학의 실현을 위한 단초를 마련했다. 일본의 아일랜드의 문학 수용에 패드라익 콜럼의 평론 번역이 추가됨으로써, 일본의 아일랜드 표상담론에 접맥되는 한편, 식민지 조선의 아일랜드 수용에도 개입된다.

일본과 식민지 조선을 둘러싼 국제 정세의 '시사'적 문제로서 아일랜드는 당시 각별한 지위로 담론화되었다. 1922년 아일랜드의 자유국Irish Free State의 성립이라는 독립과 민주적인 권리 의식이 급성장한 글로벌한 세계사의 역사적 전환의 물결 속에서 식민지 "조선의 독립의 가능성"등 현안의 문제를 토론하던 유학생의 '시사 담론'[46]에 "영국의 애란"은 화젯거리였다. "Self-determination은 우리의 유일혼 금일의 목표이다!" "신생명의 혁명!"이라는, 미국의 윌슨 대통령의 민족자결주의 선언에 고무된 아일랜드의 독립을 열렬히 환호했던 열망은 식민지 조선으로 전이되어, 새로운 시대의 감격을 표출한다. 동시대 제국주의 연구의 권위자이며 전후의 도쿄대 총장인 야나이하라 타다오矢内原忠雄는 1921년 아일랜드 방문 첫날, "자유! 독립! 획득하라 아일랜드여 그대의

46 "○회관(会館)의 수인(数人)의 우(友)를 방문하였다. 근일(近日)본국의 독립운동의 피해자, 세계강화회의, 그 일본의 지위와 각 열국(列国)의 배일적(排日的)경향, 영국의 애란, 미국의 비율빈(比律賓) 의 각 독립 인허(認許), 아(我) 조선의 독립의 가능성 등 여러 가지 시사에 담론이 잇섯다." 「마음의 흔적」(1919.3.14), 『김우진 전집』 II, 462면.

자유를!"이라는 선동적인 문구로,'독립'을 선취한 아일랜드에 대한 공명을 일기에 기술함으로써 식민지의 유학생 김우진과 기묘한 일치의 반응을 피력한다. 조선, 만주 등의 식민지 정책 연구를 위한 「아일랜드 문제의 발견」(1927)이라는 논고를 집필한 야나이하라의 "조선은 우리나라의 아일랜드다"[47]라는 명제는, 이 시기의 일본과 영국, 조선과 아일랜드의 관계를 지정학적으로 표상하면서, 제국 일본과 식민지 조선의 아일랜드 표상의 분절화를 상징적으로 보여준다. 아일랜드의 기념비적인 역사적 현장을 목도한 야나이하라 타다오의 일기와 김우진의 「마음의 흔적」의 단상은, 아일랜드 '독립'의 갈망을 공유하면서 조선 독립의 희구는 억압되는 차이를 극명하게 드러낸다. 제국 일본과 영국, 아일랜드의 상호 연관적인 지정학적 표상을 동요시키는,쓰보우치 쇼요 이래 시마무라 호게쓰와 기쿠치 칸 등 일련의 문학 예술인의 아일랜드의 수용에 의한 담론의 추이 속에 "우리 아일랜드인"으로 지시했던 기쿠치 칸 등 일본의 아일랜드에 대한 모순의 시선을 노정하면서, '아일랜드'의 재현은 조선으로 '이동'하여, 식민지 조선에서 아일랜드에 동일시하는 담론이 유포되기 시작했다.[48]

1919년 벽두 "일본문日本文으로ᄇ 기록ᄒ여 오든 ᄂ의 일기"를 "사ᄅᆼ스러운 국문"으로 바꾼 '모국어의 발견'은, 이러한 신문 잡지 서적 미디어에 의한 내셔널리티의 인식과 근대적 개인의 자각의 과정을 표출한다. 1911년 8월 제1차 조선교육령의 시행으로 '조선어 및 한문' 이외에

---

47 『矢内原忠雄全集』 28, 岩波書店, 1965, 632~634면; 박지향, 『슬픈 아일랜드』, 새물결, 2002, 17면; 이태숙, 「조선한국은 아일랜드와 닮았다?—야나이하라 다다오의 아일랜드와 조선에 관한 논설」, 『역사학보』 182, 2004, 99~100면.

48 김모란, 「'아일랜드'의 전유, 그 욕망의 이동(移動)을 따라서」, 『사이』 7, 국제한국문학문화학회, 2009, 256~262면.

는 일본어에 의한 교육이 실시됨으로써 국어 상용자와 한글=국어 비상용자로 위계화하는 새로운 언어 질서로 재편하는[49] 식민지기 국가 권력에 의한 이념적인 실체성에 지배되는 일본어의 국어화와 한국어의 모어화라는 상상체의 관념으로 대립하는 이중 언어의 상황이 전개되었다.[50] 이러한 억압적 상황을 일정 부분 공유하는 '외국 유학생에서 한일합방 이후 '내지' 유학'으로[51] 변모한 1920년 전후의 일본 유학 시기의 이중 언어 상황은, '고쿠고國語' 사용을 강제하던 1940년대 집중된 식민지 조선의 일본어 글쓰기[52]와 억압의 양상에서 차이가 있다. 단적으로 말하면, 제국 일본의 '내지 유학'을 경유한 식민지 조선인의 이문화 체험인 자발적으로 학습한 외국어로서의 일본어에 가까운 언어 체험에서 구별된다. 당시의 법적 국어인 일본어를 둘러싼 내지와 외지의 제국과 식민지의 시스템을 기반으로 김우진의 소설과 시의 창작에 나타난 일본을 둘러싼 "이국異国" 표상은, 유학생의 외국어로서의 일본어라는 이문화의 언어 체험에서 식민지 말기의 '굴종'적인 일본어 글쓰기와는 연속성과 변별성을 내재한다. '국어'의 단일 언어의 강박과 비공식 언어로서의 한국어의 모어화라는 언어적 상황을 일정 정도 공유하는 일본의 유학생 김우진의 일기와 미발표로 일관된 시・소설 창작을 관통하는 은폐와 표현 욕망의 착종된 일본어 글쓰기[53]의 문제성과 『마사고』에 발표된 「애란의 시사」의 일본어 번역은, 허구적인 창작과 평론 번역이라는, 장르의 문제에 기반한 일본어 표현 세계의 차이와 일본인

49 이연숙, 고영진・임경화 역, 『국어라는 사상－근대 일본의 언어 인식』, 소명출판, 2006.
50 정백수, 앞의 책, 25면.
51 하타노 세츠코, 최주한 역, 『일본 유학생 작가 연구』, 소명출판, 2011, 80면.
52 김윤식, 『일제 말기 한국 작가의 일본어 글쓰기론』, 서울대 출판부, 2003.
53 권정희, 「김우진의 일본어 글쓰기－근대문학의 공백과 이중 언어 인식」, 『비교문학』 66, 한국비교문학회, 2015, 52면.

독자를 의식하는 매체에 입각한 학술적 글쓰기에서 구별된다. 와세다 대학 영문과 중심의 필진으로 출범한『마사고』의 잡지 매체에 투고된 「애란의 시사」의 일본어 번역은, 학제적 전통을 바탕으로 식민지 조선의 유학생의 자의식에서 발견된 아일랜드를 거점으로 하는 영문학도의 학술적 글쓰기 방식으로 학문적 배경을 드러내는 의의가 있다.

2) 일본어번역이 매개하는 '서양에의 탐닉'

1920년대 '자기'의 발견과 진정한 개인의 새로운 윤리 주체로 거듭나고자 한 일본 유학생의 긴밀한 인적 네트워크를 잇는 유학생 잡지[54]와 비교한다면, 김우진의 삶과 문학에 일본의 문예투고잡지 『마사고』가 지대한 영향을 미쳤을 것으로 판단하기 어렵다. 주지하는 바와 같이 극예술연구회와 동우회 등의 조직을 결성하고 활동하는 등 일본 유학생들의 네트워크에 결속된 의식과 행동으로 파악된다. 나아가 새로운 '조선문학' 성립을 위한 '소개자, 비평가, 번역자'가 요청되는 시대라는 김우진은 식민지 조선의 신문 잡지 미디어의 영향력에서 자유롭지 않으면서도, 지속적으로 집단의 구속과 결박을 벗어난 '고적한' 자유로운 영혼을 추구해 왔던 김우진에게 『마사고』의 영향은 현재로서는 미미한 것으로 보인다.[55] 『마사고』의 전편을 통해 '초성'의 필명은 한 편뿐이며, 아버지의 위독 소식에 김우진은 1923년 5월 일시 귀국한 뒤 도일

54 서은경,『근대 초기 잡지의 발간과 근대적 문학관의 형성』, 소명출판, 2016, 263면.

55 木村秀吉의 「극장에서의 갈채에 대하여(劇場に於ける喝采に就いて)」(『真砂』 3-1, 1925.1) 등『真砂』 수록 연극 관련 평론 및 토마스 하디와 오스카 와일드(中島源二,「아일랜드 민화(アイランド民話)」, 1924.11; 白井とらを 譯,「어느 여성의 이야기(ある女の話)」, 1925.5), 고리키(木村秀吉,「어느 여성의 연인(ある女の恋人)」, 1924.11), 체홉(柄澤貞次郎,「法廷」, 1924.3) 등 외국문학 번역 작품 등을 중심으로 영향 관계를 살펴볼 필요가 있다.

하여 이듬 해 3월 대학 졸업 후 목포로 귀환했다.[56]

"문자로 나타낼 수 있는 것이라면 종류에 제한이 없"다는 창간호의 투고 규정 이래 『마사고』에서는, "시가, 소설, 희곡, 평론, 논설, 감상, 이야기物語, 민요, 동요, 동화, 하이쿠俳句, 기타 학술연구 등"[57] 다양한 형식과 장르의 작품 투고가 공지되었다. 그의 일본어 창작인 「동굴 위에 선 사람洞窟の上に立てる人」과 「방련은 어찌하여 나병의 남편을 완쾌시켰는가はいかにして癩病の夫を全快させたか」는, 다소 편의적인 장르 구분에 의한 문예투고잡지 『마사고』와의 관계에서 비로소 두 작품이 소설과 이야기로서의 '모노가타리物語'라는 상이한 장르의 일본어 글쓰기 형식을 취한 배경이 부각된다. 이미 집필 당시 "옛날 조선의 아름다운 이야기昔の朝鮮の美しい物語"라는 부제를 단 「방련은 어찌하여 나병의 남편을 완쾌시켰는가」는 "남편의 병을 자신의 허벅지살을 베어 먹여 치료한 열녀의 설화를 재해석한"[58] 옛이야기의 다시쓰기로서, 「동굴 위에 선 사람」과 함께 소설과 모노가타리로 변별되는 일본어 독자의 의식이 『마사고』의 발표 지면의 관계에서 새롭게 부각된다. 또한 "신문 잡지나 기타 간행물로서 소개와 토의와 연구와 사건을 육속陸續 공표"하라는 회원제로 운영되는 『마사고』는 '학술 연구'도 투고 가능한 규정에 따라 평론, 비평, 논평 등의 다양한 평론 활동을 촉구한 매체로서 일본어로 쓰인 문학 전반을 이해하는 데 참조항이 된다. 김우진의 일본어 글쓰기를 일본의 신문 잡지에 투고를 의식한, 일본어 독자를 향한 발화로서 새롭게 음미하게 하는 것이다.

---

56 김방한, 「김우진의 로맨틱한 최후」, 『세대』 87, 1970.10, 352면; 양승국, 「극작가 김우진 재론」, 한국극예술학회 편, 『김우진』, 연극과인간, 2010, 39면.

57 「宣言」, 『真砂』 2-11, 1924.11.

58 윤진현, 앞의 책, 155면.

이러한 맥락에서 일본어 글쓰기의 '일본 문단 진출의 시도'[59]라는 단일한 목적 의식성으로 환원하는 것은, 일기를 비롯한 생애 미발표 작품인 시와 소설에 나타난 자기 은폐와 표현 욕망의 착종된, 일기와 창작의 일본어 글쓰기의 동력을 우회할 것을 경계할 필요가 있다.[60] 생애 미발표로 일관된 김우진의 일기와 일본어 시와 소설의 창작을 아우르는 일본어 글쓰기 욕망은 '원초적 글쓰기 행위'[61]라는 본연의 표현의 욕망과 관련 있으며 반드시 독자를 전제한 의미에 국한되어야 할 것은 아닐 것이다. 홍창수는 "김우진에게 시라는 양식은 자신의 심정을 솔직하게 토로할 수 있는 문학 양식"이라면서 "시나 일기에서처럼 자기와의 대화 속에 드러나는 두려움, 갈등, 죽음과 같은 의식"[62]의 표출을 지적한 바 있다. 또한 전술한 바와 같이 「동굴 위에 선 사람」이 윤심덕과의 연애를 다룬 자전적 소설일 가능성을 지적한 바와 같이, 시와 소설 등의 창작이 가족 문제와 연애 등 내면의 억압과 욕망과 관련한 일기와 유사한 형태로 은폐와 표현의 착종된 심리의 언어 선택이 개입된 다양한 일본어 글쓰기의 가능성을 함축한다.

이러한 의미에서, 김우진의 2편의 소설과 9편의 시 창작의 일본어 글쓰기를 새롭게 조망하기 위한 『마사고』라는 발표 잡지는, 와세다대학 영문과의 학문적 배경의 일단을 드러내면서 일본어 독자 의식성을 포함하여 다양한 가능성을 검토하는 새로운 지식기반을 창출한다. 이 글에서는 와세다대학 영문과의 학문적 배경에서 아일랜드 발견의 경

59 권보드래, 「1910년대의 이중어 상황과 문학 언어」, 『동악어문학』 29, 동악어문학회, 2010, 9면.
60 권정희, 앞의 글, 52면.
61 김윤식, 앞의 책, 참조.
62 홍창수, 「김우진 작가 의식과 죽음에 관한 연구」, 『한국근대문학』 2, 한국근대문학회, 2000; 한국극예술학회 편, 『김우진』, 연극과인간, 2010, 94~118면.

위를 드러내는 번역과 발표 매체의 의의를 모색했다.『마사고』에 실린 패드라익 콜럼의 「애란의 시사」의 평론 일본어 번역의 문학・문화사적 함의는, 일본의 문예투고잡지에 발표된 일본어 번역을 통해 일본과 식민지 조선의 아일랜드 문화 수용의 동시성을 현출시켰다는 데 있다.

서구와 거의 동시대에 작품화한 표현주의[63] 계열의 희곡 「난파」나 「산돼지」 등 모더니즘 계열의 특징인 불안과 소외의 주제의 기법과 동일한 궤도에서 '현대성'의 면모와 방법적 특성이 탐구된,[64] 희곡의 표현주의의 특질은 외국 사조에 대한 이해의 깊이와 그 동시대성에서 괄목할만한 족적을 남기며, 세계문학을 향한 동시성의 욕망을 추동하는 김우진 문학 연구의 특질을 드러낸다. '세계문학으로서 서구의 근대문학에 대한 '동시성의 욕망'[65]은, 개인의 자각과 근대 네이션의 상상에서 제국과 식민지, 언어와 장르의 다기한 경계를 횡단하는 새로운 국민문학 구성을 위한 아일랜드 발견의 경로를 부조시킨다.

조선의 '문단'을 향하여 '조선말이 없다'는 거침없는 비판과 대안적 전망을 제시하는 평론에서 김우진은 언어의 재현 불가능성과 상징성을 강조하면서,[66] "원래 개성의 표현인 사상이 언어라는 매개를 취하며, 언어가 문자의 형식을 취할 때, 그 문자가 일정한 심리적 계합으로 당자의 사상을 구체화하여야 할 것이외다"[67]라는 언어의 매개성의 의

63 이미원, 『한국 근대극 연구』, 현대미학사, 1994, 192~193면.
64 김성희, 「김우진 희곡의 현대성과 그 방법적 특성－그의 현대의식과 리얼리즘 희곡을 중심으로」, 한국극예술학회 편, 『김우진』, 연극과인간, 2010, 152면.
65 구인모, 「동시성의 욕망, 혹은 이상과 허상」, 『사이』 2, 국제한국문학문화학회, 2006, 40면.
66 김도경, 「김우진 문학론 연구－재현의 문제를 중심으로」, 『우리말글』 47, 우리말글학회, 2009; 권정희, 앞의 글, 54~55면.
67 김초성, 「조선말 업는 조선문단에 일언」, 『김우진 전집』 II, 229면.

식을 표출한다. '김우진이 처한 역사적 위치'에 자각적인 이러한 매개성의 언어 의식과 세계의 예술 표현 방식의 모색으로서의 콜럼의 평론 번역은, 일본과 식민지 조선의 새로운 문학을 영국과 아일랜드라는 제국과 식민지의 경험과 문학의 보편성을 추구하는 세계의 동시성의 욕망을 분출하는 시도인 것이다.

이 글은 일본의 문예 잡지 『마사고』에 발표된 김우진의 번역 「애란의 시사」가 패드라익 콜럼의 『아일랜드 시의 앤솔로지』의 서문을 저본으로 하여 일본어로 번역한 것임을 밝히고, 이것의 의의를 일본/식민지 조선의 아일랜드문학 수용의 흐름에서 위상을 부여했다. 또한 이 과정에서 선행 연구에서 '미확인'의 형태로 알려진, 『마사고』라는 잡지를 입수하여, 창간호를 포함한 매체의 특질을 개관하였다. 이를 통해 콜럼의 평론 번역이, 와세다대학 문학부 영문과의 학문적 배경에서 형성된 아일랜드의 지식 기반에서 식민지 조선의 일본 유학생이라는 아이덴티티의 자각이 맞물린 선택임을 드러냈다. 일본 유학의 학제적인 배경에서 형성된 전문 지식과 시야의 확장에서 가능했던 이러한 김우진의 평론 번역은, 영국과 아일랜드문학을 넘어, 새로운 아일랜드의 국민문학을 모색하려는 논의에서 제국 일본과 식민지 조선을 횡단하는 새로운 문학의 가능성을 탐색하는 것이다. 아일랜드의 국민 시인과 국민적인 것의 함의를 질문하는, 아일랜드 문예 부흥 운동의 역사를 개괄한 시론의 번역은, 일본과 식민지 조선의 국민문학을 모색하기 위한 공통의 인식을 창출하는 시론인 것이다. 물론 아일랜드의 시론의 일본어 번역이 '새로운 조선문학'의 구상과 직접적으로 연계되는 것은 아니다. 그러나 일본의 신문 잡지 미디어에 발표된 모든 유학생의 일본어 글쓰기가, 결국 '새로운 조선문학' 형성의 밑거름이 되는 번역 주체의 인식을 촉발한다는 자각에서 일본인 독자를 향한 발화도 포괄적으로 식민지 조선의 국민문학을 위한 새로운 시야를 열게 하는 데 기여할 수 있다는 것이다.

이러한 시론의 일본어 번역이, 일기에 삽입된 시를 포함하여 60여편에 이르는[68] 시 창작, 특히 9편의 일본어 시를 포함한 시 창작의 체계적인 이론적 분석에도 참고가 되는 배경 지식을 제공할 것이다. 동시에 각종 문학 평론 등에 아일랜드의 시론이 끼친 영향의 분석을 포함하여, 시와 소설 등의 일본어 글쓰기의 함의와 언어 의식에 관한 분석은 후속 연구의 과제일 터이다. 이른바 양행洋行 지식인의 경로와는 다른 일본 유학을 통한 '서구 탐닉'의 양상은, 일본어가 매개된 서구의 수용이며, 한국어로 문학 활동을 하되, 영어가 아닌 일본어로 쓴, 시와 소설의 창작을 포함하여 평론과 번역 등 다양한 일본어 글쓰기의 의미에서 「애란의 시사」의 성립과 그 의미를 고찰한 것이다. 이로써 일본어가 매개하는 서구문학 수용의 양상의 일환을 일본어 번역을 통해 고찰한 성과를 제출하였다.

68 김경애, 「새로운 건설의 예술가－김우진의 1910년대를 중심으로」, 김우진연구회 편, 『김우진 연구』, 푸른사상, 2017, 447면.

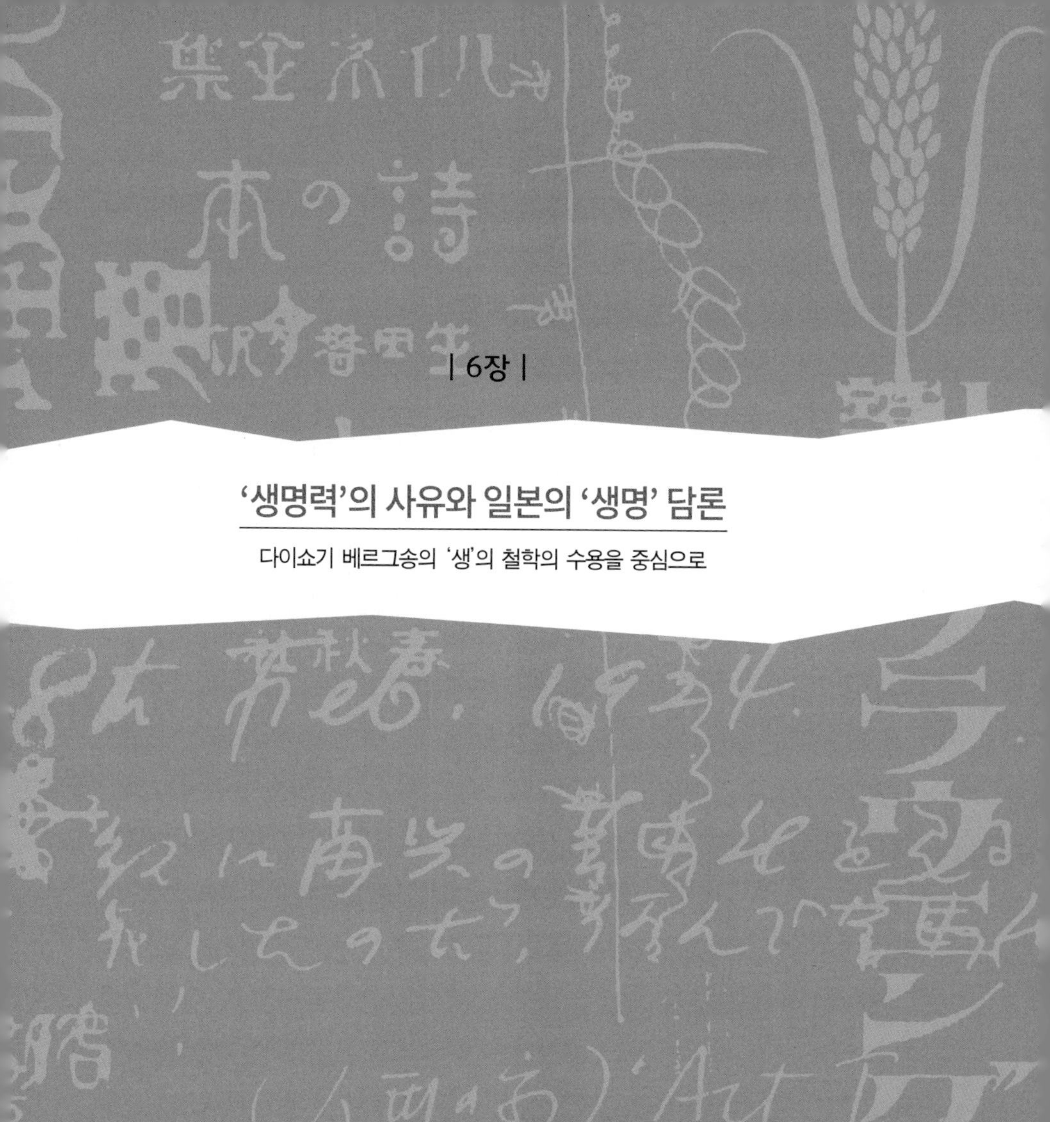

| 6장 |

'생명력'의 사유와 일본의 '생명' 담론

다이쇼기 베르그송의 '생'의 철학의 수용을 중심으로

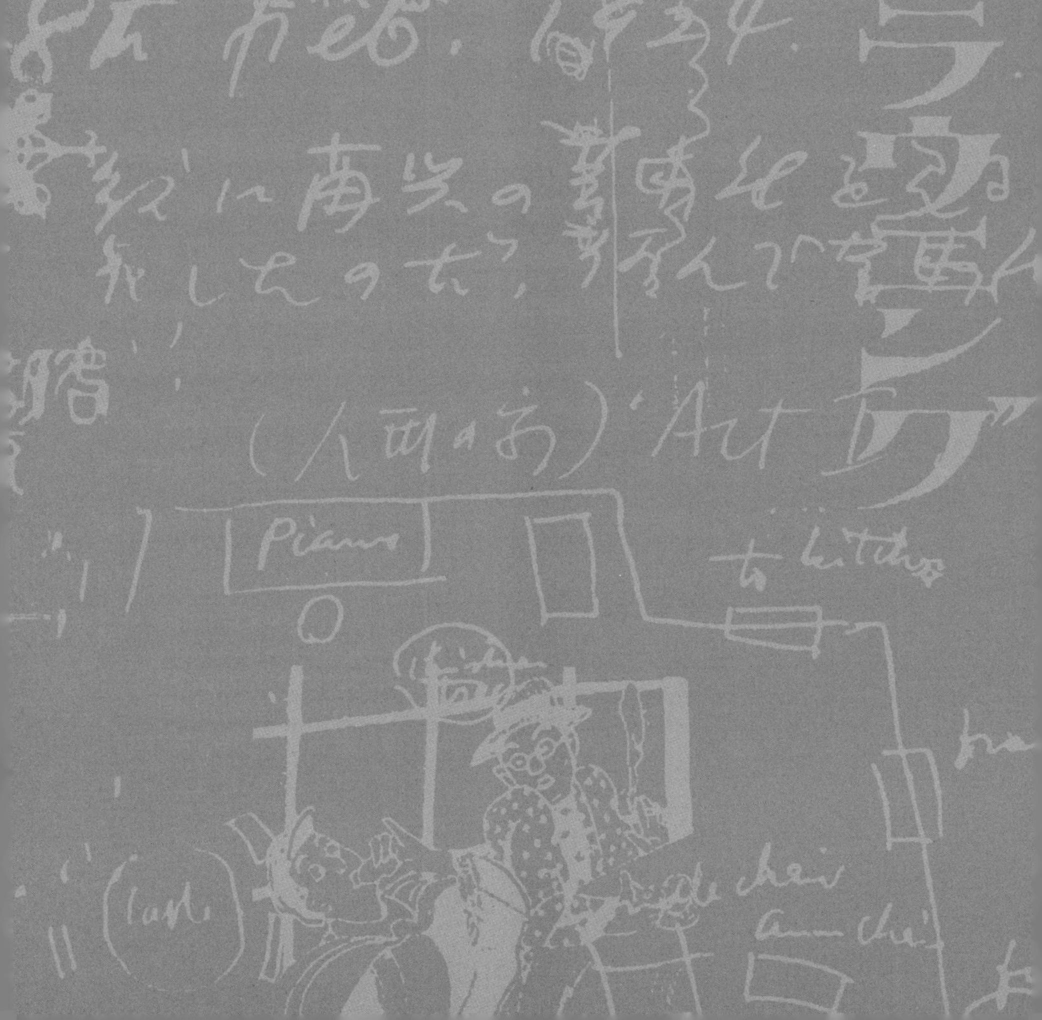

오늘은 개념과 상상과 공상과 자만(自滿)을 요구치 안는다. 이것은 맛치 중세기에 잇서서 레오날도 다빈치의게 조선의 유교사상이 불요(不要)한 것처럼 불필요하다. 엇던 경지 속에서 자연 자만(自滿)하야 가지고 도취하려는 요구가 아니다. 깃디린 닭의 등어리 속 경지가 아니고, 잇는 힘. 잇는 지혜로 다라나며 새 안전한 곳을 찾는 독수리의 긴급한-목전에 박절(迫切)해 온 변화다. 힘이다.

—「生命力의 枯渴」[1]

1. '생명력'의 사유의 문제 영역

5장에서는 김우진의 희곡과 평론, 일기 등 문학과 생애에 걸쳐 일관된 특질인 '생명력'의 사유를 고찰한다. 1920년대 식민지 조선과 일본에서 '생명력'의 사상은 이 시대를 규정하는 지배적인 사상으로서 문학과 사회, 문화에 지대한 영향을 끼쳤다. 주지하는 바와 같이, 김우진의 희곡 작품 세계의 특징은 생명력을 주제로 했다는 점이다. 이 글에서는 김우진의 평론・수상・일기 등의 현실 인식과 생명력의 사유가 어떻게 접속되는지 살펴본다. 선행연구에서 '생명력과 역사의식의 충돌'로 요약한 바와 같이 여러 논고의 현실 인식과 '생명력'의 사유는 간극이 존재하는 것처럼 보인다. 이 차이를 생각하는 데 일본 다이쇼 시대를 특징짓는 생명의 키워드가 단서가 된다. 또한 다이쇼 시대의 생명력의 철학은, 김우진의 계급의식과 개인과 공동체 인식의 관계에 대한

1 「生命力의 枯渴」, 『오월(Société Mai)』, 1926.3; 『김우진 전집』 II, 418면.

분석에도 유효한 시사점을 던진다. 단적으로 말하자면, 김우진의 생명력의 사유와 베르그송과 동시대의 생명력의 철학이 맺는 관계에 대한 보다 심층적인 이해를 열게 한다는 것이다.

김우진의 희곡작품은 논자에 따라 "생명력 문학사상",[2] "생명력의 사유와 역사의식의 충돌",[3] "대립적 세계관이 혼재하는 비합리의 세계상",[4] "내용의 리얼리티와 형식적 실험성 사이의 방황"[5] 등을 핵심으로 하는 언급이 이루어졌다. 이는 희곡작품과 평론·수상·시·일기 등의 논고의 차이를 의식한 설명으로 간주된다.

일본에서 '생명'의 어휘가 범람하여 '생명'이 시대를 규정하는 초월적 개념이 된 다이쇼(1912~1926) '생명주의'[6]는 김우진의 일본 체제 기간과 겹쳐진다는 점에서도 김우진의 '생명력'의 사유를 다이쇼의 생명담론의 관계에서 폭넓게 검토할 필요가 있다. 기존 연구에서 제출된 "생명력과 역사의식의 충돌"의 근원을 탐색하기 위하여 김우진의 생명력의 사유를 일본 다이쇼 생명력 철학의 기점이라 할 베르그송Bergson. H의 생의 철학이 일본에 수용되는 맥락을 배경으로 고찰할 것이다.

"다양한 독서편력과 작품세계와의 연관성이 뚜렷하지 않은 김우진의 문학을 특정인의 사상에 의지하여 해석하는 것을 경계"[7]하면서도 생

---

2 서연호, 「김우진의 동경유학기 체험과 문학사상」, 한국극예술학회 편, 『김우진』, 연극과인간, 2010, 29면.

3 홍창수, 「김우진 작가 의식과 죽음에 관한 연구」, 위의 책, 97면.

4 김성희, 「김우진 희곡의 현대성과 그 방법적 특성－그의 현대의식과 리얼리즘 희곡을 중심으로」, 위의 책, 154면.

5 윤진현, 『조선 시민극의 구상과 탈계몽의 미학』, 창비, 2010, 17면.

6 러일전쟁을 전후로 하여 관동대지진에 이르는 1905~1923년에 이르는 시기로 '생명주의(vitalism)'는 '생명'의 개념을 세계관의 근본이념으로 한다. 鈴木貞美, 「「大正生命主義」とは何か」, 『大正生命主義と現代』, 河出出版社, 1995, 3면.

7 양승국, 『김우진, 그의 삶과 문학』, 태학사, 1998, 81면.

의 철학을 베르그송을 근간으로 하는 수용 맥락으로 좁힌 것은, 선행연구를 바탕으로 베르그송 철학이 다이쇼의 생명 논의의 핵심에 있으며 이 글의 논지인 김우진의 '생명력'의 사유에 접근하는 역사인식과의 접합을 내포하는 이론적 지반을 제공한다는 판단에 기인한다. 버나드 쇼G. B. Shaw・쇼펜하우어A. Schopenhauer・니체F. Nietzsche 등 동시대 철학과의 관련성에서 논의되었던 김우진의 '생명력'의 사유를 베르그송 철학과 관련하여 분석한 손필영은 김우진 문학세계의 '생명력에 대한 철학적 계보'[8]를 추적하여 베르그송 철학과 버나드 쇼나 쇼펜하우어 등의 영향력을 규명했다. 정대성은 일본 다이쇼의 생명주의와 김우진의 수용 양상을 검토하여 김우진이 수용한 일본의 '생명주의'는 베르그송 류의 사상과 엘렌 케이 류의 사상이라고 지적하면서 베르그송의 희극론을 김우진의 희극 〈정오〉의 작품 분석에 도입하여 분석했다.[9] 이러한 선행연구의 성과는 김우진의 희곡 작품과 논고의 간극이 베르그송 철학의 밑바탕에서 해명될 수 있는 가능성을 시사한다.

식민지 조선에서도 자아와 내적 생활의 중심에 베르그송 철학을 매개로[10] 동시대 유학생들이 펴낸 잡지 『학지광』의 생명담론[11]과 1920년대 조선의 잡지 『개벽』을 발행한 이돈화의 '생명주의'[12] 등 조선에도 수용된다.[13] 이 글에서는 베르그송의 생의 철학을 근간으로 다이쇼의 생

8 손필영, 「김우진 연구」, 국민대 박사논문, 1998.

9 정대성, 「김우진 희곡 연구－생명주의와 표현주의의 수용을 중심으로」, 서울대 석사논문, 2008, 36～42면.

10 소영현, 『문학청년의 탄생』, 푸른역사, 2008, 96면.

11 이철호, 「1920년대 초기 동인지 문학에 나타난 생명의식」, 『한국문학연구』 31, 동국대 한국문학연구소, 2006.

12 『개벽』에 게재된 이돈화, 「민족적 생명에 집착하라」(9호, 1921), 「생명의 의식화와 의식의 인본화(인간 중심의 사상)」(69호, 1926.5) 등이 있다.

13 최수일, 『『개벽』 연구』, 소명출판, 2008, 449면.

명담론의 연관성을 규명함으로써 향후 식민지 조선의 동시대적 맥락을 아우를 수 있는 기반을 마련할 것이다.

일본의 '다이쇼 교양주의'를 시라카바파白樺派에서 니시다 기타로西田幾多郎에 이르기까지 폭넓게 검토한 윤진현에 따르면 김우진의 생명력의 사유는 현실 변혁의 주체로서의 "개개인의 각성과 생명력의 발견을 근간으로" 하는 사회적 방향에서 다이쇼大正기를 주도하던 일본의 '생명주의'와 구별된다고 한다.[14] '생명'을 키워드로 하는 다이쇼의 문화주의[15]의 맥락에서 김우진의 '생명력'의 사유를 검토한 선행연구에서 작가의 특질 "생명력과 역사의식의 충돌"의 연원은 명료하게 규명되지 않았다. 따라서 다기한 일본의 생명주의 수용[16] 전반을 개괄하기보다 선행연구의 성과 위에서 이 글에서는 다이쇼의 베르그송의 생의 철학을 단서로 하여 그간의 연구에서 해명되지 못했던 김우진의 '생명력' 사유의 특질에 접근할 것이다. 일본의 생의 철학을 대표하는 니시다西田 철학도 당시의 평단에서는 다이쇼 담론의 맥락에서 베르그송이나 자연주의의 옹호론자들과 같은 담론으로 받아들여질 만큼[17] 베르그송이 수용되는 파장은 넓고 깊었다.

일찍이 김우진은 'elan vital(생生의 류流)'의 관념은 '20세기 초 불란서

14 윤진현, 앞의 책, 178면.

15 柄谷行人 編, 『近代日本の批評』 III(明治・大正篇), 講談社, 1998, 194면.

16 일본의 생명주의의 수용은 헤겔류의 생명일원론, 베르그송류의 생의 비약, 윌리엄 제임스류의 실용주의, 엘렌 케이류의 급진적 페미니즘 사상, 크로포트킨의 상호부조론 등의 여러 흐름이 존재한다. 鈴木貞美, 『「生命」で読む日本近代』, 日本放送出版協会, 1996, 8면.

17 蓮実重彦, 「「大正的言説と批評」, 柄谷行人 編, 앞의 책, 168면. 김우진의 「신청권」의 한 구절이 오스기 사카에의 사상과 유사하다고 지적했다(정대성, 앞의 글, 28면). '일본의 사회운동이 오스기 사카에 등의 아나키즘을 중심으로 한 광범위한 다이쇼 생명주의 담론 자장 안에 있고 대체로 김우진의 관심과 가치는 좀 더 보편적'이라고 언급한 바 있다. 윤진현, 앞의 책,138면.

철학자의 약동하는 생'[18]이라고 기술한 바와 같이 베르그송을 의식했다. 독자의 '생명력' 고취에 목적을 둔 김우진의 이 수상은 '일본 다이쇼 시기의 일반적 교양 수준에서'[19] 기술하여 생명력 사유의 철학적 연원 베르그송을 명시하지 않은 것으로 추정된다. 메이지 · 다이쇼기 일본의 베르그송 수용은 니시다 기타로에 의한 것이 주류를 이루지만 동시에 사회주의나 상디칼리즘syndicalism 문맥의 베르그송 수용도 당시 일본의 커다란 조류의 하나였다.[20] 후자를 대표하는 것이 오스기 사카에大杉栄(1885~1923)의 '생의 철학'이다. 다이쇼 '생명주의'의 키워드 '생' '본능'의 생물학적 특질에서 사회주의 운동의 근거를 찾는 오스기 사카에大杉栄의 '생의 철학'[21]은 쇼펜하우어의 비합리적 직관주의에서는 양립할 수 없는 계급의식과의 접합의 가능성을 함축한다. 따라서 '생명력과 역사의식의 충돌'이라는 김우진의 생명력 사유의 특질에 초점을 맞춘다면 베르그송의 철학 수용 맥락을 동시대의 문학 · 사상 · 철학이 작용하는 방식에 따라 베르그송-오스기 사카에의 '생의 철학'이 인접관계를 형성하는 기축에서 논의되어야 할 것이다.

베르그송의 '생vie'의 개념에 기초한 오스기의 공동체상은 개인의 문제를 논할 필요성을 제기하는 「생의 창조生の創造」(1914) 등의 논고에서 종래의 사회주의자들과는 달리 '생의 확충'을 위해서는 '개인의 생'의 확충이 불가결하다는 '개인' 중시의 주장을 폈다.[22] 현실 변혁의 논리를 생명력의 사유에 구하는 김우진의 "개개인의 각성과 생명력의 발

18 星野太, 「崇高なる共同体-大杉栄の「生の哲学」とフランス生命主義」, 『表象文化論研究』 6, 東京大学総合文化研究科超域文化科学専攻表象文化論, 2008, 63면.
19 윤진현, 앞의 책, 29면.
20 星野太, 앞의 글, 73면.
21 金炳辰, 「大杉栄における「生」と「本能」」, 『日本語文學』 40, 韓國日本語文學會, 2009, 263면.
22 星野太, 앞의 글, 63면.

견"의 특징은 아나키스트 오스기 사카에의 생의 철학과의 관련성을 분명하게 제시한다. 이러한 점에서 니시다 기타로에서부터 오스기 사카에에 이르는 다이쇼 시대의 베르그송 수용의 다양한 스펙트럼이 김우진의 '생명력'의 사유의 특질을 규명할 논의의 토대가 된다. 따라서 다이쇼의 생명담론을 오스기 사카에의 '생의 철학' 과 다이쇼시대의 문단을 주도했던 시라카바파白樺派[23] 등을 주축으로 베르그송 철학의 파장에서 김우진의 "생명력과 역사의식"이 접합하고 뒤얽히며 내적 생활의 '완미完美'에 이르는 궤적을 조명할 것이다.

2. 다이쇼의 생명담론—베르그송의 '생'의 철학의 진폭

다이쇼기 생명담론이 대두한 것은 실증주의에 대항하여 정신과 문화의 가치를 부각하는 독일 철학을 다이쇼 데모크라시기 도입하면서 다양한 조류의 서구 철학의 수용을 배경으로 한다.[24] 서구에서는 18세기 후반에서 19세기 초에 걸친 신비적 경향이 19세기 후반에 이르러 실증주의의 전성기의 도래로 후퇴하여 전체적으로 생명을 '영혼魂'의 측으로 하는 종교적 내지는 신비주의적 경향에서 '물질'의 측으로 하는 실증과학의 경향으로 전환한다. 19세기 생물학의 발전과 우생학, 사회주의의 확산과 자연주의의 대두로 이어지는 실증주의의 전개와 맞물려 사상계

23 1910년대 후반 조선의 지식청년들은 니시다 기타로가 일본적 맥락에서 번안하고 집성한 베르그송의 생철학 사상을 원전이 아닌 이쿠다 쵸코(生田長江)의 『近代思想十六講』이나 쿠리야가와 하쿠손(厨川白村)의 『近代文學十講』 등이나 시라카바파의 문학으로 접했을 가능성이 있다. 이철호, 앞의 글, 207면.

24 미야카와 토루 · 아라카와 이쿠오, 이수정 역, 『일본근대철학사』, 생각의나무, 2001, 136면.

에서는 신에 대체하는 보편 원리를 생명에 구하는 생명의 철학이 등장했다. 독일 관념론의 흐름 가운데 형성된 생명 철학의 계보는 독일의 하르트만의 '무의식자'의 관념으로 쇼펜하우어는 '우주의 의지', 헤겔의 '객관적 이성'에 구하여 독일 관념론의 조류를 이루었다.[25]

일본에서는 1900년대 스펜서나 헤겔 등의 진화론 수용 이래 실증주의적 유물론적 사조와 칸트, 피히테 등의 독일 관념론 철학과 신칸트학파적 철학 사상이 소개되고 그린의 윤리학의 수입으로 인격의 수양이 제창된다. 이는 메이지 말기 자연주의의 도입으로 근대적 자아의 확립의 과제가 문단의 기조로 정착하는데 기여했다. 일본 다이쇼 데모크라시기 민주주의적 자유주의 사회주의 사상의 고양과 제도의 개혁이 이루어진 1910년 전후 제임스 철학의 프래그머티즘 수용의 기조 위에서 유럽 철학의 조류는 '자아의 인격적 확립'의 요구가 주류를 이루었다. 1910년대 인격적 요구에 부응하는 시대의 추세에 따라 니체・파울젠・쇼펜하우어・베르그송 등의 이상주의 철학이 일본에 소개된다.[26] 프랑스의 베르그송의 『창조적 진화』(1907)는 생물학에 입각하여 스펜서의 철학을 넘는 지평으로 탈각할 것을 지향한 시도로서[27] 이러한 생물학적인 생명주의에 기초한 생의 철학이 오스기 사카에의 생의 철학으로 이어질 수 있는 토대가 되었다. 오스기 사카에가 다윈의 진화론, 소레르Georges Sorel의 생티칼리즘, 로망 로랭의 『민중예술론』의 번역에서 '생'의 철학을 정립한 것[28]은 이러한 이론적 배경이 작용했다.

25 鈴木貞美, 앞의 책, 77~81면.

26 미야카와 토루・아라카와 이쿠오, 이수정 역, 앞의 책, 137~147면.

27 鈴木貞美, 앞의 책, 82면.

28 오스기 사카에는 "나의 사회주의적 지식과 사상은 대부분 서양의 사회주의나 사회주의 운동을 기록한 서적의 번역"에서 형성된 "번역적 사회주의자"를 자임했다. 그가 번역한 서양의 서적으로는 「相互扶助論」(クロポトキン), 大杉栄全集編集委員会, 『大杉栄

일본의 베르그송 철학은 1912년에서 1915년 다이쇼 초기에 대유행을 맞이했다. 이 시기 베르그송을 수용한 대표적 철학자 니시다 기타로西田幾多郎에 의한 베르그송론은 '순수지속에서 어떻게 지식과 물질이 생성되는가'라는 '실천적 문제'를 간과하여 '형이상학'적 문제를 우위에 둔 형태로 다이쇼 초기의 사상계 일반적 경향에 합치하는 형태로 수용되었다.[29]

베르그송의 저작 『물질과 기억』의 '이마주image=형상'의 해석을 둘러싼 논쟁에서 '실재'로 간주하는 실재론과 '의식'으로 바꾸어 유심론으로 읽는 두 가지 견해가 대립했던 일본의 학계는 베르그송의 물질에 관한 언급의 회피 경향을 발생시킴으로써 베르그송 유행을 쇠퇴시키는 결과를 초래했다고 한다. 동일한 '이마주'를 상반된 관점으로 해석한 일본에서는 '지속'을 '전아全我'나 '심층 자아深い自我'로 번역하여 베르그송 철학을 유심론적으로 해석하는 '정신적 일원론'의 설명 방식은 베르그송 철학의 핵심인 생명이 물질을 변화시키면서 진화에 이르는 '지속'과 물질의 문제를 간파하지 못함으로써 베르그송 철학을 '정신과 물질의 혼동'으로 비판했던 러셀의 등장을 계기로 유행은 급속히 쇠퇴했다. 1916년 전후 사상계의 동향은 '존재'를 설파하는 형이상학에서 '당위Sollen'를 묻는 신칸트학파로 옮겨가면서 베르그송 철학의 주류는 다양한 방향으로 분화하여 발전적으로 해소해갔다. 베르그송 철학 논자의 대부분은 형이상학을 수정하여 사회론에 응용함으로써 새로운 길을

全集』6, 1926;『民衆芸術論(新劇美學論)』6(ロメン・ロォラン);「生命の道徳」(マリイ・ギイヨぐオ,『大杉栄全集』6;「男女関係の進化(シャルル・ルトウルノ」;「物質非不滅論」(ギユスタウ・ルボン),『大杉栄全集』7;「種の起源」(ダアイン),『大杉栄全集』8;「昆虫記」(アンリイ・フアブル),『大杉栄全集』9 등이 있다.

29 일본 다이쇼기 베르그송 철학의 수용 논의는 이에 따른다. 宮山昌治,「大正期におけるベルクソン哲学の受容」,『人文』4, 学習院大学人文科学研究所, 2005.

모색하였다.

이러한 조류 가운데 하나가 오스기 사카에의 사상이다.[30] 베르그송 철학의 대유행 이후 '물질'에 대한 물음을 사회학과 결합하여 새로운 가능성을 모색한 입장과 현실 존재하는 '타자'의 문제를 '물질'과 등가로 여겨 회피했던 유심론의 입장으로 양분되는[31] 다이쇼의 베르그송 철학의 수용을 일별한다면 '니체의 초인의식Ubermansche과 마르크스의 사회주의 노선' 위에 형성되었다는[32] 김우진의 사색은 유물론자 오스기 사카에와도 친화적이다. 베르그송의 생의 철학과 김우진의 '생명력'의 사유가 맺는 관계는 아나키즘 사회주의 사상의 최대의 논객 오스기 사카에를 경유하는 관계에서 민중예술의 주창과 계급의식에 기초한 김우진의 역사의식의 특질이 뚜렷해진다. 베르그송의 생의 철학의 인식론적 기반에서 개인의 '개성'과 자아의 기반에서 사회주의를 결합하여 유물론자에게는 무시되었던 '주관의 가치' 위에서 '순수지속 속에서만 살아있는 참자아'의 창조'성에 주목한 오스기의 주장[33]은 김우진의 '참 앎'의 존재방식과 공명한다는 점에서 오스기 사카에가 베르그송 철학에 착목했던 측면을 살펴볼 필요가 있다.

---

30 위의 글, 86~92면.

31 위의 글, 91면.

32 유민영, 「서구에의 탐닉과 자기 파열－김우진론」, 한국극예술학회 편, 『김우진』, 태학사, 1996, 70면.

33 宮山昌治, 앞의 글, 92면.

3. 오스기 사카에大杉栄의 '생의 철학'의 매개성

물질과 구별되는 생명의 특징을 운동의 개념을 통해 설명하는 베르그송은 인간을 타 생물과 동일한 하나의 '생'의 원천에 기원을 둔 '진화의 정점'으로 인식하여 개인의 진화는 인류 전체의 진화 나아가서 생 전체의 진화로 제 '개체'를 '생 전체'로 결부시킨다. 이러한 베르그송의 사유는 오스기 사카에의 개(체)/생(전체)의 관계로 반복된다. '개인의 자아'의 배후에 '생의 필연의 논리'를 상정하여 '개인의 생의 확장'을 '인류 그 자체의 생의 확충'으로 동일시한다. '개인의 희생'에 의해 '생의 확장'을 '인류의 생의 확충'으로 '개인'을 일약 '공동체'로 비약시킴으로써 생의 개념으로 자아와 공동체를 연계한다.[34]

'인과율의 지배를 받지 않는 자유의지'의 강조와 개성 실현을 주장하는 김우진의 개인주의는 '생명력'의 사유에서 획득된 것으로 베르그송의 생의 철학에 근거한다. 그러나 동일한 베르그송 철학의 바탕에서 오스기 사카에의 개(체)/생(전체)의 관계에서 다른 양상을 보인다. '생의 필연성'에 반역하는 자아에서 생명력을 강조한 김우진은 민중을 같은 경우의 개인의 수량적 집합 '큰 개인'으로 개인과 민중의 '일체적, 불가분의 관계'를 설정했다.[35] 김우진의 '큰 개인'으로 상정되는 민중과 개인 관념은 그의 개인과 공동체의식을 단적으로 드러낸다. 개인과 민중의 대립과 모순을 전제하지 않는 대소의 양적 차이를 갖는 동일한 입장의 개인의 총합으로서의 '일체적' 관계는 개인과 사회의 갈등에서 발생하

34 星野太, 앞의 글, 66면. '인간의 자기초월본능이 자기보존본능을 이기고 자기희생의 행위로 나아갈 때 자기희생은 생의 부정이 아니라 자기의 숭고한 긍정이고 인류의 생의 확충이라는 논리이다.' 大杉栄, 「賭博本能論」(1914,7), 大杉栄, 앞의 책(2), 79면.

35 「아관 계급문학과 비평가」(『개벽』, 1925.2), 『김우진 전집』 II, 292면.

는 계급 인식과 모순적이다. 즉, 그의 계급인식은 "객관적 이해관계의 위치를 개인의 '자유의지'로 바꾸어 놓음으로써 의식적 주관적 감정의 갈등으로 개인의 자유의지를 초개인적 가치계열로 민중 심리나 사회의식을 역사적 가치계열로 다른 범주로 계열화한다."[36] 개인의 생과 공동체의 역사인식의 간극의 단초를 여기에서 찾을 수 있는데 이러한 '자유의지'의 주관적 정신성에 입각한 계급인식은 "맑스의 유물사관과는 상이한 본질적인 차이"[37]가 있었다. "사람은 나면서 계급적 동물"로서 '생'이 끝날 때까지 계급을 벗어날 수 없는 '인간 생활의 실상實相'으로 인식하여 '정치적 운동'이나 '개혁이나 진보'보다 더욱 '힘센 혁명'을 예술로 보고 '혁명가'인 '예술가'의 창작 생활을 추구했다. 예술에서의 필연성을 "예술품의 상대성, 비영원성"으로 인식하여 "시대에 따러, 곳에 따러, 혹 순간에 따라서라도 예술품의 내적內的 가치는 상대적"[38] 이라고 주장하며 그 예를 로맹 롤랑의 『민중극론』의 서문[39]에서 찾을 것을 제시했다.

로맹 롤랑의 『민중극론』을 번역한 것은 오스기 사카에라는 점에서도 김우진과 오스기 사카에는 교양을 일정 정도 공유한다. 베르그송의 철학과 사회주의 사상을 결합한 오스기 사카에가 급진적인 파괴와 창

36 민병욱, 「김우진의 부르조와 개인주의적 세계관연구 (1)」, 『어문교육논집』 10, 부산대, 1988, 9면.

37 홍창수, 앞의 글, 102면.

38 「아관 계급문학과 비평가」, 『김우진 전집』 II, 289면.

39 오스기 사카에가 번역한 로맹 롤랑의 「民衆芸術論(新劇美學論)」의 서문에는 귀족적인 예술에서 평민이 예술의 주역이 되는 새로운 시대의 예술과 같이 "예술의 표현은 인심의 양식에 따라 변"하는 것을 강조했다. 예술의 상대성을 역설하는 주장과 부합한다는 점에서 김우진이 명기한 로만 로란의 『민중극론』은 프랑스 파리의 평민극의 역사를 기술한 로만 로란의 「民衆芸術論(新劇美學論)」을 지칭하는 것으로 간주된다. ロメン・ロォラン, 大杉栄 譯, 「民衆芸術論(新劇美學論)」, 앞의 책(6), 375~384면; 박양신, 「다이쇼 시기 일본・식민지 조선의 민중예술론 – 로맹 롤랑의 '제국' 횡단」, 『한림일본학』 22, 한림대 일본학연구소, 2013.

조의 열정을 사회 혁명의 이론적 사상의 모색으로 나아간 것에 반해 김우진은 예술가, 비평가로서의 자의식으로 개인의 내적인 혁명으로 생의 방향을 달리했다. '개인 혁명과 사회혁명의 동시 수행'이라는 오스기 사카에의 주장이나 '예술과 실행'의 기획, 버나드 쇼의 극을 다룬 오스기 사카에의 평론,[40] 또는 오스기 사카에가 발행한 잡지 『近代思想』[41]의 논설과 비평, 사카이 도시히코堺利彦의 버나드 쇼의 희곡 번역 해설[42] 등 버나드 쇼의 희곡작품을 졸업논문으로 분석한 김우진과 오스기 사카에의 사상과 문학의 관심 영역은 일정 부분 겹쳐진다. 그러나 계급의식이 전제하는 집단의식에서 크로포트킨의 상호부조라는 경험의 관찰에 의거하면서도 집단의 강제력을 거부하는 오스기 사카에는 '생의 진수를 자아에 두' 면서도 자아를 역학상의 힘으로 파악하여 '생의 필연의 논리는 확충을 명령하여' 생의 확충에 생의 최대의 미를 부여한다.[43] 이는 역시 자아를 중심에 두는 김우진의 필연성에 대립하는 '자유의지'를 강조하는 개인주의는 오스기 사카에의 그것과는 다르다. 집단의식을 선행시킨 오스기 사카에는 개체를 축소하는 계급의식과는 구별되면서도[44] "크로포트킨 일파의 무정부주의자"를 "몽상주의자"[45] 로 의식하고

---

40 大杉栄, 「超人の恋ーショウ劇」, 『人と超人』評論」(1913,4), 『大杉栄全集』 1, 大杉栄全集刊行会, 1921, 331면.

41 아라하타 간손(荒畑寒村)과 오스기 사카에(大杉栄)가 발행한 잡지. 1912년 10월 창간, 1914년 9월 폐간. 주요 필진으로서 사카이 도시히코(堺利彦), 야스나리 사다오(安成貞雄), 이바 다카시(李庭孝) 등이 참가했다. 荒畑寒村, 『ひとすじ道』, 1954; 우스이 요시미(臼井吉見), 고재석 · 김환기 역, 『일본다이쇼문학사』, 동국대 출판부, 2001, 79~80면 재인용.

42 우스이 요시미(臼井吉見), 고재석 · 김환기 역, 위의 책, 79면.

43 大杉栄, 「生の擴充」(1917,10), 大杉栄全集刊行会 編, 앞의 책(1), 35~39면.

44 日高昭二, 「大杉栄再考」, 鈴木貞美 編, 『大正生命主義と現代』, 河出出版社, 1995, 128면.

45 김우진의 「몽상가여!」라는 시도 동일한 인식을 드러낸다. "몽상가여! / 이 생에 가리움 업는 / 이상의 명경을 쳐드려는 / 몽상가여! / (…중략…) / 그때엔 그대들의 / 뜻 아닌 피결의 용소슴은 / 다시 엇던 군소리를 / 요구하랴. 몽상가들이여!"(1924) 『김우진

"장래의 계급의 쟁투가 업슬 사회주의 나라를 꿈"꾸는 사회주의자에 대한 의구심을 거두지 못한 김우진과의 차이를 보인다.

개성은 개인의 인격 추구의 권리만이 아니라 국가주의의 억압을 종식해야만 하는 당위성에 근거하는데 "국민적 비극의 출처는 계급적 우매에서 생긴 것이나 개인적 비극은 더구나 자기 속에서 생겨난다"[46]는 일기에서 그는 자신의 자유 의지, 자신의 "개성과 생의 애착"이 아버지와의 충돌을 필연적으로 수반하는 비극을 예감하게 함으로써 개성 추구의 욕망과 불안의 복잡다단한 감정을 표출한다. 이러한 개성의 강조가 비단 오스기 사카에의 전유물은 아니지만 사회주의와 개인의 개성과 자아를 결합시키는 특유의 사유의 유연성이 베르그송의 생의 철학의 모태에서 배태된다는 점은 주목할 필요가 있다. 쇼펜하우어와 구별된다는 김우진의 '자유의지'의 강조는 베르그송의 '자유의지'와 오스기의 개체의 '자발적인 의지'를 강조한 관계에서 보다 분명해진다.

동시대의 '생명' 관념을 보여주는 『학지광』에서 최팔용의 「사람과 生命」[47]에서 제시한 '종합체의 생명'이 개인들 다수의 총합으로 구성되는 국가 단위의 전체적 생명[48] 개념은 김우진의 '큰 개인' 과 유사한 일면을

전집』 I, 356~357면.

46 오스기 사카에는 니체의 『차라투라스는 이렇게 말했다』의 "불의의 사건이라고 할 것은 이제 나에게는 일어나지 않는다. 지금 나에게 무언가 일어난다고 한다면 그것은 모두 나 자신이다" 라는 진술을 개성의 완성을 세계에 선언한 것이라고 설명한다. 인간은 그 개성의 완성을 포기하기보다도 훨씬 많은 독립을 얻을 수 있어 개성에 의지하기보다도 자신의 것으로 한다고 이 구절을 설명한다. 또한 이를 베르그송과 비교하여 니체는 개체의 독립성을 베르그송은 개체를 '자연에 고립하고 자연에 폐색(閉塞)한 일체계'로 파악하여 각 부분이 통일된 전체를 이루므로 각 구조의 이질성을 늘리는 것이 개성과 연결된다고 한다. 大杉栄, 「生物学から見た個性の完成」, 大杉栄全集刊行会 編, 앞의 책(1), 212~220면.

47 최팔용, 「사람과 生命」, 『학지광』, 1917.7.

48 이철호, 앞의 글, 199면.

지닌다. 생명의 개체성과 우주의 생명계의 전체적 조화와 상보성의 관계[49]를 기저로 하는 베르그송 철학의 인식론적 기반에서 개인과 공동체의 관계를 근간으로 하는 자아 관념의 정립 과정을 보여준다.

『학지광』세대 최팔용과 전영택이 '생명'을 키워드로 각각 다른 형태로 발아되는 양상에서 동시대의 다양한 논의의 지층을 발견하게 된다. "생명의 희생을 조금도 주저치 아니하난" '고귀한 자기희생'을 역설하는 최팔용이 '자기 생의 숭고한 긍정'으로 '개인의 생'을 인류의 '생의 확충'으로 연계하는 오스기 사카에의 '자기희생'을 강조하는 생의 철학[50]의 음영이 드리워진다면 전영택의 생명은 "시라카바파 혹은 다이쇼기 문화주의로부터 전수받은"[51] '소위 문학청년'의 길을 보여준다. 이러한 각각 다른 '생명' 담론의 영향 아래 민족 주체의 형성과 철저하게 개인 주체의 각성으로 다른 논지를 펴면서 1919년을 기점으로 독립투쟁 노선과 동인지 시대로 각각 다른 행보를 향한[52] 여정과도 부합된다. 이들에게 영향을 미친 일본의 사상을 흡수하면서도 냉소적인 김우진의 "독특흔 unique한" 길의 모색도 근대의 자아 탐구의 역정을 보다 풍부하게 소묘하는 또 다른 근대적 주체의 방식을 보여주는 것이다.

일본 다이쇼의 '생명주의'는 관동대지진을 기점으로 '대우주의 생명'이라는 보편주의에서 '민족의 생명'이라는 국가주의적 관념의 경향으로 '절단切斷'되는 전환을 통해 쇼와昭和시대 1930년대 국체state 내셔널리즘이나 아시아주의의 전개로 발현해간다. 1936년을 전후로 한 전향을 사회적 배경으로 니힐리즘이 만연하면서 생명주의가 재부상하여

49 앙리 베르그송, 황수영 역, 『창조적 진화』, 아카넷, 2005.
50 星野太, 앞의 글, 77~78면.
51 이철호, 앞의 글, 209면.
52 위의 글, 200면.

전시기 '민족의 생명'은 죽어서 '영원한 생명'으로 화한다는 '산화散華의 사상'의 형태로 전화했다. 개체의 생사를 넘는 보다 커다란 '생명' 관념은 '대우주의 생명'을 중핵으로 하는 정신주의나 '민족의 생명'이라는 강력한 내셔널리즘으로도 전화할 수 있었다.[53] 이러한 일본의 '생명주의'의 계보를 거칠게나마 훑어본다면 1926년 12월 쇼와 시대의 개막되는 해에 요절한 김우진의 생은 상징적이다. 러일전쟁 전후에서 1920년대 전반에 걸친 근대 일본의 생명담론의 공간에서 살아간 김우진의 '생명력'의 사유는 1930년대 전향의 논리가 더해지기 이전 1920년대의 현실 변혁의 논리와 결합한 생명력의 색채를 발한다.

4. '내부생명inner life'의 함의와 '시라카바파白樺派'

김우진의 '생명력'의 사유는 다이쇼 시대를 배경으로 형성되었다는 점에서도 다이쇼 문단의 주류 '시라카바파白樺派'[54]를 살펴볼 필요가 있다. "'생명' 관념의 지반으로써 세계=사상 전체의 원리로 하는 생명주의"의 출현은 메이지 20년대 후반 기타무라 도코쿠北村透谷의 「내부생명론內部生命論」(『文學界』 5, 1893.5)에 발단한다.[55]

자유민권운동의 좌절로 기타무라 도코쿠는 '외부의 제도로부터 독립한 개인의 내면이라는 에머슨의 사상에 이끌리며 그의 관심은 '내부'

53 鈴木貞美 編, 앞의 책, 24면.
54 1910년 4월 창간된 문예잡지 『시라카바(白樺)』의 동인 무샤노코지 사네아쓰, 아리시마 다케오(有島武郞), 시가 나오야(志賀直哉), 야나기 무네요시(柳宗悅) 등이 이에 속한다. 우스이 요시미(臼井吉見), 고재석 · 김환기 역, 앞의 책, 60면.
55 鈴木貞美, 「大正生命主義, その前提 · 前史 · 前夜」, 鈴木貞美 編, 앞의 책, 71면.

로 행했다. 인간 정신의 신비의 관건이라는 관념과 우주의 생명이라는 보편적 관념의 통로를 여는 것이 영감inspiration에 의해 생성되는 '내부생명'이라는 관념이다'. 즉 영감에 의해 우주의 정신 즉 신이 발하는 것에 감응하는 것이 '인간의 정신 즉 내부정신'이다.[56] 이는 '기독교 정신주의spiritualism'에서 유래한 것으로[57] "내적 광명의 계시에서" 품성을 변화시킨다는 퀘이커의 성령주의에 영향을 받았다.[58] 퀘이커의 성령주의는 브레스웨트에 의한 영국계의 것으로 기독교사회주의의 경향이 강한 퀘이커 신도에게 "구원의 수단으로 삼는 '내부의 빛' 은 동시에 "내부의 생명"[59] 으로 "도코쿠에게 '내부의 빛'은 신이 임재하는 '생명'이다".[60] 이는 범신론적인 초월주의로서 우주의 생명의 보편성은 개인에게도 미친다는 에머슨의 사상에 영향을 끼쳤다.

기타무라 도코쿠를 필두로 메이지 시인들에 영향을 미친 정신주의는 기독교의 교양과는 별도로 기독교적 내지는 그 주변의 신비적인 생명관으로 메이지 시인들의 낭만주의 정신의 경사를 야기했다. 도교적 우주관의 토양에서 낭만적인 정신주의가 접목된 것이 기타무라 도코쿠의 「내부생명론」이라면 기타무라의 '우주의 생명'을 다카야마 조규高山樗牛는 인간 본연의 성욕에 개인 내면의 독립을 뒷받침하는 보편성

---

56 鈴木貞美, 『「生命」で読む日本近代』, 日本放送出版協会, 1996, 54~55면.

57 고노 겐스케(紅野謙介)는 '퀘이커나 크리스찬교회라는 프로테스탄트 속에서도 소수파의 기독교신자이고 또한 에머슨의 범신론적인 초절주의(超絶主義)의 공명자인 도코쿠'의 생명을 '기독교 정신주의spiritualism' 언설에 포함되는 것으로 간주한다. 鈴木貞美 編, 앞의 책, 100면.

58 山室武甫, 『平和の使徒ジョージ・フォックス』, 愛文社, 1950, 135면; 尾西康充, 「北村透谷と有島武郎ークェーカーにおける生命主義の考察」, 『三重大学日本語学文学』 14, 三重大学, 2003, 78면.

59 馬菊枝 譯, 『クェーカーの宗教哲学』, キリスト教友会日本年会, 1985, 13면; 위의 글, 79면.

60 尾西康充 , 앞의 글, 79면.

의 근거를 구했다. 메이지 20년대 말 진화론이 기독교적 교의와 갈등을 야기했던 서구와 달리 일본에서는 새로운 서양의 과학으로 침투하면서 종의 종족 본능인 생식 본능이라는 관점에서 인간의 성욕이 부각된다. 이러한 배경에서 1901년(메이지 31) 다카야마 조규高山樗牛는 본능, 즉 인성 본연의 요구를 만족시키는 것이 '미적 생활'이라며 생명과 신체의 쾌락 추구를 주장하여 논쟁을 불러일으켰다. 생의 목적은 미를 획득하는 것이라는 주장을 편 다카야마 조규는 '일본주의'의 주창자로서[61] 사상적 면모에 관해서는 3장 2절에서 기술한 바이다.

이러한 메이지 시대에서 다이쇼에 이르는 생명주의의 흐름의 궤적은 김우진 삶의 구석구석을 관통한다.[62] 메이지의 유산에서 발흥된 다이쇼의 생명주의는 김우진의 생명력의 사유에도 그 흔적을 남긴다. 일본의 '생명'을 중심으로 한 역사를 뒤돌아보면 김우진의 희곡 「산돼지」에서 '기분・정열・영감'이 개성을 지닌 청년의 인물 조형에서 요청된 것은,[63] 영감에 의해 인간의 정신 내적인 '내부 생명'에 감응하는 감각과 열정이 생명력 넘치는 생의 필수불가결한 구성 요소라는 작가의 인식을 간파할 수 있다. 여기에는 일본 메이지 시대 기타무라 도코쿠에 연원을 둔 '내부 생명'의 개념이 다이쇼 시대를 경유하면서 변용된 의미와도 궤를 같이 하는 것으로 베르그송의 생의 철학의 파장에서 특징지워진 것이다. 즉, 생물학과 진화론 등 근대 과학적 지식에 입각하여 '실생활實生活을 초월한 아푸리오리한 진리'가 아니라 다이쇼 데모크라

61 鈴木貞美, 『「生命」で読む日本近代』, 日本放送出版協会, 1996, 57~61면.
62 高山樗牛, 「美的 生活を論ず」, 『太陽』, 博文館, 1901.8; 『現代日本文学全集』 13, 改造社, 1928, 206~211면.
63 권정희, 「'생명력의 리듬'의 형식-김우진의 「산돼지」」, 『반교어문연구』 30, 반교어문학회, 2011, 151면.

시를 경유하여 자유주의적 사상과 운동의 확산에 의한 '민중적 경향'과 담론의 추상성[64]과 결합하면서 다양한 형태로 발현된 '내부 생명'의 의미를 함축한다.

개인의 내적 생활의 근간에 "'생명의 내부' 혹은 '내부의 생명'이라는 기타무라 도코쿠적 주제"[65]의 기독교의 색채가 탈각된 것으로 희곡 「산돼지」의 작가의 구상 '우리 내부 생명의 리듬'의 구성은 생명력의 주제를 베르그송의 철학을 바탕으로 극의 형식으로 구체화했다.[66] 기독교를 통하여 신과 연결된 인간의 내면을 의식하면서 발견된 기타무라 도코쿠 이래의 '내부생명inner life'은 다이쇼 시대를 경과하면서 신과 결부된 영혼의 관념이 퇴색하고 개인의 개성과 자아와 결부된 정신적인 내적 생활의 생명으로 변용된다. 이러한 점에서 김우진의 '내부생명'은 아리시마 다케오의 '내부생명' 과도 다이쇼 시대를 공유하는 연관성을 맺는다. 아리시마 다케오는 기타무라 도코쿠의 초월적인 '생명'의 신앙적 의미와 달리 인간 "'내부'에 있는 '생명', 그것은 사회경제에 대해서 초월적인 시점에서 이의를 제기하는 기점으로 체제를 변혁하는 폭력의 원천일 수도 있"으며 근대이성의 통제와 이에 반발하는 '생명'의 존재 방식을 추구했다.[67] 메이지 20년대 일본 사회에 희박했던 계급의식과 자연과학적 지식으로 인간의 지성과 본능을 중시한 '내부생명'의 의미에서 범신론적 신비주의가 탈각되었다. '생의 비약elan vital'의 사상으로 수용된 베르그송의 생의 철학은 오스기 사카에, 아리시마 다케오로 이어지는[68] 공통의 자양분에서 김우진의 '내부생명'은 이들 각각

---

64 蓮実重彦, 앞의 글, 152~156면.
65 紅野謙介, 「透谷の「生命(ライフ)」, 藤村の 「生命(いのち)」」, 鈴木貞美 編, 앞의 책, 97면.
66 권정희, 앞의 글, 159면.
67 尾西康充 , 앞의 글, 82면.

의 이질적인 사상과도 접속된다.

'시라카바파白樺派'는 메이지 30년대 자연주의를 통해 형성된 근대적 자아의식이 도달한 정착의 지점을 보여주는데 이들의 '자기를 살리는' 자기실현이 그대로 '인류의 의지', '우주의 의지'가 실현된다고 주장했다.[69] '시라카바파'의 일원 아리시마 다케오有島武郎는 메이지 시대와는 구별되는 다이쇼 특유의 분위기, 즉 계급인식과 자연주의가 부상하는 시대적 배경을 공유하는 김우진의 전기적 생애와 성장환경, 교육, 기질 등의 운명적 조건에서 상당한 공통점[70]을 보여 "농장 소유권의 포기와 자기 생명의 방기라는 형식적 유사성"[71]을 보이면서도 '생명력'의 작용방식은 달랐다.

"인텔리겐치아로서의 자아 확립도 계급사회에서는 '무용'할 뿐이라는 자각을 통렬하게 고백"[72]하면서 문학에 대한 회의와 '자아 방기'로 나아갔던 아리시마와 '인텔리겐치아 계급의 청년의 내면생활의 맥박'[73]을 짚으려는 김우진이 가업을 이으면서 한층 문학에의 열정을 충동하는 강렬한 자아 욕구를 갈망했다는 점에서 차이를 보인다. 김우진의 생의 본능이 개성 추구로 치달았던 생명력의 작용 방식의 차이를 극명하게 보여주는 것은 1924년 귀향하여 목포에서 보낸 2년간의 시기이다. 가업을 이어 '보험통계서나 양도증서' 등을 다루는 회사의 경영자로 생

---

68 鈴木貞美, 「「大正生命主義」とは何か」, 鈴木貞美 編, 編, 『大正生命主義と現代』, 河出出版社, 1995.

69 미야카와 토루・아라카와 이쿠오, 이수정 역, 앞의 책, 138면.

70 이직미, 「김우진 희곡의 비교문학적 연구－有島武郎와의 비교를 중심으로」, 연세대 석사논문, 1984.

71 윤진현, 앞의 글, 130면.

72 「宣言」, 『改造』, 1922,1.

73 『김우진 전집』II, 508면.

활에 쫓기면서도[74] 김우진은 1925년 『오월회*Soci' et'e Mai*』라는 동인지를 발간하는 등[75] 논문과 시 창작에 주력한다.

"내부의 생명감의 여하에 따라서 참생활"[76]을 추구하려는 의식적 내성의 힘을 발휘하는 이 무렵 1924년의 일기와 서간에 표출되는 절망감은 '창작욕' 과 결부된 것으로 무샤노코지 사네아쓰武者小路実篤와 같은 '새로운 마을'을 건설하려는 톨스토이식의 공동체의 구상과 의욕은 희박하다. '명문 귀족'으로서의 기득권의 포기는 '자아 방기'가 아니라 '정신적 노동자로서의 참삶'이라는 자아 추구의 갈망이다. 즉, 1912년 다이쇼 원년에 출범한 시라카바파의 '메이지적'인 것의 잔영[77]이라고 할 새로운 마을 구상으로 공동체 속에 자아를 실현하거나 제4계급 노동자에게 자신의 '무용'함을 고백하는 계급적 한계에 직면한 무력감의 '자아 방기'와는 다른 지점에서 개인의 실존을 모색한다. '개인이나 개성을 통해 인류의 의지를 살린다'[78]는 무샤노코지의 '개체와 전체의 조화에 대한 소박한 믿음'은 김우진의 개인과 민중의 '일체적 관계'라는 비현실적인 낙천성과도 유사한 일면을 지니는데 다이쇼 시대의 '낙천적인 밝음'의 특징은 다이쇼 시대 특유의 '추상성'[79]을 공유하는 것이라고 하겠다.

'시라카바파'가 표방한 톨스토이를 중심으로 하는 인도주의적 이상주의적 노선[80]은 "계급을 초월한 예술"을 추구하려는 '이광수류의 문학청년'의 이상주의적 · 계몽주의와 김동인의 미의 추구와 '사해동포'의

74 이은경, 「김우진과 조명희의 비교연구」, 『한국 연극학의 위상』, 태학사, 2002, 174면.
75 윤진현, 앞의 글, 278~284면.
76 『김우진 전집』II, 앞의 책, 207면.
77 柄谷行人 編, 앞의 책, 213면.
78 우스이 요시미(臼井吉見), 고재석 · 김환기 역, 앞의 책, 75면.
79 蓮実重彦, 앞의 글, 156면.
80 우스이 요시미(臼井吉見), 고재석 · 김환기 역, 앞의 책, 60면.

사랑을 구현하는 당대 맹위를 떨치는 문학을 향해[81] 비판을 가하던 김우진의 비평을 연상하게 한다. 그는 '과학적 세계관'을 바탕으로 정신과 육체라는 톨스토이식의 번뇌에서 놓여난 지점에서 "헛된 향락주의, 피상적 인도주의, 이상주의에만" 탐닉하는 "소위 '문학청년'의 생활"을 버리자는 역설적인 주장을 폈다. "소위 '문학청년'"과 구별하려는 김우진의 자의식은 이광수의 문사 개념과 대항적 함의에서 김동인을 주축으로 하는 '미적 청년'의 탄생[82]의 맥락과 결을 달리했다.

"우리의 창작은 우리의 생활에 직접 관계 잇는 예술임을 요구"할 것을 주장하는 김우진의 예술인식과 감수성은 이광수와 김동인으로 대별되는 문사와 예술가 개념의 이항대립을 벗어난 틈새에 뿌리내렸다. 김동인이 발견해 낸 '극단적 부정 정신' 과 '참자기'를 열망하는 '미적 청년'[83]은 1920년대 문예동인지의 사상 경향의 일치를 집단 구성의 원리로 한 '시라카바파'와 마찬가지로 자신이 실감을 인정할 수 있는 한도 내에서만 의무를 다하며 1920년대 문단의 주류를 형성했다. 김우진의 '소위 '문학청년"과 구별하는 자의식은 이들 '미적 청년'과 구별하면서 독자적으로 개인의 내면을 추구하는 미의 실현에 경주하게 했다.

김우진의 1920년대 조선문단을 향한 비판에는 '시라카바파'를 향한 『근대사상』의 비판과 조응하는 관계를 살펴볼 수 있다. 여기에는 오스기 사카에가 주재하는 『近代思想』의 이념과 '시라카바파'의 문학이 길항했던 다이쇼 시대의 문화의 일단을 보여준다. 이러한 역학 관계에서 '시라카바파'에 대한 '존경' 과 '모방'의 시선을 보내는 식민지 조선의 동

---

81 「아관 계급문학과 비평가」, 『김우진 전집』 II, 275~278면
82 소영현, 앞의 책, 200면.
83 위의 책, 232면.

인지 시대의 '미적청년'과는 상이한 환경의 독서에서 싹튼 정체성 형성 과정을 이해하게 된다. 1919년 급변하는 세계정세 혁명의 기운이 고조되는 가운데 법정과 강의실 사이를 위태롭게 오가는 심리적 강박을 표출하는 절제된 서술의 일기는 김우진이 독서와 습작을 통해 현실인식을 바탕으로 개성과 문학을 향한 참된 자아 추구의 열정을 형성해가는 추이를 세밀하게 드러낸다.

김우진의 생명력의 사유는 이러한 다이쇼의 '민중적 경향'을 공유하는 문화를 교양으로 하는 시대에 형성되며 계급과 민중은 기호의 이미지, 즉 '표상'으로 존재한다. 1923년 관동대지진이 일어난 혼란의 시기 일본인 노동운동가와 조선인 학살사건에서 보는 바와 같이 다이쇼의 담론에서 사회주의자와 조선인은 피압박의 공통항으로 인접성을 갖는다. 일본의 사회주의나 아나키즘의 담론이 식민지 조선을 포섭하는 유대와 국제적 연대감으로 담론 공간에 드러나지 않는 다이쇼 데모크라시의 조선을 표상했다. 이러한 강력한 유대감 속에서 1926년 카프 결성의 기운이 무르익고 『조선일보』에서는 프로 문학 나카니시 이노스케의 소설 번역을 연재하고 저자 초청 강연을 여는 등 『동아일보』와 『조선일보』에서 경쟁적으로 다루는 세계의 첨단의 지식으로 사회주의는 유통되었다.[84] 이러한 식민지 조선이 처한 시대적 맥락에서 일본의

84 당시의 상황을 전하는 조선일보의 기사 "작년 우리청년계의 독서열을 들으면 참으로 놀랄 만하였다. 제일로 대판옥포서점(大坂玉浦書店)의 말을 듣건대 조선 청년의 사상이 돌변하여 재작년까지 소설책을 그 중 수다히 사가던 터이더니 작년에 이르러서는 소설책도 적지 않았으나 소설책보다는 사상가의 저술이 맹렬하게 팔리면 맑스『경제론』이나 해방(解放)과 개조(改造)는 나오기가 무섭게 팔리며 언제든지 있는 때보다 절종(絶種)될 때가 많았다"(「사상계의 신취향(新趨向)」, 『조선일보』, 1923.1.1). 3・1 운동 이후 1920년대 국제적으로 고양된 혁명의 기운이 확산되면서 일반 민중들까지도 사회주의에서 '독립에의 신복음'을 찾게 된다. 천정환, 「1920~30년대의 책읽기와 문화의 변화」, 윤해동・천정환・허수・황병주・이용기・윤대석, 앞의 책, 43면.

사회주의나 아나키즘 사상에 경사한 지식 통로가 확장된다.

1920년대 구축된 이러한 지식 통로에서 김우진의 생명력의 사유는 1930년대 파시즘과 사회주의의 전향의 시대적 분위기에 침윤되지 않는 1920년대 특유의 열혈 청년의 특질을 고스란히 드러낸다. 짧은 시기 긴장과 저항의 거친 호흡으로 점철되는 1920년대의 단면은 회고의 시점에서 1930년대 전향의 더께가 더해진 프리즘에서 김우진의 생명력의 사유는 불가해한 심연으로 남겨진다. 오스기 사카에를 주축으로 하는 생의 철학의 통로를 니시다의 생명력의 사유로 대체하는 격절이 김우진의 '생명력과 역사의식의 충돌'이나 "현실 변혁의 주체로서의 개개인의 각성"이라는 그 시대 특유의 생명력의 사유에 접근할 길을 잃어버리게 하는 것이다. 오스기의 후원하에 박열, 정태성에 의해 흑도회를 조직하는 등 긴밀한 연관 통로가 크게 작용했던 1920년대의 배경에서 김우진은 이러한 인적 네트워크와 접속될 가능성을 잠재하면서도 1910년대 혁명을 꿈꾸던 세대의 낭만과 좌절을 뒤로 한 김우진의 행보는 이러한 네트워크를 비껴나 경성문단과의 거리에서 그 누구도 답습하지 못한 길을 향했다. 서구의 지知를 향한 제국 일본의 시선의 매개에서만 욕망하는 조선의 지의 삼각 구도는 김우진에 이르러 비로소 매개 너머 대상을 향해 시선을 던지면서 그 거리를 좁힌다. 이러한 특정한 네트워크와 당파적 사고에서 포획되지 않는 그의 독특한 행보는 존재의 '완미' 추구라는 '조선현대청년'의 탄생을 예고하는 것이다.

"보라, 내각, 사회당 연맹의 구속과 저지"[85]의 현실을 목도하면서 '물

---

85 1919년(다이쇼8) 12월에 쓰인 김우진의 수상에서 발췌했다. 그해 12월 오스기 사카에는 도요타마 감옥에 투옥되었다. 오스기 사카에, 김응교・윤영수 역, 『오스기 사카에 자서전』, 실천문학, 2005, 517면.

질의 힘이 미쳐 오지 못하는 영혼'[86]을 창조하는 시인에 대한 갈망이 깊어진 김우진의 수상에서 사회주의 사상과 유미주의의 작품 세계의 이질적 독서 경향을 보게 된다. 이후 와세다대학의 재학 시절 버나드 쇼와 오스기 사카에의 사회주의 사상과 오스카 와일드Oscar Wilde, 다니자키 준이치로谷崎潤一郎 등 유미주의 세계라는 양 극단의 한가운데 베르그송의 생의 철학은 이들 이질적 경향을 접촉하게 하는 사유의 폭을 제공한 셈이다. 1916년 동경에서 황석우가 발행한 "세계정신을 호흡하는 '개인'"을 표방하는 『근대사조』는 아나키즘과 유미주의가 공존한 매체[87]로서 독자층인 일본 유학생 김우진의 내면 형성의 일단을 설명해준다. 당시 사회주의와 유미주의는 '감각의 다양성'을 부여하는 서구 근대의 지성을 표출한다.

이러한 두 가지 경향이 혼재하는 정신사적 궤적을 극명하게 드러내는 김우진의 풍부한 교양과 지식의 토양 위에 사상과 문학의 간극에서 자신의 예술 창조의 열망이 싹텄다. '창조'로 집약되는 베르그송의 생명의 개념에 추동된 김우진의 사유는, '생명력' 과 역사인식의 경계를 무너뜨린다. 다기한 원천의 '생명력'의 사유가 버나드 쇼나 니체 등의 영향으로 설명되면서 베르그송과 오스기 사카에의 '의지'와 '주관성'을 확장한 '생명력'의 사유는 역사인식과의 간극을 좁힌다. 이러한 동시대 '생명력' 담론의 외연이 버나드 쇼와 쇼펜하우어 등의 계보의 '생명력'으로 축소되면서 역사인식의 경계가 뚜렷해졌다. 정신성의 우위에 기초한 베르그송의 철학의 밑바탕에서, 계급적 역사인식과 개성과 자아

86 김우진, 「陀氏讚章」, 『김우진 전집』 II, 357면.
87 정우택, 「『근대사조』의 매체적 성격과 문예사상적 의의」, 『국제어문』 34, 국제어문학회, 2005, 179면.

추구의 문학의 경계는 좁혀졌다.

5. '상징의 세계'의 탈각과 내적 생활의 '완미完美'의 역정

1926년 6월, 도일에 즈음한 정황을 기술한 두 편의 산문 「A Protesto」[88]와 「출가의 변」[89]은, 김우진의 '생명력'의 사유와 역사인식의 관계를 집약적으로 드러낸다. 그의 삶을 관통하는 "생명력life force인가!, 이성reason인가!"[90]라는 화두를 둘러싼 사유를 고스란히 드러내는 이 글에서는 이질적인 두 흐름이 뒤얽히고 융합하여 다다르게 되는 귀착점을 가늠하게 한다.

1926년 6월 9일 서울에서 쓰인 「A Protesto」는 김우진이 목포의 집을 나와서 그 출가의 변을 벗인 조명희에게 남긴 것이다. 김우진 자신의 분신이자 내면적 갈등을 대표하는 두 사람의 대화체로,[91] 혹은 "자아간의 대화"[92]의 형식으로 전개된다. 가출의 목적을 "내 속의 생활을 완미完美케 하"기 위한 것임을 천명하기 위한 것이다. 생명은 예술 창조의 욕구로서 미적 쾌감의 추구를 극대화하는 '속생활의 완미'를 향한 수산의 이후의 행보는 자신의 내적 욕구에 충실하여 내적 "속생활의 결정結晶"[93]이라는 창작에 매진하는 '완미'의 추구를 향했다.

88 「A Protesto」(1926.6.9), 『김우진 전집』 II, 420~424면.
89 「출가의 변」(『조선지광』 58, 1926.6), 위의 책, 425~432면.
90 『마음의 자취』(1922.11.20), 위의 책, 494면.
91 서연호, 「김우진의 생애와 문학세계」, 한국극예술학회 편, 『김우진』, 태학사, 1996, 126면.
92 양승국, 앞의 글, 63면.
93 김우진은 '창작'을 '속생활의 결정(結晶)'으로 여겼다. 『김우진 전집』 II, 525면.

"아모리 못난이라도, 영웅 천재 아닌 사람이라도, 제각기 제 멋대로 제 특징과 가치만에 의하야 살어야 한단 말이다. (…중략…) 인습(因襲)과 전통과 도덕에 억매여 잇구나. 나는 이 모든 외부적(外部的)의 것에 대한 반역의 선언을 지금 행동화하고 잇다" (…중략…)

"내 처자도 다 이젓다. 더구나 방한이는 그리웁다. 그러나 모든 것이 내게는 제이의적(第 二義的)이다. 그만큼 내 속에서는 엇지할 수 업는 내 생명이 뛰놀고 잇다. 흥, 아버지것 흐니는 '문학의 중독(中毒)'이라고 하겟지. 중독도 됴와. 내게는 이것만이 제일이닛가"[94]

가장 중요한 자신의 '속생활內面生活'을 위하여 가족과 결별하고 그 '속생활'의 창조적 생명력을 발휘하여 인습과 전통과 도덕에 대해 저항할 결심을 표명한다. 자신의 자유의지를 실현하려는 내면적 의지를 드러내는 대목이다.[95] 창작의 열망을 '생명력'으로 문학 창작을 '속생활'의 결정이라고 규정하면서 자신의 내적 열망을 실현하기 위한 가출을 감행하는 것이다.[96] 인간은 제각각 고유의 "제 특징과 가치"로 살아야 한다는 당위적 인식에 기초하여 인습과 전통과 도덕률에 속박된 "모든 외부적外部的의 것에 대한 반역의 선언을 지금 행동화"하려는 의지를 표명한다. 아내와 아들 방한이에 대한 혈육과 가족에 대한 본능적인 애정도 "내게는 제이의적第二義的이"고 "내 속에서는 엇지할 수 업는 내 생명이 뛰놀고 잇다"는 것이다. 아버지에 의해 '문학의 중독中毒'으로 간주되어 온 김우진의 "이것만이 제일"인 문학의 예술을 향한 "완미"의

94 위의 책, 423~424면.
95 서연호, 앞의 글, 126~127면.
96 양승국, 앞의 글, 63~65면.

여정을 출발하려는 것이다.

그의 사후에 발표된[97] 「출가」는 연속선상에서 가출의 심경을 피력한다. 수산과 벗 조명희가 나누는 대화이면서 작가 자신 내면의 이항 대립적 요인을 각각의 다른 인물로 구성한 것이다.

A 훙, 내생활(內生活)의 폭발인가. 그것도 조키는 하다. 요새 귀에 썩 듯기 조은 말이 야. (…중략…)

A 그만큼 네 생명을 네가 주재(主宰)한다는 뜻에서는 나도 찬성이다. 그러나 너는 지금까 지 인생에 사회에 동류(同類)에게 대한 엇던 생각을 가지고 잇섯는가를 회상해보렴. (…중략…)

B 나는 이 행동이 곳 내의 생명, 그것인 줄을 뵈일녀고 한다. 오늘 이 자리붓허 너의게 뵈이려 한다. 모든 인습 전통을 버리고 내 자신 이외의 왼 세계를 죄다 버리고 나선 길이다. 나는 살 섄이다. 사는 그것섄이다. 나는 엇던 까닭인지도 몰으고 무엇이 식히는 것인지도 몰으고 잇스면서 살어가는 그것만이 참 내의 존재 그것일 것을 말할 섄이다.[98]

A는 B의 '출가' 이유를 물으면서 "내생활內生活의 폭발인가"하며 내면의 억압된 생명력이 터져나오듯 분출하는 내적생활의 폭발로 지레짐작한다. 가출을 "네 생명을 네가 주재한다는 뜻"에서 동의하는 A에게 B는 가출이 "내의 생명"이라면서 "모든 인습 전통을 버리고 내 자신 이외의 왼 세계를 죄다 버리고 나선 길"인 것이다. "나는 살 뿐이다. 사는 그

97 김수산, 「출가」, 『조선지광(朝鮮之光)』 58, 1926.6.
98 위의 글; 『김우진 전집』 II, 426~429면.

것뿐이"라며 그것만이 "참 내의 존재"라는 것이다. "내 속의 참 생활" "참생명"을 탐색하려는 A가 기존의 가치관을 옹호하는 입장에서 집을 떠나는 수산을 만류하는 현실적 자아를 보여준다면, B는 자신만의 힘으로 살려는 작가의 이상적 자아를 보여준다.[99] 베르그송의 '자아' 개념[100]을 적용한다면, 이성을 외피로 하는 사회적인 외적자아 A와 "제 특징과 가치만에 의하야 살어야 한"다는 심층의 개성적인 B의 내적 자아에 투철하려는 의지의 선언이다. 그들이 공유했던 윤리와 이성이 지배하는 '상징의 세계'를 탈각하려는 B는 '이원적二元的의 생각'에 놓여나 누구도 침범하지 못하는 '내 자신 속의 참 존재'에 의지하여 "모든 외부적의 것에 대한 반역의 선언을 행동화"하겠다는 의지를 표명한다. 이를 설득하며 계도하려는 A와 B의 논쟁적 대화는 수산의 결의를 추동하는 '생명력'의 사유를 오롯이 보여준다.

사람의 생명은 물질에 제약당한 운명이라는 A는 개체와 공동체의 일체화로 나약한 개인의 운명을 극복하려는 이성적 당위의 입장에서 윤리, 이념, 신념, 논리, 공리功利적 체계의 '상징 세계'를 살아간다. 생명체로서의 인간의 '빛에 대한 감수성'으로 '진화'의 신념을 갖는 낙관적인 '유물론자' A는 '유물론자'였던 B의 "네 생명을 네가 주재한다는 뜻에서" 집을 떠나는 결의에 공감을 표하면서도 "저 뭇사람들 속으로" 라는 방향을 제시하며 자신의 의지를 개입시킨다. '자신을 구제하는 것이 곧 세계 인류 구제'라며 자아를 찾는 새로운 삶의 모색으로 받아들이는 A가 "생을 살아가기 위해서는" "사람 위에 사람의 권위를 두지 않

---

99 손필영, 앞의 글, 74면.

100 앙리 베르그송, 이희영 역, 『웃음/창조적 진화/도덕과 종교의 두 원천』, 동서문화사, 1978, 726면.

는, 자아가 자아를 주재하는, 자유생활"[101] 을 구가하면서 '개인의 생의 확충'을 '인류' 와 동일시하는 오스기 사카에의 사상[102]에 가깝다면 B는 생명을 비유와 상징으로 해석되지 않는 그 자체로 표상 불가능한 '비커밍becoming'으로 인식한다. "살아있는 생명의 특성은 절대로 완전히 현실화되는 법이 없고 언제나 형성되는 과정에 있"으며 "우주란 완성된 것이 아니라 오히려 끊임없이 완성되어 가고 있"는 것이라는 우주 창조의 개념이 성장 증대의 개념인 것과 마찬가지로[103] "시나 윤리나 이성이 지배하지 못하는" 내면 깊은 곳의 영역은 그 누구도 '건디리지 못할 비커밍'의 형태로 점차 확장된다. '너를 해방시키는 것이 곧 나 자신을 해방시키는' 것이라는 A는 '생명'을 '인류 전체의 물질'의 제약으로 '개인의 생'을 '생의 필연의 논리'에 종속시키는 오스기 사카에의 사유에 경도된 것이다.

이에 대해 '힘 굿세게 커갈 나무'인 너와 '노방路傍의 한 개의 풀'인 나의 생을 대비하며 제 각기 타고난 생명의 고유성 위에서 '내의 생명'에의 의지를 표명한다. 이전 그들이 공유했던 '상징의 세계'를 '생명의 모순'으로, '이성'의 도피처를 구했던 '거짓 환영'의 허위로 고백하면서 참 생명이 아님을 자각하는 내밀한 변화를 드러낸다. '생활 생명의 사러나가는 첫 힘'을 '시나 윤리나 이성이 지배'할 수 없는, '내 속의 존재'의 움직임에서 '발견'했다는 B는, '참 내의 존재'인 자신의 참 생명을 자각한다. 주위의 '요구' 와 '기대'의 무게에 억눌린 '노방의 한 개의 풀'은 미풍에 흔들리는 연약한 미물이지만 거대한 수목도 '미소한 세균'도 '우주

101 大杉栄, 앞의 책, 34면.
102 앙리 베르그송, 이희영 역, 앞의 책, 136면.
103 위의 책, 326면.

안 모든 것은 제각기의 존재 이유가 있는' 생명인 것이다. 우주의 현상, 민중과 사회인식, 역사의 인과율에만 지배될 수 없는 현실은 '철학자의 이데아' 속에 있는 것이 아니라 극히 '미소한 아메바'와 같은 생물이며 생물 중에서 영장이라 할 인간의 '자유의지'로서 생명의 힘이다.[104] 그러므로 "생명의 의식"에 '희망'을 두면서 '운명의 전환'[105]을 맞이한다. 이념과 윤리, 도덕, 의무의 '상징의 세계'가 표상하는 역사적 필연성과 '생명적 힘'의 모순의 질곡으로 억압된 "내 자신 속의 참 존재"는 불거지면서 마침내 "원시적 존재, 그것이 푹 하고 터진 소리"와 함께 폭발한다.[106] "제 생명의 모순을 느껴보지 못한 관념적 '이성이 도피'"하는 '상징의 세계'에서는 지각할 수 없는 '생명력'이 발하는 폭발의 굉음이 '생명의 비약elan vital'[107]의 순간이며 '생명'의 원초적인 약동, 참 삶을 위해 도약하는 "생명의 약동은 창조의 요구"[108]로서 완미의 충동을 향한 삶의 질적인 변환을 맞이한다.

표면적 외양을 관찰하는 사실주의, 자연주의 기법으로는 포착되기 어려운 인간 내부의 "원시적 존재"의 약동하는 생명에 대한 표현의 욕망[109]은 "다다이스트가 익스프레소니스트가 된들 엇덧케 이것을 네가

---

104 「자유의지의 문제」, 『김우진 전집』 II, 앞의 책, 403면.

105 김우진, 「곡선의 생활」, 위의 책, 378면.

106 생명은 우주 속에서 물질적 운동과 대립하는 운동으로 존재하며 적절한 조건이 주어지면 물질의 운동 속으로 삽입된다. 생명적 힘의 분출과 물질적 필연성의 대립의 상호 모순적인 관계로 인해 폭발하고 그 과정에서 질적인 변화를 겪는다. 생명적 힘은 물질에 불확정성을 삽입하는 것이어서 언제나 변화 가능성을 내포한다. 이러한 변화 가능성이 예측 불가능한 방식으로 전개되는 과정을 창조적 진화라 한다. 앙리 베르그송, 황수영 역, 앞의 책, 564~564면,

107 필연성에 대항하여 자신의 비결정성을 지켜내며 비결정적인 것은 비약한다. 비약은 '생'이라는 자기 동일성을 유지하는 비약으로 이를 베르그송은 '생명의 비약(elan vital)'이라 명명했다. 위의 책, 144면.

108 앙리 베르그송, 이희영 역, 앞의 책, 203면.

알어듯도록 방불髣髴케 하겟니?"라는 자조적 물음에 표출된다. 자연주의자들의 '표면적인 외양의 관찰'에 반기를 들고, 근원적 진실을 인간 내부의, 영혼과 욕망과 비전에 구하는, 다다이즘Dadaism에서 표현주의Expressionism로 탐색하여, 생명의 표현의 열망을 내면에 따른 문법으로 전위적 실험을 추구하려는 것이다.[110] "내 속에서는 엇지할 수 없는 내 생명이 뛰"노는 "내 속생활의 힘"을 쫓아 가정・지위・재산・신분의 모든 외부적 존재 조건에서 떠난 수산은 A가 우려한 대로 '환멸의 부르좌'의 길을 향한 것은 아니다. 인간의 '기대'와 '보수'도 '가족적 사랑' 도 '인습과 전통과 도덕' 도 자신 외의 '외부적인 것'으로 표상하는 '참 나의 존재'의 탐구에서 모두 버릴 것을 설파하는 B에게 "외부의 아무 것도 관계할 수 없는" "내 속 생활"에는 계급도 관여하지 못하는 내밀한 영역으로, 계급인식의 틀에서 파악하는 A와의 소통 불가능한 거리를 노정한다. 전통적 인습과 가족의 사랑과 의무에 속박된 억압된 개성과 짓눌린 자아의 불쾌의 감각으로 마비된, 내면의 '원시적 존재'는 '생명력'의 용트림으로 창작의 열망을 분출한다.

김우진의 '생명력'의 사유를 메이지 시대의 기타무라 도코쿠北村透谷에서 오스기 사카에에 이르기까지 1900년대에서 1920년대 일본문화의 생명 담론과의 접점에서 파악함으로써 다기한 생명담론의 영향을 받으면서도 김우진 사유의 특질로서 간주되는 "개개인의 각성과 생명력의 발견"이 아나키스트 오스기 사카에大杉栄의 '생의 철학'에서 공유되는 특질을 확인했다. 베르그송의 사유를 바탕으로 유물론적 세계관과

109 희곡 「산돼지」의 원고를 벗 조명희에게 보내는 편지에서 "○○한 자연주의극은 우리의 오늘 내부 생명의 リズム(리듬)과 같지 아니함이로외다" 라는 기술은 이러한 맥락에서 이해된다. 『김우진 전집』 II, 529면.
110 이미원, 앞의 책, 193면.

생의 철학을 공존시켰던 오스기 사카에의 생의 철학과의 접점에서 김우진의 '생명력'의 사유는 새로운 시야를 열게 된다. 김우진의 생명력의 사유는 다이쇼의 생명주의의 원천을 니시다 기타로의 매개로 단일화할 수 없는 다양한 통로의 가능성을 보여주는 일례이다. 1920년대 김우진의 '생명력'의 사유와 오스기 사카에의 '생'의 철학이 계급 인식과 모순되지 않는 오늘날과는 다른 사유 지층의 편폭은 다이쇼 시대 1920년대 특유의 사상적 국면에서 형성되었다. 다이쇼의 생명력 사유를 둘러싼 다양한 스펙트럼의 진폭은 이후 1930년대 쇼와의 파시즘 체제를 통과하면서 '팽창주의로 연결되기 용이한 생명력의 사유'[111]를 근간으로 다이쇼 데모크라시의 이념적 색채가 탈각된 생명 사상으로 대체된다.

김우진의 삶을 관통하는 두 가지 흐름이 길항하면서 벌이는 고투의 과정은 그간 표상되었던 식민지 조선의 '민족 주체' 와 '문학청년'으로 대별되는 근대적 주체와는 다른 지류의 정신사적 궤적으로 의미가 있다. 귀향 후 식민지 조선의 억압된 개성과 자아의 유폐된 생활에서 '내적 생활의 완미'에 도달하는 궤적의 추이를 소묘하는 논의는 '미적 근대성'의 과제에서 탐색될 것이다.

111 柄谷行人 編, 앞의 책, 211면.

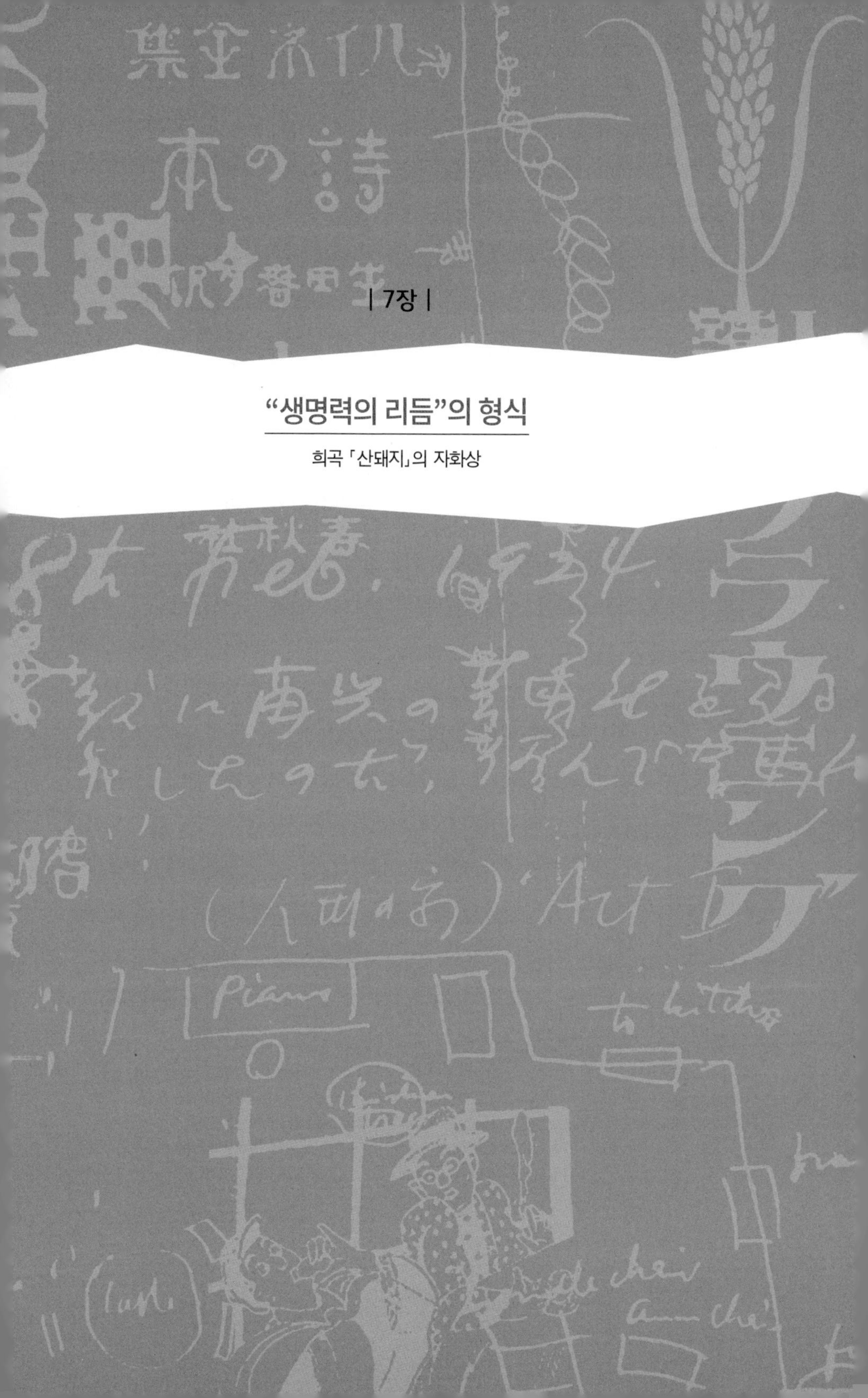

| 7장 |

"생명력의 리듬"의 형식

희곡 「산돼지」의 자화상

元 내가 간다기로 地球 우에서 박게 더 來往할가.

貞 아하 그러면 난 火星으로나 가야겟네. (손을 붓잡고)

내게 악까 그 詩나 읽어 주, '最後의 午餐' 代身에 '最後의 哀願'이라고 나 해 둘가[1]

1. "내부 생명의 리듬"의 구성 원리 – 베르그송의 '생'의 철학의 공명

7장에서는 김우진의 희곡 「산돼지」(1926)를 작가의 구상과 관련지어 새로운 해석을 시도하려는 것이다. 수산은 전3막으로 된 희곡 작품을 "생명력의 리듬"으로 구상하여 스케치 한 바 있다. 이러한 "생명력의 리듬"의 극 구성 원리와 그 의미를 분석한다. 그의 "생명력의 리듬"을 베르그송의 생의 철학과 관련지어 고찰하려는 것이다. 김우진의 극의 내용과 형식의 구상은 베르그송의 생의 철학에서 도출된 것으로, 「산돼지」를 "행진곡"이라 명명한 것도 자신의 생애를 "생명력의 리듬"으로 재구성한 베르그송의 생의 철학과 관련한 것으로 간주한다. 희곡 「산돼지」의 연애와 자기 정체성의 두 축은 "생명력의 리듬"을 구성 원리로 하여, 특히 제2막 몽환 장면에서 높은 파고의 곡선은, 극의 생명력의 분출과 관계한다. 또한 제3막에서 직선에 가까운 낮은 선이 지속되는데, 이는 베르그송의 '순수지속'의 상태인"참 앎"의 존재를 나타내는 것이다.

"생명력Life Force인가, 이성Reason인가!"라는 선택에 놓인 청년, 조선

---

1 김수산, 「山돼지」, 『김우진 전집』 I, 173면.

의 격동적인 시대를 내면 깊이 끌어안은 지식인의 자화상은 희곡 「산돼지」(1926)에 소묘된다. "자신의 내면문제를 희곡"에 담아낸 최초의 극작가[2] 김우진은 역사의 명징한 예단을 앞질러 계급문학의 한 가운데에서 그 정수를 짚으며 '예술의 내적 가치'를 향했고 투철한 현실 인식은 조선에 뿌리를 둔 지식 청년을 조형하는 표현기법을 모색했다. 조선 현실을 응시하는 시대정신과 내면의 고투는 신경쇠약을 앓는 냉소적인 지식 청년으로 '자기 파열'[3]의 분열된 「산돼지」는 1930년대의 이상李箱보다 한 걸음 앞선 '1920년대의 귀재'[4]라 할 만큼 앞서 있다. 「산돼지」의 "기분, 정열, 영감"에 살아가는 '새 개성個性'을 지닌 조선 청년은 1920년대 전후에 등장한 낭만적인 문학청년, '미'라는 별도의 영역에서 개체와 공동체의 관계를 새롭게 정립하여 자아와 세계가 대결하는 데카당한 예술가로 자신을 의식하여 문사와 구별 지었던 '미적 청년'의 등장[5]과 차이가 있지만 일정 정도의 맥락을 같이 한다. 김우진은 벗 조명희의 시에서 영감을 받아 자신의 주관적 해석에 의한 '기분・정열・영감'으로 살아나가는 청년을 조형했다. 이는 김우진 개인사적인 의미만이 아니라 한국문학이 계몽에서 개인의 개성으로 전회하는 역사의 흐름을 압축하는 상징성을 갖는다. 이성의 계몽에서 개인의 감각으로의 회로를 내재하는 의미를 함축한다는 것이다. 또한 1920년대의 문학청년표상, 나아가 조선의 사회주의 청년문화의 공동체와 개인의 문제를 탐색한다는 점에서 더욱 각별하다. 따라서 이 글에서는 「산돼지」에

---

2 유민영, 「서구에의 탐닉과 자기 파열 – 김우진론」, 한국극예술학회 편, 『김우진』, 태학사, 1996, 87면.

3 위의 글.

4 유민영, 「초성 김우진 연구 (上)」, 『한양대 논문집』 5, 한양대, 1971, 89면.

5 소영현, 『문학청년의 탄생』, 푸른역사, 2008, 190면.

서 새로운 개성을 지닌 청년에게 요청되는 '기분 · 정열 · 영감'이 희곡의 극적 장르에서 갖는 의미를 해명할 것이다.

「산돼지」를 탈고한 뒤 벗 조명희에게 보낸 작가의 편지에는 구상의 의도를 다음과 같이 피력했다.

> 이 희곡은 내가 (자신(自信)이 아니라) 포부를 가지고 쓴 최초의 것이요. 주인공 원봉(元峯)이는 추상적 인물이요 조선 현대 청년 중의 엇던 성격과 생명력을 추상해 논 것이요 그 성격 중에는 형도 일부분 들고 김복진(金復鎭) 군도(이야기들은 대로) 일부분 든 것 갈소이다.
>
> 선을 굴게, 힘잇게, 소○(素○)[6]로 쓰기를 애썻습니다. 이 까닭은 ○○한 자연주의극은 우리의 오늘 내부 생명의 リズム[7]과 갓지 아니함으로외다. 그래서 그 삼막 전편의 리듬의 굴근 선의 진행이
>
> 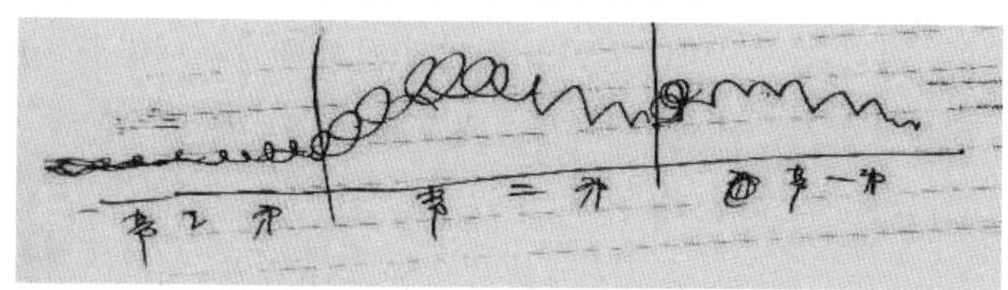
>
> 이럿케 대강되엿습니다.[8]

3막 전편의 "리듬의 굵은 선의 진행"의 스케치는 극을 리듬이라는 청각적 이미지로 구성한 작품 구상의 특징을 보인다. 드라마의 어원[9]에서 보듯 화자의 개입 없이 '보여주기showing' 방식에 의한 연행 예술 희

6 소박(素朴)하게로 추정됨.
7 리듬을 뜻한다.
8 「서간문(조명희에게 보낸 편지)」, 『김우진 전집』 II, 529면.
9 빠트리스 파비스, 신현숙 · 윤학로 역, 『연극학 사전』, 현대미학사, 1999.

곡은 시각적 요소가 중시되는 극 장르로 "우리의 오늘 내부 생명의 리듬"의 청각적 이미지로 구상했다는 것은 이외이다. 주지하는 바와 같이 희곡은 테니슨의 발단-분규-해결의 3단계 구성이나 프라이타그Gustay Freytag가 제시한 5단계 구성[10]을 취하지만 음악적인 '리듬'이 동원되는 것은 아니다 '자연주의극'의 표현기법이 "우리의 오늘 내부 생명의 リズム(리듬)과 갓지 아"니하다는 작가의 진술에서도 내용과 극의 양식적 표현의 고민이 역력한데 여기에도 '리듬'이 등장하여 작가의 구상이 음악적인 이미지를 바탕으로 전개됨을 알 수 있다.

벗 조명희와 김복진 등 "조선 현대 청년 중의 어떤 성격과 생명력을 추상"한 「산돼지」는 이들이 사회주의 문학을 추구하는 작가라는 점에서 작가의 현실인식과 극의 표현기법의 탐색이 더욱 주목된다. 「계급문학의 시비」로 달구어진 평단에 통렬한 현실비판적인 평론[11]으로 논쟁의 한가운데 김우진의 붓끝에 벼리어진 지식 청년의 내면을 드러낸다는 점에서 예사롭지 않다. 1923년 문학 단체 파스큘라PASKYULA[12] 멤버로 적극적으로 활약하는 김복진[13]과 프로문학 진영의 선두 그룹 조명희 등 1920년대 조선의 경향문학의 색채를 띤 문학청년의 "어떤 성격과 생명력을 추상"한 「산돼지」를 '리듬'으로 구상한 것이다. "굵게 힘있게 소박하게 쓰기로 애썼던" "삼막 전편의 리듬의 굴근 선의 진행"의 스케치가 극을 이해하는데 유효하다는 작가의 판단은 "인텔리겐치아 계급의 청년의 내면생활의 맥박脈搏을"[14] 짚어내는 것과 관계하기 때문

---

10 양승국, 『희곡의 이해』, 태학사, 1996, 72면.

11 김우진, 「아관 '계급문학'과 비평가」, 『개벽』, 1925.2; 『김우진 전집』 II, 275면.

12 1923년 동경 유학생 중심의 연극단체인 토월회에서 탈퇴한 김기진 김복진 연학년 안석영 등이 『백조』,의 박영희 이상화 등과 어울려 만든 단체. 근대문학100년 연구총서 편찬위원회 편, 『연표로 읽는 문학사』,소명출판, 2008, 22~24면.

13 김기진의 친형이다. 윤진현, 『조선 시민극의 구상과 탈계몽의 미학』, 창비, 2010, 290면.

이다. 내용과 형식의 고민의 결정체 "내부 생명력의 리듬"의 구상은 지금까지 눈길을 끌지 못한 채 표현기법을 중심으로 논의되어 왔다.

3막 전편의 극의 구성은 제1막에서 상승하던 선이 제2막에서 최고조에 달하여 큰 폭으로 하강하더니 제3막에서 낮은 직선의 형태가 지속되어 작품 전체 극 전개의 강약과 흐름을 한 눈에 조망할 수 있다. 전3막의 구성을 "내부 생명의 리듬"을 원리로 하여 재구성한다면 제2막의 격렬한 선은 생명력이 가장 높은 수치에 달했음을 가시화한다. "과백科白(대사를 뜻하는 일본어)을 호흡에 치명상이 아니 되도록"[15] 조명희가 정정해줄 것을 당부한 서한의 전후의 맥락을 보면 희곡에서 대사의 호흡이 가장 중요하며 그것은 작품 전체의 "내부 생명의 리듬"과 조화를 이루도록 조율되었음을 살펴볼 수 있다. 예술이 내용과 형식의 표현임을 강조했던 작가에게 "내부 생명의 리듬"은 극 형식에 기울인 구상의 표현이다. 따라서 자신의 생애를 내면의 생명력의 관점에서 재구성하여 획득되는 극의 리듬을 포착할 때 비로소 「산돼지」를 "내 행진곡"으로 명명했던 음악적 구상의 함의에 도달할 수 있다. 이 글은 "내부 생명의 리듬"에 따른 극 전개의 고찰을 목적으로 한다.

선행연구에 따르면 김우진의 철학적 사유는 "생명력"으로 집약된다.[16] 그의 '생명력'의 사유는 버나드 쇼G. B. Show의 생명력 사상의 영향을 받았다.[17] 수산의 학사논문 「〈Man and Supermen〉—A Critical Study

---

14 「마음의 자취」(1924.8.24), 『김우진 전집』 II, 508면.

15 위의 책, 529면.

16 홍창수, 「김우진 작가 의식과 죽음에 관한 연구」, 한국극예술학회 편, 『김우진』, 연극과인간, 2010, 97~112면.

17 유민영, 앞의 글; 윤진현, 앞의 책; 이은경, 『수산 김우진 연구』, 월인, 2004; 사진실, 「김우진의 근대극 이론 연구—연극사 서술 방법론의 모색을 위하여」, 『한국 극예술연구』 8, 한국극예술학회, 1998

of its philosophy」에서 쇼의 희곡 〈인간과 초인〉을 분석하여 우주의 존재와 인류의 진화를 가능하게 하는 불가사의한 근원적인 힘이 쇼의 생명력Life Force임을 규명하여[18] 쇼의 생명력이 쇼펜하우어Arthur Schopenhauer와 관련된 우주적 의지라는 기존의 비평가들의 주장을 비판했다. '이성에 대한 의지의 우월성'을 강조하는 수산 자신의 철학적 관점에서 쇼의 생명력 철학을 분석한 것이다.[19] 쇼의 철학의 비판적인 연구로 쇼의 '생명력'을 여과하여 받아들인 개념이 '자유의지'[20]로서 "'나를 찾'아 '영원한 삶의 진실한 모습'을 발견하게 하는 원동력"[21]이다. 쇼의 생명력 수산의 차이를 쇼펜하우어와 니체의 영향을 받아 "현실의 모순을 직시하고 그와 맞서는 힘찬 살려는 힘"으로 바라본다.[22] 한편, 유민영에 따르면 수산은 니체Nietzsche. F, 베르그송Bergson. H, 버나드쇼, 스트린드 베리Strindberg. A 등의 영향을 받았다. 그의 글 「곡선의 생활」[23]에서 강조한 'elan vital(생의 류流)'은 '생의 약진'을 의미하는 것으로 삶은 진화한다는 베르그송의 현대철학의 영향을 받았다.[24]

서른 살에 요절한 김우진은 완결된 자기 사상 체계를 구축한 사상가나 철학자로서의 독창적인 사유라기보다 동시대 생명력의 사상의 흐름의 기저에서 작품으로 형상화했다는 점에 의의가 있다. 쇼와는 다른 자유의지를 강조한 철학자는 베르그송만은 아니다. 그러나 작가의 '생

18 이은경, 앞의 책, 38면.
19 서연호, 「김우진의 동경유학기 체험과 문학사상」, 한국극예술학회 편, 『김우진』, 연극과인간, 2010, 31면. 윤진현, 사진실, 이은경 등 쇼의 영향을 주장하는 논자도 수산과 쇼의 생명력의 사유가 일치하는 것은 아니라고 한다.
20 사진실, 앞의 글, 108면.
21 이은경, 앞의 책, 38면.
22 김성희, 앞의 글, 155면.
23 김우진, 「곡선의 생활」(1925.6), 『김우진 전집』 II, 380면.
24 유민영, 앞의 책, 129면.

명력'의 사상이 희곡의 형식에 관여하는 「산돼지」의 특징은 베르그송의 생의 철학의 관련에서 해명된다. 생명력의 사유가 작품에 어떻게 영향을 미치는가라는 과제는 작가의 "우리 내부 생명의 리듬"의 스케치를 유의미한 단서로 발견하게 한다. 이러한 의미에서 베르그송의 철학이 음악적으로 사유된 특이성은 매우 시사적이다. 생명을 물질과 관련하여 법칙으로 체계화하고자 한 베르그송이 생명의 운동성을 물리학에 따라 설명하는 방식에서 상승운동과 하강운동, 또는 생명의 운동성의 리듬의 차이, 운동성은 전진하지만, 개별적인 생명의 발현체는 움직이지 않고 그 자리에 머물러 진화 일반은 가능한 한 직선으로 행해지지만 특정한 진화 과정은 원을 그리는 운동의 스케치[25]를 그려낸다.

한편, 수산은 "창공은 직선이고 힘은 곡선"으로 생명력을 선으로 표상하여 "이상이나 관념의" "직선의 생활을 피하"고 "생명의 흐름"을 타는 "곡선의 생활"을 주장한다.[26] 한편, 생명력에 일정한 리듬이나 법칙을 찾기 위한 노력을 기울이면서 "이 행진에서 리듬이나 법칙을 찾으려 하는 일은 쓸데없다. 행진은 변덕 자체이다"[27]라는 음악을 애호하던 베르그송의 문명과 진화를 음악적으로 설명하는 진술은 「산돼지」를 자신의 생의 "행진곡"으로 명명하는 일련의 청각적 이미지 구상의 영감의 원천임을 단적으로 드러낸다. 작품의 구상을 "내부 생명의 리듬"으로 청각적 이미지로 체계화하는 방식은 내면이 체험하는 지속을, 생명을 음악의 형태로 리듬을 구성하는 전체로서 융합하는 것으로 설명하는[28] 베르그송의 철학적인 사유체계의 기틀에 근거한 것이다. 베르

25 송영진 편역, 『베르그송의 생명과 정신의 형이상학』, 서광사, 1977, 165면.
26 「곡선의 생활」, 『김우진 전집』II, 308면.
27 앙리 베르그송, 이희영 역, 『웃음/창조적 진화/도덕과 종교의 두 원천』, 동서문화사, 1978, 596면.

그송의 철학을 그 내용에 앞서 형식에 주목한 것은 수산 김우진의 생명력의 철학을 버나드 쇼나 쇼펜하우어의 영향 아래 관념, 개념적으로 설명하는 방식에서는 "내부 생명의 리듬"의 구성 원리의 특질에 접근하기 어렵기 때문이다.

전술한 바와 같은 쇼의 희곡 「인간과 초인」을 '희극이면서 동시에 철학'의 관점에서 분석한 수산 김우진의 논문의 생명력의 사상은 '웃음'에 관한 베르그송의 논문 「웃음」(『파리평론』, 1899)의 철학적 사유를 바탕으로 하는 희극 분석과의 접점을 발견할 수 있다. 희극의 웃음의 창출 기법을 분석한 베르그송의 철학 논문은 희극을 철학적으로 분석하는 수산 김우진의 논고의 대상과 관심 영역이 일치한다. 또한 베르그송의 주요 저술 「의식에 직접 주어진 것들에 대한 시론」(1889)이 영어 번역으로는 「시간과 자유의지」라는 제목으로 발표되었다는[29] 사실은 김우진의 미완의 논문 「자유의지의 문제」가 베르그송의 철학과 관련한다는 가설을 뒷받침한다. 김우진의 생을 생명력의 사유에 일관된 개념과 감각, 직관, 생의 관계는 베르그송의 사유체계에 토대를 둔 것으로 그 원천을 추론할 수 있는 가능성이 제기된다.

전술한 바와 같이 김우진이 일본 와세다대학 영문과에 유학한 '다이

28 베르그송, 정석해 역, 『시간과 자유의지』, 삼성출판사, 1982.

29 김우진의 미완의 수상 「자유의지의 문제」는 "위선(爲先) 사람이 진화라는 궤도를 밟는 것은 이것이 있기 때문이라고 말해 두자"라는 글로 자유의지를 상찬한다. 심리학적인 자의(自意, voluntariness)/부자의(不自意, involuntariness)의 개념을 동원하여 부자의 운동을 결정하는 것이 인과율인데 이것의 지배를 받지 않은 것이 자유의지이다(김우진, 「자유의지의 문제」, 앞의 책, 400~404면). 자의/부자의는 분트(Wundt)의 개념이지만(홍창수, 앞의 글, 98면) 신체적 현상과 의식의 상태를 고찰하기 위해 분트를 인용한 것은 베르그송이다. 김우진의 「자유의지의 문제」는 베르그송의 철학과 동일한 범주에서 사유된다. 앙리 베르그송, 최화 역, 『의식에 직접 주어진 것들에 대한 시론』, 아카넷, 2001, 41면.

쇼 교양주의'의 동시대성에서 베르그송의 생의 철학이 미친 일본 다이쇼大正기 특히 김우진의 삶에 감화를 준[30] 문학자 아리시마 다케오有島武郎에게도 받은 영향[31]도 간과할 수 없다. "개인의 자유나 해방이라는 관념은 당시 문단에서 뚜렷한 하나의 경향이었"[32]던 다이쇼 데모크라시의 배경도 시야에 넣어 세계사의 조류를 조망할 필요성도 대두된다.

이 글에서는 김우진의 생명력의 사유를 "가장 원숙하게 자신의 '생명력' 사상을 펼쳐나간"[33] 희곡 「산돼지」의 '내부 생명의 리듬'의 구성에 초점을 두어 베르그송의 철학과의 접점에서 그 함의를 탐색할 것이다. 자신의 생애를 내면의 '생명력'의 관점에서 재구성하여 획득되는 극의 리듬을 포착할 때 비로소 「산돼지」를 '내 행진곡'으로 명명했던 음악적 구상의 함의에 도달할 수 있다. 그러므로 이 글은 '내부 생명의 리듬'의 구성 원리를 규명하여 작품에 대한 새로운 해석을 시도하는 것을 목적으로 한다. '생명력'이 왜 '리듬'의 형식과 관련하는가. '생명력'을 주제로 하는 수많은 예술 작품이 '내부 생명의 리듬'에 의거하여 구성되는 것은 아니다. '생명력'의 사유가 희곡의 창작과 연계되는 상관성은 「산돼지」의 구성이 베르그송의 '생명력'의 자장 안의 기획임을 보여준다. 이러한 관점에서 이 장의 분석은 김우진의 '생명력'의 사유가 희곡의

30 김우진과 윤심덕의 정사를 보도하는 당시의 신문기사에 따르면 김우진은 '有島武郎 씨를 몹시 숭배' 했다. 『동아일보』, 1926.8.5; 유민영, 앞의 글, 65면.

31 植栗彌, 「有島武郎作「宣言」の構造分析－ベルグソンの「時間と自由」からの影響を追いながら」, 『上智大学国文学論集』 16, 上智大学国文学会, 135～153면.

32 아라하타 간손(荒畑寒村)은 1912년 창간된 잡지 『近代思想』을 회고하면서 오스기 사카에(大杉栄)의 자아의 자유와 해방을 위한 사회적 투쟁을 주제로 한 논문 「生の闘争」, 「社會主義的 個人主義」의 주장이 개인주의적 색채가 강하고 스티르너(Stirner,M) 유형의 아나키즘적 경향을 띤다고 지적했다. 荒畑寒村, 『ひとすじ道』, 1954; 우스이 요시미(臼井吉見), 고재석・김환기 역, 『일본다이쇼문학사』, 동국대 출판부, 2001, 79～80면.

33 김성희, 앞의 글, 163면.

장르에서 실현되는 이유를 해명하게 될 것이다.

'생명력'의 내용을 형식화하는데 효과적인 장르로서 몸짓, 호흡, 소리 등 육체를 매개로 하는 표현 방식에 의존한 희곡이 선택되는 것이다. '내부 생명의 리듬'이라는 비가시화의 영역을 기계적 물리적 운동의 반복에서 발생하는 일정한 '리듬'의 형태로 육체로 발현하는 내용과 표현 형식과 관련한 구상은 소설보다 희곡 장르에서 효과적인 것이다. 호흡을 의식한 대사는 배우의 육체를 통해 지각되는 '내부 생명의 리듬'의 구성을 여실히 보여주는 것으로 정신과 육체, 내용과 형식이 관련 맺는 방식이 희곡 장르와 밀접한 연관 속에서 전개된다. 이 글에서는 "가장 원숙하게 자신의 '생명력' 사상을 펼쳐나간"[34] 「산돼지」의 "내부 생명의 리듬"의 구성에 초점을 두어 베르그송의 생명력의 사유와의 접점에서 그 함의를 탐색할 것이다.

2. 개인과 공동체의 균열—'산돼지'의 탈이라는 '가면'

「산돼지」의 '내부 생명의 리듬'은 구체적인 플롯과 관련하여 분석되어야 할 것이다. "사회물이면서 연애를 복선으로 깔고 있"[35]는 전3막의 「산돼지」는, 자기 정체성의 뿌리에 동학을 두면서 딸에 대한 정혼의 유언을 하는 최주사를 최원봉 부친의 동학의 동지로 설정함으로써 '연애와 자기 정체성'의 플롯이 결합된 서사가 전개된다.[36] 인간의 고유한

34 위의 글, 163면.
35 유민영, 『비운의 선구자 윤심덕과 김우진』, 새문사, 2009, 155면.
36 이상호, 「김우진의 연극관과 희곡—〈이영녀〉의 무대 배경을 중심으로」, 『한국한논집』 21・22, 한양대 한국학연구소, 1992; 한국극예술학회 편, 앞의 책.

기질과 개성을 추구하려는 '생명력'의 관점에서 역사적 당위라는 합리적 이성과 개체의 열정・욕구・충동의 내적인 생명력을 대립시켜, 동학을 자신의 태생적 뿌리로 하는 한국 역사가 개인의 삶에 드리운 음영을 조명함으로써 이념에 의한 단선적인 역사인식이 주조하는 선악의 도식적인 인물 조형을 탈각했다. 개인의 내적인 생명력의 발현을 억압저해하는 대립적인 관계의 가정의 질곡은 동학이라는 역사의 비극과 연결되며 청년회라는 공동체와 개인의 갈등과 유사한 관계로 변주된다. 공동체와 충돌하는 개인의 상처 입은 내면은 신경쇠약, 불면증을 앓는 육체로 정신을 드러낸다. 내면묘사에 의거한 소설과는 달리 희곡에서는 몸짓, 표정, 동작 등 배우의 신체적 표현을 지시하는 지문과 대화의 형태로 개인의 내적인 생명력은 육체 표현으로 외화된다. 웃음, 눈물, 오한, 숨결, 소리, 침묵, 발길질 등 외부세계와의 관계에 반응하는 신체의 비언어적 표현으로 '우리 내부 생명의 리듬'을 육체와 정신의 긴밀한 연관체계에서 가시화한다.

희극의 웃음의 원인이 기계적 효과에서 발생한다는 베르그송은 파스칼을 인용하여 정신의 진행을 곡선의 형태로 나타낸다.[37] 차가 일직선으로 나아갈 때 차바퀴 원둘레의 한 점이 그려지며 그 점은 차바퀴와 똑같이 회전하고 진행한다. 사거리가 있는 길을 달리는 차가 주위를 돌아보면 결국 처음 위치로 돌아오게 된다는 곡선의 형태의 설명 방식은 전술한 '내부 생명의 리듬'의 일정한 방향의 선이 때로 원을 그리면서 제자리로 돌아오며 전진하는 운동의 원리와 유사하다. "창공은 직선이고 힘은 곡선"으로 생명력을 선으로 표상하여 "이상이나 관념의",

37 앙리 베르그송, 이희영 역, 앞의 책, 30면.

"직선의 생활을 피하"고 "생명의 흐름"을 타는 "곡선의 생활"을 주장한[38] 김우진의 사유의 기조는 희곡 「산돼지」의 "내부 생명력의 리듬"의 구상으로 구체화한다. 김우진의 '생명력'의 사유가 버나드 쇼나 쇼펜하우어보다 베르그송을 원천으로 하는 근거는 생명력을 개념으로 변별하기보다 리듬의 형태라는 극작법과 연루된 형식의 관련성에서 찾을 수 있다. 생명을 자연의 질서와 지성의 형식으로 나타내려는 베르그송의 사유 방식에서 김우진은 생명력이 극에서 발현되는 방식에 관한 영감을 받은 것일 수 있다. 베르그송의 희극성에 대한 사유는 김우진의 생명력의 주제가 희극의 극적 양식과 결부된 표현의 이유를 설명해 준다. 생명력의 정신은 인간의 움직임, 몸짓, 태도, 얼굴의 근육과 표정 등 육체를 매개로 한 표현이 주된 특질을 이룬다. 정신이 육체에 날개와 같은 경쾌함과 생기를 불어넣어, 물질에 흡수되는 비 물질성에서 이루어지는 우아함과는 모순된 형태의 경직, 즉 기계적으로 작동하는 물질은 육체의 움직임을 몸에 밴 버릇으로 굳히게 하여 정신적 삶을 둔중하게 하는 육체로부터 해학적 효과가 발생한다는 것이다. 정신적인 것을 육체적인 것으로 전화하는 희극의 웃음에 관한 진술은 「산돼지」의 인물의 육체로 감지되는 지각, 감각의 구성방식을 생명력의 관계에서 이해하는데 유효하다. "내부 생명력의 리듬"은 육체에 대한 정신의 작용을 선의 형태로 내면의 운동을 그려낸다.

가족, 청년회, 동학 등 공동체와 갈등하는 장면의 반복은 개체의 생명력을 억압하는 물질의 저항을 '생명력'과 '이성'의 대립으로 치환하는 일정한 체계에 서 변주된다. 이성과 생명력의 관계와 중첩되는 구성을

38 「곡선의 생활」, 『김우진 전집』 II, 308면.

원리로 하는 진동체의 "내부 생명력의 리듬"의 주조음主調音을 이루는 것은 공동체와 개인의 충돌이 빚는 내면의 소리이다. "시간 속에서의 일정한 진화, 공간 속에서의 일정한 복잡화"[39]로 나타나는 생명을 단순한 기계와 구별하여 정의하는 베르그송의 희극에 관한 철학적 탐구는 「산돼지」의 "내부 생명력의 리듬"의 구상에 결정적인 영향을 끼쳤다. 제3막을 일정한 방향의 궤도를 달리면서 각기 다른 형태의 굴곡과 고저의 위치를 나타내는 일정한 공간을 점하는 선의 리듬의 구성은 구체적인 상황에 놓인 인간의 복잡한 내적인 심리 변화를 가시화한 것이다. "생명력을 결정하는 것은 자유의지"[40]로서 이를 결박하는 제도, 의식, 이념, 전통과 인습 등으로 대치시키는 '연애와 자기 정체성'[41]의 플롯이 맞물려 다양한 형태의 곡선으로 "내부 생명력의 리듬"을 주조한다.

제1막 '중류계급'의 집 앞마당 대청에서 바둑판을 벌이는 청년들의 대화 장면에서 막이 열린다. 마을 청년회의 상임 간사 최원봉이 바자 수입금을 횡령했다는 혐의로 회계불신임을 받은 사건의 대처 방안을 둘러싼 차혁과 최원봉의 논쟁은 공동체와 개인을 파악하는 입장의 차이를 확연하게 드러낸다. "나라는 것과 사회라는 것이 합치되는" 이성적 명제에 대한 근본적인 회의, 공동체와 개인이 "합치"되었다는 낙관적인 신념의 환상과 착각, "이상"과 "기대"의 가슴 벅찬 환희를 환기하며 "마지막 결전의" 비장한 결단을 촉구하는 차혁을 최원봉은 매몰차게 뿌리친다. 공동체적 합일이 주는 이성, 당위적 세계인식의 충만감과 매혹이 공동체에서 배제되는 경험의 지각에 압도되는 감각, 균열의

39 앙리 베르그송, 이희영 역, 앞의 책, 56면.
40 「신청년」, 『김우진 전집』 II, 395면.
41 이상호, 앞의 글.

틈새로 허무감과 절망의 무기력이 뿌리내린다. 청년회를 일신할 기회로 대처하려는 의지를 보이는 차혁을 도리어 자신의 문제를 청년회 패권 장악의 "목적을 위해서는 무엇이든지" 하는 "이 에고이슴에 철저한 놈들"로 치부한다. 사회와 개인의 합일을 꿈꾸는 낙관적인 '이상'과 '기대'를 저버린 최원봉의 주장은 세계는 "연단의 논리로만 지배되는" 것이 아니라 "복잡한 머리와 가슴 속에서 연기처럼 엉키여 나오는 기운이 이 세계가 되"어 움직인다며 항변한다. 여기에는 합리적 이성만이 아니라 내적인 충동・열정・분노・감성・정서적 욕구 등이 상호 작용하는 생명의 운동에 의해 구성된 세계라는 시각이 깔려 있다. 회계불신임 사건을 호기好機로 삼자는 주장의 차혁을 "그저 무사 평온으로 지내자는 뜻"으로 단정하는 최원봉은 청년회의 권력 탈환을 겨냥한 패권 장악의 의미에서 내적인 혁명에 기반한 "현실의 새 가치를 찾"지 않음을 비판하는 것이다.

청년회 사람들로부터 산돼지로 조롱받는 최원봉은 이를 부정하는 게 아니라 철저하게 산돼지를 외피로 하여 산돼지의 탈이라는 "가면이 표상하는 존재로의 전환"[42]을 통해 세상을 향해 거침없는 울분에 찬 목소리를 토해낸다. 동학의 지도자였던 "아버지 뜻을" 계승하라는 몽환 속 아버지의 압력에 "결국은 집안에다 산돼지 한 마리 가두어 놓고" 말았다고 절규하는 최원봉의 인물 조형방식에는 '신라 성족의 후예'[43] 부친을 동학의 지도자로 변신시킨 것은 '아버지 콤플렉스'[44]의 심리만이

42 윤진현, 앞의 책, 302면.

43 김우진의 「난파」, 김우진의 가족 관계에 대해서는 윤금선, 「김우진 희곡 연구—작가와 작중인물의 심리적 전이관계를 중심으로」, 한국극예술학회 편, 『김우진』, 연극과 인간, 2010 참조.

44 신희교, 「부친 콤플렉스와 모태로의 회귀—김우진의 「산돼지」를 중심으로」, 『어문논집』 26, 민족어문학회, 1986; 윤금선, 앞의 글. "표면적으로는 '개성'을 운운하며, 아

아닌 작가의 '부르주아 죄의식'[45]의 무의식이 복합적으로 작용하지만 최원봉은 '계급의식'에 추동되지 않는다. 반역의 사회적인 사명을 운명적으로 부여 받았지만 집안의 울타리 안에 갇힌 결핍된 존재조건[46]에서 동학의 역사적 당위도 '계급의식'도 생의 자유 의지를 결박시키는 것으로 인지한다. "합리적 이성보다는 맹목적 의지에 기초"하여 "그의 독특한 역사의식과의 충돌"[47]이라 하는 작가의 '생명력'의 사상은, 개체의 "내부생명력의 리듬"을 억압하는 기제로서 아버지로 표상되는 이성의 소리와 대결하는 "위업 의무로 표상되는 구속, 갈등으로서 인과因果에 얽힌 상징물"[48]인 '산돼지의 탈'로 연출한다. 청년회의 이념과 행동양식 등 정신적 가치를 공유하는 공동체나 동학은 '인과율'의 구속으로 개체의 '자유의지'와 갈등하는 관계에서 발생하는 격정적인 '내부생명의 리듬'으로서 김우진의 '생명력'의 사유를 밑바탕으로 하는 것이다.

김우진은 버나드 쇼의 개체의 추상적인 세계의지를 부정하는 대신 개체의 밖에서 자유의지를 억압하는 '인과율'의 개념을 부각시켰다.[49] '인과율에 지배되지 않는 인간 본래의 '생명력'을 '자유의지'로 하는데[50]

버지가 자신에게 거는 기대보다 개인적인 자아를 찾음이 더 중시된 듯하지만, 실제로 그의 내면에는 아버지를 따라갈 수 없는 자신에 대한 자포자기가 자리하고 있으며, 거기에서 아버지 부정의 역설적인 심리가 형성되었을 것"이라는 추론은 김우진의 "생명력의 리듬"을 결여한 시각이다. 위의 글, 199면.

45 신희교, 위의 글; 윤금선 위의 글.

46 "성적 역할을 당위적인 것으로 전제하고 현실의 가족이 존속해 나가는데 필요한 사회문화적 상황을 만들어주지 못했다"는 김우진의 희곡 「이영녀」(1925.9)와 동일한 설정이다. 민병욱, 「김우진의 「이영녀」 연구」, 민병욱・최정일 편, 『한국 극작가・극작품론』, 삼지원, 1996, 80면.

47 홍창수, 앞의 글, 103면.

48 조동숙, 「초성 김우진의 여성관 연구―희곡 「난파」와 「산돼지」의 인물을 중심으로」, 『어문논집』 27, 민족어문학회, 1987.

49 사진실, 「김우진의 근대극 이론 연구―연극사 서술 방법론의 모색을 위하여」, 『한국극예술연구』 8, 한국극예술학회, 1998, 78면.

이는 인과율이 인간의 자유의 관념으로 인도한다는 사유와 동일한 맥락인 것이다. 베르그송의 자유의 관념은 자아의 견지에서 논하여 내적 자아와 외적 자아를 구별한다. 사회적 자아인 외적 자아가 무인격적 일반적인 자아라면 내적 자아는 각 사람에게 독특한 개성적 능동적 자아이다. 자유는 이 내적 자아에 철저한 것이다.[51] 자아의 상징적 표상과 의식에 의해 파악된 심층의 반성적 자아의 구별은 '산돼지의 탈'로 의식되었다. 제1막과 제2막에서는 외부세계를 향한 '산돼지의 탈'이 공동체와 맺는 개인의 관계를 드러낸다. 동학을 개체의 자유의지와 대립시키는 「산돼지」의 극 구성은 베르그송의 사유를 바탕으로 형상화되었다.

1920년대 조선의 사회주의 청년 군상에서 "성격과 생명력을 추상"했다는 작가 구상의 기술의 함의는, 단지 저항 의식으로 환원될 것은 아니다. 개인의 생명력은, 식민지 조선의 국가와 계급의 틀에서만 위협받는 것이 아니라 다양한 형태로 외부 세계의 억압적 존재와 대항한다. 「산돼지」에서는 개인의 생명력과 '인과율'을 대치시키는 동학표상이 공동체의 수용의 과정에서 약화되었다.[52] 개인의 내적인 생명력이 공

---

50 김종철, 「「산돼지」 연구」, 한국극예술학회 편, 앞의 책, 161면.

51 베르그송은 앙리 베르그송, 이희영 역, 앞의 책, 726~727면.

52 『1920년대 희곡선』(문학예술종합출판사, 1995)의 「산돼지」에서는 『김우진 전집』 수록 작품 「산돼지」의 결말 원봉의 대사 "내가 간다기로 지구 우에서 밖에 더 내왕할까"가 "간다기로 지구우에서 밖에 더 래왕할까, 뼈골이 부서져 진토가 되여도 우리가 주장해온 리성의 꽃이 이 땅에 피고, 자유의 나래가 이 하늘에 펼칠 때까지 선자리에서 끝장을 볼테다"(김일영, 「「산돼지」에서 몽환 장면의 기능 연구」, 『어문학』 67, 한국어문학회, 1999; 한국극예술학회 편, 앞의 책, 311면 재인용)라는 대사로 변형되었다. 원문의 함축적인 비약의 공백을 이성과 자유를 무리하게 양립시키는 논리를 더하는 방향의 변개가 이루어진 것이다. 즉, 원작의 이성의 비판, 자유의지를 고취하는 생명력의 주제가 사후의 출판 과정에서 이성의 우위로 전도되는 형태로 해석된 것이다. 「산돼지」를 탈고한 뒤 벗 조명희에게 수정을 위임했던 성립의 특이성은 텍스트의 과잉

동체의 논리로 흡수되어 '역사적 전망의 결여'[53]라는 독자 공동체의 규범적인 감상의 방식을 고착화시켰다.

근년, 이광욱은 「산돼지」에 나타난 동학혁명은 사회적 혁명을 개인의 내적 생명력의 고양과 연관될 수 있는 역사적 전거로 이해되었으며, 자기 내면 고백의 방식을 넘어 급진적 혁명의 계승을 통해 '조선 청년'이 나아갈 길을 제시한다고 분석하였다.[54] 개인의 내적 생명력과 사회적 혁명을 긴밀히 관련지은 의미가 있지만, 「산돼지」의 동학의 역사는 부친을 통해 아들 원봉에게 강박관념으로 작용하는 등 급진적 혁명으로서의 단일한 이념으로 표상되지 않는다. 안지영에 따르면, 작품 내에서는 동학의 '혁명적 정신'이 구체적으로 드러나 있지 않으며, 혁명의 실패라는 비극적 역사의 현장에서 탄생한 원봉의 출생배경과 그 운명이 부각되었다.[55]

딸에 대한 정혼에 관한 유언의 형태로 전통적인 결혼에 얽힌 인습을 동학이념의 윤리의 담지자로 설정한 '연애'의 플롯과 맞물리면서 동학의 '인과율'은 선악의 단순 도식을 넘어 개인의 내적인 생명력과 대치하여, '자기정체성과 연애의 플롯'은 동학의 인과율을 발판으로 짜여진다. 동학을 인연으로 의형제를 맺은 부친의 동지 최주사의 "이 애가 크고

해석의 오류가 확대 재생산되는 여지를 낳았다. 사후에 수정된 텍스트는 작가의 '생명력의 리듬'의 특질을 현실 비판적 세계 안에서 수렴하는 형태로 변형하면서 공동체의 논리는 강화되었다.

53 김성희, 앞의 글. '비역사적인 생명력으로 초월'하여 새로운 전망의 획득의 실패'(김종철, 「「산돼지」연구」, 한국극예술학회 편, 앞의 책, 164면), '개인적 차원의 윤리'를 고집하여 '자신의 내부적인 심리로 퇴행'하였다. 배봉기, 『김우진과 채만식의 희곡 연구』, 태학사, 1999, 115면.

54 이광욱, 「'생명력' 사상의 비판적 수용과 동학혁명의 의미－김우진의 「산돼지」 연구」, 『어문연구』 42-2, 한국어문교육연구회, 2014..

55 안지영, 「1920년대 내적개조의 계보와 생명주의」, 『한국현대문학연구』 44, 한국현대문학회, 2014, 161면.

내 딸이 크거든 둘을 부부로 만들어주라"는 유언을 전하는 양모 최주사 댁에게 "당신 집 종으로나 만들어서 대대 은혜 입"히라는 냉소를 퍼붓는 최원봉의 인물조형에는 사랑과 결혼을 역사적 당위와 주종의 봉건적 전통적 윤리와 대립시키는 1920년대 조선 현실의 연애에 대한 현실 인식이 숨겨져 있다. 부친이 원봉을 위협하고 양모 최주사 댁과 정숙이 손을 잡고 달아나는 꿈 장면은 동학에 얽힌 이성과 의리의 인습적 강박관념이 자기 정체성과 연애의 강박관념에도 작용하는 방식을 보여준다. 산돼지의 탈을 벗고 진정한 자아로의 성숙에 이르는 도정에서 연애 문제를 '종'과 '은혜'라는 봉건성과 결부하여 동학의 '인과율'이 개체의 생명력과 맞부딪치는 파열음을 내게 하는 것이다. 그 자신 부모 세대의 '의리'와 '인정'으로 생을 존속시킨 모순적인 존재의 사랑을 누이동생 최영순을 아끼는 정과도 구별하여 결혼은 부모의 의리나 "은혜"로 거래될 수 없는 정과 '의리'와 사랑의 관계를 그려낸다. 자신을 떠난 정숙에 대해 정조를 더럽힌 여성으로 비난하는 어머니에게 "나는 정녀를 요구하지 않아요, 정녀貞女 아닌 여자에게 사랑을 바치는 내가슴 속을" 모를 것이라는 최원봉의 정숙에 대한 직접적인 사랑의 고백에도 불구하고 최원봉과 최영순의 "이루어질 수 없는 사랑"[56]을 기저로 "낭만적 구원의 여인"[57]이라는 관점에서는 간과되는 무의미한 충돌일 뿐이다. "식민지 조선에서의 근대적 경험이 지닌 모순과 혼란을 체현하는" 신여성 정숙의 인물 조형은 "신여성 애인－구여성 아내－지식인 남성"으로 구성되는 근대 초기 희곡의 삼각구도[58]의 도식성을 탈피한 삼각관계를 주조

56 조동일, 『문학연구방법』, 지식산업사, 1996, 104면.
57 배봉기, 앞의 책, 107면.
58 이덕기, 「김우진 희곡의 형상화 연구」, 『한국극예술연구』 17, 한국극예술학회, 2003, 131～143면.

함으로써 연애와 결혼, 정과 의리와 '본능'의 관계에서 1920년대 조선의 연애 표상[59]에서도 진전된 면모를 보인다.

배우의 몸짓과 호흡, 반복적인 대사와 소리의 강세, 침묵과 절규, 정지와 빠른 템포의 극의 전개, 음악의 선율과 시의 낭송 등의 음향, 소리, 색채 등 내적인 생명을 오감을 동원한 신체로 지각하게 하는 다양한 극적 장치를 구사하여 제2막과 제3막은 격렬한 리듬과 변화 없는 단조롭고 온화한 리듬으로 대조를 이룬다. 불면, 신경쇠약,[60] 무기력, 신경질 등을 수반하는 육체의 징후[61]는 "자유와 생명력을 질식시키는 상징"[62]인 '산돼지의 탈'에 감추어진 내면을 앓는 자각 증상이다. 인간의 몸에 대한 관계로 표현되는 동작과 심장의 고동・혈액순환・눈물・호흡・발한・타액 등의 신체 표현으로 내면을 드러낸다.

3. '생명력'의 파고 – '생'의 약동과 '순수지속'

제2막 원봉이집 건넌방, 가을밤 몽환장면에서 "내부 생명의 리듬"의 굴곡이 많고 가장 높은 파고를 그린다. 잠자는 무의식의 세계에서 내적인 생명력의 고동이 높아지는데 이는 현실세계에서는 산돼지라는 표층자아로 무의식의 세계에서는 심층의 진정한 자아로 세계와 대면하는 베르그송의 자유와 관련한다. 이성과 의지를 포기한 현실의 삶과

---

59 김지영, 『연애의 표상』, 소명출판, 2007.

60 카프 작가 박영희는 극도의 불면증과 신경쇠약을 앓았다. 박현수, 「박영희의 초기 행적과 문학활동」, 『상허학보』 24, 상허학회, 2008, 176면.

61 열정이나 욕망, 기쁨 등의 감정과 정서적 욕구는 때로 "신체적 징후를 수반"한다. 베르그송, 최화 역, 앞의 책, 40면.

62 배봉기, 앞의 책, 200면.

무의식의 세계에서 뛰는 생명력, 직관, 감각의 세계의 확장. "인습과 전통"에 대한 반항, "그만큼 내 속에서는 어찌 할 수 없는 내 생명이 뛰"노는 장은 꿈속이다.

인간 심성에 대한 깊은 이해를 보여주는 꿈에서 들려준 우화는 '생의 근본적 요구'의 '현존의 힘'으로 설명하는 베르그송의 우화의 기능을 환기시킨다.[63] 이는 생명력과 관련한 주제의 연장선상에서 이해득실의 이성적인 타산의 범위를 넘는 인간의 격정적인 정념의 분출의 어리석음을 일깨움으로써 인간 운명의 질곡, 인간의 원념을 끊어내려는 의식의 소산에서 '필요'한 기능이다. 이성/생명력의 대립적 틀의 주조음主調音의 변형 방식인 셈이다.

극이 분규의 절정을 이루는 제2막 동학의 몽환 장면의 "내부생명의 리듬"의 극 구성은 아버지와의 갈등을 제1막으로 제2막에 생명을 잉태한 만삭의 어머니가 병정에게 고초를 당하는 장면이 펼쳐진다. 뱃속의 생명을 지켜내려 혼신의 힘을 다하는 어머니와 병사의 힘겨운 사투는 역사적 당위와 인간의 생명력이 대치하는 순간이 포착된다. 역사적 극한 상황을 Life Force/Reason의 대립적인 질서 안에서 "생명의 리듬"으로 재구성한 것이다. 병사에게 잡혀가는 어머니의 구원의 함성에 남편임을 부정하며 병사와 난투 끝에 아내에게 도망치라고 외칠 수밖에 없는 무력한 아버지 박정식. 역사에 버려진 자의 한 맺힌 절규, "살냐는 맹목적, 결정적, 숙명적인 자유의지, 아모 것도 지배할 수 없고 아무 힘도 결박하거나 죽이지 못할 생명의 힘"[64]을 다하는 어머니의 살기위한

63 생의 근본적 요구라고 하는 어떤 보이지 않는 현존의 힘이 우화의 기능을 나타나게 했다. 앙리 베르그송, 황수영 역, 『창조적 진화』, 아카넷, 2005, 603면. 이 우화에 대하여 '동학의 정치적 메타포'(윤진현, 앞의 책, 295~296면). "원봉 자신의 현재 상황을 상징적으로 은유"(이은경, 앞의 책, 124면)로 해석한다.

몸부림 "(악이 나서 달려드며) 이 개갓흔 자식!" 하는 일갈의 순간에 "내부 생명의 리듬"은 정점에 달한다. 이어지는 병사의 반격 "산돼지 것흔 년!"이라는 욕설을 퍼붓는 어머니의 탯줄을 끊고 태어난 최원봉의 태생적인 운명은 판토마임pantomime으로 이루어지는 동학군의 진군 행렬의 역사와 깊게 연루된 것이다. 산등벌판을 공유하는 무대를 배경으로 제2막과 제3막의 현저한 시간적 격차는 '회오리바람과 눈싸라기' 덮인 한겨울과 완연한 봄날로 표상하고 장중하고 음울한 선율과 시를 낭송하는 경쾌한 소리의 대조로 생명의 억압, 소멸과 잉태, 소생이라는 생명의 리듬을 생성한다.

베르그송의 생명력의 사유는 극의 공간 설정에도 관계한다. 제2막의 몽환장면과 제3막의 무대가 산등벌판의 공간을 공유한다는 것은 자아를 공간과 관련하여 표상한 베르그송의 자아 개념에 대한 의식의 표현이다. 공간화된 표층자아가 원봉의 집을 무대로 전개되었다면 자신의 내적인 생명력에 충실한 진정한 자아는 어머니의 생명력을 잇는 산등벌판을 요청한다. 제1막과 제2막의 여름에서 가을로 원봉의 집 가옥에서 산등벌판을 무대로 하는 시공간은 제3막에서는 초순 무렵의 산등벌판의 배경으로 고정된다. "제2막 몽환의 장면이든 산등벌판"을 무대로 제3막에서는 제2막의 생명력의 리듬을 잇는 '지속'을 의식한 무대 설정인 것이다. 제3막에서는 제1막, 제2막과 같은 극적인 갈등이나 꿈의 무의식의 세계는 등장하지 않는 것도 이러한 연유이다.

이와 같이 베르그송의 생명력의 철학과 관련지어 극을 이해한다면 전술한 "내부 생명의 리듬"의 스케치의 구상이 제2막의 생명력을 향한

64 「자유의지의 문제」(1925.5~1926.6 추정), 『김우진 전집』 II, 405면.

질주, 최절정에 달한 리듬이 가파르게 하강하면서 제3막은 일정한 리듬이 지속되는 보합의 상태에서 완결되는 구성의 의미가 뚜렷해진다. 제3막에서 한 줄기 빛을 향해 나아가는 웅크린 자의 포복과 같이 하강도 상승도 없는 직선의 단조로운 음의 지속. 파국도 초월적 의지의 위대한 불멸의 번뜩임도 없는 지루한 일상과 같이 제3막의 리듬의 음역이 크지 않고 동일한 음조의 리듬은 "생명력이 소진된 상태"[65]가 아니라 "생명이 나타내는 안정의 필요 아래 종족 보존이라는 이러한 정지한 상태, 또는 오히려 제자리걸음 속에, 전진 운동에 대한 어떤 요구나 여분의 추진력이나 생의 약동이 있"[66]다는 베르그송의 '생의 약동'을 준비하는 고요한 정지와 같은 부동不動의 형태로 '순수지속'[67]을 표상하는 것이다.

이는 김우진의 "추상적으로나 개념으로 아는 것은 참으로 아는 것이 아니다. 의식적으로 감촉하는 것to get through the emotion and feeling with consciousness 이것이 참의 앎이다"[68]라는 '참의 앎'의 상태와 유사하여 순수지속의 실재의 상태로 추론할 수 있다. 김우진의 "생명력을 결정해 주는 것은 자유의지"이며 "의식-그 긴장한 내부의 생명감生命感의 농담濃淡 여하에 따라서 참생활"[69]이 결정되며 "내성內省을 통해 희망, 열과 힘을 내는"[70] '참 앎'에 가깝다. 제3막을 이러한 '순수지속'의 상태로

65 배봉기, 앞의 책, 211면.
66 앙리 베르그송, 이희영 역, 앞의 책, 531면.
67 베르그송은 직관으로써 정신의 내부인 인식을 고찰하여 융합된 이질적인 의식 상태를 서로 분리되고 공간화된 요소들의 집합으로 간주하여 자아의 내부를 비추어 보아 표면자아와 진정한 자아인 심층 자아, 일련의 의식상태의 질적 변화로 이루어진 심층 자아를 구성하는 의식의 상태들이 서로 뚜렷한 윤곽도 없이 융합되어 이것을 순수지속이라 했다. 이와 같은 지속을 진정한 시간, 실재적인 시간으로 체험적이고 창조적인 실재의 참모습으로 간주하였다. 위의 책.
68 「아관 계급문학과 비평가」, 『김우진 전집』 II, 282면.
69 1924년 8월 24일인 이날의 일기에는 '조명희군에게'라는 제목이 붙어 있다. 「마음의 자취」, 『김우진 전집』 II, 508면.

읽는 것은 대단원의 모호한 결말에 시사점을 던져준다.

제3막에서 "봄별"이 내리쬐는 "봄잔디 밭"에서 자연을 한껏 호흡하는 동작의 지시문과 하릴 없이 시 낭송을 반복하며 담담하게 나누는 일상적인 대화로 "갈등이 없고 화해와 희망만이 가득"[71]하여 '원봉과 정숙의 갈등의 해소와 새로운 출발을 가능케' 하는 '봄으로 표상되는 생명력'[72]을 드러낸다. 제3막에서만 조명희의 시 「봄 잔디밭 위에」를 세 차례 낭송하는 것은 진정한 자아, 참 삶의 존재양태를 의식한 구성과 관계한다. "오드콜오뉴"라는 향수의 후각으로 정숙의 기억을 환기하고 시와 노래의 청각, 시각의 '표상적 감각'[73]에 의존한 기억을 되살리며 과거의 '느낌과 관념을 원상대로 회복시키는' 이미지를 생성하는 '감정의 등가물'[74]로서 최원봉의 '사랑하고 미워하는 나름의 방식'을 표출한다. 대상을 주시하는 '의식'에서 '힘과 영감'이 생성되어 험난한 '암석'과 부딪치는 물살에 '선악'의 도덕은 무력하다는 최원봉이라는 인물의 발화는, 직관을 통한 의식의 힘에서 생명력이 고양된다는 것으로 이성을 압도하는 의식의 중요성을 강조하는 것이다. 이러한 의식 위에서 제3막에서는 '참 삶'의 상태를 가리키는 '순수지속'이 견인된다.

최원봉과 정숙의 이별을 암시하는 결말에서 원망이나 숭고함, 비장한 비애감도 깃들지 않는다. 이후의 서로의 행방을 '지구 위'와 '화성'의 우주의 궤도로 이탈하는 초현실적인 상상의 대화는 자못 경쾌하다. 여

---

70 위의 책, 285면.

71 양승국, 앞의 글, 76면.

72 김종철, 앞의 글, 162면.

73 베르그송은 정조적 감각과 표상적 감각을 구별하는데 전자가 쾌/불쾌 또는 쾌락과 고통과 같은 기초적 감정적 요소가 개입된 것이라면 후자는 시각, 청각 등과 같이 순수 표상적 감각이다. 베르크손, 최화 역, 앞의 책, 51~59면.

74 위의 책, 208면.

전히 변화 없는 암울한 현실인데 신경쇠약을 앓는 '산돼지의 탈'로 연기되는, "고루한 인습과 낡은 사고방식에 대한 과감한 도전 및 자유의지를 통한 새로운 모험이라는 상징성이 깃"[75]든 자아의 넉넉함이 "자신과의 화해"[76]에 이르게 하는 "참 앎을 추구하는 탐색자"[77]의 존재방식을 드러낸다. 산돼지의 탈과 '새로운 현실의 가치'를 추구하는 '비평가'의 진정한 자아가 뚜렷한 형체도 없이 융합된 혼돈의 상태는 '어느 것이 나의 어머니인지 알 수 없어라'는 시의 메시지로 반복된다. '땅'인지 '하늘'인지 알 수 없는 어머니의 응답은 산돼지의 표상적 자아와 진정한 반성적 자아의 혼융의 상태, 의식의 공간의 구별 없는 심층 자아의 성찰적 자아와도 배치되지 않는다. 제2막에서 제3막으로의 리듬의 전환, '산돼지의 탈'을 벗는 반성적인 자아로 거듭 나는 것은 "살기 위해 싸우는 고유의 생명력에 대한 영감과 힘을 회복함으로써 가능하며 그 회복을 위해선 원봉처럼 '상징적인 죽음'을 통과할 때 가능한 것"이다.[78]

"밑바닥 인생의 꺾이지 않는 생의 의지를 음악적으로 표현"한 막심 고리키Goriki. M 작 「밤주막Na dne(밑바닥)」의 극 삽입곡 〈나흐다질 노래〉[79]의 "자유"에의 갈망과 무거운 "쇠사슬"의 노래가 지식 청년들의 가슴을 울리는 이 시대 신경쇠약과 불면증의 신체적 징후로 내면을 앓는 '모던 청년'은 사회주의 청년 군상에서 그 원형을 찾을 수 있다. 엘렌 케이를 읽고 부인문제를 토론하고 신여성과 구여성 사이에서 갈등하며 농촌에서 청년회를 조직하는 1920년대 사회주의 청년들은 "기분, 정열, 영감" 에

75 서연호, 앞의 글, 34면.
76 윤진현, 앞의 책.
77 김재석, 「김우진의 표현주의극 창작 동인과 그 의미」, 『어문론총』 49, 한국문학언어학회, 2008, 325면.
78 김성희, 앞의 글, 164면.
79 윤진현, 앞의 책, 309면.

사는 새로운 개성의 "조선 현대 청년"을 표상한다. "리얼리즘과 모더니즘의 경계"[80]에 선 "조선 현대 청년"은 공동체와 개인의 합일의 불가능성을 환기하여 개인이 완전하게 실현되는 공동체란 가능한가라는 질문을 던짐으로써 공동체와 개인의 상상을 다양하게 열어 놓았다.

4. 식민지 조선 청년의 '새 개성' – 감각으로의 전회

이 글에서는 김우진의 희곡 「산돼지」에서 작가 자신이 이미지화한 "내부 생명의 리듬"의 구체적 내실과 극의 구성 원리에 개입되는 방식을 규명했다. 이 과정에서 김우진의 생명력의 사상은 베르그송의 생의 철학과 공명하는 사유 안에서 구상되었음을 밝혔다. 조선의 현실에서 요청하는 내용과 형식의 동시적인 과제를 작가는 베르그송의 생의 철학과 접속하면서 내면을 드러내는 극의 형식으로 점화할 수 있었다.

전3막의 「산돼지」는 베르그송의 생명력의 사유의 주요 범주와 긴밀한 관련을 맺는 형태로 전개된다. 「산돼지」에서 제2막의 리듬의 음역이 가장 높은 곡선의 형태를 띤 것은 몽환장면의 어머니의 생명력의 분출을 의미하며, 제3막의 직선의 형태는 순수지각이 의식된 것으로 "내부 생명의 리듬"의 극 구성 원리를 보여준다. 공동체에서 갈등하는 신경쇠약을 앓는 청년은 꿈의 무의식의 세계를 통하여 자신의 의식에 잠재된 억압된 생명력, 생을 구속하는 운명에의 원념을 모친의 죽음을 목도하는 몽환과 의식을 통해 점차 내성적인 자아를 회복한다. 이는 베

80 위의 책, 76면.

르그송의 '순수지속'의 상태인 "참 앎"의 존재의 형태로써 "생명력의 리듬"이 제3막에서 저음의 리듬이 직선과 같이 지속된 형태의 '내부 생명의 리듬'을 설명해준다. 직관-꿈-무의식-상징주의기법-진정한 자아-순수지속이라는 베르그송의 생의 철학의 사유의 흐름과 텍스트의 "내부 생명의 리듬"의 구성과 거의 궤를 같이 한다. 내적 자아와 내적 지속에 대한 베르그송의 이론이 자기 내부의 무의식의 세계를 향해 상징주의의 개화와 함께 내면문학을 촉진[81]했다면 「산돼지」의 상징주의 기법이 부조하는 산돼지의 탈은 내적 자아를 두드러지게 하는 희곡의 내면 제시 방식과 관련한다. 1920년대 조선의 청년의 극적 형상화는 베르그송의 철학과 공명하며 그 형식을 갖추게 된 셈이다.

수산의 생을 관통하는 "생명력인가, 이성인가!"라는 고뇌가 담겨진 이 텍스트는 수산 개인의 정신적 편력의 여정을 형상화하는 의미를 갖는다. 또한 한국문학이 계몽에서 개인의 감각으로의 전회를 내재하는 의미를 함축한다. 1920년대 조선 현실을 변혁하려는 청년들을 모델로 추상화한 새로운 '개성'에서 뜻밖에 공동체와 갈등하는 청년의 내면의 소리와 조우하게 된다. 식민지 조선의 시대적 사명의 이상을 실현하려는 공동체와 갈등하는 개인의 내면, 공동성의 억압을 담아냈다는 점에서 1926년 「산돼지」는 특이한 색채를 발한다. 주어진 「산돼지」의 운명을 동학에 뿌리를 둔 태생적 운명으로 표상하면서도 인과율을 넘는 개체의 생명력을 지향하는 1920년대 사회주의 계열의 청년을 모델로 추상화한 새로운 '개성'의 청년에서 공동체와 갈등하는 내성의 소리와 조우하게 되는 성과를 제출했다.

---

81 앙리 베르그송, 이희영 역, 앞의 책, 750면.

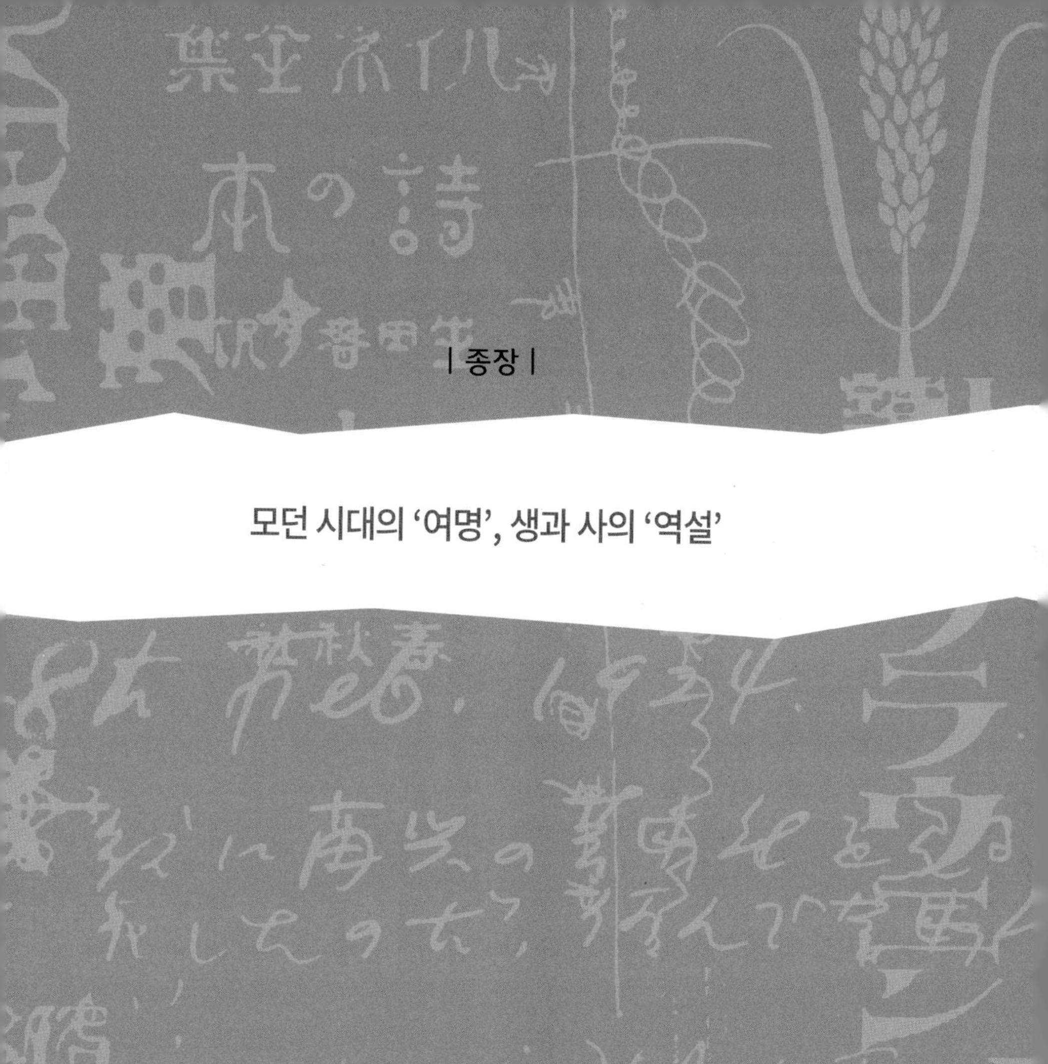

| 종장 |

모던 시대의 '여명', 생과 사의 '역설'

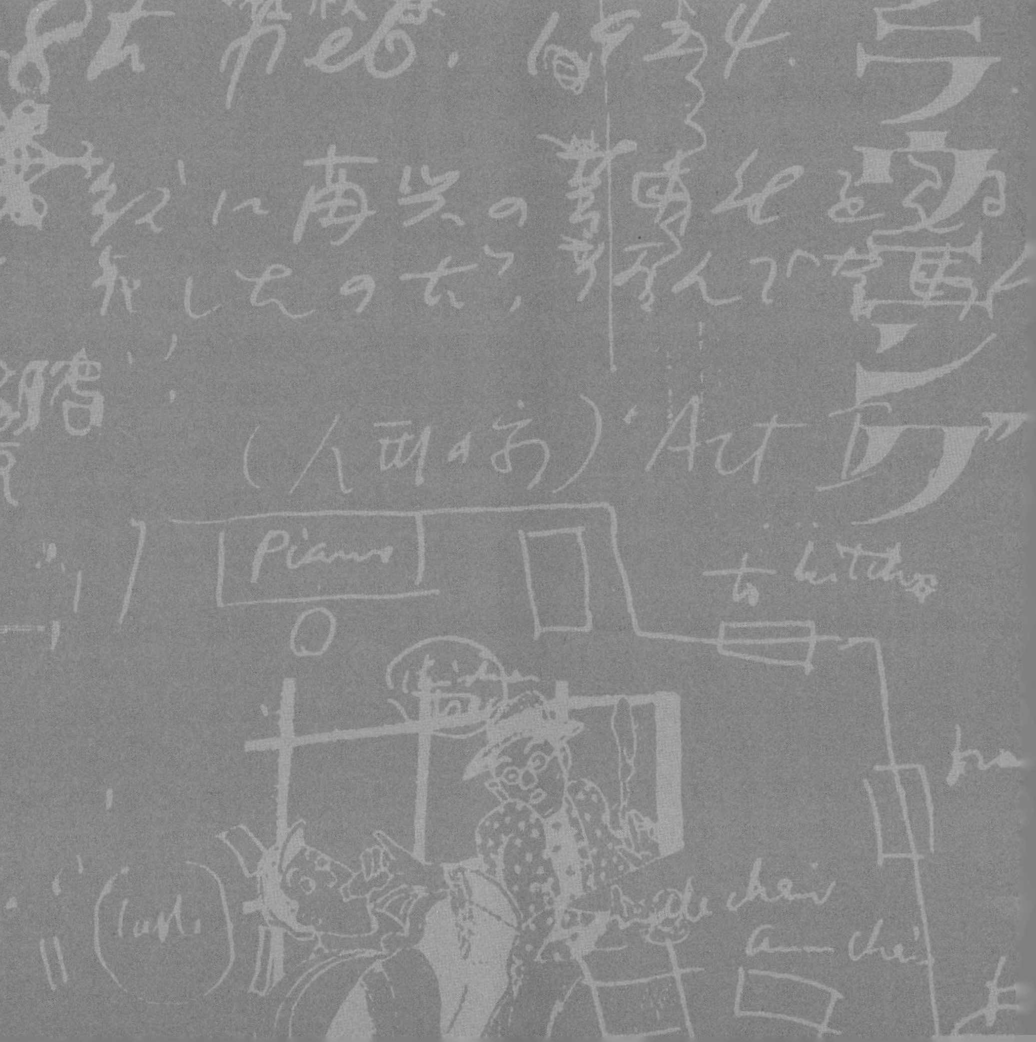

김우진의 생애와 문학을 특질 짓는 "생명력Life Force인가, 이성Reason인가!"라는 질의는, 정사를 감행함으로써, 생명력 우위의 선택이 죽음을 야기하는, 생과 사의 역설을 출현시켰다. '조선의 여명에 선 젊은이'라는 김우진의 자기 표상은, '생명력'이 향한 '정사'라는 죽음의 승리로, 예기치 않은 모던 시대의 '여명'으로 반전되었다. 한 때는 매혹되었던 저항과 반역의 명민한 생명력의 사유는, 이렇게 현해탄에 스스로를 사장한, 역사의 아이러니로 귀결되었다. 이로써 근대의 연애조차 선구자적인 첨단의 김우진은 '조선의 여명'의 청년으로서의 창대한 포부를 안고 자유의지에 의한 '정사'로 모던 시대의 '여명'이 된 셈이다. 냉철하고 이지적 사유로 우주와 인간 삶의 불가해한 비밀을 캐어내려는 듯이 집요하게 추급해 온 김우진의 현란하고 사변적인 글쓰기의 다양한 대립항의 갈등을 집약하는 "생명력인가, 이성인가!"의 의제는, "육체와 영혼 두 가지가 개인을 성립시키듯이", 감각과 열정, 이성과 이지 등의 대립적 세계를 표상한다. 그 어떠한 '생'의 철학에서도 문제시한 바 없는, "생명력인가, 이성인가"라는 질문은, 김우진의 '생명력'의 사유의 특질을 보여준다.

일찍이 쇼의 생명력의 철학을 비판적으로 성찰한 졸업논문에서 의지・열정・이성 등이 독립적이고 개별적인 실재가 아니라, 이미 일반적으로 인정하듯이, 한 통일체의 여러 국면에 해당하여, 쇼의 생명력에 관한 기존의 '의지의 체계'를 비판하면서 '이성의 체계'에 입각한 '이성에 대한 의지의 우월성'을 강조하는 수산 자신의 입장을 표명하였다.[1] 쇼의 생명력은 의지will가 아니라 모든 현상의 전능한 이성reason으로 파

1 서연호, 『한국 최초의 실험적 예술가 김우진』, 건국대 출판부, 2000, 28면.

악했다.[2] 김우진의 생명력의 사유를, 버나드 쇼나 쇼펜하우어의 생명 개념으로 철학적 추급을 시도해 온 기존 연구를 바탕으로 연애와 죽음 등 생과 사의 의식을 관련지은 생명력의 사유는 보다 포괄적으로 인간 개체의 보편성에 가까운 것이다. 그간 김우진의 생명력 사상은 주로 버나드 쇼-니체의 사상의 연관에서 해명됨으로써, 버나드 쇼의 '사회개혁 정신과 사회주의에의 경도'[3]라는 공통분모에 주의를 기울여 왔다.

본서에서는 베르그송 등 서구의 '생' 철학의 영향 및 오스기 사카에 등의 매개적 의의를 고찰함으로써 선행 연구의 과제인 '생명력의 사유와 역사의식의 충돌'이 가능했던 일본 다이쇼 시대의 '생'의 철학의 주도적인 흐름을 개관하고, 계급의식과 진보적 역사의식을 설명하는 데 주력했다. 특정 철학자, 사상가 고유의 생명력 개념의 동일성에 원천을 구하는 고찰은 삶의 죽음에 이르게 한 경위들을 간과한다. 버나드 쇼의 '생명력'의 개념에 영향을 받았지만, 그것이 '정사'로 실현되어야 하는 것은 아니다. 죽음의 유혹과 같은 비이성적인 충동을 마비시키고 사회 개혁으로 혹은 '문학 제일'에 투신하게 하는 '생명력' 개념의 일관된 사유 체계를 버나드 쇼나 베르그송의 생명력의 개념에 구할 수는 없다. 그것은 '생명력인가, 이성인가!'라는 김우진의 생애를 일관했던 화두와도 깊이 연관된 것이다.

"제 특징과 가치"를 구현하는 '생명'의 길이 향한 '죽음'의 역정에서 다시 생명력의 사유로 거슬러 올라가 생과 사의 논리와의 관련성을 정리하는 본서의 결론에서 그의 '생명력'의 사유를 단일한 개념으로 소급하여 원천을 추급하는 것은 그다지 큰 의미가 없을 것이다. 1926년 3월

2 윤진현, 『조선 시민극의 구상과 탈계몽의 미학』, 창비, 2010, 187면.
3 이은경, 『수산 김우진 연구』, 월인, 2004, 37면.

김우진은 시대와 예술과의 관계를 논한 「생명력의 고갈」에서 예술을 어떤 고정관념이나 일정한 개념으로 인식하는 태도를 경고하였으며,[4] 상대성 원리에 대해 이런 요구를 통찰할 필요가 있되 "개념으로 알 필요는 업다"고 단언했던 바와 같이 생명력의 개념적 지식으로 그의 죽음에 이르는 생애와 문학을 일관되게 체계적으로 설명하기 어렵다. 김우진이 1925년 4월 「아관我觀 '계급문학'과 비평가」라는 문학 평론에서 "개념상의 자유, 파괴, 혁명, 반항의 목소리는 들리나 현실을 직시한 구체적인 그것은 도무지 없다"면서 계급 문학자의 구체적 작품의 예를 들어 계급에 대한 개념적 이해에서 벗어나지 못한 "프로문학의 맹목적 비평"의 비판과 같이, '생명력'의 개념적 이해는 죽음의 결단에 이르는 프로세스의 분석을 결락시킨다. 계급에 대한 진정한 깨달음은 "추상으로나 개념으로 아는 것은 참으로 아는 것이 아니다. 의식적으로 감촉하는 것, 이것이 참의 앎이"라는 것이다. "과학적" "지식적으로" 아는 것은 단지 "심리학상 기억"에 지나지 않으며 "인간의 행동-모든 현실화는 반드시 감촉에서 결과된다"는 그의 '참 앎'과 개념적 지식의 차이를 '생명력'의 사유에 적용하자면, '현실에 대한 의식적 감촉'은 생과 사라는 인간의 존재론적 문제와 결부되는 것이다. 예술가로서의 '생명력'의 예술 표현과 방법론의 탐구의 분석이 긴요할 것이다.

김우진의 작가 의식과 죽음에 관한 홍창수의 연구에 따르면, 김우진의 정사를 부인하거나 우연성에 의한 돌발적인 정사 등 윤심덕과의 사전 약속된 의도된 정사의 부정과 긍정 등을 쟁점으로 하는 논란 속에서 '낭만적인 정사'[5]라는 주장이 '확정 불변의 사실'로 받아들여져 왔다. 한

4 서연호, 앞의 책, 74면.
5 유민영, 『비운의 선구자 윤심덕과 김우진』, 새문사, 2009.

편, 이를 부정하는 주장들-윤심덕에 의해 유도된 사고사나 김우진의 정신적 억압에 의한 충동적 사고사[6]와 상반된 형태로 정사로 간주하되 "로맨틱한 것"이 아니라 "고통과 위로에서 비롯된 것"[7]이라는 견해가 제출되면서 '윤심덕에 의한 유도사'라는 결론으로 가닥이 잡혀가는 형세이다.[8]

'정사'를 두 사람의 의지에 의한 동반 자살로 규정한다면, 그것에 이르기까지 '로맨틱'하거나 "고통과 위로"에 연유하든, '자유의지'에 의한 '정사'이며, 고통을 회피하기 위해 죽음의 안식처로 도피한다는 사고 자체 '낭만적 정사'라는 엄정한 죽음의 양태를 면할 수는 없다. 가부장제의 억압과 문학에 투신하려는 식민지 지식인의 고뇌의 모순을 드러내는 '동상이몽'의 정사는, 생명력의 표현으로서의 '연애'에 '자유의지'를 관철시켜 되살려진, 김우진의 생 그 자체를 '멜로드라마'로 연출한다. '연애'가 미의식과 결부되는 양상은, 가출의 심경을 표명한 두 편의 에세이의 '완미'의 의식에서도 엿볼 수 있다.

그의 죽음 2개월 전 벗 조명희에게 보내는 "내 출가의 통지"에서 혈연과 지위를 단절하는 '영구한 출가'의 변에서 사족처럼 부기된 "내 출가의 동기 여하는 ○○하니 사추邪推한들 무슨 소용?"[9] 하는 문면에서, 자조적으로 이미 죽음을 각오한 정황을 포착할 수 있다. 복자로 은폐된 '○○'의 행위로 인하여 향후 만인에 공표될 것이니 이러저리 '사추'하는 것은 의미 없다는 뜻에서 '자살', '정사' 등을 예고할 가능성을 함축한다.

---

6 양승국, 『희곡의 이해』, 태학사, 1996, 242~243면.

7 서연호, 앞의 책, 55면.

8 홍창수, 「김우진 작가 의식과 죽음에 관한 연구」, 한국극예술학회 편, 『김우진』, 연극과인간, 2010, 91면.

9 『김우진 전집』 II, 531~532면.

본서의 2장과 4장에서 일기와 일본어 소설과 시 등의 창작과 평론 등 김우진의 글을 단서로, 생명력의 사유와 그것의 문화적 실천으로서의 '생활의 예술화'의 제 현상들을 대상화하여 내면의 억압과 욕망들을 분석하였다. 일본어 소설과 시 창작 등의 자전적 요소의 양상과 연애의 내밀한 관계를 암시하는 일기 등을 관련지은 분석을 통해,'정사'에 이르는 내면 심리와 정황의 일단을 살폈다. 이를 통해 윤심덕을 지시하는 "수선水仙"을 향한 욕망과 증오의 양가적인 감정의 동요 속에서, "공리 이상의 세계"의 추구에 구애되었던, 동시대 '연애'에 강박된 내면의 심리가 부각된다. 허위의 억압적인 현실의 고통 속에서, 생을 대상代償으로 하는 목숨 건 사랑이야말로 "양령兩靈의 결합'에 의한 '진실한 애愛" 의 증거이며 "진실한 애에 생生ᄒᆞ"기 위한 "'사死'난 생의 향락의 최고조"[10]라는 '연애' 문화를 공유하는 두 사람이 기꺼이 '정사'를 향하는 육체를 정신성의 우위에서 도달하게 되는 것이다. "공리 이상의 세계"라는 이지적인 이성에 견인된 열정, 육체를 넘어 절대적인 영원성으로, 생의 욕망을 초월하는 죽음을 희구하는 '정사'의 단행에서, 동시대 일본에서 두드러졌던 '정사'라는 '신주心中'의 문화적 배경을 공유하는 연애와 사의 의식을 도출하게 된다.

정신적 사랑과 육체적 사랑인 에로티시즘으로 대별하는 플라톤의 '연애'는 일종의 "초월적인" 일상을 넘은 '미'로서, 이러한 로맨틱화한 "연애의 욕망의 초월성"은 서구의 근대 연애소설에 공통한다.[11] 그것이

10 다카야마 조규의 정사의 의식을 예로 들 수 있다. "정사는 죽음에 의하여 생을 얻는 것이다. 마땅히 비참해야 할 생활의 최후로 하여, 세상에 가장 아름답고 즐거운 것이라고 할 것이다. (…중략…) 또는 어떻게 무량한 환락을 누려야 할 것인가를 우리들에게 나타내는 것이다"(高山樗牛, 「『今戸心中』と情死」, 『樗牛全集』 2, 博文館, 1905, 383면).

11 竹田晴嗣, 『戀愛論』, 筑摩書房, 2010, 68면.

특정한 양태로 분출되는 방식에 그 시대의 사회와 문화의 역사가 결부되어 있다면, 일본 유학생인 두 사람이 목격하는 일련의 '정사' 사건이 끊이지 않았던 일본 다이쇼기의 '신주'의 문화적 배경에서 두 사람의 연애와 사의 의식에 대한 심층적인 이해를 얻게 된다. 시마무라 호게쓰의 죽음에 뒤를 이어 자살한 여배우 마쓰이 스마코의 죽음을 둘러싼 일본 저널리즘의 스캔들 기사의 찬사를 인용한 1919년 2월 3일의 일기에 극명하게 나타난 바와 같이, 김우진이 "생의 애착"을 끊어낸 생과 사의 경계인 "방랑자의 무대와 같은 광야"에서 마주한 윤심덕의 〈사의 찬미〉에 공명하는, "비극적 자기 과장의 환상적 무대"를 연출하는 두 사람의 연애와 예술 인식에 일본의 일련의 '정사'의 사건은 영향을 끼쳤다.

"자유의지의 악마에 의해서 생겨나는 생에 대한 열망이라는 저주"를 분출하는 김우진의 복합적이고 격렬한 '저주'의 내면 심리는, 좌초한 난파선의 비극적인 종말을 회피하기 위한 자기 분석의 사색의 편린으로, '자유의지'와 '생의 열망'의 양가적인 가치의 상극의 기복으로 표출된다. 그토록 강력한 생명의 힘을 갈망하여 "진실한 영원의 요구에서 몸부림치는 노력!"이라는 "예술은 또 영靈이며 정신이고 순정이고 또한 철학"인 사랑과 동일시되는, 혁명과 사랑은 바로 그 '자유 의지'의 실현인 것이다.

사전적인 의미로 보자면 생명life이란 성장, 물질대사, 생식, 유전, 감각, 운동, 사고, 의지 등의 현상으로, 죽음을 어떻게 자리매김하여 이해할 것인가는 시대와 문화에 따라 다르다[12]. 이러한 생명의 정의에 기초한다면, 생명력의 감각, 감정의 세계와 이성이라는 논리적, 개념적으

12 廣松渉他 編, 『哲学・思想事典』, 岩波書店, 1998, 925면.

로 사고하는 추론의 인식 능력과 변별되면서도 양자는 의지와 사고 능력에서의 매개의 가능성을 잠재할 것이다. 18세기 프랑스의 생리학자 비샤Marie Francois Xavier Bichat는 "생명이란 죽음에 저항하는 제 기능의 집합체"로 정의하였으며, 푸코Michel Foucault의 생명을 증대시키고, 증식시키는 '생 권력'은 실로 죽음을 출발점으로 한다[13]는 죽음과의 관계에서 규정되는 생명의 개념과 같이, 생명력의 사유는 죽음에 이르는 도정에서 명확해질 것이다.

한편, 홍창수에 따르면, 1925년에서 1926년 3월경까지 집필했을 것으로 추정되는 산문들을 통해 김우진의 철학적 사유를 '생명력'이란 개념으로 집약한다. 김우진의 독특한 생명력의 사유에서 사의 역리라는 방향으로 선회한 연원은, 생명력의 사유와 죽음을 찬미하는 사의 역리가 모순되어 보이나 두 사유는 대립되지 않는다는 데 있다. 김우진은 생과 대립되는 사를 택한 것이 아니라. 사를 택하면서도 이것이 참된 생이 될 수 있다는 역리를 주장했기 때문이라는 것이다.[14] "시나 일기에서처럼 자기와의 대화 속에 드러나는 두려움, 갈등, 죽음과 같은 의식과 친구와의 편지나 타인과의 대화"에 의한 글쓰기의 '생명력'과 '자유의지'는 죽음 의식과의 관계에서 작용한다. 김우진의 '생명력'의 개념은 단순히 인간 내부에 체현된 보편적인 힘일 뿐만 아니라, 사회에 대항하는 적극적인 사회적 힘으로서 이중성을 띠며 '맑스주의를 비판하는 독특한 역사관'의 본질적인 한계를 지적하였다.[15]

전술한 「아관 '계급문학'과 비평가」라는 평론에서 당시 『개벽』에 발

13 M. F. Xavier Bichat, 『生と死に関する生理学研究(Recherches physilogiques sur lavie et la mort)』(1800); 市野川容孝, 『身体/生命』, 岩波書店, 2009, 57면.
14 홍창수, 앞의 글, 97~112면.
15 위의 글, 97~100면.

표된 「계급 문학 시비론」에 대한 비판적 논고를 통해 당대 문단의 현실 비판과 자신의 문학관을 드러내, 6장에서 그 내용에 관하여 일부 기술하였다. 여기에서는 이에 대한 종래의 평가를 총괄하기보다 "자연 속에서 사는 인간은 대립에서 벗어나지 안는다. 이 대립은 현실 생활의 본체"라는 '계급' 발생의 근본 원인인 '인간의 대립'을 자본주의 이전 인간 본연의 현실 생활의 '본체'에 기인한 것으로 파악한다. 이러한 삶의 본상에서 발생하는 "계급은 영구한 인간 생활의 실상"이며 "'생'이 끝날 때까지 계급에서 버서나지 못"한다는 '계급' 인식에서 "장래의 계급의 쟁투가 업슬 사회주의의 나라를 꿈"꾸는 사회주의자, 무정부의자의 '저 계급선의 피안에 계급과 대립과 쟁투와 피아를 버서난 절대와 영원과 평화 안식이 있는 나라'의 '꿈'을 '몽상주의자'로 단언하면서 "나는 그것을 믿지 못한다"라고 단호하게 '맑시스트'와는 다른 입장을 표명한다. 그것은 '계급'을 부인하는 것이 아니라, "대립은 현실 생활의 본체"이며 생활상의 원시적 대립이 근대 산업문명에 의해 계급적 대립을 야기하여, 사회생활이 있는 한 계급은 존속되는 "인간 생활의 설자며 원리"라는 것이다. 전술한 바와 같이 '참 앎'의 계급 의식을 위하여 "의식적으로 감촉해야"하는 예민한 자가 "지식계급"이고, 이것이 "비평가"라는 것이다. "계급적 의식이 남보다 예민하고 양심이 남보다 굳센 자"를 "비평가"로 규정하여 "소크라테스, 루터, 기독(예수), 공자, 볼테-르, 루소, 맑스, 간디가 모두 이 종류의 '시대의 비평가'들"로 꼽았다. 이와 같은 의미의 시대의 비평가이며 '프롬프터'로서 '맑스'를 '공자'나 '간디'와 같은 세계의 문명사적 전환의 정신, 지知를 창출한 성인의 반열로 격상시킨다. 마르크스의 자본론을 영어로 읽고, "유물론자의 공적은 공리의 발견"에 있다면서 그것의 역사적 의의를 '공자'와 '간디'와 비견되는 수준의 "시대의 비평가이며 프롬프터"로 간주하는, '직관과 상상'을 기본 구조로 하는 사유 방식의 김우진은 마르크스주의의 유물론자와는 변별된다.

김우진의 독특한 '계급' 인식을 표출하는 문학 평론과 삶은 종종 이중성이나 인간의 모순으로 파악하여 왔다. 그러나 스스로의 "생명의 모순"을 간파하는 그의 이중성에 연유한다기보다 그의 관심과 이해의 폭이 보다 더 근원적이고 깊은 곳에 있었던 것과도 관련한다. 계급의 기초인 '대립'으로 인간 현실과 세계를 파악하여, "미와 추, 명과 암, 선과 악, 정의와 부정, 자유와 속박, 피彼와 차此, 타他와 아我" 등 모든 "대립이 현실 생활의 본체"라는 것이다.

김우진의 시 창작에서 두드러진 상징주의를 '전일성'의 개념으로 파악하는 견해에 따르면, '상징주의'는 이질적인 두 세계의 통합을 이루려는 '전일성'을 지향하고 있으며, 이러한 상징주의의 성격은 식민지 조선의 지식인이었던 김우진의 문학을 통해 드러난다는 것이다. 김우진의 '전일성' 사상은 하나이며 동시에 둘이 될 수 있고 서로 다른 두 대상이 모여 하나의 조화를 이루는 가운데 세계의 해조를 이룰 수 있다는 그의 세계관을 의미한다는 것이다.[16] 김우진의 상징주의를 반드시 '전일성' 개념으로 파악하는 것이 적확하다기보다, 개성의 표현인 사상이 언어의 매개로 일정한 '심리적 계합의' 문자의 형식으로 구체화하는 언어의 상징성을 강조하는 언어 의식에서도 이항대립적 가치의 병존이라는 특유의 '심리적 계합의 문자의 형식'이 파악된다는 것이다. "서로 모순되는 당착에서 종교가 일컫는 바의 선악이 기인되는 것이"며, 생명력의 사유도 죽음 의식과의 관계에서 자각되었다. 1913년 소설 「공

---

16 이경자, 「1920년대 상징의 두 양상—김우진 문학의 '상징'언어에 나타난 '전일성' 사상을 중심으로」, 『한국문학이론과 비평』 49, 한국문학이론과 비평학회, 2010, 100면.

상문학」에서부터 1926년의 희곡 「산돼지」에 이르기까지, 그의 전 작품의 기저에 흐르는 '생명력인가, 이성인가!'라는 이항대립의 질문은 이러한 연유에서 일관된다. 그것은 특정한 철학자, 사상가의 생명력 개념에 연원을 두기보다 세계의 대립적 인식과 관련한 사유 방식이며, 이러한 질의 자체에 그의 생애와 문학의 특질과 개성이 있다.

「A Protesto」에서 "내 속생활의 완미"를 위한 가출이며 "내 속에서는 엇질 수 업는 내 생명이 뛰놀고 잇다"면서 "모든 것이 내게는 제이의적第二義的"이라는 그에게 "이것만이 제일"인 것은 "문학"임을 밝혔다. 내적 생활의 '완미'를 위한 미의식 추구임을, 그것이 "생명"이 향하는 대로 예술 위한 가출을 선언한 끝의 죽음은 '완미'라는 내적 생활의 미를 실현하는 생명력과 관계있는 것이다. 인습과 전통, 도덕 등 "모든 외부적의 것에 대한 반역의 선언"을 "행동화"하는 것은 '논리가 아니고 공리功利가 아니고 윤리가 아닌' 이성이 아닌 "내 속생활의 힘"인 '내 생명이 뛰"노는 '생명력'으로 질주한다.

이어 「출가」에서 "생명이란 비유로서는 해석치 못한다"는 "상징의 세계"의 탈각을 선언하는 것이다. "상징의 세계"는 "이원적의 생각, 제이의적의 철리"인 이성의 이지적 세계로서 "내 속의 참생활이 아니엿고 참 생명"이 아닌, '생명력'이 아닌 것이다. "영원한 상징의 생명"인 "상징의 세계에 들어"올 것을 주장하는 A에게 "상징이란 한 거짓 환영"이며 "제 생명의 모순을 늣겨보지 못한 이성이 도피소"라는 B의 대화로 과거와 현재의 시간성과 의식의 변화를 드러낸다. "생명의 모순"이라는 현실과 격리된 관념의 "이성"이라는 세계, 가부장제의 억압 세계인 '상징'의 세계에서 현실의 "참생명"의 '생명력'을 향한 탈출을 감행한다. 그 모든 것도 "비유로 해석"되는 "상징"의 세계의 폭력성의 계기에서 "나의 생명" 에 의한 행동, "나는 살 뿐이다. 사는 그것뿐이다"라는 절규와 같이, 살려는 생의 맹목적인 '생명력'의 추구로 '상징'의 세계의 탈출을 위한 가출인 것이다. 이념과 가부장제의 부친의 세계, 유물론자의 이념의 '상징'의 세계로부터 '속생활'의 현실세계로, 억압된 영혼의 상징의 세계에서 영혼의 해방을 추구하는 생명의 세계로, 살려는 생의 충동에 몸을 맡기는 자신의 변화를 B라는 인물로 전회의 순간을 재현한다. "내 속생활의 참 생명"의 '상징'의 세계 아닌 "생활 생명의 사러나가는 첫 힘을 발견"한 내적인 변화인 "비커밍Becoming", "내 자신 속의 참 존재"를 향한 충동을 향한 자기의 변화로서의 "비커밍"인 것이다.

"나는 이 행동이 곧 나의 생명 그것인줄을 보이려고 한다" "나는 살 뿐이다. 사는 그것뿐이다"라는 절규와 같이, 이지적 사유의 결단이 아니라 살려는 생의 맹목적 욕망이라는 살기 위한 죽음이요, '문학만이 제일'이라는 일본에서 자신의 행진곡이라는 희곡 「산돼지」를 집필하는 창작에 매진하였다. 그에게 창작은 '내적 생활'에 충실한 '생명력'을 향한 길인 것이다. 집을 나서기 전, '죽음에의 찬미'[17]로 가득한 시 창작을 절필하고 "내 생명이 뛰"노는 방향으로 '살기 위한' 가출은 2개월 만에 죽음으로 종식되었다. "내 생명이 뛰"노는 '생명력'의 향방을 좇아 윤심덕의 '자살 통보'에 만류하러 오사카에 갔다는 김우진은 그토록 '제일의 적'이었던 '문학'에의 투신을 지속시키지 못한 채, '정사'를 결행하게 되는 경위를 가출 2개월 전에 절필된 시 창작에서 유추할 수 있다.

1926년 그해 창작된 13편의 시는 무기력과 고통, 공포의 현실로부터의 도피 욕망을 다룬 것과 죽음에 대한 예찬의 두 가지 갈래로 분류된

---

17 김낙현, 「김우진 시의식 고찰」, 『비평문학』 69, 한국비평문학회, 2018.

다. 난파되어 표류된 구조선 없는 망망대해의 탐조등조차 없다는 「절망」이라는 시에서 어머니 품과 같은 유년의 모태로의 회귀를 소망하는 죽음의 세계에 탐닉하는 「어린애만 되엿드면」을 거쳐 죽음만이 자신을 구원할 수 있다는 「한가지의 깃붐」에 이르기까지, 죽음에 안식과 환희를 구하는 1920년대 초의 낭만주의 시 경향과 닮아 있다는 것이다. 이러한 죽음 의식을 엿볼 수 있는 「사와 생의 이론」에서 생과 사는 생의 양면에 불과하고 생의 핵심을 잡으려는 참된 삶을 위해 죽음을 바란다는, 생사의 일원론에 입각한, 사는 또 하나의 생이라는 역리逆理인 것이다.[18] 생과 사는 양면에 불과하기에 생의 핵심을 잡으려는 죽음이야말로 참된 삶을 사는 것이다. 「사와 생의 이론」이라는 시가 '이론'인 것은 이러한 까닭이다.

"삶이나 죽음이나 道理가 아니요, 둘이 다 實狀은 生의 兩面에 不過하오, 그러닛가 道理를 넘어서 生의 核心을 잡으려는 이에게는, 삶이나 죽음이나 問題가 되지 안소" "아니요. 그러나 死를 바래고 잇소. 참으로 살녀고"[19]라는 두 사람의 대화로 압축되는 시에서 "죽음이 사는 수가 잇는 理致가 잇는 것을 아오?", "그럴 도리가 잇겟지"라는 '理致'와 '도리'는 'reason'의 의미이다. 그의 시에서 삶과 죽음은 도리인 'reason'이 아니고, 생사가 모두 생의 양면인 'life force'에 불과한 것이다. 'life force'의 고갈이 'reason'이 아닌 것과 같이 생과 사는, 'life force'와 'reason'이 대립된 것이 아닌 것과 같다. 1926년 5월 6일 「죽엄」에서 "오 엄청나게 목마른 / 죽엄의 나라! / 죽엄의 나라!"를 갈망하는 죽음의 욕망의 유혹을 "理智의 勝利하고? / 무슨 수작이야! / 지금까지 속어온 것도 / 忿한데, 지금 또 /

18 홍창수, 앞의 글, 93~109면.
19 「사와 생의 이론」(1926), 『김우진 전집』 II, 531~532면.

홀려 넘어간담?"이라는 '죽음'이야말로 안식이고 위안이라는 그의 죽음에의 예찬에서 "理智의 勝利"는 'reason'으로 대체할 수 있는 것과 같다.

내적 생활의 "완미"를 위한 가출은 "문학"이 제일인 "내 생명이 뛰"놀기 위한 'life force'의 행위인 것이다. 죽음의 유혹의 늪에 빠져 허우적대는 살기 위한 현실 탈출을 도모하면서 "나는 이 행동이 곧 "나는 살뿐이"라는 'life force'를 향한 역정을 향해 '첫 힘'을 얻었다. 그러나 그것이 죽음을 향한 역설 즉, 생명력의 행방은 죽음의 역설로 종식되었다. 부친의 가부장제와 유물론자의 '상징의 세계'를 벗어나 '참 삶'을 살겠다는 생명력의 도정은, 생과 사는 생의 양면에 불과하고 참된 삶을 위해 죽음을 바라는, 생명력이 고갈된 육체는, 사의 승리로, 또 하나의 생을 살려는 시 「사와 생의 이론」의 실천으로 '삶의 진실성'을 입증했다는 것이다. 서연호에 따르면 그의 자살 철학은 그의 생명력의 철학과 동일한 원리로 정리된다. 자살이야말로 유일하고도 진정한 그의 삶의 길이었다는 역설, 그는 죽음을 선택함으로써 오히려 '삶의 진실성'을 입증했다는 것이다.[20]

김우진의 일본 유학이 다이쇼기의 '교양'이라는 개념이 정착되어 간 이른바 다이쇼 교양파[21]라는 교양주의의 시대적 배경 아래 식민지 조선인으로서의 자기를 재정립해가는 배경을 살필 수 있다. '진정한 나'를 찾아 '삶의 진실성sincerity'을 다하려는 '참 앎'의 욕망으로 "이지와 의지의 힘으로 살아"가려는 예술가의 역정 속에서 귀국 후 'prison'으로 표상되는 대가족의 가부장제의 억압에 맞선 생명력은 점차 고갈해가는 위기로 의식한다.

---

20 서연호, 앞의 책, 57~58면.

21 助川徳是, 「大正期の評論」, 紅野敏郎 編, 『大正文學』, 學生社, 1967, 160~162면.

또한 연극인 시마무라 호게쓰의 죽음을 좇아 자살한 마쓰이 스마코 松井須摩子를 향한 동시대의 찬반 논란의 기사의 스캔들에 대한 동정을 표했던 1923년 일기에 기록된 '정사' 문화의 영향은 이후 아리시마 다케오와 기자 하타노 아키코波多野秋子의 동반 자살 등 일련의 '정사'가 끊이지 않았던 다이쇼의 '연애' 시대의 영향도 간과할 수 없다.[22] 이러한 식민지 조선 초유의 '정사'로 김우진과 윤심덕은 멜로드라마와 같이 현해탄에 몸을 던짐으로써 삶 그 자체로 예술을 완미하려는 예술가로서의 생을 완성한다. 일본과 식민지 조선의 경계에 선 청년 김우진은 그 어디에도 안식할 수 없었던 방랑자의 삶을 소멸시킴으로써, 생명력을 죽음으로 표현한다. 생활의 '완미'의 도정에서 오랜 세월 내면을 구속해온 이성과 생명력이 갈등하는 동요와 고뇌를 '정사'로 종식한다. 그의 생애와 문학이 던지는 의미는 의미심장하다. "생명력"의 사유를 바탕으로 공동체와 개인의 관계를 새롭게 정립하여 개인의 시선에서 공동체의 가치를 되묻는 새로운 시각을 출현시켰다. 김우진의 문학의 저류에 흐르는 이성과 '생명력'의 이항대립적 세계의 갈등과 긴장 속에 '자유의지'로 억압된 영혼의 해방을 위한 참 생명을 향한 투신으로 귀결한 생애 그 자체에서 경계적 삶의 화두를 제시한다.

가부장제, 인습, 전통, 도덕, 유물론, 계급, 이념 등 '상징의 세계'에서 제각각의 개별 주체의 "특징과 가치"로 살기 위한 "내 속 생활"의 세계로 참 생명을 향한 탈주를 감행하는 도정에서 부정되었던 모든 외부적 세계에 대한 "내의 생명", "내 속생활"의 내면의, 제일의적인 문학의 욕망을 추구하기 위한 생명을 향한 첫발을 내딛었다. 이러한 역정에서

22 川瀨絹, 「尹心悳 '情死'巧」, 『한국 연극학』 11, 한국연극학회, 1998.

자신 이외의 제이의적인 '거짓환영', '생명의 모순인 이성의 도피소'라는, 상징의 세계의 '거짓환영'을 벗어나기 위한 '자유의지'로 '생명'의 내적 충동을 향한다. 이지와 생명력의 이항대립적 세계를 타개하려는 '자유의지'로 생명력의 열정, 생의 내적 충동의 세계를 향하는 발돋움은 일본의 생명담론의 매개에서 보다 증폭되었다. 생명력과 이성의 대립적 세계의 표상은 이 책의 각장에서 다루는 다양한 텍스트에서도 형태를 달리하여 변주된다.

「공상문학」의 문학에의 열정을 지닌 히로인과 "리치 경우로서 의론"하는 은행원인 남편 백하청은 이지의 세계를 표상한다. 백하청과 대척을 이루는 소설가 하련당은 문학의 상징으로서 히로인과 하련당의 극중 개별적인 죽음으로 종결된다. 이러한 결말이 열정의 패배와 이지의 승리라면, 일본어 소설 「동굴 위에 선 사람」에서는 내면의 혼돈을 상징하는 공동의 동굴에서 격정적인 러브신을 벌이던 남성은 동굴이 무너지는 환영을 보는 결말을 맞이한다. 이것에 대해 '이지의 패배'를 느끼게 된다.[23] 그 순간 그들은 동굴이 무너져 내림을 깨닫게 되고, 그 동굴과 운명이 같은 것임을 절감하게 된다는 선행 연구와 같이 열정적인 사랑의 환각 속에 동굴의 함락이 곧 자신들의 격정이 야기할 '폐허의 징조'임을 예감하는 것이다. 김우진 문학에 반복되는 좌초한 파선자의 파멸의 이미지를 조형하면서 이것이 환각이라 일깨우는 결말은 가상적인 허구 세계에서 열정, 충동, 본능과 이지의 대립적 세계를 대결시키는 환각의 시뮬레이션simulation이라 할 것이다.

일기 『마음의 자취心の跡』는 이러한 이항대립적 세계의 표상이 외국

23 서연호, 앞의 책, 68면.

문학의 교양과 소양의 형성에서 획득한 사유 방식과 관련 있으며 생애의 전 국면에 걸쳐 관철되는 양상을 살필 수 있다. 전술한 바와 같이, 블레이크에 대한 고찰을 둘러싼 해롤드 볼륨의 평론이 대표하듯이, 그의 시에 영향을 끼친 블레이크 등 서구문학의 영향과 관계 깊은 것이다. "상실된 인간성 회복, 이상세계 건설, 예술적 추구, 인간정신 인간세계를 지배할 두 자질, 에너지와 이성, 선과 악의 대립을 인정하고 발전하는 것은 화해가 아니라 대립의 결혼이"[24]라는 해석과 같이 인간 세계의 지배적인 대립적 세계의 통일과 지양 등 융합 방식에 지속적으로 관심을 기울여 온 김우진의 서구문학 수용의 공통적인 경향을 살필 수 있다. 랭보, 보들레르 등에서도 두드러진 이러한 특질은, 외국문학의 관심과 취향과도 관련 있다. 물론 그의 문학적 특질과 경향은, 귀국 이후 '신비주의적 경향'과 소위 '문학청년'의 부정 등 현실 참여적 문학에 경도된 변모를 엿볼 수 있지만, 그의 "생명력인가, 이성인가"라는 질의는, 세계의 질서에 의구심을 던지며, 대립적 가치의 변증법적 통일을 모색하는 그의 생애와 문학의 기조를 이루는 특질로 간주된다. 여기에 조선문화의 기획자로 사상가이자 비평가로서 멀티미디어적 지식인 김우진의 삶과 문학을 논구할 새로운 논의 지평이 창출된다. 이러한 새로운 시각 속에서 기존의 극작가 김우진을 넘어 식민지 조선의 이중 언어적 상황과 개인의 내적 자아와 공동체적 자아에 의한 언어의 구획과 장르의 교차로 다양한 문학 세계를 전개해 나간 전위적 예술가의 실천적 사유의 사상가로서의 입체적인 작가상이 부조되었다.

24 Harold Bloom, *The Visionary A Reading of Romantic Poetry, revised & enlarged*, Ithaca : Comel University press, 1971, p66; 손필영, 「김우진의 낭만주의 시 연구-희곡작품과 긴밀성」, 『드라마 연구』 52, 한국드라마학회, 2017, 170～172면.

영문학도로서의 전문 지식과 교양을 쌓은 학문적 배경의 탐색을 통해 '조선문단'에의 제언과 외국문학 분야에 걸친 다방면의 활약을 통해 비교문학의 영역을 개척한 의의를 새롭게 조망하였다. 아울러 일본어가 매개하는 문화 수용의 특질을, 일본어가 매개하는 서구에의 탐닉의 제 양상을 비롯하여 연극 수용의 문제와 번역 및 미디어의 문제 등과 결부하여 파악하였다. 「공상문학」의 일본어가 매개된 '서양탐닉'의 흔적으로서의 '사옹'의 『로미오와 줄리엣』 등 서양서적에 심취한 독자의 등장 및 서적, 독자, 소설가 등의 구성을 통해 식민지 초기, 연극성이 매개된 근대소설의 미디어의 매개를 통한 상상력에서도 동시대의 문학과는 이채로운 성과를 보여준다. 그 밖에 일본어라는 매개성에서 일본어 소설과 시 창작과 일본어 번역 등 다양한 일본어 글쓰기의 의의 고찰을 통해 '식민지 조선의 여명'으로서의 김우진의 자기 표상의 음영이 부조된다.

김우진의 삶과 문학은 제도가 성립되지 않은 근대 초기 복수의 장르와 학문을 관통하여 당대의 현실 의식과 자기 응시의 첨예한 지성과 감각으로 각 장르의 성립 이전 기존 문학의 관습에 기대어 장르와 언어의 교섭에 의해 새로운 표현 형식을 획득해 나가는 '문학 실험'의 성과는 개별 작가 연구를 넘어 한국의 근대문학 형성기 장르의 중첩과 혼성성의 현대성의 가치에서 재조명될 의의를 잠재한다. 일본을 매개로 하는 서양의 근대적 지식 체계와의 연관성이라는 맥락에서도 김우진 문학은 보다 풍부하게 입체적으로 더 확장된 지평에서 논구할 수 있는 독보적인 존재로서 삶 그 자체가 학제적, 통섭적 과제를 제기하는 문화사적 의미는 충분할 것이다. 김우진의 삶과 문학은 서구와의 관계에서만이 아니라, 한국과 일본의 비교문학의 첫걸음이라 할 교섭 양상에서도 재평가할 수 있는 것이다.

참고문헌

1. 1차 자료

서연호・홍창수 편, 『김우진 전집』 I~III, 연극과인간, 2000.
『김우진 전집』 1~2, 전예원, 1983.

무기명, 「애란의 문예부흥운동」, 『동명』 제2권 임시호(통권33호), 동명사, 1922.4.15.
『真砂』 創刊号~第4年11号, 真砂社, 1923.8~1924.9.
Padraic Colum, *Anthology of Irish verse*, New York : Liveright, 1922.
__________, *An Anthology of Irish verse*, New York : Liveright, 1948.

有島武郎, 「解題」, 『有島武郎全集』第五巻, 筑摩書房, 1970.
生田長江譯, 『死の勝利』, 新潮社, 1913.
『大杉栄全集』 1~6, 大杉栄全集刊行会, 1921.
小山内薫, 『文芸新語辞典』, 春陽堂, 1918.
菊池寛, 「朝鮮文学の希望」, 『菊池寛全集』 24, 文藝春秋, 1995.
菊地幽芳, 『女の生命』(前・後), 玄文社, 1919.
国枝史郎, 『伝奇短篇小説集成』 2, 1928~1929.
佐藤清, 『愛蘭文学研究』, 英文学研究別冊, 研究社, 1922.
佐藤義亮, 『英吉利文学篇』 上, 新潮社, 1930.
島村抱月, 『近代文芸之研究』, 早稲田大學出版部, 1910.
高山樗牛, 斎藤信策編, 『樗牛全集』 2, 博文館印刷所, 1912.
坪内逍遥, 『ロミオとジュリエット』, 早稲田大学出版部, 1910.
_______, 「ショー其人及び其作」, 『逍遥選集』 8, 春陽堂, 1927.
永澤信之助 編, 『東京の裏面』, 金港堂, 1909.
幡谷正雄 譯, 『海へ乗り行く者』, 健文社, 1926.
本間久雄, 『生活の芸術化』, 三徳社, 1920.
松居松葉, 「私が倫敦で見た『人と超人』」, ショー, 堺利彦 譯, 『人と超人』, 丙午出版社, 1913.
武者小路実篤, 『その妹』, 岩波書店, 1969.
『黎明會講演集』, 黎明會, 1919.
A. Einstein, 石原純 譯, 『アインスタイン教授講演録』, 改造社, 1923.
Browing Robert, 帆足理一郎 譯, 『人生詩人ブラウニッグ』, 洛陽堂, 1918.
Heine, H. Heinrich, 生田春月 譯, 『ハイネ全集』, 新潮社, 1919.
______________________, 『ハイネ全集』 1(詩の本), 春秋社, 1925.

2. 단행본

권정희, 『「호토토기스(不如歸)」의 변용－일본과 한국에서의 텍스트의 '번역'』, 소명출판, 2011.

김병철, 『한국 근대 번역문학사 연구』, 을유문화사, 1975.

______, 『서양문학 이입사 연구』 3(서양문학번역논저연표), 을유문화사, 1978.

______, 『세계문학론 저서지목록총람(1895～1985)』국학자료원,2002.

김봉희, 『한국 개화기 서적 문화 연구』, 이화여대 출판부, 1982.

김성희, 『한국 현대희곡 연구』, 태학사, 1998.

김수진, 『신여성, 근대의 과잉－식민지 조선의 신여성 담론과 젠더정치, 1920～1934』, 소명출판, 2009.

김영민, 『한일 근대어문학 연구의 쟁점』, 소명출판, 2013.

______, 『1910년대 일본 유학생 잡지 연구』, 소명출판, 2019.

김우진연구회 편, 『김우진 연구』, 푸른사상, 2017.

김윤식, 『일제 말기 한국 작가의 일본어 글쓰기론』, 서울대 출판부, 2003.

김재석, 『근대전환기 한국의 극』, 연극과인간, 2010.

______, 『식민지조선 근대극의 형성』, 연극과인간, 2017.

박지향, 『슬픈 아일랜드』, 새물결, 2002.

박진수 외, 『근대 일본의 '조선 붐'』, 역락, 2013.

박진영, 『번역과 번안의 시대』, 소명출판, 2012.

______, 『책의 탄생과 이야기의 운명』, 소명출판, 2013.

배봉기, 『김우진과 채만식의 희곡연구』, 태학사, 1999.

서연호, 『한국 최초의 실험적 예술가 김우진』, 건국대 출판부, 2000.

서울대 한국문화연구소, 『한국 근대사회와 문화』 II(1910년대 식민통치정책과 한국사회의 변화), 서울대 출판부, 2005.

서은경, 『근대 초기 잡지의 발간과 근대적 문학관의 형성』, 소명출판, 2016.

소영현, 『문학청년의 탄생』, 푸른역사, 2008.

신정옥, 『한국신극과 서양연극』, 새문사, 1994.

심원섭, 『일본 유학생 문인들의 대정・소화 체험』, 소명출판, 2009.

양승국, 『김우진, 그의 삶과 문학』, 태학사, 1998.

유민영, 『한국 근대 연극사』, 단국대 출판부,1996.

______, 『비운의 선구자 윤심덕과 김우진』, 새문사, 2009.

______, 『한국 근대 연극사 신론』, 태학사, 2011.

윤대석, 『식민지 국민문학론』, 역락, 2006.

윤진현, 『조선 시민극의 구상과 탈계몽의 미학』, 창비, 2010.

이두현, 『한국 신극사 연구』, 서울대 출판부, 1966.

이미원, 『한국 근대극 연구』, 현대미학사, 1994.

이상우, 『월경하는 극장들－동아시아의 근대 근장과 예술사의 변동』, 소명출판, 2013.

이상호, 『전환기의 한국 근대희곡 』, 한국문화사, 2000.

이은경, 『수산 김우진 연구』, 월인, 2004.
이응수 · 남성호 · 황석주 편, 『일본 연극을 보는 모임 10년사』, 연극과인간, 2015.
정백수, 『한국 근대의 식민지 체험과 이중언어 문학』, 아세아문화사, 2000.
정신문화연구원, 『한국구비문학대계』 8-8, 고려원, 1983.
천정환, 『근대의 책 읽기』, 푸른역사, 2003.
최수일, 『『개벽』 연구』, 소명출판, 2008.
한국극예술학회 편, 『김우진』, 태학사, 1996.
______________, 『김우진』, 연극과인간, 2010.
한국드라마학회 · 김세근 편, 『극문학과 공연학의 지평』, 푸른사상, 2003.
한림과학원 편, 『한국근대 신어사전』, 선인, 2010.

고모리 요이치(小森陽一), 송태욱 역, 『포스트콜로니얼 식민지적 무의식과 식민주의적 의식』, 삼인, 2002.
노구치 다케히코(野口武彦), 노혜경 역, 『일본의 '소설'개념』, 소명출판, 2010.
다카야마 조규(高山樗牛), 표세만 역, 『다카야마 조규 비평선집』, 지만지, 2018.
더글라스 로빈슨, 정혜욱 역, 『번역과 제국-포스트식민주의 이론 해설』, 동문선, 2002.
르네 지라르(René Girard), 김치수 · 송의경 역, 「'삼각형'의 욕망」, 『낭만적 거짓과 소설적 진실』, 한길사, 2001.
마에다 아이(前田愛), 신지숙 역, 『문학 텍스트 입문』, 제이앤씨, 2010.
미야카와 토루(宮川透) · 아라카와 이쿠오(荒川幾男), 이수정 역, 『일본근대철학사』, 생각의나무, 2001.
사에구사 도시카츠(三枝壽勝) 외편, 『한국 근대문학과 일본』, 소명출판, 2003.
사이토 마레시(齋藤希史), 황호덕 · 임상석 · 유충희 역, 『근대어의 탄생과 한문-한문맥과 근대 일본』, 현실문화연구, 2010.
슬라보예 지젝(Slavoj Žižzek), 김서영 역, 『시차적 관점』, 열린책들, 2009.
쓰치야 레이코(土屋礼子), 권정희 역, 『일본대중지의 원류-메이지기 소신문 연구』, 소명출판, 2013.
앙리 베르그송, 이희영 역, 『웃음/창조적 진화/도덕과 종교의 두 원천』, 동서문화사, 1978.
____________, 황수영 역, 『창조적 진화』, 아카넷, 2005.
오스기 사카에(大杉栄), 김응교 · 윤영수 역, 『오스기 사카에 자서전』, 실천문학, 2005.
와다 도모미, 「이광수 소설의 '생명'의식 연구」, 서울대 박사논문, 2007.
우스이 요시미(臼井吉見), 고재석 · 김환기 역, 『일본다이쇼문학사』, 동국대 출판부, 2001.
월트 휘트먼, 허현숙 역, 『풀잎』, 열린책들, 2011.
이언 와트, 전철민 역, 『소설의 발생』, 열린책들, 1988.
이연숙, 고영진 · 임경화 역, 『국어라는 사상-근대 일본의 언어 인식』, 소명출판, 2006.
이연숙, 이재봉 · 사이키 카쓰히로 역, 『말이라는 환영-근대 일본의 언어 이데올로기』, 심산출판사, 2012.

이에나가 사부로(家永三郎), 연구공간'수유+너머'일본근대사상팀 역, 『근대일본사상사』, 소명출판, 2006.
이종화 외, 『목포・목포사람들』, 경인문화사, 2004.
이중연, 『'책'의 운명－조선~일제 강점기 금서의 사회・사상사』, 혜안, 2001.
이철호, 『영혼의 계보－20세기 한국문학사와 생명담론』, 창비, 2013.
조지 버나드, 정경숙 역, 『워렌 부인의 직업』, 동인, 2001.
피에르 부르디외, 최종철 역, 『구별짓기』 상・하, 새물결, 2005.
피터 브룩스, 이승희・이혜령・최승연 역, 『멜로드라마적 상상력』, 소명출판, 2013.
하타노 세츠코(波多野節子), 최주한 역, 『일본 유학생 작가 연구』, 소명출판, 2011.
헬렌 길버트, 문경연 역, 『포스트 콜로니얼 드라마』, 소명출판, 2006.
B. L. Brett, 심명호 역, 『공상과 상상력』, 서울대 출판부, 1979.
H. 포터 애벗, 우찬제 외역, 『서사학 강의』, 문학과지성사, 2010.

George Bernard Show, 鳴海四郎(他) 翻譯, 『バーナード・ショー名作集』, 白水社, 1969.
GeorgeSteiner, 亀山健吉 譯,『バベルの後に一言葉と翻譯の諸相』上下,法政大学出版局,1999.
Laing, R. D,, 阪本健二・志貴春彦・笠原嘉共 譯, 『引き裂かれた自己』, みすず書房, 1999.
Roland,Barthes, 三好郁朗 訳,, 『戀愛のディスクール・断章』, みすず書房, 2003.
Sanford Sternlicht・Alexander G. Gonzales, *Modern Irish writers : a bio-critical sourcebook*, Connecticut・London : Greenwood Press Westport, 1997.
________________, *Padraic Colum*, Boston : Twayne Publishers, 1985.
Slavoi Žižzek, The Parallax view, The mit press cambridge, 2009.
朝日新聞社 編, 『朝日新聞100年の記事にみる1恋愛と結婚』, 朝日新聞社, 1979.
阿部軍治, 『徳冨蘆花とトルストイ』, 彩流社, 1989.
有島武郎, 『有島武郎全集』 第五巻, 筑摩書房, 1970.
飯田裕子, 『彼らの物語－日本近代文學とジェンダー』, 名古屋大学出版会, 1998.
市野川容孝,『身体/生命』,岩波書店,2009.
生方敏郎, 『明治大正見聞史』, 春秋社, 1926.
大笹吉雄, 『日本現代演劇史』(明治・大正 編), 白水社, 1995.
亀井俊介 編, 『現代の比較文学』, 講談社, 1994.
河竹繁俊, 『概説日本演劇史』, 岩波書店, 1974.
柄谷行人 編, 『近代日本の批評』 III(明治・大正篇), 講談社, 1998.
川戸道昭・榊原貴教, 『図説翻譯文学総合事典』 2, 大空社, 2009.
菅野聡美, 『消費される恋愛論大正知識人と性』, 青弓社, 2001.
紅野謙介, 『書物の近代－メディアの文学史』, 筑摩書房, 1992.
________, 『「教養」の誕生』(物語岩波書店百年史, 1), 岩波書店, 2013.
紅野敏郎, 『大正文学』, 學生社, 1967.
________, 『雑誌探索』, 朝日書林, 1992.

佐藤光,『柳宗悦とウィリアムブレイク－還流する「肯定の思想」』, 東京大学出版会, 2015.
鈴木貞美,『大正生命主義と現代』, 河出出版社, 1995.
______,『越境する想像力－日本近代文学とアイルランド』, 大阪大学出版会, 2014.
鈴木暁世,『「生命」で読む日本近代』, 日本放送出版協会, 1996.
竹村民郎,『大正文化 帝国のユートピア－世界史の転換期と大衆消費社会の形成』, 三元社, 2004.
竹田晴嗣,『戀愛論』, 筑摩書房, 2010.
田中榮三,『明治大正新劇史資料』, 演劇出版社, 1964.
筑波大学文化批評研究会 編,『〈翻譯〉の圏域－文化・植民地・アイデンティティ』』, イセブ, 2004.
坪井秀人,『感覚の近代－声・身体・表象』, 名古屋大学出版会, 2008.
鄭百秀,『コロニアリズムの超克－韓国近代文化における脱植民地化への道程』, 草風館, 2007.
中村都史子,『日本のイプセン現象』, 九州大学出版会, 1997.
永嶺重敏,『雑誌と読者の近代』, 日本エディタースクール出版部, 1997.
______,『モダン都市の讀書空間』, 日本エディタースクール出版部, 2001.
成田龍一,『大正デモクラシー』, 岩波書店, 2012,
花澤哲文 編,『高山樗牛研究資料集成』九(研究・論文集), クレス出版, 2014,
平石典子,『煩悶青年と女学生の文学誌－「西洋」を読み替えて』, 新曜社, 2012.
前田愛,『近代読者の成立』, 岩波現代文庫, 2001.
松村賢一 編,『アイルランド文学小事典』, 研究社出版, 1999.
『矢内原忠雄全集』28, 岩波書店, 1965.
山本文之助,『日本におけるトマス·ハーディ書誌』, 篠崎書林, 1958.
渡邊凱一,『晩年の有島武郎』, 關西書院, 1978.
青木和夫他 編,『日本史大事典』4, 平凡社, 1993
石上英一他 編,『岩波日本史辞典』, 岩波書店, 1999.
石川弘義他 編,『大衆文化事典』, 弘文堂, 1991
国史大辞典編集委員会 編,『国史大辞典』13, 吉川弘文館, 1992.
日本近代文学館 編,『日本近代文学事典』1～5, 講談社, 1977.
廣松渉他 編,『岩波哲学・思想事典』, 岩波書店, 1998.
宮地正人他 編,『明治時代史辞典第三巻』, 吉川弘文館, 2013.
早稲田大学演劇博物館,『演劇百科大事典』1～3, 平凡社, 1960.
早稲田大学大学史編輯所 編,『早稲田大学百年史』第2巻, 早稲田大学出版部, 1981.

3. 논문

가네코 아키오(金子明雄), 권정희 역,「가정소설을 둘러싼 미디어 복합－1900년대를 중심으로」,『대동문화연구』65, 성균관대 대동문화연구원, 2009.
가와세 키누(川瀨絹),「尹心悳 '情死'巧」,『한국 연극학』11, 한국연극학회, 1998.
______,「김우진과 윤심덕의 죽음－당시 일본의 자살관으로 본 새로운 측면」,『일본학보』4, 경상대 일본문화연구소, 1997.

구인모, 「동시성의 욕망, 혹은 이상과 허상」, 『사이』 2, 국제한국문학문화학회, 2006.
권보드래, 「1910년대의 이중어 상황과 문학 언어」, 『한국어문학연구』 54, 한국어문학회, 2010.
______, 「김성규와 김우진, 3·1운동 전후 세대 갈등의 한 단면」, 『한국학연구』 31, 인하대한국학연구소, 2013.
권정희, 「'생명력의 리듬'의 형식－김우진의 〈산돼지〉」, 『반교어문연구』 30, 반교어문학회, 2011.
______, 「〈인형의 집〉의 수용과 1920년대 '생명' 담론, 『한국학연구』 42, 고려대 한국학연구소, 2012.
______, 「문학의 상상력과 '공상'의 함의－김우진의 「공상문학」연구」, 『한국극예술연구』 39, 한국극예술학회, 2013.
______, 「김우진의 일본어 글쓰기－근대문학의 공백과 이중 언어 인식」, 『비교문학』 66, 한국비교문학회, 2015.
______, 「비교문학 텍스트로서의 『마음의 자취』－김우진 일기의 자기 표상과 일본 다이쇼(大正)시대의 연극 수용」, 『한국극예술연구』 56, 한국극예술학회, 2017.
______, 「김우진의 일본어 번역과 아일랜드 발견－문예잡지 『마사고(真砂)』 수록 「애란의 시사(愛蘭の詩史)」의 성립」, 『한국극예술연구』 67, 한국극예술학회, 2020.
김경옥, 「사랑과 죽음의 찬미」, 『한국근대풍운사 여명팔십년』, 창조사, 1964.
김낙현, 「김우진 시의식 고찰」, 『비평문학』 69, 한국비평문학회, 2018.
김도경, 「김우진 문학론 연구－재현의 문제를 중심으로」, 『우리말글』 47, 우리말글학회, 2009.
김모란, 「'아릴랜드'의 전유, 그 욕망의 이동(移動)을 따라서」, 『사이』 7, 국제한국문학문화학회, 2009.
김방한, 「김우진의 로맨틱한 최후, 부자평전 (1)」, 『세대』 87, 1970.10.
김성빈, 「작가 김우진 연구－다섯 희곡작품을 중심으로」, 『새국어교육』 66, 한국국어교육학 회, 2003.
김성진, 「수산 김우진 연구」, 중앙대 박사논문, 2000.
______, 「희곡 「산돼지」 연구」, 『어문연구』 28, 중앙어문학회, 2000.
______, 「김우진의 연극관 연구」, 『드라마논총』 21, 한국드라마학회, 2003.
김성희, 「김우진 희곡의 현대성과 그 방법적 특성－그의 현대의식과 리얼리즘 희곡을 중심으로」, 『공연예술 논문집』 2, 단국대 공연예술연구소, 1996.
김옥란, 「근대 여성 주체로서의 여학생과 독서체험」, 『상허학보』 13, 상허학회, 2004.
김우진, 「도래할 기계사회와 사회 변혁의 매개－기계·괴물·권력」, 공연과미디어연구회, 『극예술, 과학을 꿈꾸다』,지식과 교양연구소, 2019.
김재석, 「김우진의 표현주의극 창작동인과 그 의미」, 『어문론총』 49, 한국문학언어학회, 2008.
______, 「김우진의 여성 인식에 대한 비교연극학적 연구」, 『한국극예술연구』 28, 한국극예술학회, 2008.
______, 「1920년대 〈인형의 집〉 번역에 대한 연구」, 『한국극예술연구』 36, 한국극예술학회, 2012.
______, 「1920년대 식민지조선의 아일랜드극 수용과 근대극의 형성」, 『국어국문학』 171, 국어국문학회, 2015.

김지혜, 「1920년대 초기 아일랜드 희곡 수용의 의미」, 『국제어문』 59, 국제어문학회, 2013.
김진량, 「근대 일본 유학생의 공간 체험과 표상－유학생 기행문을 중심으로」, 『우리말글』 32, 우리말글학회, 2004.
나루사와 마사루(成澤勝), 「김우진의 웅본 시절」, 『김우진 전집』 2, 전예원, 1982.
문수경, 「김우진 삼막 희곡의 연구」, 성균관대 석사논문, 1987.
민병욱, 「김우진의 부르주아 개인주의적 세계관 연구」, 『어문교육론집』 10, 부산대 어문학연구소, 1988.
박관섭, 「김우진 희곡에 나타난 죽음 의식 고찰」, 조선대 석사논문, 1998.
박명진·조현준, 「김우진과 식민지 모더니티」, 『어문론총』 53, 중앙대 어문학회, 2013.
박양신, 「다이쇼 시기 일본·식민지 조선의 민중예술론－로맹 롤랑의 '제국' 횡단」, 『한림일본학』 22, 한림대 일본학연구소, 2013.
박영선, 「변사(辯士)와 벤시(弁士)의 탄생에 대한 비교연구」, 『Comparative Korean Studies』 21-1, 국제비교한국학회, 2013.
박유하, 김석희 역, 「개인주의의 파탄－『마음』」, 『내셔널 아이덴티티와 젠더』, 문학동네, 2011.
박현옥, 「모리 레이코의 「삼채 여자론」－조선여인 오타 줄리아를 중심으로」, 『일본문화학보』 54, 한국일본문화학회, 2015.
배선애, 「1920년대 전환기 연극론 연구」, 성균관대 석사논문, 1993.
배성준, 「1920·30년대 모던 걸 마르크스 보이」, 『역사비평』 36, 역사문제연구소, 1996.
배지연, 「김우진 『이영녀』의 탈식민성 연구」, 『현대문학이론연구』 44, 현대문학이론학회, 2011.
사노 마사토(佐野正人), 「경성제대 영문과 네트워크에 대하여－식민지 시기 한국문학에 있어서 '영문학'과 이중언어 창작」, 『한국현대문학연구』 26, 한국현대문학회, 2008.
사에구사 도시카쓰(三枝壽勝), 「김동인과 근대문학－아이러니의 좌절」, 『사에구사 교수의 한국문학 연구』, 베틀북, 2000.
사진실, 「김우진의 근대극 이론 연구－연극사 서술 방법론의 모색을 위하여」, 『한국극예술 연구』 8, 한국극예술학회, 1998.
______, 「김우진의 동경유학기 체험과 문학사상」, 『한림 일본학』 2, 한림대 일본학연구소, 1997.
손영신, 「김우진 희곡 연구－표현주의 희곡을 중심으로」, 『성신어문학』 8, 성신여대 인문학부, 1996.
손필영, 「김우진 연구」, 국민대 박사논문, 1998.
______, 「김우진(金祐鎭)의 시(詩) 연구(硏究) (1)－한시(漢詩)에서 자유시(自由詩)로의 이행(移行)」, 『어문학연구』 43, 한국어문교육연구회, 2015.
______, 「김우진의 낭만주의 시 연구－희곡작품과 긴밀성」, 『드라마 연구』 52, 한국드라마학회, 2017.
손화숙, 「김우진의 시 연구」, 『어문논집』 33, 안암어문학회, 1994.
송민호·표세만, 「한국과 일본의 근대적 '문학' 관념의 한 단면－다카야마 조규와 이광수를 중심으로」, 『비교문학』 77, 한국비교문학회, 2019.
신연수, 「일본 유학시절 金祐鎭에게 준 부친 金星圭의 戒書」, 『근대서지』 4, 근대서지학회, 2011.

신인섭, 「교양개념의 변용을 통해 본 일본 근대문학의 전개 양상 연구–다이쇼 교양주의와 일본근대문학」, 『일본어문학』 23, 일본어문학회, 2004.
신희교, 「부친 콤플렉스와 모태로의 회귀–김우진의 「산돼지」를 중심으로」, 『어문논집』 26, 민족어문학회, 1986.
안지영, 「1920년대 내적개조의 계보와 생명주의–이돈화의 논설과 김우진의 산돼지를 중심으로」, 『한국현대문학연구』 44, 한국현대문학회, 2014.
양근애, 「김우진의 「난파」에 나타난 예술 활용과 그 의미」, 『국제어문』 43, 국제어문학회, 2008.
양승국, 「자료해설–김우진의 〈두데기 시인의 환멸〉 유인탁의 〈요리ㅅ집의 밤〉과 넌센스 소곡 1편」, 『한국극예술연구』 10, 한국극예술학회, 1999.
오화순, 「한·일 신파극 연구–가정비극을 중심으로」, 경희대 석사논문, 2002.
요시미 슌야(吉見俊哉), 허보윤 역, 「제국 수도 도쿄와 모더니티의 문화정치 1920~30년대에 대한 시각」, 요시미 슌야 외, 연구공간 수유+너머 일본 근대와 젠더 세미나팀 역, 『확장하는 모더니티–1920~30년대 근대 일본의 문화사』, 소명출판, 2007,
우수진, 「초기 가정비극 신파극의 여주인공과 센티멘털리티의 근대성」, 『한국근대문학연구』 13, 한국근대문학회, 2006.
_____, 「무성영화 변사의 공연성과 대중 연애의 형성」, 『한국극예술연구』 28, 한국극예술학회, 2008.
우에야마 유리카(上山由里香), 「식민지 시기 조선인의 일본 유학과 한국사 공부–이병도의 와세다대학 유학시기(1915~1919)의 경험을 일례로」, 『사림』 56, 수선사학회, 2016.
유인순, 「「공상문학」에 대한 비교문학적 연구–『사의 승리』 및 〈환상을 쫓는 여인〉을 중심으로」, 『이화어문논집』 9, 이화여대, 1987.
윤민주, 「가정비극류 신파극에 나타난 멜로드라마적 과잉(melodramatic excess)에 대한 연구」, 『어문론총』 55, 한국문학언어학회, 2011.
_____, 「한 일 표현주의극 전유 방식 비교 연구–김우진과 오사나이 카오루를 중심으로」, 『한국극예술연구』 36, 한국극예술학회, 2012.
윤일수, 「1910년대 가정비극 연구」, 『한민족문학』 42, 한민족문화학회, 2003.
윤진현, 「김우진의 문자의식과 문학어의 성립과정–일기 및 「조선말 업는 조선문단에 일언」 중심으로」, 『한국극예술연구』 23, 한국극예술학회, 2006.
이경자, 「1920년대 상징의 두 양상–김우진 문학의 '상징' 언어에 나타난 '전일성'사상을 중심으로」, 『한국문학이론과 비평』 49, 한국문학이론과 비평학회, 2010.
이광욱, 「'생명력(生命力)' 사상(思想)의 비판적수용과 동학혁명의 의미–김우진(金祐鎭)의 「산돼지」 연구」, 『어문연구』 42-2, 한국어문교육연구회, 2014.
이덕기, 「김우진 희곡에 나타난 근대적 개인의 추구 양상과 의미」, 경북대 석사논문, 2002.
_____, 「김우진 희곡의 형상화 연구」, 『한국극예술연구』 17, 한국극예술학회, 2003.
이두현, 「김수산=사랑과 연극으로 바꾼 인생」, 유민영 편 『음악·연예의 명인 8인』, 신구문화사, 1975.
이민영, 「조선적 근대극의 창출, 김우진의 근대극론」, 『어문론총』 55, 한국문학언어학회, 2011.

이병진, 「文化로서의 시라카바(『白樺』)派 담론 空間」, 『일본언어문학』 10, 일본언어문화학회, 2007.
이상우, 「입센주의와 여성, 그리고 한국 근대극－1930년대 입센주의의 한국 수용과 창작극의 관련 양상」, 『현대문학의 연구』 25, 한국문학연구학회, 2005.
이선경, 「윤치호의 문화 횡단적(transcultural) 글쓰기」, 『비교문학』 56, 한국비교문학회, 2012.
이승현, 「김우진 희곡 〈정오〉에 나타난 탈식민적 양상 고찰」, 『한국극예술연구』 33, 한국극예술학회, 2011.
이승희, 「조선문학의 내셔널리티와 아일랜드」, 민족문학사연구소 기초학문연구단 편, 『탈식민의 역학』, 소명출판, 2006.
이예성, 「윌리엄 모리스의 노동과 예술사상」, 『국제언어문학』 12, 국제언어문학회, 2006.
이은경, 「김우진 희곡 연구」, 서울대 석사논문, 1987.
이종대, 「김우진 창작 희곡 연구－좌절된 혁명과 훼손된 사랑」, 동국대 석사논문, 1989.
이직미, 「김우진 희곡의 비교문학적 연구－有島武郎와의 비교를 중심으로」, 연세대 석사논문, 1984.
이진아, 「김우진의 「난파」 다시 읽기」, 『문학교육학』 17, 문학교육학회, 2005.
이철호, 「1920년대 초기 동인지 문학에 나타난 생명의식」, 『한국문학연구』 31, 동국대 한국문학연구소, 2006.
이태숙, 「조선한국은 아일랜드와 닮았다?－야나이하라 다다오의 아일랜드와 조선에 관한 논설」, 『역사학보』 182, 역사학회, 2004.
장선희, 「근대 전환기 신(新), 구(舊) 문화의 충돌과 수용에 관한 연구－목포지역 김성규 와 김우진의 경우」, 『고시가연구』16, 한국고시가문학회, 2005.
정대성, 「김우진에 의한 블레이크 시의 일본어 번역 (1)－「魂の旅人」(“The Mental Traveller”)」, 『인문논총』 14, 서울여대 인문과학연구소, 2005.
______, 「다이쇼 시대의 윌리엄 블레이크 붐과 조선」, 『일본어문학』 32, 일본어문학회, 2006.
______, 「새로운 자료로 살펴 본 와세다대학 시절의 김우진」, 『한국극예술연구』 25, 한국극예술학회, 2007.
______, 「김우진 희곡 연구－생명주의와 표현주의의 수용을 중심으로」, 서울대 석사논문, 2008.
정재원, 「김동인 문학에서 ‘여(余)’의 의미」, 『상허학보』 7, 상허학회, 2001.
조두섭, 「김우진 시의 위상」, 『大邱語文論叢』 4, 우리말글학회, 1986.
조창현, 「Heinrich Heine 문학의 수용에 관한 연구－1920년부터 1945년까지 한국에서의 Heine 수용」, 『독일어문학』 18, 독일어문학회, 2002.
주현식, 「폭발의 드라마, 폭발하는 무대－김우진의 「난파」와 표현주의」, 『한국극예술연구』 29, 한국극예술학회, 2013.
차혜영, 「1930~1940년대 ‘식민지 이중언어문학 장」, 『상허학보』 39, 상허학회, 2013.
천정환, 「정사(情死), 사라진 동반자살」, 『내일을 여는 역사』 41, 내일을 여는 역사, 2010.
표세만, 「다카야마 조규(高山樗牛) 『미적생활론(美的生活論)』의 형성－쓰보우치 쇼요(坪内逍遙)와의 “역사” 논쟁을 중심으로」, 『일본어문학』 77, 한국일본어문학회, 2018.
하동호, 「개화기소설의 발행소・인쇄소・인쇄고」, 『출판학』 12, 현암사,1972.

한상철, 「김우진의 비평」, 『한국 연극의 쟁점과 반성』, 현대문학사, 1992.
황정현, 「1920년대 『로숨의 유니버설 로봇』의 수용 연구」, 『현대문학이론연구』 61, 현대문학이론학회, 2015.
황종연, 「노블, 청년, 제국」, 『상허학보』 14, 상허학회, 2005.
황호덕, 「경성 지리지, 이중언어의 장소론」, 『대동문화연구』 51, 성균관대 대동문화연구원, 2005.
홍창수, 「김우진 작가 의식과 죽음에 관한 연구」, 『한국근대문학연구』 2, 한국근대문학회, 2000.

磯田光一, 「湯島天神と丸善—硯友社における江戸と西洋」, 坪内祐三 編, 『明治文学遊学案内』, 筑摩書房, 2000.
伊東 勉, 「高山樗牛とハインリヒ·ハイネ」, 『ドイツ文学研究』 14, 日本独文学会, 1982,
岩佐壯四郎, 「「刺青」·「宿命の女(フアム・フアタル)」の誕生」, 『関東学院大学文学部紀要』 43, 関東学院大学人文科学研究所, 1985
大村益夫, 『早稲田出身の朝鮮人文学者たち』, 『語研フォーラム』 14, 早稲田大語学教育研究所, 2001.
尾西康充, 「北村透谷と有島武郎ークェ-カーにおける生命主義の考察」, 『三重大学日本語学・文学』 14, 三重大学, 2003.
川島健, 「アイルランド英語のポリティックス」, 『ベケットのアイルランド』, 水声社, 2014.
川瀬絹, 「「金祐鎮と尹心徳の死－当時の日本の自殺で見た新たな側面」, 『일본학보』 4, 일본학회, 1997.
川本皓嗣, 「ランボーの『大洪水のあと』－詩を生む二つの鋳型」, 『比較文学研究』 48, 東大比較文学會, 1998,
金炳辰, 「大杉栄における「生」と「本能」」, 『日本語文學』 40, 韓國日本語文學會, 2009.
金宰奭, 「土月会の〈東道〉の上演に関する研究」, 『朝鮮学報』 241, 朝鮮学会, 2017.
沓掛良彦, 「外国語の詩を読むということ－川本皓嗣『アメリカの詩を読む』について」, 『文学』 4, 岩波書店, 1999.
小嶋千明, 「翻案の力と演劇の改革－松居松葉とアイルランド演劇」, 『比較文學』 47, 日本比較文学会,2005.
小堀桂一郎, 「「影響」研究をめぐる諸問題」, 『比較文學の理論』 8(講座比較文学), 東京大学 出版会, 1976.
佐伯順子, 「心中の近代」, 『愛と苦難』, 岩波書店, 1999.
佐野晴夫, 「ハインリッヒ・ハイネと生田春月」, 『山口大学独仏文学』 2, 山口大学独仏文学研究会, 1980.
清水義和, 「日本における唯美主義移入考－坪内逍遥と島村抱月の弟子－本間久雄」, 『愛知学院大学教養部紀要』 45-4, 愛知学院大学, 1998.
島村輝, 「マルクスボーィの夢と幻滅－太宰治の「共産主義」と転向」, 安藤宏 編著, 『展望 太宰治』, ぎょうせい, 2009.
高田里恵子, 「人格主義と教養主義」, 『日本思想史講座』 4(近代), ペリカン社, 2013.

竹内洋,「教養知識人のハビトォスと身体」, 青木保 外編,『近代日本文化論』4(知識人), 岩波書店, 1999.

竹長吉正,「霜田史光研究落穂拾い(その2)」,『白鴎大学論集』30-1, 白鴎大学, 2015.

寺澤浩樹,「武者小路実篤「その妹」という戯曲とその上演」,『文学部紀要』11-2, 文教大学文学部, 1998.

沼沢和子,「『その妹』」, 武者小路実篤,『国文学解釈と鑑賞 特集武者小路実篤の世界』64-2, 志文堂, 1999.

中村都史子,「韓国におけるイプセンの上演－玄哲と洪海星」,『梅光女学院大学論集』25, 梅光女学院大学, 1992.

中村勝範,「三・一事件と黎明會」,『法学研究』61-12, 慶應義塾大学法学研究会, 1988.

内藤千珠子,「ファムファタールの無関心－「水の女」の系譜と藤野可識「爪と目」」,『大妻国文』45, 大妻女子大学, 2014.

永平和雄,「武者小路実篤「その妹」の静子」,『国文学解釈と教材の研究』25-4, 学燈社, 1980.

花澤哲文,「"近代"の体現者たる高山樗牛－研究史から浮かび上がる姿」,『日本近代文学』94, 日本近代文学会, 2016.

平岡敏夫,「宇宙との合一－北村透谷「内部生命論」,『國文學』40-11, 學燈社, 1995.

平田輝子,「ウィリアム・モリスと本間久雄」,『人文研紀要』66, 中央大学人文科学研究所, 2009.

洪善英,「1910年前後のソウルにおける日本人街の演劇活動－日本語新聞『京城新報』の演 芸欄を中心に」,『明治期雑誌メディアにみる〈文學〉』18, 筑波大學近代文學研究會, 2000.

福田知子,「北村透谷「内部生命論」と明治浪漫主義」,『Core ethics』3, 立命館大学大学院総合学術研究科, 2007.

星野太,「崇高なる共同体－大杉栄の「生の哲学」とフランス生命主義」,『表象文化論研究』6, 東京大学総合文化研究科, 2008.

槙林滉二,「内部生命論の流れ－北村透谷を中心にして」,『近代文学試論』4, 広島大学近代文学研究会, 1967.

宮山昌治,「大正期におけるベルクソン哲学の受容」,『人文』4, 学習院大学人文科学研究所, 2005.

George Bernard Show, 鳴海四郎(他) 譯,「本書収録作品の日本における上演記録」,『バーナード・ショー名作集』, 白水社, 1969.

초출일람

1장 「문학의 상상력과 '공상'의 함의－김우진의 「공상문학」 연구」, 『한국극예술연구』 39, 한국극예술학회, 2013.3.

2장 「비교문학 텍스트로서의 『마음의 자취』－김우진 일기의 자기 표상과 일본 다이쇼(大正) 시대의 연극 수용」, 『한국극예술연구』 56, 한국극예술학회, 2017.6.

4장 「김우진의 일본어 글쓰기－근대문학의 공백과 이중 언어 인식」, 『비교문학』 66, 한국비교문학회, 2015.6.

5장 「김우진의 일본어 번역과 아일랜드 발견－문예잡지 『마사고(真砂)』 수록 「애란의 시사(愛蘭の詩史)」의 성립」, 『한국극예술연구』 67, 한국극예술학회, 2020.3.

6장 「'생명력'과 역사의식의 간극－김우진의 '생명력'의 사유와 일본의 생명담론」, 『한국민족문화』 40, 부산대 한국민족문화연구소, 2011.7.

7장 「'생명력의 리듬'의 형식－김우진의 「산돼지」」, 『반교어문연구』 30, 반교어문학회, 2011.2.

사진 출전

화보

목포문학관
早稲田大学演劇博物館所所蔵.

서장

〈사진 1〉 田中榮三, 『明治大正新劇史資料』, 演劇出版社, 1964.
〈사진 2〉 서연호・홍창수 편, 『김우진 전집』 II, 연극과인간, 2000.
〈사진 3〉 서연호・홍창수 편, 『김우진 전집』 III, 연극과인간, 2000.

1장

〈사진 1〉 日本国会図書館所蔵.
〈사진 2〉 日本国会図書館所蔵.
〈사진 3〉 徳冨蘆花記念館所蔵.
〈사진 4〉 『波乱万丈!明治・大正の家庭小説展―尾崎紅葉門下の四天王・柳川春葉を中心に』, 弥生美術館, 2005.
〈사진 5〉 『波乱万丈!明治・大正の家庭小説展―尾崎紅葉門下の四天王・柳川春葉を中心に』, 弥生美術館, 2005.

2장

〈사진 1〉 石川弘義他 編, 『大衆文化事典』, 弘文堂, 1991.
〈사진 2〉 『東京の裏面』, 永沢信之助 編. 金港堂書籍, 1909.
〈사진 3〉 東京大学近代日本法政資料センター明治新聞雑誌文庫.
〈사진 4〉 東京大学近代日本法政資料センター明治新聞雑誌文庫.
〈사진 5〉 Wikipedia.
〈사진 6〉 島村抱月と松井須磨子の芸術座百年ポスター.
〈사진 7〉 日本国会図書館所蔵.
〈사진 8〉 武者小路実篤記念館所蔵.
〈사진 9〉 George Bernard Show, 鳴海四郎(他) 訳, 『バーナード・ショー名作集』, 白水社, 1969.
〈사진 10〉 서연호・홍창수 편, 『김우진 전집』 III, 연극과인간, 2000.
〈사진 11〉 中村都史子, 『日本のイプセン現象』, 九州大学出版会, 1997
〈사진 12〉 田中榮三, 『明治大正新劇史資料』, 演劇出版社, 1964.
〈사진 13〉 田中榮三, 『明治大正新劇史資料』, 演劇出版社, 1964.

3장

〈사진 1〉 日本国会図書館所蔵

〈사진 2〉『画報 近代百年史第七集1897~1904』, 国際文化情報社, 1952.

〈사진 3〉 Wikipdia

〈사진 4〉 島村抱月と松井須磨子の芸術座百年ポスター.

5장

〈사진 1〉 Sanford Sternlicht · Padraic Colum, Boston : Twayne Publishers, 1985.

〈사진 2〉 東京大学文学部図書室所蔵

〈사진 3〉 東京大学文学部図書室所蔵

〈사진 4〉 東京大学文学部図書室所蔵

〈사진 5〉 日本近代文学館所蔵

〈사진 6〉 성균관대학교 중앙도서관

〈사진 7〉 성균관대학교 중앙도서관

〈사진 8〉 権丁熙個人所蔵

〈사진 9〉 権丁熙個人所蔵

〈사진 10〉 日本近代文学館所蔵

〈사진 11〉 日本近代文学館所蔵

그 밖에 Wikipedia 등 인터넷 사이트를 참고하였음을 밝히며, 자료를 제공하거나 허락해 주신 데 감사드립니다.

부록 _ 원문 자료 ① 『마사고(まさご)』 창간호(1923.8)의 목차 1~3면

まさご第一輯目次

(1)

——目次完——

②「애란의 시사(愛蘭の詩史)」 수록『마사고(真砂)』 제2년 제9호(1924.9) 목차 1~5면

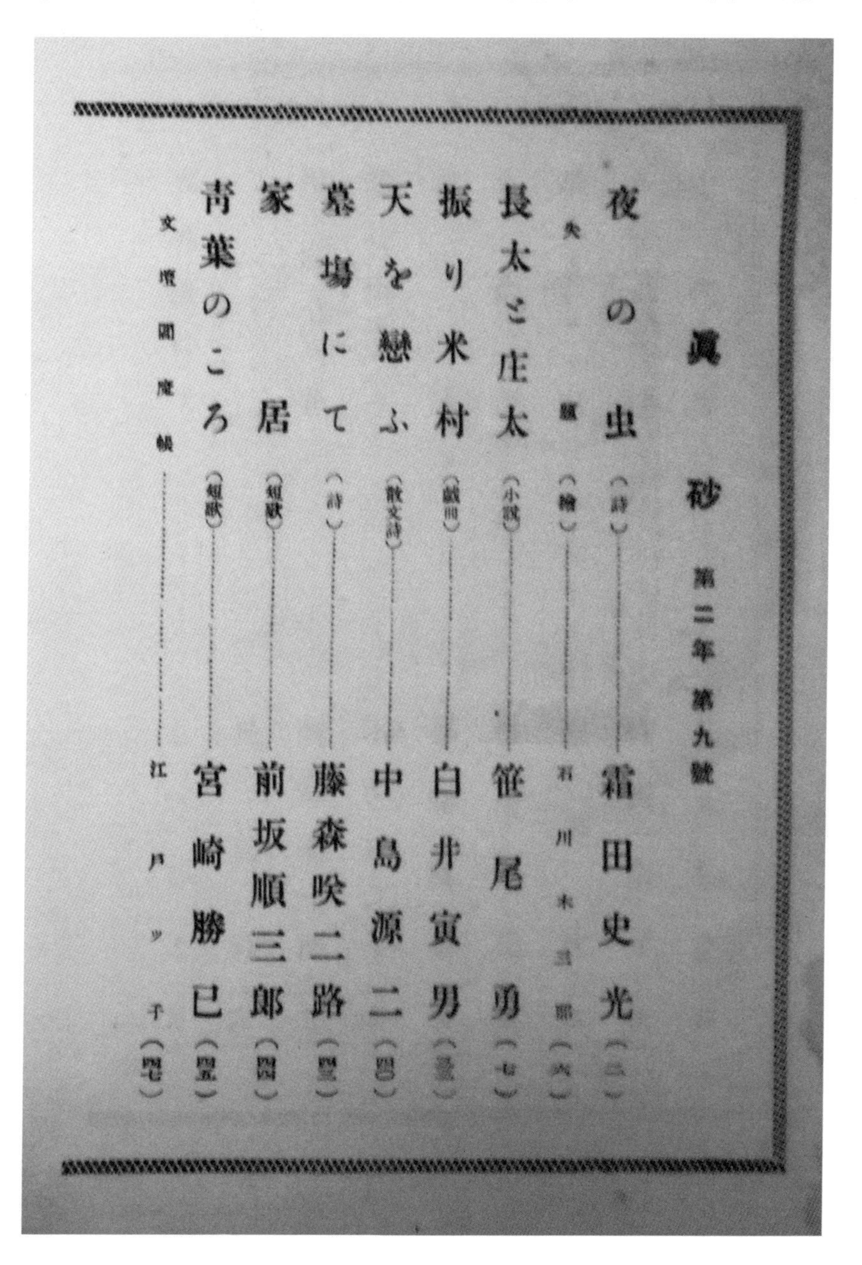

眞砂 第二年第九號

（短歌）

③ 패드라익 콜럼(Padraic Colum)의
『아일랜드 시의 앤솔로지(*Anthology of Irish verse*)』의 목차 1~5면

CONTENTS

vii

PART THREE (The Celtic World and the Realm of Faery)

PART FOUR (Poems of Place and Poems of Exile)

PART FIVE (Satires and Laments)

SLAINTHE!

④ 하이네(Heinrich heine), 이쿠다 슌게쓰(生田春月) 역, 『破船者』와 김우진의 한국어 번역(『心の跡』, 『김우진전집』 III, 878~879면)

破船者

希望も戀も! みんな破れてしまつた!
さうしてわたしみづからは、
海が怒つて投げ出した死骸のやうに、
わたしは海岸に横つてゐる
荒涼とした海岸に。
わたしの前には水の沙漠がある、
わたしの後には悲しみと苦しみがある、
そしてわたしの上には雲が飛ぶ、
形のない灰色の風の娘たちが
霧の桶でもつて
海から水を汲み上げては、
さも重さうに引きずり引きずつて
また海の中へこぼしてしまふ、

441

何といふ悲しい退屈な無駄な仕事だらう
まるでわたし自身の生涯のやうに。

波はつぶやき、鷗はさけふ、
苦しく樂しい昔の思出や、
忘れた夢や、消え去つた面影が、
わたしの胸に浮んで來る。

北の國に一人の女がゐる
美しい女王のやうに美しい女が。
扁柏のやうにすらりとした身體には
輕い白い着物をまとうてゐる、
ふさふさとした黑髮は
まるで樂しい夜のやうに。
かるく束ねられた頭からこぼれ落ちて

442

夢のやうにもつれて亂れてゐる、
美しい蒼白い顏のまはりに。
そしてその美しい蒼白い顏からは
はげしい大きな眼が輝いてゐる、
まるで眞黑(まつくろ)な太陽のやうに。

おお、眞黑な太陽よ、
わたしはどんなに感動して
どんなに屢々おまへの焰を飮んだらう、
さうして火の醉ひによろよろめいたらう――
それからその引きしまつた誇らはしい唇には
鳩のやうにやさしい微笑がうかび、
その引きしまつた誇らはしい唇は
月光のやうに甘く、薔薇の匂ひのやうに
ものやはらかな言葉を吐いた――

443

するとわたしの心はたかまつて
鷲のやうに空へ飛び上つた。

波よ鷗よ、默つてしまへ！
すべては過ぎたのだ、希望も幸福も、
希望も戀も！　わたしは地面に横はる、
荒れた心の破船者は！
さうしてわたしの熱した顔を押し附ける
濡れてしめつた砂の上に。

四

落　日

うつくしい太陽は
しづかに海に沈んで行つた。
波打つ水は早やすでに

바다로서 물을 이어서
무거운듯이 흘러다가
다시 海中에 뛰여 벌어라
서러운 쓸데없는 된 일이 안인가
너의 一生과 갓치。
— — — — — —

물결아! 가슴아! 짓거리지 말아
물소리가 海岸의 일 希望과 소롱이
希望과 사롱이 보다! 나는 地面에 잇는다
苦悶하는 너의 破裂함을
그러고 너의 뜨거운 얼골을 뷔비여 된다
젖어 물잇는 모래 우에。

三月十六日

[illegible] 留學生等 [illegible] 問題[illegible]의 記事。

三月十七日.

黎明會에서 吉野, 福田兩博士와 朝鮮留學生代表들의 陳述을 듣고자 ——
松本樓에 갓드니 또 十九日로 延期. [illegible] 바이엇다

位와 共和国의 排日的傾向, 英国의 愛蘭, 米国의
比律賓의 独立保障, 我朝鮮의 独立의 可能性,
等 여러가지 討論에 討論이 잇섯다. 그의 6年間
主的地位는 그의 6年의 不信者 偏頗関係에 対照이 [illegible]
国의 一員은 否定할수 업다. 여러가지 토히를
엇다. 我青年의 新道徳精神의 進步는 우리앞헤
잇다. 李太王전下 崔[illegible]의 運動한 처음보고 Paul
의 서울부터 보낸 風紀을 들은후 총회에 6個年間에
記録도 것것치 우리는 이에 新進歩, 新進徒의
Start에 호흡하다. 進! 進!

生田春月의「ハイネ詩集」을 읽는다.

破船者

希望! 사랑! 모도 煙滅되엿다!
나의 몸은 이몸은
바다가 怒하야 던진 死骸와 갓치 (저노흔)
海岸에 누어잇다
荒涼漠々한 海岸
나의 압헤는 물의 沙漠이 잇고
나의 뒤에는 憂苦와 苦痛이 잇다
나의 머리우에는 구름이 논다
形体업는 灰色의 바람의 女児가
霧의 水桶으로